广东作家作品选集

（小说卷）

广东省作家协会 编

主　编　张知干　蒋述卓
副主编　杨　克　范英妍
统　筹　熊育群
编　辑　艾　云　世　宾　王威廉

南方出版传媒
花城出版社
中国·广州

图书在版编目（CIP）数据

广东作家作品选集 ： 全2册 / 广东省作家协会编
. -- 广州 ： 花城出版社， 2017.2
ISBN 978-7-5360-8301-1

Ⅰ. ①广… Ⅱ. ①广… Ⅲ. ①中国文学－当代文学－作品综合集－广东 Ⅳ. ①I218.65

中国版本图书馆CIP数据核字(2017)第035971号

出 版 人：詹秀敏
责任编辑：欧阳蘅　李珊珊
技术编辑：凌春梅
封面设计：庄海萌

书　　名　广东作家作品选集
　　　　　GUANGDONG ZUOJIA ZUOPIN XUANJI
出版发行　花城出版社
　　　　　（广州市环市东路水荫路 11 号）
经　　销　全国新华书店
印　　刷　广东新华印刷有限公司
　　　　　（广东省佛山市南海区盐步河东中心路 23 号）
开　　本　787 毫米 ×1092 毫米　16 开
印　　张　43.25　　2 插页
字　　数　688,000 字
版　　次　2017 年 2 月第 1 版　2017 年 2 月第 1 次印刷
定　　价　78.00 元（全 2 册）

如发现印装质量问题，请直接与印刷厂联系调换。
购书热线：020－37604658　37602954
花城出版社网站：http://www.fcph.com.cn

目录

CONTENTS

熊育群　无　巢　/　005

王十月　人　罪　/　047

王威廉　第二人　/　085

肖建国　世　道　/　115

孙丽生　英雄有知　/　169

邓一光　深圳在北纬22°27′~22°52′　/　199

魏　微　化　妆　/　219

盛　琼　胡子问题　/　239

盛可以　白草地　/　259

南　翔　我的一个日本徒儿　/　279

鲍　十　西关旧事　/　293

陈继明　蝴　蝶　/　309

吴　君　陈俊生大道　/　319

蔡　东　往　生　/　335

杨争光　公羊串门　/　355

小说卷 1

XIAO SHUO JUAN

熊育群

工程师、新闻高级编辑，广东省作家协会副主席、广东文学院院长、同济大学兼职教授。获得第五届鲁迅文学奖、第十三届冰心文学奖等。出版有诗集《三只眼睛》，长篇小说《连尔居》《己卯年雨雪》，散文集《春天的十二条河流》《西藏的感动》《路上的祖先》等18部作品。

无　巢

郭运的父亲郭瑞仁用一个编织袋拎着他的骨灰就要回贵州纳雍县黄包包村的家了。郭瑞仁满脑子的疑惑，在高楼的昏眩里搅和着——这楼房怎么就砌得这么高呢？四天中，他戴着一顶全新的黄军帽，穿着半新的解放鞋，在广州的大街上走，看不到一块完整的天。

一个月前，郭运就是从这里回去的，他想在自己家里建一栋房。他想建的房子只有一层，但是建一层的房，他打了六年工积攒的钱也还是不够。要建房，他还得继续出来打工。

父子俩相继来到广州，前后只差七天。七天前，郭瑞仁把儿子送上去贵阳的长途客车，约好春节回家。七天前，郭瑞仁只知道广州、深圳这样的地名，它们是什么样子的，他有过零零星星的想象，但对二三十年没出过远门的郭瑞仁来说，他怎么也没想过自己会到这样的地方来。是儿子的死讯让他到了广州。

郭瑞仁在广州的马路上走，无法找到儿子的踪影。儿子怎么就会在这个陌生的地方永远消失了呢？他真的不回去了？更令他无法接受的是，儿子还是一个杀人犯！

9 月 2 日一早 6 点多钟，郭运从 1320 次火车走出广州火车站。10 点 30 分，惨剧发生。9 月 3 日新闻报道后，广州城震惊了，有几百万广州人产生了极度的疑惑——好好的一个人为什么要杀人、自杀?!

“人有旦夕祸福”，这句话郭运死前肯定不会在意。一切都没有征候，哪怕灾难和死亡离他只有三小时的时候也是如此。

一

郭运回到家，耳根突然安静下来了。静得耳朵里面发出轻轻的喳喳声。习惯城市的耳朵一时习惯不了乡村。视线里，也看不到什么动的东西。只有山，一座座孤峰耸立。这些石灰岩的山，像他小时候那样一直就耸立在那里，任这个世界千变万化它好像从来不曾变化。只是郭运觉得它比从前矮了许多。小时候记住的东西，等到人长大了，特别是人离廾它了，出远门了，再回来的时候，原来高大的东西都会显得矮小许多。他坐在自家门口望着这些山峰的时候，父亲郭瑞仁已经背着一大篓洋芋进门了。他在自家门口坐了一上午。燥热的蝉声在樟树上此起彼伏。

比起深圳那些高楼，这些山真是些废物。郭运想起自己第一次到深圳，一下汽车，一栋黑色的大楼阴影把自己给罩住了，那栋楼离自己还远着呢，隔着一个大广场。阴影从地上爬过来，让水泥地发出一种幽暗的蓝光。他抬头看了一会儿，脑子里模糊地想到过老家的山，那一座座石灰岩的山，它们谁更高呢？他那时站在高楼的阴影里等他的中学同学王福田。

王福田与他一样都是乡下人，但他进城没几天就看不起乡下人了。郭运本来也梦想着做一个城里人，但在城里打了两三年工后，他明白凭自己这身本事他是一辈子做不成城里人的。他认定了自己只是个乡下人，城市只是临时的栖息地，他像一只鸟，巢筑在乡间的树林里，到城里只不过是来觅食的。在觅食的时候，他时时想着的是自己的巢，在外受了欺负，人家给他最差的食吃，他也都能忍。因为他一想到自己温馨的巢，眼前的一切就都变成临时的了，临时的忍一忍就过去了。他在想象中把童年的日子越想越好，把黄包包村的巢也越想越美，时时拿村里的长处与城里的短处来比，心里不知有多熨帖。

这一上午，离开了深圳的混凝土丛林，回自己的巢了，自己为什么还老想着它呢？

一想到深圳，郭运就变得有些焦虑了。他从深圳回家是 8 月 10 日，今天是第几天了？他喊：“爸，今天几号？”没人应，他再叫。屋里传来一声：“哪个晓得，好像古历二十六。”问了也白问。郭运哪里晓得古历是多少。他想起问问女朋友，就打开了手机，打通了女朋友的动感地带。那边嘟嘟嘟响过三声，就跳出了女朋友杨萍甜甜的声音。她问他在家干吗呢。这一问让他更烦了，直愣愣就问她今天几号了。杨萍反问他，问几号干吗？你回去九天了。房基地选好了吗？正在郭运犹疑的时候，母亲龙上英叫他吃饭了，他就匆忙说了一句，“家里宅基地被做了规划，还在托人找路子，有消息我会告诉你的”，说完就“啪”一声挂了电话。

郭运清楚，这房是砌不成了。不但宅基地还没着落，就是砌房的钱也还差了好几千元。原以为六年在外辛苦赚的钱，可以砌一栋平房，没想到在黄包包村砌房比他出门打工时贵了快一倍。他听到砌匠跟他算完账，人一下就像从大热天掉到冰窖里了。他望着那个留着稀薄胡子的砌匠，觉得进门时，他是俯视砌匠的，现在怎么就觉得自己萎缩了，他得仰视他才成。他听到了自己说出的话：“还能少一点吗？”声音又尖又细，气息也没那么顺畅了。砌匠是郭运家的远房亲戚，他把嘴上的稀薄胡子弄得一抖一颤的，许久也不见嘴张开。郭运盯着这些稀稀拉拉的胡子，等着他张口。“这是最少的了，要降价，只有不粉墙，不做水泥地。”砌匠又算了一把，抬起头，报了一个数字。轮到郭运算了，他算数时喜欢闭上眼睛，等他睁开眼睛了，数也就算好了，算来算去，还是差了四五千元。

家里这栋低矮的红砖房，早已经破烂不堪了，比城市里那些流浪者搭的临时窝棚好不到哪里去。外面刮大风时里面刮小风，外面下大雨时房里下小雨。一块块砖好像极不情愿地凑合在一起，把缝裂得拇指一样宽。看着这些已被无数手指摸得发黑的红砖，他心里就堵得慌。女朋友跟他约法三章，没砌房子她不回来，没砌房子不能公开他们的关系，没砌房子她不嫁。他辞了工，就是回来砌房子的，他要把杨萍娶回家来，他不想再出远门了，再也不想过那种外面漂泊的日子，他需要安安稳稳过正常人的家庭生活。但一切梦想都被这几千元拦住了。

刚到家时，他和杨萍还热线联络着，短信一刻也停不下来。他想着她，有时，他还会走到村口玉米地里给她打电话，说些疯话，掉眼泪的话。尽管话费难以承受，但他整天跟掉了魂一样，像瘾君子来了毒瘾。爱情有时候就是一种病，他听到杨萍的声音，病就好了，就觉得心里安定了。

虽然只有几天，但是郭运觉得回来很久了。在黄包包村转悠，村里只有老人和孩子，年轻人都出外打工去了，狗冲着他吠，他吹口哨、给狗招手，几条恶狗不买他的账，认定他是个外来人。想想以前，他也是喂过狗的，全村哪条狗见了他不是老远就摇尾巴的。现在他回来好几天了，仍然把他当作危险人物，对他丝毫不肯放松警惕。郭运一气，捡了石子就扔了过去，狗群怪叫着跑远。但跑远也不过是几十米，没多久就又转了回来，继续朝他吠着，音量更加洪大了。

村里出来一个老人或者小孩，一看是郭运，对着狗吼几声，它们就乖乖走远了，各自寻欢去了。郭运觉得心里很是别扭。

经过人家地坪，鸡在地里刨食，他走路的速度惊得刨食的鸡咯咯直叫，扇动着两个翅膀飞跑到一边去了。郭运意识到自己走路急匆匆的样子，与村里人不紧不慢的走路大不一样了。他觉得自己真是变了，变得与族里的婶婶伯伯多说几句话的兴趣也没有了，哪怕人家主动打听他在外面的情况，他也是用简短得不能再简短的话搪塞过去。聊天是一种心境，彼此要有共同的意愿才行。郭运不是不想说话，他遇到合适的对象有说有笑的，为什么回村里了他连个说话的人也找不到呢？以前在村里，他可是快快乐乐的，没有这样格格不入啊！怎么回来了也这样孤单！自己好像也把自己当外人了，总是以一个局外者的眼光观察一切。他很讨厌这样，城里人看乡下人总是很优越，居高临下的，自己怎么也这样看自己的乡亲了呢！在外他很喜欢那些唱乡愁的流行歌曲，他唱一唱，唱过后好像乡愁就没那么浓烈了，但回来了仍然感觉有“乡愁”，这种“乡愁”又不是那种乡愁，是一种他无法说出来的乡愁。

杨萍在电话里跟郭运说，她也做好了辞工的准备，房子一上梁她就赶回来。但自从砌匠来过之后，他们的热线就慢慢冷了下来。有时他去地里帮父亲收洋芋，就把手机扔在家里，不想带在身边，这样好像烦恼也离自己远一些了。

中午，母亲做了洋芋炖猪肉，香气从房里飘出老远，连狗都知道今天中午有肉吃了。他闻着这气味，感到温暖。小时候，每当闻到这气味就知道又是一个什么节来了。不过节哪来的肉吃。这样说来，他回来已过了好几个节了。差不多隔天吃一次肉。父母靠家里几亩薄田过日子，刚够填饱肚子，每月的油盐钱都要发愁，肉一个月才吃上一次。这是父母破例为他做的。他为自己没能让父母过上好一些的生活而内疚，他怨自己无能。回来的时候，他一进家门就塞给了母亲三千元，在外六年也没怎么孝敬过父母，每次回家，父母只收他一两百元，总是嘱咐他攒点钱，将来娶媳妇用。他这个岁数在农村早已到了娶亲的年龄了。这次不出去打工了，就一次性给父母一笔钱，让他们慢慢花，再不用为柴米油盐操心。他要让他们为自己赚的钱而惊喜一次。他想尽一份孝心。

他还给母亲买了一件红色罩衣、两双塑料凉鞋，到了贵阳又加了一大包洗衣粉，给两个侄儿买了糖果饼干和学习用品。到了纳雍县城，想着没给父亲买什么，又折回日杂市场，挑了一顶黄军帽、一双黄色解放胶鞋。

郭运回来得少，两三年才回来一次，他舍不得路费钱，一般住上几天就走，也是为了早点儿上班多挣几个钱。父母心疼他，这次回家，母亲头天就把自家的鸡杀了。这会儿龙上英叫得欢："娃啊，娃啊，吃饭啦！""去把你哥也叫过来。"他哥郭仪就住在隔壁，郭运懒得动，扯着嗓子喊："大哥，妈叫你来吃饭咧！"那边却没有人应。他还在地里没回呢。

郭运以为自己奋斗了六年，积蓄了一点钱，回到黄包包村也许不会过从前的穷日子了，他曾因交不起学费，初中辍学了两年，后来父亲给他凑齐了学费，他才跟着比自己小两岁的弟弟妹妹初中毕了业。没有钱，高中不能上了，他回家帮父亲干点儿农活。现在，他打了六年工还是不能翻身。心爱的女人可能会因此而离开自己吗？她是那样希望有一栋自己的房，但现在他做不到了，能告诉她真相吗？不能！他还要做最后的努力。他不能失去她。

二

郭瑞仁见到郭运，郭运躺在一个玻璃棺里，脸上早已失去了血色，又冷又硬。第一次陈列床上没有人，工作人员摁下起降机开关，身上盖着白布的郭运才缓缓升了上来。

一号大厅好像永远都是安静的，好像这安静有一种期待，就是期待哭声。巨大的寂静是一头嗜血的巨兽，这血无疑就是这空荡空间里突然喷发的哭泣。大厅里虽然灯光通亮，郭瑞仁仍然感到有些幽暗。

龙上英看到儿子，腿一软身子就瘫跪到了冰冷坚硬的陶瓷地板上，号啕大哭起来。她的哭声在大厅里回旋，空荡、孤单、突兀，没有接纳它的地方，它就在里面横冲直撞，像一头进入城市的水牛。这安静之地从没遇到过这么放肆的哭。龙上英又是号又是喊，声音像一股突发的山洪，完全不管不顾。她伸出手想摸一摸自己儿子的身体，手掌碰到的是坚硬冰冷的玻璃。"运娃，娘来看你了，你醒醒啊！你看看娘啊！"冰冷坚硬的玻璃把她的哭声挡在了外面。

郭瑞仁眉头拧成了一座山，目光在瞬息间变得异常苍老，他先盯着郭运的脸看，随后缓缓扫过郭运的身体，口里喃喃自语：“这是运娃，运娃的牙齿就是这样的，嘴唇盖不到左上边的牙。”随即身子一瘫，再也无力支撑……

这并不是梦，在郭运离开黄包包村一周后，郭瑞仁、龙上英也上了广州，在广州殡仪馆见到了死去的儿子。

这一天，雾蒙蒙，雨淅沥，天地灰暗一片。他们一早起床，龙上英多穿了一件灰色外套。郭运的大姐夫张同、龙上英、郭瑞仁都知道，这一天是去殡仪馆认尸。

他们起床后就没有说话，早餐也没人吃。一家人先到了天河刑警大队。张同很快拿到了认尸证明，只有凭借这张薄纸，他们才能见到郭运。张同把它放在贴身的衬衣口袋里。

一路都是沉默。车窗外风声呼呼，闹市的车马喧哗像橡皮糖一样粘着就再也扯不掉了。龙上英把车窗摇了下来，头无力地靠在窗上。郭瑞仁坐在她身边，双眼紧闭。声音仍然在所有的空间里嗡嗡响着。

殡仪馆建在一处开阔的地方，前面有草坪，走过大片绿地，灰色的圆形建筑摊开很大一片。到了殡仪馆办事大厅，旁边的葬礼用品店，摆满了花圈、寿衣、骨灰盒。张同办过手续，他们到达一号大厅，龙上英、郭瑞仁被人扶上十级台阶。

工作人员都吃午饭去了。他们在门口长椅上坐了二十分钟，大厅门“吱吱”打开了，里面传来一声：“郭运的家人——”郭瑞仁、龙上英慌忙起身，他们做梦也想不到，儿子会到这里来与他们见面。这个从没看见过的巨大的灰房子，只有他们孤单单三个人影，大厅的空荡和安静一下就把他们吞噬了。他们像走进人生最深邃的梦境。

三

郭运第一次见到杨萍是在她的宿舍。同学王福田在汽车站接上他后，就把他带到南山的一家电子厂。杨萍在这里做工。他们都是贵州纳雍人。两年前郭运回家过春节，碰到了也是回家过春节的王福田。郭运在广东开平打了四年工，每月工钱几百元，而深圳打工的王福田一个月有一千多元的收入。他就决定春节后不去开平，转去深圳了。

那天，他下了汽车，站在大楼的阴影里，一个人从身后推了他一把，他认出了同学王福田。他一高兴正欲抓一把他的肩，王福田轻轻往一侧闪了一下，他举着的手空空荡荡，在半空中停滞了一下，拐了一道弯抓着了自己的头发。他对着王福田笑："辛苦啦。"王福田伸出右手抓着编织袋一侧的提绳，他赶紧抓紧另一侧的提绳，就随着王福田向着大楼阴影的深处走去。

他有很多事情想问王福田，但一看他不太情愿说话的样子，就跟着他一路闷走着。王福田带着他走到人行道上，他就走到人行道上，带着他横穿过画着白色线条的马路他就横穿过马路，带着他上人行天桥他就上人行天桥。

那栋黑色的大楼就在身边转啊转，模样一会儿变一个样，一面是凸出来的，另一面凹了进去。从他们身边不断有人走过，他们脸上的表情也灰着，看不出喜怒哀乐，很少有人说话。只有嗡嗡的汽车声，还有红绿灯交替时汽车发出"吱——吱——"的轻微刹车声。汽车的喇叭也是哑着的，大家一起走一起停，没有谁出声。

郭运觉得到底是深圳，与他见过的世界就是不一样，连街道也是干干净净的，楼房一栋高过一栋。黑色大楼突然之间就找不到了，另一栋更高的白色楼房出现了，他有点惊喜，但看到王福田脸上没有什么表情，他也就把脸木了下去。

在衣着光鲜的人群里，郭运开始意识到自己的衣服实在太脏了，挤车时又给弄得皱皱巴巴的，编织袋用了两三年，被人踩踏过，比他看到的一个垃圾桶里的东西还显脏。

高楼大厦已经把天空遮得几乎看不见了，里面的灯光辉煌一片。迎面走来的人闪到一边，郭运这才意识到他们不是出于礼貌，而是嫌他脏，怕弄脏了自己的衣服。一刹那，郭运觉悟到了自己闯到了另一个世界，一个他不熟悉的但却富有的世界，他是那样渺小，他感觉到身子里面隐隐的恐惧像呼吸一样在散发。

他们终于到了公共汽车站，坐上了去南山的公交车。天就在那一瞬间黑了下来。郭运看到路灯在他一转身时齐刷刷地亮了。

吃晚饭的时候他就认识杨萍了。她帮王福田和他各打了一份快餐。郭运到工厂的时候，工厂已经关了门，食堂也关了门。杨萍在宿舍门口等着他们。

四

郭瑞仁听记者说郭运有女朋友，他说他从来没听郭运说过。他木在那里，想了半天，儿子天天在身边转悠，自己怎么会不知道呢？有一次，他看到儿子在菜园子里打电话，他只看到他的背影。但儿子走到地坪时，他发现他的眼睛有些湿润。他心里掠过一丝不安。再后来是玉米地里，他去看牛，看到儿子在玉米地埂上打电话，他叫了一声“运娃”，他没听见，他再叫他时，他已挂了电话，问他要到哪里去看牛。郭瑞仁说，就在前面岩背。郭运就说他要上一趟县城，去找一个同学。郭瑞仁认为刚才的电话就是同学打来的。他呵斥了一声水牛，说晚上早点回来，就往前走了。

为什么有了女朋友不告诉家里呢？郭瑞仁是认真问过几次的。他的侄女郭晶来家里玩，说起郭运谈女朋友了。龙上英忙问她消息哪里来的，侄女说，外面打工的人说的。晚饭后，她把郭运叫到一边，问：“运娃，郭晶说你有女朋友了，干吗不告诉娘？”郭运说：“娘，别听郭晶瞎说，娶亲的钱还没有，哪敢谈朋友。”龙上英叹了一口气：“娘是知道你的难处的，谈了朋友也不要瞒着娘，记得告诉家里。”这些话郭瑞仁在一边都是听见了的。

住在广州的宾馆，郭瑞仁闭着眼睛想，想努力想起一些什么来。又有一个细节出现在他脑子里，那天晚上，他出门小解回房，听到郭运在说梦话，起先他没在意，躺到了床上，郭运越说越冲动：“萍，萍，萍萍……别走。”“萍，我不能没有你呀，不能没有……真的……一辈子。”“萍，萍，别走。”说着说着还哭了起来。郭瑞仁叫了两声运娃。郭运没声息了，大概被叫醒了。郭瑞仁认为他在做噩梦。他白天干活太劳累了，上床不久就睡着了。想着第二天问问他晚上做的什么梦。但第二天一觉醒来，他就忘了这件事。

郭瑞仁心里哀叹着自己怎么这么大意！于是又想起了另一个晚上的情景，他被一阵响动惊醒，睁眼看到一个人影拉开房门出去。黄包包村还没出现过小偷。他认定是运娃出去方便。那晚月色如水，远处的山影清晰可见。郭瑞仁蒙蒙眬眬不知睡了多久，也不知道郭运回来睡了没有。等到门再响的时候，他弄不清儿子出去了多久。

第二天依然如此。郭运出门时郭瑞仁看到了从门缝泻进来的一地月光。但这一次他很清醒，见儿子许久还没回来，他就起了床。地坪并不见人影，四周静得可怖，只有远处偶尔传来的狗吠声。他叫了一声运娃，没人应。他沿着房屋一侧的水沟往前走了一段路，像听到人的哭声，但很快又没有了。他是一个道士，是信鬼神的。他随即念了几句咒语。他再抬头，发现前面小桥上坐着一个人，他叫一声“运娃”，那人影应了一声。正是运娃。他吃了一惊，问他为何不睡觉，一个人跑到外面来了。郭运答，屋里太热，外面凉爽，他来乘乘凉的。这天也的确是有些炎热，郭瑞仁也就信了。与郭运说过几句话后，他催促运娃回屋睡觉。郭运不肯，还想一个人凉快凉快，郭瑞仁就说不要一个人待太久，就先回了。

难道说那若有若无极其伤痛的声音是运娃在哭？

五

郭运与杨萍的爱情说来十分平常。初来乍到，郭运是只落单的鸟儿，孤独、落寞，还有些恐慌。老乡里面，杨萍对他最热情，晚上愿意陪他多聊一会儿天，有时也去逛逛街。郭运懂电脑，他带着杨萍去网吧玩，教杨萍怎样上网、怎样用五笔打字。后来，工厂为丰富员工业余生活，也开了一间电脑房，可以上网玩了，他们就从网吧转到了工厂的俱乐部。

在南山的一个大广场，每晚都挤满了人，有跳露天舞的，有参加卡拉 OK 擂台赛的，有摆放各样书报刊的摊子，只要交三元就可以进去看和玩。广场边有人摆一台电视、一套音响，交三元可以点唱一首歌。郭运带着杨萍去唱了几次，还去西餐厅喝过一次咖啡。两个人又一起去学溜冰。

等到郭运跳槽到另一家工厂时，杨萍才发现自己离不开他了。郭运也每天来找她一次。他们的关系就是那时确定下来的。郭运半开玩笑半认真地说：“你嫁给我好不好？”杨萍想都没想低头就“嗯”了一声。那天晚上，他们散步来到了莲花山公园，在草地上，郭运抱起了她，手抚着她的背，呼吸一下就变得粗重了，他闻到了一股奇香，身子像触电一样，全身血管都鼓胀起来了。他的手滑进了她的衣领，抖动得厉害。杨萍闭上了眼睛，胸前那一对脱兔像交给了一个猎人，那猎人的手是一个火把，把她点燃了，一场大火烧遍了她的全身，她感到灼热、窒息，想呻吟。

她在烈火中把自己献了出去。

两个寂寞无助的人，最能互相取暖。郭运抱着她，感觉到他坐着的这个地方变成了他自己的，是他在这个城市的“一隅”。那种漂萍的感觉似乎不再那么浓烈了。他深深吸了一口草木散发的清香，第一次感觉到了亲切的滋味。这是一种幸福的体验。

来深圳半年，他没有觉得有哪一样东西是属于他的。哪怕路边的一颗钉子，都与他无关，都印刻着深圳这个陌生的名字。他似乎总在抗拒着，抗拒周围的一切，直到把自己孤立起来。他看到别人在亮光闪闪的餐厅吃饭，他看到别人打的，看到衣着时髦的人匆匆走过，香水味随风飘来，他觉得自己与他们是生活在两个遥远世界的人。他去商场逛，随便一瓶香水就抵得上他一个月的收入；一顿饭，如果点上四五个菜，他得二十天不吃不喝才能把钱赚回来。他在大街上饿肚子，也绝不去快餐店买一份快餐，口渴得冒烟，也绝不买一瓶矿泉水，他舍不得。尽管他口袋里装着钱，但他时时刻刻感觉到自己穷，穷得让他害怕。他死死抓着口袋里的钱，像抓着一根救命稻草。他只是晃荡在这座城市里的影子，不会有人拿正眼看他，他是多余的，他早已被这个世界抛弃。抓着钱他才觉得自己走起路来有力量。他才知道自己人在哪里。每省一笔钱，他就多一份安全感、一份宽慰。他只与杨萍在一起时花钱，他不能让她小看自己。但每花一次钱，他都要紧张得抽冷气，就像抽了他的血。

杨萍关心他，爱他，愿听他讲老家的故事，讲他自己小时候的事，她几乎是他的恩人，她让他成为一个正常的人，可以体会到做一个男人的感受。恐惧感沉降下去了，某种啤酒泡沫一样的东西浮在他的世界。

这个晚上，他紧紧搂着她，身子发抖。远处深南大道一个个从黑暗中划过的车灯，一个过去，又一个过去，没有停息，发着白玉冷光的灯画出了一道道光线。远处工地上，打桩机隆隆响个不停，大地在颤抖，白炽灯把工地照得雪亮雪亮。没有谁知道，在黑暗的深处有两个来自异乡的青年，相依为命，依偎在一起。这个举着大步正匆匆迈进的世界，既抛弃他们，又让他们紧靠着自己，让他们看着世界飞速变化，又让他们离这个世界愈来愈远，他们时时刻刻感受的是跑进别人城市的滋味，想起自己乡村的贫困潦倒、失去的宁静。乡村不再是城市的母胎，什么时候开始，它变成了城市的奴仆。乡村伊甸园式的时代破产了、终结了，新的世界历史正在诞生。

这个晚上，他们感受到彼此的需要，彼此对温暖的渴望。在这个庞然大物面前，一切变得像梦境了。他们抱得更紧，彼此深深地进入对方的身体，两颗心挤压得快透不过气来。

从这一夜开始，他们感情急骤升温，彼此托付终身。他们说起回家的话题，说到将来，说到砌一栋房，说到自己清贫但安宁的生活，城市就再也不存在了，庞然大物悄悄退却，世界只有他们两个，夜的花园，彼此成为了对方的巢，爱的温情的巢。

六

郭瑞仁、龙上英今天要去见两个人，那就是小湘女的父母任川和彭小慧。有一股神秘的力量在推着郭瑞仁做这做那，自从接到儿子的噩耗，郭瑞仁就不能再按照自己的意志行事了。他不相信刚走几天的儿子会自杀，更不相信儿子会把别人的小孩抛下桥。他了解儿子，清楚儿子这次出门是为了什么。郭运在家时总是乖乖的，从没和人吵过嘴，性情就像个女孩子。但广州来了很多记者，他们把报纸带到了黄包包村。郭瑞仁看到了报纸上的报道——

报纸的标题是用黑色大字标出来的，像从前的大字报：恶汉偷抱三岁女童抛下天桥。副题是：事发中山大道西，小女孩生命垂危，恶汉跳桥身亡。再看内文："本报讯　三岁九个月大的小湘女，两个月前，跟着妈妈从湖南老家来到广州，和在这里打工的爸爸一家团聚。前天，她第一次去了广州的新苗幼儿园；而昨天，她却被一个和她迎面走来的陌生男人从人行天桥上抛了下来，至今躺在医院里生命垂危……

"据一位在华景新城公交车站等车的周女士说，昨天上午10点半，她听到天桥上传来嘈杂的喧闹声，紧接着她看到有什么东西被从天桥上扔了下来。'到现在我都不敢相信，扔下来的是一个小孩。'她被扔在两辆公交车间，头先着地。跟着，周女士看到一个男人也从天桥上跳了下来，摔得头破血流。小孩的妈妈很快哭喊着跑了下来，喊着救救她的孩子。

"看到这一幕的路人赶紧帮这位失魂的母亲打报警电话，拦的士。看到没有的士经过，路人就拦住了一辆私家吉普车。车主在了解情况后，载着奄奄一息的孩子和悲恸欲绝的母亲，前往最近的广州市中山三院。

"'到医院时，孩子已经处于深度昏迷状态，左侧颅骨有凹陷；那名跳桥的男子被送到时，瞳孔散大，呼吸和心跳已经停止。'医院急诊室的医生告诉记者。

"记者赶到现场，路面有两摊血迹，路上散落着一双童鞋。目击者马先生称，事发时，他正在天桥上摆摊，由于天气较热，天桥上行人不多，除几个摆摊的外，特别醒目的就是那对母女。'当时母亲走在前面，一手拉着一辆童车，一手提着菜。那个小女孩蹦蹦跳跳地跟在后面，有时还停下来看看天桥下面的车流。'马先生说。

"几分钟后，马先生突然听到有人大喊：'你干什么？快把我的孩子还给我！'他抬头看到，一个身穿格子短袖上衣和牛仔裤的男子正双手横抱着小女孩站在护栏边。'那人离我几米远，他抱着小女孩侧靠着护栏，听到小女孩母亲的叫声后，他说了一声'大姐，对不起了！'突然把小女孩往桥下一抛！'马先生说，他当即跑过去想抢下小女孩，已经来不及了！'我还没跑几步，那个男的突然越过护栏也跳了下去。'

"小女孩的母亲扔掉了手中的车子和菜，发疯似的往天桥下冲去……"

郭瑞仁看着这些文字，恍惚是在梦中。他觉得这一定是一个误会，这个男人也许是捡了或者偷了郭运的身份证，也许事情不是这样的，是报道搞错了，也许是郭运在火车上或旅社里被人下了药，他是被人害了，要不，他不会这样的。说不定明天就会变回原来的样子，这一切只不过是一场噩梦。

龙上英听说儿子的事情后，哭得死去活来，整天以泪洗面，滴水不进。清醒时，她询问记者什么是天桥；知道是人行过街桥后，又问："看见郭运带的辣子肉没有，留在天桥上了吗？"这是郭运最喜欢吃的菜，动身前龙上英亲手给他做的。

郭运是全家的希望所在。龙上英有五个子女，一个儿子年幼时夭折，两个女儿都嫁人了，大儿子郭仪在家，一身是病，他听到噩耗当场晕倒在地里。

有一家广州报社的记者，见郭家实在是穷，连去一趟广州的车费也拿不出，他请示报社领导后，报社决定出资让郭瑞仁、龙上英来广州见儿子最后一面。见过郭运的尸体后，千真万确，他是自己的儿子。郭瑞仁认下儿子，就不能不认下这桩惨案。郭瑞仁想做的第二件事情就是去给小湘女的父母赔罪。人家无缘无故痛失女儿，儿子对他们一家是有罪的。他们不能不去替儿子给人家道歉。但怎样道歉，对方又会对他们怎么样，郭瑞仁心里面一点儿底也没有。

七

郭运今天跟着父亲去地里挖洋芋。他在前面用锄头从垅边把土挖开，土块一翻，洋芋根到了上面，洋芋苗埋到了土下，土里的洋芋露了出来。他再下锄时，就避开了洋芋，一锄下去，用劲一提，泥土与洋芋就分开了。他在前面挖，郭瑞仁在后面捡，半天工夫，竹篓里就装满了。母亲又拿来了一个竹篓，也蹲在地里捡。有的洋芋埋得深，郭瑞仁就用小锄再往深处挖一挖。洋芋与泥巴的颜色太接近了，大的土块里藏着洋芋，还得敲碎才发现得了。

郭瑞仁问儿子：真的不出去了，以后靠什么过生活？

郭运说：我想过了，家里离县城也不远，我到县城租个铺面搞修理。我在开平电子厂学修组合音响、DVD、电视机，手艺还行。

郭瑞仁说：我相信你能行。

郭运一五一十跟郭瑞仁算账，算着算着，停了锄，闭了眼睛，站直了腰。

他其实是早就算过的，回来第三天就去县城打听过了，回到家也算过了，既然打算回家过日子，在外学的这门手艺还不是为了现在能派上用场。这会儿要跟父亲商量商量，亲自跟他算一笔，也是让老人清楚自己的想法，让他理解自己的选择。他把自己了解到的铺面租金、各种税费报了一遍，父子俩都在心里默算着。算完开支，又算收入，生意好一天能修多少台音响、电视、DVD，一个月下来能赚多少钱，除去开支，还剩余多少。这个剩余就是他们赚的钱了。

但两人算得的剩余不同，郭瑞仁算下来只有两百，郭运算下来有四五百，差就差在对每天能修多少台电器上，郭运比较乐观，而郭瑞仁认为只有逢年过节业务才好，平时这些东西，人家摆在家里是个看相，坏了也就坏了，一是没钱去修，有的人家油盐都买不起，困难啊；二是懒得去自找麻烦。逢年过节了，一家人团聚，要热闹一下，平时坏了的电器，这时候就拿出来修修，再缺钱，也不能省这点了。

郭运说，黄包包村这样，城里可不这样，城里有钱人怎么跟农村比，十个村百个村还比不过人家一条街呢。郭瑞仁也承认这个理，可终究没到手的钱不能算个数，打工就不同了，你每月到了，人家就得准时发给你一千元，扣掉花费，还救得下五百，这可是稳拿的，没有什么风险。

郭运在心里说，你又不知道人家平时是怎么省的，只要手松一点，在深圳那样的地方，不要说是一千，就是两千三千也是一眨眼的工夫就没影了。他只差说，谈了恋爱，那一千元就更加救不了多少了。但他不能把这个告诉父亲，他有承诺的。

父亲见他没吭声，叹了一口气。

郭运没吱声，但他知道自己心里有一样东西碎裂了。到底是什么碎裂了，他一时还弄不明白。他只是觉得自己的眼光突然之间变了。变得哪里都是临时的，黄包包村这个巢比起自己在外待的时间更少。他回巢的可能性越来越渺茫了。哪一个地方是属于自己的？一辈子都要在外漂泊吗？他眼里涌出一滴泪，他悄悄擦了去，又是一滴，真不争气。

要砌屋还得再出去。至少去打半年工，把砌屋的钱赚够了才回来。

想起自己回家时还那么踌躇满志，几天下来就垂头丧气了。为什么他们这一代人做一个农民都不再切合实际了呢？似乎出路只有一条——那就是打工。每个村庄的青年人几乎都走光了，都一个个去了广东。珠三角地区，人潮汹涌，人头如蚁。有时郭运感觉自己就是一只蚂蚁。在城市的高楼大厦间，人是多么渺小，个人的前程又是多么渺茫。有人疯狂地买彩票，那种虚无缥缈的事情干过一两次郭运就不想再干了。他并没想发大财，他只想有自己一个安身立命的地方，过正常人的生活。

正在他们沉默的时候，龙上英急急忙忙向这边一路小跑过来了。她的喘息声很远就传了过来。郭运停下锄，望着她快速摆动的手臂，因为身体发胖，她的手前后摆动变成了左右摆动，一左一右，一左一右，十分夸张。郭瑞仁见她上了一个坡，就喊开了：么子事吗！跑么子吗！龙上英患有高血压，六十一岁了还这么跑，是出了什么急事？这父子俩看着她更加着急了。

原来是郭运的三爷爷、郭瑞仁的三伯过世了。上午才断的气，报丧的到家里来了。一听龙上英一边喘气，一边断断续续说出三伯死了，郭瑞仁身子抖了一下，他想也没想就去收拾地里的东西。他们仨扛锄的扛锄，背背篓的背背篓，急急忙忙就往家里走。

一只黑色鸟飞过，刚才阴着的天，漏下一团稀薄的阳光，照得人的脸有麻辣辣的感觉。那些终年不长草的山坡，石灰岩上浮出一层白光。远远地，黄包包村杂乱的房屋，黑色的瓦片、灰色的水泥墙、红色的泥砖、褐色的木墙，与绿树灰土纠缠成一片，像人混乱的思绪，完全没有了章法。一条窄窄的泥土路，向着坡下蜿蜒前行，三个人走得气喘吁吁。龙上英上衣湿透了，郭运脱掉了花格子衬衫，光着膀子，衣服往腰上一系，由着它跟着自己的步子一摆一摆的。

郭运的三爷爷是中风死的，一口气留着，硬是在床上扛了十一天才落气。等郭运一家来看老时，老人已经穿戴好了，地上一堆沙土，沙上铺着竹篾席、棉布床单，人就横躺在上面。脸已被一条手帕盖住，头枕在一只布做的公鸡上，黑色的布靴十分夸张，尖尖地竖了起来，中间用一根红丝线绑着。身上盖的黑色寿被，绣着五彩丝线的怪兽、人面和奇大的花朵。

尽管家里人知道老人要去了，已有了准备，但人一倒地，还是一片混乱。房子里人来人往，但都只是老人。来看老的也是老人，个个都在叹息。年过半百的大儿子还没来得及穿麻布孝服，跪在老人的脚前，给来看老的人磕头。郭运进屋在老人的脚前磕了三个头。郭瑞仁磕完头又去揭老人脸上的手帕，最后看一眼他的三伯。叹息一声后，他就帮着张罗点灯、烧香、摆碗筷。碗里倒上肉菜、茶水，都放在一张小方桌上，小方桌摆在老人的脚前。又用一张白纸写灵牌，用两根香支着插在一块萝卜上，放到小方桌香前。他是一个居家道士，三十岁时曾拜师学过做法事，懂得为亡灵超度作法。

由于老人年逾古稀，在乡里这是喜丧。老人没女儿，几个媳妇哭过一阵就没有哭了，这几天做道场还有她们哭的时候。有没有人哭这还不是什么大的问题，最大的问题是出殡那天找不到人抬棺。一口棺材，里面放满了石灰，那得十六个青壮年才抬得动。但青年人都出外打工去了，村里只有老人小孩。丧家回来了几个孙子辈的后生，但按规矩他们只能做孝子，是抬不得棺的。实在找不到人的时候，就得花钱到外面雇人了。

一个在村里生活了一世的人，到最后人走了连抬棺送葬的人也没有，得花钱雇外人来送葬，这是多么不光彩不吉利的事啊。

郭运是侄孙，按理应做孝子，现在没人抬棺，他也就只能做抬棺的人了。郭运个头小，力气也小，要把这么沉的棺椁抬到墓地，这对他是个很大的考验。

寂寞的黄包包村因丧事又变得热闹起来了。吹唢呐的，敲铜锣的，放鞭炮的，扎孝堂的。特别是道士，穿着黑色道袍，绕着棺材做道场，挥动着手里的长苕，唱着抚慰灵魂的歌。一会儿是人世，一会儿是冥间。唱着唱着，一个年轻的道士手机响了，他走到一边去接电话。又有地方死人了，业务来了，请他们去做道场。

来凑热闹的都是老人，老人来送故去的老人，场景不免使人悲伤。道士唱："野火烧不尽，春风吹又生。""渭城朝雨浥轻尘，客舍青青柳色新。劝君更尽一杯酒，西出阳关无故人。"唐诗在这里变成了生命的哀歌。

郭运见到了很多亲戚。堂妹郭晶是小时候一起玩大的，郭运比她大，因为辍学了两年，就与她做了中学同学。他们两个都想考中专，却都名落孙山了。郭晶一见面就诈他："听说你在外面有女朋友了？"郭运回她："没有，没有。"郭晶不放过他："我都听说你有的，怎么不带回来看看？"郭运看了堂妹一眼，知道她是在诈他，口里不敢放半点风出来，就坚持说："真的没有。"堂妹见他说话的兴趣不高，转身忙别的去了。她在外赚了一点儿钱，女人能赚钱，没有几个是干净的。但村里人已见怪不怪了。就像城里说的发展是硬道理，村里信的是有钱拿回来比什么都强。

郭运的一个堂哥，见亲戚回来了很多，就想着趁这个机会砌房，要不人一散，找个帮工都很困难。他把放地基的日子定在三爷爷出殡后的第二天。郭运也被叫上了。他跟郭运说，你不要急着走哟，帮我几天工，到时你砌房我也来帮你的忙。郭运自然是答应的。天气虽然热，早稻已经收上来了，晚稻也插下田了，这是个农闲的时节，砌房正是时候。在农村，砌房是大事，不但亲戚要来帮忙、祝贺，家族里的人也是要来帮手做些事的，办大事一点人气也没有兆头不好。

吃饭时很是壮观，临时搭的竹棚，泥砌的灶，铁锅大得可以煮下一头猪。树根劈成的柴烧得通红，一股轻烟萦绕在村子上空。锅里的蒸汽像一团云雾一样升起来，在竹棚里又迅速散去。一大家族人大鱼大肉十几桌摊在地坪上吃。不断放着鞭炮，不断有远方的亲戚加入，来棺前磕头作揖。这丧事办得真有点喜事的味道了。

八

郭瑞仁、龙上英和张同去广州，他们的行动全由给他们出资的报社安排了。

出远门，郭瑞仁、龙上英要穿戴得正式一些，郭瑞仁把一直戴在头上的旧军帽脱了，换上了郭运买的新军帽，粗布裤子上系了一根红绳当作腰带。龙上英脱下黄色塑料拖鞋，换上了一双新解放鞋，并找了一条白毛巾系在腰上。实在找不出什么新的衣服，郭运买的红外套龙上英又舍不得穿，他们就仍然穿的一身粗布衣裳。

郭瑞仁找出户口簿，从口袋里掏出一支旧钢笔，哆嗦着把笔尖在嘴唇上蘸了蘸口水，手颤抖着在户口簿背面写下“惨儿运娃，爸妈来了，请你安息”，字迹歪歪扭扭几乎不能辨认。写完字郭瑞仁双眼泪流。他把户口簿藏好，把几件旧衣服装进蛇皮袋里，就招呼老伴出门了。

几个村民来送行，说些宽慰的话，一直把他们三人送到村口。经过一户户人家，老人们都走到屋前跟他们告别，说些吉祥祝福的话。村口的小路泥泞坑洼，郭瑞仁腿脚不是太灵便，两里村路，深一脚、浅一脚，走得裤腿上都是泥。

七天前，曾是阳光普照，郭瑞仁、龙上英沿着这条路送儿子出外打工，他们眼望着儿子坐上去贵阳的班车，绝尘而去。七天后，阴云密布，同样的路，同样的车，他们去为儿子奔丧。二十多年前，郭瑞仁曾去杭州打工，走过这条路，两年后为照顾年幼的郭运回了家，从此再没有外出过。这条路与一个遥远又陌生的世界联系着。然而，对黄包包村这里走出去的农民，这是一条怎样的路啊?!

龙上英从没出过远门，她想着最后亲手摸一摸娃的脸、娃的手脚。她要向那一家人去赔罪。作为道士的郭瑞仁，他想把娃的魂招回黄包包村，他不想儿子在外做一个孤魂野鬼。

到广州的晚上，记者带着他们三人打的到了华景新城人行天桥下，车刚停下，郭瑞仁、龙上英就打开了车门。龙上英早已是满脸泪痕，她擦了擦漫无边际的泪水，抬头望着人行天桥。这个她第一次听说的“天桥”，她想象过多少回、梦过多少回的天桥，高大、坚锐、傲慢，深深刺痛她的想象和泪眼。她的眼里充满着迷惑和惶恐，“哇”一声就哭起来了：“娃啊，娘来看你了！你怎么从天桥上跳下来呀?!”她哭着，头一直抬着，望着桥栏，好像她的运娃还在天桥上没有往下跳，一切还没有发生，她在就能阻止这一切。

郭瑞仁一下车，腿就发软，他在张同的搀扶下，颤颤巍巍，一步步走近桥底。那好像是个一步就能到却让他无法迈开这一步的地方。他心咚咚跳着，呼吸困难，几次差点跌倒。记者告诉他郭运跳下的准确位置，老人站住了，要张同拿香烛、纸钱，他手在身上摸索着，摸了半天，从口袋里掏出一个打火机，突然往地上一跪，老泪纵横，手哆嗦着把纸钱一叠一叠点燃。两眼默默地看着纸在火中舞蹈着、蹿动着，像是人间之外的灵物，突然显形。火焰的下面，纸迅速从黄色变为黑色，化为灰烬，奇迹一样变得轻如风过。那是抵近灵魂的过程。郭瑞仁开始了另一个仪轨，他从身上取出白色的招魂幡，在燃烧的冥币前站了起来，身子起来一半，又一跪，差点倒下。一旁的记者赶紧扶了他一下，他站稳后，拿着招魂幡绕着火堆转圈，口里唱着歌，长歌当哭，曲调哀婉、悲恸。龙上英跪在火边哭喊："娃啊——娘来看你了，娘带你回家。"她掏出白毛巾一边抹泪一边号啕，哭得瘫坐在地上。

郭瑞仁转完圈，在刚才跪着的地方，又"扑通"一声跪了下去，双手抱拳向儿子作揖。女婿张同也跪下了。郭瑞仁大声说："娃啊，父亲和你娘要带你回家！"

路上密集的行人纷纷向这边侧目。三个乡下人，一个腰系红绳，一个系着白毛巾，穿得鼓鼓囊囊，用一种少见的语调又是哭又是喊，有的疑惑地停下脚步，更多人见怪不怪，乜一眼脚步没有顿一下就走过去了。

再次坐上的士，郭瑞仁、龙上英把车窗摇下，回头盯着那座天桥，直到它越来越远，满街闪烁的霓虹灯把房屋、汽车、行人照得五彩缤纷，那座幽暗的天桥像一道光的暗影被光的洪流淹没了。两个老人的泪花也像珍珠一样在暗夜里发光，被五彩灯光映照得斑斑驳驳。

九

郭运越来越感觉自己在黄包包村是待不下去了。他是个闲人，也是个不正常的人。是人都忙去了，年轻人走得越来越远，好像越远就越能挣大钱。经常有传闻说某某在什么地方发了财，某某当了什么经理、老总，发达了。这都是乡里人白日发梦，想出来的。真的发达的人太少太少了。打工的人出于虚荣心，回来只讲外面自己如何地好，从不讲自己的不好。田地里的活，都是老人在干，一个后生仔闲坐在家，招来的只会是怪怪的眼神。

已经有人在问他了，什么时候走呀？几时去打工呀？以前回来的确是假期少，想着挣钱，都只是住几天就走，这一次不同，他是下决心辞了工回家来的，想砌了房，不再出门了。但郭运第一次感觉到黄包包村不能接纳他，他违背了什么东西，像逆水行舟一样艰难。他感觉到自己不完全属于黄包包村了，他被老人们当成了远方的人，一个只是回来探亲的人。

郭运越来越有压力了。杨萍的追问再也不能敷衍，在家也待不下去了。再去找工？到春节还有半年，赚三千元就可回来砌房。回深圳，跟杨萍在一起，钱是难攒的。不到深圳嘛，想她又想得厉害。怎么办？他连大哥那边也没有心思去坐了，他回来后，兄弟俩都没好好聊一聊。

命运似乎充满着玄机，郭运本以为自己已经做出了选择，他已经回到了家乡。但一股神秘的力量正在把他推开，他最终还是决定走了。他这时想到了广州。

广州，郭运并不陌生。去开平打工，就是在广州下的火车，他那时路过广州。

第一次春节回家，他随着春节回家的人流来到了广州火车站。车站广场人头攒动，那真是一锅煮沸的饺子，个个都在移动着，有的人头形成一股股涌动的黑色暗流；有的停滞不前，在原地待着；有的漫无目标，像无头苍蝇东撞西碰；有的突然跑了起来，在人群中飞跃一般，瞬息间又在人群中隐于无形……

郭运只在片刻间就投入了人潮之中，他得买一张回家的火车票。他就是无头苍蝇中的一只。

售票厅的车票几天前就已售完，他失望又伤心地走出大厅。票贩子跟着他，问他去哪里，他说贵阳，票贩子于是掏出了到贵阳的车票。郭运一阵惊喜。他的手触到车票，对方向他伸出了一个大拇指和一个小拇指，另外三个手指死死地扣向手心。郭运先不明白什么意思，对方说："六百元，不讲价。"这是票价的三倍。郭运辛苦做一个月也赚不到这么多钱。他痛苦地摇着头。

他在人潮里就是一只无助的苍蝇，东撞西碰，不知道肚子饿，不知道天色在暗下来，风越来越寒冷。他已经疲惫不堪，回家的愿望是这样强烈地驱动着他，他像大海捞针一样想找到一张回家的票。等到他头昏目眩的时候，他才发现天已经完全进入了黑夜。他得找地方歇息，找地方吃饭。他这才想到拉他住宿的人，他们一个个举着牌子，上面写着住宿十元，离车站五分钟，有的声明可订车票。

他试探地找到一个写着部队招待所的牌子。举牌的是一个脸蛋圆圆的姑娘，他觉得她比较可靠，就主动凑上前去，问她住宿多少钱，姑娘立马回答部队优待打工者，一律十元，可以订车票。郭运脸上露出了一丝喜色。他这才感觉到自己的脸皮紧绷了一天，这时换了一个表情，得到了松弛。

他知道行骗的人太多，不放心地又问了一句：旅店离车站远吗？姑娘不假思索脱口而出："我们离得最近，十分钟内可到。有专车接送。"郭运彻底地放松了，他背着编织袋，站在姑娘身边，两三分钟后姑娘身边就聚集了四五个打工仔。姑娘把牌一举，领着他们就朝广场外走。

广场外有一辆旧中巴。他们上车，车里已经坐满了人。郭运走到后排最后的位子，刚坐下不久，车就启动了，载着一车人在广场立交桥下掉转头，到了一座十字立交桥，向左九十度转弯，向北开去。

车走了很久，早就不止十分钟了。路上车辆越来越少，灯光越来越暗，郭运的心越来越慌。四十分钟后，路灯稀疏得照不清路面了，黑暗中汽车一拐，果然有一个大门，一堵墙上用镏金大字写着某某部队。郭运的心又觉得安定了。

中巴进了门又是一个急拐，进入一条小巷。拐弯的时候，郭运看到前面还有一个大门，那才是真正部队的门。

他正在犹疑的时候，车一拐，一个急刹，停下来了。

车门还没打开，一群穿迷彩服的人把车围了起来。待他们走下车时，这些人排成了两队，把下车的人夹在了中间，嘴里说着“欢迎，欢迎”，手已经像抢一样夺过了旅客的行李，往一楼的一间房里拿。郭运见这阵势，只好乖乖把行李交给一个五大三粗的男人。

车上的人随行李跟进了屋，也有两三个感觉情况不对的，自己拿着行李站在房外，迷彩服把他们围了起来，要他们进屋里去登记住宿。有人不依，穿迷彩服的人就强行拿行李，争来争去，有人挨了一拳，被推进了房。

一个长络缌胡子的中年男人开口说话了：“你们是我们请来的客人，赶快登记，每人一晚四十元。”有人抗议说：“不是说十元吗?”那个汉子把眼一横：“谁说十元？坐车不要钱吗？我们的服务不要钱吗？少啰唆，赶快交钱。要车票的赶快交订金，晚了就没有啦!”他又指着那个抗议的人说，“你住宿五十，不准不住。”那人拿了行李就要往外走，一群穿迷彩服的蜂拥而上，对着他就是一阵拳打脚踢。

再没人吱声了，郭运跟其他人一样老老实实交钱。有要求订车票的，要交三四晚住宿费，除车票费外，又加收了手续费。郭运不敢订票。他想的是如何快些逃走。

晚上，一车又一车的打工仔被中巴拉了过来。郭运听到房内传来的打斗声、叫骂声、惨叫声。有一个人冲出房间跑到了巷口，四五个人跟在后面追赶，眼看就快到大门了，一道黑影飞起来，一根棍子一样的东西打到了那人的后脑壳，逃跑的人应声倒地，叫都没来得及叫一声……

这一次春节的经历，深深烙进了他的记忆里。对广州，他有一种本能的恐慌。

第二次闯广州，他想离开开平，想到大城市寻找发展的机会。他在开平看到了一张报纸上的招聘启事，他打过电话，询问了情况，对方说欢迎他来广州工作，月收入有一千多元。他带着这张报纸就来了广州，按报纸上登出的地址找到那家职介所。服务小姐问明他的来意，又要他的身份证看了，说她这里正好有一家工厂招工，月薪一千两百元，不过要试用。这对郭运来说，如同喜从天降，服务小姐打通了电话，报了他的名字，那边说同意试用，要他马上来上班。服务小姐按规定收了他六百元的介绍费，她说如果试用不聘还可退他三百元。

郭运按地址找到了那家工厂。一栋小的房屋里，两个男人热情接待了他。按规定，他要先交六百元，三百元为押金，三百元为培训费，身份证也得押上。对方见郭运怀疑，解释说这里是工厂的培训基地，他们是一家大工厂。郭运在一间房子里与一帮男人拆线，而另一间房一帮女人把他们拆下的线又重新织成袋，三天后郭运就被炒了鱿鱼，理由是他手脚太慢，不适合干这个工作。他领回了一百元的押金和身份证，灰溜溜地走人了。

到了职介所，郭运要求退钱，服务小姐告诉他，钱是不可以退的，她可以负责再给他找一份工作，如果他再被炒了鱿鱼，职介所就概不负责了。郭运像被人揪了一下心，眼泪唰的一下就流了下来，他身上的钱被骗光了。那一刻，他觉得自己走到了人生的绝路，他无助、孤独。两个大汉站在门外，望着他一步一回头走远，凶恶的目光如两道鞭子抽在他身上。他的双腿走在坚硬的水泥街道上，觉得是软绵绵的。自己就像一只纸折的船，被抛到了汪洋大海之中。这个世界，只有黄包包村是安全的，才是自己的巢。但它现在在哪儿呢？在现实的世界里，它是那么小、那么遥远。

再去广州打工，郭运真的不想，那些痛苦的记忆折磨着他。他每晚辗转反侧，难以入眠。他想不通，那些欺负他的人其实与自己一样都是社会底层的人，都是打工仔，他们怎么就下得了手?！他不愿把这些痛苦的经历告诉家人，让他们替自己担惊受怕。

十

郭瑞仁、龙上英突然就成了别人的仇家。这仇家他们都不认识。郭瑞仁更无法想象他们的仇恨是怎样的，他该怎样面对。他的脑子是木的，好像不会思考了，只有一片空白。他只是凭着做人的良知一定要去那家人家替儿子赔罪。儿子为什么要干下这样的事情？郭瑞仁更无法找到合理的解释，想了很多个理由，但没有一个是能说服自己的。这样的难题，他家几辈人都没遇见过。

离开华景新城，晚上10点，的士在华港花园停了下来。龙上英抹了一把泪，跟着就下了车。

小湘女的家就在这里，她的父母任川、彭小慧在华港花园租了一套一室一厅的房子。记者和张同分别搀扶着郭瑞仁和龙上英上了楼，记者按响了任家的门铃。里面传来任川的声音。犹豫了几秒钟，门“嚓”一声打开了。小湘女的父亲任川探出头来，脸上仍然是悲戚的神情，他疑惑地望着他们。郭瑞仁、龙上英马上上前：“我们给你道歉来了！”任川迟疑了一会儿，当他明白面前站着的人就是害死自己女儿的凶手郭运的父母，突然大声叫着：“道歉?！我不会接受你们的道歉的！”

郭瑞仁、龙上英、张同“扑通、扑通”一齐向他跪了下来。老人不知说什么好，一个劲说着“对不起，对不起”。任川赶紧从房里出来，与记者一起扶起了郭瑞仁。扶龙上英时，她怎么也不肯起来，哭着“对不起啊，对不起啊”，嗓子呜咽、嘶哑、苍凉。

任川再也控制不住自己的感情：“我好好的女儿啊，他为什么要害我女儿？我们都不认识啊！她才来广州，才三岁啊！我还没来得及陪她玩一下，还没有好好疼她，她是想我才来广州的啊！她就这样死了！”任川哭着，泪水已经失控，“她喜欢布公仔，每次只是摸一摸，我们都没舍得给她买！她多懂事啊，知道家里穷，摸摸就走。那天还闹着要穿新衣服跟我去上班，没想到我再也见不到她了，她死得太惨了！我给她买了双新鞋，她脚肿得连鞋都穿不进了。对不起，对不起就行啦?！”任川挥动着双手，情绪越来越激动，“我也是打工的，我一个人两千多元要养一家人，你们要是诚心道歉，你们先把医药费付了。医药费我花了几万元啊！”

郭家人说着“对不起”，不知如何是好。郭瑞仁说：“我们养的娃，没想到他来广州打工会做违法的事……我没有钱啊……”

任川由伤心转为痛恨：“你们就这样养儿子啊?!你们父母就没有责任?你们可恶的儿子为什么要害一个三岁的小孩?”

龙上英已泣不成声：“我自己的娃也丢了啊！对不起，对不起……”

小湘女的外婆、奶奶和姑姑都站到了门口。小湘女的奶奶激动地说：“我们都是做老人的，该明白是什么滋味!”

小湘女的妈妈伤心过度，在ICU重症病室外守候了五十多个小时，几次昏倒在医院走廊。她从床上爬了起来，泪水早已流干的她，身子虚弱地靠在门框上，想对郭家说点什么，但嗓子已经说不出话了。

任川见龙上英还跪在地上，伸手去扶，他说：“我不怨恨你们，真的不怨恨。这件事情不怪你们。快起来!”

记者想说点什么，把买的百合和水果递到任川的手里，任川坚持不接受，他说：“这个我们不要，给他们吧。”他又说，“你们养了几个孩子，我就一个女儿，我也是打工的，省吃俭用把孩子养这么大，如果你们有诚意，先把三万元医药费给付了。否则，我们法庭上见。”说完，他将房门重重地关上了。

十一

8月的最后一天，郭瑞仁和龙上英一早就起床了。龙上英像平常一样把鸡笼打开，赶鸡出去觅食，把房子打扫了一遍，然后到菜园里采了冬苋菜、红萝卜、辣椒。辣子炒肉是郭运最喜欢吃的菜。昨天郭运到镇上一口气买回了二十斤猪肉，他知道父母在他走后肯定是舍不得吃肉的，不如一口气买回来，他们就不得不吃了。龙上英一早偷偷把猪肉切下十斤，和着辣椒一起炒了，准备让郭运带到路上吃。郭运又从纳雍镇买回了一车藕煤，数一数一共有两百四十七元，省着点用，够烧几个月的。还给父亲打了十斤白酒。炒完辣子肉，龙上英又炒了十斤板栗和十斤辣椒，煮了十五个鸡蛋，都塞进了郭运的编织袋里。

儿子又要远行了，龙上英为儿子做最后一顿早餐，她把瘦肉全切出来，挑最好的炒了大大一碗。又特意煎了两个荷包蛋，煎得两面黄黄的，她想尽量做得丰盛一点。她在厨房里叮叮当当忙着，眼角不知什么时候溢出了一点点泪花。她手背一抹，又去打水。

郭瑞仁习惯早晨到地里转转，有事就先忙乎一阵，看着自家的炊烟从升起来到熄下去，太阳这时升起在东方，照亮了远处三岔河的水面，他就扛着锄头回家吃早饭了。一早干活可松动松动筋骨，早晨又凉爽，精神也好，是一天最愉快的时光。没事的时候，也要看看自己种的庄稼，望望那些永远守护在村子边的山峰，他就有一种满足和舒坦的感觉。黄包包村人都习惯早起早睡，日出而作，日落而息，依然是农村悠久的生活传统。从外面回来的人就不一样，他们不睡到太阳晒屁股是不肯起床的。晚上也不愿意那么早就上床，看看电视，或者找人打打麻将，赌赌钱，赌得越大越有面子。在赌场上他们个个都像是大老板，一个比一个狠。

郭瑞仁今天特意不去地里了。他像个无所事事、游手好闲的人，东张张，西望望，等着郭运起床。他实在不想叫醒他。他知道这天郭运要坐上几百公里的长途客车，半夜再从贵阳转火车，火车上要熬夜，有时人多连座位也没有，要站上一天一夜，不是身体好的小伙子是吃不消的。出去赚几个钱不容易啊！

儿子在家，这个家是充满生气的，儿子走了，家也像被抽空了。他们两口子剩下的只有无尽头的期盼。郭运有时一去就是两三年才回一次家，舍不得路上花钱啊！心里的思念和担忧只能硬扛着，一日日挨着。人老了，总是希望儿女在身边。好在这一次出去郭运答应春节就回来。但郭瑞仁反倒心里不踏实了，那晚郭运的哭声有一种不祥的预感在他脑海里萦绕，挥之不去。

一个早晨，他就在地坪上走来走去，然后蹑手蹑脚进门，看一眼还在熟睡的儿子，那安详的睡姿还像小时候的模样，憨厚得让人心疼。自己的心是什么时候变慈的呢？老是想着儿女小时候的事情。人老了，开始忆旧了。

郭运醒了。他漱口、洗脸，又把行李收拾一遍，发现自己的裤袋里塞了三千元钱。这正是自己给父母的钱。他拿着钱就去找母亲。母亲饭已做好，正往桌上端呢。一看儿子手里的钱就明白了他的意思。她把碗一放，说："这钱你非得带着，我们留着用了就用了，没钱也一样凑合着过，这么多年都熬过来了，不差这一会儿。你砌房还要用钱的，这钱你得带着，留在家里有个什么事情就花了。"

郭运说："留在家里有急事也能派个用场呀！没用掉我回来还不是在那里。我路上带着也不安全。"

龙上英用不容商量的口气说："留在家里就救不了，亲戚朋友有个难处，钱就没了。”

郭运见说不过母亲，就从里面抽出两百元塞到母亲手里，说：“这个留作家用，家里没有一分钱了，电表也没有安。”

龙上英犹豫了一下接过钱，转身往卧室走，把钱塞到了木箱底下的衣服里。

早晨一层淡淡的薄雾已散，入秋的云贵高原有了几分凉意。刚升起的太阳被一大片山谷涌出的云团给遮住了。郭家一家三人离开了黄包包村，往纳雍镇而去。村里的狗已经认得了郭运，不再朝着他吠了，而是向他摇着尾巴，跟着他走了一段路。

村里人大都姓郭，刚吃过早饭，站在门口的就跟他打个招呼：“出去打工呀。”郭运总是回一声：“嗯。”这是黄包包村最常见的一景了。十几年前，村里很少有人出远门，如果谁家有人出远门，或是去参军，或是去上学，或是走远亲，村里人都会在走之前的一晚来看望，说上一夜祝福的话，憧憬一下遥远地方的风土人情。那时，这都是村里的大事。现在出远门成了家常便饭，打声招呼就完事了。只有龙上英眼里湿湿的，不时用毛巾擦擦眼。郭瑞仁嫌她不该来。

两里地，三人慢慢走来，郭运背着一个大的编织袋走在前面，龙上英提着一个小的红色塑料桶，里面装满了她早晨炒好的辣子肉。她一路上千叮咛万嘱咐，郭运只是“嗯、嗯”地答应。郭瑞仁提着一个行李包默默走在后面。一直送到了客车站，郭瑞仁、龙上英把行李送上车，再一次嘱咐他路上小心，过春节要回家来。

汽车开动了，郭运朝两位老人挥了挥手：“回去吧，我没事的。”

汽车一个转弯走上了街道，阳光已经十分刺眼了，在街道上投下了房屋的重重阴影。汽车在郭瑞仁、龙上英的眼里越来越远，直到小得看不清，被其他车辆挡住了，龙上英这才擦擦脸上的泪水，跟着郭瑞仁往黄包包村走。

十二

郭瑞仁、龙上英、张同是报社记者安排住进宾馆的。这是一个带电梯的高楼，郭瑞仁上电梯的时候不明白为什么要走进这个铁箱子里，门一关，他有些紧张。记者告诉他这是电梯，可以上到他们住的七楼。电梯一启动往上走，吓得他赶紧双手撑着电梯，生怕自己掉下去。龙上英不明白自己怎么会这么晕，七楼到了，她以为还是原来进电梯的地方，门一开，发现大厅没有了，面对的是一条走廊，吓了一跳。

住进房间，卫生间不知道怎么用，上厕所蹲惯了坐着找不到感觉，只好蹲在坐便器上面，老人又害怕摔倒。宾馆对面是一座二十五层的住宅楼，这么高的楼，龙上英躺在床上也晕得厉害，几次差一点从床上滚下来。

记者把这几天的报纸都拿给了他们，有《羊城晚报》《新快报》《广州日报》《南方都市报》，所有的报纸天天都在报道这个惨剧。张同找了几篇报道，读给两位老人听。有的读过后，郭瑞仁自己又拿起来，戴上老花镜，再仔细地看一遍两遍，他想搞清楚自己的儿子为什么会这样做。报道里市民也在问这是为什么。公安已经在立案侦查，也想查个水落石出。几家报社都登出了举报电话，号召知情者提供线索。

最早打电话给报社的是一位姓万的女士，她说事发当天上午 8 点 30 分，她在上社牌坊见过郭运，他当时正躺在地上，上身的衣服有几个扣子是解开的，他背贴着地，用手和脚移动，见到人就叫帮他报警。但半天也没人理他。他突然站起来怒吼了一声："我做鬼也不放过你们!"

当时围观的很多人看到他这样都拿出电话来，她以为他们都在替他报警，由于急着去上班，所以她就没打电话。如果当时有人帮帮他，也许就不会有随后的惨剧发生了。

读到这里，郭瑞仁站了起来："唉！唉！城里人为什么这样无情！我们黄包包村，莫说这么多人，就是只有一个人在也会帮的，看着别人有难不伸手，良心都被狗吃了!"

张同再往下念，另一位读者打电话告诉报社，他曾经在 9 月 2 日早晨搭载郭运前往棠下，时间是早晨 6 点 10 分，讲价五十元。可是，一到那里，郭运就冲进治保会，连钱也没有给。这个不肯留名的读者还说，郭运在摩托车上问他，哪里可以买到炸药。如果愿意带他去买，他愿出一千元。他要买炸药报复社会，同归于尽。

郭瑞仁这时没有吭声了。他知道儿子这样想是不对的。

下面是记者到现场的报道："记者根据电话提供的地址，到棠下寻找目击者。记者找到路边一位擦鞋的妇女，她姓康，9 月 2 日那天不到 7 点，她就出摊了。她告诉记者，她才坐下来两三分钟，就有一辆摩托车载着一位男子从牌坊进来，开到大光药业公司门口时，不等摩托车停稳，他就跳下了车，连车后面的编织袋都不拿，跑向治安队值班室，向里面的治安员求救：‘有人追杀我。’有治安员出来看了看，这人身边没有其他人，不像被人追杀。治安员就没理会。他很是生气，两次用头撞墙，撞得头破血流。然后跑到马路上，仰躺着喊：‘有人杀我，报警！’声音很凄惨。

“摩托仔可能觉得他很古怪，拿下那个编织袋放在垃圾回收站旁，也没找他要车费就走了。一名环卫工说，她曾看到那个编织袋里装着一些旧衣服。有一个捡垃圾的想拿走编织袋，被她制止了。后来围观的人太多，她也没留意编织袋到底被谁拿走了。他躺在路上打滚，求路人帮他报警。他后来还去一家士多店买了瓶矿泉水，对围观的人，他拿出自己的身份证说，我没有疯，我真的看到别人杀人！

“旁边一家档口的老板说，他看见男子还从钱包里拿钱出来要给一个妇女，请她帮忙报警。但他没有看清男子钱包里有多少钱。

“记者又找到多位目击者，他们都说，从郭运在南国医疗门诊部附近打滚起，有个男子一直跟在旁边，还与郭运有过多次对话。这个男人大约三十岁，赤膊，高一米七左右，偏瘦，拿一把黑色长伞，说不标准的普通话。他从农贸市场出来，到旁边一面包店买过面包，后来还到上社牌坊旁的报摊买过报纸。”

龙上英说，这个人是不是追杀运娃的凶手？怎么没人帮运娃把坏人抓住？

一家人沉默了。郭瑞仁说：念完了吗？张同点点头。郭瑞仁拿过报纸要张同指给他看。郭瑞仁看到记者采访文章旁边，有一个粗黑的字体打出的标题：摩托车司机和“雨伞男”请联系本报。内文是：“郭运到底从哪里搭的摩托车？是广州火车站吗？他到棠下上社干什么？这些疑问恐怕只有那名当天搭郭运到上社的摩托车司机才能解答。希望这位司机能跟本报联系；还希望曾与郭运有过交谈的带着一把黑伞的男子跟本报联系。”最后一行是该报新闻热线的电话。

郭瑞仁跟龙上英说，这里还有电话，摩托车司机看到就会给报社打电话的，运娃怎么疯的，很快就清楚了。运娃能为自己洗清白了。龙上英眼里有了一分期待。她找出另一份报纸，问张同这上面有没有，再给念念。

另一家报纸也登出了读者来电：“有一位大学老师打来电话，她说，那天很多人围观躺在地上、行为古怪的郭运，他一个大小伙子，哭哭啼啼，一定有什么异常。我看到后先问了他一句：你有什么事情吗？他马上翻身起来给我磕了个头，接着说：我今天上午刚下火车，有人追杀我，他们有三个人，一直在跟踪追杀我，我火车票还在身上。随后，郭运拿出自己的钱包掏出一张火车票。我当时没细看，就问跟踪你的人在哪里？当时，躺着的郭运指了指脑后方的一个人说：就是他！

“我望了一下他手指的方向站着一个男人，但好像没有什么表情。那男人三十多岁，平头，不到一米七，穿着灰色上装和长裤，手上也没有拿任何东西。

“我想再问郭运时，旁边突然有个手拿对讲机的男子用对讲机天线敲了敲我，这个人只对我说了三个字：你走吧！这个男人光着膀子，穿黑色长裤。我当时很害怕，就赶紧离开了，然后打电话报了警。我肯定他不是精神病，各方面都很正常，就是牙齿上都是血迹……”

龙上英听到这里大声哭了起来：“可怜的娃啊！叫你莫离开家，你一个人好可怜啊！是哪个没天良的要害你哟！你又没做对不起人家的事！他们为什么要害你啊！”

郭瑞仁自言自语着：“要是有个人在身边就好了！娃的命真苦！一个人在大街上当着这么多人哭闹，没有一个肯帮他，这世道是怎么啦?!”说着，泪水夺眶而出，心里的疼都扭结到了眉尖上。

出资的这家报社记者也到棠下了解情况：农贸市场附近一档口老板称，事发当天郭运乘坐一辆摩托车，在档口附近的治安岗亭对面下车，当时手里还提着一个条纹的编织袋，他下车后，把编织袋往地下一放，就直奔治安岗亭。他脸色苍白，神色慌张。

他到岗亭门口后，和治安员说有人要杀他，要他们赶快报警。郭运刚说完，几个治安员就纷纷起身往外走，没有人问郭运到底出了什么事。他在治安岗亭待了一分钟左右也出来了。

不知道他当时是怎么搞的，在治安岗亭门前站了一会儿后，突然用头连撞了两次治安岗亭的墙。旁边那个治安员想拦都没拦住。他撞得自己飞起。然后，他跑到马路中间，先是把手放在嘴里吹口哨，接着躺在地上大喊：我是贵州人，有人陷害我！要杀我！各位大哥大姐快帮我报警救救我！他在马路上大喊了一小时后，仰卧在地，以四肢支撑蠕动。

张同不想再念给他们听了，两位老人早已痛哭失声。

他自己往下接着看。报纸还登出了中山大学心理咨询中心教授的分析文章，教授说，从郭运一系列行为来看，他有可能是因为受到过度的刺激而产生了幻觉，心理学上称为“被害妄想”。那么郭运行凶时为什么会选择小湘女为对象？教授说，患有“被害妄想”的人往往会有一种发泄、逃避和躲避的行为，而且这个时候他想侵害的对象，会是一个相对他来说较弱小的人。教授根据自己的经验分析，郭运当时的举动也许是因为他长期受到的压抑要发泄，而这种发泄他已经难以控制；同时，他能说出“大姐，对不起了！”这句话，说明他当时的意识里还有一点儿正常人的意识。

报社记者去了火车站，找到9月2日到达广州的1320次列车，车上工作人员说，由于是大学新生报到时间，这趟列车上人并不少，有站着的。列车没有空调，是低档的“绿皮车”。由于列车上出现精神病症状的现象并不罕见，特别是在农民工回家、返穗高峰期，发病主要原因是身上携带现金精神过于紧张，或是人太多太挤导致精神崩溃，又或是在车上被骗子骗去钱财过分伤心等，都可能引发精神病。但1320次乘警长说，那天列车的秩序正常，没有发现有乘客出现精神异常现象。

十三

郭家人去了天河刑警大队，他们不相信儿子会做出这样的事情来，他们渴望知道真相。自己好好的孩子为什么突然就变成了杀人犯？刑警正在对郭运死前的遭遇进行调查，警方还派了人到纳雍郭运的老家调查情况。郭运、小湘女都做了尸检。对于案情，警察没有半点透露。龙上英晚上不时在梦中惊醒，常常不知自己身在何处。郭瑞仁犯了胸口痛的病，一晚只睡一小会儿。他想到郭运走过的地方去看看。张同怕他伤心过度，身子受不了，一个劲劝说着。

两天后的一个晚上，报社又接到一个来电，报纸隐去他的姓氏，登出了他的电话录音——

我可以百分之百保证，我说的都是真话，如果方便，我愿意带你们重新走一趟。

9月2日早晨5点多，郭运，我后来看了报纸才知道他叫郭运，走出火车站站口，提着一个编织袋、一个行李包、一个红桶，提得很重的样子。他在地铁D3出口停留了一两分钟，有两个拉客仔跟他搭话，郭运没理。往旁边省汽车站的天桥走。他在上天桥时遇到一个男的，男的胸前戴着“省汽车站乘导员”（省汽车站证实该站无此称号岗位和工作人员，编者注）的牌子，还盖有公章，郭运可能认为他是客运站工作人员。我知道他们是一伙的，都是河南人，在火车站一带拉客起码有五六年了。他把郭运拉上了269路公交车。前面的那两个拉客仔也跟着上了车。三个人跟住了郭运。

早上6点10分左右，我拉了一个刚下火车的旅客到车陂路口乘去深圳的大巴，我恰好与郭运坐同一路车，座位与郭运一前一后紧挨着。我闻到郭运行李里有股香味，就问他是什么。郭运说是从老家带的土特产。我问他是哪里人，他说自己是贵州人。他说他从没遇到过什么坏人，他也不怕坏人。我感到他是个很正常也很老练的人，多少见过世面。那三个人一路上都没有说话。

大约6点半，郭运到车陂路口下了车，其他人也都下来了。车陂路口那里停了很多野鸡车，特别是清晨时分，跑珠三角各个城市的车很多。但那天路边行人很少，还有一辆摩托车。郭运被那三个人拉上了一辆黄色野鸡车，是开往东莞虎门方向的，车上已有两名旅客。

按照行规，我把拉到的客人交给司机，司机给我三十元提成。郭运上车后，我听到争吵声。后来知道是那三个拉客仔换了郭运的钱，将郭运身上的钱换成了假币。郭运是很警惕的人，马上发现了，要对方换回来。郭运大声喊着要报警。拉客仔凶恶起来：“敢报警就砍死你！”三人一齐动手，拳打脚踢。郭运反抗，有人抽出了刀，郭运拼命往外跑，三个男的在后面追打。郭运只带了那个编织袋，其他行李都放在野鸡车的后备厢里，没法拿。他背着编织袋跑，一个拉客仔追上他，一脚就把他踹倒在地，一阵猛踢后，拿刀子的拉客仔上来了，郭运爬起来拼命往前跑……拦了一辆摩托车往棠下方向去了。后来的事情就不知道了。

张同看了这篇报道，犹豫着要不要念给他们两位老人听。他很痛苦，知道他们盼着知道这一切，但这些凶恶刺激的东西，充满血腥，两位老人又如何受得住！他看了心都颤动得厉害，痛得难以说话。他就把报纸藏了起来，等有机会再说。

这一天郭瑞仁就问他，报纸有运娃的情况没有？那个摩托车司机打电话了吗？龙上英又问那个带伞的男人查清楚是什么人了吗？张同摇摇头，说报纸上还没有消息。郭瑞仁就说他要杨福利带他去棠下看看。杨福利是他的二女婿，在广东开平打工，一大早从开平动身赶来广州。郭运死后，是他第一个来认的尸，到派出所做的笔录。

杨福利是 11 点钟到的。他们四个人到一家茶餐店吃午饭。龙上英不想吃，就打了包，回房间后，她就躺下了。这些天的奔波、伤痛，令她几近虚脱。郭瑞仁没上楼，要杨福利带自己去棠下。

224 路公交车干净，又有空调，中午人不多，坐起来很舒适。东风路两旁都是高楼。郭瑞仁坐在靠窗的位置。大玻璃的车窗，可以把路边的楼望到顶。那些钢筋混凝土的大楼一座座拔地而起，三十层、四十层，一栋挨一栋，有的是玻璃的，有的贴了深红的大理石，有的像钢板一样平滑、闪光，却雪白雪白的，郭瑞仁不知道那是什么东西做的，看久了他有些头晕。

还有正在建的楼，被一张巨大的绿色网给罩住了，里面施工的人一个也看不见，他也听不到声音。郭瑞仁知道许多农村来的人就躲在里面干活。黄包包村就有人在广东的基建工地打工。这些楼房都是农村人给建的呢！

郭瑞仁于是又想到了郭运建房的事。全家人一年到头忙个不停，连一层楼的平房都做不起，为什么一到城市，这楼房就像自己要长出来一样，见缝插针，密密麻麻，一栋比一栋高，一栋比一栋高级，好像不用花钱就起来了。它也嫌贫爱富呢！

公交车走上中山一立交，这城里的路走到了楼顶上，这得花多少钱啊！黄包包村的路，就是大伙拿锄拿锹把黄土往上拢一拢就成了，不花一分钱。这些年，黄包包村的青壮年劳力全出来了，路烂了，连找几个劳力来修修也找不见一个了。老人孩子只能走这条坑坑洼洼出村的路去赶集、上学，雨天一身泥，晴天一身灰。而这些年，过年也舍不得回来过的黄包包村人，也不见哪一个有钱了。他不知道，正是靠了农村的廉价劳动力，城市生产的低成本产品才占领了国际市场，老板赢利了，农民兄弟可苦了。

娃儿进城打工，开始时兴奋得很，想到城里来寻求发展，两三个月打个电话，也不忘谈自己未来的打算，娃儿想在城里找到一个适合自己的位置。娃儿努力学技术，努力到各地去找工作，想着发展了，可以把父母接到城里来，也来享享这城里的清福。可娃儿这是做梦啊，城里人啊心肠硬，在大马路上爬着哭着都没个人理，要在黄包包村，哪个心肠有这么硬哟！

公交车从中山一立交又转到环市路立交，从楼上走到了地下，走到了天河路。郭瑞仁转晕了方向，城市这么大，他有些恐慌，人在这城里算个啥！他突然想回家。他理解了娃儿为什么不想出来，黄包包村虽穷，可那是自己的家，乡里乡亲大小有个事都能互相关照，这城里上哪儿找人去？心慌着呢。两天来，郭瑞仁跟着记者，话都不敢说，脚都不敢乱走。这城市就像个汪洋大海，一不小心就会把自己给淹没了。

车在天河城停了下来，下去很多人，又上来很多人。车外广场上到处都是人，蚂蚁一样的人在动来动去，忙忙碌碌。他看到水喷向天空，周围的人却没谁理睬。

郭瑞仁想起第一个晚上就经过这里，要是农村，天黑了这些楼房是看不清的。就像山峰，静静地立在村外，留个影子，有时天黑尽了，连个影子也看不到。这才叫晚上，叫天黑嘛。可这广州城晚上跟白天一样，楼内到处是灯，还有红的绿的灯，像画画一样动，天上也像雾一样都是光的粉尘，墙也给灯照着。还有探照灯，不照别的，专照天上的云。黄包包村也有电，可大家舍不得用，早早就关了灯上床睡觉。难怪这些年到处修水库发电，把庄稼地都淹了，说西电东送，这电都给城里人来照墙了，来照云了。可惜那些淹了的地，那是庄稼人祖传的土地啊！

二十多年前，他去杭州，那时城里也不是这样的，比农村只多了个路灯，没有这么灯红酒绿，城里人、农村人也没分那么清。现在这世道是真正变了。

十四

棠下到了，上社有一个牌坊。那条郭运爬过的路，有些不平，一座宾馆就在路口。街道两边进去，是挤得密密麻麻的房屋，阳台与阳台近的距离不到一尺，这是城中村农民砌的廉租房。城市疯狂地扩张，这些几年前还是农村的土地，现在都被城市的高楼包围起来了。农民没田可种，就靠收房租过日子。空闲下来了，他们无所事事，就靠赌钱打牌消磨时光。这些房屋拥挤、阴暗、潮湿、肮脏，都租给那些外来打工的人住，也有暗娼、逃犯、各种靠非法活动谋生的人。赌博、抢劫、杀人、吸毒、嫖娼……都在暗中进行着。街上人来人往，就像从没发生过什么事情一样，昨天的事情今天就遗忘了。

郭瑞仁找到了农贸市场那个岗亭，想亲自问问治安员那天的情况。有个剃平头的年轻人问他找谁，郭瑞仁就说，他是郭运的父亲，想问问 9 月 2 日那天的情况。那个年轻人说："郭运？谁是郭运？不知道。"他又去问另一个穿蓝黑色制服的，那人足足用眼睛盯了他两分钟，一句话也没说。郭瑞仁不肯就此放弃，又出来问一个走来走去的治安员，那人倒是和气，他说：“我没见过郭运的父亲，不认识。”郭瑞仁说，我就是。那人看了看他：“谁能证明你是呀?”郭瑞仁一下被难住了，是呀，谁能证明他是谁。这在黄包包村，谁说我是谁，没有人会怀疑他的。现在他是谁呢？他想到了户口簿，但他不习惯天天带在身上。他不明白城里与乡下不一样，城里人就靠一个又一个证件来确认身份。没有这些证件你就什么都不是。他指指杨福利，说他是我二女婿，他能证明。那人有些不耐烦：“他是你女婿我怎么知道？别问了，走吧。”

郭瑞仁在农贸市场出出进进的人群里突然觉得自己好可疑，他还没尝试过这种人群里的孤独。他脚有些发软，又去找报道中提到的档口。他想，这档口该是铺子吧？郭运在那儿买了矿泉水，一定就是铺子了。铺子那么多，他也不知道找哪家才对，就走到一家有矿泉水卖的铺子，在柜台前站了站，咳嗽了一下，郑重地问铺内一个中年妇女：“请问，几天前看到有个人在这里喊救命吗?”那妇女正在招呼一个顾客，没有理他。郭瑞仁又鼓足勇气再问了一遍。妇女给那人找了钱，转过身来问：“你买什么?”郭瑞仁说：“我打听个事，几天前看到有个人在这里喊救命吗?”妇女说：“喊救命？喊救命的多着呢，我只卖东西，不买东西就上别处去吧。”

郭瑞仁站在那儿，本想说就是那个把女娃扔下天桥的男人，可他嘴里就是说不出这样的话。他内心深处不希望这是运娃干的。他犹豫的时候，妇女又去招呼另一个顾客了。

郭瑞仁望着这条粗糙的水泥街道，他眼里似乎看到了运娃，他正一步一步痛苦地往前挪。他哭着，背上满是伤痕，血在坚硬冰冷的水泥路上流着，他害怕极了，伤心极了，孤单极了，满街的人就像现在走着的人一样，若无其事，自顾自赶着路，都忙着呢。

他陷入疯狂的歇斯底里了。他越这样，别人越把他当成疯子，躲避得更远了，生怕给自己带来麻烦。农贸市场里在地上爬着哭着讨钱的人多的是，大家早已见怪不怪了。运儿怒吼了：“我做鬼也不放过你们!”

郭瑞仁看到了他迷茫、精神错乱、喷着火的眼睛，那里有嫉妒，有愤怒，有仇恨，郭瑞仁痛苦地闭上眼。儿子终于要走那一步了，他知道他在克制，身子发着抖，他的钱没了，成家立业的希望也没了，命也危在旦夕，满街的人没有一个人伸出援手，他看到了一个疯狂的世界，你争我夺的世界，孤独的世界，毁灭的世界……郭瑞仁的身子也不由得抖动起来，他沿着儿子一点点爬过去的路慢慢往前走，他生怕走快了，他要陪着儿子走过这一段最艰难漫长的人生之路。两百米，儿子又哭又喊爬了一个多小时！他想起杭州回来的那个时候，两岁的儿子一双粘着泥巴的手扑向自己，不小心在门槛上绊了一跤，他慌忙抱起来，又是抚摸，又是“娃啊、娃啊”地叫，心疼得不行。那时一家人在一起生活，虽然困难，但多么温馨。现在，儿子血淋淋地在粝的水泥路上爬，伤心绝望地哭，就像在荒山野岭一样，没人救他，他也救不了他。他在家里，他老了，他不了解城市了。他老泪纵横，他理解了儿子选择这个怪异的方式——背紧贴着地面，面向人群，用手肘、手掌着力向前爬。他是绝望了，再也没有什么依靠了，没有谁能保护自己，他背贴着地面才觉得安全，才不会有人从背后袭击，只有土地是可靠的。他看到太多从背后残暴下手的一幕。他躺下是为了引起人群注意，追杀他的人不便在众目睽睽下动手，对穷凶极恶的人，他知道自己早已没有了反抗的能力。他呼喊，期望有人救他。他感觉到了追杀者在离自己不远的地方注视着他，狞笑着、等待着……一个多小时泣血一般的呼喊，最后他彻底绝望了，对自己生存的绝望，对社会的绝望。从绝望到愤怒、疯狂，一股强大的他所不能控制的情绪，把他推向了一个极端……

他多想劝住儿子，不要对小湘女下手，小女孩连一个自己喜欢的布娃娃也没有，每次到商店只能在柜台上摸一摸，她一样也是可怜的孩子啊！

郭瑞仁满脸泪花，步子慢得像个重症病人，两眼直直地盯着路面。他的脚步重得像灌了铅。路人对这个老人投来好奇的眼光，有人看他直直的眼光也许把他当成了傻子，有人看他的步子也许把他当成了病人，有人看他伤心的样子也许想到老人遭遇了不幸……但没有谁停下匆匆的脚步。关心一个陌路人，在都市生活中是唐突的。

老人慢慢地、慢慢地走，腿有点跛，他觉得这一段路是属于他们父子两个的，他想象着儿子每爬过一寸的艰难痛苦，他要以这样的方式来为他分担，他欠儿子的太多，他以这样的方式来哀悼，心里的痛就可以得到释放。

十五

又是一天，张同找来报纸，一大版都是小湘女开追悼会的新闻，许多市民自发来到了殡仪馆，来为可怜的小湘女送行，一位市民送来了一只玩具熊，工作人员接过去放在了小湘女身边。又有市民送来了两个福娃。不少人为小湘女的父母捐款，小湘女上过一天的新苗幼儿园，老师送来了家长和同事捐的一千元慰问金，送完钱，她忍不住躲在告别厅外哭泣。几位家长还以孩子的名义送来了花圈。一个三岁多的小女孩，她父母也是外来工，她闹着跟自己的父母来看小湘女。一位姓章的老伯，八十一岁了，身患癌症，也来殡仪馆给小湘女捐钱。来得最早的是一位住在赤岗的下岗工人。一百多个来送行的市民有不少是外来工。他们的到来使任家感到温暖。

小湘女躺在玻璃棺内，身穿一套水红的衣服，这是父亲为爱美的女儿买的最后一套衣服，她脸上扑了一层水红的粉，腿上覆着一大束菊花。遗照上的小湘女，穿着碎花小吊带和粉红的裤子，手拿一朵小花，在夏天的阳光里灿烂地笑着。

小湘女的父母、奶奶、外婆、姑姑，一家人哭得死去活来。任川哭着："湘女，你醒醒啊！你知道爸爸有多爱你吗？那天你不是亲了妈妈一下吗？怎么不亲爸爸一下？你知道爸爸有多爱你吗？你怎么不睁开眼睛看一下爸爸？爸爸真的很爱你啊！那天要是爸爸不上班，答应带你去玩，你就不会有事啊！"

小湘女是湖南的外婆在乡下带大的，外婆在她的灵前唱起了湘曲，祈求逝者安息。老人一字一顿，声调苍凉，唱得撕人心肺。

……

张同看完葬礼报道，泪流满面了。他们一家在要不要去殡仪馆送送小湘女的问题上拿不定主意，想去送送这个可怜的孩子，又害怕引起她父母情绪失控，不知会发生什么事情。而任家对郭家葬礼都没来一个人，心里更加想不通，怨恨更加深了。

张同在另一个版面找到了一篇与郭运有关的报道，一位记者联系上了报料的拉客仔，记者同他按郭运走的路线走了一趟。报道后面还登出了读者质疑报料人真实性的文章，因为报料人能从报社领到奖金，加上揭发同行会惹祸上身，这位读者于是表示怀疑。

最后一段话是拉客仔的解释，他说自己在火车站一带拉客多年，但他只是从野鸡车主那里拿点提成，从不害人，不干对不起良心的事。"郭运年纪轻轻，从贵州老家来广东打工，却丢了性命，实在是可怜。我想着不舒服，不说出来，对不起自己的良心，这才站出来揭发同行谋财害命的行为。”

张同觉得这人的话不能全信，如今的人要编个故事诓人太容易了。但是警方一点儿动静也没有，这总算一个线索吧。还得想法告诉老人。这有点恐怖，尽管老人的担忧已经没有一点儿作用了，人已经死了，但他们还会伤心啊！得想想怎么劝说他们才行。

十六

郭运的女友终于浮出水面，一个贵州籍的记者靠乡音在一个上午打动了她，她接受了采访。

“我现在心里很乱，什么都不想跟你们说。”郭运死后，杨萍两天都不敢相信这是真的。直到报纸登出了郭运的照片，他那个大分头，那双敏感、聪明的黑眼睛，这双眼睛几乎天天都会与自己对视，她能看透他心里的想法，也能感受来自那双眼睛深处的挚爱。她当时捧着报纸就哭了起来。“我送他回家上的车，我以为不久也会回去，没想到他会死啊!”

她说自己与郭运是同一个县的老乡，他们是在深圳打工时认识的。杨萍所在的工厂与郭运的工厂有六七站路。郭运一有空就坐公交车到她打工的工厂来，站在大门口，一直等着她下班。他带她逛街，给她买好吃的东西，说一些开心的话。

郭运每个月的工资有一千多元，杨萍只有几百元。他们谈恋爱两年了正准备结婚。她很遗憾，他们都没去过对方家，双方的亲人也不熟悉。记者说到想去她家里拜访，杨萍在电话里大声说：千万别去，会害死我的！因为家里人也不知道她与郭运谈恋爱的事，从她吞吞吐吐和慌乱的口气中，记者认为她有了身孕，怀了郭运的骨血。

杨萍说，郭运节俭、能干。“他挣的钱除了请朋友吃饭外，基本上不乱花一分钱。生活上他把我当小妹妹一样看待。他很依赖我，我是他生活的寄托。他把一切都给了我，我们的未来是在一起的。他一心想着砌房结婚。我们有点相依为命……

“这些天，我们在一起经过的事情就像放电影一样在我脑子里过，我想他，就到我们两个人经常去的地方……我天天在那里哭一场。

“……我要辞职回家了，想在家清静一段时间，手机号码也会换掉。我现在唯一想做的事，就是回到父母身边。以后出不出来打工，很难说。在家里，一家人都很呵护我，都叫我燕子。我要回到宁静的村庄里走走、看看，再听听父母温暖的话，或者我可以暂时忘记心里的痛苦。对郭运，我今生都不会忘记……我爱他，可是，可是，他不在了，留下我一个人……”

采访进行不下去了，杨萍在电话那端哭了起来，哭了一会儿就把手机关了，再也打不通了。

张同把情况告诉了两位老人，老人的脸上表情都很凝重。龙上英唉声叹气。郭瑞仁老说自己太粗枝大叶，对娃关心太少，娃砌不了房，心里多难过。他想起了那晚的哭声，那一定是娃在哭，可娃装得跟没事人一样。他是不想让父母难过啊！郭瑞仁一想到这儿就心痛得不行。娃是有想法的啊，结婚生子，与自己心爱的人生活在一起，但这样的想法娃不能实现。娃要做父亲了，但他没有住房，没有一个正式的工作，女朋友怀孕也会失去工作，他们回到农村靠什么生活？娃今年都二十八岁了呀……龙上英想到郭运回家老是到屋外去打电话，她现在明白了娃的苦衷。

郭瑞仁、龙上英的活动也在报纸上报道出来了。读者同情他们。有人来报社给他们两位不幸的老人捐款。不少读者还关心小湘女一家与郭运一家这两个不幸家庭能否和好。他们都是善良的人，是活得最艰难的人，善良人之间出现仇恨、凶杀，更加令人唏嘘。他们盼望善良的人能彼此原谅、彼此和好。

请两位老人来广州的报社，也想促成此事。恰好有一位动漫城的姓吴的总经理给报社打电话，表示愿意出资帮助这两个悲惨的家庭。下午，他赶到殡仪馆，找到了正准备带女儿骨灰回湖南湘潭的任川。他表示愿意尽他的能力帮助两个家庭，小湘女的医药费、殡葬费全都由他来承担。双方家庭如果愿意，可以在他公司做一些力所能及的工作。他说：看着这几天的报道，感觉气氛一直很压抑，我希望大家一起化解这一段恩怨。

任川说着“感谢”，紧握着总经理的手。吴总从身上拿出两千元现金，说先给他们做路费：“今天只带了这么多，以后有什么困难都可以找我，夫妻可以一起来我的公司工作。发生了这么大的悲剧，两个人不能分开了……”

当天傍晚，任川、彭小慧、任川的弟弟和好友姜女士一起到了报社会客厅。郭家两位老人在记者的搀扶下颤巍巍地走进来时，室内空气仿佛凝固了。任家个个都面无表情，紧紧盯着郭家，任川红肿的眼睛似乎要喷出火来。郭瑞仁看了一眼任家人，马上低下头看着自己的解放鞋。龙上英缩着身子，望着记者递过来的水杯怔怔发呆。会客厅里没有一个人说话，一片死寂。

记者想缓和气氛，开口说："先请吴先生说两句吧。"

吴先生说："希望尽我的力量，帮助两家人走出困难。现在全社会都在关心这件事情。事情发生后，感到气氛一直很压抑。这不应该是社会的主旋律，我们希望死者入土为安，希望生者不再怨恨，大家一起化解怨恨，化解悲痛。"

吴总经理说完话，室内的气氛有所缓和。郭瑞仁抬起头，看着对面的任家。姜女士说感谢吴先生，她抬眼看着郭家人，眼神稍稍变柔和了。

突然，郭瑞仁拉着身边的老伴站了起来，旁边的两个女婿见岳父的举动，也跟着站了起来。郭瑞仁说："我给你们道歉了，我真心地来给你们道歉来了。"

看着老人这么说，任家人也坐不住了，纷纷站了起来。屋里所有人都站了起来。

"我的运娃在家里一直很听话，从来没有做过什么坏事，是个好娃儿。他出来打工，也是为了我们家里。"老人继续说，"没想到他一到广州就成了这样！没想到啊！"

"对不起啊，对不起啊！"龙上英哭着双手合十，"实在对不起啊！"

郭瑞仁扶着桌沿，一步一挪，走到了任川的面前："对不起啊！"他一把抓住任川的左手，龙上英也走了过来，抓着任川的右手，哭着。任川有些手足无措，泪水在眼眶里打转。

"扑通"，龙上英跪了下来，说："我给你赔罪了……"任川慌忙弯腰去拉。姜女士也赶紧伏下身去搀扶："阿姨，您别这样。阿姨，您别这样。不怪您，真的不怪您。"

张同这时说："二老一直觉得对不住你。运娃是他们的命根，他们的支柱，运娃死后，我一直怕他们撑不下去。可是有这么多人来帮助我们，没有因为运娃杀人就看不起我们，这份感情不是用言语就能表达的。"张同的普通话不流利，任家四人认真听着，"有这么多人帮助我们，二老一定能坚强地活下去。二老刚才说，这也是天意，请你们高抬贵手，解掉冤仇，我们以后会是一家人的。"他顿了顿，抬起头来，望着任家人，"你们以后如能到我们家乡去，我们一家都会把你们当亲人一样看待的。"

姜女士说话了：“这两天我们一直在和任川说，全社会给了我们这么多关怀和爱，为什么我们不能给郭家二老一些关怀和爱呢？任川也很清楚，但宽怀的话，他有时实在说不出来。我们从来没有怪罪过二老，我们也知道郭运是个老实的孩子，请二老不要太内疚，一定保重自己的身体，好吗？”顿一顿，姜女士接着说，“这个事情现在已经是一个刑事案件了，我们会按照法律的规定走下去的。”

记者招呼大家坐下来，又递上水杯。坐了一会儿，郭家两位老人身体不适起身告辞。任家人都站了起来。记者搀扶二老走出会客厅，郭瑞仁口里轻轻地说：“谢谢，谢谢大家啊。”张同过去一个个拉着任家人的手，不停地道歉，劝他们要多保重身体。

十七

郭运的告别仪式是殡仪馆最冷清的，除郭家四人外，来了郭运的一个朋友。张同在前台办理了郭运火化的手续，交上不能再少的两千六百元火化费。郭瑞仁给郭运挑了一套两百二十五元的最便宜的西装。要给郭运买一个骨灰盒了，这是郭运在阴间的房屋，是他最后的归宿。他再不用四处漂泊了。郭瑞仁把殡仪馆营业部所有的骨灰盒都看了一遍，贵的要好几千元，最便宜的也要六百多元。他叹息一声：“不要了，用蛇皮袋装着吧！”

到了告别厅，龙上英绕着玻璃棺走了一圈就被张同扶出去了。郭瑞仁戴着老花镜绕过三圈，想把运娃的每一寸皮肤都看仔细了，想看清娃身上的每一处伤。

作为道士的郭瑞仁做梦也想不到，自己白发人送黑发人，要为儿子招魂。他一个人在运娃脚前停下来，从口袋里掏出招魂幡，向郭运上方挥了挥。挥毕，郭瑞仁手心朝上，手背朝下跟遗体招手，口里不停地念叨“起来，起来，起来”。然后，他绕着灵柩开始招魂。他唱：“五方尊神之前曰，地府茫茫，莫辨东西南北，冥途杳杳，马知险阻康庄。今以郭运去世，伏冀尊神照鉴。觉路宏开，息息相关……庶几得所依归。”唱完一段，他摇着白幡，唱，“魂兮归来兮，东方不可以托栖，太皓乘震兮旸谷宾，日出鸟兽孳尾兮，青帝曷所依，归来归来兮，东方不可以托栖。魂兮归来兮，南方不可以托栖，祝融居离兮明都方永日，鸟兽希革兮赤帝难附依，归来归来兮，南方不可以托栖……”

唱完他对着灵柩作了三个揖，最后说了声："安息吧！我带你回去，我答应你，生前不能给你砌房，死后一定给你买棺好好安葬。你不要再在城里游荡了。你的家在纳雍。"

13日下午4点，郭瑞仁、龙上英在广州待了四天后，上了K192次列车。好心人帮他们买了两张去贵阳的卧铺票。带着在城市死去的儿子的骨灰，他们就要回到那个偏远落后的黄包包村了。在另一条路上，任川一家赶了一夜的路，天蒙蒙亮时，任川抱着自己心爱女儿的骨灰盒回到了湖南湘潭县射埠镇团山村的老家，按习俗，小湘女不能进家门，要天光时下葬，在一处长满油茶树的山坡，彭小慧家里人一清早就把她埋在了外公的坟旁。

郭运的骨灰放在蛇皮袋里，郭瑞仁把它放在自己睡的中铺上。他想在火车上陪儿子睡一个晚上。上车后，郭瑞仁坐在骨灰下面的铺位上。他想着娃的魂是不是跟他一起上了车，他怕娃还记挂着城里，烦恼着做不了决断。他轻轻念了几句经，听到骨灰咔嚓响一下，又咔嚓响一下，他就知道郭运的魂儿随着自己上车了，他不会再犹豫了。他在火葬场为他招过魂，念过咒，运娃是个乖娃，他一直听父亲的话的。他感觉到了运娃上床的脚步，他是愿意跟着一家人回黄包包村的。那里虽破旧，却是自己温暖的家，有稻谷、玉米、森林和鲜花，还有树林里的鸟巢、自由自在的小动物，那里是他生长的地方。儿子是不能不随自己的父母回去的。运娃不会做孤魂野鬼的。

郭瑞仁一路上不断地喊着娃的魂，他相信，儿子再也不会迷失方向了。

王十月

1972 年出生于湖北省。1999 年开始小说创作。著有长篇小说《无碑》《米岛》《收脚印的人》等 5 部，小说集《国家订单》《安魂曲》《人罪》等 7 部。获鲁迅文学奖、人民文学奖等。作品被译成多种文字。

人　罪

二十年后，已经成为法官的陈责我，将要主审小贩陈责我故意杀人案。

这桩案子，从案发起就成了新闻热点，因这案子的犯罪嫌疑人是小商贩，而被害者是城管员。监控录像和人证均指证，小贩陈责我无证占道经营，城管执法时，将小贩陈责我的三轮车没收了。小贩陈责我当然不干，这是他吃饭的家式；他抱着三轮车不撒手，于是城管就动了粗，混乱中，一根铝管敲破了小贩陈责我的头，三轮车自然被没收了。后来，小贩陈责我数次去城管队讨要三轮车未果，于是拿了平时削水果的尖刀，趁城管队在外执法时，偷袭了一名城管队员。一刀，从该城管队员的后腰刺入，致肾脏破裂，抢救无效身亡。小贩陈责我束手就擒。

因这案子特殊，本地电视台、报社记者蜂拥而至，网络上也是微博、帖子满天飞。官方媒体的报道多是陈述事实，并采访了受害人家属，对犯罪嫌疑人小贩陈责我进行了必要的谴责。案发之初，网络上一片叫好之声，认为城管打人在先，小贩杀人在后，虽有罪，但不至死。微博大V们自然不会错过这大好机会，纷纷发表看法，赚了不少粉丝。后来网络上就此事的看法形成了两派，两派之间上纲上线，乱成一锅粥。很快，城管方面公布，据监控显示，当日在混乱中拿铝管打破陈责我头的并非受害城管，而是一名“临时工”，“临时工”现已被开除。“临时工”的说法在网络上又引来了疯狂的“吐槽”，但监控显示，受害者并未动手，这是不容抹黑的事实。

因这案子的特殊性，城管队员的家底和小贩陈责我的历史，均被“人肉”得七七八八。

被害的城管队员姓吴名用，和梁山好汉“智多星”同名同姓。吴用一年前大学毕业，经媒体调查和网友“人肉”，没调查出有特殊背景，并非如事发之初传言的那样是某位领导的亲戚。城管部门在网站公布的吴用家庭背景情况，应该说是少有的情况属实。吴用家在这城市的城乡结合部，虽是非农业户口，家里的日子却不宽裕。吴用的父母都是曾经的国企工人，20 世纪 90 年代末，在国企改革的大潮中失业，成了“下岗工人”。吴用的父母下岗后，做过多种职业。后来，吴父进了出租车公司，算是有稳定的收入；吴母没找到工作，就在离家不远的菜场外面摆小摊卖袜子、内裤，是城管清理的对象。吴用大学毕业后，恰逢区城管中队招聘事业编工作人员，他参加了考试，以笔试第一名的成绩进入面试，面试有惊无险，他成为了一名城管。吴用成为城管后，他母亲很高兴，说再也不用怕城管抓了，咱家就出了个城管。吴用却发脾气了，他觉得这事很吊诡，儿子当城管，母亲当小贩。他对母亲说他现在工作了，工资不低，加上父亲开出租车的收入，日子比上不足，比下有余。吴用劝母亲不要再去摆地摊了，吴母却说她还能干得动，儿子还要结婚呢，还要买房子呢，到处都要花钱，她还没有到可以享清福的年龄。吴用生气了，说妈这样做让他好为难，好没面子。吴母沉默了许久，说你觉得妈摆地摊丢你脸了，给你添乱了，妈不摆了。吴母没有再摆地摊，吴用心里却难受了。在过去的岁月里，是母亲摆地摊供他上完初中上高中，上完高中上大学的。吴用上班后，从不敢让同事们知道，他母亲曾经是摆地摊的。他也非常反感同事们在执法时对小摊贩们动粗，他总是会想到自己的母亲。

城管部门的工作人员，大体可分为上、中、下三等。上等人是市局、区局和中队的领导，各科科长、副科长、科员，他们是公务员身份，很大一部分是军转干部。他们不用上街执法，上班也不穿制服，是城管部门的决策者。中等人，就是吴用这样的城管。他们多是大学本科毕业后，通过事业编招考进来的。当然，也有不少是通过关系调进来的，是这个“长”那个“长”的亲戚。参加工作后，吴用很少去执法现场，除非遇到强拆违章建筑，他们才会出现在现场。下等人是协管员，也就是所谓的“临时工”，其实他们不是临时工，是合同工。这类人员干的都是城管执法中的脏活、累活，工资低、地位低、职业不稳定。他们爱在执法时捞点外快补贴工资之不足，没收的水果什么的，就瓜分了。协管员没有执法资格，按法律规定，他们出队，要有吴用这样的城管带队。但现实是，吴用这样的城管，大多数时间是坐在办公室的。因此案发前，参与围殴小贩陈责我的城管中没有吴用。因为围殴事件被人用手机拍了传到网上，在城管队内部也引起了争议，吴用在会议上言辞颇为激烈地批评了协管员。有人看不惯，就骂他站着说话不腰疼，胳膊肘往外拐。还有人说，说得轻松，你上街试试？吴用被将了一军，说上街就上街。他真上了街，本意是要给协管员做表率，让他们明白什么叫文明执法。出街的第三天，他在执法中遇到了难题，城管队员围住了一名用三轮车推水果卖的女子，要没收那女子的三轮车，女子不肯。如果在往日，城管队员会动粗，但吴用没有让城管队员动粗，他和女子讲道理，长篇大论，引来许多人围观与讥笑。口干舌燥后，他的耐心渐渐失去。他挥挥手，让城管队员强行执法，常见的一幕重演。混乱中，他感觉到腰部刺痛，然后就倒在了血泊中，人们尖叫、四散逃离。倒地的吴用看见了手执尖刀茫然而立的小贩陈责我，陈责我的背后，是一轮苍白的太阳。在临死前的那一瞬，城管吴用眼前浮现了母亲被城管围住抢东西的情形，那是他少年时的记忆。然后，他感觉自己变轻了，飞离了地面。他看见自己满身血污倒在地上。他死了。他是那么年轻，正准备结婚，女友怀了孕，婚期定在这年的五月一日……

媒体采访了吴用的家人，还有他的未婚妻。被害人的情况被调查清楚之后，无论是电视、报纸，还是网络上，一边倒地开始谴责小贩陈责我。

小贩陈责我的情况，很快也被媒体调查得底朝天。

小贩陈责我来自一个以贫穷和喀斯特地貌著称的省份。他高中毕业没考上大学，在家学木匠。早些年，在家给人打家具，一技在身，日子过得还行。婚后生一女，未拿到二胎准生证又生了个儿子，因计生罚款，日子过得就凄惶了。后来出门打工，在家具厂做木工，工资供子女读书不成问题。做了十多年木工，长期和天那水、粉尘之类的东西打交道，慢慢就经常性头晕眼花、四肢无力，记忆也一日不如一日，四十岁的人，实在有了老态。他开始没有在意，后来实在挨不住了，去医院一查，慢性中度苯中毒。这病没得治，只能养，首先是不能再接触苯。去工厂讨说法自然是不可能的，这些年，他在一家又一家厂里打工，最后病发时的那家厂，他才干了两个月，无法认定是哪家厂的责任。工厂出于人道，给了他一点儿慰问金，他千恩万谢，没想到去打官司。再不能打工，家境自然是越发艰难，女儿正读高三，说什么也不肯再上学，辍学来到南方打工，进了一家电子厂。儿子读高一，也不想读了。小贩陈责我指着儿子骂，说他这辈子最大的遗憾是没考上大学。当年，小贩陈责我的成绩好、会读书是在学校出了名的，村里人都认为他会考上大学，他父母也以为他们家会因儿子而改换门庭，谁知放榜，他却名落孙山。他给女儿取名一鸣，儿子取名一飞，是希望两个孩子一鸣惊人、一飞冲天。现在，女儿没指望了，儿子是断不能再辍学的。儿子读书用功，和父亲一样会读书，在县城一中成绩名列前茅，只要不出意外，上“一本”是很有希望的。为了一家人的生计，也为了儿子将来上大学的开支，小贩陈责我买了辆三轮车，清晨从水果批发市场进水果，夫妻二人分头零售。收入还可以，就是要防城管，得眼观六路，耳听八方，随时做好跑的准备。他身体不好，反应相对迟钝，经常被抓，好不容易赚点钱，被抓一次，一个月就算是白干了。一年下来，他妻子一次没被抓过，他却被抓了三次。他也想做点别的，但没找到合适的营生，这样一做就是三年。眼看今年儿子要高考，没承想，刚买的三轮车又被没收了。数次去讨要未果，回到家，老婆又数落他，骂他笨：别人都跑得脱，为何单单你这死猪跑不脱？他心里有气，谁也没想到，平常老实巴交的人，却干出了这惊天血案。后来据他交代，他本是想扎一刀就跑，并没想要人的命。事发后，他并没有表现出积极的认罪态度，而是认为城管该杀。当他得知被害人是刚毕业的大学生，特别是得知被害人的母亲也曾经是小贩后，他蹲在地上号啕痛哭。他的态度转变了，他说他没有别的想法，只求速死。最大的愿望，是伏法前能见到儿子的大学录取通知书。小贩陈责我的情况被公布之后，网络上对他的同情之声又多了起来。因此，要求严惩凶手的声音渐渐没那么激烈了，而道正律师事务所的律师韦工之认为，小贩陈责我并不是事件的元凶，元凶应该是我们这个社会。韦工之律师还宣布，他将为小贩陈责我提供法律援助。而另外一个事实，却被城管部门隐瞒了起来。小贩陈责我在案发前两天，曾到城管队讨要他的三轮车，遭到了城管队员的羞辱，几个城管队员轮流扇了他耳光，还将他绑在烈日下晒了一小时，并扬言让他滚出这座城市，否则见一次打一次。小贩陈责我后来只求速死，在受审时并未提及这一节，甚至对他的律师也没有提起。

案子就这么个情况，审理起来不会有太多的意外与难度。凶手认罪态度虽好，但没有可供减刑的情节。社会上虽然有对凶手酌情轻判的呼声，但城管局要求严惩凶手的呼声更高。作为本案的主审法官，只要依法办案，择日开庭，然后根据控辩双方的证据，依法量刑，本不成为什么烦恼。但这案子，对法官陈责我来说，却是天大的烦恼。因为在二十年前，他曾经犯下的一桩罪孽与这案子关系密切。自从这案子出来后，他就悬着一颗心，变得紧张而敏感，就像坐在随时会爆炸的火药桶上，他却想不出阻止爆炸的办法来。

自这案子被炒得沸沸扬扬后，法官陈责我的生活就被严重扰乱了。他谋得了一个学习机会，离开了一段时间。回来时，媒体有了新的兴奋点，这桩案子已然被人淡忘。本以为事情就这样过去了，没想到，公安结案，检察院提起公诉，法院居然指定他来主审这案子。他知道，并不是领导有意为难他，只是领导没有考虑他的感受。接到卷宗，他的头就开始疼。心事重重的他，本想找领导谈一谈，希望能换一名法官来主审。他的理由自然是站得住脚的，作为法官，审一名和自己同名同姓的杀人犯，怎么着都觉得别扭，他相信领导会充分考虑他的感受。这些年来，他在法院工作尽职尽责，就像他的名字一样，认为责任在我，理当尽心。他自觉是名好法官，当年本科毕业，考研时他选了法学，而且考上了著名的学府。硕士毕业后，他成为了法律工作者，到如今，成为区法院的法官。他时常扪心自问，觉得自己对得起胸前的这枚徽章。但是这次情况不一样了……他放下卷宗，拿起电话，想给领导打电话，看领导有没有时间。拿起电话，他想到了另外一个问题，这么多年来，他未曾见过小贩陈责我，小贩陈责我却未曾从他的脑海里消逝过。也许，他想，这案子由他来主审，在量刑时，小贩陈责我或许可判无期或者死缓，换一名法官，小贩陈责我也许会被判死刑。问题是，如果由他来主审……这案子虽淡出了公众视线，一旦开庭，定然再度成为公众关注的焦点，到时，他这个和案犯同名的主审法官，就有可能也成为公众的焦点……想到网上那神出鬼没的“人肉”，他感觉这手中的电话有千斤重。终于，他将电话放下，他告诉自己：每临大事有静气。这七个字，是舅舅送他的，他请了书法家将这七个字写了，就悬挂在办公桌后面的墙上。

法官陈责我点上一支烟，深吸了一口。他是区法院著名的烟枪。二十年前，刚走进大学的陈责我，开始了他的吸烟生涯。大一……法官陈责我站在窗边，深吸一口烟，看着窗外。窗外是热闹而繁华的都市，阳光耀眼，他站在阴凉的办公室看着外面的世界。他知道，此刻，就在下面的街道上，还有无数小贩陈责我、打工仔陈责我、农民工陈责我……他们在街头讨生活，在工厂的流水线上讨生活，在建筑工地挥汗如雨讨生活……而他，法官陈责我，却站在这蓝色的玻璃幕墙后面，吹着空调吸着烟，如同看一个与己无关的世界，看着这苦难众生。法官陈责我的内心涌起了不安。他也是农民的儿子，许多年前，如果不是一纸录取通知书将他送进大学，然后考研，现在，他将是那烈日下苦难众生中的一员。如果事情只是这样简单，一切还好办，他可以站在这里，发一些感慨，然后本着一名法官的良知秉公办案，做一名优秀的法官，并对这苦难众生保持应有的悲悯与同情。法官陈责我接连吸了两支烟。他想到了在家乡的舅舅。他想，现在，他应该做的，是保持冷静。在法官陈责我四十岁的生命中，如果说要选一个对他影响最深远的人，一定是他的舅舅。法官陈责我曾经对舅舅说过：生我者父母，育我者舅舅。

法官陈责我的舅舅陈庚银教了一辈子书，他教过小学、初中、高中，当过初级中学的校长，也当过高级中学的校长，后来在县第一中学校长位置上退休。陈庚银育人多矣！他教过的学生，有在北京当高官的，有成为亿万富豪的，有科学家，也有文学家，当然，还有更多默默无闻的小老百姓。他不苟言笑，作风正派，为人师表。在他六十岁生日，也就是他离任县一中校长退休享清福的那年，一位在深圳经营集团公司的学生李总，回县城给陈庚银办了个"陈庚银先生投身教育四十年恳谈会"，并捐出了一笔钱，在县一中设了"陈庚银奖学金"，企业家每年拿出二十万元奖励那些寒门学子。李总这样做的原因，是他这个曾经的寒门学子，当年因成绩不好被老师看不起时，陈庚银鼓励了他。那次恳谈会，陈门弟子，有头有脸的来了数十号。陈庚银无意官场，两袖清风。这是他给人的印象。在法官陈责我的童年，舅舅就是他的偶像，是一个无所不能的人，他家遇到难题，小到揭不开锅，大到没钱上学，父母亲首先想到的就是找舅舅解决。

如今，退休在家的陈庚银，生活过得云淡风轻，比神仙还快活，每天和几个老朋友写诗填词，相互唱和。这些唱和的诗词发表在省内省外、国内国外的一些汉诗杂志上。他因此还结交了一些国外的诗友，日本的、美国的、新加坡的……还应邀参加过一些国际国内的汉诗会议。他的晚年生活丰富多彩。他育有一子一女，子女都在北京工作，是很有前途的官员。子女接他们老两口去北京生活，他们去住了两个月，死活不住了，说受不了北京的空气。他有时间就带着老伴四处采风，退休这些年，走遍大江南北，每到一处，总有学生鞍前马后接待陪伴。刚退休时的失落与空虚，很快被另一种自由自在的快乐所代替。他被学生尊敬，每每斯时，他会感慨万千：桃李无言，下自成蹊。在退休前，他并未觉得自己是个多么成功的老师，可退休后，他真切感受到了。那次恳谈会上，他的学生们动情地回忆起过往岁月中老师对他们的关爱，而他，却差不多都忘了。事后他对老伴说，当初他也只是尽了老师的本分，并未给过这些学生什么特殊的关爱，如果有，无非是夸某个学生的作文写得好，拿到班上念了，做了范文，这学生日后成了作家，就认作他是人生路上的伯乐了；某个学生成绩并不好，他依旧鼓励了，安慰说条条大路通罗马，上不了大学一样可以成才，结果，这学生闯广东，成了大企业家，就记得老师的恩情……都是这样的点点滴滴。这已被他遗忘了的点滴，汇集在一起，就将陈庚银作为一名教师的崇高形象给描画了出来。在那之前，他心里还是有隐痛的，那是他心头的一根刺，他尽量不去触碰他。退休后，弟子们对他的礼遇，让他渐渐忘了那根刺的存在。也许是老了，许多事就忘了，如果不是外甥的一个电话，他差不多真的忘记了。法官陈责我在电话里问舅舅身体好吗，退休后开心快乐吗，什么时候再来南方走走……

这个外甥，和他的儿女一样，是陈庚银的骄傲。陈庚银兄妹二人，本来都是城里人。“文革”期间，妹妹陈春梅响应号召，热情如火上山下乡，投身到社会主义新农村的建设中去。妹妹那时是真心扎根新农村，自愿接受劳动人民再教育的。为了表明决心之坚定，她不顾陈庚银的反对，义无反顾地嫁给了她下乡的生产队一个赵姓小伙子。小伙子长得好，浓眉大眼，憨厚老实。婚后没多久，妹妹生了个女儿，隔一年，生了儿子，取名赵城。后来，知青陆续回城了，他妹妹却永远扎根在了农村。后来的漫长岁月中，陈春梅的人生目标就是逃离农村。她对农村的反感，就像当初她对农村的热爱一样真切而炽热。这让她那老实的农民丈夫很是不满，夫妻二人渐渐冷漠，大吵三六九，小吵天天有。离婚在那个时代几乎是不可能的事，于是，陈春梅渐渐接受了这人生的现实，将梦想寄托在儿子赵城身上。在那时，农家子弟跳农门唯一的出路是高考，于是，赵城从小就知道他是肩负重任的，他不可能留在农村，他要读书，上大学，成为城里人。赵城上高中时，他舅舅在县一中当教务主任。母亲将赵城交给了他舅舅，对他舅舅说，孩子交给你了，无论如何，得让他上大学。赵城读书用功，成绩也好。舅舅亲自监督他的学习，老师知道他是主任的外甥，也是格外关照。赵城读高二那年，他母亲得了肺病，吐血吐得厉害。赵城回家看望母亲，母亲很生气，不让他在身边，让他回学校去。母亲说你要真有孝心，就拿着北大清华的录取通知书给我看。赵城读高三时，母亲的病越发重了。赵城高考时，母亲住在县医院。赵城心里牵挂母亲，没法用心读书，高考放榜，他落榜了。

陈庚银很长时间不敢把这结果告诉妹妹，害怕妹妹接受不了，给她的病情雪上加霜。但妹妹却猜到了。妹妹猜到了，并不甘心，她对陈庚银说，我不管，你给我想办法。陈庚银看着妹妹，答应说他去想办法。陈庚银想到了办法。他压下了一个叫陈责我的孩子的录取通知书。他了解到，这个陈责我家里穷得叮当响，祖宗八代都是农民。他本来想选一个赵姓学生，这样，孩子将来虽然改了名，却不用改姓。但这年考上的赵姓学生就一个，那学生有亲戚在政府公干，他没敢动，就选了这姓陈的，将来外甥不姓赵，姓陈，随母亲姓，也说得过去。他动用关系，将外甥赵城变成了陈责我。那会儿，户籍管理混乱，将外甥变身陈责我没费多大周折。妹妹看着录取通知书和儿子未来的身份证明，长叹了一口气，拉着陈庚银的手，说：难为你了，孩子你帮我看好。妹妹就这样走了。陈庚银那时并未太多去想那个叫陈责我的孩子，没去想过那孩子未来会经历怎样的人生。他当时想的只是怎样将事情做得滴水不露，神不知，鬼不觉。当赵城接到陈责我的通知书和陈责我的身份证明时，茫然不知所措。舅舅对他说，陈责我家里穷，考上了没钱去读，舅舅给了他家一笔钱，他将这名额让了出来。

这事一晃过去二十年了，外甥变成陈责我去大学报到的那段时间，陈庚银提心吊胆的，一年过去了，两年过去了……四年过去后，已经变成陈责我的外甥大学毕业了，事情依然神不知，鬼不觉，陈庚银这才放下心来，并且开始去打量那个真正的陈责我。他悄悄打听到，陈责我学了木匠，结了婚，小日子过得还成。于是，他心里就获得了安慰。外甥陈责我本科毕业后回到县城，和他有过一番长谈。外甥在感谢舅舅为他的人生做了重要铺垫时，也谈到了他的困惑与不安。他谈初到大学时的不适应，他在上大一时就得知了真相，那个陈责我并非如舅舅所说没钱上大学。他用了一年时间，才习惯了自己叫陈责我。他说他学会了抽烟，不敢与人交流，同学们都恋爱了，他不敢恋爱。他说他经常会梦见那个陈责我……他的痛苦，让舅舅心情格外沉重。舅舅安慰他不要东想西想，工作了就好。但外甥说他不想工作，他想考研，他要自己考一次，这样才会求得心安。舅舅支持他，不仅是精神上，还有经济上。法官陈责我的大学和研究生的学业，都是舅舅资助完成的。外甥成功了，考上了名牌大学法学专业的研究生。后来，外甥的人生一帆风顺，结婚，生子，当法官。他知道，外甥已经淡忘了过去，这让他甚感欣慰。

陈庚银没有想到，在他安享晚年时，会接到这个电话。他听外甥在电话里问了一大堆无关紧要的问题，就知道外甥一定是有重要的事，于是问有什么事。法官陈责我沉默了许久，终于将小贩陈责我的案子大致说了，也说了社会上的关注与反应。陈庚银沉默了许久，问法官陈责我有什么想法。法官陈责我说他想主审，这样，合议庭他可以说上话，裁定时可以量刑轻点。他说这个案子裁定死刑和死缓都是说得通的。法官陈责我说这样也算他在赎罪了。陈庚银让外甥继续说。法官陈责我说，可是这案子太敏感，到时肯定有许多媒体旁听。我这法官陈责我，主审凶犯陈责我，肯定会被媒体当作新闻焦点，我怕……

陈庚银沉默了。许久，陈庚银说，你现在的一切来之不易。舅舅老了，退休了。你表哥表姐，都是有身份、有地位的人……再说了，杀人偿命，欠债还钱，这是天经地义的事……

法官陈责我说：我明白了。舅舅，您保重身体。

挂了电话，陈庚银许久未回过神来，他发现，手心里全是汗水，胳膊软得提不起一丝劲，两条腿也发软。软在沙发上，摸出一块糖含在嘴里。缓过来后，陈庚银决定去乡下一趟，他要去看看那个凶犯陈责我的家。知己知彼，百战不殆。他隐约有不好的预感，有了害怕。这害怕，甚至比当年调包时还来得强烈。

陈庚银次日就去了青山镇。青山镇镇委书记是他的学生，若在往日，陈庚银去青山镇，定会先给书记电话。这次他谁也没有告诉，甚至连老伴也不知道他去了青山镇，只说出去会个朋友。陈庚银租了辆车，来到了三十公里外的青山镇。他知道陈责我的家在青山镇烟村。许多年前，他将自己的外甥变成陈责我后，曾悄悄来过这里，他甚至远远地注视过陈责我。那时的陈责我已经从高考失利中走出来，他接受了这一现实，正在学木匠。当时，陈庚银只是远远地看着陈责我，这个学生他是熟悉的，品学兼优，成绩不算年级最好的，但也在前三十名之列，以当时县一中的教学水准，这样的成绩，只要临考发挥正常，上大学是没有问题的。当时的陈庚银听说陈责我在专心学木匠，心头那不安平静了许多。“神不知，鬼不觉。”他想。从此，他再也没有来过烟村。此番前来，转眼二十年过去了，当年正值盛年的陈庚银，如今已是一头霜白。走近烟村，心里的胆怯与不安却越发强烈。他想凭记忆找到陈责我的家，但眼前的景象，没有丝毫记忆中的样子。司机问了路，先是寻到烟村，再问陈责我的家。本以为不好打听，这么大个村子，这样一个不起眼的小人物。在进烟村的路口边有座桥，桥头有个小市集，一家店前的凉棚里，几个老人在打麻将。陈庚银让司机停车，他下去打听陈责我的家，不想老人们个个知道陈责我，知道他杀了人。见陈庚银似干部模样，就问陈庚银找陈责我什么事。

“您老是陈责我的亲戚吗？”

陈庚银说不是不是，受朋友之托来他家看看。打牌的都停下了手中的牌，说，您是为陈责我的官司来的？您是市里的干部？陈庚银说，我像个干部样子吗？老人说像，一看就像。陈庚银说，有干部出门坐出租车的吗？老人说，这叫微服私访！不论陈庚银怎样解释，村里人就认定了他是来微服私访的干部，硬拉了陈庚银坐下，他们都有话要对领导说。陈庚银就坐下，听人七嘴八舌说起陈责我来。说陈责我的家不用去啦，家里什么都没有，一家人都出门打工了，有个儿子在市一中读书，也不回家的，家门口都长了草。陈庚银就问陈责我村里再没有亲人了吗？有人就说至亲没有，叔伯亲戚倒有，也多在外打工。

“这位领导，你说陈责我会被枪毙吗？”老人问。

陈庚银说这个不清楚，要看法院怎么判。

“您是领导，能给法院说说吗？陈责我是好人呢，打小就是好孩子，心软得很，杀鸡都未曾杀过，怎么就狠下心来杀人了？”

“还不是被逼的。你说他这样的人都杀人了，那得有多大的委屈。”

“我看陈责我死不了，要不领导怎么会下来微服私访呢？”

一个老大爷，看上去是读过几年书的，说：“要不我们写封请愿信，村里人都给摁上手印，求政府法外开恩，不要杀陈责我。”

陈庚银的心里起了波澜。他想到依稀记忆中那个瘦小的学生陈责我。他想，也许，是要对外甥说一说，能保陈责我不死，就力保吧。正这样想着，一个老人压低了嗓音，说，这个领导，我还有一桩秘密。陈庚银问什么秘密。那老人说，我们村里人都晓得，陈责我这娃儿，是很会读书的，听说，当时他是考上了大学的，结果名额被别人给霸占去了。老人的话一出口，陈庚银的胳膊开始发抖，两条腿软得不行。他忙从口袋里掏出一块糖含在嘴里。陈庚银有低血糖的毛病，平时饿过头了就爱犯，有时激动了、害怕了、突然受刺激了，都会犯低血糖。含了一块糖，缓过来了一点儿，说话的声音打战，好不容易稳定了情绪。老人们说领导您这是怎么啦？陈庚银说老毛病，低血糖。就有人去倒了一杯开水给陈庚银喝。陈庚银见那开水杯黑乎乎的，沾了一层油垢，接过放在一边，没有喝。陈庚银说，无凭无据的事，可不能瞎传。老人就说凭据是没有，只是有人这样传言。陈庚银说，不信谣，不传谣。老人说是的是的。老人们的话题，就从陈庚银的身上，扯到了村里的化工厂，说化工厂开到了家门口，过去湖里的水能直接喝，现在连鱼都不长了，让领导一定要过问。陈庚银听他们说，心里却是乱七八糟。真是没有不透风的墙，只说当年那事做得神不知，鬼不觉，怎么村里有这样的传言？越发不安起来，问清了陈责我的家，一个老人说，说得再清楚你也是找不到的，我给你带路吧。陈庚银表示了感谢，请那老人上了车，在老人的带领下，去了陈责我的家。路虽不远，果然不好找，东拐西弯，到一个路口，车再没法走了。老人带陈庚银从小路走，路两边全是齐腰深的艾蒿，一人多高的苦竹，把路封得只有一点儿缝。走了足有两百米，才到陈责我的家门口。三间平房，屋顶已塌了，门前的稻场上长满黄芦苦竹，邻居家的一群鸡，扑楞乱蹿，然后发出惊恐的叫声。带路的老人说黄鼠狼都成精了。陈庚银在陈责我的家门口待了一会儿，到门前的走廊，从门缝和窗户里往里瞄，堂屋里乱七八糟堆了些农具，房间里只有一张床，积了厚厚的尘土，看来是久未住人了。陈庚银说他家不是有个儿子在读书吗，也不回来的？老人说，他儿子叫陈一飞，在一中读书，放假就去他爹那里打短工，几年没见他们了。陈庚银心里说不出地苦涩与惶恐。离开烟村时，陈庚银想，若不是给外甥调了包，现在，坐在大城市办公室里的该是这个陈责我，而家徒四壁外出打工的该是现在的法官陈责我了。

回城时一路无语，闭目坐在车上，脑子里想着的是现在该怎么办？是帮陈责我一把还是不帮？要帮，又该怎么帮，要不帮……唉！陈庚银长叹一声，要不帮，陈庚银想，也许就不该多此一举来烟村，眼不见，心不烦，也没这么多不安。但又一想，来还是有收获的，烟村人居然传言陈责我高考被人调了包，是村里人的猜测，还是听到了什么风声？若是猜测还好，若是听到风声，那风声又从何而来呢？他开始回想当年办事的经过，当年他是教务主任，他确信，在他之前，没有人看到过陈责我的录取通知书。问题出在什么环节呢？给外甥办假户籍证明时漏了风？那时户籍管理混乱，他只是求了在派出所的朋友就给办妥了，那朋友和他也是有交情的，而且拿了他的好处，断不会朝外说。何况，那朋友死了几年，如今死无对证了。理不出头绪来，胡思乱想间，车进了城区，经过市一中门口，陈庚银想到了陈责我的儿子陈一飞，他下车，让司机走了，他去找现任校长。现任校长也是他的学生，大学毕业后回校任教，在陈庚银一手栽培下，四十岁就坐到了本市第一中学校长的位置。见到老校长突然到来，现任校长慌得又是请坐又是倒茶。闲聊几句，现任校长就问老师怎么突然来了，有什么事吗？陈庚银说也没什么事就是来看看，又问到“陈庚银奖学金”今年准备给哪些人。现任校长说名单还没有定下来，定下来了，和往年一样，是定会将名单和资料都报给老校长审阅的。陈庚银笑笑说他都退休了，不在其位不问其政的。现任校长说一定要请老校长审阅的，没有老校长，就没有这份奖学金，每年拿到奖学金的孩子，一辈子都忘不了您的恩情。陈庚银想着，要不要问问陈一飞的事，不问，心里不安；问了，又恐节外生枝。现任校长看出老师来是有事的，就问老师还有什么指示。陈庚银想了想，说有个学生叫陈一飞的，不知你熟不熟。现任校长一脸不安，以为这学生是老校长的亲戚，解释说学生太多。陈庚银说他只是随便问问。听说这孩子的父亲出了事，在南方，杀了人。现任校长拿起电话，将教务主任叫了过来。主任见老校长在，免不了一番问好。现任校长就问陈一飞是哪个班，主任说是高三（5）班。现任校长说把（5）班的班主任叫来。一会儿，班主任来了，打过招呼，现任校长问起陈一飞的情况。班主任叹了一口气，说，这孩子成绩好，也用功，在年级五百名学生里，能排前三十。以我们学校往年的高考情况来看，不出意外，能上一本。可惜，他爸出事了，他的成绩掉下去了不少。上次模拟考试，掉到年级一百多名了。老校长，您要不要见见这个孩子？陈庚银说不用了，别打扰孩子，他也是听说了这事，今天路过学校，就进来问一问。教务主任走后，陈庚银对现任校长说，今年的头等奖学金，考虑一下这孩子。八千元，也许帮不了这孩子什么，但对他是个安慰与鼓励。现任校长说老校长的指示一定坚决执行。陈庚银说，不是指示，只是建议，这孩子与我无亲无故的，我只是觉得，我们的奖学金，不能只奖励学习最拔尖的孩子，也要扶持家庭困难的孩子。

离开学校，陈庚银没有打车，他缓缓往回走。办了这件事，心里的不安略略减轻了两成。想，如果这孩子今年考不上，明年复读的费用，得想办法给他解决。若是上了大学，需要资助，到时给“陈庚银奖学金”的出资人李总打个电话，让他资助一下。这样一想，心里的不安又减轻了三成。回到家，给法官陈责我打电话，问说话方便不。法官陈责我说方便。陈庚银就将他这天办的事简明扼要地说了，归结为三点：一是小贩陈责我的家境困难；二是烟村有关于顶包的传言，要小心；三是他决定给小贩陈责我的儿子一等奖学金，并让李总资助他上完大学，虽然他们当初有错在先，但现在这样补救，也算是仁至义尽了，让外甥不要有什么心理上的负担。至于如何选择，陈庚银说：你自己看着办吧。

但这看着办却最是为难。在给舅舅打电话的时候，法官陈责我其实已有了选择。只是，他对自己的选择有些不安，希望给舅舅的电话，能为自己找到一些缓解不安的借口。现在，他有了这借口，虽则不那么充分。整件事，舅舅是直接责任人，他这个法官是受益者。舅舅完全是为了他才这样做的，如果事情曝光，舅舅的晚年将不可避免受到巨大影响，舅舅的儿女都是有身份的人，仕途顺风顺水，前程不可限量，人要知恩报恩，断不可因此就出卖了舅舅。“我不入地狱谁入地狱!”法官陈责我突然想到这句话，觉得自己的选择很有些悲壮。但他又清醒地意识到，这样的悲壮，若换了小贩陈责我的角度来看，是多么罪恶与虚伪。“难得糊涂。”他又想到了一句古训。何况，就算他主审，一切还是以事实为依据，以法律为准绳，未必就能给小贩陈责我最轻的量刑。站在受害者吴用家属的角度来看，若他将小贩陈责我轻判了，那又是另一种的不公。何况……他又想到了一个何况，何况舅舅已决定了给小贩陈责我的儿子奖学金，还要资助他读完大学。“仁至义尽。”他想到了舅舅用的词。

我不入地狱谁入地狱。

难得糊涂。

仁至义尽。

这三个理由，让他的心安定了不少，紧锁的愁眉终于舒展了。他想到今天下午四点，要去参加儿子赵天一的家长会。

家长会从来都是妻子杜梅去参加的，陈责我从未去过，他甚至不清楚儿子读小学一年级几班。妻子出差了，今天下午的航班回来，赶不上家长会。法官陈责我本不想参加的，但儿子听说没有家长去开会，眼泪就出来了。法官陈责我心软了，说参加，怎么不参加？儿子听说爸爸要参加他的家长会，兴奋得跳了起来。儿子说坐在他前面的刘诗诗总说她老爸是最帅的，他不服，说他爸才是最帅的。上次家长会，两人就约好了，都让爸爸来参加，比比谁的爸爸更帅。但上次法官陈责我没去，李诗诗就羞了赵天一，说赵天一爸爸是害怕比不过才不敢来的。“这次，一定要让刘诗诗知道我老爸才是最帅的。”赵天一说。法官陈责我揉着儿子的头发，笑着说：这么小就知道拼爹。人家拼谁爹有本事，你们倒好，拼谁爹长得帅。儿子说拼谁的爹有本事咱拼不过人家。这一说，法官陈责我倒无语了。儿子就读的小学，是本市最好的小学，非学段生要进这学校，插班费已涨到十万了。儿子同学的爹们高官大款如云，他一个小小的副处长算得了什么。

法官陈责我三十一岁才有这孩子。三十一岁的男子，在城里并不能算大龄，但若是在老家，却实在不小了。陈责我将儿子看得宝贝。不能让儿子输在起跑线上。他这样对妻子杜梅说。杜梅并不这样看，杜梅认为，孩子的童年就该快快乐乐、无拘无束。杜梅反对给儿子报这个班那个班。在这一点上，两人的观念是截然相反的，但谁也说服不了谁。妻子在城里长大，家境优渥，大学毕业后出国留学，回国后分配进报社，年龄比陈责我小，但两年前就当上了报社社会新闻部的主任。论知名度，她是名记；论级别，她是正处。杜梅的人生到目前为止顺风顺水，她的成长环境，注定了她无法理解陈责我这样的农家子弟跳出农门的艰辛。何况，法官陈责我是通过非法手段获取的这一切，而这一切，已成为压在他心头的一块巨石，压得他喘不过气来，却又不能对人言明。他对杜梅说人生好比爬山，有的人生来就坐在山顶了，有的人是从半山腰开始爬，但还有更多的人，是从山沟沟里开始往上爬的。杜梅反驳说人生为什么是爬山？人生为什么一定要爬到山顶？就在山沟沟里待着不也很好？山沟沟里有山沟沟里的风景。人生重要的是过程。法官陈责我说，你这是站着说话不腰痛，什么时候，你去山沟沟里生活一段时间就知道了。杜梅的理念，是让儿子心智健全地发展，快乐健康是第一位的。而法官陈责我，却希望儿子将来能出人头地。法官陈责我有一句话，没敢对杜梅讲，他想说，他这辈子，靠不能见光的手段获得了所谓的成功，他希望儿子靠自己的努力获得他应有的一切。

法官陈责我提前下班，到儿子就读的学校开家长会。先找到了一年级的教室，然后向老师打听，问赵天一同学在哪个班。老师说，你是来参加家长会的吗？法官陈责我说是。老师脸上现出了鄙夷，说：孩子上几班都不知道？法官陈责我的脸上就露出了不安，说工作忙，每次都是他妈妈来参加的。老师告诉了他，一年级（3）班。法官陈责我找到了一年级（3）班，家长会还没有开始，班里已经坐了不少家长，都搬了个小板凳，坐在孩子的课桌边。法官陈责我进去，还在寻找儿子，儿子早看见他了，跳起来喊：老爸，我在这里。法官陈责我走到儿子身边。儿子大声喊：刘诗诗，我爸来了。叫刘诗诗的女生，努着骄傲的小嘴，看着法官陈责我，一脸不屑，说：你爸这么瘦，才没我爸帅呢。赵天一说：一会儿你爸来了，让大家评评，看谁的爸帅。法官陈责我摸着儿子的头，脸上青一阵红一阵的，说哪有你这样的，你们要比谁的学习成绩好。正说着，刘诗诗跳了起来。从门口进来一个男人，刘诗诗对赵天一说：哼，我爸来了。法官陈责我一见，心里扑通就乱了。刘诗诗的爸爸过来牵了女儿的手。见了陈责我，笑眯眯地说：责我，你也来开家长会呀。法官陈责我说：刘庭，这是您的女儿呀！真可爱！又说您还亲自来参加家长会呀。刘庭长说女儿下了命令，说今天要和同学比看谁的爸帅，不敢不来。刘诗诗就说：爸，他就是赵天一的爸，就是他要和你比谁更帅。刘庭呵呵笑了起来，说当然是他帅啦。法官陈责我红着脸说：刘庭……刘庭长说，责我啊，来这里，我们只有一个身份，孩子的家长。又说，你姓陈，孩子倒姓赵呢？随他妈妈姓吗？我记得，你爱人叫杜梅，是《南国日报》的大记者嘛。法官陈责我惶然道，我随母亲姓的，到孩子这一辈，又随我父亲姓了。正说着话，老师进来了。两人都端坐，听老师讲话。

一堂家长会下来，外面已是暮色四起。法官陈责我和刘庭长打了招呼，随刘庭长后面出了学校。在回家的车上，儿子不高兴了，说明明你比刘诗诗的爸爸长得帅。法官陈责我说做人要低调一点嘛，谦虚是美德。回到家，杜梅刚到家没多会儿，保姆已做好了饭在等。法官陈责我问了杜梅采访是否顺利。法官陈责我心疼妻子，说你都是主任了，这样的新闻，下面的年轻记者去跑就是。杜梅说她是带了年轻记者去的，但这样重大的选题，她还是想到一线。法官陈责我说，我是担心你的安全。老公的担心，让杜梅心里觉得很温暖。两人当年认识也是因为工作，当时是法官陈责我第一次当主审法官，那桩案子在社会上引起的争议不小。杜梅那时是报社社会新闻部的首席记者，来旁听庭审，并采访了法官陈责我。就这样，他们有了联系。应该说，是杜梅主动约法官陈责我的，约了两次，杜梅对法官陈责我说，事不过三，我约你两次，下次该你约我了。第三次，是法官陈责我约的杜梅。他们见面，谈得最多的，是对社会热点问题的看法。杜梅长期跑社会新闻，见多了底层人的不易与艰辛，这些，是她之前的人生所未曾经历的。她出身于干部家庭，父母都在政府部门工作，母亲职务不高，在处长的位置上退休，父亲如今还是在职的正厅。杜梅从前知道民生多艰大多来自于书本，没想到，社会的现实远远超出她的想象。她因此总是饱含激情，为那受侮辱受损伤者鼓与呼。她的情感立场，与来自农家的法官陈责我很是相投。法官陈责我因为自身背负了这不为人知的罪恶，一直努力做一名好法官。两人交往越多，越觉得意气相投，变成了相爱。他们的恋情公开后，法官陈责我第一次去见未来的岳父母。杜梅的母亲不同意女儿嫁个乡下来的，杜梅的父亲问杜梅喜欢陈责我什么。杜梅的父亲认为法官陈责我过于拘谨，不是个成大事的人。杜梅对父亲说，她看中法官陈责我身上有一种少见的赎罪意识。她对父亲说，中国人很少有原罪感，而法官陈责我的身上有。她因此认为，这是个深沉的人，是个有情怀的人，值得她去爱。杜梅的父亲让杜梅举例说明，杜梅就举了个例子。当时她采访了一则新闻，有位老人在路边晕倒了，来往经过的路人，没有一个人施以援手，哪怕是打电话报警或者叫120。后来，老人就这样错过了救治的时机，死了。杜梅在她主持的版面上展开了大讨论，许多学者、名人和普通百姓，通过她主持的这个平台，纷纷指责那些冷漠者。杜梅当时也采访了法官陈责我，问他对此有什么看法。法官陈责我却认为，那些冷漠的路人虽然不可原谅，但谁也没有权利去指责他们，因为我们每个人都有可能成为那冷漠路人中的一员，我们没有理由将自己撇在一边，站在道德的高度去指责别人，我们无非是道德上的运气比那些路人好了一点儿而已。杜梅对父亲说，她很为陈责我的观点而震撼。之前，她一直以为，如果自己是那个路人，定会施以援手的。可是法官陈责我告诉她，她的这种以为只是一种假设。她对父亲说，陈责我推荐她看了美国哲学家杜威的《人的问题》，这本书里，就有关于“道德的运气”的论述。杜梅的父亲看着女儿在叙述这些时脸上飞扬的骄傲，知道女儿是深爱上了这个男人，他说他尊重女儿的选择。

严格来说，这是法官陈责我的初恋。大学期间，他不敢恋爱，总觉得自己是个小偷，偷了别人的东西，害怕东窗事发，因此将自己封闭了起来。研究生时，他努力学习，想摆脱小偷的阴影。直到杜梅出现，杜梅的主动，让他品尝到了恋爱的感觉，组成家庭后，他才渐渐将过去的历史淡忘。父亲在他读研时去世，家乡除了舅舅，再没有至亲的人。杜梅在婚后，随法官陈责我去过一次他的故乡，那是在清明，去给法官陈责我的父母扫墓。法官陈责我衣锦荣归，叔伯亲戚们轮流请他们吃饭。杜梅奇怪，问法官陈责我的叔伯们怎么都姓赵。法官陈责我解释，说他是随母亲姓的。之后，法官陈责我再没回过故乡。他不敢回故乡，他了解杜梅，这现实社会少有的理想主义者，法官陈责我不敢想，如果杜梅知道了他的过去，会有怎样的后果。

越是害怕鬼越出鬼。吃饭时，杜梅突然问起了小贩陈责我的杀人案，她听说检察院已经提起公诉了，问这案子哪个法官主审，什么时候开庭，她到时好跟进。法官陈责我含混地说具体情况不太清楚。又说，你呀，吃饭都在谈工作。跑了几天不累吗？我给你说桩好玩的事。于是说了儿子带着他和同学拼爹的事。杜梅笑出了眼泪。但法官陈责我并未能将话题扯开。杜梅笑过后，又问到了小贩陈责我杀人案。法官陈责我说这样的案子多如牛毛，事情过去这么久了，你干吗纠缠这事不放。杜梅认真地说，你这样说，那我可得给你这大法官上课了。这些年，有多少新闻，刚出来时，全国媒体一窝蜂报道，一阵风后，人们不再关心，媒体不再关注，于是成了烂尾新闻，那些案子淡出人们的视线不了了之。我对同事说，与其抓许多新闻又让它烂尾，不如一条新闻跟到底。法官陈责我说，我说不过你。杜梅说，你是说不过理，道理的理。又说，再说了，这桩新闻，我更无法回避。那个杀人小贩，居然和你同名同姓，又是来自一个县，看到他，我总想到你。你们都是从农村出来的，你因为读书改变了命运，如果你没考上大学，也许他的命运，就是你的命运。我觉得，从这个角度，也可将这新闻深挖一下。

这话听得法官陈责我背后冷汗直冒，好在杜梅没有继续这个话题。

次日上班，法官陈责我去找院长，他对院长说明来意。他说作为一名法官，坐在上面审一个和自己同名同姓的人，心里总觉得怪怪的。院长表示理解，但能否另换法官，也不是他一句话的事，要党组开会商定。法官陈责我说这案子到时肯定有许多媒体关注，他是怕到时，媒体发现法官陈责我主审杀人凶犯陈责我，然后用来做新闻，把一桩严肃的事情弄成娱乐新闻。法官陈责我说，再说了，我和那个陈责我是同乡，怕到时有人说闲话。院长安慰说身正不怕影子斜，同名同姓的人多了。院长举例说明，说就拿他的名字张军来讲，全国没有一万个张军也有八千，咱们法院就判过叫张军的死刑犯；同乡人就更多了，又不是直系亲属，你害怕什么呢。院长盯着法官陈责我，法官陈责我感觉院长的目光前所未有地锐利，仿佛能穿透他的内心。法官陈责我慌忙说他自然不怕什么，只是不想给法院惹事。院长说他会提出来议一议，但他对法官陈责我办案挑肥拣瘦有些不满。法官陈责我见领导这样，也不敢再说什么。本来，这样的事，也不是大事，只要和领导沟通好，理由说得过去，换一下也是无可无不可的。法官陈责我没想到，这样一桩在平时并不难办的事，却遇到了麻烦。快下班时，院长打电话给法官陈责我，说上午开会时，把这事拿来议了，几位领导都说没这个必要，而且每个法官手上都有一大堆案子。法官陈责我感觉到前途一片黑暗。他想不明白，这么小一桩事，院长为何要驳他面子。抽了两支烟，他想明白了，这主审法官不好当，一方面，这案子社会关注度高，民意摆在那里，而另一方面，城管部门的压力也在那里。既然这案子已经到了他手上，又没有要回避的理由，自然就没必要换人主审了。法官陈责我调阅了小贩陈责我凶杀案的卷宗。可他怎么也集中不了精力去看。看到那一页页按着红色手印的口供，他的脑子里浮现出来的，却是自己戴了手铐接受审问的情形。

法官陈责我从卷宗中拿出小贩陈责我的照片，那照片是在预审时留下的。一张正面照，一张左侧照，一张右侧照，背景布上还标有身高。法官陈责我看着小贩陈责我，那是一个黑瘦的男人，眼窝深陷，胡子拉碴，看上去一点儿也不像四十岁的人，倒像是六十有余了。这样的脸，法官陈责我是无比熟悉的。这是一张典型的中国农民的脸，在他的家乡，他的堂兄弟们，他的叔叔伯伯们，都有一张这样的脸；他的父亲，也曾经拥有过这样一张脸。脸上写着贫穷与艰辛，却又有着铁一样的坚硬。但这张脸，又是法官陈责我陌生的脸。他试图从这张脸上，回想起当年同学时的情形。当初，小贩陈责我读（1）班。（1）班是快班，也就是现在学校常设的重点班，快班集中的是学习成绩最优秀的孩子，也是老师们为了高考升学而精心打造的集体。而如今的法官陈责我，当年的赵城，他的成绩按中考分数，离快班还是有点差距，读（3）班，是普通班。赵城的母亲曾求她哥陈庚银，让儿子进快班。但陈庚银说赵城去了快班跟不上，这样只会让他感到自卑，打击他的学习积极性，与其让他在快班里当最后一名，不如让他在一个普通班里名列前茅。这叫宁为鸡头，不做凤尾。虽然不在同一个班，高中三年，赵城和陈责我还是有过几次接触的。两人谈不上友谊，但这么多年来，当年的赵城，如今的法官陈责我，却一直记得当年那个清秀而寡言的陈责我，记得他和陈责我的几次为数不多的交往。最深刻的，当是高一那年，他们代表市一中去参加本地区六县市的中学生作文比赛，他们一起去了古城，看到了古城那如同长城一样的城墙。在比赛的前一天，他们几个来自一中的学生一起去逛公园，公园里马戏班子搭了棚子，据说一位气功大师要表演眼皮挑水。他们看了海报，都想进去看，但看一场要两毛钱，他和陈责我舍不得，没进去看。另外三位同学，每人掏了两毛钱去看，他和陈责我在外面等。两人都没说话，他坐在公园水边的一块石头上，陈责我坐在另外的一块石头上。他们等了二十分钟，进去看眼皮挑水的三位同学出来了。陈责我说不早了，回晚了老师该说了。于是五人往回走，一路上，看了眼皮挑水的同学，兴奋地描绘着眼皮挑水的气功如何神奇。在公园出口，又见到一群人围着看热闹，这次是不要钱的，五个同学都挤了进去看。原来是个十来岁的男孩和一个看上去七八岁的女孩在表演，男孩右手拿一把尖刀，扎在自己的左手腕上，刀穿破手腕，鲜血四溢，脸上现出痛苦的表情。女孩拿出了一种粉状的药，迅速敷在男孩的手腕上，男孩抽出了刀，女孩拿一块手帕，将那受伤的手腕系好。女孩就拿了一个托盘，向看热闹的要钱。看热闹的转眼散得没几个人了，赵城和同学们要走，却见陈责我呆呆地站在那里。赵城拉他的手说咱们走。陈责我却突然从口袋里掏出了五毛钱，放在那女孩的托盘里。陈责我的眼里，泪水打着转。回去的路上，陈责我再没有说话。许多年来，曾经的赵城，现在的法官陈责我，经常会回想起这一幕。在大学四年的无数个夜晚，大学生陈责我总会想起那个在乡下的陈责我，会想起陈责我眼里饱含着泪水的那一幕。读研时，研究生陈责我也会想起另外一个陈责我，那时，研究生陈责我已然想不起来他的同学陈责我的模样了，但那一双饱含泪水的眼，却依然那样清晰，只要一闭上眼，他就能看到。后来，当法官陈责我在外面看到那些农民工时，也会偶尔想到陈责我，想到那已然模糊的形象和那一双含着泪水的眼。如今，法官陈责我盯着手中的照片，那一双眼里再没有了泪花，也没有……那双眼，是那样空洞，什么都没有。

茫然。只有茫然。

法官陈责我长叹了一口气。想，二十年过去了，他还能认出我来吗？如果改天在法庭相见，他是否会认出，穿着威严的法官袍，端坐在主审法官位上的那个人，是他当年的同学？如果他认出来了，他会说什么呢？也许他认不出来了。二十年，两个人的改变都太大了，如果在大街上遇见小贩陈责我，法官陈责我断然不会认出他来的。他不会认出我的。法官陈责我想。但是，他知道主审他的法官也叫陈责我，会一点都不起疑心吗？

法官陈责我盯着照片中的小贩陈责我的眼睛，他突然看见，照片中的陈责我眼珠子转动了一下，他眼里不再是茫然与空洞，而是射出了锐利的寒光。照片从手中跌落在办公桌上。许久他才确定，刚才是眼花了。他重新拿起了小贩陈责我的照片，盯着小贩陈责我的眼看。果然，照片中的陈责我，眼珠一动不动，就在他安心地将照片放进档案里的那一瞬，他发现，照片中的陈责我，嘴角突然泛起了一丝嘲讽，他甚至听到了冷冷的笑声。这一次，他强令自己镇定下来，再次死死盯着那照片，直到照片在他的手中老老实实，眼珠不转，嘴角不动，确定是一张没有生命的照片后，才地将照片收进卷宗，将卷宗锁进档案柜。他又点上一支烟。无论如何，不能主审这案子，他想，二十年来担惊受怕，刻苦求学，努力工作才换来的这一切，不能付诸东流。他无法想象，成为小贩的陈责我经历过怎样的日子。但是，怎样才能推掉这案子呢？他陷入了苦思。他甚至想到了制造一次意外，比如车祸。可是谁又能保证，他能在车祸中恰到好处地受伤呢？

他还没有想到办法，杜梅却得知了这案子由他主审的消息。睡觉前，杜梅不满地说韦工之今天给她打电话了。案子早定下来是你主审，为啥不说一声？杜梅问。法官陈责我说，这是我的工作，有必要对你一一汇报吗？杜梅盯着法官陈责我，看了足有十秒钟，像看陌生人。法官陈责我说你盯着我看什么。杜梅说你有事瞒着我。法官陈责我说我能有什么事瞒着你？我能有什么事瞒得住你这个以调查著称的大记者？杜梅说你越这样说，我越觉得你有事瞒着我。从恋爱到现在，你从来没有用这样的语气和我说过话。法官陈责我故作轻松地说，什么大事，不就是要由我主审这小贩杀人的案子吗？我本想今晚对你说的，没想你先知道消息了。杜梅还是那样盯着他，他却闭上了眼，将背给了杜梅。杜梅从刚才的强势转为了温柔，从背后轻轻环住法官陈责我，说，老公，有什么事，我们一起担。杜梅的温存，让法官陈责我的内心略略平静了一点儿。杜梅在法官陈责我的耳根处亲吻着，法官陈责我转过身，将妻子搂在怀里，说，我有点累，早点睡。话是这样说，却根本睡不着，脑子里翻江倒海。到了凌晨，见杜梅睡着了，法官陈责我悄悄起床，呆坐在客厅里，也不开灯，点了烟，一支接一支地抽。抽到第四支的时候，杜梅出现在了客厅，也没说话，只是坐在他身边，轻轻偎在他怀里。那一瞬间，法官陈责我有了一种患难夫妻的感觉。法官陈责我将余下的半支烟摁灭，说回去睡吧。杜梅说睡不着，就这样坐一会儿，挺好。又说，老公，不管你遇到什么难事，你要记得，我是你老婆，我们是一家人，我永远和你站在一起。

法官陈责我无言地搂着杜梅的肩。

杜梅意识到她老公遇到了棘手的事，但她并没有想到会是怎样的事。她心里所怀疑的，是法官陈责我遇到了另外的麻烦，比如收受贿赂被纪委盯上了。他所处的位置，本来就是有诸多诱惑的。但她很快就否定了。她知道，法官陈责我是个在物质上要求不高的人，他总是说现在的生活来之不易，很知足。不是经济问题，那么就是情感问题了。想到这里，杜梅的心里像打翻了五味瓶。她经常出差，加班做版到很晚，并不是个合格的妻子。想到这里，她越发觉得，事情会是出在这方面。这也是她最不能容忍的，她故意做出温柔的样子，希望以此来打败她假想中的情敌。她不知道，在她这样猜想时，法官陈责我却在想着，这件事要不要告诉杜梅。将真相告诉杜梅的冲动，在他们结婚后的这几年，一直折磨着法官陈责我。他害怕杜梅知道真相后离他而去，这害怕，让他心里紧绷了一根弦，绷得要断了，他快要崩溃了。他不止一次想，把真相说出来吧，然后让杜梅来选择。说出来了，他就不会这样难受了。他想，杜梅会原谅他的。但他很快又否定了这样的想法，觉得这是对杜梅的不公平，将压力转到杜梅的身上是自私的表现。他就一直在这样的犹豫中否定再否定。但每次，他最后的选择，都是继续瞒着杜梅。

杜梅在这天上午接到韦工之的电话。韦工之问杜梅这两天有没有时间，他想和杜梅见一面。杜梅问韦工之有什么事。韦工之嬉皮笑脸地说没事就不能请你这大记者吃饭吗？我新发现了一家意大利餐厅，食物很可口，特别是比萨做得很有特色，又便宜，环境还好。韦工之还记得她大学时最喜欢吃比萨。杜梅问还约了谁。韦工之说请你一个不行吗？不敢来，怕我吃了你？杜梅说不定谁吃了谁呢，只是今天要值班做版。韦工之就问明天晚上如何。杜梅说你真是想请我吗？有什么事？韦工之说他有料要给大记者报。于是就将这案子的事说了，说他已拿到了法庭寄出的开庭通知，这也就意味着，在十日内将开庭审理。韦工之还说，这案子的主审法官是陈责我。韦工之说有重要的事想和杜梅谈。她不知道韦工之究竟想和她谈什么。

韦工之是小贩陈责我的代理律师，自然是为了小贩陈责我的利益最大化。而作为一直跟踪这案子的记者，杜梅采访过小贩陈责我两次，每次采访，都给她留下了深刻印象。她总是觉得，这个人，和她的生命，有着某种说不清、道不明的关系。她从来没有这样牵挂过她的采访对象。她甚至觉得，在这件事上，她立场是有问题的。小贩陈责我固然有可怜之处，但站在受害者的角度，那可是一条年轻而鲜活的生命，是那个家庭两位老人全部的希望所在，还有吴用的未婚妻。后来她想，也许是因为，这个杀人凶手和她深爱的老公同名同姓，又来自同一个地方的缘故吧。但她又否定了这样的想法，小贩陈责我和她的爱人是两个世界的人，是完全不可类比的人。在她的记者生涯中，她采访过各种罪犯，也采访过数不清的底层人，但这个陈责我给她完全不一样的感觉。采访过他后，她就忘不了。她后来也去采访了受害者吴用的父母，还有吴用的未婚妻，看到吴用的未婚妻，想到她肚子里的孩子，同为女性的她，心底里升起无限的同情。但她却觉得，小贩陈责我是悲剧的制造者，同时也是一个更大的悲剧。

而谁才该为这悲剧负责？

是否消灭了小贩陈责我的肉体，就能还死者一个公道？

从这个意义上来说，她和韦工之，现在是有着共同目标的。但她对韦工之好不起来，她觉得，韦工之城府太深，满嘴没一句真话，让人捉摸不透。

杜梅和韦工之是大学同学，大学毕业后，杜梅出国，韦工之改了方向读研，成了律师。大学期间，韦工之是追过杜梅的，被拒绝后，马上改变目标，将杜梅的室友追到手了。这一点，也让杜梅很不能接受，觉得韦工之是在向她示威。这还是次要的，主要是杜梅觉得韦工之这人太能说了，她喜欢沉静的人，觉得男人要是太能说，就显得没分量。当然，这是她大学那会儿看人的标准，很难说这标准是对还是错。后来她成了记者，跑政法线，两人才再有了联系。韦工之是本城有名的大状，这有名，倒不是说韦工之在律师界有什么地位，而是这人特别能折腾，在媒体上出镜比较多，比如这次，他就是第一个站出来，要为小贩陈责我提供法律援助的律师，因此没少在报纸和电视上露面。

因业务关系，报纸有时要针对某件案件，采访一些法律界的专家，杜梅就会给韦工之电话。知道杜梅嫁了法官，韦工之曾约杜梅和法官陈责我一起出来吃饭。法官陈责我对韦工之的印象很不好。杜梅问为什么，杜梅说韦工之为弱势者提供法律援助，还是很了不起的，社会需要这样的人。法官陈责我冷笑，没有说为什么。只说，这样的人你还是少和他往来。杜梅认为老公有偏见。但两人的来往，止于君子之交。想着这些往事，杜梅终于入睡了。早上醒来时，法官陈责我已去上班，保姆也送儿子去学校了。洗漱时，杜梅发现，眼袋浮肿了起来，黑黑的，镜中的她，已然有了沧桑。从前并不爱化妆的她，现在不化妆就不能出门了。

韦工之约好中午开车到报社楼下接她，十一点四十分，韦工之的短信到了，说他的车到了报社楼下。杜梅简单补了下妆，黑眼圈依然是隐约可见。不管了，下楼。韦工之开一辆广本，候在了楼下。开国产车，在律师这一行里是少见的，显得有些寒酸，但和韦工之示人的形象还是比较契合的。见杜梅下来，开了前排的车门，盯杜梅看了一眼，看得杜梅心里有点乱，以为韦工之看到她的黑眼圈了。韦工之说，你越发漂亮了。明知韦工之嘴甜，心里却依然是高兴的，昨晚的不快就一扫而光了。韦工之说，知道你喜欢吃比萨，发现了一家店的比萨不错，就想到了你。杜梅说，这话你留着哄小姑娘吧。

并不远，几分钟的车程就到了。果然环境很清静，是杜梅喜欢的格调。吃什么倒是次要的，大学时，她喜欢吃比萨，现在，倒未见得还有这样的喜好了。知道韦工之约她，也不会真的是为了介绍美食。果然，在等候食物的时候，韦工之就谈道，说他昨天去见了他的当事人小贩陈责我。韦工之说完，喝一口苏打水，小眼针尖一样盯着杜梅。杜梅说你今天怎么了，看我的眼神怪怪的。比萨上来，韦工之没有回答杜梅的问话。说，你尝尝，是不是味道很特别。两人专心吃东西。一块比萨被消灭得差不多后，韦工之拿湿纸巾抹了嘴。显然，他是准备切入正题了。杜梅玩着手中的刀叉，反复切割着一小块比萨，等韦工之说话。韦工之说，我就不绕弯子了，昨天我见了我的当事人，陈责我。我告诉他，案子马上要开庭了。你猜他怎么说？他说谢谢我为他辩护，但是他希望能获死刑。他说一想到那被他杀死的城管还那么年轻，比他儿子大不了几岁，他就觉得自己该死。杜梅说，我上次采访他时，他就这样说。韦工之说，可是我告诉他，他不会死，肯定不会死。因为，这次他案子的主审法官，也叫陈责我。韦工之说完，盯着杜梅。杜梅停下了手中的刀叉，抬头看着韦工之。韦工之说，我告诉陈责我，说这个审他的法官，不仅和他同名同姓，而且还是来自同一个县。杜梅的手忽然有些软。她想到了昨晚老公的反常。现在看着韦工之的眼睛，感觉韦工之是个老练的猎手，而她，是他无处可逃的猎物。

韦工之说：陈责我，当然，是我的当事人陈责我，听我这样说后，有那么一阵子，是显得很激动的。他的眼里，分明有火苗在跳跃，但是很快，他眼里的火苗又暗了下去。后来，我再问他什么，他都不回答了。韦工之说完，又喝了一口水。杜梅一言不发。过了好一会儿，韦工之说，你不想问我什么？杜梅说，问什么？韦工之说，没什么，我就是随便问问，这比萨怎么样，是不是很特别？杜梅说是很特别。韦工之用故作轻松的语气转移了话题，问杜梅平时爱看什么电视节目，他说有档相亲节目很火，他平时喜欢看。杜梅说她也看的，两人聊了几句相亲节目，杜梅说，要不你也报名去相亲节目，你这样的钻石王老五，一去肯定很受欢迎。韦工之说算了吧，他又不是高富帅，首轮估计就被灭得七七八八了。又说他除了爱看相亲节目，就是看电视剧，这一段时间，全是抗日神剧，还不如之前一些古装戏好看。

又说前几天还在看《包青天》，里面一个案子，狸猫换太子，很有意思。韦工之建议杜梅看看。杜梅应付着。韦工之说，你一定要看。杜梅说，看过的。韦工之说，看过的再看看，常看常新啊。看你很累的样子，昨晚没休息好吧？杜梅说是没睡好。韦工之说，那我早点送你回去，中午你再休息一会儿。韦工之说着就埋了单。上车后，问杜梅是送回单位还是回家。杜梅说回单位。在去报社的路上，韦工之突然又问了一句，你老公也是1974年出生的吧。杜梅说，你怎么知道他是1974年生的？韦工之说，法院的网站上有他的介绍。很快到了报社，韦工之说，注意休息。

看着韦工之的车绝尘而去，杜梅突然觉得，今天和韦工之这饭吃得极其古怪。回到办公室时，杜梅还在想，韦工之说，“你老公也是1974年出生的吧”，为什么用也是？那就是说，还有谁是1974年出生的。谁呢？自然不会是韦工之，韦工之和杜梅的年龄相仿。陈责我！小贩陈责我！杜梅的心里，闪过这个名字时，感觉到了无边的寒冷。她上网查有关小贩陈责我的信息，还有她的采访记录。没有小贩陈责我的年龄信息，但是她从采访记录里，找到了一条信息，小贩陈责我，1992年高考落榜，回家学木匠。杜梅又查了她老公法官陈责我的简历，她老公法官陈责我，正是1992年考上大学的。杜梅没有勇气再去多想，但脑子却止不住地飞速运转。调查记者形成的职业本能，让她很快理清了问题的关键：

小贩陈责我，法官陈责我，来自同一个地方，同一年高考。

又想到韦工之吃饭时，反复提到的狸猫换太子。杜梅感觉这世界无边地寒冷。

陈责我。杜梅想。这本是个极少见的名字。又想到老公这两天来的表现，她已经看到了问题的所在，虽然，真相是什么，这两个陈责我的背后，到底隐藏着什么，她无从知晓，只是一种隐约的猜测。杜梅不喜欢绕弯子的人，她想，这一切，只有请老公来解释了。这样的问题，显然不适合在家里谈，她不希望真相暴露在儿子面前。因此她给法官陈责我发一条短信，约他下班后在咖啡馆见面。这家咖啡馆，是他们恋爱时常来的地方。她和他，曾私下里称这咖啡馆为“爱之小屋”。选择“爱之小屋”，并没有什么太多的想法，只是想到约法官陈责我时，脑子里冒出的第一个地方。小屋，老地方，小小的包间。灯光恰到好处，这是滋长爱情的地方。杜梅先到，点了两杯蓝山。这是她喜欢的咖啡，酸、苦、甘、醇完美融合。而法官陈责我其实更喜欢喝茶。法官陈责我曾经说他不明白，都是咖啡，为什么价钱相差那么远。他不明白拿铁和摩卡有什么区别，他甚至喝不出来速溶咖啡和现磨咖啡有什么不同。等候法官陈责我的时候，杜梅的心情平静了许多。她甚至回想了许多两人在这里的美好回忆。他们的第一次约会就是在这里。是她约他。喝咖啡时，法官陈责我为了显示优雅，拿了咖啡杯里的小勺，舀了咖啡一勺一勺往嘴里送。她笑了，提醒法官陈责我，说这样喝咖啡不雅，会被人笑话的。后来他们恋爱了，她经常会拿这事来打趣。她并不知道，法官陈责我很在意这件事，因为这件事，显出了他和她出身的差距。杜梅记得，当时法官陈责我说他就是个农民的儿子，不懂得喝咖啡。杜梅喜欢的，其实正是他身上的这份朴实。但这甜美的回忆并未持续多久。法官陈责我来了。法官陈责我坐下之后，用狐疑的目光看着妻子，问今天是什么日子。杜梅说，不是什么日子，普通的日子，也许，会是终生难忘的日子。她补充了一句。许久没来这里了。法官陈责我有些内疚地说，多年过去了，这里居然没有变化，还是原来的样子。

两杯咖啡上来后，杜梅说，我是直性子，约你来，是有事和你谈。法官陈责我笑着说什么事要到这里谈，家里不能谈吗？杜梅说，不能。语言冰冷，脸上没有一丝笑意。法官陈责我说，什么事，你说。杜梅说，今天中午，韦工之约我吃饭了。法官陈责我说，这不是什么大事，虽说我不喜欢韦工之。杜梅说，韦工之给我讲了一个故事。法官陈责我问，什么故事？杜梅说，狸猫换太子。法官陈责我脸上的笑一下子就僵了。他强装镇定地说：哦，小时就听过，包公断案的故事。杜梅说，韦工之前天见了陈责我，不是你，是陈责我，那个小贩。杜梅又说，1992 年，你和陈责我就读于同一所学校。后来，你们两个，一个考上了大学，一个回家当起了木匠。也就是说，在当时，你们班上，或者说你们年级，有两个陈责我。法官陈责我不敢看杜梅直视他的眼睛，慌乱低下了头。杜梅继续说，可是小贩陈责我却说，他们年级只有他一个陈责我。杜梅还要说什么，法官陈责我打断了她的话。

“你不要说了。”法官陈责我说。

沉默之后，法官陈责我向妻子说出了真相。

这真相，本来是杜梅隐约的怀疑，她希望的不是这个结果，而是陈责我给她一个合理的解释，或者说，一个听上去合理的解释。可是法官陈责我告诉她的，却是她最不希望听到的结果。事实像一块生铁，硬生生地摆在了面前。摆在她面前的，还有由此引发的一连串问题。这么多年，她一直生活在谎言之中。她的爱人，她孩子的父亲，原来不姓陈，而姓赵。她想到当年儿子出生时，他说要让儿子姓赵，姓回他父亲的姓，因为他是随母亲姓的。他还对她讲起了在他的记忆中，母亲是如何强势，父亲是如何沉默而懦弱。这一切，原来都是谎言。现在，律师韦工之知道了真相，或者说，他怀疑这里有问题，所以才会约她谈。接下来的问题是，她该怎么办？虽然说眼前这个人欺骗了她，骗了她这么多年，但她爱他，这是事实。每个人都会有不为人知的历史。法官陈责我隐瞒了他的过去，那么她呢？她何尝没有向他隐瞒过她的过去？在遇到法官陈责我之前，她爱过，无望之爱，对方有地位，有身份，有家室。她到国外留学，是想让自己逃离。这段历史，她从未对任何人说起。那位当年她深爱过的人，如今位高权重。这不是问题，问题是，她该怎么办？

法官陈责我说，这些年，我一直生活在痛苦之中，胸口像压了一块巨石，说出来了，反倒好了。该来的迟早会来，让暴风雨来得更猛烈些吧。

法官陈责我说他的前途、他的命运，还有这个家庭的命运，还有他舅舅的命运，现在都掌握在杜梅的手中。

杜梅冷静地说出了一句：还有陈责我的命运。

杜梅离开了“爱之小屋”。她没有回答法官陈责我他们该怎么办，因为她也不知道该如何回答。走在大街上，只记得，她起身的时候，法官陈责我又说了一句：还有儿子的命运。杜梅这时很想找个人来倾诉，将这沉重的压力转移与释放，但她找不到这样的人。法官陈责我不放心她，结账后追了出来，跟在她身后，呆呆地走。杜梅拦了辆的士，将法官陈责我扔在了身后。师傅问她去哪儿，她愣了一下，说朝前直走。走到前面红绿灯口，师傅问去哪儿，她说不要问，一直走。她的泪水就不争气地下来了。许多年了，自和那个人分手后，她再没有哭过。师傅拉着她游车河，师傅知道，这个女人遇上了伤心的事。这样的客人他见得多了。走了足有半小时，师傅又问去哪里。她想到了能去的地方，那是她的家。她告诉了师傅她要去的地方。那是她成长的地方，但她已经很少回去了。这些年来，为了她的新家，为了孩子，为了工作，除了节假日和父母亲的生日，她已经很少回这里。父母看到女儿突然回来，脸上溢起了意外的欣喜。可是很快，他们就发现了不对劲。杜梅刚哭过。母亲问她是怎么了，是不是和陈责我吵架了？杜梅说不是。她回了房间，这是她过去的房间，出嫁后，父母一直为她保留着。她反锁门，趴在床上，却再也哭不出泪来。

手机响起来了，她没看是谁的电话，直接关了机。第二天起来，对着镜中面容憔悴的样子，她平静了心情，精心化了妆。她是要强的人，断不可让手下那些小姑娘小伙子看出她哭过。到报社，她显得有些兴奋地和同事打招呼，开选题会。她不知道，这种刻意装出来的兴奋却泄露了秘密。手下的小姑娘，一位她很欣赏的叫冰儿的记者小声问：一姐，你怎么啦？她睁大眼说，没怎么啊，我哪儿不对劲吗？冰儿说，哪儿都不对劲。冰儿这句话，就像一根针，将她故意装起来的强大轻轻一扎，就泄气了。另一个叫胜男的记者问：一姐，听说小贩陈责我刺死城管的案子马上要开庭审理了，这事谁来跟？她突然控制不住自己的情绪，说你们谁爱跟谁去跟。记者们相互对望，不知道他们的一姐从哪里受了刺激。她意识到自己情绪不对，平静了一下，说对不起，我刚才……这案子，从前是谁跟的，现在还谁跟。胜男说，之前是一姐你和冰儿跟的。她沉默了一会儿。想，跟还是不跟，自己跟，会多些主动权。可是想到又要去面对自己不想面对的“那个人”——她在心里，将法官陈责我称之为“那个人”了——她又不知该如何处置。

“要不，还是一姐你和冰儿跟？”胜男问。

她说先这样吧，不是还有几天才开庭吗？

开完会，她有些不知所措。手机响，韦工之发短信问她，后天他将再次去见他的当事人陈责我，问杜梅有没有兴趣一起去。如果有，他可以想办法安排。杜梅没有回。过了几分钟，韦工之的短信又来了。还是刚才那条重复发来的。杜梅依然没有回。又过了几分钟，韦工之的电话打了过来，却不是打她的手机，而是办公室电话。她一接，是韦工之的声音。韦工之问杜梅方便接电话不。杜梅说什么事你讲。韦工之说刚给你发短信了。杜梅说手机放一边，没听见。韦工之大约听出杜梅声音有点哑，他知道，他约杜梅说的话起作用了。他故意关切地问杜梅怎么了？生病了吗？杜梅说有点感冒不碍事。韦工之就将短信上说的话重复了一遍，问杜梅有没有兴趣。杜梅还没有回答。韦工之说，你应该去。你一定要去。要是没时间，那我联系你手下的小姑娘也行。上次跟你一起跑这案子的，叫冰儿吧，我有她的手机号。

韦工之将杜梅逼到了绝路上，她无路可退。现在事情还是可控的，如果冰儿去，一切将失去控制。杜梅答应了韦工之。挂断电话，她想到了刚才脑子里冒出的那个词——控制。她的心里隐隐生痛。

控制。控制什么？为什么控制？

她不清楚。她还没想好这件事该如何处置，她要站在怎样的立场来处置。她现在想到的，是将事情控制在自己手中，将知情者的范围控制得越小越好。后来，当一切都已成往事，杜梅回想起这一瞬间她心里的感受时，她知道，她不过是另一个法官陈责我。当然，这是后来的事。而这一整天，杜梅心神不宁，她不停地看手机，她其实在等待法官陈责我给她打电话。她想告诉法官陈责我韦工之约她的事。她想和法官陈责我分析一下韦工之究竟想干什么。直到下班，法官陈责我的电话也没有来。她没有回家，也没有回娘家，不想再让父母为她的事操心，就在报社旁的宾馆里开了房。晚上依然没有等到法官陈责我的电话，这让她不禁有些担心。她了解法官陈责我，毕竟共同生活了这么多年。若在平时，不管是他的错还是杜梅的错，只要杜梅生气了，总是他先道歉认错的。可是这次，他犯了如此大的错，居然一整天过去了，都没有个电话给她。若是他不好意思开口，也会让儿子给她电话。她想打电话回去问问儿子，想想，还是没打。她想，这个韦工之，约她去见小贩陈责我究竟是什么用意?

谜底第二天就揭开了。第二天，杜梅和韦工之去见了小贩陈责我。这是杜梅第三次见小贩陈责我。隔着会面室的铁窗，小贩陈责我剃了光头，身穿蓝底白条纹的囚服。他看上去比杜梅第一次见他时精神要好。第一次见小贩陈责我时，他差不多就是一根呆木头，面如死灰。而这次，他的脸上多了几许平静，他似乎抱定了速死的决心，对韦工之为他打官司表示了感激，但是他说他有罪，只有一死才能赎他的罪。对于一个不配合、不求生只求死的当事人，韦工之用上了激将法。韦工之对小贩陈责我说，死是很容易的事，但死了就能赎得了罪吗？活着，然后每天活在忏悔中，才是更需要勇气的事。但这激将法对小贩陈责我并不管用。他说他不想活了，现在每一天他都活得很痛苦，一想到那个被他杀死的孩子他就想死。韦工之说你死了，你老婆孩子怎么办？小贩陈责我说他不死也是坐一辈子的牢，也帮不上老婆孩子什么，只会成为他们的拖累。韦工之没有再和小贩陈责我谈这个话题，而是暗示小贩陈责我，这次的主审法官，和他同名同姓的这个陈责我，据他调查所知，和小贩陈责我是同一年毕业于同一所中学的。韦工之让小贩陈责我回忆有没有这样一位同班同学。小贩陈责我说没有。韦工之又说，据我所知，你当时读高中时是班上的尖子生，结果却连普通大学都没有考上。如果你当时考上了，你的人生将从此不同。韦工之相信，这样的暗示，足以让小贩陈责我抓到一根救命稻草。但是小贩陈责我却摇了摇头，说他当时没有考好，这是命。探视结束，杜梅没有和小贩陈责我说话。但韦工之的每一句问话，如钉子一样，一根根钉在她的心里。她不清楚韦工之想干什么，但看着只求速死的小贩陈责我，杜梅并不觉得他可怜，倒觉出了自己的渺小。回城的路上，韦工之问杜梅怎么看他的当事人。杜梅没有说话。韦工之说，你今天看上去很憔悴。杜梅还是没有说话。韦工之说，你是聪明人，应该知道，你现在要做出选择了。没有等杜梅回答，韦工之对杜梅说出了他的分析。韦工之说，如果我没分析错，我的当事人陈责我当年考上了大学，而你的老公，法官陈责我李代桃僵，冒充他上了大学。如果我分析得没有错，我还相信，这件事，你老公一直瞒着你。但是昨天，他告诉了你真相。

见杜梅没有回答，韦工之说，也许，怎么选择你现在还没有想好。如果我的当事人当年被人冒名上大学的事曝光，相信，会在社会上引起极大反响，也会引起主审法官和合议庭的同情，我有百分之九十的把握，我的当事人不会被判处死刑，而会是无期或者死缓。而这样一来，你老公的前途就毁了，你的家庭就毁了，甚至于你的一生也毁了。韦工之说，现在，受害者吴用的家属，在检察院提起刑事附带民事的起诉，起诉了我的当事人陈责我，请求二十万元的经济赔偿。你知道，城管吴用是家里的独子，他父母年事已高，未来的生活应该有个保障。以我的当事人陈责我的经济现状，如果让他赔偿，别说二十万，就是两万，都是不可能的事，赔偿只会将这个家庭逼入绝境。韦工之说他是想给杜梅夫妻俩一个赎罪的机会，替他的当事人赔偿那二十万。韦工之告诉杜梅，他并不想害她。他说他的当事人抱了必死的心，他是想帮她。最后他说，你们家的大法官对我似乎比较反感，我想有个机会，我们坐下来好好聊聊，改善改善关系。如果你不反对，明天晚上，金潮酒店，我订好房间。

一路上都是韦工之在说。杜梅明白韦工之想干什么。韦工之的提议，未尝不是可行的解决方案。只是，这样一来，她杜梅就不再干净了。杜梅最终做出了决定，她不想成为帮凶，也不想将她爱过的老公送上审判台。她知道，许多年来，老公内心是痛苦的，他一直在忏悔，他立志做一名好法官，其实就是在赎罪。杜梅现在能做出的选择就是退出，置身事外。因此，当韦工之再次来电话，确认是否可以约到法官陈责我晚上见面时，杜梅说，要约你自己约，我累了，不想掺和你们的事。韦工之说，你不来也好，但你得帮我约你老公，我把地址发给你。

韦工之将地址发给了杜梅。杜梅终是将地址发给了法官陈责我。

法官陈责我接到短信，马上给杜梅回了电话。这条短信，让法官陈责我在绝望之中又看到了希望，如一个溺水的人，在即将淹没之时抓到了一根救命稻草。这两天，他如同经历了千年一样长久。刚开始，妻子逼他和盘托出真相后，他急得如热锅上的蚂蚁。他知道，妻子不会原谅他。他知道，这些年来，用尽心机维护的一切都将失去。地位、名誉、财富、家庭，甚至包括他已退休的舅舅那安宁的晚年……也许，他将从此一无所有，成为小贩陈责我式的人物。他的心里有过恐惧、害怕。当他冷静下来，他开始分析，杜梅是爱他的，虽然她是个敢言的记者，但他相信，杜梅不会将他送上审判台。这样一想，他的心中亮起了希望。可是他又想到，是韦工之提醒杜梅的，那么，韦工之就成了另一个知情者。想到韦工之，法官陈责我就绝望了。他后悔，当初韦工之通过杜梅想和他搞好关系，他没给韦工之面子。因为那时他想当一名好法官，想自己努力工作来赎罪。他知道，沾上了韦工之，他就休想干净了。果然，后来韦工之又找过他，那是他主审的一桩案子，被告是本城有名的富豪公子，而韦工之是富豪公子律师团的一员。韦工之想约他见面，他说有什么事你到我的办公室里来聊，作为本案的主审法官，私下里和原被告的律师见面，都是法律所不允许的。想到这里，法官陈责我知道，现在，他的命运，不是掌握在妻子手中，而是掌握在韦工之手中。他就想，罢了，该来的，迟早会来。这样想时，反倒平静了。这时，他想到了小贩陈责我。他甚至想去看看他。

但是杜梅却在这时突然来短信了，虽说只是一个地址。杜梅来短信，就说明杜梅舍不下他们这么多年的情分。他马上给杜梅回了电话，他的声音都在发抖，但杜梅却很冷静。杜梅只是冷冷地告诉他，有人约他今晚在这个地方见面。法官陈责我问是谁，杜梅说你去了就知道了，然后就挂了电话。法官陈责我没想到，约他见面的是韦工之。小包间，就他们两个人。韦工之见到法官陈责我，脸上堆起了笑，过来和他握手。又说这里是他朋友开的酒店，说话方便。菜早已点好，茶也泡好了。韦工之吩咐服务员，没有他的招呼不要进来。韦工之递给法官陈责我烟。法官陈责我接过。韦工之又给他点烟，法官陈责我说自己来。抽了两口烟。韦工之说，咱们用不着绕弯子了。韦工之于是将他所知道的事摊开来说了。法官陈责我说，韦律师，你约我来，就是告诉我这件事的吗？我不否认。我也做好了接受审查的准备。韦工之却笑了起来，说，陈法官你错怪我了，我约你来，不是想害你，是想帮你。我和杜梅是同学，我们又是朋友，我怎么会害你呢？

帮我？法官陈责我说，怎么帮？

韦工之将他的想法说了。他说这件事，杜梅不说，他不说，他的当事人不说，就没有人知道。而杜梅作为法官陈责我的妻子，没有往外说的理，而他的当事人，他自然有办法让他不说。韦工之说，城管吴用的父母，提起了刑事附带民事的诉讼。而他的当事人的经济状况，断然是拿不出一分钱来的。因此他的想法，这笔钱，由法官陈责我出。当然，他不会告诉任何人，这笔钱是法官陈责我出的，而是他的当事人小贩陈责我所出。这样一来，他的当事人就会和他达成共识，而受害者的家属也能得到赔偿。受害者的家属得到经济补偿之后，将不再那么强烈地要求对小贩陈责我处以极刑。小贩陈责我在经济如此困难的情况下，依然愿意进行民事的赔偿，虽然不能视作立功表现，但应该能赢得合议庭的同情。这样，就会出现一个皆大欢喜的局面，受害者家属得到了经济赔偿，他的当事人也有可能轻判，法官陈责我也会继续当他的大法官。

法官陈责我问：那，韦律师，你又能得到什么？

韦工之呵呵笑了起来，说：我当然也是赢家。首先，我为我的当事人争取了最低的刑期，这桩案子将被广泛报道，最重要的是，从此，我和陈法官就是好朋友了。

当真是山重水复疑无路，柳暗花明又一村。法官陈责我突然发现，这世界依然是美好的。只是……陈责我想到，作为主审法官，和受审的罪犯同名，这案子到时会有媒体旁听，杜梅这边或许没事，难保别的媒体不会嗅到什么信息。法官陈责我的担忧，是他这些天来一直忧心如焚却找不到解的问题。韦工之沉默了一会儿，说，你不能想办法退出这个案子吗？法官陈责我说，没办法，开庭通知都已下发了，我也找领导谈过，但没有一个合理的、必须的理由回避。韦工之想了想，说，小事一桩，如果原告方提出你和被告是亲戚关系，就可以合理合法申请让你回避了。法官陈责我说，可是，我和被告并不是亲戚关系，而且，这样也容易节外生枝。韦工之笑道，陈大法官，你怎么聪明一世，糊涂一时，你和我的当事人不是亲戚关系，可是你和我，当事人的代理律师，咱们是亲戚关系。韦工之这样一说，法官陈责我会心一笑，如释重负。韦工之说，这件事交给我来办。果然，法院很快收到了城管吴用家属的代理律师提出的申请，指出此案的主审法官陈责我和小贩陈责我的代理律师韦工之关系亲密，申请主审法官陈责我回避。

法官陈责我没有将他和韦工之谋划好的事透露给杜梅，杜梅也没有问。法官陈责我给过杜梅电话，希望杜梅能回家来住，说儿子想妈妈了。杜梅冷冷地以她很忙为借口挂了电话。因换了主审法官，开庭往后延了几天。这期间，法官陈责我想过接杜梅回家，但一想，还是等案子开完庭，一切风平浪静之后再说。他知道，现在杜梅还在气头上，等她气消了就好了。法官陈责我每天晚上都让儿子给杜梅打电话，他要用亲情打动杜梅。当然，他告诉儿子，妈妈出差了。他知道，无论如何，杜梅是舍不下儿子的。再说了，杜梅没有将这事曝出来，并且帮韦工之约他，就说明，杜梅还是帮他的。一日夫妻百日恩，没有什么大不了的。法官陈责我就想到了一句老话，船到桥头自然直。这期间，法官陈责我的舅舅陈庚银来过几次电话，陈庚银不放心外甥，害怕他在这阴沟里翻船。陈庚银问法官陈责我要不要他帮忙，说他还是有许多关系可以动用的，他儿子的关系，还有他那些弟子的关系。法官陈责我告诉他，一切马上要过去了。陈庚银说这样他就放心了。

杜梅在案子开庭那天才知道，法官陈责我不再是这案子的主审法官。在那之前，她还在为法官陈责我揪着心。那天的庭审，她没有去旁听，而是将采访任务交给了她心腹的记者冰儿，她一直在办公室里等着冰儿回来。她是从冰儿的叙述中，知道案子不是她老公主审的，那一瞬间，她有过那么一丝释然，心头放下了一块石头，却又压上了另一块石头。她不知道老公用了什么法子回避了这桩官司，但她知道，在这件事情上，她也是有罪的。案子并没有当庭宣判。冰儿写好了稿子，杜梅在审稿时进行了一些修改，将冰儿那纯客观的报道，改得有了一些倾向性，明显有为小贩陈责我说话的倾向，并追问造成小贩陈责我悲剧背后的社会原因。做完这一切，她的心里获得了些许安慰。等候宣判的那几天，杜梅每天都在祈祷。她知道，如果小贩陈责我被判了死刑，她将一辈子不得安宁。同事们在议论这案子的结果时，大多倾向于会判无期或者死缓。没承想，就在等候法庭宣判这案子期间，本市却出了一桩血案，一位男子在派出所行凶杀死了三名警察。这案子一时间成为了新的热点，看似不相关的事，却影响了小贩陈责我杀死城管案的最终判决。小贩陈责我一审被判处死刑，并赔偿死者家属人民币十万元。小贩陈责我服从一审判决，没有提起上诉。事后，据了解内情的人说，本来合议庭拟定的结果，更倾向于让小贩陈责我赔偿死者家属二十万元，然后判处死缓，但后来的杀警案，改变了这一结果。上面有指示，要对这一类的案件从重从严判处。

这样的结果与意外，让法官陈责我的内心颇为沉重。事后，韦工之约法官陈责我一起吃饭，他开导法官陈责我，说这事也不能怪谁，大家都尽心了，谁知突然会出个杀警案呢。韦工之知道杜梅还没有原谅法官陈责我，就说，要不要我给当说客？法官陈责我感激地说，这件事多亏了韦律师从中周旋，结果虽然有些遗憾，但也算是能接受的。韦工之于是当着法官陈责我的面，给杜梅打了电话，说他现在就和法官陈责我一块儿吃饭呢，说法官陈责我现在情绪很低落呀，希望杜梅宽慰他，劝杜梅回家。杜梅在电话里冷冷地说，你告诉他，该回家的时候，我自然会回家的。

这段时间来，杜梅陷入了更深的痛苦之中，法官陈责我为自己找到了安慰的借口，但这借口，在杜梅心里却过不了关。她认为，是她害死了小贩陈责我，虽说她不是直接凶手，但她参与了作案，算得上是帮凶。她无法原谅自己，虽然说她也试图原谅自己，原谅法官陈责我。她甚至想过补救，如果她有这勇气，将法官陈责我的丑闻曝光出来，也许，案件还会有转机，这件事一定会再次成为社会热点，也会影响到小贩陈责我的死刑复核。如果她有勇气这样做，她早就做了。但她没有。她有自责的勇气，有自省的精神，却不敢迈出那实质性的一步。这些天来，她就在这两难之间徘徊，今天是决定补救的信念占了上风，她甚至都写好了一篇报道，但第二天，当她面对着写好的报道，终是没有发出去的勇气，在电脑上删除了。删除后她又开始自责、后悔。这样的反复，让她不堪重负，她崩溃了。她用酒精麻醉自己，每天晚上下班后，请部门的小记者吃消夜、喝酒。小记者们知道她许久没有回家了，以为是夫妻感情上出了问题，却不知如何安慰她。回到宾馆，她依然睡不着，抽烟，嘴唇上起了一层疱。她无数次地回想起和法官陈责我相识相爱、结婚生子、共同生活的那许多日日夜夜。如果不是这件事，法官陈责我是她理想的爱人，没有不良嗜好，正直、顾家，虽然少了些浪漫，但给人感觉实在、可靠。可是现在，一想到她深爱的人原来是披着别人的外衣，他公正的背后，原来有着如此不堪的过往，她就觉得恶心。如果只是恶心法官陈责我，她还没那么难受，她难受的，是现在的这个她。这个她，与她理想中的杜梅，原来差距如此之大。她一直以为自己是个正直的人，是个敢于追求真相的人，原来，她远没有自己想象中的那样高大与美好，她像恶心法官陈责我一样恶心自己。现在，杜梅突然明白了，当年法官陈责我之所以提到“道德的运气”这一命题，不过是在为自己的黑历史做自我辩解。

杜梅无法用“道德的运气”来为自己辩护。终于，在她生命的第三十六年，她明白了，她不是勇者，她一直在逃避。法官陈责我给她打电话，也去求过她父母。他希望妻子能回家。但她一直无法面对这一切，直到小贩陈责我的死刑复核下来。小贩陈责我被执行死刑的那一天，杜梅心里的那种反复与纠缠依然没有结束。但她知道，一切都迟了。也许，她能用“道德的运气”来为法官陈责我开脱，却无法为自己寻得开脱。小贩陈责我被执行死刑的第二天，杜梅回到了久别的家。现在，她对这个家感到无比陌生，对消瘦了不少的法官陈责我，也感到无比陌生。她的消瘦，也让法官陈责我感到了内疚。法官陈责我说，梅梅，回来了，回来就好，过去的，就让它过去吧。法官陈责我张开双臂，将杜梅拥在怀里。杜梅哭了。许久以来，她痛，她醉，但是她不哭。法官陈责我说，不哭，咱不哭。杜梅还是哭，杜梅哭着说，陈责我死了，是我们杀死了他。法官陈责我抱着杜梅的手，就僵硬了。许久，他说，是我杀死了他，与你无关。杜梅将法官陈责我推开，然后从包里掏出一纸离婚协议，她对法官陈责我说，我们离婚吧。

法官陈责我收到杜梅短信说她今晚回家，他兴奋不已，给关心着他婚姻危机的舅舅打了电话，报告了这一喜讯。他还提前回到家，下厨做了杜梅喜欢吃的菜。他以为，一切都过去了。虽然夫妻间出现了伤痕，他相信，时间会淡忘一切的。没想到，杜梅回来，却是让他在离婚协议上签字的。接过离婚协议，法官陈责我的脸一下子变成青黑色。他理解杜梅，知道这是杜梅深思后的结果。许久，他说，今晚我下厨做了几个菜，都是你喜欢吃的，本来是为迎接你回家的，好聚好散，一家人最后吃顿饭吧。杜梅说，不用了，你仔细看看，如果没有异议，明天就去民政局把手续办了。法官陈责我失落地说，我尊重你的选择。杜梅说，我把孩子留给你，因为我没有资格做个好妈妈，我希望，你能做个好父亲。

从民政局出来，杜梅回单位交了辞职书。社长吃惊地问杜梅干得好好的，为什么突然辞职。杜梅疲倦地说她不是个合格的记者，她没有资格再做记者了。社长问杜梅，准备调到什么单位去？找好接收单位没？杜梅说她是辞职，不是调动。社长说，这年头，大家都削尖脑袋往体制内走，不像90年代，都下海，你这是为什么？

杜梅说，换个活法。

杜梅的父母听说女儿离婚，而且还办了辞职，除了生气，也没有什么办法。父亲问杜梅，打算干什么去。杜梅说她想出去走走。父亲问杜梅想去哪里走走。杜梅说没有目标，走到哪里算哪里。父亲说，哪天走累了就回家，这里是你永远的大后方。

杜梅抱着父亲哭了。

杜梅在离开这城市之前，去看望了小贩陈责我的妻子。那个黑瘦的女人依然在卖水果。杜梅采访过她，但她并未认出杜梅来。杜梅远远地看着她，心里却慌得不行，不敢上去和她打招呼。后来，杜梅取了五千元，假装买水果，将装有钱的信封放在小贩陈责我妻子的水果车上。杜梅提上水果快步走开，可她走了没多远，听见背后有人在大声叫，转过身，就看到跑得气喘吁吁的小贩陈责我的妻子，那个黑瘦的女人，手里举着那装有钱的信封，大声喊，老板，你的钱。那一瞬间，杜梅无地自容，深为自己用钱来求得良心安慰的行为可耻。杜梅还去看望了城管吴用的家人，吴用的父亲依然在开出租车。吴用的母亲被这巨大的悲伤击倒了，自儿子死后，吴母就一直卧病在床。她倒是认出了杜梅是来采访过的记者，和杜梅说起儿子，细数儿子在家里的欢乐细节，眼泪无声地流淌。杜梅问起吴用的女友。吴用的母亲终是哭出了声来。在她断续的哭诉中，杜梅知道，吴用的女朋友，本是想将孩子生下来的，可女孩的家人不同意，女孩坚持了几天，去做了人流。两家人，就再没有了往来。

杜梅越发觉得自己罪孽深重。她无法再在这城市待下去，哪怕一天，她都会窒息。她再次想到了逃，就像当年，她决定离开那个她深爱着，却不得不离开的男人那样。那次她逃到了国外，而这次，她失去了方向，只是想逃，却不知逃向何方。她在火车站随意买了一张车票，去到了一个陌生的地方，然后再从一个陌生的地方，去到另一个陌生的地方。她走了很远，也走了很久。但她依然无法让自己的灵魂获得安妥。后来，她去了法官陈责我的家乡，也去了离法官陈责我的家二十里之外的小贩陈责我的家。她看到了那些走三小时山路去上学的孩子。她想，许多年前，法官陈责我和小贩陈责我，上学时比他们还要苦吧。她在法官陈责我的家乡，听到了许多关于法官陈责我的传说，在他们村的小学，法官陈责我一直是老师激励孩子们的典范。而在小贩陈责我的家乡，她听说陈责我的儿子高考落榜后出去打工了。她到过小贩陈责我的家，那三间破败的房子，门前的黄芦苦竹，让她的内心无比凄凉。她去了小贩陈责我的坟头，坟头已长出了鲜嫩的苦艾。站在他的坟前，她深深地弯下了腰。旷野无声，落日西沉，一只乌鸦落在远处的树上，看着这陌生的女子。她知道，这辈子，她都无法赎清自己的罪。她为自己一直在逃避而感到羞愧万分。她想明白了，这样的逃离，不是她想要的活法。她用手机拍了一张小贩陈责我坟头的照片，发给法官陈责我。这是他们离婚后，她第一次联系他。而他曾给她发过几次短信，她都没有回复。他给她打电话，她也从来没有接过。

就在杜梅发来短信的这天，法官陈责我刚审结了一桩重要的案子。因为开庭，他的手机一直关机。宣判后，他去赴了一个重要的约会。宴请他的，是这天审结案子的被告方，而从中牵线的，是律师韦工之。法官陈责我喝了许多酒，从前他是不喝酒的，自从和杜梅离婚后，他开始喝酒了。并不是因为内心痛苦而酗酒，而是应酬多了起来。过去，这类应酬他都会推掉，但现在他推不掉了。酒后，律师韦工之开车送法官陈责我回家。路上，韦工之给了法官陈责我一张卡。法官陈责我说，你这是干什么？韦律师说，这是刘总的一点心意。法官陈责我说，韦律师，我是欠你一个人情，可是，我还你这么多次了，该还清了，往后，我们还是各走各的道吧。韦律师笑道，陈法官这说的是什么话？什么人情不人情的？说这话太见外了。咱们的合作这才刚刚开始呢，往后，还会有更多合作的机会。法官陈责我长叹了一声，没有再说什么。回到家，才记起来开手机。他收到了杜梅发来的短信——那张夕阳下长了荒草的土堆。

法官陈责我回短信问：

这是什么？

杜梅回：

陈责我之墓。

王威廉

1982年生，先后就读于中山大学人类学系、中文系，中国现当代文学博士。著有长篇小说《获救者》，小说集《内脸》《非法入住》《听盐生长的声音》《北京一夜》（台湾）等，曾获多种重要文学奖。

第二人

我的左手开始痛恨右手，当然，右手更加痛恨左手。我被绑起来了，那狗日的绑得真紧，他别让我重获自由，否则我非让他加倍偿还不可。车向西边一路开去，我看到窗外迅速掠过一排排低矮的村屋，觉得这些景物竟是如此熟悉。我在脑海的坑洼里仔细爬梳着，但是一无所得，或许是这些风物毫无特征的缘故吧。我问他："你带我到底去哪里?"他专心开着车，头也不回，说："坐着吧，很快就到了。"

恐怖在我心间滋生，但另一种情绪：好奇也在蓬勃兴起。我骂自己真是个贱东西，都他妈的快死了还好奇什么呀。但是，就是好奇，不可遏止地好奇。接下来会发生什么呢？我与人无仇无怨，谁会对我感兴趣呢？琢磨来琢磨去，这事越来越充满了未知的诱惑，甚至，我还有了点儿兴奋。真是个贱东西。

前几天我回海市探亲，和几个朋友晚上喝醉了，在大街上走走唱唱的，丢死人了，好像还和几个行人发生了冲突，难道是那帮人的报复？那也太小气了吧，跟个醉汉还这么计较，是他妈的懦夫才干的事。要真是这样的话，我也没什么好怕的，这帮狗日的懦夫。我闭上眼睛，迷迷糊糊睡着了。

待我睡醒的时候，车已经停了。他叫醒我，摇着头说："你这人还真睡得着。"我打了个哈欠说："你到底想干什么，你知道吗，你已经严重违法了!"他不理会我的指责，让我赶紧下车，我双手只能合十，像是出家人一般，行动非常不便，连车门都打不开。他丝毫都没有考虑到我的难处，还不耐烦了，催促我说："快点啊!"

好不容易，我挣扎着下车了，我站在那里，瞪大了眼睛向四面八方望去，发现这是个小镇，冷清得很，一片衰败凋敝的景象。我问：“这是哪里?”这次他倒回答得干脆：“青马镇。”

“青马镇?！我小时候生活的地方?”

“对，正是。”

记忆之门瞬时开启，二十年前，还是十岁小少年的我，跟随父母离开了青马镇，也离开了我的童年。那是一次平庸无奇的离开。我坐在搬家大卡车的驾驶室里，几个童年伙伴朝我挥挥手，没多久，车就开了，我什么话也没和他们说。在车转过拐角的时候，我看到他们已经开始在院子里玩闹了，像是没事发生似的。当时的我并不失落，那时我还不认识这种情感，在离别的那一刻，我只是有种错觉，似乎我并没有离开，依然在他们中间玩耍，反而坐在车上离开的这个我，似乎并不是我，而是另一个让我完全陌生的人。

“这是青马镇？我怎么一点都认不出来了?”我认真打量着四周，试图唤醒一些熟悉的东西，但是徒劳无功，这里和中国其他地方的小城镇一样，毫无特色，只是对某种城市印象的仿制品。

“二十年了，在当代中国，二十年相当于别的地方、别的年代上百年呢，你怎么能认得出来?”

他居然说出这么有水平的话，让我不得不刮目相看了。他顶着鸭舌帽，戴着墨镜，穿着一身迷彩服，显得非常不合时宜，是那种走到哪里都会被人记住的形象。

我说：“是啊，我一点都认不出来了，看来你对我的过去很熟悉，你到底是谁?”

他没有什么表情，用墨镜后的眼睛盯着我，说：“带你去见个老朋友。”

“我在青马镇还有老朋友？据我所知，他们和我一样，都搬到海市去了。”我有些摸不着头脑了。

“你跟我走就是了。”

他走在我的前面，脚上还穿着那种过时的军用皮靴，后跟的铁掌轮番敲打着水泥地面，噼里啪啦，像是一间活动的铁匠铺子。

我们走了十分钟左右，我的双手就那么绑着，像是示众的囚犯，光天化日之下竟撞不到一个路人，更别说熟人了。我忍不住问他：“这是死城吗?！人都去哪里了?”

“差不多是个死城了，经济中心转到临近的白马镇去了，高速公路也不经过这里，这里快要废掉了。”

“我小的时候，白马镇不如青马镇啊。”

“白马镇正好在高速公路的边上，有来往汽车必经的加油站，所以人家百业兴旺了。”

我不再说什么了，我跟着他穿过一条小巷。走过小巷之后，我突然呆愣住了，我看到了一幢非常熟悉的建筑！

“这是……好熟悉……”我嘴角嗫嚅着。

“这是青马镇电影院。”

“对，对，电影院！”我高兴起来了，早已忘记了自己的囚徒处境。

一片萧条的青马镇竟然保留了这家电影院，而且还被修葺一新，太令人惊讶了。这家电影院代表着青马镇曾经的繁荣岁月，也吸纳了我童年时无数的欢乐记忆，我站在它的面前，就像是见到了昔日的恋人一般，竟然心潮起伏，眼角都感到有点儿湿润了。

不过，它和过去还是不同了。

它不再是开放的，而是封闭的。像是动物园对待猛兽似的，褐色的铁栅栏把这座淡黄色的建筑物给围了起来，也把我挡在了外面。我问：“还有电影放吗？”他咳嗽了一声，说：“废话，还有谁来这儿看电影？”“那还修葺一新……”我疑惑不已，他却不理我，眼睛望着别处。我站在栅栏前，双手握住了一根铁条，觉得这电影院已经成为了一个纯粹的象征产物，在这方面它甚至都超越了巴黎那座镂空的埃菲尔铁塔，那铁塔还可以供人们登上去看看风景呢，而它就放置在那里，难道只是为了时不时提醒一下人们的记忆吗？

在这个炎热的午后，我和他呆站在这里，就像公墓里的凭吊者似的。时间一分一秒地流逝，我不知道站了多久，似乎他费那么大劲抓我，就是为了让我站在这里似的。如果真是这样倒也不错，符合我的心意。我获得了足够的时间去凭吊我的童年，许多早已杂草丛生的记忆现在逐渐显现出来，不过残酷的是，再鲜活的记忆也只是往事的灰烬而已，我心中的伤感开始持续增长，终于，我长叹了一口气。

“有点感觉了吧？”他突兀地问道。

“什么感觉？”

"过去的感觉。"

"当然。"

"那好，是时候了，我带你进去吧。"他说着从裤兜里掏出钥匙来，把铁栅栏的门打开了，这很出乎我的意料，也让我感到恐惧，好像尘封的记忆突然敞开了似的。他先进去了，然后朝我招手："快来!"我突然意识到这是我逃跑的最佳时机，但是我看了看周围，马上打消了这个念头，我能跑到哪里去呢？或许老老实实跟着他走，毫不反抗，才是最安全的。我走了进去，他马上把栅栏锁上了，他还朝我解释道："并不是怕你跑，而是怕别人进来。"

我心想谁会进来，这里连个屁都没有。我向电影院走去，越来越近，近得已经能看清楚"修葺工程"的拙劣了，涂在表面的淡黄色太淡了，隐约还可以看到"主席万岁"等字样。我这才想起，这建筑是很古老的了，在我的童年，它就已经是上一个时代的遗物了，没想到它的生命力竟然如此之长，我想，如果它能在风雨中再坚持上五十年或更久，那真是不折不扣的文物了。

电影院大门紧锁，我凑近门上的两扇小窗向里看，结果除了一片黑暗，什么也没看到。他说："别看了，我们从后门进去。"我跟着他，绕着电影院走了半圈，一侧的地面上长满了浓密的野草，那里散发着浓烈的尿骚味，让人快要窒息了。我捂着鼻子，看到了一扇黑色的小门，仅容一人通过，和庞大的电影院很不匹配。他走过去，轻轻踢了下门，门一下子就敞开了，根本没有上锁。

"请进吧。"他说。没有丝毫的命令口气，更像是一种商量。即使他绑着我的双手，即使我恨他，我也难以拒绝这样的商量。不知道是我的心软到了愚昧的地步，还是里面的诱惑怂恿着我，我一抬腿便跨了进去。

或许是青马镇电影院里充满了我童年的碎片，我的恐惧渐渐消散了。里面光线比较昏暗，不过倒是宽敞，废话嘛，电影院里面能不宽敞吗？能坐好几千人呢。待我的眼睛适应了里面的光线后，我看到里面并没有想象中的落满灰尘，而是干干净净的，破旧的椅子上一尘不染，就连幕布也还挂在那里，仿佛满座的电影刚刚散场似的。太神奇了！

我坐在了一张椅子上，闭上眼睛，童年的欢欣如约而至，我记得在这里我看过电影《红高粱》，然后学会了吼里面的歌：妹妹你大胆地往前走哇，往前走，莫回呀头！还有周星驰的《九品芝麻官》，笑得我肚子疼。当然也有可恶的时刻，就是电影《大红灯笼高高挂》，当时说十八岁以下的未成年人不能进场，真是急死我们了，越不给看，越想看，有人说那是黄色电影，让我们的心更痒了，想象着那些成年人享受着怎样的视觉盛宴，我们恨不得马上长大。许多年后，等我看到那片子的时候，我要做的第一件事便是心急火燎地寻找“黄色”的部分，但是一无所得，我强烈怀疑是不是还有另外一部同名电影……是啊，太多的回忆弥漫在这个空间里，这就是我的“天堂电影院”啊！

他站在我的身边，像个沉默的幽灵，任我沉浸在漫无边际的缅怀中。

“这么说，你是带我来怀旧的？”我睁开眼睛，感慨万千。我看了看我紧密合十的双手，又忍不住抱怨道，“但你的方式也太粗暴了吧！”

“我说过了，是带你去见个老朋友。”他的语调毫无起伏变化，像一段铁轨。

“既然是老朋友，对我还这么粗暴?!”

“他在楼上的放映室等你。”

我打了个寒战，扭头向后上方望去，那是个熟悉的地方，电影开始时，是那里投出的一束光变出了花花绿绿的世界。现在，那里只是一个小黑洞，我仔细盯着那里，好像看到了一个人影，他站在那里，也盯着我看，我能感觉到他的目光打在我的身上，就像阴森的寒气将我包围了。我不禁战栗起来，我敢打赌，那个站在高处的人肯定没有眨眼，就那么蛮横地大睁着双眼。真要命啊，我小时候有过什么仇敌吗？我迅速回忆着，但是毫无结果，一个小孩子能惹下什么滔天大祸，让人惦记了二十年来报复？没可能，绝对没可能。

“我们上去吧。”

他说着向楼梯口走去，我紧跟其后，待踏上楼梯时我有些喘不过气了，那个人的气场太凌厉了，远远地就能让人心慌意乱。这回他妈的死定了，我为什么要老老实实跟过来?！我这是天堂有路不走，地狱无门偏进啊！我真切地感到自己这次遇上大麻烦了。不过，我也使劲安慰着自己：他总说带我去见“老朋友”，既然这么说，应该没有什么危险吧，毕竟也是老朋友嘛……也许是老同学的恶作剧呢。

楼上的光线要好很多，窗外阳光明媚，可以望见很远处的低矮民居，不过还是杳无人迹。他站在房间门口说：“请——”双手还做出请的姿势，我甚至觉得他是站在我这边的，是专门来保护我的，凡是他让我做的，似乎危险就不大。

我咬咬牙，走进了房间，立刻就看到了那个阴郁的人影，他穿着一身黑色的中山装，端坐在椅子上，正对着我，最让人起鸡皮疙瘩的是，他的脸上戴着面具，一个滑稽的兔子面具。

面具人看到我，冲我点点头，大声叫了一声我的名字。我浑身一震，但我对这个声音无比陌生。他说："请坐。"那个一路看守我的家伙赶紧给我搬来了一张椅子，我坐下来说："先给我的手松绑再说其他的好不好？"

面具人说："不是故意要绑你的，而是等会儿你自己会主动同意的，所以我就想没必要再多此一举了。"

这番疯话让我有些气急败坏，我说："我又不是神经病，我等会儿还会求着让你绑我不成?!"

"那真的很难说，"面具人笑了起来，声音很难听，他说，"小山，那就给他先解开吧。"

原来那个家伙叫小山，这个名字听起来是有点儿熟悉的，或许是平凡的熟悉吧，叫这个名字的人成千上万呢。当然，我也想到了晏几道的《小山词》，不过在这种状况下想起这个也太不合时宜了。

小山做什么都一丝不苟，他用木偶般的机械动作解开了绳索，我的双手一阵舒爽，我使劲在空中甩了十几下，才感到血液开始贯通手掌的每一道血管。手腕上有道深红色的印痕，像是很深的伤口，我在心里狠狠骂着这两个王八蛋，但表面上装作若无其事的样子，只是用两手轮换着搓揉受伤的部位。

"听到小山这个名字，你想到他是谁了吗？"面具人伸开右手，小山把绳索递到了他的手中。

"有印象，但一时半会儿还想不起来。"

"小山，摘下帽子和眼镜，让他仔细看看。"

小山摘下了鸭舌帽，然后把墨镜丢在帽子里面。原来他长得眉清目秀的呢，刚才的暴戾之气消失了大半。看来他这身怪异的装束就是为了吓唬我的。我仔细研究了这张脸，但是一无所获，这是一张完全陌生的脸，或许鼻子、眼睛有些熟悉，但组合在一起就是十足的陌生了。

"我不认识。"我说。

"你还真是贵人多忘事呢。"面具人调侃道。

"我真的不记得了，我看他也不认识我吧，他绑我的时候，还掏出照片来对认了好久。”

“哈哈，二十年不见了，是得认清楚。”

“你太无耻了，他都不认识我了，凭什么就要我认识他？”我生气了，他那是不加掩饰的双重标准嘛。

面具人站起身来，有些烦躁地挥动着手臂，制止我再说下去。他咳嗽了一声，清了清嗓子说：“不说这个了，我们找你来，是真心想请教你一些问题的。”

原来是想请教我问题啊！他这么说，我有恃无恐了，我必须提点条件才行，我说：“我可以回答你的问题，但你先告诉我，你们到底是谁？”

“问得好，我们是谁太重要了，这也是我们请你来的目的，等会儿我自然会说的。我想问你的是，我最近读了一篇小说，名叫《内脸》，发表在《花城》杂志上的，作者的名字和你的一样，那是你，没错吧？”

“对啊，是我，没想到你还关注文学，这年头关注文学的人不多了吧。”

“我从小就很喜欢文学，我只是没想到连你都能写小说。”

“你嫉妒了？你不会是因为这个才把我绑架来的吧？”我不乏嘲弄地说。

“你可以这么认为，如果这样让你高兴的话。”面具人坐回到椅子上，说，“现在，让我们来谈谈你的小说吧。你在那篇小说里写了两个女人，一个女人在权力的顶端，有着变化多端的表情，另一个女人的内心善良丰富，却得了一种病，失去了表情，你在和这两个女人的情感纠葛中，探索了脸的很多意义。我总结得对不对？”

面具人苦思冥想地用书面语言描述着我的小说，那字斟句酌的样子真够滑稽的。不过这给我带来了极大的困惑，他到底想干什么呢？难道他不满意我小说的叙述？不满意就直接绑架作者，逼我就范？这也太荒唐了吧！

我说：“你可以这么说吧，你是读者，你有阐释权。不过，不是我和这两个女人在纠葛，而是小说的男主人公。”

他说：“随便吧，你不就在意淫嘛。”

“放屁！”

他不理会我的愤怒，继续说：“我觉得你对脸的本质还是有些想法的，比如脸与虚无、脸与存在，等等。但是，你忽略了脸的一个重要特性。”

“什么特性？”

“哈哈，这就是我请你来的原因，我要当面告诉你！”面具人一下子兴奋起来了，他策划的一出好戏终于到了上台的时候了。

“你说吧，我愿听高见。”我双手托住下巴，等待着他的长篇大论。真没想到我还真碰见了疯狂的读者，这是21世纪了，而不是19世纪——那个文学的世纪。我应该为文学的未来多一份信心吗？

“脸还有个特性，在我看来那或许是最重要的，那就是：威慑性。威慑滋生的恐怖，恐怖滋生的权力。你在小说中表达了权力对脸的塑造，但是你却没想到脸也可以获得权力，这才是脸最奇妙的地方。”面具人边说边挥舞着手中的绳子，得意扬扬，好像时刻都想重新绑住我。

“这个，这个我不是没想到，一张俊秀的脸是比一张普通的脸更有传奇色彩，比如就我知道的作家里边，海明威的脸有着男人的刚毅，加缪的脸有着电影明星样的帅气，他们的脸令人难忘，以至于读他们的文字时都会不自觉地受到他们的脸的影响。”

坐在二十年前的一家废弃电影院里，和一个戴着面具的怪人探讨着这样玄虚的问题，我觉得自己在做梦，我碰了碰手腕上的勒痕，那里疼得发烫。

面具人说：“哈哈，你恰恰理解反了我的意思，我说的是脸的恐怖。脸的帅只能作为一种锦上添花，但不能单独获得权力，但脸的威慑、脸的恐怖却可以。”

“我不大明白你的意思……你觉得你戴个面具是对我的一种威慑吗？然后你就有了绑我的权力？”我实在被他搞糊涂了，他究竟想表达什么呢？我可不喜欢和陌生人猜谜。

“不好意思，你又说反了，我戴面具是为了阻断对你的威慑。”

难以索解的话。我沉默，看着他，他的白兔面具是一副窃笑的表情，我知道面具下方的那张脸也在窃笑。

面具人等待着我的回应，可我脸上毫无表情，紧闭嘴巴，牙齿紧紧咬合在一起，有种的话就拿刀子来撬吧。

“不说话了？”面具人对我的沉默感到十分失望，他说，“你的作家思想上哪里去了？你不想和我探讨一下脸与权力的关系？”

权力是社会分配给个体的，然后塑造了个体，虽然一点儿也不公平，但也没听说过一张脸本身可以滋生出权力来，最多，脸也只是权力塑造的一种神话罢了。不想和他纠缠这些。沉默。

"唉，看来你还是太狭隘了。"面具人痛心疾首地摇头，好像我很让他失望，他叹口气说，"其实，现实远比小说有趣得多，我们还是回到现实中来吧。"

现实？我想，没有比眼下的现实更荒诞的了。沉默。

"算了，我告诉你我是谁吧，我叫大山。小山，大山，记起我们没有？那对双胞胎。"面具人这次颇有耐心地提示我。

我从来不认识什么双胞胎，除了小区里的一对，可他们才上小学三年级。很奇怪，印象中的双胞胎总是孩子，两个长得一模一样的成人我真的从未见过，我想那肯定是一道非常特别的风景吧。如果眼下的这两个人真是双胞胎，那么我看到小山的脸岂不是就能对面具人的脸猜个八九不离十了？看他接下来怎么表演吧。继续沉默。

我长时间的沉默激怒了他，他缓缓站起身子，默默审视着我，好像在想怎么整治我。气氛有些凝固，我躲开那张面具的审视，扭头看了看他的弟弟小山，他站在那里一动不动，如同蜡像，他在大山面前一直保持着沉默，有着仆从式的谦卑，他们哪里像是兄弟啊。不过有小山在场我还是舒服些，单独面对诡异的面具人我会被吓得半死吧，谁知道他是人是鬼呢。

时间在流逝，沉默在继续，面具人忍不住又开口了："你要怎样才开口说话呢？你要我对你坦诚相见吗？"

坦诚相见？

也就是说，到了摘掉面具的时刻了吧？我满怀期待，期待着看到两张一模一样的成人面孔。我不禁冲他点了点头。

面具人没有让我失望，他的右手慢慢向上抬起，而后按在了面具的边沿上，只要轻轻一扯，这个滑稽的兔子就会被丢在一边，露出里面的谜底来。可他停顿在了那里，似乎在履行一个仪式。的确，他的一举一动都充满了仪式感。他说：

"我的脸会带给你强烈的震撼，你要是还想不起我来，那我就真的太失望了。"

我笑了一下，表示我在翘首以待。

他迅速扯下了面具，像是扯下了一层皮似的，嗓子里发出了痛苦的哀号。一瞬间，那张龟背似的脸暴露在了正午明亮的光线中，吓得我魂飞魄散。那是一张彻底毁灭的脸！脸皮像烧变形的白色橡皮样地堆积在一起，满是褶皱，那些褶皱不同于老年人的皱纹，它们的方向是随意的，将脸部随机切割为不同的形状，狰狞如恶鬼；他的两颗小眼睛有着老鼠样的黑亮，从不规则的眼裂中逼视着我。他咧嘴笑了起来，嘴唇像是被缝合在一起又被用力撕裂开了，有着支离破碎的边沿。

“刘大山?!”脑海中一道电流击中了我，我突然间抓到了记忆的稻草，我下意识地喊了出来。

“对!”那满脸的褶皱蠕动了起来，强烈地回应着我。

是的，我终于想起他是谁了。

二十年前的青马镇小学，在放学的人潮中曾有一张鬼脸吓得我半死。别人告诉我那人叫刘大山，玩汽油瓶烧坏了脸。远远地，我盯着那张脸看了很久，他在人群中谈笑风生，并没有丝毫的自卑，只是和他说话的人面色有些怪异，赔着笑脸，不敢与他对视。我想这也是人之常情，我很难想象要是他和我说话我是什么样的，在旁观者看来，我可能更滑稽吧。

没想到的是，很快，他和我说上话了，那应该是在一次打架中。顺便说下，青马镇那时候群殴事件十分频繁，因为新建的硅铁厂吸引了大批外地人来打工，于是，移民和本地人的永恒冲突开始爆发，就连我们孩子也不能幸免，有时，正是我们孩子在推波助澜。我作为“土鳖”的一员，跟在队伍的末尾，手里提了把扫帚作为武器，心里忐忑不安。刘大山的鬼脸突然飘移到了我的面前，他朝我哈哈大笑，说：“你就拿把扫帚?”我不敢看他，他笑起来太狰狞了，我真怕他，我唯唯诺诺说：“嗯，是的，教室里只剩下这个了。”“靠，这个不行的，”他很仗义地递给我一条自行车链条，说，“这个好，记着，专往脸上打。”然后他就走开了，大步如飞，我看到他手中提着根很粗的大木棍，那玩意儿可是要人命呢。

那一架，我们打赢了，具体怎么赢的我不知道，因为打了一半的时候我就变逃兵了。自行车链条真他妈的不好用，好几次都打到我自己了，还不如扫帚得劲呢!我也没想到要把自行车链条还给他，而是往草丛里一丢就撒腿跑走了。我后来听说，我们能打胜是因为刘大山把对方首领的鼻梁骨给打断了。从那以后，我再也没见过他，那张鬼脸消失了。据说是被学校给开除了，然后便下落不明了。

说真的，我对他的记忆就这么多，已经隐蔽在大脑的角落里很多年了，那张鬼脸因为非常可恶，所以我的大脑早已刻意清除了。没想到现在，衰退的神经元被这恐怖的鬼脸给重新激活了。至于他有个叫小山的弟弟，以及他们还是双胞胎我闻所未闻。

我长吸一口气，故作平静地说："刘大山啊，你早点说是你不就好了吗？还故弄玄虚搞这么多事情。"说完，我的内心紧张极了。要是换作别人或许还好，可这个疯狂的家伙是什么都做得出来的啊！

"我一直在提醒你，是你贵人多忘事，老想不起来而已。你是不见鬼脸不认人啊！哈哈……"他狂笑了起来，他的自我嘲讽并没有让我觉得亲切，而是更加毛骨悚然。

我硬着头皮问他："你后来去哪里了？我是说，你被学校开除后。"

"你真想听？"

"真想。"我点点头，郑重其事地说。他找我来，无非是把我当作了一个特殊的听众，我应该主动演好我的角色。

"好，你别急，我迟点会告诉你的，因为在讲我的故事之前，我要先讲讲你的故事。"

"我的故事？"

"对，你的故事。"

我一脸愕然，那张鬼脸又蠕动着笑了起来，他说："听听吧？"

没想到，他倒要讲我的故事了，真是让人匪夷所思。

我冷笑了一下："好啊，你说。"

他用舌头舔了舔破碎的嘴唇，略带得意地开始了叙述：

"我太了解你了，就怕你没耐心听，我就长话短说吧。你小时候学习还不错，因为你很用功，等后来上了中学你就很平庸了，高三的时候，你冲刺了一把，又赶上高校扩招的好时机，考上了大学，那所大学不好不坏。你在大学的表现也是不好不坏，你觉得以后找个不好不坏的工作也就算了，可毕业的时候，你去应聘了好几家单位都失败了，这对你的打击很大，因为和你条件差不多的人都找到工作了，甚至有些你平时看不上的人，也都有了不坏的去处，你不知道自己何故总是屡屡败下阵来，当同宿舍的人都去单位实习的时候，你一个人待在宿舍里快要疯掉了。

"有天晚上，有个哲学系的朋友找你喝酒，朋友也没有找到工作，不过他家里有钱，倒不是特别在乎工作的事情。你们坐在学校附近的一家烧烤吧里，喝着啤酒聊天，聊着聊着他对你说，有时候人的命运可能被长相所决定了。你笑话他说，想不到你还那么迷信，看相算命的话怎么能当真呢。他说，不是看相算命的那一套，而是人说到底还是视觉性的存在，脸作为个人信息的集中体现，会影响、引导甚至主导人们之间的交往。他的这番话让你很有感触，这也是你第一次认识到脸的问题，脸不仅是容貌的体现，更是有着哲学的深度。你想到你的好几个朋友都是公务员，而那个长着一副体制化特征的脸的朋友，的确要比其他人走得更顺一些。于是，你就问朋友你的脸看起来怎么样，他说你的脸毫无特征，很难令人有深刻的印象，你不算帅，也谈不上丑，但人们总是记不清你的样子，总觉得你很模糊，没有一个鲜明的形象。你听了之后非常沮丧，你问他那你适合做什么工作，他说你不适合群体性的工作，比如政府机关、大公司等，在那样的地方想出头必须要给上司留下鲜明的印象，像你这样的肯定不行。你应该去做些个人化的事情，有能力的话自己去创业当老板，不行的话去当记者什么的吧，文字是人的另一张脸。

“他的话给你的启发很大，你决定去搞文字行当了，只不过你当了作家，而不是记者。说来也可笑，你的简历就是通不过报社的人力资源部，所以，你当作家也是迫不得已的选择。作家嘛，在这个时代自然赚不到什么钱，再加上你这张没有特征的脸，让你连续交了两次女朋友都失败了，而且失败得相当耻辱，都是红杏出墙，让你深刻体会到了背叛与嫉妒的双重残害。哈哈！此后，你便开始奉行单身主义，一个人租住了一间巴掌大的小屋，还是蜗居在脏乱差的城中村里边。你白天写写小说，像是做白日梦一般，晚上无所事事，靠看 A 片打发时间，你经常自渎，也就是俗称的打飞机，你让你床边的那面墙上溅满了淡黄色的污渍，但你居然视而不见，因为你早已习惯了那种污秽的环境。你的生存已经到了十分脆弱的边缘，你靠着想象在现实中浑浑噩噩，任何揭穿你脆弱现实的事物都会让你变成惊弓之鸟。你尽力掩饰着自己的一切，尽量不参加朋友间的聚会。你这次回到海市是你近几年来最快乐的时光了，因为与你相聚的都是小学、中学的同学，他们对你的现状一无所知，只知道你待在一个比海市大的城市里边，在他们看来你应该混得不错的，要不然你早应该回到海市找个什么工作，和他们一样娶妻生子了。你一方面很高兴他们的恭维，另一方面你也知道，你在海市更混不下去，因为小城市更是人情社会，你没有特征的脸是应付不了这种频繁的走动与交往的。你和他们喝酒的时候，最为起劲，因为你心里憋得难受，你要释放。当你在喝醉酒的第二天被小山绑走的时候，你虽然嘴上嘟嘟囔囔的，但实际上你根本没有反抗，因为你已经失去了正常人的反抗意志，你反而好奇你的命运究竟要往何方去，也就是说，你已经放弃了你的人生。

“呃……这就是你，一个真实的你，我描述得对不对？这番话自从我看到你的小说后就开始酝酿了，今天当着你的面倾泻而出，真是爽快呀，我觉得我表达清晰，文采也不错，要是好好训练训练，当个作家应该也没啥问题的。哈哈！”

要是我面前有面镜子，我就可以看到我此刻的表情，肯定混杂着悲愤、羞愧以及万仞钻心的痛苦吧，那是一种什么样的表情？我这张毫无特征的脸会因为这种奇特的表情而变得个性起来吗？可惜的是，我的面前没有镜子，我的面前只有一张狂笑的鬼脸，那些烧坏的褶皱和脸部的肌肉运动完全不搭边，它们彼此撕扯着，让人觉得那张鬼脸一不留神还会变得更加破碎、更加惨不忍睹。

“你，你，你怎么知道我的这些事？你怎么连我的心理活动都知道？你是人是鬼啊！”我说话的时候，能感觉到我的嘴唇在哆嗦，像是在风中摩擦的两片落叶。

“咳，你是作家你应该比我更清楚啊！深入调查，掌握事实，还原每一个细节，你的心理状态自然就会水落石出的。看你的样子，你不用再解释什么啦，我知道我全都说对了，是吧?！呵呵，你还有什么要补充的吗?”

鬼脸说完越发得意起来，假如我手里有把枪，我会毫不犹豫击碎那张得意扬扬的烂脸。但可惜的是，我手边没有枪，我什么也做不了。我更不敢扑上去和他肉搏，倒不是怕他们二比一对我，我打不过他们，而是我的内里已经毫无勇气，他的那番话的确属实，句句如子弹打在了我最致命的地方，支持我生存的精神支柱摇晃着就要倒塌了。我已经奄奄一息，只能瘫在这把椅子上坐以待毙了。

我无力地指责他说：“你太无耻了，你居然在背后调查我。你究竟为了什么呢？我和你无冤无仇的。”

鬼脸用舌头舔舔破碎的嘴唇说：“好了，我现在讲我的故事了，你仔细听啊，我想你应该会慢慢明白的。”

我点头说好，虚弱如病人，已经全然没了刚才的底气，像是砧板上的一摊鱼肉。

他说：“我从退学后开始说起吧！被狗日的学校开除后，我去了海市，我发誓我一定要干点什么才回来，要不然我就永远也不回来了。我在海市的第一份工作是去建筑工地搬砖，我去的时候，那家工地正好招满人了，我摇摇头准备离开，结果工地负责人发现我后，马上就破格要我了，我当时觉得他是怜悯我，我也挺感激他的。我在那里干了三个月，我别的都不会做，只能搬砖，我干活不是最卖力的，但给我的钱一直是最多的。周围的工人对我也都很好，见我就发烟，那段日子我还蛮高兴的，我觉得社会和学校差不多嘛，也没有传说中的那么险恶。但是后来我发现他们一直和我保持着距离，还在背后说我的坏话，我一看他们，他们就把头低下了，他们就是怕我！我最没想到的是，老板知道我这个人后，连他都怕我！他的怕是很有价值的，我在工地搬砖三个月后的一天，老板叫我去他办公室，问我愿不愿意做保安队长，我惊讶极了，说我能做吗？老板看了我一眼说，只有你才能镇得住，非你莫属！做就做，怕个鸟，我一下子就成了工地上的保安队长。那些保安都是从部队上退役下来的，每个人都有两下子，所以他们怕我却并不服我，经常对我的话敷衍了事，我明白要树立起威信必须打一架。机会很快来了，那天几个工人把许多短钢筋藏进废料堆里，打算去卖，这是绝对不允许的，我接到其他工人的举报后，就马上带着保安队过去抓人。去了之后，一个大个子保安说其中有个人是他的老乡，问我能不能算了，我说不行，坏了规矩以后就麻烦了。他很生气，不知道骂了句什么，我说你再骂一句！他的火气也很大，结结实实骂了我一句：你个鬼脸！我拿了一截子钢筋便扑了过去，他个子很大，一把抱住了我，和我厮打在了一起。我的力气不够他大，几个回合下来我便处于劣势了。但我发现他不敢正视我，我就利用这点，龇牙咧嘴地向他的正面进攻，我像野兽一样去咬他的脸和脖子，我知道我那时的样子是连自己都不敢看的，果然，他扭身逃跑了，还边跑边喊：鬼吃人哩！我不和鬼打架！从那天起，我说的话没人敢不听了。

“我看到你脸上有笑意了，没关系，笑出来吧，我知道这很有黑色幽默的感觉，连我自己都想笑。哈哈！从那天起，我才明白了这张鬼脸并不是我的负累，恰恰相反，它才是我最大的资本，我要学会去使用它。

“后来，我看中了工地上一个叫小红的女孩，她刚刚十八岁，漂亮得很，我叫一个保安把她带到我的办公室，我直截了当对她说，做我的女朋友吧，我不会亏待你的。说完后，我就瞪着眼睛死盯着她，她吓得哭了起来，嗓子却连声音都发不出来，我上前二话没说就搂住了她，发现她浑身在颤抖，居然连反抗的力气都没有了，我很容易便得手了。小红是个好女人，我后来给她买了一套房，她现在过得很幸福，还给我生了个儿子。本来我是真心想娶她的，但这时候我又有了一个新的机会。老板有事要去国外半个月，他交代我一定要看好他的家，以及他那娇生惯养的女儿。这样，我就认识了老板的女儿露露，露露因为母亲早死，她成了个被宠坏的胖女孩，任何人有一点不顺她的意她就会大发雷霆，所以她谈了不知道多少个男朋友了，一个也没有成。但是我让她感到畏惧，第一次见面的时候我立马意识到了这点，于是，我做出凶狠的表情，试着命令她，结果她谦卑地点着头，真的乖乖去做了，温顺得像小猫似的。我坐在老板家里，对她发号施令，让她给我倒水做饭，刚开始的时候，她还有点抗拒，长期的娇生惯养使她干活拖拖拉拉的，但是经过我一段时间的调教后，她动作麻利，像女仆一般勤快和熟练。我对她的奖励便是让她晚上坐在我的身边，我命令她用手触摸我的脸，她好奇、害怕又紧张，手指哆嗦着触碰到了我的脸上，沿着伤疤滑动，我转脸看着她，她吓得闭上眼睛又偷偷睁开一条缝来偷看。我呵斥：闭上眼睛！她便闭上了，我俯身吻她，她吓得尖叫却并不回避。就这样，我征服了露露。说真的，我也知道这种关系很畸形，但是它却格外稳固。我和露露都是性格残缺的人，但我们真的很互补，就像两个齿轮卡在了一起。等到老板回来的时候，我们已经生米煮成熟饭了。老板起初坚决不同意，我不说话，只是阴郁地望着他，他看了我一眼，身子明显抖动了一下，他或许在想，鬼脸的报复应该是他难以承受的吧，他思来想去，终于投降了，他跺着脚说，随你们啦，但是你，他指着我说，你一定要去整容！我当然不会去整容了，傻子才去呢，我要整容了我马上就会一无所有，就像我弟弟小山似的，有张那么漂亮的脸却窝囊得连个工作也找不到。我说小山弟，你听了这话也别难过，我的一切都有你的一半！好了，我继续说，老板叫我整容，虽然我不想，但是我总不能什么也不做呀。我终于想到了一个好办法，那就是根据小山的脸，请人做了一个仿真的软胶面罩，平时我就戴着它，尤其在老板面前，我只在发怒和睡觉的时候才取下来。也不怕告诉你，露露和我做爱的时候，喜欢在快高潮的那瞬间一把扯掉我的面罩，看到我龇牙咧嘴的样子，她说那样她会有一种超现实的快感。我嘲笑她，是不是把我当成电影里的铁血战士了！哈哈，管她的呢，她爱咋样就咋样吧，反正我和小红在一起的时候是戴上面罩的，小红经常说我的脸要是没烧坏就好了。我说，那你就多看看小山吧，只是别喜欢上他就好了，小红说我都是你孩子的妈了，还胡说什么呀。嘿，她真是个好女人。小山啊，我警告你，你可别乱来哦。玩笑了，开个玩笑，我喜欢开玩笑，我也知道我开玩笑其实更让人恐怖，所以我的玩笑都是自娱自乐罢了。遗憾的是，虽然我的小山弟是不怕我的，他应该对我笑的，但是他的表情却少得可怜，他真的很像你小说里那个丧失了表情的女主人公一样。不管怎样，我理解他，我们的心是相通的，谁让我们是同一个受精卵孕育的呢。当然啦，这些都是题外话。

“再后来，有了老板这个靠山，我就开始大展宏图了。我在老板那里学到了不少经商的方法和理念，也学到了不少坑蒙拐骗的坏水。不过老板得到的更多，他有我的辅佐，简直如虎添翼一般。每次和客户谈项目，都由我来做最后的发言陈述，假如对方丝毫不妥协，我便气急败坏地扯掉面罩，用鬼脸恶狠狠地逼视着他们，让他们惊叫着颤抖不已。一般来说，对方看到这样的情况，总是会做些适当的妥协，仿佛不妥协，我就会真的像恶鬼似的毁了他们的生活。当然，也有例外，其实现在说来我还要感谢那次例外呢！那次，一个客户就是不妥协，那人是个一米八几的东北大汉，一副天不怕地不怕的鸟样，我当时就和他较上劲了。每天晚上，我就站在他宾馆房间的门口，什么也不做，就站在猫眼前的位置往里看，一直坚持到天亮他出门为止。第一天早上尽管他被吓得够呛，但是他的嘴还是很硬，坚称自己从不知道什么叫害怕。我毫不气馁，这样坚持了三天，那大汉终于顶不住了，彻底败下阵了，他魁梧的肩膀瘫了下来，对我挥动着手臂说，好了好了，我怕了你了，天天晚上睡不着觉，我瘆得慌，那批货的价格再给你打个九折吧，我基本上没赚头了。我冲他笑着说，谢谢您啰！可他哎哟了一声，扭头就走，他使劲晃着脑袋说，你怎么还拿鬼脸来吓我啊！

“这次的巨大胜利让老板终于把公司的大权交给了我，他退居二线当董事长了，我不知道这是因为他对我的能力放心了，还是更加怕我了。从我内心来说，我还是希望他肯定我的能力的，但是，我也知道，没有这张鬼脸，我什么也做不成。我只能把鬼脸当作是我的一种能力，也就是说，我不仅必须接纳这张鬼脸，还得感激这张鬼脸，而这张鬼脸比我天生的那张脸更接近我的本来面目。你提到‘内脸’这个概念实在太有意思了，我有时也在想，我的内脸就是一张鬼脸，只不过是一把火揭开了真相。唉，我只是个倒霉蛋罢了，我知道很多人的内脸比我的鬼脸还要丑陋……但这些和你的失败比起来都无所谓啦，在今天，谁有钱谁他妈的就是成功人士，你这辈子肯定是没希望啦。告诉你吧，我现在挣了三辈子都花不完的钱，有钱有势，更何况，我还有这张鬼脸滋生的权力，基本上我没什么做不到的事情了，人生至此，夫复何求？近来我读《圣经》，也觉得撒旦比上帝更有力量……好了，不说了，不说了，说太多了，我好渴，我要是不注意喝水的话，嘴就会裂开，因为我已经没有嘴唇了。”

小山赶紧倒了一杯水，给他递了过去，他一饮而尽，然后嘎嘎嘎笑了起来，像只欢快的鸭子，他问我：“我的故事比你的故事精彩多了吧，你怎么想的？说说吧！”

我不得不承认，他这番话虽然说得天花乱坠，却震撼了我，我真的想不到他会混得那么好，要是让我来预计他的命运，我想他应该是混得非常惨的，就是那种坐在街边乞讨的角色。可谁知他的人生居然是这么一帆风顺，顺得令人难以置信！顺得令人都有些因嫉妒而愤怒了！凭什么呀?！我不愿意相信他说的那些是真的，正如我不愿意相信自己的失败一样。一张鬼脸真有那么大的能耐吗？听说过“小白脸”靠脸吃饭，还没听说有人靠一张毁容的脸发家致富的。我鼓足勇气，小声说：“你的故事的确很精彩，精彩绝伦，但我总觉得荒诞不经，是你瞎编的吧?”

“我就知道你会这么说，”他从桌上的皮包里掏出一张脸皮来对我说，“看，硅胶做的，和肉一样软。”我看到那团淡黄色的东西在他的手中颤动不已，像一片肥猪肉，他用双手撑开那玩意儿，向脸上蒙去，顿时，我眼前出现了一个和小山长得非常相似的人，只不过这个人看起来虚假而呆滞。

那张橡皮脸望着我，面无表情，默然无语，接受着我的观摩和研究。我觉得他戴上这张面皮的确阻断了威慑力，起码我可以直视他了。他似乎也感到了这点，他刚才的张狂劲也收敛了不少，甚至他的样子都有些不自在了。他呆立了一会儿，突然没头没脑地说：

“走吧，我请你吃饭。”

他没等我回话，就径直向楼道走去，让我瞠目结舌，不知所措。小山适时走了过来，又对我做了个请的手势，说：“放心吧，好好去吃顿饭，大家都饿了。”我的心又软了，我站起身跟着小山也向外走去，楼道里依然阳光明媚，天气好得让人想干点儿什么，但此刻我的心情阴郁极了，已经完全不比来的那会儿了，我这个失败者残存的最后那点心气被鬼脸一番羞辱，已经耗费殆尽了。我全身极为虚弱，双腿沉重得像是潮湿的树根，仿佛一场大病即将来临，疾病的乌云堵塞了我的五脏六腑。

奇怪的是，他们并不下楼，反而向楼上走去，这电影院就两层，再上去就是楼顶了啊，我有些胆怯了，莫不是他们要去楼顶对我做些什么吧？我在楼梯口停了下来，小山看透了我的心思，说："上来吧，我们不会对你玩阴的，你真的不用怕，等会儿可以好好放松下。"

我说："既然你说我们是老朋友，我就再信你一次！"

我跟随他们上到楼顶的时候，眼前的景象让我目瞪口呆了！这次倒不是有什么恐怖的东西，而是我不敢相信我的眼睛：楼顶上居然停放着一架银灰色的直升机！它体形轻巧，比法拉利跑车大不了多少，在阳光下闪着迷人的光泽，宛如童年时的玩具被骤然放大了。鬼脸大山率先拉开舱门，坐了进去，然后向我招手说："快来吧，你是作家，应该好好体验下飞翔的感觉。"他这么说，给我的好奇浇了一桶凉水，我又胆战心惊起来。体验下飞翔的感觉？他们等会儿是要把我从万米高空上丢下去吗？小山站在我身后，他催促我："快上去吧，我的驾驶技术还是不错的。"我毫无退路，只能硬着头皮坐在了后排的位置。小山把我这侧的舱门使劲关好，这才绕到前边，坐在了主驾驶的位置。我暗暗想，他真是他哥的一条忠实走狗。

"坐好了，系好安全带。"大山说。戴上人皮面具的他，还是有点人样的。

"没想到，真没想到，你会有直升机。"我的语气简直像个乞丐。

"这有什么，中国有钱人越来越多啦，你没看新闻，不是还有人开直升机抓小偷的吗？"大山感慨道，"那才是牛人啊！"

"你比他还牛，你开直升机抓我，只是为了显摆吧？"

"我还没想到这层，我平时出行都是坐这玩意儿，比汽车方便多了。"

这时，螺旋桨发动起来了，巨大的轰鸣声冲进了鼓膜，我感到一阵眩晕，我揉揉耳朵才想到，这是瞬间的超重现象。随后，我看到青马镇在我脚下铺展开来，并逐渐离我远去，我低头向下望，青马镇电影院的屋顶也变成了一片小碎屑。

第一次坐直升机的新奇让我暂时忘记了恐惧，我小心翼翼地抚摸着机舱内的一切，问："这架直升机得多少钱？"

"不清楚，小山去美国订购的。小山，多少钱呐？"

小山正在专心开飞机，他说："我想想，我当时选了这架不太贵的，大概一千五百万左右吧。"

"听见了吧？"大山说。

“有人一辈子挣的钱也买不起你这架飞机。”我想到了自己，心中一片灰暗，我用指甲狠狠抓着坐垫，带着一股子仇恨。

“中国的航空汽油太稀少了，光是燃料这笔费用就够大的了，养几辆宝马奔驰都没问题。”

我不想和他扯这些炫富的话题，我有气无力地问：“我们这是去哪里?”

“我家。”

我知道他是想让我眼见为实，看看他所拥有的事业与财富。其实，自从我看到这架直升机，我就无法再怀疑了。我知道他说的都是真的，他那张鬼脸的确有种诡异的权力，获得了人间的荣华富贵。

“我去你家合适吗？你怎么解释我这个人……”想到他提及的那些女人，我自卑起来，内心不断地坍塌着。

“哈哈，这有什么啊，就说你是我的老朋友，况且，本来就是。”大山并不回头看我。

我不知道该怎么说，嗓子眼里嗯了一声。和他算哪门子老朋友呢，说得好听罢了，只要他不伤害我，我就谢天谢地了。

直升机没有普通航班那么稳，飞行高度也没那么高，不过我很快就适应了，并且有了享受的喜悦。真不知道有什么好喜悦的，我对这种喜悦感到耻辱，但是毫无办法，飞翔的感觉的确很棒，难以替代。

飞了大约只有二十分钟的时候，我就看到了海市的那幢百货大楼，它是当地的最高建筑，平时大家没事干的时候都往那里涌，现在从空中看起来，那东西太平庸了，就像一面立起来的巨大磨刀石，毫无美感可言。飞机并没有进入市中心，而是循着一个优美的弧度飞向了郊区，我看到青马河越来越近，像一把闪闪发亮的弯刀。

大山说：“快到了，我家就在青马河边上，看到没有？红色那栋。”

我顺着他手指的方向看到了河边的别墅区，红色那栋是其中最大的。飞机盘旋着，准备降落，我又有了失重的眩晕，耳朵疼，心也慌。大山得意扬扬地说：“还是直升机方便啊，去哪儿落哪儿，很少拐弯，直来直去，真正的两点一线。”我真想说，掉下去也是一条直线呢！但我忍住没说，我不想激怒他。

小山的驾驶技术的确不错，飞机慢慢降落在了别墅顶上，很稳当。等停稳后，我才发现这楼顶太大了，刚才在空中不觉得，现在才觉出了大，应该有半个足球场大，或许还不止，开阔极了。我们走下飞机，大山大声笑着说："你马上就要见到我的露露夫人了，我刚才对你说的那些话你可要保密哟!"

我开个冷玩笑说："你打算给我多少封口费?"

"你会知道的！很多!"

我们从楼顶下到一楼，我数了下，总共就三层，但每一层都很高，姚明在里面打篮球都没问题。尽管我还没有进到房间里去，但走廊的装修已经奢华至极，烦琐的洛可可装饰风格，墙壁上挂着的名人字画，令人有种目不暇接的感觉。来到一楼的客厅里，我看到一个肥胖的女人坐在沙发里，正搂着一只褐色的猫，那只猫的眼睛是金黄色的，显得极为诡异。大山对那女人说："露露，家里来客人了，是个作家。"露露的脸圆得像个西瓜，眼睛却小得像枣核一般，她的眼神在我身上逗留了一瞬便跳开了，她说："没想到你现在还学会附庸风雅了。"大山大声呵斥道："你懂什么呀，乱说话!"露露吐了吐舌头，冲我笑了笑说："你们聊吧，我不妨碍你们了。"大山说："记得等会儿六点钟准时回来吃饭啊!"露露摇晃着肥嘟嘟的身子走远了，嘴里说："我记住了啦。"那神态和个没长大的小女孩似的。

"我说的没错吧，这就是完全服从我的露露，哈哈!"大山得意地大笑，那层硅胶面皮皱了起来，像是即将蜕落的蛇皮一样。

尽管露露不怎么漂亮，但我心里还是感到了难受，一股由嫉妒而生的难受，我默默吞咽着这股难受，胸间像放了一块满是棱角的岩石。

他看我不说话，继续道："你要是还不相信，我等会儿可以带你去找小红，她住在市中心的一套高级公寓里，我让她亲自下厨给你做菜吃，她很会做饭。"

"不必了，我信。"我说。

我一方面越来越相信他所说的一切，但是另一方面却越来越疑惑了：他这样向我证明他，都有些讨好似的了，到底居心何在呢？不会仅仅是为了在故人面前炫耀的虚荣吧？即便如此，他也没必要找我这样一个生活失败者来对比啊，完全不具有可比性，成就感何在？就算退一步讲，他把我当成他的一个特殊的倾诉对象，他就更没必要如此卖力地证实自己呀！像他这样的生意人做什么事情都是利益为重的，他可没有什么闲情逸致来叙旧。我想，他所做的这一切肯定有一个明确的目的，只是我暂时猜不到而已。

他说："你想什么呢？你能相信我就好，我就怕你不相信我。其实除了小红，我还有好多情人，她们都住在高档的公寓里边，有的人我都忘了具体的地址了，唉，皇帝的三宫六院也无非如此吧。"

我感慨道："你比皇帝还要惬意吧，你无忧无虑的，而皇帝可是世界上最危险的职业。"

他转脸来看了我许久，那张假脸似乎想表达一种友好的亲切，他说："你真这么想？你不会讨厌这种奢侈和糜烂的生活吗？"

"我想没有哪个男人会讨厌这样的生活。"

"那就好，那就好。"他喃喃自语，像是念着符咒。

接下来的这段时间，他带着我参观他的别墅，里面曲曲折折，房间多如蜂巢，每个房间都是金碧辉煌的，宛如宫殿。光是打扫卫生的用人就有十几个，更别提高薪聘请的许多厨师，的确是王室一般的生活。我问："你没把你父母接来享福？"大山说："他们住在另一栋较小的别墅里，我怕住在一起问题多。"我说："父母老了会孤单吧。"大山说："没办法，不知道你还记得不，他们原来就是在咱们学校门口的街边修鞋的，现在过上了好日子根本不习惯，隔三岔五就生病，真是没有享福的命！"我说："你就没想过用钱做些慈善事业？毕竟你也是穷人出身。"没想到，他听了这话很激动，吼道："做慈善是他妈的富人的事情！"我惊诧极了，问："难道你还不是富人吗?!"他说："我现在只是钱多，但我骨子里还是个穷鬼！我不知道哪天就会失去这些！因为我毫无背景，没有后台，鬼脸的权力再牛逼也比不过更大的权力！"我被他的话震撼了，我还真以为他天不怕地不怕呢，我说："你既然什么都明白，你不是更应该怜悯穷人吗？"他说："叫我怜悯穷人，他们怜悯过我吗?！你怜悯过我吗?！"说完他恶狠狠地扯下了面皮，死死盯着我，那些褶皱蠕动着，像是无数条蚯蚓在爬动，我知道他是真的生气了，不由打了个冷战。

"我们去院子里坐会儿吧，晒会儿太阳，喝点果汁。"沉默很久的小山出面了，他是个出色的调停员，他拉着我和大山的胳膊向外面走去。

户外的庭院采用了江南园林式的设计，开满荷花的小湖映衬着亭台与假山的倒影，石板铺就的小路穿过一片竹林，通向青马河畔。简直是公园一样的精致美景，我感叹不已，在其中流连忘返地走了好几遍。这时小山叫我，我跟着他来到河边的一座小亭子前，上面写着"观景台"三个字，大山说："这是我的书法，你觉得怎么样？”我又抬头看了一眼，觉得那字的笔画充满了一种狂躁不安的东西，与“观景”所需的心态完全相反，更是和书法的精神毫不搭边，但我嘴里却说：“蛮好的。”大山听了很得意，说：“你这个书法世家的人都这么说了，那就是真的好了。”我祖父的书法在青马镇颇有名气，当年很多商店的名字都是他写的，没想到大山也知道这些。我含糊其辞地说：“在这儿看风景是很不错。”然后哈哈笑了两声，缓解下心中的尴尬。

不知道怎么回事，我现在对他谦卑了起来，真奇怪，刚见他的时候我心里那么害怕，嘴上都是硬的，现在没有危险了，嘴上却软了，怎么回事？究竟是因为我的失败被揭穿了，还是因为他的强大在不断地变成现实？或者是骨子里就有种对权贵的怯懦与谄媚？一个完全失败和绝望的人，心里怎么还会有这些东西？

我和他们坐在亭子里，喝了杯橙汁，然后又和他们去河边钓鱼。青马河上冷冷清清的，偶尔才有一两条黑乎乎的小船经过，不知道里边装的是什么。大山说：“以后这里肯定要禁运，要变成自然风景保护区，到时候就更美了。”我说：“以前青马河不是一条挺重要的运输河道吗？难道仅仅为了一片好风景就禁运？”大山说：“这算什么，你不知道这片别墅区原来还是个渔村呢！”我不再说什么了。我把鱼钩使劲抛向河面，静静等着鱼儿上钩，但是我等了很久，脖子都酸软了，还是半条鱼都没钓着。他们也一样。小山为了安慰我，说出了真相：“其实在这儿我们从来都没钓上过一条鱼，都不知道河里还有没有鱼，上游的化工厂虽然搬走了，但水质还得几年才能恢复。”大山听了又说：“所以该禁运嘛！”

时间过得很快，黄昏来临了，微风习习，垂柳在水面上懒懒地抚摸着涟漪。夕阳无限好，让青马河上动荡着无数的金光，大山感慨万千地说：“我就喜欢这种景色，我的财富如果换成黄金，估计就是这样的壮观！走，我们去吃饭！”

我们来到饭厅，露露已经在那里等候了。饭桌很大，坐下后，四个人显得格外孤单。用人们开始上菜，一个个都小心翼翼的，还真像宫里的太监。这顿晚饭吃得非常丰盛，除了普通的菜肴，还有好多我不知道的野味。不过，我没什么胃口，除却心情的阴郁之外，灯光下大山那张脸在放肆地撕咬与咀嚼，让我觉得格外恐怖。虽然他已经戴上面罩了，但我现在已经能看穿那张面皮而想象出里面的鬼脸了，那让我想到魔鬼在咀嚼着人肉。我的胃部开始隐隐作呕。

大山说：“我最喜欢吃的就是鹿肉了。”坐在他身边的露露赶紧给他夹了一大块鹿肉，一副低三下四的样子。但是，自始至终，露露没和我说上半句话，她面对我的时候，就是一副很高傲的神情，好像我是来蹭饭吃的，不怎么搭理我。我心中非常窝火，暗暗骂道：真是个不要脸的贱人！一个与鬼同眠的受虐狂！

吃完饭，露露说她要看电视去了，大山说他晚上还要外出，让她一个人先睡。她撒娇说："我想等你一起睡。"大山眼睛一瞪，吼道："又不听话啦？"她吐了吐舌头，上楼去了。大山意味深长地看着我，说："从来没有女人这么臣服于你吧？"我摇摇头，心里难过极了。大山说："爱和怕往往是可以转换的，你不能让一个女人敬畏你，自然也不能让她死心塌地地爱你。"我叹了口气，要搁以前，我肯定认为大山在扯淡，但是现在却觉得他说的很有道理。我还真的管不住女人，以前那两个女人都嫌我太窝囊了。我当时就想不明白了，怎么能说我窝囊呢？我是凡事讲理，与人为善的呀。现在，我在大山这里看到了我的幼稚，原来女人不需要讲道理，女人只是需要畏服的，你能让她畏服，她就能慢慢爱上你，连大山这样的鬼脸居然都有人爱……

"我真是太失败啦。"我不禁脱口而出。

大山点了点头，拍拍我的肩膀说："别想那么多啦，你的那些事都过去了，重要的是今后怎么重新开始。"

他这句安慰的话让我心里一热，看来他还真把我当老朋友了，不过，我想到我今后的日子，不禁一阵茫然。我能让谁畏服我呢？要不然我去乡下找个淳朴的女人算了吧？可是，如今的乡下，年轻人都出门打工去了，还会有淳朴的女人吗？

我呆坐在那里，像是泥塑一般。冰冷的情欲蜷缩在身体的一角，一不留神都会弄丢它，没有了它，我的生命将失去最美的色彩，变成时间无情流逝的容器。

大山看了我一眼，似乎下定了什么决心似的，咳嗽了一声，吞咽着口水，他抬手看了看表，突兀地对我说："嗯……时候不早了，我们还是回青马镇吧。"

"回青马镇？"我呆愣住了。

"是啊，我们还是去电影院说话吧，我喜欢那里，我没事干的时候经常一个人跑到那里去。"

"这么说你是个特别怀旧的人，对吗？"

"也许吧，我觉得青马镇电影院对我来说是一个非常独特的空间，它仿佛独立于时间之外，能让我彻底静下心来。对了，我已经买下它了。"

“真是想不到!”我大张着嘴巴，那样子像极了弱智的儿童。

“小山，准备出发!”

大山只要想做什么，都是雷厉风行的，他站起身来，开始穿外套。

我跟着他们又爬到楼顶，钻进直升机，在黑茫茫的夜色中又向青马镇飞去。海市灯火辉煌，一派繁荣富足的景象，可是没有我的份，我失落吗？我渴望那样的辉煌吗？我不知道，我只知道自己已经心如死灰，大山让我去哪里我就去哪里，心间早已没了恐惧。

这次好像飞了很久，或许是黑夜的缘故吧。这个夜晚，天上没有星光，也没有月光，黑乎乎的一片。从窗口望下去，偶尔能看到几粒闪烁的灯光，就像是闪烁的星星，而天与地仿佛已经倒转。直升机单调的轰鸣声也没白天那么震耳欲聋了，好像螺旋桨为了拨开这无边的黑暗也费尽了力气。

飞机停在了青马镇电影院的楼顶上，大山打了个哈欠，原来他刚才睡着了。我也累极了，却毫无睡意，好像连睡眠也背叛了我。我们下楼，来到了之前的那个房间。

“坐啊。”大山说，他对我越来越亲切了。

我坐下了，这种感觉还是很奇怪，我觉得自己像是在小黑屋里受审的罪犯。

“你还想聊些什么呢?”我望着大山，他的脸像是塑料模特一样，硬邦邦的，没有生命的迹象。

“还有很多要聊的啊，自从看了你的小说后，我就一直渴望着和你好好聊聊。”他也坐下来了，对小山说：“去给我们倒杯茶。”小山答应着走出去了，只剩下我和大山两个人，我的心里还是有些慌乱了。

我干笑了两声说：“今天聊得还不够多吗？你还想聊些什么呢?”

“不够不够，我总觉得有好多话要对你说呢。”大山用双手轻轻拍打着脸，说，“这面皮戴久了很不舒服，我脸上还有几处地方有汗孔，出汗后像小针扎着似的刺痛。”

“这样啊……总会习惯的。”他是想摘下面皮来吧？我可不给他顺水推舟的机会，我不想见到那张鬼脸。

这时小山进来，端着两杯茶，都不知道他从哪弄的，看来，这电影院已经和他家一样了，日常用品是一应俱全。

我对小山说声谢谢，这种客人般的感觉让我舒服了不少，我想，开门见山的时候应该到了，于是我直截了当地问大山："现在你已经向我证明了你的故事的真实性，我不但相信了，而且还见识过了，那你可以告诉我你的目的了吧？你究竟想做什么呢？你要在我这里得到什么呢？"

"这个问题提得好，"大山鼓起掌来，他说，"那我们切入正题吧，你以作家的思维来考虑下，我到底需要你做什么呢？"

我说："嗯，你希望能在我的失败面前显出你的成功是多么牛逼？"

大山说："人都有虚荣，我也不例外，但为了这点虚荣，我是不可能对你付出这么大精力的。"

我说："你寻求一种理解？尤其是对脸的各种理解？你觉得我写过《内脸》这样的小说，可以和你聊得更深入一些？"

大山说："这个是自然的，但我并不觉得你真能理解脸的含义。除非……"

"除非什么？"我的心紧缩了一下。

大山一把撕掉了面皮，露出了龇牙咧嘴的鬼脸，那张鬼脸被捂得通红，像是红烧的猪头肉，丑陋又滑稽。小山递给他一条湿毛巾，他擦完脸，长叹一口气说："唉，我自从毁容后，就再也没有照过镜子，凡是有可能看到自己的地方，比如窗玻璃，金属片，光滑的影碟，平静的水面，等等，我都极力避开，实在避不开我就闭上眼睛。我明白了没有人能够抵御住这张鬼脸带来的恐惧与丑恶，我自己也不能。我讨厌自己的形象，我觉得万分孤独，孤独得全身发抖，就像是流落在人间的最后一只鬼那般孤独。我之所以买下了这家电影院，就是因为我一个人待在这里的时候，就像待在童年的记忆里似的，这里没有脸的存在，不需要脸的存在。在这里，我才能感到我的存在，感到我的完整，而在外面，我感到自己的存在是残缺的，灵魂是丑陋的。"

"我理解……"我喃喃说道。

大山继续说：

"虽然我不照镜子，不想见到自己，但是人的天性中总有看到自己的欲望，我也不例外，每当这个时候，我就看着小山，我就把他当成是我，一个假设中原本的我，一种可能中真实的我。但是，那毕竟是小山，而不是我大山，就算我们是再亲的兄弟，就算我们是一卵所生，可他还是他，我还是我，这种界限分明的隔阂是无法取消的、无法突破的，你能体会到吗？我想，要不是有这种隔阂的存在，小说也就没有存在的必要了吧？你这个小说家想到过这点吗？”

我连连点头，说：“是这样的……“

大山站起身来，郑重其事地对我鞠了一躬，说：“所以，我请你来，只是求你一件事。”

“什么事，你说。”我的语气听起来像个讲义气的老江湖。

大山沉吟了下，压低嗓音说：

“理解我。”

我很纳闷，右手抓挠着耳朵说：“我已经在尽力理解你了。”

“不够，远远不够。”

“那怎么样才行？”

大山抬起头来，用鬼脸死盯着我，一字一顿地说：

“做第二个我。”

我腾地站了起来，紧张地问：“你是什么意思？怎么做？”

大山哈哈大笑了起来，那张鬼脸扭曲到了难以描述的地步，已经完全失去人类的形象了，他说：“我想让你也有张和我一样的鬼脸。”

“不，不!!”

我绝望地大喊了起来，那声音响亮却空洞，仿佛被周围无尽的虚空给吸纳掉了。

大山把话说出口后，好像一下子变得轻松自在了，他说：“你先别急着拒绝我啊，我不会让你白做的。”

小山把随身带来的黑色皮箱打开了，里面装满了绿色的美钞，大山说：“这十万美金只是我送给你的见面礼。你要是同意我的提议，我会给你公司百分之十的股份，市值应该在千万以上。文件我都带来了，只要你一签字就马上生效了。”

“但，这，这，这都是为什么……”我完全蒙了，像是掉进了一个无法理喻的梦境。

“我说过了，为了让你更好地理解我。”

“……我的理解对你有那么重要吗？”

“真的很重要。”

“为，为什么?”

“因为你会分享我的孤独，那样，我就可以从濒死的孤独中活过来了。”

“我可以用小说来理解你吗?”

“不行，只能用真实来理解。”

“我拒绝……”我喘着气说，一屁股跌回了椅子上。

“不要急着拒绝，这些钱你一辈子都花不完，而且，我会送一套房子给你，就在我家旁边，我孤独的时候就可以过去找你聊天。”

“不……”

“我还会给你安排用人，照顾你，你到时就可以把你老爸老妈接来享福啦，他们养大你很不容易啊，这几年你好像都没给家里寄过钱吧?你爸爸下岗两年了，他们太辛苦了。”

“你居然还去调查我家人……”

“我不但会给你安排用人，我还会给你安排女人，从公务员、老师到在校大学生，都由你挑选，你到时候就会发现女人是多么爱你。”

“我不配有爱……”

“到时你就能体验到女人又怕你又爱你的感受啦！那种感受太美妙了！说真的，你现在这张平凡无奇的脸实在是太没用了，它还没有害惨你吗?你还要和它一起待到死吗?你没看人家韩国人对自己的脸稍微有点儿不满意，就去修整一下吗?”

“人家，人家那是为了更好看，你是要毁……”

“毁什么呀！难道你想当小白脸吗?有个屁用！你想给富婆当鸭子去吗?!”

“你，你，你……”我已经说不出话来了。

“小山，把他的手绑起来。”

小山开始绑我的手，我躲闪着，抵抗着，可却是那么无力，就像是饿了好多年的饥民，小山很快就把我的双手绑在一起了。

“我早说过了吧，这绳子还是要绑回去的。”大山咧开嘴，微笑了一下。

“别……”

小山不但认真绑好了我的手，还把我整个人紧紧绑在了椅子上，让我动弹不得。小山体贴地说：“绑紧你，是怕你受伤。”然后，小山转身在桌子下面找到了一个汽油瓶和一支毛笔，“哦，对了，”小山往肩膀上搭了一条滴水的湿毛巾，关怀备至地说：“我会很快扑灭火的。”

大山站在我的面前，全身激动得有些颤抖了，那张鬼脸上的褶皱都在跳动着，像是即将死去的昆虫。小山倒是不紧不慢的，他用毛笔伸进汽油瓶里蘸了蘸，然后把汽油涂在我的脸上，他涂得很仔细，很均匀。汽油那种令人恶心的浓香冲进鼻腔，在我的大脑深处炸开了，我忍不住连续打了好几个喷嚏。这时，小山手中的打火机“啪”的一声打着了，火苗蹿得很高，足足有十公分。

“慢！”我吼了起来。

“你还有什么条件，可以提。”大山的破嘴在瑟瑟发抖，他是咬着牙说话的。

“把文件拿来，我还没签字呢。”

大山拍拍脑袋说：“对啊，对不起，我忘了！”他急匆匆地拿着文件递给我，对我点头哈腰的，好像我是他的老板。那张鬼脸上满是谄媚的笑容，我恍然觉得自己是阴间的阎王，面前这小鬼是我的办事员。

我仔细看过文件，签上字。我的手被绑了，所以那字写得有些歪歪扭扭，本应该写得更好看些的，但是我懒得让小山帮我解开了。

我闭上了眼睛，想到了庞德那首很有名的诗《在地铁站》——

人群中幻影般浮现的脸
潮湿的黑树枝上的花瓣。

多么形象呵……我的脸马上就会脱离生命的树枝，像风中的花瓣那样坠进无尽的黑暗深渊了。

“啪！”

我感到一阵热浪包围了我，我看到太阳落在了我的眼前，无数阳光刺痛了我，我喃喃自语道：“就让虚空的归于虚空吧。”

肖建国

湖南郴州人。1972 年开始发表作品。著有短篇小说集《左撇子球王》《温柔》《浮生》，中篇小说集《男性王》《中王》《上上王》，散文集《少年初识书滋味》《夏日牵挂》《四十岁是篮球的下半场》，长篇小说《血坳》《闯荡都市》《野渡》《动地一槌》，长篇纪实文学《名将之花》，共出版文学作品 16 部。作品曾获首届庄重文文学奖、首届湖南优秀文学艺术作品奖、《青春》小说奖、湖南省青年文学奖等 20 多个奖项。中国作家协会会员。

世　道

——中锋王大保系列

大保的炉头生意向来都不错。

这是从每个墟场的热闹都看得出来的。

县城里每逢三、六、九是赶墟的日子。墟场就在南门外，从大保家过去几户人家，好大一片场地。墟场叫仁和墟。墟场南边凳着一座戏台，戏台很老旧了，木柱子的油漆已经剥蚀，顶上的檐瓦每年都要翻检，戏台楼头的两头石狮子却是铮亮泛黑。戏台前头是一片空地，一箭开外的地方错落着几栋凉亭。石板街道从凉亭边上拐个弯，一直通到了西门口。墟陂的那头横亘着一条土马路，一头通到清陵河边，一头接到了汽车站。土马路上一天到晚都有拖拉机喷着黑烟"突突突"地驶过，车斗上装着河沙和竹子。竹子尾巴一头拖曳在地上，刮擦起来的尘土浮上半空，久久不散。

仁和墟平时很清寂，只在逢墟的日子才会热闹起来。那真是热闹哎！墟场外头的几条路上缕缕连连的都是人，附近乡里的人都进城赶墟来了，手里提着，肩上挑着，身上的衣服是刚刚换洗过的，脚下的草鞋也换上了布鞋或解放鞋。媳妇妹子的头发上都抹了茶油。还不到半上午，墟陂上就一层一层地拥满了人。偌大的墟陂像涨水的池塘，水多得塘里装不住，连附近的沟圳也灌满了——墟陂旁边的街口上都挤满了人。卖菜的（各种时新瓜菜无不青葱鲜嫩），卖鱼仔的（鲤鱼、草鱼、鲫鱼、泥鳅、黄鳝、虾公、螃蟹、脚鱼），卖糖的，卖干红薯藤的，卖炭的，卖糖榨梗的（学名叫甘蔗），还有鸡市、鸭市、牛市、狗市、猪市、木器行、竹器行、铁器行，凉亭下面的黑市肉摊在案板上卖，猪心猪肺猪肚高高挂着，好远就看得见，另一头的牛肉是吊在杠杆上一刀一刀割着卖的，牛头照样挂得很高，牛角跟猪内脏们遥遥对峙，卖面卖馄饨的早已支起了大锅，柴火烧得热热烈烈，一片水气氤氲，油炸糍粑的小灶小锅都躲在角落弯里，烈火烹油，香气和声浪揉捏在一起，尖利地往人们的鼻孔和耳朵眼里钻。这天，县里的毛泽东思想文艺宣传队也会出来，在戏台楼头出出进进地演唱节目。他们都很年轻，后生很挺拔，妹崽很乖。演唱的都是样板戏的折子戏，穿了戏服，手里抓着枪、刀，脸上却没有化妆。他们唱得都很卖力，可是墟场上的人一点儿都听不到。墟场上有多少只喉咙在敞开着说话，嘤嘤嗡嗡的声音揉作一堆。他们的声音一出口，就融入到浊厚的市声里去了，连自己都听不见。

大保的家紧挨着墟场，这里街两旁的人家，开的都是铺板子门，大门边上，镶的都是铺板，到了要做生意时，就将铺板从门槛槽子里一块一块顺出来，靠墙竖好。卸了铺板的堂屋里外通透，显得宽敞豁亮，再把货板迎门一架，随时可以卖货。大保家的铺板平时不卸，只有到了逢墟的日子，才会四敞大开，早早就把货板在门口支好了，货板上堆满货物。

逢墟这天，大保家里有两轮大的热闹。那真是人来人往，川流不息，语声喧哗，无不开颜。

第一轮热闹在开墟之前。一些人提早进城来了，先到大保家打个转身，寄放一点儿物件，箩筐、蔸箕、扁担、猪笼，或是鸡、鸭、小狗崽。这些人都是好多年走熟了的人。他们站在门口大大声喊一句：“王师傅！”不等主人应承，就侧着身子进了堂屋，找地方把东西放好。这些人都走了好远的路，喉咙干渴，讲究的会从碗柜上揭下一只碗，倒碗茶喝，不讲究的就从水缸里舀一瓢井水喝了，抹抹嘴巴，自顾先到大街上逛去了。大保一家人跟这些人并不认识，好多连姓什么都不知道，只是看着脸熟，（也是一来二去走熟的）觉得人家愿意来家里叨烦，是看得起自己，堂屋空也是空在那里，给人方便，又不蚀本。所以，但凡有乡里人来寄放点儿东西，无论生熟，一概笑脸招呼。每到逢墟这天，还早早就把水缸挑满了，烧一大壶茶凉在门口。

然后就到快要散墟的时候了，那些人已经买好了东西或卖脱了东西，在墟陂上逛饱了，纷纷返转大保家取物件。有的人取了物件，道声“吵烦”，侧着身子绕过柜台，径自出门远去；也有的刚刚卖了东西，兜里有钱，或会在柜台前站一站，挑一两件物品买起。他们都知道大保家的出品质量过得拗，价钱也公道，从不讨价还价。只一阵工夫，柜台上的东西就卖得罄空，一边的钱罐里装满散票子。也有的人东西没有卖完，手里剩一把白菜、一个冬瓜、半筒绿豆，或是几捆野笋子，总归是些“落脚货”，丢了可惜，带走麻烦，大保家里就都收了下来，按价付钱，绝不占星点便宜，只为了让人家欢欢喜喜地轻松回家。

每次墟后，他们家都有一两天无须再买小菜。他们方便了别人，也方便了自己。

日子走得很快。不知不觉，大保三十岁出头了。同他一般年纪的个个都讨了亲，有的小把戏都可以筛酒了。大保不想让父母亲再多操心，决定结婚。

他的对象是常来家里走动的同学唐红卫。

他们很快就结了婚，男方送了一份不薄的聘礼，女方家里也照风俗还回了更重的财物。婚宴很热闹，但不张扬。堂屋里摆四桌、天井边摆两桌、后面工场里摆四桌，十张桌子摆开来舒舒敞敞。这里的婚宴都在中午，大场合搞完，男女双方的家人在晚上还要喝一餐团圆酒，大保这天是完全敞开了，中午时到每桌敬了双杯酒，晚上又敬岳父岳母，还跟岳家兄弟换大杯拼了几下。很多人在这种场合喝酒，都是象征性地抿一抿，偷工减料。或是在酒杯里掺开水，能混则混。他不这样。他好像成心要把自己搞醉，每一杯都实实在在，滴酒不淌，到后来还兴头越来越高，主动找人挑战。连续的两餐酒，喝得他舌头都大了，说话上句接不起下句，筷子都捏不拢。岳母看着场合不对，赶紧拉着一家人告辞了。

新郎新娘送走客人，正要关门落闩，门却忽地给人用力推开了。

谁都没有想到，来的竟是老朋友灰毛砣。

灰毛砣打着拱手，哈哈喧天地说：“贺喜、贺喜！我是不请自到啊！不会嫌弃吧?”原来此地风俗，一定是要接到请帖才会去参加婚宴，如果没有请帖，再是至亲的人，至好的朋友，断不会贸然过去。这有讲究。

听到声音，柏良婆从厨房里迎了出来，一看客人是灰毛砣，脸块一跌，转身返回去了。

大保也没有开声。只定定地望住他，脸上起了一层雾。

唐红卫大致知道这一家人都不愿意理灰毛砣的原因，知道灰毛砣欠大保好大一笔钱，一走无影，几年了连梦都没有报一个。她听柏良婆念叨过好多次，一家人心里都有气。

灰毛砣仍然打着哈哈说："好手不打上门客，何况你们今日大喜，人都进了门，不搞杯热酒搭我喝喝?"

唐红卫赶紧应道："饮酒，当然要饮酒。"又一扯大保，让他开声。

大保也醒过神来，勉强一笑，哑着声说："上桌，我两兄弟铳一壶。"

"不是两兄弟哩，是三兄弟。我今天特地过来道喜，是要送兄弟你两份大礼。"

灰毛砣一头说着，一头闪开身子，就见暗影里款款走出一个人来，灯光一下将他照亮了。

大保闪眼一看，陡然一喜，大喊出声：

"钟海仁?!"

钟海仁用手点着大保，说："大保，大保啊!"却并不停脚，径直走进屋里时，当中坐下了。

几个人紧忙跟过去。大保直问："你怎么来了?"

钟海仁一指灰毛砣："你问他。"

灰毛砣也在一旁坐了，说："你不知道?人家海仁到我们县当副县长，是县太爷了哩!"

大保又是一惊，这又是他万没有想到的。钟海仁大学毕业就分配到了省里的建筑设计院，很快提拔当了副处长，这些，大保都知道，钟海仁给他写信都说过。怎么突然就调到县里来当太爷了呢?大保一下感觉同他隔了好远，心里有什么东西在往下跌。

"海仁是省里的后备干部，这次是放下来锻炼的，以后要回去当大官。今天才到县里报到，我在路上碰到他，十几年没会过面，还是一眼就认出来了。他还不知道你今天讨亲，听我一说，跟脚就同我一起过来了。怎么样，我这份大礼不假吧?"

"是哩是哩!"

说着话，孝德公和柏良婆也过来了。大家都很高兴，柏良婆打过招呼，赶紧就去热菜，孝德公摸烟递过去，钟海仁忙欠身双手挡开。

"不会?"

"不会。"

"那酒呢?"

“也不会。”

“是个好后生。”

“人家是县太爷哩!”灰毛砣纠正他。

“什么县太爷,”钟海仁说,“在伯伯老人家面前,我就是个后生。”

“这话我听了松快,——上酒。”

钟海仁听话地坐下来,他刚吃过晚饭不久,肚子好饱。县政府的接风宴很丰盛,他多吃了一块走油肉,一直胀胀的,饱得难受。但他知道这餐酒是一定要吃的,他抢先擎起酒杯,说:“孝德伯伯,我先敬你老人家。”

孝德公一下笑仰了,说:“这要不得!”手一抬端起了酒杯,等着敬酒者先干。

钟海仁一小口一小口抿着,到底将一杯酒喝干了,他的脸立时泛出了一层红色的油光。

柏良婆笑眯眯地在一旁看着,这时知道了钟海仁确实不能喝酒的,就说:“我不敬你酒了,敬你一块肉。”柏良婆抓起筷子,在菜碗里翻啊翻,挑一块手板大的走油肉夹起来。钟海仁是知道本地风俗的,正要推辞,一下躲闪不及,柏良婆已经将走油肉往他嘴巴上一抹,哈哈大笑着堆进他的碗里。这块肉,钟海仁是非吃不可了。走油肉炸得焦红,煮得稀烂,油汪汪的很是诱人。这样一块肉,足有四两,还能吃得下吗?可是不吃,就是对老人的不敬。钟海仁为难地直撇嘴。

好在这时候进来一个人,这个人还在大门口就“钟县长,钟县长”地叫,钟海仁招手叫他过来。这人手里捧着一个大红的被窝印心,上面还叠了一对枕套。这是钟海仁送给大保和唐红卫结婚的礼物。钟海仁过来得匆忙,没有准备,临时叫政府办的人去敲开百货商店的门,买了送过来的。一屋人都伸长了颈根去看枕套上的喜鹊,钟海仁趁这工夫将走油肉夹到大保碗里,噘了噘嘴。大保笑笑,俯身咬了一口,细细嚼着。

柏良婆一转眼就看到钟海仁的碗里空了,惊叫道:“嗨,嗨,给你的走油肉呢?”

钟海仁抹着嘴巴,说:“吃了啊。不信?你看我的嘴巴;还有,大保看见的,可以证明。”

大保笑着住了嘴,不开声,只点头。

柏良婆指点着两人,笑道:“你这两个鬼呀,小时候就互相打掩护哄我,大了大了，十几年没有会面，会到面了还是老样子，生成就是一对油盐坛子。”

几个人都随声笑了。孝德公也频频点头。

又劝过一轮酒，柏良婆同孝德公自去歇息，唐红卫也回洞房去了。留下三个当年的球友继续喝。他们互相都好久没有见面了。

灰毛砣对钟海仁说：“我们有十五年没有会面了吧？”又对大保说：“我们也有两年不见了。”

钟海仁一时有点奇怪：“你们就住在一个县城里，都会有两年没有见面？”

“是我不对，是我躲着大保。”

“我悟出来了，这里头有故事。”

“故事还很长哩。”

灰毛砣就将前面的事情说了一遍，如何找大保合作做生意，如何跑福建，跑广东，如何跑到第三趟的时候身上的销售款给人抢走，如何给大保做的交代，一五一十，都很清楚。

大保一直黑脸默着神，听完了，忽然抬头问道：“你那钱真的给人抢走了？”

“假的。”

“我就知道你在骗我！”

“我是骗了你。”

“我一拳打死你！”

“你让他把话说完。”钟海仁赶紧说，一手按住他的腿。

“我对不住你。”灰毛砣打个拱手，连连道歉，又说，“你听我把话说完，那次是福建有个朋友走私了一批电子手表进来，我也想拿点货，赚点钱，可是我没有本钱，就打起了那笔货款的主意，我本意是要同你借的，怕你不肯，毕竟那不是一点钱，而且有风险，说白了怕吓到你。事情又很急，我怕错过那个机会，只好出此下策，哄你说那笔钱给人抢了，实际上是拿去做生意去了。不过我心里是发了誓的：无论那回生意成与不成，那笔钱一定归还！”

“成了没有？”

“没有。我这人还是过于轻信朋友，没有想到人家是戴的‘笼子’，我不光亏完了身上的钱，还给捉进看守所，关了半个月，天天挨打，身上没有一坨好肉，放出来以后我也没脸回家，更没脸见你，就找到另外几个朋友，跟着他们也去搞走私……”

“你胆子也太大了。”

“不胆大不行啊！要生存，要还钱，富贵险中求。我没有任何门路，也没有本事，只有拿这条命去赌。”

“嗨——其实你当面搭我说出实情，我也不至于拿你怎么样，那个钱的事，不说了。”

“你不在乎，我在乎呀。不拿钱还到你手里，我自己良心上过不去。”

“有你这句话我心里就松快了。钱是什么东西，未必比兄弟感情还要紧？那桩事不要再提了。今天难得海仁也来了，我们吃酒。”

“吃酒吃酒，你们的事情以后再去扯。”

“吃酒还等下，我今天一定吃醉再走。今天我先给你把钱还上。”

“你真的赚到钱了？”

“我发过毒誓的。不赚到钱，我敢进你家里的门？”

大保这时才发现，灰毛砣穿了一身西装，还打了领带，颈根上白衬衣领子顿顿的，脚下露出一小截尼龙袜子的花色，打扮得像个嫖客。

“看样子你真是发了财。”

“一点儿小财。”

灰毛砣就撩开西装，从里头口袋抠出一张存折，说：“我连本带息都拿你的名字存在这里了。利息我是乱算的。假如不够哩，也是这样了；假如多了，就算是给你今天结婚的贺礼。你看看吧。”

“不看不看。”大保将灰毛砣的手挡回去，又重重地“嗨”了一声，心情极其复杂。

灰毛砣轻轻把存折放在旁边的炉桌上。

大红的存折在灯光下闪着明暗不定的光。钟海仁提醒该要喝酒了。

灰毛砣欣然同意。他即刻给两人各敬了双杯。一个结婚，一个到任，都是人生中的大喜之事，每轮敬酒，都要双杯双杯地敬，这是规矩。灰毛砣自斟自酌，咕——一杯，咕——一杯，转眼间就将八杯酒灌进肚子里去了，颈根开始红胀起来，好快活，好轻松。

钟海仁也硬起脖子吞下去两杯酒。脸上即时红得像蒙了块大红布。他不再肯动杯，只是尖起筷子在菜碗里挑动。他把每样菜都夹起来吃了一点儿。油豆腐、墨鱼、猪耳朵、猪腰子、猪肝、血灌肠、猪肉丸子、萝卜丝，他还把一块猪脚啃得精光。他好久没有吃到这里的菜了。他觉得这些菜的味道真好。

“好吃以后你就多来，天天来。”大保说。

钟海仁说：“我喜欢的是你母亲做的菜，你老婆进了门，家里还是母亲炒菜?”

“当然是归老婆炒了。”

“唐红卫手艺怎么样？我是指搭你母亲比。”

“不相上下。明天你过来，专门做一桌菜搭你吃，保证你满意。”

钟海仁笑笑，细细声说：“我记得以前搭你有意思的不是唐红卫呀。”

大保说：“我知道你在说谁。”

“朱慧琴，我说的没错吧。那时候她天天来看我们打球，后来你还写信告诉我，她专门到你下放的地方去看你。今天灰毛砣告诉我，你结婚了，我还以为对象是她。没想到新娘子是唐红卫，差点搞错方向。”

“唐红卫不好看。”

“也不难看。女大十八变，变来变去观音面。读书的时候是不蛮好看，十几年不见，还长好了哩，周周正正，抻抻抖抖的，带点福相。连说话都变了。我记得她以前说话好冲，现在都是慢声慢气，对你很体贴，显得好温顺。”

“这点没得说。”

“做家务事呢，怎么样?”

“勤快。家里的事情她做得完。”

“那就好，过日子就是要这样的人。不过我还是想问一声，搭朱慧琴怎么没有成呢?”

“一句话说不完。也可以一句话就说完了。人家是大学生，我是什么？连个工作单位都没有的人，配不就。”

“你说痴话哩，大学生有什么了不起?”灰毛砣怒道，“依我看，是她配不就你。”

“你细点声。”钟海仁忙说，朝里头睡房努努嘴。那头的门开着一条缝，也不知道唐红卫睡着了没有。大保也瞟过去一眼，淡淡地说：“没关系，她都清楚。”

钟海仁说：“我再问一句，朱慧琴如今在哪里?”

大保说："她大学毕业，分配回了县人民医院。前年结的婚，嫁了个干部，生了个女崽。"

钟海仁"哦"一声，好久无言。

钟海仁看看表，快十一点了，该睡觉了。三个人将桌上的剩酒喝完，都有了很浓的酒意，钟海仁站起身来告辞，说："以后得空了，到我办公室来聊天。"

大保摇头，说："我轻易不去那个地方。你要爱来，就来我这里。"

"好好，我来。"

灰毛砣同钟海仁相跟着走下灶台，那边睡房的门无声地开了，唐红卫走了出来。

"就走?"她说，脸上盈盈笑着。

钟海仁说："今天是什么日子，我们再不走就是太蠢了。"

唐红卫傍在大保身边，说："你这话说差了。你是贵客，你来了你看大保好欢喜。"

"以后我会多来。"

"多来就好!"

新郎和新娘并肩站在门口，目送着两人渐行渐远的背影。新娘子以手掩嘴，打了个长长的哈欠。街道上光影稀淡，夜是有点深了。

钟海仁又来大保家了。

刚刚到任的副县长，工作很忙，但是生活还有规律。他就住在县政府大院，一套两房一厅的家属区房子，如今县政府已经搬离了正街上的老衙门，迁到县城边的北屏山上了。一道砖墙，将一座山包都围了起来。大保没有进去过，听说里头的办公楼好宽敞，有水池，有花坛，有凉亭，有篮球场，有招待所，家属房子连成了片，都是红砖黑瓦水泥路，他知道大院的南边有片小树林，几蔸大松树有上百年的树龄了，春天还可以在里头捡到蘑菇。钟海仁白天在办公室看材料，或者参加一些会议，都是为了熟悉情况，好快点进入角色，晚饭后就到篮球场上打一阵球。他打球还是那样投入，背心短裤，跟一帮家属孩子争抢得黑汗水流，出身透汗，洗一个热水澡，接着看材料，有时在办公室，有时在家里。他的卧室临窗放了盏台灯，每天晚上，台灯都要亮到很晚。

这天，钟海仁参加完一个会议，回食堂打个饭吃了，没有换鞋去球场，径直出了大门。往左走出一段，他在马路边站住了。眼前，一条大马路光淌淌地直通北门街口，马路下边却是一片田峒，一条小路弯弯曲曲时隐时现，约略能看到尽头处仁和墟上的戏台楼头。钟海仁忽然来了兴头，一跃跳下小路，这块地方是他曾经非常熟悉的。跟着小路走过一段，有一片菜地。菜地里刚刚淋过淤水，有一股轻淡的骚臭味。从菜地里斜插过去，就到了拱花滩头。他踩着滩头上的石磡，一步一蹾跳跃而上，很快就到了对面的石板路上。走完石板路，过拱桥，经中医院，上东门头，这里有一条水圳，傍水圳是一条泥路，伸向仁和墟。水圳里的水很满，很清亮，揉出细碎的波纹，汤汤流着，他就踩着泥路，一路往前，一直走到了大保家的后门。

那时天已断黑了。

大保一家在屋后头工场的地坪里刚刚吃过晚饭，柏良婆正收拾碗筷，见到钟海仁进来，忙顺手扯亮电灯，随即，唐红卫就把一杯热茶捧到了他手里。大保招呼他在苦楝树下坐了。

钟海仁想起十几年前，两人常常也是这样坐了，念念空话，无话可说时就冒起了脑壳看远处，远处的天空总是比眼前明亮。

两人这样坐着时，柏良婆总会炒点花生，或是蚕豆、黄豆，给他们香口。

两人都有一会儿没有开声，大约大保也想起了往事。也大约是，他竟有点生疏了。

“忙不忙?”他忽然想起似的，问道。

钟海仁说：“不忙哩，每天办公室里看文件，看材料，下午还有时间打打篮球。”

“噢，你还能打篮球?”

“能打，这十几年我都没有断过。读大学的时候差不多天天打，工作以后哩，每个礼拜也要打一两场，不打球不松快。——你呢?”

“我?”大保发了会儿愣，幽幽地说，“我都好多年没有摸过球了。”

“为什么?”钟海仁惊异地说，“早年子你的球瘾比我都大。你又这样大的个子，本就是打篮球的一块料，不像我，矮起个尸，天生的条件不行，也就是爱好它，玩玩而已。依你的条件，发展下去，至少打个省队没点问题。这文化大革命害人哩，打破了好多人的梦想!”

大保没有接话，窸窸窣窣地摸出烟来，叼一根在嘴里，他的手抖得厉害，划了三根火柴，都折断了。他想说，我不光是梦想破灭哩，还受了好多屈辱，不然怎么落到这个境地。但这是说得清的吗？几百句话都说不清。他就想还说它做什么，不说也罢，说起来只会更伤心。

他嚓一下划燃了火柴。

钟海仁没有感觉到他的情绪。大保的很多事情，他都不知道。他仍然兴致勃勃地说："这番日子，我每天一吃了晚饭就到大院的球场上打篮球，一帮中学生，个子很高，球技很拐。我也打起赤膊搭他们分边打半边场子。他们哪里是我的对手，我想投篮就有篮，想运球过人就过人，耍得他们团团转。我们打球，场边上总站了好多人看，昨天下午，我投了个远篮，旁边一个老干部大声喊好，还问：这是哪个家里的小孩？篮球打得这样好。那个老干部是县里的政协副主席，出去开会刚回来，还不认得本人是新来的副县长。他也没想到这副县长的篮球打得这样好。"钟海仁说着大笑起来，大保也跟着笑了一声，心里却酸酸的。

钟海仁乘着兴头又说："你有时间也过去玩。只要我们两个联手，打遍天下无敌手。"

大保说："现在我不能搭你比了。我一个平头老百姓，天天要寻吃，忙不赢，哪里还有心思打球。"

钟海仁说："你这话说得差矣！有谁规定，老百姓不能打球。忙也不是理由，越忙，越要经常活动，劳动是不能代替体育锻炼的。"

大保说："我不是那个意思，很多事情你不知道。"

"什么事情？"

"现在还不想说，说起来伤心。"

钟海仁默了一下，看着大保将烟头用力弹出去。烟头带着火灰，划了个小小的弧线，跌落在一只扒锅里，有一缕烟雾袅上来，抖闪了一会儿就消失了。钟海仁说："你不说，我也能大概悟得到。你以为我受的苦比你少吗？

钟海仁于是说起了他们下放回到老家，连房子都没有，一家五口人就住在一间牛棚里，牛棚里只安得下两张床，父母亲睡一张，两个姐姐睡一张，再没地方了，他就只能睡地下，牛棚里牛屎味很重，地下的味道尤其浓烈，熏得眼睛都发酸，常常一夜一夜睡不着觉，他就在那种地方睡了几年。到现在他一闻到牛屎味就眼睛发蒙，心里作呕。住牛棚，不算什么，出工辛苦，也不算什么，最难受的是给人拉去批斗。他们那里很奇怪，周围几个村子，地主成分的就他一家。村里要开批斗会了，站在台上的批斗对象永远就是他父亲。常常为了造声势，会把他母亲、两个姐姐和他也拉上去陪斗。他们那里的批斗会也有任务指标的，周围村子为了完成指标，常常来借地主分子过去做批斗的靶子。母亲担心他父亲在人生地不熟的地方挨打，每次都叫他陪着一起去。父子两人并排站在台上，胸前都挂了黑牌。父亲的黑牌上写的是“地主分子”，他的黑牌上则是“地主狗崽子”。那些人都无比地激愤（不知道为什么会那么激愤），形神愤慨，声音高亢，却没有什么内容，只是一遍一遍地把报纸上的文字当口号喊出来，有时干脆就对着他们扔石头，撒牛屎。石头打在身上，好痛；牛屎撒在脸上，睁不开眼睛。他心里在一丝一丝地渗血。

钟海仁说，批斗会都是在晚上，参加完批斗会回到家，往往都半夜了。睡不了一下子，第二天照样要起来出工。这样白天晚上连续地搞，身体、精神都有点吃不消了，那段时间他瘦了十多斤，胸口里的排肋骨都一根一根现了出来。他想这样下去不行，身体会要搞垮，身体垮了，一切就都完蛋了。只要活着，身体健康，就有希望。他无论如何不能让身体垮下去。他开始想办法偷懒。比如，装病。他在山坎上正做着事，突然头一栽，就跌到坎下去了。坎下遍布刺丛，他的手上、脸上都给刺得血糊花拉，惨不忍睹。他心里很清醒，眼睛却紧闭作昏迷状，软手软脚地听凭人们大呼小叫，抬他回去敷药。他就让赤脚医生给他身上头上包满纱布，在家里好好睡上两三天。又比如，磨洋工。他看到队上一些社员是很会偷懒磨洋工的，就偷偷学了几手，挖土时他也不会每一镢头都用力挖到底了。摘棉花只摘露在外面的那一层；拔草时也知道坐在地上一根一根地扯；挑谷子，先不在箩底絮上一层稻草，虽然上面的谷子堆得溜尖，重量却是打了好大折扣的。他还学会了抽烟，队长一喊“歇息啦”，他即刻找个地方坐下，摸出烟荷包，慢慢卷好一支喇叭筒。他抽烟不会真抽，只让烟气在嘴里打个滚，赶紧就吐了出来。几年时间，他抽了总有上百斤烟丝，却没有上瘾。他也不能让自己上瘾，他只是为了假模假式地做做样子，就可以名正言顺地同大家一起歇息了。挨批斗做靶子他也不再硬挺。他知道台上台下的人都是在应付，做样子给上面看的。他站在台上，低头闭眼，不看，不听，心里默诵着毛主席语录，半年工夫，他就修炼得很到家了，不管站着，坐着，随时可以入定。他表现出来的神态，却是给人感觉十分老实。老实得有点阿弥陀佛。

大保听着笑起来，说："真是看不出，你还蛮狡猾哩！"钟海仁说："在那种环境里，不狡猾不行，还不是为了生存。"大保说："我就没有你这一手，死脑筋不会转弯。"钟海仁说："那不行。买针看针眼，买瓜看瓜皮，到哪座山要会唱哪座山的歌，不然自己吃亏。"大保点头。

钟海仁就又说，其实那些社员也知道他在装宝，只是不揭穿，因为他们一家很快就同村里人处得很好，都认为这一家人可怜，不拐，还有一副侠义心肠。那里的人感情都很朴素，认为一个人好，就不会故意刁难，有时还会帮忙打掩护。后来他们请求在牛棚旁边加盖一间草屋，队里马上同意了，好多社员还主动过来帮忙。再后来他想加入公社篮球队，生产队的队长还帮他找公社书记求情，又破例给了他五天假，让他练球。公社篮球队一举在全县篮球友谊赛中拿到了亚军，最大的功臣无疑是他。公社书记很高兴，他很高兴，村里的社员也很高兴。队里给他把底分提高到最好劳力的十分。（当然那也是因为他已经精通了田里功夫，之前由于出身成分不好，没有给他。）他在心里舒了一口气，终于可以昂起脑壳做人了。

钟海仁那时的人生目标其实很低，一个被社会所歧视的"地主崽子"，能像正常人一样半劳动，生活，就是最大的愿望了。他给自己的规划是，努力劳动几年，集钱盖一栋砖瓦房，然后，娶妻生子，颐养天年。那时他同时在学木工和瓦工，只要把这两门手艺学好学精，又舍得做，相信达成愿望是不难的。

他万万没有想到，国家政策会起那样大的变化，竟然恢复了高考。而且，有教无类，连他这种子弟也可以报名参加。他高兴得哭了一场，决心一搏。他真是拼了命一样地复习功课。他又单独住回了牛棚，白天晚上都趴在一张小矮桌上用功，他一天只睡三四个小时，常常连续两三天不出房门一步，一日三餐，都是母亲送过来吃，在不到三个月的时间里，要把初中知识复习一遍，再把高中知识学一学，时间是太过紧张。初中以前学过，要捡起来并不太难。难的是高中，那些数、理、化知识，一定是要人指导的。好在他父亲是老牌大学生，学的是理科，指导高中课程绰绰有余。父亲那么大年纪了，身体又不好，鼻炎很严重，但为了他的前途，常常陪着熬夜，现在想起父亲，首先想到的是老人家经不得煤油灯的熏冲，说几句话就要猛烈地擤一通鼻子的狼狈相。他觉得很对不起父亲，很为自己的父亲骄傲。

高考张榜，钟海仁榜上有名，他成了千军万马中闯过独木桥的幸运者。村里人说：他家的祖坟开坼了。

大学四年，似乎一晃就过去了。钟海仁学习很努力，成绩一直很好，毕业后，分配到了省建筑设计院。就在那一年，父母亲也落实了政策，安在县财政局按月领取退休工资。回到城里，心情舒畅，父亲每天养花育草，鼻炎竟奇迹般地好了，不再需要用力擤鼻子，这让钟海仁十分松快。

大保默默地听着，一根接一根地续着烟。听到后来，钟海仁一家终于转了运，各安其所，日子过得很如意，他也为他们感到很松快。

他不经意地递了根烟过去，钟海仁居然也接了，凑着火吸了满满一口烟。

“我有十几年没有会到你爸爸妈妈了哩。久不久我就会想起他二老。”

“他们也常常提起你，总还想回来看看。”

“他们是刚解放就来了吧，在这里也生活了快二十年，是该回来走走。”

“我有打算的，到时候接他们过来。”

大保忽然长长叹口气，说：“到时候他们来，看到我这个背时样子，还不知道是个什么心情。”

“你哪里背时？这样不是蛮好吗？”

“这样好？你说痴话哩，一路背时，混了半世人，连个工作单位都没有，我自己都不知道好在哪里。”

“好在自由啊！好在发展空间大啊！”

“你在说外国话哩，我听不懂。”

“这都不懂？”

“不懂。”

“自由这个词你懂吧？”

“这个懂。我凭自己的手艺和力气吃饭，想做就做，想不做就不做，想做多就多做点儿，想做少就缓一点儿，天管不到，地管不到，一切在乎我自己。当然是自由。”

“这还不好？”

“但是没有地位，做不起人啊。发展空间就更谈不上了。”

“这就是你在说痴话了。有没有地位，做不做得起人，不在乎做什么职业，在乎一个人的为人。你王大保我了解，以你的品性，无论做什么，都只会受人尊重，不会倒自己的丑。”

“到底是当副县长的人，会说话。”

“我说的是实在话。”钟海仁又要了根烟续上，继续说，“至于这个发展空间哩，也是在于你自己。你要安于现状，图个吃饱穿暖，容易；你要想发展哩，也是可以做得很大的。事在人为。”

“我不想做大。我也做不大。”

“你完全能够做大，你要立这个志。”

大保忽然烦躁起来，狠狠地说：“你不知道我这世人好背时哩，吃好多亏，我一个高高大大、一米八几的人，搞得人前抬不起头，人后直不起腰。我知道我的命就是这样的了。既然是背时的命，就背到底算了。再不得有任何想法。”

钟海仁缓缓地说：“你怎么越说越蠢了。我们都好大年纪？也就三十岁出点头吧，怎么就‘这世人，这世人’放在口里念？我们这世人还长得很。要说起来，我不比你背时？越背时，我越不服。我总记得我们小时候喜欢说的一句话：干狗屎也有回润的时候。任何时候都不悲观。现在还不是变出一个人来了。”

“我比不得你。”

“你比我强。很多条件都比我好，只是抗挫折的能力不如我。生而为人哪里会没有挫折。挫折是什么？挫折就是一把锉刀。它能把人的刀口锉钝，也能越锉越锋利。你记不记得我们一起在中学生篮球队时，黄知福教练最爱讲的一句话？志气立得大，雷公拿得下……”

“你不要在我面前提他。”大保又躁了。

钟海仁一顿，很奇怪大保突然发火。他隐约感觉到大保和黄知福之间有过很不愉快的事。

黄知福如今是县里的县长。

“为什么？”他偏过脸来问了声。

“那是个坏人，提起他我就卵根子抽！”大保骂了声粗话，屁股磨得凳子吱吱叫。

这个话就不好接了，钟海仁不想知道得太多。一个是他的上司，一个是最好的朋友，把他夹在了中间，怎么做都会为难、尴尬。

夜很安静。天空很高，星子很疏朗，一幕近乎钴蓝色的雾气横拖在天地之间。风吹着苦楝树叶沙拉沙拉地响。远远的街那头有人在唱花鼓戏，一声长，一声短，只听得见音，听不清词。有人还在水圳边捶洗衣服：砰——砰……

钟海仁说："我们不说别人了，还是说自己的事。"大保粗声问道："自己什么事？"

钟海仁就说，县政府分了工，让他分管工业和乡镇企业，还包括个体户，他看过资料，广东、浙江、福建那些沿海地区，个体户得风气之先，发展非常快速。他觉得这是一个福音，机会来了。他要大保抓住时机，赶紧跟上改革开放的春风，做创业致富的带头人。他已经找人了解过，大保做的扒锅、鼎锅质量特别好，在县里很有名，连广东、福建那边都知道。他建议大保成立一个公司，做大规模，做出自己的品牌来。他说他是分管的副县长，在政策上可以给予尽可能的优惠。他还说连公司名字都给他想好了，就叫大德公司。"为什么取这样的名字？"大保随口问道，钟海仁就说，你叫大保，你父亲名孝德。各取一个字连缀而成。这个名字有内涵，有意思，还好记。

大保张眼望望天，又低头默一阵，说："政策真的有你说的那样好？"

钟海仁说："我是认真学习、研究过的，不会骗你。"

"你当然不会骗我，但上面会不会骗人呢？"

"时代不同了，你不能还拿过去的眼光看现在，那样会耽误了自己。"

"我都已经是社会最底层的了，还有什么好耽误的？"

"你不能这样自暴自弃。你只要敢于走出这一步，我敢说，前途无量。"

"你敢肯定？"

"我当然肯定。因为我了解你。"

"十几年没见面了，你了解我好多？"

"你为人实在、耿直，有一手好手艺，舍得出力，舍得钻，人性好，人缘也好，虽然十几年没见面，我相信你本质不会变。一坨石灰落到水底下，即使散了，溶了，内核还是白的。"

大保心里有团热气冒上来，噎在了喉头上。他的眼睛有点发胀。

但他又冷冷地甩了句：

"你不会是刚下来当副县长，新官上任，急于出成绩，拿我做试验吧？"

"我是那样的人吗？"钟海仁一下发火了，站起来，出口长气，又坐下，看也不看大保，仍然气咻咻地说，"你这样说我太不厚道了，我是看准了这件事做得，才来找你的。我们是朋友，既然你油盐不进，我也不勉强，当我没说。”

大保咧开嘴干涩地笑笑，欠身拍了拍钟海仁的手膀，说：“你把话都说到这个分上了，我就听你一回，我试一试，好吧。”

“这就对了，有鱼没鱼，车干塘水再说。毛主席早就教导过：我们应该相信群众，应该相信党，你信我一回，没有错的。”

钟海仁拿了文化大革命中常说的一句话调侃一回，回手拍拍大保，两个人都笑了。

事情谈好了，心里放松了，话题又回到老路上来。

钟海仁要大保事不宜迟，打个报告，明天就送到工商局去，他建议可以找灰毛砣合伙。他觉得灰毛砣这个人守信用，脑子活套，胆子大，走南闯北，见识广，门路也广，是个搞销售的人才。他预计有了灰毛砣的加盟，销路当能很快打开。他劝告大保创出品牌以后，千万不能故步自封，要趁势出击，做大做强。他跟国土局长打过一回交道，那人很有想法，到时候他会出面协调，在县城附近划一块地，把厂子建起来，做大规模，不光做扒锅鼎锅，还要做更多产品。当然，那是后话，以后再说。最后他自己也兴奋起来，调侃大保说：“不久的将来你就是王总王老板了。这个头衔厉火哩，比我这副县长还威。”

大保淡淡一笑，说：“通一县城的人，谁还能威得过县太爷？你真是说痴话哩。”

不知不觉，夜很深了。街那头的花鼓戏早已偃声息鼓，水圳边的捣衣声也没有了。夜色很重。风更大了，撩得苦楝树叶哗哗地喧闹。露水是不知什么时候下来的，头上、身上，渍湿一片，凳子的扶手上湿漉漉的。

钟海仁起身告辞。

到了门口，他又再次叮嘱大保，一定要尽快去工商局把公司批下来，以后的产品，一律都叫“大德牌”。

大保点头说：“好。”但他又说，“我还是想把名称改一改。”

“你想叫什么名称?”

大保说：“也只是把两个字倒过来，公司叫德大公司，生产的东西都叫德大牌。”

“哦，明白了，德大，德大，爷在先，崽在后，这个名字有意思。”

钟海仁大笑着，一路把石板街踩得咚咚响，快步走了。

大保第二天就去了工商局。

他在工商局碰了好大的壁。

他知道求人办事不容易，下午去工商局时，特意买了包“大前门”兜口袋里。其实那些人也不生疏，他们经常在街上晃，偶尔还在粉摊上隔桌吃过酸辣粉，叫不出名字，但是脸熟。他还尽量做客气的搞，进门先赔了笑脸。办公室里坐了三个人，他给每个人装了烟。他给一个年纪稍大鼻头酡红信估是股长的送上报告，就垂手站在旁边，听候发话。他估对了。那人正是股长。只是股长很严肃，一直黑着脸，慢慢从办公桌一角的一摊散烟中挑出一支叼上，揿燃打火机，晃动着火苗吸燃了，然后开口问道：“谁叫你来送这个报告的？”大保一惊，心里翻腾了一会儿，小心回道：“我是听说可以个人开公司，悟起这是利国利民的好事，就赶紧打了这份报告。”股长把一声冷笑搅在一口烟里喷出来，说：“你想办公司？”大保点头称是。股长又说：“办公司想赚大钱，做万元户？”大保将头点了一半，收住了说：“想是那样想，不晓得做不做得到。”股长再又说：“你好想做老板，是吧？”大保睒着眼睛，想要稳住自己。他感觉到一口气在往胸口上撞，出气有点不均匀了。

大保到底没能稳得住，吼一声：“你批就批，不批就不批，说这些空话做什么？”

大保到了走廊上，听到股长在后面还在说：“文件昨天才发下来，局里都还没有研究，这些人怎么就知道了？真是乱弹琴！”

大保脚步散乱地出了工商局大门，心里也冷笑道：“哼，是乱弹琴！”

大保怄了气，却无法对人言说，只在心里憋着，一直黑着脸，晚饭也只吃了两碗饭，就放了碗，一个人到苦楝树下坐了发呆。

夜里头钟海仁又来了，见面就问大保把报告送到工商局去了没有。大保哼哈了一会儿，才淡淡地说：“送去了哩！”

“批了吗？”

大保没有开声。他不想跟钟海仁学说在工商局里怄的气，只是脸色更黑了。

正好唐红卫端茶过来，顺嘴接道：“没有批哩。信估还胀了气。”

大保突然暴躁地吼道：“你乱话三千哩，我胀什么气？”

唐红卫说："还讲没有胀气。从工商局回来就黑起个脸，一句话不说，晚饭都筑不进。妈妈爸爸都说你十成有九成是胀了气，叫我不要惹你。是胀了气就胀了气，钟县长不是外人，说出来心里松快些。"

大保又吼一声："起开去。"已经怒不可遏了。

唐红卫把茶端给钟海仁，笑笑，回屋去了。

钟海仁心里大致明白了，脸色变得有点难看，不再催问大保，念了几句空话，放下茶杯，拔脚走了。

第二天，大保吃过早饭，照常去卸铺门。他心头的气还没有完全消，铺板也不顺，别住了。他使了蛮力正撬着，有人一拍他的后腰，他反转脑壳一看，后头站了四个人。

那四个人都穿了制服，里头有三个昨天下午在工商局打过照面，印象深刻。大保不想理他们，就又把头掉了回去。

红鼻头股长又一拍他的后腰，开口说道："王大保，你是王大保同志吧？"话里带了笑意。

大保没有开声，也没回头，直挺挺地杵着。

股长只好耸身绕到他前面，红鼻头一颤一颤地，说："大保，这是我们吴局长看你来了。"

大保犹豫了一霎，孝德公在里头发话了："大保，欠钱不欠礼，转过身去，让客人进来坐。"

大保只好转过背，朝来人一笑："吴局长，寻我有事？"

吴局长是位矮个子，要冒起脑壳才能看到大保的脸。他上下打量了大保几眼，说："噢，王大保就是你，你就是王大保啊！我十几年前就认识你了。"他看到大保脸上现出错愕的神色，就又转脸对着几个下属说："这个王大保的篮球打得好啊！那个三步跨篮，一步能跨出一丈远，无人能挡，几个人拉起手来都卡不住他。每次比赛，只要他一出场，那些小妹子小媳妇巴掌都拍烂。那阵子的王大保，比牛逼还牛逼啊！你们还年轻，难怪有眼不识'秦山'。"他有意把"泰山"说成"秦山"，逗得几个部下哈哈大笑。

大保也一笑，侧身让他们进屋。

吴局长带头往里走，一边又说："我记得那时候你打 7 号，钟县长是打 8 号，一高一矮，你抢篮板，他投篮，配合得最好。没错吧？”

“一点儿没错。”

说到当年的篮球，大保也高兴起来，脸上活彻了。他让吴局长在上位坐下。

吴局长叭开腿坐好了，继续说：“好像有好多年头没看到你打球了？”

大保沉了一会儿，讪讪地说：“现在天天要寻饭吃，哪里还有工夫打球。”

吴局长说：“这话说得也对，毕竟打球当不得饭吃。如今在哪里发财？”

大保在心里说，本来打球是当得饭吃的啊，只是给人害惨了，害得回到家里来了。他将脑壳偏到一边，说：“如今就在家里做点小手艺，小打小闹，赚点吃饭的钱。”

“自己有工场？”

“有哩，就在屋后边。”

吴局长提出想看看他的工场，大保同意了。吴局长在工场里走了一个来回，看了窑炉，看了模具，提过一只鼎锅敲了敲。鼎锅嘣嘣嘣地响，声音清亮单细。吴局长点头说：“不错。”

孝德公一直不远不近地跟随着。

一行人又返转灶头坐下。吴局长对大保说：“你是打了报告要办公司？”

大保说：“不办了。报告我收回。”

“为什么？”

“不为什么，我就是不想办了。”

股长一听就急了，红鼻头上的绺绺血丝胀得鲜红，急忙说：“你昨天下午才送来的报告，哪里能一个晚上就打反悔？”

大保说：“报告由不得我打，还由不得我反悔？我现在要求收回。”

股长还想说什么，吴局长摆手制止了。吴局长和悦地说：“大保同志，你昨天下午到局里送报告的事，他们跟我汇报了。如果我们的同志在工作方法上有不妥当的地方，我代表他们向你做检讨，好吧？”

大保仍然犟着说：“这不关任何人的事，是我自己打错了主意。你这样说我哪里担得起。”

股长更急了，红鼻头更红了，绺绺血丝像要绽破了。他用两个手指摁着鼻头，说：“大保同志，昨天下午我们是做得不好，晚上局长把我喊去，刮了一顿鼻子。

今天一上班我们就开了会，给你把报告会签了，局长也签了字。现在局长亲自带队，给你把营业执照送到家里来，我们的诚意够可以了吧。”

股长说着就从公文包里拿出营业执照，展开来，递给大保。

大保不接。

股长一时僵住了。从来是老百姓要看他的脸色办事，他哪里受过这样的气。

吴局长讪笑着，嘴里啧啧连声。

同来的两个人低头坐着，不知所措。

屋子里的空气变得很僵硬。

孝德公一直坐在堂屋边上的竹椅上，凝着眉抽烟，这时说话了：

“大保，人家局长、股长亲自上门，拿营业执照送到家，心意够可以了。赶紧接到。”

“来、来，接到、接到。”

吴局长拿过营业执照，放到大保手上。

大保只好接了，脸上没有一点儿表情。

吴局长走下灶台，装了根烟给孝德公，说：“老前辈，吃根烟。”

孝德公也回敬了一根烟给吴局长。

吴局长手上夹着烟，在堂屋里走走，四处看了看，说：“老前辈，你们是殷实人家哩。”

孝德公谦谨地笑道：“托你们的福，小日子还过得下去。”

吴局长热情地说道：“如今政策越来越开放，你们把公司办成功，发狠做，我们也会尽力做好服务工作，那就不是过小日子的问题了，是要发财过大日子哩。”

“承你吉言，大家发财！”

孝德公眯笑着，过去给每个人装了根烟。

事情搞妥了，大家都很高兴，几根烟枪同时点燃，堂屋里一时烟雾蒸腾，祥云缥缈。

大保把营业执照轻轻放在炉桌上，脸上也松弛下来。

吴局长就此告辞。柏良婆从灶屋里蹿出来，张着双手说：“吃饭走啊，饭菜即时可以上桌了。”

吴局长只当是客气，推辞着，柏良婆就拉住他拐进灶屋，一看，一大锅饭已经香了，偎在火边，唐红卫正将一条草鱼下锅，“滋啦”一声，一股明火蓬起来，鱼尾巴还在锅沿上弹跳。丁板上放着切好了的大块走油肉。吴局长怔住了，心想：这家人好实在。

吴局长说：“饭就不吃了。”

柏良婆说：“你不吃，让我们吃一天剩饭啊！”

“心领了，心领了。”

吴局长说着就出了门。一行人尾随而出。红鼻头股长在后面一拉大保，细声说：“以后有什么事需要我们办的，尽管开声。”

大保在鼻子里哼了一声，停下脚步。红鼻头股长也停住，又说：“一回生二回熟，我们就是朋友了。以后在钟县长面前，还请老兄帮我们多吹点好话。拜托了！”

大保低了低眼睛，看到股长的红鼻头光鲜潮润，微微翕动。大保在心里说：放心，我不会搭钟海仁说你的坏话，也不得说你的好话，什么话都不得说。他又哼了一声，微微一笑。

股长只当是大保默许了。好多人在他们面前都没有多话，那就是默许，也一笑，紧着走了。大保平眼望着街的尽头，轻轻说了声：

“什么人！”

大保亲自从标牌厂背回了一块招牌，长可一丈，宽尺五，白底黑字，上书：德大铸造公司。每个字大如脸盆。这是比照着县机电设备厂的招牌尺寸做的。灰毛砣要把招牌挂在临街的前门门框上，这里来往人多，名声一下就传播出去了。招牌挂上去了，可是怎么看都不合适，十分别扭。一条街上都是做小买卖的，铺面很小，门面不大，且木质都老旧发黑，陡然间在门口杵起这样一块招牌，顶天立地地又怪诞，又扎眼，孝德公一看就生气了：“搬开，搬开，这像什么样子。”灰毛砣嬉笑着说：“怪诞才好，怪诞了才出效果，才能吸人眼球。”孝德公说：“我不要什么效果，我只不喜欢给人多话说。”灰毛砣说：“以后进入商品社会了，做生意当然要讲究效果。”孝德公更生气了，说：“你们要讲效果到别处去讲，不要顿在我的门口影响我过日子。搬走！”话说得很决绝，没有一点儿商量的余地。公司成立，孝德公就退出江湖，只在公司挂了个技术顾问的名义。大保是公司的总经理，灰毛砣是副总经理，按说，两人的职权都在孝德公之上，但是，这个家是孝德公的，他是一家之长，有些事还是说了算。

大保把招牌移到后面工场的门口挂了起来。

这个位置也很好。远远地站在汇水河边的拱花滩头，一眼就能看到。太阳出山，第一缕阳光就是投在招牌上面，十分喜气。

开张发事那天，孝德公却是依了两个年轻人的主意，摆了八桌酒席，请了花鼓戏班子，放了几盘万子鞭，还点了两排冲天炮。工场里、瓦背上，都落了一层红红黄黄的鞭炮屑子，苦楝树的枝叶间也缠夹了星星点点的花纸屑。

大保将窑炉进行了改造，扩大了近一倍。公司招进了三个工人，都是二十岁上下的小后生，眼睛里充溢着对新生活的向往，一身劲鼓鼓的。三个后生都很勤快，踩泥、和泥、做模子，着力认真，一丝不苟，脱模、除渣、挫毛刺，上身动下身不动，手到渣落，绝不马虎，完工了的炉锅鼎锅扒锅分门别类摞整齐，他们又去清炉渣、拣块煤、打扫工场，还会殷勤地给大保端茶打洗脸水，见事做事，没事找事做，一刻不闲。这样，大保就可以完全腾出手来专心关注炉里的事情。这窑炉也怪，自从公司开张烧了冲天炮，福祉就驻扎在里头了，炉火一点就着，一着就旺，一座炉膛里的火焰都红红的，红中带白，还飘着蓝色的火苗，烧什么成什么，不会这里凸一块那里裂一点儿，瑕疵很少。徒弟勤谨，窑炉争气，大保也不再三天打鱼两天晒网，只管一炉接一炉地烧发下去，产量成倍地增长。

产量增多，产品却一点儿也不愁卖不出去，常常还供不应求。这当然得力于负责销售的灰毛砣。按照灰毛砣的设想，产品销售首先还是立足于县城，辐射四乡，同时扩张到福建、广东；等过段时间，在本土本乡站牢脚跟以后，再重心外移，主打福建、广东，毕竟那里的市场更大。他甚至还考虑说，到时候还可以把厂子迁出去；或者，在那边成立分公司，又产又销。他拟了两条很震撼的广告语，四处张贴。一条是：德大德大，走遍天下；另一条是：用了德大，补锅匠都怕。为什么补锅匠都怕呢？因为德大牌的锅子质量好，经久耐用，搞得补锅匠都没有生意了。他接连几个墟期都在仁和墟场上打场子做广告。他打广告很简单，也很特别，先拿各种铁锅围个圈，占下地盘，敲着铜锣，嘡嘡嘡绕场两圈以后，平端起一口铁锅，放至齐胸高，一松手，铁锅咚一声跌落在地。若是平常铁锅，如此一跌，不破也会裂几条缝。他的德大牌铁锅却完全没事，只在锅底上隐隐现出一点白印子。这里的人们看过耍猴子把戏，看过耍杂技，看过敲锣卖老鼠药，像他这样砸锅打广告的，还是头一回，都很新鲜，也有点刺激，一层靠住一层地围紧了看。人们似乎对他只将铁锅端齐胸口嫌不过瘾，有那好事者就喊：“再高一点。”灰毛砣于是略略抬高。又喊：“还要高。”灰毛砣就又高。又喊。又高。再又喊。再又高。如此反复好多轮，灰毛砣已经将铁锅高举过头顶，还踮起了脚，无法再高了，才开声问道：“这下可以了吧?”其实他是可以一下做到这个样子的。但他不会这样做，故意拖延时间，为的是把更多的人吸引过来。看看周围人已经围得够多，远处还有人站在翻转了的箩筐上往这边看，这才轻轻一松双手，铁锅飘然而下，就听“咣”的地一声巨响。响声过后，灰毛砣拎起锅子，绕着场子让人们察看。铁锅当然是完好无损的。众人就喊一声“好”，无不做出惊奇莫名的样子，啧啧赞叹。于是人们都把“德大”这个牌子记死了火。其实好多人 直用的就是人保家的铁锅。大保家的铁锅手艺从孝德公手里传下来，几十年了，一直信誉很好，只是以前没有个牌子，人们就用人称和地域指代了。“城里哪家的铁锅牢靠?”“你去孝德公家买吧。”或是：“南门口、戏台楼头下面那一家。”现在经灰毛砣一炒，人们恍然明白了，满舅舅原来是外婆的崽。德大牌出自大保家，大保家就是德大牌。“德大”的牌子很快播散得很远，差不多妇孺皆知。

大保没有参与灰毛砣的广告活动，也没有去看过，但他听好多人说起过。他觉得灰毛砣的点子是很好，若要他去做，打死也不得去的。这真是什么歌该得什么人唱。他的本事，或说他的本分，就是认认真真地把每一炉铁水经心烧好。他明显地感觉到生意是很好了，越来越好。他家门口的摊子上，总是围着一些人选购货物。常常有乡下老头挑着箩筐从衙门口那头一路打听着过来买东西。县里几个最边远的公社供销社，像石桥、普满、龙潭，货架上都摆起了他们的产品。倒炉头要用的原材料，泥巴、禾草、木柴、煤炭、铁锭，都有人送上门来。再没有人跟他讨价还价，也不会盯着磅秤的戥子左看右看，只在一旁陪着大保喝杯茶，吃根烟，念几句空话，等那边过好秤，结好了账，把钞票往兜里一塞，道声：“吵烦!”就走了。他们都知道大保的公道和信誉是不用怀疑的。他家后门口那条土路稍稍拓宽了点儿，能够一部板车通过。土路不长，那头接到仁和墟陂的马路，每天清早，就有一部货车停在路口，将材料卸到板车上，拖到大保家的工场。到了傍晚，又有板车把铸造好了的成品拖出来，装上汽车，运往外地。现在大保更少出门了。每天早晨起来，第一件事就是从后门出去把工场的大门打开；晚上，睡觉前做的最后一件事也是在工场关门落锁。早晨、晚上，他都会在工场里细细摸摸地蹓一圈，然后，就坐在苦楝树下的躺椅上，默默地抽烟。常常地，忽然一蹿起身，走到敞棚下面，盯着铁锅的耳子看一阵，又轻柔地摩挲几下。铁锅的耳子上都铸了字：德大牌。一边摩，一丝一丝的笑意就在眼角边漾开来。

大保的眼角，已经聚起了浅浅的细纹。

过完年，灰毛砣邀大保一起南下，到广东去走一走。他们的很多产品，都是销往那里，他觉得作为总经理的大保实在应该去看一看。

“到那里好远的吧?”

“说远不远，说近不近。”

“这话怎么听?”

“走路很远，坐车不算远。”

“你说痴话哩，当然是坐车。”

“坐车去不算远，两天时间包你能到。”

“要两天？有那工夫，我一窑货都烧出来了。”大保弯起指头算了算，去两天，回两天，在那里还住两天，盘钱费时不说，几百块钱的收入就没有了。

“账不是这样算的，事情也不是一天两天做得完的。磨刀不误砍柴工，要把事情做大，就要多长见识。”

“未必去了广东就长见识了?”

“当然。那里是沿海地区，政策开放，经济活跃，人的观念也大不相同。”

“都是中国人，观念有什么不同。”

“原来相同，现在不相同了。”

“哪里不相同?”

“不相同的地方多哩，一句话说不清，你去了那里就知道了。还有，那里热闹啊，好耍哩，好多事情你悟都悟不到。”

“我们这种年纪的人了，还要什么热闹好耍，能过好日子就不错了。”

“我们年纪有好大啦？才三十多岁，前面的路还好长，人家外国人七八十岁了还全世界去旅游、去耍。”

“我们是我们，外国人是外国人，不一样。”

“一样都是人。是人就要过人的日子。”

“说起来是这个道理。”

“所以啊，你一定要同我去走一转。”

“一定要去？”

“一定要去。说不定你到了那里一看，就同意了在那里设分公司的想法。”

“那不一定。看看再说。”

“好，看看再说。”

大保到底同意了过广东去看看。一年来，人家销了自己那么多货，也是应该过去会个面，拜访一下，这是礼信。

大保把家里的腊肉、腊鱼从横梁上取下来，拿报纸包好，又用塑料桶灌了一桶茶油带上，就同灰毛砣上路了。坐汽车到郴州，再转火车。火车是慢车，是站就停。咣当几下，就又停了。闹哄哄地下去一些人，又闹哄哄地上来一些人。大保一路都睁着眼睛，看下去上来的人，也看脚下的行李。他时刻提防着有强盗拐子偷东西。早晨再又转汽车。过了两次轮渡。坐在汽车上随轮渡过河，大保还是头一次，新奇地从船头走到船尾，又从船尾走回船头，一路把栏杆拍遍，很是意气风发。越往南走，天气越暖和，大保先是脱了棉衣，又脱了卫生衣，再又脱掉毛线衣，最后只穿了一件里衣和外套，身上才松快了，下午边子到了一个叫作东莞的地方，灰毛砣领着到一个旅社住下。

放好行李，洗了把脸，灰毛砣一刻没停就又拉着大保出了门。门口停了很多摩托。灰毛砣一招手，一个人单脚点地把摩托推了过来。灰毛砣说：“去虎门。”摩托手说：“一个人三块钱，两个五块。”灰毛砣说：“五块就五块，只是要快。”说着就跨到了摩托后座上，双手搭住摩托车手的肩膀，又叫大保紧挨自己坐下，双手也照样搭住肩膀，刚一坐稳，摩托车呜一声就蹿出去了，顺着公路往前飞跑。

大保死死地抓牢灰毛砣的肩膀，侧头看着路旁的香蕉林飞快闪过。不知为什么，他心里有种隐隐的激动。他中学时读林则徐虎门销烟的课文，对那里有过不少向往。他很想看看虎门销烟的炮台，看看虎门对面的大海，还有大海下面的白珊瑚。

不过一个多小时，车到虎门，摩托车手刹住车，问道：“去哪里？”灰毛砣说：“渔村、码头。”

渔村只一眨眼工夫就到了。摩托把他们卸在村口，掉转车头，呼啸而去。

大保站在村口，一时间有点傻。这是渔村吗？怎么会都是一色的新房子，都是三层楼、四层楼，石头基脚垒起一人多高，窗户上都安了花玻璃，屋顶是橙色的，门前还坐一对石狮子。在他的印象中，县城里只有衙门口才放石狮子，只有大地主李家大屋的窗户上才装花玻璃——那是他家祖先在抗日战争时期贩苎麻赚了大钱。他不明白这里的人怎么这么有钱。

"你没有来过，当然不明白啦。"灰毛砣说，夸张地张开两臂，"这里的人靠走私，个个发了财，家里的钞票要拿蛇皮带装。"

灰毛砣说着，抬脚往村里走，大保跟在后面问道："去虎门炮台还有好远?"

灰毛砣一愣，回过头来笑笑说："这时候哪里有空看虎门炮台？到这里来的都是买走私货。"

大保默了默，不再开声，只好随着往里走。

村子不小，石板路曲曲拐拐，不时还有岔路。村里人很多，一部分是走来走去东张西望的外地人，另一部分是穿花格衬衫、外罩劣质西装的本地佬，他们或蹲在街边的石磴上，或袖手靠在街角，只拿眼睛漠漠地望着来往行人。有那录放机放出的歌声从什么地方飘出来，有点嗲，有点腻，软绵绵娇滴滴的，直酥到人的骨头里去了。大保惊问道："这是什么人在唱?"灰毛砣说："听说是邓丽君，台湾歌星。"大保说："哦，在这里还可以听到台湾人唱歌。"灰毛砣问："听起松快不?"大保说："松快。像有人拿野鸡毛在心里撩。"灰毛砣说："等下我买两盒回去，天天放给你听。"

两人边说边走，脚步很缓，似在溜达。走过石磴时，那蹲着的年轻人小声问："要手表吧?"灰毛砣显得很内行地问："什么牌子的?""双狮的、三星的，要乜有乜。"说着，敞开西装衣服，里头竟一排一排别满手表。灰毛砣张开五指，说："我要这样啊。"年轻人张眼两边看看，说："你们随到我来。"就要两人跟在后面，插进一条巷子，上斜坡，拐弯，推开一道小栅门，仔细落好锁，走过一条碎石铺成的曲径，进了大门。年轻人拖出一只鼓鼓囊囊好大好大的蛇皮袋甩在他们跟前，撕开袋口现了现光，又将拉链半拉上了。蛇皮袋里都是手表，各种式样都有。灰毛砣用土话告诉大保，里头的表真真假假，有电子表，有塑料芯子的表，混杂一起。表是论"抓"买的，即是闭眼伸手进去，尽你的手板抓一把出来。五块钱一"抓"。

运气不好的话，一“抓”手表可能没有一块电子表；运气好时，也可能抓到一块机械表，那就赚大了；一般来说，总能抓到两块三块电子表，也不会亏了。是亏是赚，全凭各人运气。正说着，年轻人开价了：“你是五块钱一‘抓’，”一指灰毛砣，又一指大保，“他要七块。”灰毛砣生气地问：“为什么?”年轻人抓过大保的手板拍了拍，不说话。大保的手板摊开来，像个小簸箕。三个人都笑了。

这次的生意没有做成。谁都不会头一家就掏钱买货。何况，灰毛砣的本意就只是让大保开开眼界，见识一下，买卖不成，年轻人倒也没有不高兴。这种事他经得多了。他仍然笑嘻嘻地带他们回到街上，嘱咐一句：“别处看看吧，欢迎再来。”就又兀自蹲到石磴上去了。

两人继续徜徜徉徉地往下去。后来的生意人主动多了，常常小跑过来拦在前面问询。卖蛤蟆镜的，手臂上挂满，眼睛上戴一副，胸口上还挂几副，镜片上的商标十分惹眼；卖遮阳帽的，一大摞帽子套在脑壳上，总有两尺多高，那真是名副其实的“高帽子”，大保数了几遍，却怎么也没有数清楚；卖自动伞的，一个蛇皮袋子装满了货，就那样吊在肩上四处游走，你一问价，哗一下就倒在地下让你看，红的、黑的、黄的、蓝的、花的，什么颜色都有，随意拣起一把，啪一声弹开，转动着伞面向你炫耀；卖尼龙袜子的，一大堆拿玻璃纸包着的袜子像烂白菜一样堆在地上，随便翻拣。还有，卖西装的，卖膨琪纱连衣裙的，卖胸罩的，卖磁带的，卖香皂的，卖发卡的，卖香水的，卖女式皮鞋的。一个士多店里的双卡录放机堆积如山，几部录放机同时在放磁带，放的都是邓丽君的歌。两个小妹子站在街边拿根竹签吃牛肉丸，锅里的牛肉汤沸腾着，香味飘满一街。有个小把戏大声喊：“我的鞋，我的鞋。”

大保紧随着灰毛砣走走停停，停停走走，什么东西都想看一看，眼睛有点忙不过来。他自然地想起老家县城的赶墟。可是那种热闹同这里的热闹简直不能比。那里的人抠一分钱比抠鸡屁股还困难，这里却只见金钱的流动，空气里都能闻见钞票的气味，他觉得新鲜、惊奇、刺激。每见一样东西，他会问一声：“哪里的货?”灰毛砣不断地回答：“台湾的，台湾的。”偶尔也会回一句：“香港货哩!”

本来大保出门时没有打算买东西，原来只听说广东出墨鱼，准备买两斤墨鱼回去就行了。如今面对如此花花世界到底忍不住了。只听到钞票在荷包里嗷嗷地叫，见到什么都想买。那当然是做不到的，他只能有目的地买。他给父亲买了条洋烟，给母亲买了件乔其纱罩衣，给老婆买了发卡、皮鞋，还买了两块电子表，一块自己戴，一块送给钟海仁。后来走下海滩时，他又一个人返回去，悄悄买了瓶香水藏口袋里，他想好了以后晚上睡觉前给唐红卫身上洒一点。

灰毛砣比大保舍得。他是有备而来，买了双卡录放机，买了磁带（其中五盒是邓丽君的歌）。他把现买的遮阳帽和蛤蟆镜一戴上，手提双卡录放机，派头一下就出来了，神气活现。

走完街区，下到沙滩上，那时太阳已经挂到了西边，斜射的阳光打在海面上，一派金黄耀眼。大海真大啊！在敞阔的大海面前，大保一下感觉到了自己的微小。从来没有感觉那么微小过。他屏住呼吸，好一阵才把一口气呼出来，心里只觉得一种畅快。

沙滩边的海湾里停了好长一溜船，一条靠一条，紧排着延伸出去。船是木船，船舱盖了蓬，两头挂了帘子遮着。走一块木跳上去，船与船之间又有木板连着，一直走下去，可以通到最后一条船。灰毛砣神秘地说："知道吗？那是花船。""花船？"大保不懂，一脸迷茫。灰毛砣暧昧地一笑："花船、花酒。古书上都有说的，就是搞那种路子的地方。""啊？"大保还是不懂。灰毛砣就干脆说白了："就是嫖娼哩！""啊?!"大保深深地吃了一惊，看看灰毛砣，又看看那排船只，不相信这里还有这等勾当。

"不相信？我带你上去看看就知道了。"

大保犹豫了一会儿，他很想去看看妓女是什么样子，心里又很怕。他看到灰毛砣已经走上木跳了，心一硬，拖着步子跟了过去。

走完木跳，板壁后面忽地闪出一条大汉挡住去路，低声喝问道："做乜？"这个"乜"字跟家乡土活"乜"一个音，大保听懂了。他看到大汉颈根上挂了条手指粗的金链子，手膀上文了身，脚下只穿双拖鞋，心里忽然没来由地怯惧起来，说："我们回去吧！"

"莫熊！"灰毛砣说过，又对大汉笑嘻嘻地说："我们是熟客啦，来玩玩的。"

大汉咧起嘴巴笑了。大汉的笑容有点恐怖。

大保稳着步子上了船，小心地绕过大汉。他紧紧跟随灰毛砣从木板上走向下一条船。又下一条船。他看到每条船头都或坐或蹲着一男一女。男的粗黑，女的老相，但穿扮很精致，船舱的帘子都垂耷着，严丝密缝，但他知道里头都有人。有窸窸窣窣细碎得近似于无的声音。他一用心捕捉，却又什么声音都没有。哪里突然有个女声“啊”地嘶叫一声，接着又嗷——呀嗷——呀地喘着。他心里一抽，还有这样叫法的吗？他的腿一阵一阵地颤抖，像打摆子。他跺了跺脚，想让自己镇定下来，却怎么也镇定不了，膝盖骨那里兀自只是抖，人像踩在棉花上面一样不得力，心里一股邪火直冲，全身膨胀得眼睛都模糊了，喘气不赢。

大保急忙转身，连跑带跳回到沙滩上。

灰毛砣也跟着转了回来。

灰毛砣连声问什么、这是做什么？

大保一直走，不回答。

灰毛砣又说，回去吧，回去搞一盘。

搞一盘就是操一回。

大保还是走，不开声。

灰毛砣又说，难得出来一次，偷个腥，尝个新鲜。

大保走得更急了，上了街区。

大保终于开了声。他说：邋遢！

灰毛砣低头想了想，点头说，悟起来是有点邋遢喔，那样窄的舱，那样小的床，枕头黑麻麻，垫子一团糟，什么人都在上头放水，是很邋遢。

两人站在那里默默地抽起了烟。

灰毛砣忽然用力将烟屁股甩下沙滩，说，我再带你去个地方看看。

大保犹豫一霎，还是跟着灰毛砣，到了街区的一条横巷上。

横巷很短，深不过百米，两边人家也不多，门楣宽大，砖墙很高，家家门口的对联都很新鲜。玻璃上贴着同真人差不多大小的美女招贴画，眼睫毛很长，很鬼魅。横巷中间挡了一蔸大榕树。榕树应该很老很老，成精了，树身苍黑，要两个人才围抱得过来。树冠庞大浓郁，枝叶间密不透风。枝子上吊了很多祈神的红布条。气根从四处爬出来，粗的粗，细的细，可以当凳子坐。这里几乎每个门口都站了几个女子。大保已经从灰毛砣嘴里知道了，那叫站街女。说白了是暗娼，是可以带走去搞的。横巷时不时有三三两两男人徜徉而过，看看天，看看前面，再又装作不经意瞟过去几眼。这些人都是慕名而来，看新鲜的多，付诸行动的少，满足一下那种说不清道不明的欲望。灰毛砣显得很熟，有那热辣辣的目光和招呼打过来，他就招招手，说声“哈罗”，却并不停步。他带着大保一直走到大榕树下。那里聚集了好多站街女，有的站着，有的坐在榕树气根上，有的嗑着瓜子，有的对着小镜子拿无名指的指甲勾眉毛。都二十多岁年纪，嘴唇红得像涂了猪血，衣衫都很单薄，很露。大保远远地站着，第一次看到了传说中的“妓女”，他很想再走近点，脚下却不自主地定位了。他想起小时候玩鞭炮，想看又总有点儿怕，只是捂住耳朵不远不近地站着。

灰毛砣带着两个站街女过来了。灰毛砣眼光很厉害，两个女子都不错，脸块儿、身材都很好，胸脯很饱胀。大保一下想到了同床笫有关的勾当，血就冲到脑壳上头了。

灰毛砣说：“你挑一个，剩下那个归我。”

大保问：“做什么？”

灰毛砣说：“带起回旅社去。”

大保吓住了，紧忙摇手说：“不行不行。”

灰毛砣哼哼笑着说：“你怕什么？没关系的！”

大保还是硬硬地说不行。

灰毛砣只好说：“你不想搞，我想搞哩。”

大保嫌恶地说：“你想搞你搞。”

灰毛砣嬉笑着说：“那我就不客气了噢。”就挑了那个稍矮稍胖的女子留下，把另一个退了货。三人分头搭上两部摩托，一飚回了旅社。大保懂味，在旅社门口就同那对狗男女分了手，只说要出去逛一逛，兀自上了街。

街上已经亮了灯，到处好热闹。霓虹灯炫化出各种颜色，将一条街都笼在光怪陆离的光影中。家家店铺门大开，灯光倾泻而出，晃照着涌进涌出的人流。收录机都放到了最大音量，播着港台流行音乐，或是声嘶力竭语速极快极夸张地放着商品广告。也有的店门口是站了女子在放广告信息。沿街的人行道一个接一个地摆起了地摊，货物一堆一堆，但也都是下午在渔村看到过的那些东西，摊主们不断地走动，不断地吆喝，挽留行人过去看一看。大保慢慢地走着，不时停下来看一看。他看到了与县城赶墟完全不同的热闹景象，他还不适应这种热闹，但似乎又有点喜欢。他朦胧地意识到这里的人发财了，但竞争意识却是很强的。他们都想要努力地赚钱。

大保在街上信步流连，却心不在焉，总在想着他们住宿的旅社那个房间。他想那个站街女是长得蛮乖顺的样子。这样的女子怎么会出来以这种方式谋生呢？也不知道她是哪里人。听灰毛砣说那些人都是外地人，四川、贵州、湖南，都有。还有的是从东北过来的。书上又说新中国妓女已经绝迹了，怎么现在又有了？变来变去，又变回去了。他想起灰毛砣正在同那女子在床上折腾，心里忽然燥热起来，口里干渴得难受。

他似乎有点后悔，不该那么坚决地拒绝。

随即他就在心里狠狠地骂了自己一声：

“屌他妈的!”

后来大保在街上一条椅子上坐下来，有点渴，有点饿，也有点累了，但他不想动，默默地抽了小半盒烟。

灰毛砣找过来了。大保看见他目光炯炯，还精神得很。

“完事了?”

“完事了。”

“怎么样?”

“松快。”

大保懒洋洋地站起来，两人在旁边一家粤菜馆吃了顿海鲜，就溜溜达达地回了旅社。

旅社的房间里好凌乱。两个床铺上的被窝都滚作了一团，床单皱巴巴，地下丢着几团用过的纸巾，一个床头柜还移到床尾去了，完全是一场大战后的情景、一次劫后的乱象。大保只踏进去一只脚，赶紧又退了出去。等灰毛砣收拾过了，才又进去，脸上黑黑的。

灰毛砣嬉笑地说：“不要黑脸不要黑脸，今天兄弟进洞房，也算喜日子哩。”

“你说什么屁话，这是什么喜日子?”

“即算跟妓女搞，也似如是露水夫妻。既有夫妻之实，大小也是个喜吧。”

“你这是扯乱弹!”

大保骂一声，却破颜笑了。他想坐一坐，看到木沙发上还丢着用过的毛巾，感觉到了脏，挨都不再敢挨。他又看了看床铺，两张床铺都很乱。他又发火说：“今晚上你让我睡哪里?”他知道妓女睡过的床是有忌讳的，他不想沾上晦气，跟着背时。

灰毛砣不明就里，说："一人一张床啊，你睡哪张都可以。"

大保说："哪张我都不能睡。"

灰毛砣就提出让服务员来换床单。

他不肯。

灰毛砣又提出给他另外开间房。

他也不肯。

灰毛砣没奈何了，说："那你要怎么办呢?"

大保不说话，自己跑到服务台要了床被盖和席子，铺在门口地上，躺下睡了。

他忽然觉得这天好累，躺下了好松快。

灰毛砣折身坐在床上，说："这就对不住了。"

大保感觉到自己有点过分，解释说："我这人生得贱，广东的床那样窄短，睡在床上脚都抻不直，不如在地上宽展松快。"停停，又说："我们那年子在看守所，几个月睡在地上，不也是上好的。你还把草垫子都让给我睡。"

"哦，你还记得。"

"怎么不记得，记得一世。"

灰毛砣跳下床，赤脚过来给大保装了一根烟，划火柴点燃了，又回到床上盘腿坐下。灰毛砣自言自语地说："我就是觉得自己前半世人活得太不抵了，要吃没有吃，要穿没有穿的，一点小事就搞进去坐牢，吃那样大的亏。好不容易盼到了好日子，我不得放过。该吃就吃，该穿就穿，该耍就耍——不耍白不耍。我不偷不抢，钱是自己辛苦赚到的。赚了钱就是给花的。修成一个人不容易，我不能冤枉过一世。"

大保说："你的话有你的道理，不过我做人有我做人的原则。我记得我父亲搭我说过，没有受不了的苦，只有享不了的福。各人的福分都是有定数的，有些享得，有些享不得。"

灰毛砣说："搞下女人算什么享受。你是没有看到那些有钱人怎么享受的。好多事情恐怕你悟都悟不到。"

大保说："我不想看，更不想悟，我只想过好自己的日子。现在如今眼目前，我就只想放倒身子，好好扳一觉。"

"对了，扳觉。"

"好，扳觉。"

大保在墙角摁灭烟头。不大一会儿，屋子里就响起了粗重的鼾声。

窗外的霓虹灯，闪烁了一夜。

大保家的狗长大了。这条取名"瞎子"的狗并不高大，但很壮实。浑身圆滚滚的，脖子很短，鼻唇很厚，耳朵尖耸，尾巴很翘，四根腿把子像擂锤，通体黄亮亮的，没有一根杂毛，走起来好沉稳，一步掴一步，有种内敛的威慑，跑起来像支箭，胯骨几耸几耸，转眼去了好远。也许他们不该给它取名叫"瞎子"的。每天"瞎子、瞎子"地叫，把它的眼睛越叫越细，最后眯成了一条缝。

一条街上的都知道大保家的狗叫瞎子。

瞎子也应该是草狗子的种，但它没有草狗子的陋习，一不吃屎，二不啃骨头。俗话说，是狗改不了吃屎。可知吃屎是狗的天性。县城里有些人家不讲卫生，家里小把戏要屙屎了，拉到门口街边上就屙。有的大人还"嗬啰嗬啰"地朝远处召唤。闻到屎臭，远处近处的狗狂奔而至，见了屎就腆起嘴巴去吃。随屙随吃。完了，狗还会拿舌头给小把戏的屁股舔干净。有一次一条狗吃完舔净了，意犹未尽，顺势将小把戏的卵泡一口咬了下来。有一次瞎子闻到屎臭，也拔脚往那边跑，大保见了，一声断喝："回来!"瞎子折返头跑回他的脚下，大保踢它一脚，骂道："那样的东西你都去沾？下次你再去，我一脚踢死你。"那时候瞎子还小，大保的一脚踢在它屁股上，应该是很痛的，它却忍痛没有叫，像个做了错事的小学生，只是低垂着脑壳，把一根尾巴猛摇。瞎子不啃骨头好像没有原因，它天生地就知道那个样子很猥琐，从不去拢边。

瞎子吃东西还很讲究，定时，大致定量。大保一家人很爱惜它。人是一日三餐，狗也定时三餐。每餐都会拿只铝盆子给它另外蒸钵饭，砍了肉回来，也会割一块放在铝盆子里，人狗同时开餐。瞎子吃饭也讲究秩序，先从盆边下嘴，一圈吃过去，不饱，就再吃一圈，若饱了，就停住，剩下的留在下一餐再吃。它不像别人家的狗，从不在人吃饭时到饭桌下拱来拱去，拱得人心里起腻。吃饱了，它就到门口去静静地蹲着，保持着一种尊严，也尽它看家护家的职责。一家人都说，这狗通人性。

瞎子做过两件事，让大保一家人都很感动。有年中秋节，柏良婆砍回一块新鲜猪肉丢在丁板上，出去解个手回来，猪肉就不见了。柏良婆认定是瞎子偷吃了，气得大骂一餐。瞎子感到很冤枉，也十分气恼，竖着尾巴在灶屋里不断地转圈。听柏良婆骂完了，它掉头冲出门去，随即又顺着楼梯上了楼，随即就听到楼上嗒嗒嗒一阵追逐。过一阵，两条狗从楼梯上一前一后下来了。前面是隔壁杨二老倌家的狗，瞎子在后。瞎子押着杨二老倌家的狗一直走到柏良婆跟前。柏良婆惊异地发现，杨二老倌家的狗嘴里叼着的正是她早上砍回来的那块新鲜猪肉，知道冤枉瞎子了，一下抱住它的颈根，顺着毛直摸。瞎子闭着眼睛，骄傲地直甩鼻头。又一次是，大保爬到床底下寻东西，意外地把篮球扒了出来。可是，篮球已经给老鼠咬破了两个洞。这篮球还是下放时朱慧琴送给他的，虽说年代久远，但还很新。篮球也曾经带给他很多辉煌和太多伤痛，如今竟让老鼠给咬了，这让他十分伤心。他失神地抱着篮球，在床脚下待坐了很久。瞎子陪着在旁边站了一会儿，似乎明白过来，一蹿，出门去了。瞎子噘着厚厚的鼻头，从堂屋嗅到灶屋，从灶屋嗅回睡屋，又到后头工场里嗅了一圈，还跑到旧城墙上张望了一阵。半下午时分，瞎子返回来了。它将口里咬着的一只老鼠往大保跟前一放，退到一边，抬起眼睛望着大保。老鼠已经死得邦邦硬，半条尾巴都给咬断了。大保一声大笑，顺手赏了它一巴掌，嘴里说：

"瞎子啊，瞎子！"

瞎子很少出门游荡，每天守在屋里，从前头踱到后头，又从后头踱到前头，很多时候就卧在前门门口，将下巴搭在门槛上，眯细着眼睛，探察周围。只在大保上山打猎的时候，它才有机会跟随一起出门。那是它最欢喜的时候，一跃而起，箭射出门，先不先就在路口等着了，一路上颤晃腰身，摇动尾巴，跑前跑后，蹦高伏低，是松快，也是献宠。

大保是从广东回来以后开始喜欢打猎的。那时候广东是个让很多人向往的地方，有人去过那里回来，无不向人炫耀，大谈见闻。只有大保不同，闭口不谈，谁问他都摇头。他也不再同灰毛砣提说到广东办分公司的事情，只是一门心思把家里现有的窑炉烧好，把周围的市场巩固、扩大。他想着时机到了，就按钟海仁建议的，在周边地方买块地，另外建个工场，那样心里才踏实。广东一行，收获还是有的，其一，他看到了那里人的商品意识、竞争意识；其二，那里的海鲜让他印象深刻。俗话说：山珍海味。自己这边没有海味，山珍却不少。竹鸡、野鸡、斑鸠、山麻雀、画眉、黄鹂；野兔、泥蛙、石蛙、脚鱼、五步蛇、竹叶青、四脚蛇、眼镜蛇、银环蛇；果子狸、野猪、箭猪、竹鼠、麂子……天上飞的，地下跑的，泥里歇的，都有。听说跷脚岭上还有穿山甲、猫头鹰、大蟒蛇。哪样都是好东西，剁碎了拌上辣椒蒜苗酸菜一炒，鲜美无比。于是，打猎的想法油然而生。

大保很快就成了打猎里手。大保本就极具运动天赋，打猎和打篮球，很多特点本就相似。跑、跳、追、擒，自不用说。最重要的是瞄准放铳，那也不难。他长年搬运铸件，手膀很有力，很稳，又长年眯眼观看火势，眼力极好。练过几次，眼法就练出来了。天上有鸟飞过，地下有野物掠过，只要让他瞄上了，基本无有逃脱。偶有失手，他还有瞎子帮忙。

瞎子真是个猎场上的好帮手。它灵敏，跑得快，有韧劲，还舍得死。大保的铳一响，它跟着“嗖”的一声蹿了过去。一会儿，它就叼着一只野鸡（或野兔、或斑鸠、或竹鸡）颠颠地返回来了。县城里慢慢有了几拨打猎的人，气枪、小口径步枪，有时甚至五四手枪都偷偷上了阵，跷脚岭上的野物越来越少，有时在山里头转悠一天，一无所获。这时瞎子就施展出它的另一种本事，帮他搜寻猎物，并且，负责驱赶出来。那时它会显得十分活跃，在小径上不时蹿进草丛里，过一阵又从更前面钻出来，蠕着鼻子在地下探寻几下，再又一头扎进草丛。忽然在什么地方“汪”地吠了一声，大保急忙将火铳平举过肩，随即就有一只野鸡冲上高空。这时铳响了，中了弹的野鸡一头栽发下来。也有的时候，它干脆连铳都不劳大保打了，直接咬住野兔，悄悄回到大保脚下，给主人一个惊喜。这时候的大保确定是又惊又喜的。每次出猎，都不空手，他觉得很有面子。

大保每过十天半个月，就会上山打一次猎，打猎成了他主要的业余活动。经常爬山，让他的体质越发强健。山上有树，有花，有草，有百年的粗藤和偌大的岩石，山上的风也劲冽、水也清柔，到了冬天，一场雪两场雪下过，千树万树，千山万岭，一派冰雪世界，满目皆白，让人的胸襟无比开阔。忽然一声铳响，雪花纷纷跌落，絮到身上，絮到头上，有的还钻进了颈根里，一阵透心凉。大保缩起颈根弯下腰，冷不防攥起一个雪团砸在瞎子脑壳上。瞎子嗷的一声弹起三尺高。

大保也哈哈大笑着扑倒在雪地上。

大保好久没有这样松快过了。

生意稳定，收入节节上升，家里陆续添置了电视机、电冰箱、洗衣机，生活也大为改善，餐鱼餐肉，还间常能喝上瓶子酒，大屁股的唐红卫果然肚子争气，婚后一年，就给他生下一个胖“狗狗”，再过两年，又悄悄产下一个女崽。儿女双全，他感到甚是满足。

大保胖了。

大保做了件轰动全城的事情。

他铸出了四口大铁锅。铁锅很大，高三尺半，口径有五尺，一次能煮六百斤猪潲。

铁锅是给奶猪崽做的。

奶猪崽本来在机电设备厂做得好好的，可是工厂破产了，他成了下岗工人。他还这样年轻，当然要再谋一份职业。但他不想再给人打工了，谋划着自己做老板。他兜着买断工龄的几万块钱，考察了好几个项目，最后定下办个生态养猪场。这个养猪场他是打算办得很大的。打算先养一百头猪，再扩大到一千头，一年内要发展成万头猪场。这是一个很激动人心的计划，主意已定，他去找了钟海仁，钟副县长自然十分支持，很快给他批了建猪场的场地，协调银行落实了贷款资金，又牵头联系了大米厂定期供应米糠，还让一个乡政府到时提供红薯藤，可是具体到猪场的各种设备时，问题来了：煮潲的锅怎么解决呢？百把头猪还好说，若发展到一千头、一万头呢，这就不好解决了。奶猪崽的意思是一次到位，铸几口大铁锅。他找过几个铸造厂，都没有办法，表示爱莫能助。

这时候钟海仁说：“找王大保。”

奶猪崽当然也想到过找大保。他知道那是个能人，会有办法。可是他实在拉不下这个面子。自己当年挤抢了本该属于他的转正名额，结下的怨隙一直没有消散，好几年了，两人再没见面，路上碰到，赶紧跌路，他有点怕见他。

钟海仁约略知道一点内情，愿意出面协调。

钟海仁带着奶猪崽到了大保家。大保看到奶猪崽，脸块一下就跌下来了，坐着没动。一家人只跟钟海仁打声招呼，避到后面工场里去了。钟海仁没有料到大保一家人对奶猪崽会有这么大的积怨，一时尴尬，便逞了点气说：“不欢迎啊？那我返回去了！”

大保说：“有的人欢迎，有的人不欢迎。”钟海仁说：“我们一起来的，要欢迎都欢迎，要不欢迎都不欢迎。”

大保沉了沉，挪挪屁股，说：“坐吧！”

奶猪崽把一包点心放在灶桌上，说了声：“大保，好久不见了。”挨住钟海仁坐好。

钟海仁将来意说了一遍。奶猪崽又加一句：“要请你帮忙。”

大保说：“我做不了。”

钟海仁说：“想点办法，我相信你做得到。”

大保说：“你这人也怎么这样络连，我要有办法，也就不至于今天这个样了了。”

钟海仁说：“你今天这样子很差吗？”

大保说：“差不差那是自己的造化。”

钟海仁说：“在今天这个社会里，谁的造化都离不开政策的优惠、政府的支持。”

大保说：“你不要搭我打官腔！”

钟海仁说：“这不是官腔，这是事实，大保，我们以前都是一个篮球队的球友，有的事情过去了就过去了，不要总记在心里，凡事朝前看。”

大保说：“我就是个小人啊！”

钟海仁也带点气了，说：“你这样作践自己有什么意思呢？我今天带石善登门，一来是道个歉，把以前的事做个了结，大家住在同一个城里，以后好会面；二来哩，石善现在碰到了困难，请你一起想想办法，帮他走下去。”

大保仍然气哼哼地说：“各人吃饭各人饱，各人生路自己找，有你这番话，以前的事，我也不说了。但是，今天这个事，我真的做不了。”

钟海仁说：“你都没有去做，怎么就知道做不了呢？搭你说句实话，今天这个事情，真还不是石善个人的事。他是下岗工人。政府有责任把他们以后的工作安排好。我是负责这方面工作的政府官员，把他的工作安排好了，我也算是做了一件事情。不看僧面看佛面，你要给我一个面子。”

大保说：“你能代表政府啊？”

钟海仁说：“这件事情上我就能代表政府。”

“嗬，好大的面子。”

“这也是给你一个面子。”

“怎么倒转来成了给我面子?”

“你自己去悟。”

大保默了默，叹口气说：“你都把话说到这个份上了，我就试一试吧!”

钟海仁欢喜地说：“试就要试成。”

“不一定。”

“一定。”

“不一定。”

“我说一定就是一定。”

“好好，你的官大，胡子都能压倒人。”

钟海仁哈哈笑起来：“压别个不行，压你还是可以的。”

奶猪崽知道事情有了转圜，赶紧装根烟过去。大保伸手挡开了，对钟海仁说：“我把话说明，我要做也是搭你做的。”

“好好，我领你这个情。”

事情说好，大家的脸色都开了。钟海仁带着奶猪崽告辞。大保说：“把点心拿转去。”

奶猪崽正想开口，钟海仁探身把点心拿在手里，说：“正好给我消夜。”一路哈哈地走了。

此后大保两天没有出门，日里夜里，只独自待在后面的工场里，比比画画想主意。要铸那样大的铁锅，泥模不难，问题是窑炉不够大，一次烧炼不出那么多铁水。

到第三天上午，大保喊人拉来砖和黄泥，垒了三个简易窑炉，又亲自铡草和泥，做成了一个巨大的泥模，还把早已备好的块煤一块一块过了手。泥模周围搭了台子，有六条木梯通上去。

这天晚上，大保带着几个工人悄悄开了工，四座窑炉同时起火。孝德公、柏良婆和唐红卫也都出动帮忙打下手。到天亮时分，炉水炼好了，大保指挥四个工人先把大窑炉里的铁水抬上台子。浇铸到泥模里头，紧跟着分头抬起三个小坩锅里的铁水，压着木梯上到台子上，加铸到泥模里。铁水撞动铁水，火光炎炎，溅起的火花升上天空，像过年晚上的礼炮，艳丽无比。铁水全部浇进模子里了。大保一直站在台子上，嘴里叼着烟，眯着眼睛死盯着模子。铁水变成暗红，又变黑了。

一只手板伸到他的下巴上，唐红卫在他耳边轻悄地说："烟灰，烟灰。"

大保低下眼睛，看到嘴里的纸烟早已熄灭，长长的烟灰打了弯。他轻轻嘘了口气，烟灰跌落在手板上。

大保欣喜地说："成了！成了！"

忽然，一阵鞭炮声在门口炸响。人们屏住了呼吸凝神谛听。是那种夹了冲天炮的万头鞭，响一会儿，爆响一声：

噼里啪啦——砰、噼里啪啦——砰、……

开门一看，是奶猪崽，原来他在门口守了一夜，听到大保说"成了"，赶紧点响万头鞭。

"你说痴话哩，我那样小声，你都听到了？"

"听到了哩，清楚不过。"

奶猪崽笑眯眯地递过一根烟去，大保接住叼上了，冲他一笑。

四口大铁锅铸成了。台子和简易窑炉都已拆除，四口铁锅敞开来摆了一地坪。城里很多人专门跑过来看新鲜。铁锅漆漆黑，锃锃亮，敞口向天，把满天的云彩都盛了进来。人们议论纷纷，说："这样漂亮的锅，拿去熬猪潲真是糟蹋了哩！"说："办食堂那阵子有这样大的锅就好了，煮一锅饭能给一城人饱一天。"说："大保师傅你不要把这锅卖了，我天天过来做镜子照。"说："这个锅要做洗澡盆就好哩，底下点起火慢慢热，可以两口子一起在里头洗。"几个人都点头说："这个想法好，松快！"两个大后生荡起一个学生崽丢进锅里，竟半天没有爬出来。

钟海仁也专门带一班人过来看了。他双手握住大保，连连摇晃着说："你这么快就把大铁锅做出来了，还做得这么好，我真是很高兴！毛主席早就说过，人民群众有无穷无尽的创造力。真正的能工巧匠就在民间。我代表县政府感谢你！还要嘉奖你！"

钟海仁很会造势，第二天就在仁和墟的墟陂上召开了大会。来的人很多，不少都是个体老板。四口大铁锅，分装在四部胶轮大板车上，铁锅四周扎了红绸。大保胸前戴着红花，记者们让他站在大铁锅旁边，拍了很多照。大保机械地摆着姿势，闪光灯闪着的时候，想起十八年前带领县学生队夺得地区冠军，跟真人一样大的照片就嵌在照相馆门口的橱窗里，心里一时有点恍若隔世。钟副县长站在戏台楼头，热情洋溢地讲了一番话，并当场代表县政府奖励给大保一千块钱。一千块钱也用红绸扎着，让老板们一下子睁大了眼睛，一下子又眯细了眼睛，暗暗点头。

会后，进行了巡游。四部板车打头，锣鼓齐鸣，唢呐高奏，一队人马自南门口入城，过正街，经衙门口，绕道东门头，出北门，在县政府的大门口稍作停顿，直奔奶猪崽的万头猪场。

四口大铁锅在万头猪场的工地上摆了三天，供人参观、照相。

铁锅周围，落了好多鞭炮屑子。

这件事情很快就上了地区的报纸，同时刊登了大保的照片，还顺带把他的“德大牌”铸造做了介绍。年底，大保出席了地区的个体工商业表彰大会，会餐的时候，地区的领导过来敬酒，要他干杯。他就红着脸，仰头把酒干了。不是一杯，是三杯。会后回到县里，县领导集体给他们接风，他又一下接连干了九杯。九杯下肚，居然没事，脸上的气色都没有变化。他的豪气让所有的人倒吸一口凉气。

大保决定买块地，建处新厂房。

他已经留意了一段时间，看好了一块地。地方就在井洞大塘附近。井洞大塘早已没有了，灯光球场也没有了，那地方早已填平，盖过仓库，后来仓库又毁平做了他用，于是一些地块就空了出来。那块地有五亩多，就在食街背后，十分周正。大保偷偷请地生看过。地生称许那是块宝贵雄豪的旺地。地段好，朝向也好。旺丁旺财。大保认真写了报告，跑了好几个衙门，该请客请客，该送包封送包封，还请了钓鱼、唱歌——他不唱歌，只坐在门口结账，发小费。他小心地侍奉着各路神仙，一路攻关夺隘，眼看就要到手，不想突然杀出个程咬金。

横刀夺爱的是能者八个眼黄德傲。

他一听是能者八个眼也想要这块地，就知道事情有点麻烦了。这能者八个眼从来就不务正业，通一个县城里的人，谁都知道他，但谁也不想惹他，完全是个癞崽头。虽说无权无势没本事，但鬼名堂多。他整天无所事事，只在街上晃荡。夏天一身的确凉，鞋袜齐全，冷天穿咖啡色西装，皮鞋铮亮，茶馆里坐坐，棋牌室晃晃，哪里人多往哪里凑，哪家新店开业了，哪家要买房子了，哪家的学生考上了名牌大学，哪个人买彩票中了大奖，他都有办法去敲一笔。胃口倒不是很大，给顿酒喝，塞个包封，也就了了。总之，要让人放点血。也有那不信这个邪的，就不给酒喝，就不塞包封，看他奈得我何。西门口的德贵就试过，捋起来德贵同他还带点粑糟亲，但两人从不来往。德贵看不起这个人。那次是德贵的中药铺开张，能者八个眼也过去放了挂小鞭炮，德贵也给他开了烟。开过烟后，却再没理睬他。中午喝酒也没有人领他入席。第二天中药铺一开门，能者八个眼第一个进到里头，德贵按方子给他约了五服中药。他接过药包就走了。从进门到出门，他都没有开声，一言不发，只打手势。过了一个时辰，一部板车拉着能者八个眼返回来了。板车横在药铺门口，能者八个眼躺在上面。一脸煞白，头发蓬乱，大腿边上血痕糊拉。他断断续续地说，回去就把从这里捡回去的中药熬汤喝了，喝下去不到十分钟，就开始拉稀，拉到后来又屙脓屙血，好容易才止住，不消说，肯定是德贵的中药出了问题。他也不想跟德贵理论，打算直接告到法院，打官司。状纸和药方就放在他的颈根旁边，药罐子和没有拆包的四服药躺在屁股下。德贵拿起药方又看了一遍。药方是正街上老中医朱医师开的，那是几代相传的世家，信誉极好，不光县城，在周围十里八乡都是有口碑的，家里的牌匾和锦旗挂满。药方自然没有问题。他是毫厘不爽地按药方捡的药，也不会有问题。他明白能者八个眼是找岔子、砸他的牌子来了。按说，他不怕打官司，他也有把握能赢。可是，赢了能者八个眼的官司又能占到好多面子呢？赤脚的不怕穿鞋的，真正吃亏的还是自己。他在心里叫一声“背时”，拿出一个大包封打发出去，才算把难了了。

大保听说能者八个眼也来争这块地，还把状告到了县长黄知福那里，要求招投标，心里有点好笑。凭能者八个眼的那个家底，能拿得出钱来买地？他同灰毛砣打了个商量，灰毛砣的意见是不消理他，蜈蚣再毒有公鸡，耗子再鬼有猫咪，不怕他头上长角鬼名堂多过米筛，他要来邪的老子捶他一顿。大保不放心，又跟孝德公说了说。孝德公劝大保千万不要去斗狠。说：世上三不惹，女人、小孩、癞崽头。他要大保提两瓶酒、打个包封过去，让他熄火。

他们都低估了能者八个眼。

能者八个眼没有要包封，只把酒接在手里，咬开瓶盖，一口喝掉半瓶，一抹嘴巴，说：“你的意思是要我不要搭你争那块地？”

大保说：“我是请你不要搅场合。”

能者八个眼说：“你不要烦我用了‘争’这个字。我知道在你们的眼睛里，我就是个癞崽头，是个要包封贪小利的角色。这样想也没错，但那是老皇历了。如今社会发展了，我也要堂堂正正做人了。我就是想要块地做点事情。”

大保说：“你这样说我心里好喜欢。不过你想买地，可以找另外的地方。”

“为什么你不可以另外打主意呢？”

“你这话说得蹊跷，做事总有个先来后到吧？”

“你怎么能肯定是你先到的？”

“我的报告上都盖好七八个章了。”

“我梦里都把章盖完了。”

大保气得差点噎了喉咙。“你这样横起来，不讲道理！”

能者八个眼冷笑一声，又抿了口酒，说：“如今是什么时代了，你懂不懂？竞争时代！个个都想发财。要想发财就不能讲道理！”

“浑蛋逻辑！”

“骂得好！骂得松快！你打开眼睛看看，如今发了财的，有几个不是浑蛋？”

“你就甘心做浑蛋啰？”

“只要能发到财，做浑蛋就做浑蛋。”

“这样搭你就没有话说了。”

“这样说就对了。如今我们是竞争对手，少说点话也好。”

“搭你是竞争对手？丑了我哩！”

“你怕丑，那你退出啊！”

“先到为君，后到为臣，没有让我退出的道理！”

“那我们就争一下。不过我可以早早告诉你一句实套话，你争我不赢的。”

“你那样有把握？”

“我当然有把握！”

“好吧，你吃得生米，还有吃得生谷的人哩。我就不信这个社会总让癞崽头得势。”

“好，你是个角色。不过请你给灰毛砣搭个信，要他不要搭我来邪的。他说他牢都坐过，什么鬼都不怕。好笑哩！他也不看看对面的是什么人，说这样的话。我什么没有见识过。我会怕鬼啊——只有鬼怕我的。”

“只要你不来邪的，没有人会来邪的。”

能者八个眼嘿一声笑了。笑得脸块皱起。

“有什么好笑的?”

“好笑，很好笑。若要人不知，除非己莫为，你以为我不晓得你搭钟县长关系好，老早就把关系疏通好了的?”

大保听出了他的话里有话，忍住性子说道：“我搭钟海仁是朋友，这没错，但是我不会去找他疏通关系。”

能者八个眼冷冷地说：“这种事情没有必要辩白。如今金钱社会，没有利益，他会那样努力搭你讲话？人都不是蠢子，心里都清楚……”

大保到底没能忍住，一拳冲过去，能者八个眼弹出好远，跌坐地下。

大保转身出了门。他听到能者八个眼在后面骂道：“王大保，我屌你的娘，你不要以为靠着钟海仁就可以来横的。他这县长也还是副的，他上边有的是大官能管他。王大保，我屌你的娘哎!”

大保返身回去，一直逼到能者八个眼跟前，晃着拳头，说：“你再骂一声，我捡掉你的性命。”

像簸箕那样大的拳头就杵在眼前，能者八个眼努了几次喉咙，到底没敢再开声。

大保回到家，才发觉一路上拳头还攥着的。他在苦楝树下坐下，抽完三根烟，气才慢慢顺了。他知道能者八个眼这回是来真的了，必须好生应对。他不明白能者八个眼怎么那样有底气，还非赢不可。他估计他是找过人了的，那人的来头还不小。因为他想到了能者八个眼最后说的那句话：“他上边有的是大官能管他。”能管到钟海仁的，当然是县长。他想到了黄知福。可是他又怀疑，能者八个眼名声那么臭，堂堂一县之长会肯搭他扯上去?

灰毛砣否定了他的怀疑。灰毛砣说：“你忘了？他们都姓黄呢。我们这里，黄姓的宗族观念是很重的，黄知福还尤其重。他到今天能一步一步当到县太爷，好多地方还就是沾了姓黄的光。何况，这里还可能有另外的交易。能者八个眼那人，是什么事都做得出的。”

灰毛砣要他去找钟海仁扯一扯。大保赶紧摇手。他不想给朋友添麻烦。他心里还是疑惑不定。但疑惑归疑惑，心里打定主意，以静制动。练过武的人都有说道，在不明对方底细的时候，只能先扎好桩子，看他如何出手。

不几天，大保买地的报告给退回来了，同时，通知他去国土局参加一个协商座谈会。会议是由县政府牵头召开的。

大保特意提早了一个小时去。他带齐资料，花一块钱搭摩托去的。谁知别人都比他到得早。他进到会议室时，长条桌两旁已快坐满。前排位置空着，那是给政府的人留着的。只在后排的角上还有一个空位，大保拐过去坐下了，他端起脑壳，看到能者八个眼坐在右边的最前头，面前摆了一摞材料，一盒名片、两包软芙蓉王，还有一个好大的打火机。能者八个眼今天好精神，穿一件咖啡色西装，花衬衣的顿领子立起好高，大红的领带打得结结实实。一双眼睛梭来梭去，那种委琐之气遮都遮不住。再看其他人时，也都是西装领带，却一个也不认识。据说这天到会的都是民营企业家，通一个县城就是那么大，能称得上角色的也就那么些人，即使不熟，多少也打过照面，怎么会突然一下子拱出了这么多生疏的面孔？莫非有诈？但怎么可能。这次开会明明说是政府行为呀。大保忽然有点坐不住了，很想找人问一问。

正疑惑间，门口一阵喧哗，卷进来一团人，打头的是副县长王庆生，后面簇拥着政府办、国资委、国土局等各个部门的人，依次坐下。王副县长平和着脸，锥起眼睛挨个望过去。看一个，点点头。看到大保时，忽然一笑，起身绕过来，握住大保的手，说："你也来了。好久不见哩！"大保反握住他的手，说："是哩，有年头了。"王副县长说："我抽时间去看你。"大保赶紧客气道："担不起，担不起！"

本来，大保看到王庆生进来，心里就一紧。他没想到这个会是王庆生牵头。插队一年，这个人在他心里留下的阴影是太重了，他一直鄙视他。不知为什么，每次看到他，总会一下想起给他那年的那笔安家费，一百三十二块一角五分，那是自己一年多的生活费哩。二十多年了，这个数字一直清清楚楚地记在脑子里，记死了火。王庆生自从举报了六富叔他们以后，仕途一直很顺。一下当这个官了，一下当那个官了。大保听到，只在鼻子里"哼"一声，卵根子抽一阵，很不屑，他只是不明白为什么这种人总能得到提拔，他更没想到王庆生会当着众人来搭自己握手，心里的戒备一下垮了，感到了一种虚荣。他的心情松缓下来。

王副县长回到主持人位置坐下，能者八个眼随即起身，躬腰把名片和烟一齐递过去，然后又给在场的每个人发了一轮名片。

他没有发名片给大保。大保好奇，从旁边捡起一张瞄了一眼。名片上赫然写着：傲氏高科技投资集团，董事长黄德傲。大保一看就笑了：他也懂高科技？

这天的会议就一个意思：请到会的企业家把自己准备在城郊那块地上的项目做

个介绍。王副县长简单说了几句开场白，能者八个眼就抢先发了言。先介绍公司，公司有员工三十六人，大学生若干，研究生若干，技术人员若干；公司自有资金一千万，常年流动资金七八百万；年利税一百五十万；公司地址现设在地区，现在准备搬迁回来，为家乡的经济发展做贡献。他说准备投资五千万来建设一个地标性的高科技基地。最后，刷一下展开一张图纸，请人帮忙钉在墙上。那是一张公司建设蓝图，科研室、实验室、车间、仓库、办公楼群、员工宿舍，还有花坛和喷水池，标注得一清二楚。图纸表现了一种气派。

能者八个眼是照着一份材料念的，念得结结巴巴，有几个字不认识，跳过去了，可是他的介绍激起了很大的反响。每说几句，就有人给他鼓掌，好像那些人都不是来竞标，是给他捧场的。到了最后，连主位上的干部们也跟着鼓掌。掌声响成一片。

只有大保没鼓掌。从看到能者八个眼的名片起，他就知道这个赖崽今天是吹牛皮来了。能者八个眼说一句，他就在心里驳一句："公司有三十六个人？你屌毛都没有三十六根哩！""自有资金一千万？把你家里的东西搜拢来看能不能抵一万块！""利税一百五十万？若是赚到了钱，头一个逃税的就是你能者八个眼！"……最后听到说需投五千万搞基建，他一下笑了。他真佩服这赖崽敢吹哩！这样的牛皮谁信呢？可是在座的人都信了，手板拍得"叭叭"响。连王庆生都朝他伸直了巴掌，一下一下地拍，兴奋得一脸灿笑。这让大保完全看不懂了。他怀疑他们是在耍猴把戏。

第二个做介绍的是坐能者八个眼对面的人。他一站起来，大保就在心里一噤：这人怎么长得比我还高，块头比我还大？他同样有个大得吓人的名头：巨人房地产开发有限公司总经理。他操一口长沙腔，嗓门很粗，口音很重，会把北京说成"伯京"，把重庆说成"成庆"，爱在一些颜色上加重点，白是"嫩白"，黑是"妙黑"，黄是"供黄"，灰是"乌灰"，他似乎对"撮桂桂"深恶痛绝，好几次神严苛地说到"撮桂桂"（大保后来才问清楚，"撮桂桂"就是把人当蠢子骗的意思），他的思路大概有点问题，七不扯八，一下说建筑，一下却说火车好挤，正说着规划，突然龇出一句：你们这里的倒缸酒过瘾。他好喜欢说"卵"、说"鳖"，提到人名就要在后面加上这两个字。不过他最后一句话激起了很多掌声。他最后说：打算拨出四千万来在这里建一座三星级的宾馆。

接着又有两个人发言，一个做饮料，一个是做汽车配件的。许诺的投资都不少，一个一千万，一个两千五百万。口一张，气一喷，说那么大的钱数连舌子都没有卷一下，大保听得心里一拱一拱的，惴惴不安了。

又有人要继续发言，王庆生摆手制止了。王庆生说："先让王总王大保讲吧。"

大保听到点名，心里更忐忑了。人家说起投资，开口都是上千万、几千万，口气大得能把人吓晕，自己的那点东西能上得台面吗？虽说感觉是在吹牛，但也不至于胆子那么大，吹得太离谱吧？即使人家打个对折，或者退一万步说，十成里头只有一成、两成，也是自己望尘莫及的。既然知道争不赢，那又何必浪费口水还去丢丑呢？他打算放弃了。

然而要他就这样放弃又好不甘心。花那样多工夫（还有打点），求爷爷拜奶奶，劳神费力，眼看事情就要做成了，却遭人打横一炮，顿时黄了，想起来要好恼火有好恼火。而且，看着能者八个眼那种小人得志的样子，他怎么样也怄不下这口气。宁可擂穿鼓，不能放倒旗，即使死，也应该死得壮烈点。一声不吭就打了退堂鼓，以后还怎么叫他做人？

正思量着，王庆生在那头又说了："大保，拿出你当年打篮球中锋的劲头来，好好说一说。"旁边有人接话说："王总的'德大牌'铸造，是我们县的一个品牌哩！城里头没有哪个家里不用他做的锅的。"旁边的那位巨人房地产开发公司总经理就嘲讽地说道："哦，原来是个做锅子的啊！"说完竟大笑不止，笑声十分夸张。

大保一下恼了，横眼说道："做锅子很好笑吗？你家里做饭不用锅子？"

王庆生大声说："对哩，锅子是关系到千家万户的民生问题，我们要鼓励，要支持。"

大保说："其实我也不光能做锅子，我也知道要有发展，我要这块地，就是打算做更大的窑炉，做一些机器的部件。"

王庆生兴奋地说："你这想法好啊！事物都是发展的，我们就是要在发展中争取最大效益。"

有人轻声问道："你懂这个技术吗？"

大保说："懂一点。我在机电设备厂的时候做过。再说，不懂可以学啊。"

王庆生说："我补充一点，你还可以请师傅。"

大保说："好的师傅不容易请到，但是我会想办法。"

王庆生说："有困难你同我说，政府会采取措施帮助招揽人才。"又问："具体是哪方面的业务，有方向了吗?"

大保顿了顿，说："当然有方向了我才敢想。广东那边的。只要我这边把厂房建起来，那边即时给我下订单。"大保说时，膝盖有点发软。这事影都还没有，是他临急编出来说的。

王庆生笑着说："好，好，这属于商业机密，会上不方便说，我们私下再交换意见。我们还是落实到今天的议题上，你准备投好多资金进来?"

大保的膝盖又软了，全身在慢慢绷紧。他的投资比起今天各路诸侯报的数，真是微不足道，有点说不出口。"可以暂时不说吗?"他问。

"也可以——不过还是说个大概数字吧!"

大保的眼睛余光扫到了能者八个眼，那家伙正同旁边的人挤眼睛，偷偷阴笑。大保的膝盖骨一下硬衬起来，搭在上面的手抓成了拳头，一梗颈根，大声说道：

"一百万!"

他不知道怎么一下就说出了这样一个数字。他本来预备只投四十万，顶多五十万的，他的全部家当也就这个样子了。说完，只觉一阵心虚，像刚出完一窑铁水，吁吁带喘，眼神也变得闪烁而无助。

有笑声在那头嘎嘎地嘈起，是阴笑变作了嘲笑。大保嗖一下将眼光锥过去，钉在能者八个眼脸上。笑声一下冻住了。

片刻的冷场之后，王庆生笑吟吟地说："不少了，已经不少了。大保是个实在人，在我们村里插队的时候就是这样，任何事情只会说少，不会说多，不带一点水分的。我说的没错吧?"

大保点点头。他心里忽然对王庆生渗出了一丝好感，甚至有点感激，眼神缓和下来。后头又有两个人说了什么，他都没有听进去了，心心念念地，想着自己刚才的讲话有哪里不得体，又想着王庆生在官场上混这么多年，好像变了一些，到底变了什么，一时也捉摸不透。

散会了，大保独自先走。出了大门，忽然有人叫他，侧脸就看到灰毛砣站在一排矮树后面朝这边招手。大保拐过去，两人在矮树丛后面的阶基上坐下，灰毛砣摸出烟盒，急急地问道："怎么样?"他在这里等了一下午，很想知道结果。大保把一口烟含在口里，好久才沉沉地说道："不怎么样!"就把开会的情况约略说了。

灰毛砣激昂地说道："你没看出这里头有问题吗？这是人家给我们戴笼子哩！"大保明白戴笼子就是设局让人钻的意思，但他实在不想承认自己会蠢到那个地步，那很倒丑。他说："我也怀疑他们是串通好了的。只是怀疑啊。"灰毛砣说："不消怀疑，一定是的。不光串通，还是设计好的。"灰毛砣就说了他的依据，一连问了几个为什么！他说世人都知道能者八个眼穷得连烟都买不起，能拿得出五千万投资？为什么敢夸这个海口？他说通一个县城里百万富翁都不多，怎么会一下拱出那么多千万富豪，出手就是上千万、几千万，说出来鬼都不信的事，为什么有人就是相信？能者八个眼为什么来争这块地，还有本事搞到政府出面开会定夺？大保反问道："那你说为什么？"灰毛砣刚想回答，却又噤声。他们透过树缝看到一堆人走出国土局大门，王庆生和政府部门的人分头钻进两部小包车，一溜烟走了。能者八个眼同那帮"老板"们伴随在后面，点头垂手相送，一直到看不见小包车的踪影了，才一起往城里走去。

灰毛砣和大保在后面远远地跟着。灰毛砣说："你说的这个大个子我认识，在市里的紫竹宾馆就见过，那是个到处混吃混喝的骗子，不知道能者八个眼是怎么跟他勾搭上的？"

大保说："那人一开口就知道不是正经人。"

灰毛砣说："了解的人看他不起，不了解的人常常把他当宝贝。他就凭一张寡嘴，走到哪里骗到哪里，日子过得比我们哪个都自在，住宾馆，坐包车，餐鱼餐肉，夜夜做新郎。"

大保说："这样的日子未必过得很有意思？"

灰毛砣说："你看没有意思，人家觉得很滋润哩！"

大保说："这样的人就该拉到猫崽岭上去枪毙了！"

灰毛砣努着嘴巴说："我敢断定，那些都是搭他差不多的货色。"

大保说："那不在讲。跟着秀才学读书，跟着强盗去偷猪。"

灰毛砣感叹说："如今还有几个愿意学读书的人？要我都不愿意。"

大保拍着脑壳说："什么世道！"

眼见着那伙人拐入北街，进了丽丽餐馆，俩人靠拢去，透过窗玻璃看进去，他们在里头一张圆桌上围坐下了，每个人嘴里都叼起了一根烟，仰着脑壳吞云吐雾，一种十分自得的光景。能者八个眼正在点菜。

等他把菜点完了，俩人拐到后头厨房里，找相熟的厨师要过菜单看了看，鸡鸭鱼肉自不在说，竟还有口味蛇、红烧甲鱼、红焖鹧鸪、猫头鹰炖天麻。灰毛砣抚着菜单，失声说：“你看看人家这日子！”大保半天没有作声。

俩人往家走时，天色暗了，路灯有气无力地闪起来，照得地面明一块灰一块。两个人的脚都有点打飘。大保感觉到肚子饿得急，饿得好难受，就在路边摊子上买了两个油炸糍粑。灰毛砣恶恶地咬了一口糍粑，囫囵着嘴巴说：“人家吃的是什么，我们就吃这个。”大保说：“这个也很香啊！若是二十年前，这个你还吃不起。”嚼两口，又说，“你要想吃口味蛇，等那块地批下来，我请你去吃。”灰毛砣冷笑说：“你以为那块地还轮得到我们吗？你做梦吧！”

大保没有开声，只在心里还隐隐存着一线希望。他想起王庆生在会上说的一些话，灵醒点的就会听得出是拉偏架，是向着自己的，由此他还感念王庆生。

大保就在家里挨着日子等。过了几天，还不见有消息，耐不住了，提脚走到国土局去探问。到了那里才知道，那块地已经给能者八个眼买下，手续都办完了。大保一听急了，抖着声音问：“怎么我一点信儿都没有就卖掉了呢？”对方说：“你是什么角色，卖地还要告诉你？”大保说：“我什么角色都不是，但这块地是我先动手搞的，为什么一下就给了能者八个眼？”回答说：“这是上头的意思。我们只是办事的，上头要我们怎样做就怎样做。”大保问：“你告诉我，上头是谁？”又回说：“你才问得蹊跷，我知道上头是谁？”大保吼起来：“你们还讲不讲道理？”就有人绕过办公桌近前劝说道：“王总，你这样灵醒的人，有些事你应该都懂的，你就不要为难我们了。”大保更大声地吼道：“我就是不灵醒，我就是太蠢。我若是灵醒，会给你们耍猴公把戏一样地耍……”大保还想咆哮一阵，有人就一手揽住他，谄笑着，拥推着出了办公楼。

大保转身还想返回去，谁知一转头就撞在一蔸树干上，额头上即时有一线血挂下来，一点一点地濡湿着他的脸。他瞪眼看了树干一会儿，猛然一发力，一拳擂在上面，树干咔嚓一声，折断了。碗口粗的树干断口上丫丫杈杈地一片惨白。趴在楼上窗口往外探看的几个脑壳赶紧缩了回去。

大保扯下一把树叶，擦了擦脸上的伤口，一扬手甩在了门口地上，他倚里歪斜地走到灰毛砣家，灰毛砣拿湿毛巾给他把伤处擦干净，又涂上紫药水消毒。大保灌下一碗老末叶酽茶，心里的气才稍稍平息了一点儿。

灰毛砣说：“这个结果是我早就悟到的，只是没有悟到会这么快。真是神速哩。”

灰毛砣要他还去找找钟海仁，看还能不能挽回。大保说：“不找了。我已经彻底死了这条心。”他又拿回毛巾，把额头上的紫药水抹干净。

大保不肯找钟海仁，钟海仁却找他来了。当天晚上，钟海仁就来了他家。那时大保正坐在后头工场的苦楝树下歇凉，唐红卫出来告诉他，要他进去会一会，他断然说：“不会!”

不会就不会，钟海仁他也不勉强。他一小口一小口地吃完一杯茶，留下一句话：“有些事情，不是我能决定的。什么原因，我也不方便说。告诉大保，工厂还是要扩大，什么时候想买地了，方便的话，还希望告诉我一声。”

大保听了这句话，只慢慢点燃一根烟，含在口里紧吸，没有出一句声。

过两天，灰毛砣来告诉大保，他把事情打探清楚了，能者八个眼背后撑腰的人果然是县长黄知福。那天开会，只是为把那块地搞过去演的一场戏。王庆生其实也是局外人，他还把那场戏当了真。黄知福指派王庆生去主持那个会，会后单独给他汇报。王庆生还有点奇怪，他都不是分工管这一块的，怎么叫他去主持会议呢？王庆生也听出来能者八个眼是吹牛皮，感觉另外几个也不靠谱，只有大保讲的都是实在话。他是倾向于大保的。谁知黄知福一听就黑了脸，还训了他几句，黄知福说：“一个投资五千万，一个才一百万，哪个大哪个小摆明摆白，难道我们还有弃大留小的道理？”王庆生刚刚从发改委主任的位置上升任副县长，是搭帮黄知福力主才得到这个位置的，即使黄知福训他、骂他，他都只能服服帖帖，声都不敢出。他又是何等灵醒的人，黄知福的意思还能领会不到？到了县长办公会上，他的口气就完全变了，力主把那块地给能者八个眼。钟海仁也一反常态地不放让。因为他是下来挂职锻炼的干部，一贯来说话做事都很谨慎，十分随和，从不与人争执。那次他很激动，说自己管这一块管了六七年了，县里的个体户、专业户都很熟悉，很了解，没有听说过谁能有这么强大资金的。还说对能者八个眼也略知一二，那就是个社会上的赖崽头，怎么可能拿得出五千万来投资这块地？他还怀疑能者八个眼拿了这块地是做什么的。他极力主张，无论从支持县里的品牌、支持县里的中小企业积极健康发展上说，都应该把这块地给王大保，让他扩大生产，做大做强，把“德大铸造”的品牌做得更响。两人相持不下，最后只能由县长黄知福表态拍板。结果当然是把那块地给了能者八个眼。

让灰毛砣万没有想到的是，能者八个眼拿到这块地，转手就分给了另外一个人。那个人同县长黄知福的关系，却是任何人都不知道的。县政府的人不知道，城里百姓更不知道。那个人是黄知福远房舅妈的一个外甥女婿。那个人在邻县当个副科长。那个人的名字，他不肯说。

灰毛砣忽然发现大保闭拢眼睛，睡着了。他推大保一下，说："你没有听我说?"

大保动了动眼皮，说："我在听哩。但我不爱听。"

灰毛砣说："你不爱听，我还不爱说哩!"

"那你还说给我听做什么?"

"是啊，我要说给你听做什么？对了，我意思是要你再不要打那块地的主意，另外买地。"

"我不买地了。"

"怎么，你不打算建厂房了?"

"我还建厂子做什么，我是欠吃，还是欠穿，还去找那样的气来怄。不建了!"

"不建厂子了也好，我今天来，主要还是搭你说一声，我打算退出公司，不做了。"

大保睁开眼睛，略略吃惊地问："为什么?"

灰毛砣说："一句话、两句话也说不清，我只是再不想这样劳神费力地赚辛苦钱了。"

大保说："我们这样是辛苦，但心里踏实。"

"我要那样踏实做什么？到手就是财，我问你，那些赚冤枉钱的人心里会不踏实?"

"我不管别人心里头踏实不踏实，我只想知道，你到底想做什么?"

"跟到秀才学读书，跟到强盗去偷猪，你不要让我把话说得太白。"

大保的眼神慢慢暗淡下去，叹着气，喃喃说："世上什么钱都可以赚，冤枉钱不要去赚。"

灰毛砣"哼"一声，神情变得冷酷而决绝，让人一望而生凉意。

大保又将眼睛咬合住了，心里说：只好各顾各了，我们都好自为之吧!

孙丽生

广东揭阳人，中国作协会员，广东省作协党组副书记、副主席，广西民族大学毕业。1982 年开始业余创作，先后在《解放军报》《战士报》《南方日报》《羊城晚报》和《作品》等报刊上发表杂文散文。近年相继创作了《寡妇征刀》《英雄有知》《特招教官》《九成火》《悲喜男主播》《风光去日》等中短篇小说，与人合作长篇报告文学《好支书罗克》。有多部中短篇小说被《小说选刊》《中华文学选刊》和《中国作家》等刊载。著有长篇小说《寒门子弟》、小说集《潮人列传》、散文集《公开表白》等多部。

英雄有知

“你阿爸”遭遇“叫太公”

到绿城参加“东交会”，黎阿八心里总有说不清的冲动和焦虑，觉得有些蹊跷，怀疑将发生什么意外。他谨遵潮汕俗话“吃饱穿暖，危险勿去”的警示，严格自我约束，时时处处小心。

“东交会”开了两天，黎阿八就谈成一单大生意，签下了两千万美金的出口合同，而且顺利得出奇。欣喜之余，他暗自猜想，那点怪感觉会不会是应在这上面？但旋即又自我否定：我这个潮州塑料大王并非浪得虚名，用潮汕话说是“馏过乌水”（经锻打淬火）的，几十年走南闯北，企业已做成大集团，资产二三十亿，进出赢输几千万是常有的事，近几年为扶贫救灾就捐出了超过五千万，这单生意相对于我的身家不过是“细节微目”，不值一谈！再说，我当过兵打过仗，差点被打掉父母给的“枪弹”，算是死过一回了，岂会为点钱财提前出现预感？这显然是另有未知缘故！他就像是买了“六合彩”的人，热切期待尽快“开码”，看看自己究竟中了什么彩？

惴惴不安又过了一天，就在上午要进入会场的刹那间，黎阿八看见前面不远处晃着焦泰恭熟悉的身影，脑海随即翻起波澜：我跟他真是欢喜冤家，常要不期而遇。

黎阿八和焦泰恭同年兵，同天分到“南下英雄团”九连九班，一见面就闹别扭。焦泰恭问他姓名，黎阿八在家不讲普通话，家乡把普通话叫作“电影话”——好像是电影人物才要讲，他勉强说出姓名来，焦泰恭听成是“你阿爸”，以为他想占便宜。黎阿八反问姓名，焦泰恭的东北话含糊不清，他误以为焦泰恭以牙还牙，让他“叫太公”。潮汕人十分疾恨别人冒充祖宗，小孩吵架很喜欢玩这种伎俩，说我是你爷爷我是你太公！黎阿八为泄私愤，就用潮汕话骂他：甬你爸，甬你姨！潮汕有句俗话叫“敢与潮州人相骂，不愿与潮阳人相借问”，意思是，潮州人轻声细语，即使骂人也很动听；潮阳人粗犷，开口先骂人，打招呼就像吵架。焦泰恭听不懂，只觉得婉转悦耳，以为对方在示好，便追问道：你讲什么，什么事？黎阿八几乎被“笑到肚肠痛”，笑嘻嘻又骂了一遍。真是不打不相识，两人后来成了在连队最好的朋友，一起上战场出生入死。

黎阿八心里生疑：这家伙是搞人事的，跑到“东交会”来干什么？难道我的怪感觉是因他而起……我会和他发生恩怨纠葛？不会！虽然我们天各一方，曾经多年没来往；但自从2008年我到哈尔滨出差，在酒店门口与他意外重逢之后，经常联系，无话不说，感情倍增。

三年前的邂逅，历历在目。那天是周日，黎阿八在酒店门口准备打的去机场坐飞机回家，焦泰恭正和一个年轻美女窃窃耳语迎面走来。这家伙多年不见，虽然老了许多，轮廓却没太多变化，一下子就认出来；可那美女，一看明显“不是他老婆，是别人女儿”，或者说“不是他女儿，是别人老婆”。黎阿八有所犹豫，但忍不住他乡遇故知的兴奋，给自己找了相见的理由：也许人家是正当交往，不要以小人之心度君子之腹；再说，现在“外面彩旗飘飘”的人有的是，甚至以有红颜知己为荣，生怕别人不知道，我装痴作傻不主动问起就是，因而装作没看见那美女，过去打招呼。焦泰恭猝不及防愣了愣，随后一笑释然，也当那美女没来，大大方方叙旧，热情邀请黎阿八再多住一天，让他尽地主之谊。换了别的时候，黎阿八可能不会推辞，但他事先已经答应市里赶回去参加扶贫开发会议，并就民企通过产业、就业带动帮扶贫困对象脱贫致富问题做发言，为化解相对贫穷现象和绝对贫穷群体献策献力。他向焦泰恭诚恳说明情况，便互留联系方式，依依惜别。

最近因忙于“东交会”的事，少和焦泰恭“煲电话粥”，才不知道他来了绿城。黎阿八摇摇头：但也不至于因为意外相见，就提前出现怪感觉啊！他调整一下情绪，快走几步靠上去，本想耍他一下喊“姓焦”，又怕大庭广众影响不好，最后还是叫他：小焦！

阿黎八八，是你啊！焦泰恭转过身来，叫了他在部队的外号，并给了他一拳，个头一米八，腰围三十八，年纪五十八，还小焦啊？应该是老焦了，起码也是大焦！

这家伙嗓门大，一声“阿黎八八”叫得周围都投来了异样目光：明明是“东交会”，怎么会来了中东神话人物？

黎阿八是个潮汕话说的“杉炮（乐观爽快）人”，喜欢开玩笑，就乘势借题发挥，语带双关幽他一默：叫你“老焦”“大焦”，你受得了吗？稍作停顿，低声说：对了，你祖传“姓焦”，天生“姓焦”之才，怎么“焦”都雄风不减！然后对他使眼色，心照不宣说：这次是不是又来泡妞？

“二人转”说，新“大奔”走旧路还赶不上老“解放”，老“解放”上了新高速也能追“大奔”！泡妞的说法老土了，对你我这样年纪的人，应该说是老“解放”要跑新高速。焦泰恭说完，捂嘴坏笑：不过，你早就是“破三轮”，恐怕给你新高速也跑不起来了！

焦泰恭说“破三轮”，是拿他下面被打过一枪的事开玩笑。当年黎阿八中弹，焦泰恭发现他裤裆血流如注，以为命根子保不住了，惊慌失措喊道：班长下面的轮胎被打掉了！此前一次战斗中，焦泰恭的小腿也被打了一枪，但轻伤不下火线，一瘸一瘸坚持出战，被记了二等功。后来，焦泰恭一提“破三轮”，黎阿八就断取他“恭焦”二字，叫他“跛公交”。这是他俩之间持续已久的嘴皮官司。

你“跛公交”，明年就“59 现象”了，也好不到哪里去！听黎阿八这么说，焦泰恭哈哈笑起来：“59 现象”好，对我来说是吉兆，正是得益于它，厅里最近给了我个安慰奖，提了一级待遇，现在同事都叫我“焦调”，鸟就鸟，反正是做男人的特有和专长。

哇，高升了，恭喜恭喜！黎阿八为他已从“老副处长”变成“新调研员”由衷高兴，现在是七品大员了！应该庆祝一下，择日不如撞日，就今天晚上，我弄一桌恭贺你“老狗荣升”。潮汕话“九”和“狗”同音，黎阿八故意讲歪《智取威虎山》的台词来调侃他。

焦泰恭爽快答应：老战友是“四大铁”之一，好不容易见上一面，肯定要喝，“调不调”的就不去理了！不过要更正一下，不是七品，是从七品。

焦泰恭正因为快要退了，厅里这次关照他随省政府组团过来，他不敢多耽搁，约好下午等黎阿八的电话，就匆匆赶去参加团里的集体活动。黎阿八叮嘱他：留意一下，看看会不会碰上其他战友，如果有的话都叫来，一起热闹热闹，我们潮汕话说“茶三酒四游玩二”（喝茶、饮酒、游玩的最佳人数），光我们两个人喝没气氛。

别过焦泰恭，黎阿八怎么搜肠刮肚，也想不出这怪感觉会应在什么人什么事上。致使他几十年坚持午休的“必修课”没做好，躺在床上眼睁睁看天花板，下午无精打采，跟客商谈判老走神，讲了些莫名其妙的话，犹如“鸡同鸭讲”。

差点一枪打成太监

安排晚餐的酒店，坐落在城东南湖边。城东是绿城的新区，近些年得益于西部大开发和举办“东交会”，城市建设日新月异，差不多相当于广州的珠江新城、揭阳的东山和潮州的枫溪，一年一小变五年一大变，与黎阿八当兵时的情形已判若两样。

看看腕上“金劳”，离约定时间还有四五十分钟，黎阿八便信步到南湖边转转。南湖周围绿树成荫、鸟语花香，有些原生态的意思。走着走着，黎阿八神思恍惚，一下就飞回群山环抱的军营，飞回硝烟弥漫的战场，仿佛敌人的子弹还在耳边嗖嗖作响。

九班奉命消灭盘踞右边山洞之敌，为全连夺回无名高地清除侧翼威胁。班长黎阿八身先士卒，奋勇向前，干掉了几个敌人，突然“砰”的一枪把他撂倒。战友们看他的伤势，都以为那一枪打得像是受了宫刑，七手八脚在他的关键部位敷了急救包，并连同下三角做了大包扎，马上送往后方救治。连长操着广西口音对护送他的人大吼：一定要让医生好好为他驳接修补，如果那玩意儿保不住，将来娶老婆就真的没卵用了！过后，黎阿八荣立一等功，但都传说他已成了公公。

黎阿八回到酒店房间，回味这些陈年趣事，忍不住笑着骂道：甯伊爸，甯伊姨！意思只是感叹，并非真的骂人。

话音刚落，门外就传来了焦泰恭的笑骂：他妈的！这个“破三轮”，当年面对面骂我，过了几十年还在背后骂我？骂完人也进来了，身后跟着一个白白胖胖身长腿短的人。

黎阿八想：我的话那么灵验，让他看看有没有其他战友，就真的碰上了，可这个人怎么没有一点儿印象？

焦泰恭为双方做介绍：这是黎阿八！见那人脸有愠色，估计也听成是“你阿爸”，又自嘲自解：忘了，他的名字和我一样都容易产生误会，他是黎族的黎、阿拉伯的阿、六七八的八。老黎，这是程光明，也是我们九连出来的。

哦，你就是黎阿八啊？程光明兴奋地过来握手，在部队就知道你的大名，我当过文书，看过连史，上面有你受伤立功的事迹。黎阿八热情地说：你好，很高兴又认识了一位战友，欢迎欢迎！按说，到了这里就该放手了，可程光明并没有松开，盯着他的脸死看，因为矮他一个头，不得踮起脚来，就差没伸手去摸一摸，兀自喃喃自语：怎么有胡子？黎阿八听了心里很不爽。

焦泰恭猜出程光明表现异常的起因，笑着说：你是以为他成了公公，还胡子拉碴，觉得奇怪吧？

我真材实料的正牌猛男，四肢健康，枪弹齐全，子孙满堂，怎么就成了公公了？没等焦泰恭说完，黎阿八甩脱程光明的手，趁机发作：我的确是公公，是因为儿子生孙子、女儿生外孙，内外都当了阿公，而不是太监那种公公！说完，气嘟嘟回到座位上。

这里面有误会！焦泰恭赶紧打圆场，对黎阿八说：当时看你的伤势，我和好多战友都以为你成了公公，消息在连队一茬一茬往下传，他是你离开两年后到连队的，肯定受了误导，现在见你健康正常，自然感到意外，这不能怪他！又转向程光明说：你呢，只知其一不知其二，那一枪只是打到他的大腿根，关键部位完好未损，没被打成公公却被打出好事来，他治好伤没回连队就直接调到ES分部去，在那里提了干，后来转了业。我也是多年后见面问起，才知道他那玩意儿还能用，但已无法逐一更正澄清。几十年过去，因为他有“阿黎八八”外号，容易记住，老战友依然以讹传讹，常念叨他那点事。

程光明知道那个能喊开宝藏大门的神话人物，就想当然说：起这个外号，是与发财有关吧？

凡事不要轻易下结论。黎阿八塞给他一个软钉子：我是发了点财，但那是后来的事，我在部队时还没有改革开放，正在割资本主义尾巴，怎么能发财？

其实是这样。焦泰恭自以为熟悉情况，接过话来说：我和他到连队的当天晚上，连队点名，连长的广西口音夹壮，点到黎阿八说成“你阿爸”，连喊几次都没有反应。因为普通话“八”与潮汕话相去甚远，黎阿八不敢确定是叫他，犹豫不作声。幸亏后排有个揭阳籍老兵，抬脚踢了他的屁股，用潮汕话悄悄提醒他“连长在叫你”。他才慌里慌张像是学老电影台词，应了一声“有”。连长接着点“焦泰恭”。这时不知是谁捣蛋，把两个名字连起来喊“你阿爸叫太公”！全连嘻嘻哈哈笑起来。连长发火了：“严肃点，现在是点名！你们两个也真是，怎么起了这样的名，简直就是一对活宝！”这种情况出多了，用广西话来说“好鬼卵麻烦”，连长就劝他改名，但他坚决不同意，说我原名叫“阿叭”，我们那里一般只叫名不加姓，上学老师点名都好像在叫我“阿爸”，就强行给我改为普通话同音、潮汕话截然不同的“阿八”，名字老改来改去，以后谁还能认识我。连长拿他没办法，又不甘心老要叫他“阿爸”，很郁闷。连队文书看过《一千零一夜》，知道有个神话人物叫“阿里巴巴”，为帮连长分忧积极献上一计，说以后干脆就叫他“阿黎八八”算了。在场的通信员觉得好玩，因年纪小把不住嘴巴，几乎见到谁就跟谁讲。不久过“八一”，地方来慰问，放了电影《阿里巴巴》，一看完电影，他“阿黎八八”的外号就传开叫响了。所以，这个外号与发财无关。他朝黎阿八努嘴：没贪污你的光辉历史吧？

不过，这个外号跟他发财真的还有点关系。黎阿八说：改革开放后，优先安排伤残军人转业，我转到潮州塑料厂。领导见我是ES分部的军需助理员，就让我去跑供销，后来被提为科长。但工厂越办越差，不断精简人员，我就主动出来，带一帮下岗同事倒卖塑料品，两年后我买下已倒闭的塑料厂，重新改造生产新产品。起厂名时我想，离开“南下英雄团”时没和战友们话别，后来又没联系，许多人都不知道我的情况，我也挺想念大家，既然“阿黎八八”在部队叫开了，就用它给工厂起名，希望产品销到什么地方能让那里的战友知道我在干什么。这个外号好像能带来好运，工厂愈办愈好，又创办了塑料机械等新厂，做大后改成了集团。再后来，国家颁布实施《商标法》，我及时注册了商标，“阿黎八八”不再只是外号，而且还是我整个集团的商标了。现在，很多人好像忘了我的名字，打交道都习惯叫我“阿黎八八”。

听了这些情况，焦泰恭感慨说：别人是殊途同归，我们却是同途殊归，三人都在一个连队当兵，同样转业却大有差别。我一直在机关，现在混了个“焦调”；老黎一直搞企业，已搞成大局，吃喝嫖赌任自己；程光明呢，狡猾狡猾的，像铁道游击队吃两条线，先当领导后改经商，两种便宜都吃了，吃得像他自己养的猪一样，白白胖胖，身体不成比例。

我也不容易！程光明很不服气，我下海改行，是不得已。我转业时，因为在部队当过农场场长，被安排去公社配种站当站长，管几条公猪几条公牛和两个配种员，方圆三四百里一百多条村，上万农户轮着要配种，公猪公牛都忙不过来。焦泰恭插话说：太忙的时候，你也去人工授精。程光明不假思索说：偶尔有，不多。焦泰恭哈哈笑起来，黎阿八也笑得前仰后合。程光明这才发觉被捉弄了：妈的！一不小心就上当。骂完，继续说：后来公社改区再改镇，配种站解散。我这个站长只好提前内退，收留那些公猪公牛和配种员，自办农场，种瓜种果养猪养牛，居然越干越好，接着办了肉类加工厂，还办了皮革制品公司，生产皮包专供出口。这次参加"东交会"，就是想拓展业务，多掏老外的腰包。

哦，你现在是名副其实的皮包公司。焦泰恭不放过调侃他的机会，又是实至名归的牛皮老板！

莫乱讲！程光明急了，以前我也包皮！他发现忙中出错，啐了一口说：办厂初期，为了按时提交做包皮料，经常加班加点，我曾经瘦得皮包骨骨包皮。发展是硬道理，企业发展要关系，就得请客送礼，经常当三陪，才把肚子陪大把身体赔进去，搞成上下不成比例！说罢，颌首对自己全身左顾右看，原地摆手抬腿，模仿肥猪的姿态，逗得旁边两人忍俊不禁。

见上了菜，三人开始频频碰杯喝酒，各显酒桌风采：黎阿八举杯豪爽，虚弄假相，低斟浅尝；焦泰恭来者不拒，杯杯见底，无所匹敌；程光明酒量一般，很有酒胆，几两就躺。

我们团前年已移防绿城管下的宁靖县，等"东交会"闭幕，一起去老部队看看。程光明喝到微醺时乘兴提议，重新体验体验连队加菜的场面，好好喝它一场！

焦泰恭干脆利落说了两句话两个字：好！去！

铁打的营盘流水的兵，离开这么久了，谁还认识我们？黎阿八有点拿捏不准，说不定被当成骗吃骗喝的无赖，还体验加菜？

怎么会呢？团长是我老乡！程光明很有把握说，从小学到中学都和我同班，一起出来参军，他分到ES分部的勤务连，后来上了桂林陆军学院又上国防大学，调了几个部队，两年前又调到我们团当团长。他敢不接待，不给我们加菜？我就鸟——调他两个级别！程光明临时给那个敏感字眼换了行为对象，坏事被变成了好事。

“调两个级别”有个段子，说人事厅厅长去请示省长：最近好几个市在普调一级工资，咱们省直怎么办？省长对下面乱调很不高兴，用家乡客家话骂了一句：鸟啱个鸡鳖（丢他妈的）！厅长马上记下回去传达：省长指示，省直单位调两个级别。

焦泰恭知道这个段子，会心而笑。黎阿八对这个冷幽默并不多加欣赏，而是对团长从哪里出来的很感兴趣，急切问程光明：团长真的是ES分部勤务连出来的？我到这个连提了排长、连长才调进机关，带过你们四川的兵，他叫什么名？程光明说了姓名，黎阿八怕没听清，加重语气说：是管子林，那个大嘴巴高鼻子的管子林？他是我的兵！真是世事难料，我只当了他的排长、连长，想不到他跑到我的老部队一下就当了团长！

程光明马上掏出手机拨通团长电话，告诉他正和他的老连长在喝酒。团长让程光明请黎阿八说话，他在电话里喊“老连长好”，说很久没见老连长了，挺想念老连长，老连长既然来到绿城了，一定要回老部队看看，我派车去接你们！

不用，不用。黎阿八忙不迭说，部队任务紧张，管理严格，专门派车影响不好！

后来团长说，我们参谋长在绿城出差，后天回部队，就让他去接你们。

话说到这个分上，已是却之不恭了。三人就决定一起回老部队一趟，为此连干三杯：一祝大家健康，二祝部队兴旺，三祝来回平安！黎阿八格外高兴，以为那点儿怪感觉，可能就是应在去老部队看自己的兵怎样当团长这件事上。

英魂起来向他敬礼

过了两天，参谋长来接人。焦泰恭“临阵脱逃”，说厅里有急事，要他赶快回去。黎阿八认为人难免有意想不到的情况，没去计较，依约和程光明上车赶路。

团长得到参谋长的电话报告，就率领一干人员迎到营区门口。大门上挂着“热烈欢迎老首长回部队传经送宝”的横幅，两旁站着卫生队的女兵和警卫排的官兵。

车一到，官兵们就擂响了锣鼓，女兵们围上去给黎阿八和程光明戴了大红花，他们兴奋得不知所措。黎阿八叫了团长过去的昵称：管子，我以前在这里只当过班长，怎能叫老首长呢？赶快把这横幅拿下来！团长说：你那么多年前就是我的连首长，叫老首长应该的。其他人纷纷附和，说团长言之有理，既然是团长的老首长，当然也是我们的老首长！

听着一声声欢快的锣鼓，看着一张张热情的笑脸，黎阿八感慨万千：差不多四十年前，我也曾经历这种场面，那时是在团里的老营区，老兵欢迎新兵，锣鼓和欢呼声让我激动得心怦怦跳，一辈子都忘不了；现在是在团里的新营区，新兵欢迎老兵，我虽然一把年纪，心还是怦怦跳个不停，今天这个场面我同样会永记在心。

这时过来一辆货车，被卫兵拦住。司机说是昨天有人叫他送货到这里来，还留有联系电话。卫兵说那你打电话让他来接，这是规定。

黎阿八还在激情满怀，手机响了，一听是货车司机打来的，便对他招招手：我就在这儿，没错没错！又对团长说：那辆车是帮送东西来，让卫兵给他进来吧。货车驶近，大家见上面装了好多东西，不知搞什么名堂。

来看老部队，总不能空着手嘛。黎阿八解释道：我们昨天去买了十箱酒十箱烟十箱茶十箱糖果，并约人早上杀了十头猪十头羊，请这位司机送来，慰问慰问大家。

让你们破费了，你们真有心！团长感激地说。

我们已经跟过去不一样了！见团长客气，黎阿八豪气地说，现在都是在当地有影响的企业家，这点东西，小意思！

那就不跟你们客气了。团长说，先请你们参观一下营区，然后到九连和同志们见见面，中午就在那里包饺子加菜，晚上给全团做做报告。

做报告就免了。黎阿八说，我已买了明天下午的飞机票，晚上得赶回绿城去。

好不容易来一次，我们还想留你们多住一两天哩。团长说，至少是今晚住在这里，明天派车直接送你去机场。

话已讲到这个程度，不好再说什么，两人客随主便，和团领导一路看一路谈。

“南下英雄团”是一支威名远播的部队，解放战争从东北打到南方，势如破竹屡建奇功。新中国成立后曾驻扎岭东，几经移防才来到宁靖县。现在，营房多为气派的新楼，装备都已更新换代，有不少以前没见过的武器，部队全部摩托化，具有高强的机动作战能力。老部队焕发新风采，让两位老兵心花怒放，为国防力量发展强大骄傲自豪。

一行人最后来到两位老兵生活战斗过多年的九连，全连官兵列队夹道欢迎，把他们簇拥进饭堂。里面已摆好了十四桌饭菜，一到十二班各一桌，连部和炊事班合一桌，连长指导员陪同两位老兵和团领导在居中的主桌，其他连排干部分插到各桌去。大家站到桌旁时，戴着红袖圈的值班员便指挥全体合唱了《我是一个兵》《东西南北兵》和《军中绿花》三首歌，接着一、二、三排和炮排轮流拉了歌，轮到连部和炊事班时竟连唱了《好日子》和《好运来》两首，把气氛推向高潮。嘹亮的歌声营造出独特的军中喜庆，两位老兵热血沸腾，仿佛又回到当年的火红生活，和现在的官兵们一样意气风发。

黎阿八擦擦激动的泪花说：管子，部队经费还不够宽裕，不必搞得这么丰盛，我出身农民，入伍时在县武装部里里外外换成部队服装，真正赤条条地出来，虽然现在成了有钱的老板，但看到铺张还是过意不去。

这么说，我有意见了！团长假装生气，铺张的是你们，回一下老部队，拉了一车东西来，要花多少钱啊？过意不去的是我们，看看桌上的猪羊肉，还有那些酒烟茶糖，都是你们送的，说是加菜请你们，实际是你们给我们改善生活，让我这个老部下多不好意思！

黎阿八发现只是主桌有酒，随口说：给每桌都来一瓶吧，让大家喝两口助助兴！

不不！团长赶紧拦住，他们已摆好了口缸，等一下都会“老白干”！见两个老兵一脸茫然，又补充道：就是老拿白开水代酒来干，简称“老白干”。我们团一直是战备值班部队，任何时候都禁酒，连一点生啤也不准喝，今天我们团领导也只能做做样子，但我们请休假的副团长来作陪，保证你们喝个痛快！

黎阿八一脸歉意：离开部队多年，脑里就少了战备观念这根弦！

那副团长是劝酒喝酒的好手，酒桌上搞得非常活跃，各桌的官兵又轮流来“老白干”，两个老兵尽管极力克制，每次都只是一点点舔一舔；但喝下来，两人全都醉眼阑珊，程光明已经摇摇晃晃，大家便送他们去招待所休息。

走到半路，不远处出现一片绿树婆娑的山坡，似乎有股神秘力量要拉着黎阿八过去，他便问道：那是谁的营房？团长的脸色凝重起来，说：是以前驻这里的部队留下的一个特别地方，我们习惯叫它389营房。

389？黎阿八想了想，部队从来没有三位数代号，他疑惑地问：这是一支什么部队，番号叫什么？话说出口，左眼右眼频频跳将起来，他心里咯噔一下，右跳财左跳灾，两只眼一起跳又是什么？不由惊叹道：这是怎么回事？

团长以为黎阿八在问为什么叫389营房，便做了解释：这是一座特别的陵园，以前驻在这里的部队，在保卫边境的战斗中牺牲了389位烈士，全集中安葬在这里。我们团移防这里后，都不愿把它看作普通坟墓，而是把它当成烈士的住所，所以就叫它389营房。

黎阿八脑海随即浮现起烽火连天的战场，激动地说：我当年就是在保卫边境的战斗中受的伤，差点就和他们一样枯骨埋青山。团长提醒他：是青山埋忠骨。黎阿八并不太买账：打起仗来，敌我双方都会伤亡，有时炮火一轰，全粉身碎骨搅在一起，哪还分得清什么敌我忠奸，最终通通成了枯骨，所以古人才说"一将功成万骨枯"，不说"一将功成万骨忠"。再说，时间一久，谁还去分枯骨忠骨，多数也只有家人才记住，不时来祭拜。团长接过话说：这些烈士中有三位，不知什么原因，几十年来都没有亲人来拜扫过，一位是黑龙江齐齐哈尔人，一位是山东临沂人，一位是广东潮安人。

哦，有一位是我的正宗老乡！黎阿八对团长说：我们潮汕人最重感情最讲仁义，亲人安葬再远也要去祭拜，他没人来扫墓，说不定有什么特殊的原因。你叫人安排程光明去休息，我要去看看烈士居住的地方。

进了陵园，黎阿八走近一座座坟茔去看每一块墓碑，发现一个个都是风华正茂之年英勇捐躯，他百感交集，逐一向长眠地下的烈士鞠躬致敬。

潮安老乡那座坟茔，并不像想象中杂乱荒凉的样子，直如左邻右里一般整洁。碑文被新描过，十分简约：翁浩杰烈士，0498部队连长，在保卫边境战斗中英勇牺牲，一等功臣，三十岁，广东省潮安县人。

黎阿八一看，心怀激荡：是我受伤那年牺牲的，同样立一等功，我头顶荣誉桂冠幸福活着，他却付出了生命！三十岁是黄金般年龄，三十而立，很多人三十岁立家立业，我三十岁做过科长出来当老板，他三十岁却立了块碑，不知是否有立家留下后代？他想到这儿，犹如醍醐灌顶：哦，原来我参加"东交会"，不期邂逅焦泰恭，焦泰恭引见程光明，程光明牵出了管子林……环环相连紧扣，这都是英雄在天显灵，用他无形之手神秘操控，引我来这里看他，怪感觉肯定就应在这上面了！黎阿八骤时有了“天将降大任”的使命感。

见黎阿八沉默凝视，团长对他轻声说：虽然这些是兄弟部队的烈士，但团里决定，每到清明都组织官兵来扫墓。另外，翁连长牺牲那场战斗中有位受伤的老兵，一等功臣，享受荣军津贴，自从有了这个陵园，他就带着老婆几十年如一日守在这里，每天打理陵园，每隔一段时间就描一次碑文。

多么无私的情怀，多么高尚的境界啊！黎阿八真诚说：这样的人太难得了，能不能请来见上一面？

守墓人住在旁边的村里，很快就被人请过来。老两口大概都六十多岁，面容清癯，但精神蛮好。尤其那位老兵，坦坦荡荡目光炯炯，一看就知道是饱经血火的洗礼，已万事想开无欲无求了。

黎阿八早已解甲经商，多年未着戎装，这时血液里却滚滚涌起军人的气概，两脚一碰，正正规规敬了一个庄严的军礼，热情过去握手：辛苦了！您和嫂子很伟大，尽了我们想尽的心，做了很多人做不到的事情！

这没什么，应该的。守墓人平静地说，这些烈士长眠在这里几十年了，我还好好活着过日子，与他们比起来我很幸运很知足，我要守护他们一直到死为止，然后到地下再跟他们做战友！他说话的时候，老伴一直挽着他的臂弯，似乎是要向人表明，她理解支持他，无怨无悔永远和他在一起。

谢谢！谢谢！黎阿八抱拳致意，然后把现金全掏出来，数数一共 8300 块，拿 8000 块给守墓人，对方一个劲想推回来。他诚恳说：您拿着，听我说，这钱不是简单送给您，还想拜托您办一件事。这位翁连长，虽然我不认识，但他是功臣，是我的正宗老乡，几十年都没有亲人来过，让人想着很难过，我们家乡清明、冬至都可以扫墓，以后每年这两个时间，请您帮烧三炷香，替我祭奠他，直到他有亲人来扫墓为止。

我天天在这里，一定帮你办好！守墓人较真说，但这只是举手之劳，你不用给我钱！

他把钱塞还黎阿八，黎阿八又塞给他：我回去一定设法帮翁连长寻找亲人，不过能不能找到，他的亲人会不会来，我什么时候再来，都很难说。我办企业有钱，本应多给一点，表达我对你们的敬意；但今天身上只有这么多现金，下次我来了一定再给。如果三年内还找不到翁连长的亲人，第四年我再忙也要来！

旁边刚好有人用剩的一些香，黎阿八拿来点上三炷，扑通一声跪在墓前，拜了三拜：翁连长，今天我能到你墓前祭拜，是你的英魂在天显灵，也是因了老乡的缘分，我回到家乡一定尽心尽力帮你去找亲人，让他们尽快来拜祭你！说完又拜了九拜，磕了三个响头。当他抬头正要起身时，突然感到神思恍惚眼睛蒙眬，隐约有个英姿飒爽的军人，像电影化入镜头，从坟里冉冉升起，热泪盈眶向他敬了军礼，转瞬即逝。他一个战栗，心里的怪感觉顿时烟消云散，浑身清爽怡然。他以为这就是传说中的通灵，那个身影就是翁连长的英魂，敬礼表示对他认可信任；但旋即又怀疑是自己过于诚惶诚恐，叩拜动作太猛烈，脑部供血不足，产生幻觉。

老猫发威翻遍瓦缝

389营房，特别是翁连长和守墓人一死一生的两位英雄，给黎阿八极大的震撼，他觉得有很多话要说。从陵园回招待所的路上，团长再次邀请给部队做报告时，他不再推辞了，吃过晚饭就和程光明到礼堂去。他让程光明先讲，说有战斗力的应该冲锋在前，老残病弱只能殿后。他们的报告，主要是现身说法谈体会，很像过去的“讲用”。

程光明毕竟在部队当过场长，到地方当过站长，现在是总经理董事长，经常开会讲话，他又是四川人有摆龙门阵的专长，一上讲台，就口若悬河滔滔不绝，讲他如何管好公猪公牛和配种员，绘声绘色，讲他从包皮到皮包——由为人提供做包皮料发展成自做皮包，很会煽情，搞得满堂笑声不断。

黎阿八去年被评为全国优秀军转干部，参加英模报告团到各地演讲。轮到他讲时，就把已背得滚瓜烂熟的演讲内容重新组构，融进他特有的幽默，不动声色侃侃而谈，话里深处却暗藏诙谐风趣，属于潮汕话说的“斯文咸”，听了要想一想才会发笑。他从“你阿爸”闹误会被起外号“阿黎八八”开始，讲了下面被打一枪差点做了公公，一直讲到转业后如何被提拔、面临下岗、逆境逼他出来开拓一番新天地。介绍“卖塑料—办厂生产塑料—制造塑料机械”的奋斗历程时，他做了生动比喻：开始是卖蛋，只有蛋；中间养鸡生蛋，有鸡有蛋；后来养鸡卖给人下蛋，有鸡没蛋。他侧重讲了回老部队尤其是去陵园的感受，快结束时激动地说：389 营房的烈士们，就像有首歌唱的“战士上战场什么也不想”，只想着杀敌夺取胜利，生得伟大死得光荣，现在躺在坟里默默无闻，有三位至今还没有亲人来过，需要我们以行动来告慰他们，我已经不能像你们一样为保家卫国冲锋陷阵了，但我要去为那三位烈士寻找亲人，首先是回家乡去帮翁连长找到家属！

对翁连长发了誓，对全团表了决心，黎阿八虽然有了动力，但也感到压力和困难。告别老部队直至回到家乡，他满脑子都在想如何兑现诺言，竟一反“杉炮人”常态郁郁寡欢，连续一个星期独自待在办公室琢磨怎样寻找才好。黎太以为他到绿城有了外遇正害相思病，逮到机会就指桑骂槐：“老猫起群（发情），扒破房瓦!”黎江知道这句俗话的意思，明白母亲在吃无名醋，为解母忧，便对父亲展开“火力侦察”。黎阿八见了黎江，没等他开口就先发话：我正想找你们，去把黎珊叫来，我有事要交代。

当年生下儿子，黎阿八认为，孩子是黎家的江山，将来要掌管黎家江山，决定用“江山永固”依次为孩子起名。谁知第二胎是女儿，他知道女人是水男人才是山，不好把女儿叫作山，又不甘放弃“江山永固”的美好愿景，只好用“山”的普通话同音字和潮汕话谐音字“珊”给女儿做名。黎太生过第二胎就坚决打住，他的江珊之后便用不到“永固”了。

黎江很快找到妹妹，一起来聆听训示。黎阿八说：你们都在公司当了多年高管，可以为我分担担子了，最近我要专心办件事，日常工作就交由你们来管，黎江升为常务副总经理，黎珊升为副总经理，你们放手去干，遇事多商量，没大事不要找我董事长。兄妹毫无思想准备，听得一愣一愣，黎珊想起母亲的唠叨，就问道：爸，您办什么事，真的要“扒破房瓦”吗？黎阿八知道老婆在唠叨，听了意味深长呵呵说：你爸是老猫，但也是大老板，真的起群（发情），还用上房去扒破瓦吗？接着他择要阐明了情况。黎江认为可以理解，但未必要弄这么大的动作。黎珊劝父亲，别把这点事看得比自家事业还重要。黎阿八不满意他们的说法：我在翁连长墓前和全团会议上都把话说出去了，这等于是赌过咒，怎能“拉屎不认迹（账）”，让别人以为我是“老屠夫刮毛（先吹胀再刮）——真能吹”，死人不能骗活人不可欺，这事不办好我良心过不去！但办起来没个准，可能要花些时日，只能这么安排，也让你们锻炼锻炼。黎阿八安排好公司事情，马上开始寻找烈属的工作。

原以为翁不是大姓，在潮汕应属于“稀有品种”；可认真一查，竟发现，潮安县就有金石、铁铺、韩公等好几个镇有全姓翁的村庄，好几个镇又有村庄部分人家姓翁，而且比邻的市县区也有类似情况。

正当黎阿八有点“老虎吃刺猬——无从下手”的时候，在汕头当记者的朋友游大河打来电话。他就拿游大河的名字开玩笑：江里泅，现在哪条江里泅？游大河发牢骚道：我白天无鸟事，晚上鸟无事；哪像你，白天鸟事多，晚上鸟多事。黎阿八灵光一现，这家伙也在绿城附近当过兵，或许会知道情况，就跟他打趣道：既然你泅来泅去（东游西逛），是鸟事无的无事鸟，不如过来帮我做点正经事。游大河问明是要帮找人，爽快说：找人，挖料，这是记者的强项，我来帮你。汕头到潮州三十公里左右，游大河走高速，没多一会儿就来到。得知是为谁找亲人，游大河说：翁浩杰我认识，他是我的连长！黎阿八喜形于色：我正愁踏破铁鞋无觅处，竟然得来全不费工夫，走，带我去他家！

事情却如黄河中途拐弯向西流，游大河根本不知道他连长家在哪个镇哪个村，他有点不好意思地说：我只当了两年兵，没有机会和连长细谈，只知道他是潮安人，别的不清楚。黎阿八刚燃起希望，眨眼熄灭，一脸懊丧。游大河眉头一皱计上心来：我弄篇稿在报上炒一下，说不定翁连长的亲属会主动找上门来，这是隐性广告，你和“阿黎八八”的知名度肯定会提高。黎阿八连忙摆手：那大家就会骂我昧良心钻营，连烈士都利用。我只想做点善事，悄悄地找打枪的不要，我也不必借这件事来炒作。想想又说：你要是方便，就和我一起去找吧？游大河说：行，但时间不能长，我还要靠报社发工资过日子，只能偷溜几天。

他们高速度高效率，把潮安县全姓翁的和有姓翁的村庄都走访了一遍，翁浩杰倒是碰到几个，甚至有个姿娘仔（小姑娘）也叫翁浩杰，就是没有可以对号入座的，几天时间无功而返。黎阿八并不气馁折服：说我“老猫起群，扒破房瓦”，我就给它来个“老猫发威，翻遍瓦缝”，不信找不到！游大河知道“翻遍瓦缝”是形容深入仔细寻找，说明他已发狠了，因而提议到周边市县区去找找，并和他认真研究了具体方案。

黎江黎珊见父亲弄得这么辛苦，就让事业拓展部经理梅孜孜搞了个堪称“有奖征集情报”活动，发动集团上下提供有益信息，帮助寻找烈士亲属。

营销战略总监是黎太的远房表弟，个子近乎深圳“世界之窗”的微塑。黎阿八说他“做人能省布，做鸟撑破裤”，抛头露面影响形象，给个虚衔，让他在室内搞搞资料。其他人不敢像黎阿八那样说他，给他起了个中药名叫胖大海，说他只有经热水浸泡才会变大。胖大海如同俗话所说“人个小，把戏多”，喜欢添枝加叶搞名堂，认为征集活动是表现自己讨好老板的好机会，就从民间传说“剪月容”中摘了点内容，绕开梅孜孜来给黎阿八献计：揭阳姓翁很出名，明朝有人杀了人，留下首歪诗，“姓氏天上飞，名是猪屎壳；若要破此案，除非马发角”。县太爷冯元飚一时破不了案，便去问如夫人月容。月容才貌双全冰雪聪明，听了歪诗便对冯元飚说，这是藏名诗，里面有嘲弄你的意思，你即令衙役去翁家村，把叫翁阿糠的人抓来归案。冯元飚说，你凭什么如此断定？月容解释道，能在天上飞的是鹰，潮汕话鹰和翁同音，姓氏没有鹰，肯定是翁；本地多用米糠喂猪，猪屎壳就是糠；马字多两个角就是冯，说是等你去抓他，你不去把他绑来还干什么？胖大海总结说：所以，应该去揭阳找。

黎阿八嫌他画蛇添足故弄玄虚，冷冷说：你是把电扇放在裤裆里！胖大海是个“扛鸟不知换肩”的货色，竟不知趣问：那是什么？黎阿八没好气说：尽吹鸟风！直接说到揭阳什么地方去找，不就行了，讲那些废话干什么？

老人哭子痛彻肝肠

黎阿八和胖大海的对话，倒让游大河来了灵感：姓翁在潮汕最出名的是汕头大学旁边的“所内翁”，明朝出了兵部尚书翁万达，与状元林大钦同是金石镇西林村“一门三女贵”的孙家女婿。那里曾经是潮安、揭阳、澄海三县的交界点，翁浩杰会不会就是那里的人，他当兵时刚好是潮安县管的，因而自称潮安人。听游大河这么分析，黎阿八觉得有道理，便决定先到“所内翁”去找，如果没找到，再顺路到揭阳去。

他们到了“所内翁”，几乎问遍了全村人，都没找到可对号入座的翁浩杰。黎阿八不禁长叹：一个一等功臣居然这么难找，如果让英雄继续孤寂长眠地下，我真是不甘心啊！游大河也发了浩叹：你也是一等功臣，这样为素不相识的烈士寻找亲属，实在太感人，如果让你一个英雄没能兑现承诺，我也心不甘啊！他又说，这村后山岩有个天然石屋，是翁万达年轻时苦读兵书的地方，干脆趁便去看看。说罢，不容分说，把黎阿八连推带拉过去。到了那里却意外出现转机，在门口遇到与游大河熟悉的“所内翁”所在街道的解书记，攀谈中解书记说：其实，韩公镇有两个翁村，大的在镇政府旁边，小的在隔了两三里路的山边，都与“所内翁”来往密切，每年这边祭祖、迎老爷（抬神像巡游）、扒龙船，那边的老大（德高望重者）都会过来，你们可以再去找找看。

经解书记这么一说，他们明白前次去的是大翁村，黎阿八决定第二天就去小翁村。游大河说他已经出来几天，不能再奉陪了。黎阿八只好孤身独行。

小翁村没多少户人家，分布在公路两旁的山坡。路边有个“丽香商店”，店主自称丽香婶。时间对人犹如爱恶搞的魔术师，看着丽香婶满脸皱褶，真不好想象她过去是如何艳丽鲜香。黎阿八寒暄了几句，便向她打听。丽香婶说：你是要找乾伯吧？他大儿子就是打仗牺牲的。说完走出店来，手搭凉棚向路对面的坡上望了望，指着左前方不远处说：喏，他就在那边做工课（干活）。她见眼前这个人开奔驰、西装笔挺、“势头激激”（器宇轩昂），知道不是领导就是大老板，便抓住时机推销生意：你来做客，应该给乾伯买点手信。黎阿八很理解，这么偏僻的地方有外人来，是天赐做买卖的良机；再说，给人家添麻烦了，也应该帮衬帮衬她。就说：有道理，给他买什么好呢？丽香婶说：乾伯烟茶酒都会，就买烟茶酒嘛。黎阿八按她的指点，买了一条烟两斤茶两瓶酒，提着走过去。

乾伯腰上扎着浴布（多种颜色相间的大格子薄布，是潮汕男人必备的劳动用品），躬身挥动锄头在挖番薯。黎阿八见了不由鼻子发酸：按翁连长的年龄来推算，他父亲应该八十好几了，这么大年纪还要这样干活，估计家里没什么人，日子不怎么好过。他亲切喊道：乾伯，乾伯！乾伯听到有人喊便转过身来，一副慈眉善眼，头发眉毛胡子都白了。

经过一连串的奇异遭遇，黎阿八对烈士有关的事倍加谨慎，他试探着说：乾伯，您认识翁浩杰吧？见老人没反应，觉得是自己说的不对头，哪有父亲不认识儿子的？便换了个说法：家里有人叫翁浩杰吗？老人还是默不作声，又另换了个说法：翁浩杰是不是您的儿子？我刚去祭拜过他，现在来为他寻找亲属。

已经三十多年没人提翁浩杰了，突然来了个陌生人再三说起这个名字，乾伯手中锄头“哐”的一声掉在地上，忍不住“嗷嗷”恸哭不已。浑厚沧桑的哭声，犹如闷雷翻滚而来，让人痛彻肝肠！黎阿八头发梢都麻了，吁嘘不迭，怪不得有句潮汕俗话叫作“惨过老人哭子”，却不知道如何劝慰。

过了一会儿，乾伯就像火车进站那样喘气哽咽停了下来，双手在身上口袋抠抠摸摸，却没掏出什么东西来，连连吞咽口水。看得出，乾伯在找烟抽。黎阿八知道，抽烟人高兴、愤怒、痛苦、郁闷时都想吞吐几口，借助袅袅的烟雾排遣内心的情感，便赶紧把买的烟拆出一包送到他手上。乾伯深深连吸几口，情绪放松下来，解下腰上的浴布擦擦脸和脖子，长叹一声说：浩杰是我大儿子，三十岁就走了，已经三十多年了。言语中，饱含着耄耋老人无奈的悲怆哀怨。

从乾伯现在舐犊情深的举止，完全可以想象出他当年老来丧子的情形。但黎阿八不明白，他如此爱惜这个儿子，却为何几十年都没去看看，即使自己年迈走不动，难道就没有别的人可以去，抑或另有难言之隐？他想了想说：为什么不去看看翁连长？话一出口，他又为该不该这么说忐忑不安。

乾伯并没责怪黎阿八，而是默默把挖出来的番薯捡到箩里，用锄头挑在肩上，向他招招手：不要在这里站了，请到我家里去坐坐，喝杯茶，我再慢慢给你讲。

刚遭不幸又添新惨

乾伯家是一座俗称“下山虎”的潮汕民居，看样子刚建好不久，日子应该过得不错。黎阿八觉得刚才见到他生出的想法，显然是瞎猜乱想，差强人意。

乾伯请客人到厅堂坐下，用小砂壶在炭炉上煮水，摆开功夫茶具，水一开，马上烫壶洗杯冲茶，给客人端了一杯，自己也端上一杯喝了，问明客人姓名身份，才做自我介绍。

乾伯，全名翁春乾。他出生时，父亲去找大翁村的老秀才为他起名。老秀才问了生辰八字，掐掐瘦长的手指，摸摸胸前的银须，顶顶鼻子上的老花镜说：这孩子将来长寿，我们本家翁万达与林大钦是亲戚，就在林状元“春满乾坤福满门”的诗句中，取“春乾”二字给他做名吧。以后叫他的名字，就会联想起这诗的上一句“天增岁月人增寿”，多吉利的意思啊！

黎总，我们不是不想去看，而是不敢去看啊！乾伯点上一支烟，这才回答黎阿八在地里提的问题，但只说了这两句，眼泪又流下来，他用浴布擦了擦，泣不成声说出了不堪回首的往事，一出刚遭不幸又添新惨的连环悲剧。

那年，部队通过县武装部，来报知翁浩杰英勇牺牲的消息。乾伯虽然知道当兵打仗要死人，但从没想到这种厄运会落在自己头上，而且一个五十来岁的人怎能经得起老来丧子的沉重打击。他一下就晕了过去，倒下时头磕到一把椅子，流血不止，被送到公社卫生院救治。老伴乾姆只好请来族内老大，商议处置对策。

大家认为，翁浩杰妻子李美卿已怀孕七个多月，说生就生，绝不能让她长途跋涉去部队，要是把孩子生在半路上可就麻烦了，在生产之前不能让她知道噩耗，以免悲哀过度危及胎儿；乾姆要留下来，照顾儿媳妇和乾伯；小妹翁如珊才十来岁，不好出远门办事，留下来给乾姆当帮手；弟弟翁杰辉和大妹翁杰珊年轻力壮，就由他们结伴去部队料理大哥的后事。这是当时特殊情况下，最合理的通盘安排。

翁杰辉带着翁杰珊，第二天坐汽车到广州，再转车到湛江，接着转车经绿城去部队。可客车刚进入广西境内，就“轰”的一声翻落山沟。翁杰珊受了轻伤，慌张失措，看见翁杰辉身受重伤，脑里一闪念，只想背着二哥尽快回家。以为回到家，有父母亲、嫂子和妹妹，二哥就有救了。翁杰辉回到家有气无力喊了句“爸——孃——”就魂飞天外，随大哥而去。对乾姆来说，两个儿子走了一个，已经天塌了；现在剩下这一个也撒手而去，等于地也陷了，似乎乾坤之间已没有她容身之所！她号啕哀号，昏迷过去，醒来后神情异常，不断跟人说：俺杰辉单身到了天上，日子不好过，托梦让我给他娶个老婆！她四处打听有没有刚死不久的姑娘，要为二儿子结一门冥亲。过了十几二十天，乾姆含悲逝世。乾伯可说是悲极而醒、大痛不痛，认为乾姆这么走了，人世间繁务不再用牵挂，不再用受厄运折磨，不失是一种解脱；但自己无论如何也不能倒下去，否则，这个家就彻底散了。正因有了使命信念，乾伯反而越活越硬朗，坚强撑起这个曾经天塌地陷的家。

乾姆走后不久，李美卿生了一个男孩，家里有了新喜气，现出新生机，燃起新希望；但也多了琐事负担，给乾伯增添了抚育孙子的重任。乾伯想，死的已成定局，应把心思用在照顾活着的。那时，生产队按工分计算分配口粮，他是家里剩下的唯一劳力，必须多挣工分多搞粮食，让全家吃饱饭。他起早贪黑参加生产队劳动，收工后又去种自留地，整天累得四脚朝天，根本没有时间精力顾及其他事情，而且分身乏术，更无法山长水远到部队去。不时还有人劝告乾伯，你大儿子死得太凶，已搭上两死两伤，家运正在衰落，不能再去看他，要看也必须家运好转再说。

乾伯对连遭不幸心有余悸，自然宁信其有不信其无，不敢再提去看大儿子之事，以免再遇不测。

乾伯凄戚抽泣，再次用浴布抹了眼泪，抖抖嗦嗦给客人冲了茶，接着说：一晃几十年过去了，这件事一直像块大石压在我的心肝头，总觉得亏欠了俺浩杰；所以，我每年坚持种两季“长冬番薯”。他指指刚才挑回来的竹箩：喏，就是这一种。以前我们把番薯放在稀饭里一起煮熟，俺浩杰最爱吃，经常一手拿个番薯一手端碗饭浆，咬口番薯喝口饭浆，说这是面包加牛奶。自他走后，每到他的生辰和忌日，我都煮四个番薯和两碗饭浆来祭他，让他在天上能吃到喜好的东西，弥补我的内疚。

黎阿八跟着一路抹泪，正想请乾伯到镇上吃午饭，交响乐《解放军进行曲》忽然从他裤袋里响起——是他去老部队回来后叫黎江帮下载的手机铃声，说是时刻提醒自己曾经是光荣的解放军功臣，要迎着太阳不断向前向前。黎太在电话那边着急叫他回去，说“滚爿先舀”（哪边急先抓哪边），这边已经“火烧鼎腹”，再等就“着火烧”（烧煳）！翁连长几十年的事“长命工课长命做”，不争一天半日的工夫。

原来，胖大海刚陪客户喝了酒，开车回到半路被警察逮住，要带去拘留。胖大海以为集团在潮州名声显赫，各方面都会给面子，就说我是“阿黎八八”的。见警察闻若未闻，又说，黎阿八是我姐夫！警察幽了他一默，我们奉命执法，不管什么二九一十八还是四七二十八。胖大海这才慌了，赶紧打电话向表姐求救。

黎阿八不太想理睬他，觉得让警察逮去教育教育也好，便故意扯别的问题：胖大海那么点大，开车像无人驾驶，警察怎么会发现？黎太说：关键时刻，你就剩下开玩笑的本事。黎阿八说：你平常老说他聪明有本事，不出事才是有本事，他在外面惹事把我抬出来，算什么本事？黎太顶他：能摆平才是有水平，你赶快来摆平，如果这点事都摆不平，只能当尿瓶！

黎阿八千不怕万不怕，就怕老婆河东狮吼打电话，只好抱歉说：乾伯，不好意思，我先回市里处理点急事，您哪天方便时把家里人叫齐，我再来听您说说后面的，并和他们讲点事。乾伯满口应承：后天是浩杰的忌日，我挖那些番薯就是准备给他做忌（纪念逝世）用的，他们都会回来，你后天来吧。乾伯送黎阿八上车，丽香婶见了说：下次再来，还是把车停在我店前，我再帮你看。然后，随同乾伯频频摆手说：款款行，款款行！这句话是潮汕话保留古汉语字词义的一个范例，相当于款款而行，风度优雅信步。潮汕人请人慢慢走，祝人一路顺风，一般都说款款行。

最凄惨是守寡姿娘

听说“阿黎八八”的老板到过家里，准备再来和大家见面，乾伯家里人纷纷从各自工作生活的地方赶回小翁村。

黎阿八赶到时，厅堂里多了三位中老年妇女，乾伯已生了炭炉煮好水，待客人坐定，马上冲好功夫茶递过去：食茶，食茶！黎阿八送上两盒揭阳名吃“乒乓粿”和两罐潮州特产“老香橼”，说：在“丽香商店”买的，乾伯有空冲点“老香橼”喝喝，可消风去屁保脾健胃。乾伯客气说：能来看我就好了，还老买东西，以后不要破费了！

乾伯介绍那三位中老年妇女是他儿媳妇和女儿，然后切入话题：我八九十岁了，经历多感受深，当今社会确实好。过去就不一样，记得1943年饥荒，病和死的人很多，我被饿得脚水肿，头昏目晕“行路抛抛砰”（东歪西倒）；但附近的富人枭情绝义，家里米谷堆成山、钱银压塌楼，硬是不甘对人施舍。现在好人还是多，我家接连遭遇不幸的时候，要不是有那么多好人出手相帮，早就散了。

乾姆去世后，剩下老的老、小的小、病的病、伤的伤，周围多认为这个家算是完了。尽管当时是“文革”期间，但公社“革委会”了解情况后，还是及时报告了县里，县里很快派了两个同志到乾伯家走访看望，过几天又派人送来一百块钱、一百斤米和五斤油，说是慰问救济特困烈属。不久，公社恢复党委，来了个部队转业的王书记，到乾伯家看过后，非常同情，对同来的干部说：如果让一等功臣的家还穷下去，就对不起流血牺牲的英雄了，我这个书记“做支大浪”（当个鸟）啊！王书记话糙理不糙，心更不糙。他专门开会研究，又亲自到县里去找领导，很快安排翁杰珊到大翁村信用社工作，接着安排李美卿到公社信用社工作，翁如珊一到龄又帮送去当兵。信用社划归农业银行时，翁杰珊和李美卿都调到县农行。翁如珊在部队提了干，去年转业安排在海关。

帮我们家的人中，王书记做得最多，功劳最大！乾伯动情说：好人有好报，后来他升到县里再升到市里。我这个儿媳妇也有功，是全家人的功臣！

李美卿年近花甲，几年前退了休。她身体结实丰满，宽脸盘厚嘴唇，被岁月之刀刻下许多皱纹，里面盛满了世事沧桑，看得出是个重担压顶不弯腰、多干活少说话的人，饱经磨难使她变得更加坚强。她被家公夸得有些不好意思，矜持说：我是这个家的人，肯定要为这个家做事，只是尽到自己的责任，没像老人说的那么大贡献。

两个小姑竞相说，我们大嫂这一点特别好，为家里做了很多事，从不“讨功念劳”。我们出嫁时，她都细心周到为我们操办嫁妆，虽然母亲去世早，但在人生紧要关头，我们都没感觉到自己是没娘的孩子。现在我们到大嫂家，就像回娘家一样，比别人还走得勤。

李美卿憨厚笑了笑，犹豫一下说：一起艰难走过来，大家都不容易；不过，相对来说，我多了一种她们所没有的苦。因为我是守寡姿娘，年轻时是寡妇门前是非多，老来是“离却过守寡大家”（守寡家婆最厉害），全是不好的角色。

潮汕话有“最凄惨是守寡姿娘”之说，她们既当娘又当爹，要顾全自己贞节名声，要保护子女不受歧视欺负，往往会像孵仔的母鸡警惕勇猛地对待周围的一切，有许多不为人知、不便人言的艰辛、苦楚和无奈。

李美卿生完孩子，才知道丈夫牺牲了，没法给她疼爱和安慰，原指望照顾她的家婆也去世了，身边没有一个可以说贴己话和真正会帮忙的人，产后诸多不便要靠自己去对付，有苦有累只能往肚里吞。哺乳期间，她乳房胀鼓鼓的难受，如果丈夫在，可让他吸一吸，家里其他人是帮不了这个忙的。外面不正经的男人还想趁机占便宜，一天晚上有个男人来拍她的后窗，下流说，没有男人日子不好过，是不是想干那事，我来帮你的忙。她悄悄倒了一盆开水，看准说话的地方用力泼过去。那人惨叫一声，“劈里啪啦”跑掉了。有人不忍看她这么守寡，好心劝她去改嫁，还为她牵线搭桥介绍对象，她都坚决谢绝。她很想带着儿子到丈夫坟前哭诉一场，家公和两个小姑怕她母子出意外，死活拦住不让去。思前想后，她把对丈夫的思念和所有的痛苦都化作精神力量，集中时间精力抚养孩子。认为这才是对丈夫表达爱的最好方式，才是对这个家最好的贡献！

儿媳妇这么坚守妇德妇道，专心致志操持家务养育孩子，家公备受感动。有个亲戚劝他续弦，为他介绍了女人。他骂了亲戚：你在说浪话，儿媳妇二十多岁没改嫁，五十多岁的家公却要再娶？你是要害我给全社会甫（鸟）骂啊！

李美卿含辛茹苦，为家里营造了一片温馨的天，让一家大小夏能遮荫冬有温暖，从苦难的沙砾上长出希望之花，燃起生活的火焰。家里的小独苗，也在大人们期盼的目光中茁壮成长，转眼变成了堂堂男子汉。说媒的人接踵而来，让长久愁苦的李美卿喜笑颜开。但是，有些不错的女方家，了解情况后，畏而却步，理由多集中在“离却过守寡大家”这句老话上，怕女儿过了门受尽守寡家婆的刁难。这使李美卿内心受到了极大的创伤。

守寡的辛酸经历，只有自己知其真味，对鳏居的家公怎能谈及，对其他人又何以说起？就是现在，李美卿也只能有选择地说一说，尽量剔除暧昧的字眼和情节。即使这样，两个小姑也已听得泪流满面。

黎阿八不时摇头叹气，心里又好生纳闷：怎么只有这姑嫂三人，那棵独苗呢，究竟是否已娶妻生子？这些都还没说到，是不是他们不愿说，我该怎么问起？

一炮双响烧旺香火

黎阿八正在踟蹰间，一个十来岁的妾娘仔领着两个八九岁的男孩从大门欢声雀跃进来，异口同声喊道：阿公（曾祖父），阿嫲（祖母），老姑（祖姑母）！后面跟着一对三十多岁的夫妇，也边走边叫：阿公，阿孃，大姑，二姑！

看到这群人，黎阿八马上露出了庆幸的欢笑。他明白，英雄的种子已开枝发叶，二代生三代，传续了喜人的血脉！

翁存！乾伯对孙子说，这是黎总，“阿黎八八”的老板。

您好您好，电视上见过！翁存过来握手：您是著名英模。他又对爷爷说：阿公，黎总立过战功，是全国优秀军转干部，中央台播过他巡回报告的实况，省台报道过他的事迹。

怪不得我一见到他就觉得脸熟熟！乾伯笑笑说，不好意思，人老眼花，经常紫茄看作黄瓜；记忆下退，要拉尿弄成去舀水。哦，想起来了，几月前“630”扶贫捐款，你拿了张大支票，一下子捐了800万元，电视播了好几次。乾伯向黎阿八表达了敬意，又对孙子说：翁存，黎总刚去看过你爸的墓，现在专门来说知情况，他是好人啊！接着招呼三个小孩子：来来，过来叫老叔（叔祖父）！三个小孩子很懂事，叫了老叔又鞠躬道谢。

黎阿八眼前一亮，两个男孩身上有翁存的影子，而翁存又很像幻觉中那个身影，这就叫作一脉相传吧？他自言自语：翁存！翁存？

这个名是我给他起的！乾伯自豪地说，当时我想，短短时间，两个儿子都给老天收去了，俗话说天无绝人之路，总得给我留个种吧，就特意把他叫作“翁存”。

潮汕话“翁”音有播撒、挥洒等意思，“翁存”相当于用剩。一些地方有起贱名的积习，什么狗剩、猪仔、铁蛋啊，随便给孩子起一个，以为这样不会引起神鬼注意，容易成活养大。翁存这个名也属于这一类，乾伯的用意是祈求老天恩赐，保佑孙子平安成长，为这个家传续香火，幸好事实恰恰天遂人愿。黎阿八羡慕说：乾伯，你家现在人丁兴旺了，孙子一下就生了三个小孩！

乾伯误以为黎阿八在质疑，赶紧解释道：三个都是计划内，全不违反政策！翁存和他老婆都是独生子女，按规定可以生两胎。他们第一胎生个姿娘仔，我们紧张死了。谁知，老天开眼，这小子争气，第二胎一炮双响生了两个男的，让我欢喜到几夜睡不着！

黎阿八仔细看看翁存，又问：翁存长得像他爸吗？

翁浩杰和翁存，都是李美卿能整体仔细观察的男人，她作为妻子和母亲，比作为父亲和爷爷的乾伯更有发言权。

她和翁浩杰只同床共枕一个月，头年冬天翁浩杰请假回家和她相亲，翌年春天又请假回来结婚，一个月后回部队就上前线，就是那一个月的夫妻生活让她幸运做了母亲。一个月毕竟很短暂，随着时间推移，她差点就把翁浩杰的容貌淡忘了，幸好儿子越长大越像他爸，丈夫的形象这才在她心目中重新清晰起来。她深情地说：像，太像了，几乎是一个模子印出来的，那年他爸走的时候，就是翁存现在这个样子！

猜测得到印证，黎阿八反而更疑惑：我从未见过翁连长，为什么幻觉会有他的身影，难道人真的有第六感官，那是有缘人之间的特殊感应？哎，不好讲，不好讲，别让他们以为我搞迷信！他就切入别的话题：男孩像母亲的居多，像父亲的较少；据我观察，男孩像父亲的都比较有出息。翁存，你现在做什么？

他现在还没多大出息，那点出息也是靠党和政府照顾的。李美卿像许多母亲那样，善于用谦逊的言辞夸自己的孩子：他高考时挺卖力，差几分入重点线；但那年国家有个政策，烈士子女可加 20 分，一加分他就顺利读上了重点大学。毕业后进了市建行，最近当了信贷科长。说罢，又掩不住内心喜悦说：儿媳妇在发展行，连我和他大姑，一家四人在银行。

农业建设发展，三个银行的名字，不管怎么排列组合都是好话，真为你们全家高兴！黎阿八说：我在翁连长墓前发过誓，一定想方设法帮他找到家属，让亲人去祭拜他；现在找到了，我想请你们派人去看看他。说着，打开皮包拿出两万现金，交给翁存：这点钱就给你们做路费。

四个老人都叫翁存不能拿。李美卿说：我们现在不比过去，一家四个银行，有钱了，去拜祭亲人是天经地义的分内事，怎能让别人出钱？

潮汕俗话说“富过开银行”，你们一定能出得起这个钱，但我也要对翁连长表示一点敬意！黎阿八说，而且你们能去也是帮我兑现许下的诺言，一定要拿，否则我心里不安。

话已说到这分上，再推就是不领情了。翁存是个聪明仔，而且当了科长已有社交经验，就灵机一动说：恭敬不如从命，不过我们要去也用不了这么多，就拿一半吧。

黎阿八乘势向他们讲了守墓人的事，感慨说：这是一对值得敬重的老人，我也不知什么时候能再去看他们，这样吧，你们去了就在这两万中拿五千给他们，并替我向他们问好！

黎阿八和他们一起为翁浩杰做了忌，吃了乾伯煮的番薯和饭浆，看着一家香火又烧旺起来，由衷为翁连长感到欣慰。

追到天边也要找到

事情终于有了一个好的交代，黎阿八很开心，也深受启发。觉得人的一生要做成这么有意义的事，机会不多，而且给人的成就感是其他所没法比的。他似乎悟出了一位潮籍作家“世事难看透，做人要想开”这句话的真谛，精神状态思想境界发生了很大的变化，认为是退出江湖的时候了，再下去自己还只是一具赚钱的机器，应该把事业交给孩子，趁着身体好还走得动，去为另外两位没有亲人拜扫的烈士寻找家属，别让389营房还有遗憾。

黎阿八把儿子女儿叫到办公室，对他们肯定鼓励一番，然后说：事业是接力跑，各人跑一段，前一棒总希望后一棒尽快能接上。按你们这一段的表现，完全可以接手了，我决定把集团交由你们去管，黎江当总经理，黎珊当常务副总经理。兄妹一时摸不到头脑，都问他这是要干什么？他做了个影视武侠的表情，说要去游侠江湖。兄妹以为是自己没做好，他故意将他们的军，激发他们积极上进。黎阿八说：你们不要自作聪明，历史规律就是长江后浪推前浪，前浪早晚要被打在沙滩上，我这个前浪是想在没被打趴的时候主动上沙滩。不过，我还挂名董事长，因为"阿黎八八"是无形资产，好多人只认我这张老脸，我不挂董事长，会被误以为变了天；但我是要当甩手老板，别人退而不休，我不退而休。

见兄妹还在狐疑，黎阿八又说：我这次也不是"扒破房瓦"，还是"翻遍瓦缝"，不过是要到别的地方去翻。明白他的意思后，黎江劝他，黑龙江齐齐哈尔和山东临沂那么远，一路舟车劳顿，是吃苦不是享受，又不是有谁给的任务，也没有人追逼，何必自讨苦吃，确实想出去走走，找个时间我们陪您去旅游。黎珊也在一旁帮腔。

双方相持不下的关头，翁存打来电话，说他们已去祭扫回来了，按黎阿八事先的嘱咐拍了照片和录像，想送来。黎阿八让他马上过来，直接拿到办公室。

镜头中，乾伯、李美卿、翁如珊和翁存同行，四人一到陵园就围着抱定翁浩杰的墓碑，哭得死去活来，久久不愿放开。李美卿泪如雨下，这一抔黄土就是三十多年前同床共枕的丈夫，英俊潇洒的丈夫已化成这一抔黄土，怎能不叫她痛苦、悲愁、哀伤、怨恨、惆怅满怀？她犹如拥抱丈夫那样匍匐在墓上，如歌抽泣，向长眠于地下的丈夫纵情倾诉！翁存点了香烛，烧化纸钱，这就是从未谋面的父亲，多少年魂牵梦绕的父亲就在这地下，他拜了又跪，跪了又拜，把头磕得咚咚响，他不知对父亲从何说起，也不知该向父亲诉说什么。乾伯对儿子不能跪不能拜，颤颤巍巍站着，老泪纵横，痛苦哽咽。翁如珊忙得团团转，恨不得多长几只手来应付今天的特殊场面，她自己要烧香化纸跪拜，还要搀扶照顾父亲，怕他悲伤过度出现意外；又要宽慰大嫂，减轻这个守寡几十年苦命人的悲伤，让她顺利挺过这一关。

看清这一幕幕感人的场面，黎阿八禁不住思绪翻腾，长舒一口气，对翁存说：能有这样的结果，是你爸在天有知，总算可以告慰你爸的英灵了！没有辜负英雄的特殊托付，我问心无愧。

全仰仗您重情好义、热情帮忙、大力支持，我们全家万分感激您！翁存说着毕恭毕敬给黎阿八鞠了躬，接着说，经过这件事，我感触至深，这世界还是好人多，管团长他们接到您的电话，知道我们要去，就指定专人和我们联系，还派车去接站，安排我们住到团招待所，为我们提供扫墓工具，真是无微不至。那个守墓人仍坚守在那里，我们按您的吩咐，把五千块钱交给他，并转达了您的问候，他叫我替他谢谢您。

黎阿八拿起有守墓人的照片再看了看，发现上面标的日期是04/04/2012，便若有所思说：你们已回来好长时间了？

翁存像被触动哪根敏感神经，眼眶立刻红起来：我们是今年清明前三天出发，清明后三天回到，本来早就应该来感谢您，但是……他说不下去了，呜呜哭起来。

扫墓回来，乾伯整个人变了，饭越吃越少，每天老昏沉入睡。全家人被吓得不得了，半步也不敢离开。到了第二十一天傍晚，乾伯起来吃了晚饭，和大家喝了一会儿茶，然后洗了澡上床睡觉。全家人以为，他是年纪大，一星期的旅途颠簸，加上触景伤情，身心经受不了，经过三星期的休整，终于挺过来了。谁知，翌日起来，翁存去请他吃早餐，却发现他已经溘然长逝，而且自己已经穿好早准备在家里的寿衣，全家人惊诧不已。翁存一出生，在家里见到的男人只有阿公，爸爸对他不外是个缥缈的概念，阿公对他才是具体、真实、亲切的，阿公突然逝去，他仿佛精神支柱坍塌了，三十多岁的男子汉、银行的大科长哭得像个小孩。

翁存抹抹眼泪说：真没想到，阿公身体那么好，八九十岁还经常去做工课，已经闯过那么多的大灾大难了，怎么就跨不过这个坎呢？

黎阿八劝他节哀：你阿公八九十岁去世，属于白喜事，在过去，灵堂、棺木是要扎金花红绸的。他走得安然淡定，没受病痛折磨，或许是已尽心尽责完成人生使命，预先知道命理定数，寿终正寝，是多少人修不到的善果，你们可能感到事出突然难以接受，但对他却不失为是一种福分。当时你们应该告诉我，我会去送送他，至少送点纸礼。按潮汕风俗，白事过期不补，我只好在此祈祷他到天堂多多享福！

送走翁存，黎阿八大发感慨：小品演员说，世上最大的悲哀，人在天堂，钱在银行，亲人上公堂。对我来说，是最怕心愿还没有完！现在多赚少赚，对我们都只是在数字上做加减，丝毫不影响生活；如果利用拥有的力量多办一件善事，可能就会改变别人的生活，让自己精神上有了收获或者叫享受。他对子女说：我一定要去为另外两位烈士寻找家属，就是追到天边也要找到！这次先到黑龙江，拉上你们焦叔叔一起找，绝不让“跛公交”再跑掉了。我过去工作还有缺陷，有赖后人来补上，临要走我交代三点，希望你们就从这些方面着手去改变集团面貌，一要对人以诚相待，慈悲为怀，多做好事广结善缘；二要重视人才知识，招贤纳士，走出近亲繁殖怪圈；三要打破旧框套，务实创新，力争可持续发展。

黎江黎珊觉得父亲这些话，有点像党政领导做报告，更有点“风萧萧兮易水寒，壮士一去不复还”的味道，一时紧张起来，极力找出理由试图劝阻他。黎阿八却耍起家长威风，挥手向下一砍：不用再说了，就这么定，过完这个“五一”黄金周，我就出发！

知道拗不过父亲，兄妹紧急协商，选派一个得力干将去陪同照顾。黎珊提议让胖大海去，说他是中层领导又是亲戚，比较合适。黎江说，这家伙成事不足败事有余，人缘很差，大家都讨厌，说“总监，总监，总体要强奸（他）”，爸爸用他是给妈妈面子，不能让他去惹爸爸不高兴；还是让梅孜孜去好，她文化高、见识多、社交能力强、比较心细，跟爸爸去谈过几单大生意还出过两次国。黎江接着本想说“深得爸爸欢心”，怕产生歧义，话要出口时舌头一转说成是“爸爸很欣赏她”。黎珊接着话茬说：但是，她有点妖冶，有些风骚！黎江打断她的话：全是女人好嫉妒的毛病在作怪，人家相貌好、身材好、有女人味，硬要说是妖冶风骚，女人不骚品位不高，这算个什么事？黎珊不甘示弱，没等哥哥说完又抢着说：你打这个坏主意，是故意创造条件，让爸爸老……她原想说“老牛吃嫩草”，舌头也临时拐了弯：老来失足！见妹妹越说越激动，黎江缓和语气宽慰道：他要失足不在于老不老，什么时候都拦不着。晚辈尽孝要多替长辈着想，他辛苦一辈子了，让处事周到的梅孜孜跟去，只是想让他旅途轻松愉快。我听他几次跟人说，人老了，好给人叫作“痴哥”（多情迷色），说明身体好还有戏，不好让人叫作“痴呆”，那已经没戏只能在等死！安排梅孜孜去陪，说不定正中他下怀，心里美滋滋夸子女会办事。他心情好身体就好，效果好过让他天天吃冬虫草！黎珊见说不过，就甩手不管，对哥哥说：这事，你一人去糊弄，千万别让人知道跟我说过，惹出什么麻烦，你自己擦屁股！

听黎江说了出行安排，黎阿八不露表情说：知了。过了两天，就携同梅孜孜踏上北去寻人的漫漫旅程。

邓一光

20世纪80年代从事小说创作，出版长篇小说9部，小说集20余部，曾获首届鲁迅文学奖、首届冯牧文学奖、第2届国家图书奖、第8届茅盾文学奖入围作品等奖项，部分作品以英、法、俄、日、德等文字译介到海外。

深圳在北纬 22°27′ ~22°52′

夜里他又做了梦，梦见自己在草原上，一大片绿薄荷从脚下铺到天边。

他很兴奋，从粉红色花丛上一跃而过，冷冽的风把耳朵吹得生疼。

然后他就醒了。

他看了看床头柜上的闹钟，下夜两点。她睡得正熟，习惯性地蜷缩着身子，一只胳膊无助地举过头顶，一绺头发耷拉在脸上，嘴嘟噜着，婴儿似的贴在他的小腹上。

他从梦中醒来的时候，她吧嗒了两下嘴，扭过脸去，再扭回来，吮吸住他的小腹。她喜欢用她的嘴。她的头发很柔软，搔得他痒痒的，忍不住想尿尿。

窗外的北环立交桥上有载重货车驶过，听声音像是辗过一段长长的雨水。

他决定不起来喝水，就那么躺着，说不定可以接着睡，假使他不去想什么的话。

最近他老是在半夜里醒来。有时候是凌晨。如果不想什么，大多时候他可以接着睡，到早上再醒。但他还是忍不住要想。

最近他经常想一些事情，那些事情让他心里不安。

比如这个时候，他就想，自己怎么会在草原上？在那里干什么？

好像他是一个人，没有别人。也许一只巨大的黑色褶菌上徘徊着几只橘翅舞虻，一大丛暗黄色大茴香下藏着一只小眼睛旱獭，梦中，他没有注意到这个。

他明明看见一大片绿薄荷，叶端上生着金色的斑点，它们从他脚下一直铺到天边，他怎么就能一跃而过？

还有，绿薄荷的花是淡紫色的，他在梦里看到的绿薄荷却分明开着粉红色的花。

他这么想着，脑子越来越清醒。他不认为这是值得提倡的事。

这段时间公司很忙，是梅林方向出关道路狭窄的事，市民意见很大，政府扛不住压力，拓宽改造工程正在节骨眼上。他是监理工程师，有些疲于奔命。负责业务的公司刘副总吼过来，胡总工程师再接着骂，他觉得精力越来越不够用，睡眠再不保证，情况会变得很糟糕。

他还是起来了，去盥洗室，处理掉膀胱里的存液，再去客厅接了一杯纯净水，靠在鞋柜边，一口一口慢慢喝水。

窗外星辰亮得耀眼，载重货车依次驶过。他知道它们并没有辗过雨水。北环立交桥刷黑工程刚结束，也是他的监理。减噪板没来得及装上，问题出在这里。

杯子里的水喝光了，他转动着空杯子，困惑地想是不是应该再续半杯。

纯净水很清凉，尤其在万籁俱寂的时候。

他靠在鞋柜上想，他不是第一次梦到草原，最近好几次做梦，他都在草原上。深圳在北纬22°27′~22°52′的南海边，南海没有草原，这一类梦与他的生活似乎找不到必然联系。

但为什么他老是出现在草原上？他弄不懂。

他去厨房洗了杯子，把杯子收好，关了灯，回到卧室。

他发现她已经起来了，盘腿坐在床上，人发着呆，锁骨下有一条浅红色压痕。

她的锁骨很漂亮，胸脯也是，这弥补了她肩宽的缺陷。

有一段时间，她怀疑他是因为她漂亮的锁骨才和她上床的。“你这个卑鄙的引诱犯。”她对他说。

但那么说过以后，她仍然保持裸睡习惯，而且喜欢打开屋里所有的灯。她宣称这符合肉体和精神完美结合的梵我一如境界。

“等着吧，我的乳房总有一天会耷拉下来，你总有一天会暴露无遗。”她快速冲到他面前，大声冲着他叫嚷。

她伶牙俐齿，作为一名优秀的瑜伽教练，她有一张了不起的嘴。

“你怎么啦？”他说。

她没理他，腰身笔直地端坐在床上，目光涣散，不看他。一络柔软的散发滑落到她的脸颊旁，不注意会以为是阴影。她的两条腿几乎收到了胳膊上。她在神游中也保持着妙曼的姿势。

“睡吧，”他说，“不到三点。”

他上床睡，拉过被单盖住自己。她还呆呆地坐着。

他再一次问她怎么了，稍后打开床头灯。他发现她在流泪，无声无息，脸上湿漉地印着浅浅一行。

他坐起来，还没来得及问下一句，她向他挪来，窝进他怀里。他感到肩膀上热乎乎湿了一片，心里轻轻颤了一下。

“又做梦了？”他说。

“雨把我冲到泥水里了。”她委屈地抽搭一声，“雨大极了。我的脑袋撞在一片叶子上。叶子上全是湿透的虫子。”

“没事。”他轻轻拍她的背。那里有一层细细的粉质，凉沁沁的令他留恋。“没事了。”他说。

他安顿她重新睡下，为她盖好被单，关上床头灯。

她很快睡着了，身子蜷缩起来，蛾蛹似的钻进他腹下，嘴唇贴在他小腹上，吮吸着。

他没睡着，完全清醒了，睡不着了。

整个白天他都在工地上没头没脑地奔波。

刘总工两天前入院了，累得吐血，抢救了一次，输了好几百 CC 别人的体液。胡副总一上午来了三个电话，下午索性杀到工地，下车就开骂，什么话脏骂什么。

没有人偷懒。在深圳你根本别想见到懒人。深圳连劳模都不评了，评起来至少八百万人披红挂绿站到台上。但没有人管这个，也没有人管你死活。深圳过去提倡速度，现在提倡质量，可在快速道上跑了三十年，改不改惯性都在那儿，刹不住。

他累，却只能忍着，无处可说。

他对自己越来越不满意。工作压力倒没什么，谁都有压力，问题是他不应该再给自己施压。而且，他不能把自己的压力带给她。

他发现她最近也开始多梦了，还都是那种情绪焦虑的梦。

他们已经决定结婚。两个人不是头一次进入婚姻，但他们认为有必要格式化对待对方。

“反正都要下地狱，那就结个伴下好了。”她开玩笑说。

她还开玩笑地问他，为什么他不去储存精子，也许他的精子里隐藏着一个或者一群天才，那样她就赚大了。

他当然不会选择让科技来掺和他的事。孩子可以过几年生，但他得自己解决这件事。

他三十八，她二十七，他对自己和她信心十足。可他最近老出神，这就不对了。

晚上回到家，他们说到她昨晚的梦。

晚上本来加班，带班的是理工大的校友孟工。他问清楚，布吉那边出了事故，胡副总今天肯定赶不来查岗，他就向孟工请了假。

公司严格按照《劳动法》支付加班费，工时成本和管理费这一块公司向来大方，这也是为什么很多人宁可累得不再有性爱，也坚持保住这份工作的原因。

“国家早解放了，个人的解放早着哪，就算咱们为自己打一次抗战吧。”孟工苦笑着对他说。

平时他从不赖加班。倒不是为了加班费。他的薪水不低，如果结婚，他能应付楼价高居不下的压力。他只是想在老板面前挣个好印象，以后有机会做项目经理，这样就不用替那些愚蠢的官僚们顶缸受罪了。

她告诉他昨晚的梦。她在梦里又变成了一只蝴蝶。这一次，她在热带雨林里快乐地飞翔，没想到遭遇上劈头盖脸的雨。前两次她在莫名的地方，一次是气候干燥的北非沙漠，一次是冰雪覆盖的南极。在北非的时候她能开口说话。在南极的时候她不能说，用的是哑语，因为不习惯用触角或足打手势，差点儿被一只帝企鹅误会了。

“你一个人？没有别人？”他问。

“是蝴蝶。一只蝴蝶。”她纠正他。

“我是说，就没有别的蝴蝶陪伴你？不会吧？”他改口。

“你不会是小心眼吧？我要说有，而且是男蝴蝶，你又要去露台上抽烟，对不对？”她嘲笑他。

他们在厨房里。她忙着清洗紫包菜和甜椒。他替她打下手，去冰箱里取千岛酱。她还打算做一个汤，回家时她带回了刚出荚的青豆。

然后他们吃饭。

她在节食。从八岁开始，一直坚持到现在。

她是个素食主义者。认识他以后，她也不让他吃红肉。在充分考虑过戒烟导致的副作用，并且咨询过专家之后，她同意他每天吸烟不超过五支，烟的牌子必须是“五叶神”。

“我不想离开一个大粗腿，又落到一个大肚腩手里。”

她说的是她的前夫，一个过了气的拳击教练。对一名拥有傲人身材的瑜伽教练而言，这个要求并不过分。

“那么，雨是怎么回事？”他配合地问，把一勺清水煮燕麦喂进嘴里。

食物简单而精致。一大钵蔬菜沙拉，“吉之岛”能提供的新鲜品种几乎一样不少，然后一人一碗燕麦粥。

他在餐桌前正襟危坐，一个人。她不在饭桌边。

她从不坐着吃，端着盘子满屋走动，一眨眼在这儿，一眨眼在那儿，饭桌只是她取食的地方。

她从来没有耽搁过取食，也没有胃病，这一点让人生气。

“一直阳光明媚。微风。我在一大片金合欢林子里飞着，雨就来了。”

她盘腿坐在沙发上，用一把干净的勺子喂自己西红柿青豆汤，停下来想着梦境里的事。

“你怎么就肯定是金合欢？梦，你能看清？”

他填了一大勺清爽的洋葱什么的在嘴里，嘟囔着说。

“怎么不能肯定？”她把盘子放在腿上，空出手来比画，“这么长的荚果，粉红色的花序。谁能长出这么长的荚果，你长长看？”

他心里咯噔了一下，想到昨晚他的梦。

他梦到绿薄荷，也是一大片，比她说的金合欢更大，大到天边，也开着粉红色的花。只是，金合欢开粉红色的花没错，绿薄荷应该开淡紫色的花，为什么也是粉红色？

“喂，想什么呢？怎么不问我雨的事？”

一眨眼她出现在餐桌边，两手不空，噘着嘴吹了一下落到额前的散发，从

“尤利格”蓝色玻璃菜钵里快速取了两勺生菜。

她噘着嘴吹气的样子显得顽皮，像是在嘲笑谁。

“雨怎么了？”他愣一下，想起来，接上她的话，“你刚才在说雨。雨很大，对不对？”

“大极了，一眨眼工夫我就被雨水淋湿了，怎么都伸不开翅膀。风也大起来。”她说，“我被吹到地上，撞上一片叶子。不是合欢叶子，又厚又硬，是桨果鹃，要不就是冬青。”

一眨眼她又去了露台的门边，身子弓形倚在那儿，赤着的脚踝上，蓝色血管隐约可见。

她将一大片甜椒费力地填进嘴里，想了想：“你说怪不怪，明明我在金合欢林子里，”她困惑地说，“它们去哪儿了？”

吃过饭，她去冲凉。他洗完碗碟，熟悉了一遍明天的工程进度。

他本来想去露台上偷偷抽一支烟，想到她让雨伤了心，别再另添伤了。再说，一会儿还得刷两遍牙，得不偿失，就免了。

生活上她是精细主义者，做的菜一点儿没剩下——他不让它们剩下。洗碗的时候，他看见碗里还留着半只没做的甜椒，顺手拿它当了水果，在温习工程进度的时候吃掉了。

他是在认识她之后改变食谱的。她偏喜蔬菜，他当然要配合她，向绿色植物致敬。

单身时，没有大肉他会烦躁，食无肉，毋宁死。为这个，他们吵过几架，差点儿闹到分手，以后他改变了。

她变脸比他厉害。她站在那里，微笑着看他，嘴角露出揶揄的神色，身体融化似的往下落，四肢及地，匍匐着爬向他。他坐在那里，抓紧椅子扶手，咽一口唾沫，紧张地盯着她。她爬近他，浪头涌动似的涨起来，赖进他怀里，翕动鼻子，猫一样上上下下在他身上嗅。

“你储藏了多少吨肥油啊？”

她绝望地说，然后挣脱他的胳膊，冲进盥洗室里呕吐。

是真呕吐，不是秀。

她皮肤细腻，消瘦的脊背上凉沁沁的，抚摸时，手指上会留下令人陶醉的粉质感。他说不清楚是不是因为这个，油腻食物渐渐对他失去了诱惑。他开始接受素食，并且越来越喜欢清爽的新鲜蔬菜。

不过，他不大愿意承认这是因为粉质感的原因。

她是可爱的瑜伽教练，严格遵守职业操守，从不威胁他。要是细究，充其量她只是动用了色相，算作利诱吧。

但骨子里，他不希望她在生活中对他过从严谨，严紧更不行。

有时候，他仍然有些伤感，为渐行渐远的牛羊肉。那是多么美好的日子，现在那是别人的日子了。

梅林关拓宽改造工程进入关键期，他再一次梦到草原。这一次梦境很逼真，梦的内容也很清晰。

他在焉耆草原，和一群老成的犏牛、呆头呆脑的大尾羊在一起。有两只翅膀巨阔的草原金雕从他头顶掠过，阴影半天没有消失。

他兴奋地奔跑着，快速超过几头慌里慌张的灰毛猞猁、一群目中无人的野骆驼和一队傲慢的丹顶鹤。

他是一匹马，一匹黑色皮毛四蹄雪白的马。

他不知道为什么梦中他会出现在焉耆草原，而不是别的什么地方，但他能肯定梦中发生的事情。

在梦中，他就是一匹马，撒着欢，无拘无束。从梦中醒来后，他还在大口呼吸，胸脯剧烈地起伏，小腿肚子发紧，膀胱也发紧。而且，他的后颈上有一层细细的汗。

他去了盥洗室，处理掉膀胱里的存液，觉得心跳不那么快了，被风吹疼的耳朵也恢复了温度。

他对着镜子看了一会儿，去客厅接了一杯水，靠在鞋柜边，一口一口慢腾腾喝着水，回想刚才的梦境。

“他”从波光浩瀚的博斯腾湖跳上岸，快乐地打了一串响嚏，晃动身体，油黑的皮毛上的水珠四溅而开，几只在湖边打洞的麝鼠吓得飞快地躲藏进红花丛中。

这是梦开始时发生的事情。

“他”从一片细碎的雪花中穿过，在一处高地上逗留了一会儿，眯缝起眼睛看远处的群山。

有一阵“他”似乎看见了人。是一个头戴翻耳皮帽的小男孩。这一点“他”拿不准。

“他”能肯定“他”穿过了一片森林，因为“他”认出了森林边上顶着积雪的茂密的贝母草，还有一只带着小紫貂的母紫貂。母貂不满地朝“他”看了一眼，赶着两个孩子很快消失在森林中。

接下来的所有时间“他”都在草原上，和一群兴奋的大屁股野驴追逐不休。“他”四蹄凌空，脖颈有力地伸向前方，长长的披鬃飞扬起来，快速越过一片胡杨林，越过零乱生长着焉支草的砾石地带，把气恼的傻驴们甩得看不见影儿。

这一切结束的时候，梦境中只剩下“他”。雪原无垠，一轮巨大的金红色太阳在地平线上静静地看着“他”。

然后他就醒了。

可是，他有点纳闷儿，为什么在梦里“他”是一匹马？而且，他回忆起来，在前几次梦里，“他”也在奔跑。梦境不清晰，正是因为“他”在疾速奔跑。“他”跑得太快。他不可能像真正的马那样习惯捕捉快速掠过的影像，所以梦的内容才会模糊不清。

有一点可以证明，每一次醒来之后，他都在急促地呼吸，臀部紧绷得厉害，身上有一层细细的热汗。

现在他明白了，为什么每次醒来时耳轮上都会有被强劲的风吹过的灼痛感。

他在黑暗中喝完了杯子里的水，又去接了半杯。他消耗了不少能量，需要补充大量水分。

他喝着水，觉得这种情况真是好笑。他最近一段时间连续做梦，这些梦奇异得很。他在梦中变成了“他”，变成了一匹马。“他”是黑色的马，皮毛发亮，四只雪花蹄，他记得一本书里管这样的马叫“夜照白”。

但如果他真的是呢？他是说，如果他真的是一匹马，他会是什么品种的马？

他想了一会儿，觉得如果可以选择，他最好是有着精良辨识率的伊犁马，或者有着神秘身份的焉耆马。

他在鞋柜上靠了很长时间，有点累，就去沙发上坐下。

他想他失去自由的确很长时间了。自从懂事以后，他就不再有自由的感觉。马是著名的自由者，荣格先生会支持这个意象。

问题是，他不是马——马还是情绪奔放者，还是单纯的孩子，这完全不像他的性格。

他有轻微的自闭倾向，情感偏向含蓄，对进入生命的女人，即使到了可以亲昵的阶段，也从不失去克制。他甚至没有对前妻和现在的女友说过他爱她们。

他心思不单纯，有时候爱闹点小心眼儿，干什么都瞻前顾后，就算让他放风筝，他也会把平衡尾翼和牵引线检查好几遍，才开始心事重重地起跑。

最能说明问题的是，他做不到辞去眼下这份工作，再加两成累和三成委屈他也做不到。

谁不想自由自在地生活？谁不希望拥有辽阔的生存环境？谁不想在一览无余之地四蹄无羁地撒野？可那些都是书本里的东西。

人们怎么说？理想。理想永远是属于未来的安慰剂。他被自己的这个念头逗笑了。

他确定自己不是马——成不了马，做不到马那样，没有马的福气。

他在黑暗中无声地笑了一会儿，起身收好水杯，回到卧室。他被站在那里的她吓了一跳。

她在卧室门口，太空人似的飘逸地站着，迷迷瞪瞪地看他。他过来的时候，她一点感觉也没有，目光单纯，像在冥想课里。

他在黑暗中站了一会儿，向她走去，伸出手去心疼地握住她的手。

他把她牵回到床边的时候，下意识地朝闹钟看了一眼，心里说，她又做梦了。

第二天，他没有躲过加班。

政府的问责制度在市政部门和下属企业像一条鞭子，抽得所有官员叫苦不迭。干活的人没有谁同情上司，鞭子抡得越狠越好，见血更好，可副作用是，公司的官员挨一鞭子，接下来干活的会挨上一串。

没有休息时间，午饭和晚饭都在工地上吃。快餐公司配送，热气腾腾的酱肉包子和二面黄的香煎海鱼。

午饭他没吃，晚上饿得心里发慌，喝了四碗紫菜蛋花汤。

“说你，还没怎么的，先吃上斋念上佛了。色也是荤，你怎么不戒掉？印度人真害人。”孟工大口咬着包子，嘴角淌着一汪油说。

他眯缝着眼微笑，很受用孟工的话，尤其受用“害人”的话。

他朝车来人往的工地上看了一眼，对曾经存在过的那片荔枝林充满怀想。

子非马，焉知草之美。他心里想。

不过，他没有对孟工说出自己的心里是怎么想的。

大自然真是奇妙得很，它就是不让麻鸭和灰鲸坐到一张餐桌上去。人们从来没有想过这个问题——有一天，他们走出家门，发现自己的食物链上端被棘指角蟾和朝鲜蓟占据了。它们趾高气扬，不可一世地冲他们大喊，叫他们滚开。他们发慌地想，怎么办，那就交换吧，我们去吃孑孓和活性水。可他们发现棘指角蟾和朝鲜蓟的食物链上端已经被白腹鹞和马达加斯加彩虹鱼占据了，那些秃头的家伙和瞪眼的家伙冲着他们吹口哨，嘲笑他们。

这可怎么办？这样的世界还有丁点儿可爱吗？

他那么想着，心无旁骛地扣上安全帽，离开腥腻味十足的监理点，高高地跃过一道警示牌，再跃过一道路障，跳跃着朝工地上跑去。

回到家已经是子夜零点，他累得精疲力竭，想要呕吐。

她还没睡。是睡过一觉，又醒了，新月式盘腿坐在床上，呆呆地。她在等他，想和他说她昨晚的那个梦。

他心想，饶了我吧，我宁愿让你啄一百次——如果能在我躺上床后你再啄。

昨晚不是雨，是一大群向南方迁徙时途经的蓝尾歌鸲。擅长在翱翔中捕食的杀手们从低空扑向蝶群，那简直是一场灭绝“蝶”性的大屠杀。

她当然还是一只蝴蝶，和一大群蝴蝶兄弟姐妹们一起，拼命逃向一片紫花苜蓿中。

她说不清楚自己是不是逃脱了那场灾难。她惊慌失措地抓住他的手，脸都变了形，一遍遍向他形容蓝尾歌鸲们在天空中发出的欢喜叫声，还有它们群体俯冲过来时的呼啸声。

哄她入睡后，他去了客厅，为自己倒了一杯水，一口一口慢慢喝着。他还没有进入自己的梦，还没开始在梦中奔跑，却有一种强烈的脱水感觉。

她不该有什么焦虑。她是身心修持的 Yogini，集自然和心灵宠爱于一身的婴儿，怎么会和他一样，在梦中与自己产生分裂？

他困惑了一会儿，感到有些饿。他去了厨房，打开橱柜和冰箱。那里什么也没有。

他们从不吃隔夜的食物。他们甚至不吃隔夜的蔬菜。这也是为什么他们选择“吉之岛”的原因。

他知道蝴蝶的食谱朴素而单纯。它们只吃植物，栎、槿、槭、竹或草本，这和他的食谱近似——如果他是“他”，是那匹黑色皮毛的雪蹄马的话。

这么说，他不再吃东坡肘子和白烩羊肉是对的。

他和她是同一类生命，他对这个结果满意。

他在厨房里洗了杯子，去盥洗室刷牙冲凉。

他喜欢水，饮，或者戏耍。这和她不一样。她每次冲凉都是一次悲壮的仪式。她在沐浴前焦虑不安，每次都需要下很大的决心。如果他在，她会乞求他的鼓励。如果他不在，她会一遍遍鼓励自己，然后闭上眼，憋足一口长气，打开热水阀门，再从喷洒下逃出来，冲进客厅，把自己紧紧裹在毛巾被里，瞪大眼睛发抖。

为这个他笑过她。他甚至把它当作整治她的手段——如果她惹他生气，他会把她剥光，扛起来，走进盥洗室，耐心地调试水温，在她发出求饶的呼喊声之前决不放下她。

从喷洒中流出的活水让他变得清醒过来，浑身的疲乏消失掉，这使他畅快无比。

如果不是太晚，他会来上几声，咏叹调或是民谣，随便什么都行。

他心里想，为什么不可以呢？我没有请人观摩的欲望，又不放声高吭，只是个人化地抒一下情，法律没有规定夜静更深的时候不可以轻声哼上两句。

他那么想过，真的就把阀门开足，叉着腰，仰起脑袋，对着清亮的水花张开了嘴。

只唱了一声他就停下了。

他被吓住了，被他自己。

有好一阵，他呆呆地站在喷洒下，清水从他的脑袋上流淌下来，在他脚上无声地滑走。

盥洗室的门关着，听不见窗外北环立交桥上载重货车驶过的声音，但他能够回想起他刚才发出的声音。

是的，他的确听见了自己的声音——不是咏叹调，也不是民谣，而是一声轻轻的马嘶。

他醒过来，定了定神，关上水阀，从整体卫浴中出来，站到镜子前，仔细观察镜子中的自己。

只看了一会儿，他就开始冒汗。

他光着身子去了客厅，为自己点着一支香烟。

他紧张不安地吸掉那支烟，把烟头处理好，打开窗户，让屋子里的空气尽可能变得通畅，然后他再度回到盥洗室的镜子前。

雾气已经散去，镜子里的他清晰可辨。

这一次，没有什么可以让他侥幸的了。

他身体纤瘦，皮肤细致，颈部细长而挺拔，属于体形修长的那一类马，不，那一类男人。他腿部健强有力，有一个结实的臀部，尾根靠上，从那里直到后颈上，一条暗色的鳗条穿过肩隆，不细看分辨不出来。

他盯着镜子，镜子里的他一点一点变化着。他分明看出了他自己。

“他”不是他，而是一匹前肢收束起站立着的马。

别这样。他对自己说，别这样。

他把目光从镜子上移开，转过身，虚弱地靠在洗面台上。他紧张地想，她会怎么看，如果他是一匹马？

她欣赏他强健的长颈，迷恋他浑圆的臀部。“我要做一名出色的骑师。”好几次她扬扬得意地宣布。

有一次他真的让她做了骑师。他驮着她，一口气登上南山，让所有情侣中的女性眼里充斥着对自己配偶的愤怒。还有一次，她生气了，不依不饶地要报复她。他答应，如果她追上他，他就让她啄三十下，用力啄。她当然没有成功。眼看着她就要追上他了，他总是在最后一刻敏捷地躲开，跳跃过任何身边的障碍，一眨眼跑出老远。

现在这些事情他全想起来了。她早就一语中谮——她要做一名骑师——她在一年以前就知道“他”是谁！

他靠在洗面台上发了一会儿呆，然后离开那里，轻手轻脚去了卧室。

他这边的床头灯还亮着。她蜷缩着身子，一只胳膊无助地耷拉在枕头上，脑袋埋在他的半边床上，脸在光晕之外，睡得正安详。

他轻轻退出来，带上卧室的门，回到盥洗室，把门关上。现在，他是一个人了。

他看着镜子里的自己，慢慢提气，张嘴，收缩丹田，启动声带。

有一刻他怔忡着，然后他把脸埋进手掌中，绝望地蹲在下水口前。

一点也没错，他听见了自己的声音，听得清清楚楚。那是压抑着的马嘶声。

至少一个星期，他是在恐慌中度过的。

他时常犯愣，一个人坐在那里，或站在那里想着什么。

梅林关道路拓宽改造工程进入收尾阶段，工地完全变成了战场。胡副总把简易办公系统和行军床搬到了工地，整天黑着眼圈到处骂人。刘总工挣扎着从医院里跑出来，让助手替他举着点滴瓶，摇摇晃晃在工地上转悠，或者随便扶着谁的肩头悲壮地喘息。

他这种失魂落魄的情况，不挨糗才怪。

他很快瘦了下去，络腮胡子也出来了，两天不刮就扎手。

他开始厌恶所有的新鲜蔬菜，一闻到清新的泥土味就心乱，连紫菜类脱水植物也受到牵连。

他不再小跑着去工地，不再从警戒牌上一跃而过。他随时克制着，不让自己快速起动，与任何喜欢奔跑的生命严格划清界限。

因为这些，因为他的神经过敏和随之而来的迟钝和拖沓，胡副总已经忍受不了他，至少两次对他提出严重警告了。

他没有办法控制自己，控制不住。谁能告诉他到底发生了什么？他不敢去想他是谁。他甚至不敢想她是谁。

他想到她做过的那些梦。她在梦里总是变成一只蝴蝶。想一想，她可能不是变，而真的是一只蝴蝶。

如果他是马，她为什么不能是蝴蝶？蝴蝶凡事用喙，她喜欢用嘴；蝴蝶有长长的触须，她头发软得撩人；蝴蝶收束起翅膀栖息，她蜷缩着身子睡觉。她不是蝴蝶还能是什么？

他是马，她是蝴蝶，他被这个念头逗笑了。但他只笑了一会儿就不再笑，笑不出来。

他不在乎马和蝴蝶用什么语言交流、如何交配，谱系上，他这匹马总不能和她这只蝴蝶结婚吧？

工程剪彩通车那天，他没有参加庆功典礼，而是早早回了家。

回到家，关上门，进了书房，打开电脑。

他浑身脏兮兮的，满是汗臭，沥青没洗净的手掌上有好几个血泡。

他在谷歌搜索中查到了昆虫类，再查到鳞翅目，找到那些四翅被伏着数以千计瓦状重叠鳞片的小家伙们。

他一幅幅翻动蝶谱，一幅幅看下去。他被一幅蝶图吸引住。

图上是一只漂亮的蝴蝶，有一对半透明的前翅，一对拖曳着的长长的尾翅。

他想，她领着弟子们做瑜伽操的时候，如果环起双臂，会有一层光环在她的身后弥漫开，她的整个人就像是透明的。而她的确有一双修长到不讲道理的腿。

蝶图介绍说，这种蝶飞行的时候双翅拍击得极快，甚至在栖息时翅膀也不停止振动，这和她平时的样子极像。除了瑜伽状态中，任何时候她都在快速运动。和他说着话，前半句话还在床上，后半句她就出现在厨房。

还有，这种蝶进食的方式和大多数蝴蝶不同，它们在花卉上盘旋着取食，不停栖下来，这完全是她的做派！

他感到自己的心脏在扑通扑通地狂跳。他把目光投向这只蝶的名字。Green Pragontail——透翅长尾凤蝶。他想起来，每一次他抚摸她的时候，手指上留下的那种奇异的令人陶醉的粉质感。

他感到背上热烘烘的，有什么正从那儿流下来，仿佛“他”在没有边际的草原上奔跑了一大段路，刚从梦中醒来。

他决定向维平做一次咨询。

维平是他大学时的球友，以后发展到换妻之外能够任意的铁杆朋友。他学土木工程，大学毕业后分到深圳工作。维平学生物，在成为知名的生命科学研究者后被深圳大学作为人才调来这座城市。维平在新世纪后一直研究神秘生命现象，他的每一篇论文都能引起学界的骚动。

他选择了一个周末来做这件事。

她九点钟离开家，去为一位高端客户上心灵呼吸课。他任她快乐地挽着他的胳膊，送她下楼，看她骑着跑车出了小区。他独自在庭园里散了一会儿步，回到家，换了一套宽松的休闲装，坐到客厅里，拨通了维平的电话。

听完他的陈述，维平在电话那头沉默了很长时间。

他等着。他能听见北环立交桥上载重货车轰隆隆驶过的声音。一个婴儿在过道里咯咯地笑，然后消失掉。

大约七十七部载重货车驶过之后，他的耐心突破了临界点。

“你在吗？”他问话筒那头。

“在，当然。”维平像是从梦中惊醒，“你想知道什么？”

“也许我在幻想症状态里。我是说，某种我不知道的状态。你清楚，生活节奏太快，什么事情都有可能发生。”他说。

“你能来我这儿一趟吗？”维平避开他的问题，“博士生答辩安排在下午，我想我能抽出两小时时间，我们当面谈谈。也许需要麻烦 DV。这个我自己就行。我以老同学和最好的朋友的名义起誓，任何时候，你的隐私权都会得到充分的保证。”

“出了什么事？”过了一会儿，他说。他想他真不该问这句话，还需要问吗？

“怎么说呢，牵涉到专业学科，一两句话说不清楚。”维平在电话那头说。听得出来，他在尽量保持冷静。也许这个时候他坐正了身子。“你听说过物种异换这个词吗？洛克菲勒基金会支持的一项跨国界研究，我恰好是这个项目的成员。”

“你不是在说灵异现象吧？”他生硬地说，口气里有一种揶揄。

“还记得大学毕业时我们和财大的那场球赛吗？我放弃了，把球传给你。我觉得做不到。你在我们自己的端线附近投出了那个球，它进了，我们以一分取胜，那是在终场前最后三秒时发生的事情。”维平显然试图说服他，“我一直在想那个球，这说不过去。可这没什么。生命的神秘现象不是科学，但所有的科学都有过前科学时期。问题在于，我们是否有足够的耐心和敬畏去认知它们。也许需要相当漫长的时间，连我们的孙子都等不及要看到这个结果，但我以一名负责任的生命科学研究者的名义向你保证……”

他没有等到维平说完，挂断了电话。

他的确做得过分，不该扣朋友的电话，何况是他有求于朋友。但这一次，他做不到意气相孚。如果他不是人类，而是一匹有着黑色皮毛四蹄雪白的焉耆马，他就用不着那么做，做不到了。

他静静地坐在沙发上，没有离开客厅。

阳光从窗外照进屋里，一些肉眼看不见的微小生命在阳光中飞舞。在他的视力范围外，还有更多看不见的生命在更广阔的什么地方活跃着。

现在，他能确定他是谁了，也大致能够确定她是谁。但这不是他要面对的全部。他需要面对的比这个多得多。

如果真像他所知道的情况，他是“它”，是一匹焉耆马，“它”曾经像风一样的自由，遵循细雨和雪花的引导，在博斯腾盆地美妙的沼泽地中快乐地奔驰，生活艰辛却从不烦恼，那么，他是否应该回到“它”的生活里去？如果是，他能否回到“它”的生活里去？怎么回去？

还有，她呢？她为不约而至的雨，或者突如其来的蓝尾歌鸲伤心，她肯定不知道自己是谁。他该不该告诉她，她不是她，不是她以为的她，不是有着修长双腿绕腹双臂的瑜伽教练；她是“它”，是一只透翅长尾凤蝶，在正常的情况下，“它”应该回到阳光充足的林间空地上，在雨点落下来的时候，在遇到蓝尾歌鸲集群袭击的时候躲藏到温暖的榉木树林中去？

至少在三个小时的时间里，他阻止自己继续想下去。

他无法想明白这些困扰他的问题，无法解决这些他承担不了的问题。他害怕想下去。

他离开客厅，走进卧室，把被单和床单从床上一件件收起来，把窗帘下掉，翻出她丢在衣柜外的所有衣裳，还有他自己的，把它们统统塞进洗衣机里。他脑子里一片嗡嗡作响。他说不清楚，如果他继续想下去，会出现什么情况？他会不会发疯？

整个上午他都在忙碌，不停地放水、搅干、取出和晾晒。到中午的时候，家里差不多被他里里外外洗涮了一遍。

他看了一眼钟。她该回来了。他脱下湿了袖子和前摆的家居装，穿上衣裳，给她留了一张纸条，锁上门，去了车库。

直到他遇到第一个红灯的时候，事情才有了转机。

他把车停在彩云支路的三岔路口，等待红灯过去。一辆漂亮的奥斯莫比尔停在他后侧，同样漂亮的年轻女驾手好奇地朝他看了一眼。

他没有看年轻女驾手。他在那个时候看见了一个男孩。

那个男孩生着一头蓬松的头发，背着一个巨大的有着卡通图案的书包，样子奇怪地往路口两边张望了一下，灵巧地蹦下人行道，快乐地跳跃着，飞速穿过马路。

没有人注意到头发蓬松的男孩，只有他坐在驾驶室里，也许正因为这样，他才能隔着前窗玻璃看清楚眼前发生的一幕。

他看到的不是头发蓬松的男孩，而是一只展开双翅掠地而过的稻田苇莺。

目送男孩消失在通往莲花山的林荫道中，他热泪盈眶。后侧的那辆奥斯莫比尔鸣了一声笛，向他示意，或者催他走。

现在他明白了，不是他和她，还有那个头发蓬松的男孩，也许还有更多——维平、老孟、胡总工和刘副总，他们焦虑或镇定，不安或顽忍，掩饰或坦然，却同样孤独地找不到同类。

也许事情远不止这些，还有更多隐身的生命在这座城市里默默地生活着。“他们”不是他们，不是他们以为的他们，就像这座城市不是焉耆草原、三江源、青藏高原、鄱阳湖、泠汀洋和头顶上的那片天空一样，谁能说得清呢？

他就那么脑子里转着这些奇怪的念头，脸上漾着从容的微笑，松开刹车，踩下油门，把车驶出警戒线。

女性瑜伽者。

魏微

生于1970年。1994年开始写作，迄今已发表小说、随笔一百余万字。作品曾登2001年、2003年、2004年、2006年、2010年、2012年中国小说排行榜。曾获第三届鲁迅文学奖、第二届中国小说学会奖、第十届庄重文文学奖、第九届华语文学传媒大奖·年度小说家奖及各类文学刊物奖。部分作品被译成英、法、日、韩、意、俄、波兰、希腊、西班牙、塞尔维亚等多国文字。现供职于广东省作家协会。

化　妆

一

十年前，嘉丽还是个穷学生，沉默，讷言，走路慢吞吞的。她长得既不难看，也不十分漂亮，像校园里的大部分女生一样，她戴着一副厚眼镜。

嘉丽不知道自己的眼睛有多美：大，安静，灵活，时常焕发出神采。有一次，一个男生跟她说，你的眼睛里有光。嘉丽说，谁的眼睛里没有光？那个男生看了她一眼，笑道，我是说……你的脑子里。你的脑子里有光。

嘉丽一阵害羞，她知道他在说什么了。嘉丽平时默默无闻，很少引人注目，她是个平庸的学生，精力既不花在学业上，也不像一般的女生，花在恋爱和穿衣打扮上。整天，她的脑子里会像冒气泡一样地冒出很多稀奇古怪的小念头和小想法，那真是光，磷火一样眨着幽深的眼睛；又像是蚊虫的嗡嗡声，飞绕在她的生活里，赶都赶不走。有时候，她像是被这些念头和想法给吓坏了，担心有一天会被它们所驱动，一不小心做出什么惊人之举来；但有时候，她又像是乐在其中，沉浸在一种无与伦比的激动和快活里。

大学四年，嘉丽生活得还算平静，没有人知道她在想些什么，而且谢天谢地，她也并未做出什么荒唐事来。

大学最后一年的那个秋天，嘉丽被分派到邻市的一家中级法院实习。就在这短短的半年实习期内，她爱上了她所在科室的科长，并且和他发生了关系。他姓张，一个三十多岁、精明强干的法官，有家室，是一个八岁男孩的父亲。他的家庭看上去还不坏，办公桌的玻璃台板下就压着这一家三口的合影，坐在春天的草坪上，两个中年夫妇带一个孩子，眼睛望到虚空的某个地方，安静而矜持地微笑着。嘉丽难过了很久。

嘉丽就这样不可救药地堕入了一段恋情里，她那么笨拙、沉迷、忧伤，还来不及有恋爱经验。学校里有那么多青春年少的男孩子，可是嘉丽能抵挡住这些男孩子，却抵挡不住这样一个男子。她的办公桌就在他的对面，有时不经意的某个瞬间，两人的眼神会撞到一起，随即分开了。嘉丽简直不敢看他的眼睛，那样的沉着、静美，他看上去比实际年龄要年轻一些，架着秀郎镜，举止温和，风度翩翩。

一个星期四的下午，天突然下起了雨，办公室的人都出去办案了，只剩下嘉丽一个人，她在翻一张旧报纸，不时地拿手去搂一下肩膀。这时她听到对面有一个声音说，冷吧？

嘉丽并没有吃惊，她大方而镇静地朝他笑笑。他显然刚从酒席上回来，头发湿漉漉的，身上有雨和酒混杂的气味。他立在办公桌旁摸索一通，拢拢文件，放在桌子上磕磕。有一瞬间，他的眼睛像是瞥过了嘉丽，神情有点呆呆的。他起身去脸盆架旁拿毛巾，走至嘉丽身边时却又站下来，问她一些工作上的事。嘉丽把手肘撑在桌子上，从敞开的喇叭袖薄毛衣里露出葱管一样青白的手臂。她并没有看他，然而她知道，他的眼睛一定落在她的手臂上，一寸寸的像蚂蚁在爬。

嘉丽放下了手臂，很吃力地摊在桌子上。他上前捏捏她手臂外面的衣袖说，穿得这样少！嘉丽吃了一惊，那完全是他的低吟，像咬着她的耳垂，朝耳膜里轻轻地吐着气。

约会是在两天以后，周日的一个傍晚，他来宿舍找她，手里拿着一摞文件，急匆匆的样子，一路上和同事打着招呼，敷衍了很多话。进门的时候话倒又少了，坐在椅子上，一言不发地看着她。两天不见，他邋遢了许多，胡子拉碴的，一副疲沓相。他告诉她，他睡得不好。嘉丽的身体紧了一下，她明知故问道：怎么啦？

他低了低眼睑，站起来一把搂住了她，嘴唇直拱进她的耳朵里，说了些谁也听不清的糊涂话。

两人都知道，这是一段毫无希望的恋情，况且，嘉丽的日子不多了，再有两个月，她就要回到学校，接受分配。躺在一起的时候，他时常扳着手指算道，还有四十三天……三十二天。越发要发疯的样子。有时候，他也会静下来，认真地打量她，像是从来不认识她似的，要把她吸进身体里。他说，嘉丽。

嘉丽应了一声。

他又说，嘉丽。

嘉丽扯扯他的头发，笑道，怎么啦？

他咕哝道，我只是想喊喊你的名字。

嘉丽的眼睛突然一阵发涩。在这一刻，她发现这个男人爱她，当他们躺在床上的时候，当他触碰到她的身体……他爱她。他破例说很多话，跟她掏心窝子：单位里，谁和谁好，谁和谁不好，他这科长是怎么升上去的，他是苦孩子出身……他妻子是怎么追的他，人人都说她好，可是他恨她！结婚十五年了，不在一起睡觉已经七年了。

他和嘉丽亦很少一起睡觉，因为没有机会。每天朝夕相处，各自的眼角里会带上对方的衣袂，一只手，一缕头发，半张脸，可是没有机会。他像是急了，偶尔会猛一抬头久久地瞪着她，像是攒了一身的力气，全然不顾别人看见与否。嘉丽赶忙低下头，她不敢理会，他疯了。又有一次，他借故走到她身边看一份文件，一边说着话，一边在文件上指点着，另一只手却摸摸索索塞进她手心里，在里面横冲竖撞的。嘉丽惊恐地看着办公室里的其他人，身上兀自冒出冷汗。很多年后，嘉丽想，这男人是有点穷凶极恶的。

他不过是想和她睡觉，他繁忙、嘈杂、怯弱，每天被形形色色的人包围着：他的上司、同僚、打官司的人、朋友、他的老婆和孩子……他只有很少的时间给嘉丽。好不容易偷闲把她带到宾馆里，吃完了饭，就急匆匆地抱住她，把脸藏在她的胸脯里，一刻也不能消停。嘉丽叹了口气，因为她爱他，她得服从他。

嘉丽究竟不知这男女之事有何乐趣可言，她爱他是因为他身上有一些别的、细微的、很多人都不注意的：他的头发、衣着、安静下来时像黄昏一样的眼神，他的孩子气，喝醉酒时会跟她胡闹，说同事的坏话，把桌子拍得叮咚响。他人前神气活现的样子……有一天晚上，他突然对着她哭了，他说他不如意，很失败……如果他清醒，如果他老婆不呼他回家，嘉丽会了解到他的痛苦，然而他走了。

那天晚上，嘉丽才明白她爱的是这个男人的痛苦，那谁也不知晓的他生命的一部分。有一天下午，两人站在高楼的窗前，他从身后抱住了她，孩子一样把头偎在她的肩上，嘉丽突然一阵哽咽。他不作声，把手罩在她的眼睛上，眼泪掉一滴，他就擦一滴。后来他把她扳过来，愧疚地说，嘉丽，我不能给你什么。

嘉丽含着泪，微笑着，很慢很慢地摇着头。她不需要。这是她生命中最美的一段，她二十二岁，有着枝繁叶茂的正在开放的身体，很多年后，她一定会记得这一段，记得这个男人，因为他曾陪她一起开放过。

嘉丽很穷，她每月靠父母从邮局汇来的生活费过活，下面还有一个正在读大二的弟弟。她父母都是普通工人，举债供她姐弟俩念大学，因着这一层，嘉丽总是记得有一年暑假，她跟一个女同学回家住几天，那女同学比她高大许多，她母亲便把女儿从前穿剩的衣服送与嘉丽穿，嘉丽不要。她母亲说，你看，都是旧衣服，也不值什么钱的。

嘉丽顿时泪落。

她不能忘记她的穷，这穷在她心里，比什么都重要。她要时刻提醒自己，吃最简单的食物，穿最朴素的衣服，过有尊严的生活。有时嘉丽亦想，她这一生最爱的是什么？是男人吗？是一段刻骨铭心的情感？不是。是她的穷。待她年老的时候，不久于人世的时候，她能想起的肯定是这一段黑暗的日子，大学四年，她暗无天日。她比谁都敏感，她受过伤害，她耿耿于怀。她恨它，亦爱它，她怕自己在这个字眼里再也跳不出来了。

实习的这段日子，嘉丽跟着科长出入过一些大饭店，他带她去最豪华的歌舞厅，他一掷千金，然而嘉丽知道他用的不是自己的钱；他本人没什么钱，他亦很少送嘉丽礼物，只有一次，他去外地出差，回来的时候给嘉丽捎了一只戒指，嘉丽抵死不要，她穷惯了，她不需要什么戒指，戴在手上很不像；她不甚懂黄金的行情，然而她有一个姨曾买过戒指来着，个头比他的大，做工也精致，据说近千元，嘉丽估量这一只至少也有四五百元，这么一想，更加不能要了。

科长很伤心，他说，嘉丽，我没有别的意思。

嘉丽说，我知道。

他把戒指重新拿出来，给她戴上，嘉丽微笑着把它脱下，他再戴上，她再脱下。他生气了，阴沉着脸坐在一旁不说话。嘉丽觉得抱歉，她爱他，她就不能收他的东西，这不是别的，这是戒指，戒指是钱买的。她不能收钱。

隔了半晌，他才说，嘉丽，我对你是认真的，我不能给你别的，我只有这么点东西……我不知道怎样对你好！

嘉丽最终收下了这只戒指，自此，他再也不敢提礼物的事了。然而衣服总是要送一点的，嘉丽太不修边幅了，一身寒素，有一次他忍不住跟她说，嘉丽，你其实挺好看的。

嘉丽噢了一声笑道：其实!?

他说，你只需稍稍打扮一下。

嘉丽不说话了，这是她的痛处。谁不喜欢打扮？谁天生会跟漂亮衣服过不去？大街上那些花枝招展的美女……她不看她们，她鄙视她们，恨她们！可不是，这还是钱的问题。

隔了几天，他去百货公司为她挑衣服，又怕她拒绝，便事先跟她打招呼：这次你不能过分！嘉丽意意思思地收下了。她不甚喜欢这些衣服，样式陈旧，颜色过于鲜亮……嘉丽突然怀疑起这衣服的价格，心里一阵紧张。后来，她到底没忍住去百货公司看了，结果让她很伤心，他买的是最低档的衣服，他舍不得钱。——他只送她这一次衣服，她跟他睡了半年，他舍不得钱。

嘉丽重新拿出戒指来，想去金店估一下价，冷笑一声，到底罢了。有什么意思？这不是钱的问题！他不爱她，这才是真的，纵使他在她身上花过一些银两，也是应该的。嫖娼还要付钱呢。她算道，这半年他在她身上花的钱不足一个嫖客的三次嫖资。三次！她几次？嘉丽哭了，她的价位还不及一个娼妓。

嘉丽不能忘记，有一次她跟他说起结婚，他脸上放出暗淡难堪的笑容，他软弱地抚着她的头，坚定地说，他……他不能离婚，他得顾忌到自己的仕途。她是个好孩子，理应明白这一点。他老婆纵有千般不是，然而——然而嘉丽迅速地擦掉眼泪，更多的眼泪掉下来。她为自己伤心。没有人会像她那样爱他，视他若生命……他只想跟她睡觉。

临走的那天下午，他们又睡了一次。他送她到火车站，离发车时间尚早，他把行囊寄存了，便带她穿街走巷找到了附近一家小旅馆。嘉丽该永远记得那家肮脏的私人旅馆，踏上屋顶上结满蜘蛛网的摇摇欲坠的楼梯，她的心都灰了。她也奇怪，她怎么会爱上这么一个人，没有志趣，急吼吼的。房间里只有一张床，床单上有前任房客交媾的遗迹。

嘉丽欲和他说些别的，他看了一下表，笑道，快点，还来得及。嘉丽像发疯似的抱住他，剥了他的衣裳。春天的窗外，突然开出了一枝夹竹桃，嘉丽没有想到，在这样的环境里，也能看见花，看见夹竹桃。

隔了一会儿，他像是享受似的叹道，好久没有……这样放荡过了。他说了真话，很有点不好意思，搭讪似的摘下眼镜，噘起嘴吹吹，不待擦就又戴上了。嘉丽觉得自己是隔着很远的距离来打量着这个淫客，她有点不认识他，也再不想见到他。她甚至开始恨这个城市，在这里生活了半年，它弄了她一身脏气。

他看着嘉丽，捧起她的脸，在那极漫长的瞬间，他像是起了感情，长久地沉默着。他的神情单纯、沉郁，镜片上有西窗太阳的光芒。他说，嘉丽，我们以后再也见不着了吗？

嘉丽摇摇头。

他说，我会去找你的。

嘉丽听着他的声音，一字一顿的，像来自另一个世界。他一下子抱住她，轻轻地咬着她的耳朵、头发、脖子、手指、衣裳……有一瞬间，嘉丽也迷糊了。她恍惚觉得他们是爱着的，他身体满足了，他知道爱了。现在，嘉丽宁愿相信是自己错了，她冤枉了他。从前，她不懂男人，她太小心眼，她对不住他。男人是最奇怪的物种，他动物凶猛，他不擅长表达……然而他是爱着的。

他像是想起了一件最重要的事，突然从身上摸出三百块钱来，塞到嘉丽的衣兜里，说，拿着，给自己买点东西。

嘉丽一下子被惊醒了，她瞪大了眼睛，说不出一句话来。她没想到他会来这一招，她刚跟他睡过觉，他就给她钱！她咧着嘴巴，一点点、细声地哭出来。

他不能理会她的意思，竟慌了，语无伦次地安慰她：这钱……嘉丽，你先拿着，我知道你用得上。一回到学校，你就会忘掉我的——他的声音突然低了，变得软弱、卑贱，说话时有颤音：我对不起你……钱不多——

嘉丽突然从床上一跃而起，塞住耳朵，对着他的脸发出了那一天在火车站附近都能听到的尖叫声。

二

这十年来，嘉丽过得还不错。她留在了她母校所在的城市，先是不停地跳槽、换工作，直到四年前，她和同伴合伙开了一家律师事务所，后来同伴退出，她一个人把事务所撑下来。这两年，事务所的状况明显地好转了，她雇了几个员工，在市中心的黄金地段供了一户写字楼，每天，她开着那辆黑色的“奥迪”，驰骋在通往乡间别墅的马路上……

嘉丽不明白自己为什么会把生活弄得这样……奢华，流于表面化。没错，她有钱，她付得起这个钱。可是，很多有钱人并不是这样生活的，他们简朴、含蓄，从来不乱花一个子儿。嘉丽不。她明知她的这些钱全是花给她自己看的，坐在五星级酒店的旋转餐厅里，所有人都不认识她。她静静地吃着，一顿午饭花它个六七百块钱。

嘉丽不快乐。有时她想，为什么钱到了她手里，就突然变得没意义了呢？这些年来，她不就是为这个而活着的吗？可这些年来，她无聊、空虚。她只是个朴实的孩子，自小家教严明；她常会念叨起自己的穷，没有人鄙视她——可是她曾经穷过，这才是真的。有一天晚上，她回到寓所里，突然想起自己这三十年，谈过几个男朋友，最后都走了；她的大学时代，她不能忘记那个叫许嘉丽的学生，她的眼睛里时常闪着光，她的脑子里有很多狂想。

呵，那些稀奇古怪的、就连她自己也不甚明了的狂想……现在都走了，一个也不剩了。嘉丽突然一阵失魂落魄，她想哭。她坐在沙发上，后来滑到地板上，她几乎匍匐在地板上，痛苦地蜷缩成一团。

一天中午，嘉丽接到一个电话，她拿起话筒，只听那边“喂”了一声，她就知道他是谁了。十年过去了，纵使他已经死了，变得灰飞烟灭了，她也辨得出他的声音。她只奇怪，他怎么找到她的。这些年来，她做的最为骄傲的一件事，就是成功地摆脱了他。他的那一页翻过去了。

最初的几年，她还不能。她时常想起他，夜深人静的时候会突然从床上坐起来；有时走在上班的路上：清晨的巷口，嘈杂的公交车站牌底下；黄昏时坐在路边的修鞋摊上补鞋子……常常就泪如雨下。很多人看见她在哭，可是不知道她为什么哭，为谁哭。她从未给他打过电话。

有一年春节，他把电话打到她父母家里，嘉丽这才想起，当初她给他留过家里的号码。他问她好，又简单地说了些自己的情况，突然叹了一口气道，嘉丽，我想你。

嘉丽一阵怆然，近乎恼恨。她父母就站在一边，狐疑地看着她，她不便说什么，匆匆地挂了电话。后来她叮嘱父母，不要把她的联络方式告诉任何人。她父母或许是忘了，所以隔个一年半载，他总能找到她，很忧伤的声音……嘉丽便想着该换电话了。

最后一次通话是在六年前，嘉丽明确地撒谎，她已经结婚了。那边一阵沉默。隔了很久才问道，还好吗？

嘉丽说，很好。

他不再说什么，挂了电话。

嘉丽决定见见张科长，既然他已经来到这个城市——他是来出差的。刚才他在电话里说，这些年来，他一直不能忘记她，常常想起她。

他是鼓足勇气才打这个电话的。他说，这几年，他总有机会来这里出差，有时走在街上，他希望能在千万人群里碰见她，有一个声音招呼他，有一只手从身后拍拍他。他突然说，嘉丽，你长变了吗？

嘉丽低头想了想说，我老了。

他说，我也老了。

嘉丽抱着话筒，拿圆珠笔的那只手在空中顿了一下，她相信，他是真的老了。她这才发现自己很残忍，他们都老了。她最年轻的一段是给他的，她竟不留恋！她心一软，又一次撒谎道，我已经离婚了。

那边一阵唏嘘，电话里不便多说什么，便约晚上见。

下午的这四五个时辰，嘉丽准备去美容店做一下头发，精品店里买几件衣服，然后回家休息。她估计今晚和他上床是免不了的，既然他们十年未见，况且她又是离过婚的。总之，上床是一定的，要不，太说不过去了。

下面的这件事情，是嘉丽走到一家旧货商店门口偶尔想起来的。她害羞地推门进去了，肥胖的老板娘大概是第一次迎来这位衣着时髦的顾客，跟在她的后面不免吃吃艾艾的。嘉丽在旧竹筐里挑了几件遭淘汰的学生衫，样式笨重、失去光泽的旧皮鞋，一件松松垮垮的对襟黑线衣，放在身上比试一下，满意地笑了。

现在，她很明确自己想干什么了，她要化妆，变成另一个人，那个十年前的自己：暗淡，自卑，贫困。她将重新变得灰头土脸，默默无闻。呵，没有人会记得她的灰姑娘时代，那像被虫子啃蚀过的微妙的难堪和痛苦，那些羞辱……没有人会记起十年前的她，包括她的父母和弟弟，可是他记得，因为他只有这一段。

嘉丽的内心突然一阵温润，以至于开始颤抖。她全身心地投入到这次行动中来，她第一次发现，三十年了，没有哪件事会让她如此激动。她飞车行驶在乡间公路上，看见田野的风扑面而来，这是树叶、麦苗、金黄的油菜花盛开的季节，多少年了，她的生活中不再出现这样的颜色了？现在，她看着它们，一路飞驰而过，一路微笑叹息着。

嘉丽捯饬了一个下午，才把自己弄得比较满意。现在，她站在镜子前，仔细地端详着自己，自以为是无可挑剔了。镜子里的这个女人，看上去三十岁左右，戴着一副厚眼镜（这是她从废物箱里找出来的十年前的那只），眼神疑虑、呆滞。她面色苍黄，皮肤干燥，勉为一笑的时候，眼角有鱼尾纹。她的衣服倒是干净利落的，像是经过精心搭配，然而一看就知道是地摊上的便宜货；她分明是要见某位重要的客人，所以破例地涂上口红，像第一次涂口红的人一样，她犹疑，不踏实，所以涂涂擦擦，最后变成一种让人不安的颜色。

总之，这样的一个女人，每天大街上都能看见很多，她平庸，相貌寻常，一看就知道是出身底层，她……她是一个穷人。

呵，一个穷人。嘉丽的身体竟一阵簌簌发抖。谁能够知晓一个穷人的痛苦：她的委屈和恼恨，她的消沉，她的伸手不见五指的黑暗……嘉丽含着泪看着自己，现在，她真的相信一件事情：她变回去了。十年的时空突然倒转，十年的奋斗付之东流。仅仅是两三个小时之前，那个光彩照人的新女性许嘉丽，现在想起来就像一场梦。

嘉丽突然很伤心，她扶着墙壁，跌跌撞撞地走到客厅的沙发前，歪在了上面。她打量着这偌大空间里的一切：灯饰，精巧的吧台，巨大的投影电视，楼梯的玻璃踏板，落地窗外一片绿色的草坪，邻居的小孩子和一只狗。一只皮球滚到草坪上，一束阳光跟着它跑。

她认真地看着这些，仿佛有一天会失去它们；这本属于她的一切，她要把它们全记在心里。

嘉丽就这样走出了家门，一步一回首地，她先是把车开到市区的某个地下停车场。走出来的时候，已是黄昏时分，街上有夕阳的影子；正是下班高峰，许多人像树叶一样纷至沓来，嘉丽立在路边呆了呆，一时竟无所适从。

就在这时，她看见一个男人从街对面走过来，此人叫李明亮，某证券公司的老总。两年前，因涉及一起证券纠纷和嘉丽有过短暂的接触，后来，嘉丽帮他赢了这场官司，从此便有了些交往。看得出，他对她似乎有点情意，偶尔会打个电话致一声问候，前不久，他还请她喝过一次下午茶，两人暧暧昧昧的，即便谈的仅仅是工作的一些事。

嘉丽没想到，她出门第一个就遇见熟人！现在，他朝她走过来了，他似乎看见她了……嘉丽惊恐地立在路边，根根汗毛直竖。她的第一个念头，就是转过身去，发足狂奔，她要避开所有人，认识的，不认识的……嘉丽突然听他“咦”了一声，一抬头，他已站到她面前。

她一下子屏住了呼吸。两人都疑惑地看了对方一眼，他不介意地笑笑，说，认错人了。

是的，认错人了。嘉丽的身体一阵发软，她把手搭在电线杆上。他走了。现在她知道，再也不会有人认出她了，她的朋友、亲人……总有一天，他们都会唾弃她。

现在，她要迫不及待地去见一个人，只有他能认出她，哪怕她老了、丑了，衣衫褴褛，沦为乞丐——只有他会相信她：只要她站在他面前，哪怕不说一句话，他就知道：她是她。

她犹犹疑疑地去坐一辆公交车（真的，她竟没想起打出租），一路上，她低着头，就像做贼一样，小心谨慎地看着周围的行人，每个人都很匆忙，冷漠地走着路。嘉丽第一次以异样的眼光来看着她周遭的世界：那些西装革履的男子，以及刚从写字楼出来的浓妆淡抹的小姐……若在平时，他们必互相打量一眼，每人心中一杆秤，称出对方的容貌、身份、地位、年薪……可是今天，任她怎样看，他们绝不回敬她。

嘉丽突然气怯，她远远地站在一边。他们瞧不起她，瞧不起穷人。她心中不由得一阵嫉恨，他们凭什么？谁给了他们这样的权利？这些大公司里的小职员，他们站在公交车站牌底下，旁若无人，气定神闲……她，她感到艳羡。偶尔，她眼睛的余光会偷偷地扫上他们一眼，即便此时，她还不能忘记自己的身份，朝心中吐了一口唾沫说：就你们！平时来巴结我的可都是你们的老板！

车来了，她混在人群中，几乎脚不沾地地被送上车去。车厢里有一股汗馊味，这是嘉丽多么熟悉的气味呵，她腾出一只手来，急忙捂住嘴巴，一阵呕吐从胸腔里被送上来。这拥挤在一起的无数张的脸孔，黄色的，紧张的，扭曲的……嘉丽看着它们，热爱它们，这是她过去生活的一部分，而现在，她离它们远了。只有她自己知道，这些年来，她过着怎样的堕落生活，她背叛了她的贫困，也背叛了她的人群。

她身子前倾，手越过无数的人头，直塞进吊环里；因为激动，她的脸涨得通红；售票员用扬声器一遍遍地喊：上车请买票，下站安华里，上车请买票。嘉丽把身子往人群里钻了钻，不声不响地宣布了她的逃票计划。

是的，她要逃票。一块钱对她来说不算什么，可是对一个穷人，它意味着一碗鲜肉小馄饨、三块烧饼、去理发店里剪一次头发；如果能接二连三地逃票，意味着能买一双球鞋、花花绿绿的汗衫和短裤……对她，它意味着一种全新的生活。

嘉丽从未逃过票，现在她站在人群里，一双警惕的耳朵很注意听四周的动静；她把身子稍稍弓着，想想不妥，重新直起腰板来，若无其事地眯缝着眼睛，看车窗外的街景。公共汽车徐徐前行，它拐了个弯，趁这间隙，嘉丽轻轻喘了口气，不由得想：这趟汽车将把她的生活带往哪里呢？

汽车停下了，嘉丽跟着一部分乘客往外走；售票员正在检票，她的头就像拨浪鼓，前门后门，左一下右一下。嘉丽是从后门下的车，连她自己都不防备，就在售票员把头转向前门的那一瞬，她一下子拨开人群，兔子一样窜下车，沿着街巷一路狂奔；很多人停下脚步，吃惊地看着她，嘉丽不在乎，因为她知道，她的黑夜降临了。

三

嘉丽风尘仆仆地赶到科长下榻的宾馆，已经晚了一个多小时。穿灰制服的服务生站在大堂门口，他稍稍弯下身子，一只手背在身后，另一只手为一个行将走下出租车的乘客拉开车门。也不知出于怎样的奇怪心理，嘉丽看了他一眼，他也看了嘉丽一眼；嘉丽讨好地朝他笑笑，正待往里走的时候，他叫住了她。

这是一个二十岁左右的相貌堂堂的小伙子，他先是打量她一眼，年轻的脸上有狐疑但克制的神情，他问她去哪里；嘉丽愣了一下，脸刷地涨红了。噢，这里不是她来的地方！她不理他，径自往里走。他突然伸手一拦，挡住了她，平静而冷漠地说，请问你找哪位客人？嘉丽突然被激怒了。她挑了挑眉毛，盯着他看了半晌才道：你说呢？

他低了低眼睑，双手下垂，训练有素地说，我不知道。

你不知道你问什么？嘉丽的声音突然高了八度，大堂里有很多人朝她看过来。一个看上去像大堂经理的先生匆匆赶过来，问发生了什么事。

嘉丽突然哭了。这一天她的生活到底发生了什么？她怎么了？经理和服务生耳语了一阵，然后搓搓手赔笑道，对不起小姐，刚才发生了一点误会——

误会？嘉丽一下子炸了，这帮势利的、唯利是图的小人！她指着大堂里来来往往的顾客说，你们为什么不对他们误会？撒泡尿照照自己的影子，你们敢吗？我要投诉你们，王八蛋，等着瞧吧，我是律师——她突然噤了声。她在说什么！天哪，她是律师？

人群里有人捂着嘴在笑，嘉丽这才发现她的身边三三两两地站了一些人：饭店的清洁工，前台小姐，几位西装革履的闲客……大家都在以一种奇怪的眼神看着她，似乎在等她还能编出哪些可笑的话来。两个身材威猛的保安一左一右把嘉丽夹在当中，他们早就不耐烦了，不时地朝经理递眼色；如果不是看在这个泼妇说话利索的分上，他们早把她当疯子抓起来了。

嘉丽开始意识到事态的严峻性了，她丢不起这个人。今天她是来会见旧情人的，还有很多重要的事等着她去做……她忍了忍，哽咽着跟经理说出了科长的名字、在哪个房间。

嘉丽像影子一样，摇摇晃晃地向电梯走去，她把头贴在电梯冰冷的壁板上；在电梯门行将关上的时候，她和目送她的人群敌意地对视着。她恨他们。嘉丽闭上了眼睛，一行清泪从她的睫毛下面滚落下来，流经鼻凹，淌到嘴里。现在，她明确地知道，她恨这个世界，恨所有人。

科长老了。他打开门笑吟吟地站在她面前的那一瞬间，嘉丽一阵灰心。她早该知道他老了，有好几次，她甚至把他想象成一个白发老翁，拄着拐杖，佝偻着腰；然而他绝无这样不堪。一个四十六岁的男子，老得很恰当；他皮肤松弛，眼袋下垂，而且也胖了。嘉丽不由得感叹时间不公，造物是件奇怪的事，十年光阴就把一个男人弄成这样子！原来的风流倜傥哪去了？

他穿着一身藏青西服，把手放在门把上；十年的相思仿佛全集中到那一刻他的凝视里了。他吐了一口气，轻轻唤了声“嘉丽”。

嘉丽有点不好意思，侧着身走进房间里。现在，他就坐在她的对面，有很长的一段时间，两人都不能开口说什么，他们甚至不敢看对方一眼。是啊，十年……什么都毁了：容颜，爱情，生活。嘉丽一阵恍惚，不能相信他们已经认识了十年！而她这十年是怎么过来的？她摇了摇头，竟什么也想不起了。

他把手从桌子对面伸过来，嘉丽握住了它。他一用力，嘉丽就把头磕在他的手腕上，身子不由自主地侧倾，绕过圆桌，一下子跪在他面前。

他把手插进嘉丽的头发里，一下一下地，一边问，嘉丽，这些年你还好吗？

嘉丽的鼻子突然要发酸，几乎落泪。

他俯下身，把脸贴着嘉丽的头发。他从椅子上滑下来了，抱住了嘉丽。

嘉丽把头藏在他的胸脯里，就在这时她闻到了他身上的一股气味，这气味从他的V字领的羊毛衫的领口散发出来，嘉丽嗅得出来，这气味在他的身体里，四肢，胸脯，鼻息里，这是衰老的气味，俗称“老人味”。

一个四十六岁的男子，这气味来得早了些；嘉丽皱了皱眉头，心里一阵厌恶。她迅速看了他一眼，觉得和他上床是件不能忍受的事。

现在，嘉丽开始说话了，这才是她此行的真正目的。为了消除因激动带来的紧张感，她先做了两次深呼吸。她跟他说，这十年她过得……挺不容易的。她的语调平静而忧伤，像沉浸在一件久远的往事里，很认命。

十年前，她被分配到一家国营企业的法律部门，丈夫是同厂的一个工会干部。那时候，“国企”的效益已经很不好了，两人一商量，决定由他下海开一家花木公司，钱没挣几个，女人倒赚了不少。后来就离婚了。两年前，她所在的工厂也宣布倒闭了，所以她现在是一个无业游民，换句话说，是一个下岗女工。

说到“下岗女工”时，嘉丽顿了一下，她按了按胸脯，她看到她的情绪已经开始飞扬了，不受控制了。

在她说话的时候，科长偶尔会打断她，问她一些细节。嘉丽不缺细节，她以她那惯常的、没有表情而呆板的脸对着科长，继续说着她那莫须有的往事。偶尔她会看他一眼，她的眼睛直愣愣的，有时也会眨眨。

科长坐在床边的地毯上，托着腮，神色沉重。他在认真听。他说，嘉丽。

嘉丽应了一声，抬头看他。

他犹豫了一下，到底还是问了：他是怎样的一个人？

嘉丽猜度他的心思：在这个问题上他不愿停留太久；两个有外遇的男人，两种结局，他不能把自己逼到一个尴尬的位子上。好在嘉丽对离婚也不甚感兴趣，她摇了摇头，表示不愿谈她的前夫，又继续她那穷困潦倒的生活话题了。

嘉丽只对这个感兴趣，一说起穷，她能激动得浑身轻颤，她的眼睛会发出神采，她的呼吸意外地急促，以至于有时不得不停下来，大声地咳嗽两声。她做过家教，在私人公司当过法律顾问，被人炒过鱿鱼，最困难的日子，她坐不起公交车，手里只剩下三毛钱了，不得不打电话向一个朋友求救……原以为大学四年，她会苦尽甘来，可是谁能想到呢？

她深深地吸了口气，不能再说下去了。她把自己描述得如此不堪，她伤了她的心。科长上前搂住她，嗫嚅了半天，想不出一句安慰的话来。隔了很久，他才说，嘉丽，你怎么会这样？——怎么会这样？嘉丽看着这张脸，直到它在她的眼前完整地呈现……她扑在他的肩上，发出了这三十年来最撕心裂肺的一声哭喊。

他领她去楼下找一家小饭店，吃饭的时候，他不太说什么，一个劲地往她碗里夹菜，说，这是猪肝，你多吃点，很补的。

嘉丽简直感激涕零。这个世界上，不会再有像他这样的好人了，他瞧得起她，他爱她。有一瞬间，嘉丽甚至想重新恋爱了。十年前的一切，她准备既往不咎。她恨他是没道理的，纵使他在她身上花过一些银钱，可是哪个恋爱中的男子不在女人身上花银钱？这是天经地义的事。她不该拘这个心，她太小气了。从前，到底因为穷，她见不得钱。上次他在小旅馆塞给她的三百块钱，她一直留着没用，太有纪念意义了，像是她的“卖身钱”。

两人喝了点酒，回到房间来。嘉丽觉得自己是醉了，利索地脱掉毛衣，躺到了床上，拿眼睛看着他。她以为他会奔过来，然而没有。他笃定地坐在窗边的椅子上，把身体沉沉地陷了进去，架着腿在抽烟。

他似乎在想些什么，灯影下脸红扑扑的。他突然抬头看了嘉丽一眼，嘉丽一激灵，他幽暗的眼睛里有什么东西是意味深长的。隔了一会儿，他掐灭了烟，走到她床边坐下来，搭讪了一些别的事。后来，装作不介意地问，嘉丽，这些年你是靠什么生活的？

嘉丽不提防他会问这个，想了想笑道，还能靠什么？打零工，靠朋友的接济，偶尔也借点钱。

他噢了一声笑道，靠朋友的接济？男朋友还是女朋友？

嘉丽一下子坐起来，认真地看了他半晌，方才笑道，当然是男朋友。

他哈哈笑了两声，表示并不在乎，错错牙齿说，多吗？

嘉丽再是涵养好，也忍不住了。她跳下床来，穿起衣服就要走人。他慌忙拦住她，把她抱紧，说道，嘉丽，你听我解释——

嘉丽推开他，后退几步倚到写字台上。现在，她再也无须伤心了，今天她哭过多少回了？失望过多少次？被多少人欺侮歧视过？一切都过去了。

她唤了一声他的名字，跟他说，你不用害怕，我身上没有脏病，但是我没有卫生证明，信不信由你。

他坐在床头，很是发窘，兀自拿手拭拭额角说，嘉丽，你误会了，我只是开开玩笑。

嘉丽居高临下地看着这个男人，她想啐他。他不是坏人，可是他龌龊、懦弱、无聊。嘉丽说，你有脏病吗？

他吃惊地看着她，摇了摇头。现在，一件事情摆到了他们面前，两个人都心照不宣：这些年来，他以为她在卖淫；今晚她准备向他卖淫。

嘉丽转身向洗手间走去，关上门。卖淫的事是在一瞬间决定的，来得太突然了，脑子有点闷。她对着镜子照了照自己的脸。这一看，连她自己都大失所望。她看到自己老了，她本来就中等姿色，穿着一身农民工进城的衣服，完全塌相了。十年前，他看中她不过是因为她年轻，现在呢？她这才想起刚才在门口的第一次相见，虽是极力掩饰着，她也看出了他的失望之情。

嘉丽反手撑在台面上，一用力，身体坐到了上面。现在，她什么都想起来了。在她痛陈革命家史时，他的奇怪暧昧的神色，把眼睛向上抬一抬，似乎在想些什么。他想的是钱——想着他应该给她多少钱，才算恰当。

他鄙视她，恨她：十年了，他想象中的许嘉丽是光彩照人的，他愿意看到她事业有成、家庭幸福。他来看她，或许是念旧情，然而更多的还是找乐子——有几个男人是为了女人的落魄来看她的？他愿意她陪他去公园里走一走，茶馆里坐一坐，说点私密话；如果有可能的话，上床睡一觉那是再好不过了。然而这一天，一切都垮了，她毁了他十年的梦。他最看不上的还是她说话时的下流态度，他为她感到难堪，他感到了惘惘的威胁：她在威逼他拿钱。

隔了很久，嘉丽才回到房间来，两人又闲闲地说了一会儿话。现在，最让他们难堪的恐怕就是一个钱字，迄今为止，这个字还没拿到桌面上来谈过；这个字就在他们中间，说话的时候它在话的背后，不说话的时候它就说话……它隐隐地在着，到处都是，一触即发。

有一瞬间，嘉丽开始于心不忍，她甚至想掉头走开，回家睡一觉，第二天衣冠楚楚地去上班。呵，这噩梦般的一切让它结束吧，就当什么也没发生过。她今天一定是疯了！她为什么要扮成这样，看着人群在她面前出丑，看着自己在人群里出丑……她为什么非要捅破它？

科长咳嗽了一声，开始说话了。他抖了抖嘴唇，虽是经过深思熟虑的，但话到嘴边，还是哆嗦了一下。他老实告诉她，他没带多少钱，这几天又花了不少，所以身上所剩无几了。

嘉丽看着他，轻声地问了一句：剩下多少？

他皱了皱眉头，不能掩饰一脸的吃惊，问道：你要多少？

嘉丽说，你说呢？

他说，我不知道。

嘉丽说，你嫖过吗？

他摇了摇头。

嘉丽讥笑了一声，说道，你真是正派人。

他冷冷地看了嘉丽一眼，说，我不喜欢嫖。

嘉丽说，是啊，嫖要花钱的，而你舍不得花钱。

他一下子愤怒了，把一张铁青的脸堵到嘉丽的脸上看了很久，说道，可是我在你身上花过钱，你别忘了——他用力地扬了两下手：我不欠你的。

嘉丽不说话，自顾自脱掉衣服，钻进被子里。夜深了，窗外的市声渐渐地熄去，偶能听见路边卖馄饨的一声清扬的吆喝，余音缥缈，也渐渐地熄去。

半夜里，他爬到她的床上来，黑暗里嘉丽只是睁着眼睛，脑子里一片混沌，她觉得自己太累了，所以又闭上了眼睛。第二天清晨他就走了，嘉丽一宿未眠，只装作假寐。他撞上门的那一瞬间，嘉丽起身查看他是否留下了钱，然而没有。嘉丽也没去追，大概他以为这一趟不值得付钱吧？或是他一生中最羞耻的经历？

现在，嘉丽一个人在街道上走着，天渐渐亮了，路上的行人也多了起来。一阵风吹过，嘉丽裹紧她那身破衣烂衫，像狗一样抖了抖身体。她上了一座天桥，早起的乞丐披着一件破风衣，蹲在天桥的栏杆旁等候客人，他冷漠地看了嘉丽一眼，翕翕鼻子，像是对她不感兴趣的样子，又低头想自己的心事去了。

嘉丽扶着栏杆站着，天桥底下已是车来人往，她出神地看着它们，把身子垂下去，只是看着他们。

盛琼

1968年生，复旦大学新闻系毕业。现为广东省作家协会专业作家。已在各类文学期刊发表小说、随笔近三百万字。主要作品有长篇小说《生命中的几个关键词》《我的东方》《光阴渡》《杨花之痛》《小街西施》等，中短篇小说《老弟的盛宴》《苏醒》《像植物一样活》《我的叔叔余乐》《二女》等，随笔集《舍弃的智慧》及纪实作品《孩子，我要你快乐》。作品曾入选多种文学选本及各类文学选刊。获广东省新人新作奖、广东省“五个一工程奖”、第五届鲁迅文学奖等。

胡子问题

安贝贝知道，每个人都是会有一个爸爸的。这样的想法，好像安贝贝生下来就有了。不是什么人教给安贝贝的，是头脑里自然生长的东西。就像安贝贝自小看到手，就明白手就是这个样子的。也没有什么人教安贝贝，但她知道，要拿东西的时候，她就会用手去拿，如果碰到刀剪之类的东西，安贝贝的手马上就会胆怯地缩回去。

爸爸，就是这样的东西。不用想的，他就在那里。在安贝贝的头顶上，也在安贝贝的体温里。

安贝贝那么早就知道爸爸了，可是，安贝贝"见"到爸爸的时候，已经五岁了。当然，在这之前，安贝贝一定也是看到过他的，不过，那些时候，安贝贝的眼睛，头脑中的眼睛，还没有睁开来。安贝贝虽然看到了爸爸，但爸爸却像水一样，在安贝贝的记忆中流逝了，没有留下什么痕迹。可以说，从前的安贝贝对爸爸都是视而不见的。直到安贝贝五岁那年，某个夏天的午后，安贝贝终于"见"到了爸爸。

是的，安贝贝发现了爸爸，就像那个陕西的农民，在自家的庭院里，糊里糊涂地把秦始皇的陵墓，从历史的混沌中发现了出来。

那是很早以前的事了。那时候，安贝贝的爸爸常年在乡下"蹲点"。他是地委机关的一名普通干部。作为一名高学历的知识分子，在那样的年代，爸爸夹着尾巴做人，领导叫干什么就干什么，说话像打了草稿，走路像丢失了什么东西。他以一个标准的老好人的形象，躲过了一场又一场的运动。他的大学同学，很多都被打成了右派，有的正在监狱里改造，更有少数人已经在“文革”中死于非命。不过，爸爸的运气似乎还不错。至少，那时他还在做着他的“革命干部”，跟着一支由地委书记亲自担任组长的工作组，在乡下搞什么教育活动。

他一年只能回家两三趟。那一天，安贝贝正在床上睡午觉。她朦胧地听到一种声音，陌生而让人兴奋的声音。迷糊中，她打了个激灵，醒了。

睁开眼，她看到了一张男人的脸。那脸是大的，脸上的一切都是大的，连毛孔也是她从未见过的粗大。那脸上还有淡淡的斑点，有浅浅的皱纹，像一块丰富而蓬勃的土地。最令她感到新奇的是，那人的脸颊边、嘴唇上、下巴旁，围着一圈黑黑的毛。那毛短，粗，硬，像黑色的木桩，根根直立着，质朴而粗野，跟眉毛、头发完全不同的，是一种奇异的存在，又是一种温暖的东西。它充满了挑战的力量，却又似乎含着什么笨拙的心意。那感觉混杂难言的，仿佛就是从自己的血脉里涌出的一腔热流。

还没等安贝贝完全回过神来，她就感到自己小小的脸蛋，被那些木桩似的黑毛扎痛了，随即便是一阵热辣辣的感觉。

真的是又热又辣啊！她叫起来。在那一瞬间，她知道，那就是爸爸。爸爸回来了！她用双臂攀住爸爸的脖子，紧紧地攀住。她将脸更紧地贴近爸爸的脸。她脸上的皮肤有一种被穿透的刺激的辣味。她不由自主地又叫起来。那听上去就像是一种欢呼了。

然后，她听到妈妈走过来，说：“好了，好了，别闹了。你瞧瞧，到了乡下，人就变野人了，这胡子又有几天没刮了？老头子一样！”

爸爸将安贝贝的手从脖子上拿下来，朝妈妈回过头，好脾气地笑着说：“我才刚到家呢，你就来管了，好吧，我这就去刮，马上就刮！”

“不，就不刮，就不刮！”安贝贝在床上叫起来。

“你在这儿捣什么乱？”妈妈不满地丢过来一个白眼。

“我喜欢！就喜欢嘛！”安贝贝嘟起嘴巴，耍起赖来。

“喜欢？喜欢我就再扎一下。”

爸爸的脸还没贴过来，安贝贝又爆发出一声兴奋的尖叫。

不过，爸爸的胡子当晚还是被刮掉了。他刮得很干净。脸颊旁、嘴唇上、下巴上，都泛着青色的光芒，那是有点冷有点硬的光，闪着寒气，带着清爽的香皂的气息。爸爸显得年轻了，帅气了，清爽了，可是也变得陌生起来。安贝贝觉得一个刮了胡子的爸爸，身上就带了一点不同的东西了。那是一个男人。那个男人是属于妈妈的。那是一个有距离的爸爸。

爸爸一回来，妈妈就把小房间的一张单人床收拾干净了。那是给安贝贝睡的。安贝贝就不能像从前一样，和妈妈一起睡在大房间的大床上了。因为爸爸要睡在那上面，和妈妈一起睡。安贝贝有一种被抛弃的感觉。她不喜欢刮了胡子的爸爸。她想，如果爸爸不刮胡子的话，那妈妈就不喜欢爸爸了，那妈妈就应该睡在小床上，一个人睡，而她自己呢，则应该和爸爸睡在一起，睡在大床上，睡在爸爸的怀里，睡在他密密的胡子底下。

她喜欢有胡子的爸爸。所以，她看着没有了胡子的爸爸，眼神里带着莫名的委屈，还有伤痛。

直到小学毕业，安贝贝都很少见到爸爸。爸爸今年蹲点这个乡，明年蹲点那个县，总之，一直住在遥远的乡下。妈妈则独自带着安贝贝生活在城里。

妈妈的身上总是飘着一股浓重的消毒水的气味。妈妈在医院上班，她是一名儿科大夫，也是一位在单位出了名的“先进工作者”。她的头脑里，装满了“积极要求进步”“无私奉献”“白衣天使”之类的宣传。她从来没有因为要独自抚养女儿，请一次假，让别人代一次班，或是耽误一次出诊，相反，她常常还要加班加点。为了别人家生病的孩子，妈妈在安贝贝很小的时候，就将家中大门的钥匙，用一根红色头绳系着，挂在了她的脖子上。安贝贝挂着那把钥匙，活像动物园里被挂了标示牌的可怜的小动物一样，独自一人，上学放学，无人认领。不少时候，妈妈都来不及赶回家做饭，安贝贝就自己跑到附近的小卖部，买只面包，或者，将家里的饼干筒翻出来，乱吃一气，对付一顿。轮到妈妈值夜班的时候，妈妈就把安贝贝领到医院去。安贝贝在妈妈的值班室里写完作业，就睡在值班室那张小小的钢丝床上。而妈妈呢，凌晨时分，也会带着沉重的眼皮，挤到安贝贝的身边来。她睡在另一头，侧着身。早晨，安贝贝在一种刺鼻的药水气味中苏醒过来。醒来，她看到了医院里显得寒凉的白墙、白床、白被子，然后，她就看到了妈妈干燥的脚板，那也给人一种寒凉的感觉。

安贝贝上初中的时候，爸爸终于回到了城里，从此再也不需要下乡了。爸爸黑了，瘦了，脸上的皱纹有了木刻的效果，可是眸子里还有清亮柔和的光。他经常摸着她的脑袋，叫一声："小丫头!"没事，也没话，只是笑笑地盯住她，叫她。安贝贝渐渐习惯了他身上的烟味。可是，这一次，爸爸并没能在家里待上多久。有一天，他带上一只大皮箱，像只大鸟似的飞走了。他去了一个更远的地方。这次，他被派往美国，说是要把人家的先进管理经验带回来。

安贝贝后来知道，这回，老好人爸爸居然吃香起来了。上面的口号变了，不一样了，有一种新鲜的流行的口号，叫"实现四个现代化"。现代化，当然离不开知识了，所以，像爸爸这样的在运动过后仍"残存"的知识分子就派上了用场。省里把他们组织起来，先是突击入了党，然后统一送到美国学习，回国后，再分配到各局各处做领导。爸爸就赶上了这趟时髦的列车。等爸爸从遥远的大洋彼岸返家的时候，安贝贝已经长成一个大姑娘了。个头超过了妈妈，高而瘦的身材，无端地忧郁，不爱说话。长成一个矜持的、骄傲的、孤独的青春期姑娘。

而爸爸呢，则更像换了一个人似的。他腰板笔直，大声说话，中气十足，眼睛里闪着锐利的光芒，到哪儿都是一副衣冠楚楚、风度翩翩的模样，还成天绷着一张忧国忧民的脸。他的心思都在"现代化"上。他再也没有用胡子扎过她了。

后来，安贝贝读书、恋爱、分配、工作，都没有太多的波折。她在大学二年级的时候，就和同系的一名高个子男生谈起了恋爱。他比她高一届，毕业后分到深圳，那个正在建设中的城市。一年后，安贝贝面临毕业，男友十分卖力，极力动员安贝贝到深圳来，也东奔西跑地为她联系了一些单位，最终，颇幸运地落实了一家不小的集团公司。安贝贝就这样来到了深圳。

她远离家乡，父母鞭长莫及，男朋友这般殷勤，工作又是人家帮忙联系的。安贝贝自然很快就将他们的恋爱关系转化为婚姻关系了。那一年，她还不满 23 岁，在同班女生中，她是最早出嫁的一个。那些女生，刚刚踏上花花世界，新鲜劲儿还没过去呢，谁不想多玩几年，谁不想多挑几个男人？再说，她们看上去还有很多的孩子气，心智摇摆不定，半生不熟的，怎么看怎么不像做人家妻子的。可孩子般的安贝贝在陌生的异乡，只有男友一个亲人，她只想钻到他的笼子里，束手就擒。大概，约束也是一种温暖吧。

男友变成了丈夫。实际上，那个丈夫只比她大一岁，也和她一样，年轻，单纯，不确定，那个时候，他并不比她懂得更多。只是，他爱她，这最基本的一点，他是确定的，她也是确定的。而这，也就够了。

两人的老家都不在这里，亲朋好友之类的礼节上的烦琐应酬，省却了好多。两人到照相馆拍了一张结婚照，到区民政局领了红本子，到饭店吃了一顿几十块钱的“大餐”，然后，双方交换了礼物——他送给她一瓶香水，她呢，则送给他一把剃须刀。再然后，就到了晚上，他们睡在了一张床上。第二天，他们给各自的父母发了电报。这婚就算结完了。

他们租住着单位的公寓。一室一厅的小房子。在最繁华的闹市，出门就是闹哄哄的超市、发廊、凉茶铺、快餐店、时装屋，推窗就能看到人来人往，红男绿女。这是一个拥挤又热闹的尘世。新婚里所包含的新鲜、激情、辛苦、笨拙，都落在了这踏踏实实的人间背景里。所有缥缈的摸不着头绪的感觉，似乎就这样扎下了根。那段日子里，安贝贝的心里总是弥漫着一种说不出来的东西，既像是失落了某种最珍贵的宝物，又像是获得了什么意外的惊喜。她经常会发莫名其妙的脾气，但很快又会莫名其妙地兴奋。总之，她是一个正儿八经的妻子了。妻子，这个身份的认领，对于她来说，似乎是过于仓皇、过于重大了一点。

卫生间的门正对着卧室。每天早晨，借着晨光，她躺在暖暖的被窝里，看着她的丈夫套一件松松的T恤，对着墙上的一面大镜子，认真地修理着胡子。白色的泡沫把他下半部分的脸全淹没了。他拿着剃须刀，是的，就是她送给他的那把吉列牌剃须刀，紧绷下巴，转动脑袋，像农人推着一副犁，在那块白色的田里，小心地翻着地，一道又一道的。翻一道，那块田就露出了一道青色的地皮。他犁出一片新土后，会用另一只手在犁过的地方，认真地摸来摸去，以检验犁田的质量和效果如何。这时候，他变得从未有过的耐心和细心。他的眼神里只有专注和安静。这是一个忠心耿耿又坚定不移的农夫。

凑在镜子旁，他上下左右地看看，摸摸，好了，终于收拾干净了。犁刀之下，是泛着青光的一片种子地。田地里一派整洁清明的气象。这是早晨微寒的崭新的田地，曙光正要升起。他梳梳头，挫挫牙齿，抖擞了精神，是的，他可以整装待发了。

走出卫生间，走进卧室，他不慌不忙地换好了衬衣、西服，系好了领带。他已经拿上了他的手提包了。安贝贝的眼睛一直没有离开过他，这时，突然有了一些期待和急切的意思。还好，他还没有忘记。他折身走到床边，俯下身来，用他那刚刚打理好的嘴巴，碰了碰她的额头，然后，他道一声再见，就匆匆地出了房门，消失在安贝贝的视线里。

安贝贝额上的那个触点，突兀而起，似乎长出了一只小手，要拉住什么。她的鼻腔里，充盈着一股淡淡的清香，那是剃须膏有些冷有些爽的味道。哦，这就是一个男人的味道吧？好闻的、动人的，又有些陌生的味道。婚姻，是不是就意味着，每天早上，她都能安静而坦然地呼吸着这种男人的气味？

到了晚上，安贝贝和丈夫在一天的忙乱之后，收拾好家务，洗过澡，他们连电视也不看，就早早地上床睡觉了。结婚不久的小夫妻，他们对彼此年轻的身体，有着探索不尽的热情。窗帘拉紧了。他们拧着床头柜上台灯的按钮，将光线调到最弱，却并不关掉，是朦胧馨香的感觉。他们投入到肉体的狂欢。那时，他们有无穷的精力，又不知道该如何使。他从前是偷偷看过一些色情录像和画报的，这时候，就回忆着，模仿着，一边揣摩她的反应，一边挖掘新的体验。她虽毫无经验，却并不拘谨，而是努力地迎合，柔媚地鼓励。他们的身体是安了磁石的。

丈夫从她的脸、耳朵、脖子、乳房、肚皮，一路顺着吻下来。她觉得自己软到要融化了，似乎有些承受不住了。就在这时，她的肌肤上又传来了一阵火辣辣的刺激。丈夫不再吻了，而在蹭，用他下巴上那些硬硬的胡茬儿，使劲地蹭。她被他弄痛了，叫着。可是，他就想弄痛她。他不顾她的叫唤，依然使劲地蹭着，脸上带着一种既霸道又顽皮的神态。而她并没有推开他，只是将他的背抓得更紧了。

他的胡子，那些早上刚刚才剃过的胡子，到了晚上，就已经长出了可以扎人的胡茬儿了。不到一天的工夫，他的胡子就变成了一种武器。

这时候的丈夫，是和早晨见到的那个穿着西服、干净利落的丈夫，不一样的。早上的那个丈夫，是个要出征社会、对付世界的男人。他并不完全属于她。他有着她无法控制的想法。而这时候的丈夫呢，才只是丈夫。完完全全的丈夫。是臣服于她的，又统治着她的，丈夫。他用那刚刚才冒出茬儿的胡子扎她。他用胡子和她玩着一种好玩的游戏，就像小时候的爸爸一样。她和他是那么的亲。亲到骨髓里、血脉里。

因为丈夫的胡子，安贝贝觉得，婚姻对于女人虽然有陌生、不适的感觉，却也像是一趟温暖而奇妙的旅行。她的心渐渐沉了下来。她越来越像一个地道的妻子了。

过了几年，在深圳有些如鱼得水的丈夫，不安分了。他从机关辞了职，跟几个朋友合伙，下海搞起了房地产开发。那时候，正是金钱和欲望像火山一样喷发的年月，每个人好像都注射了兴奋剂，变成了在轮盘上转动的赌码一样，停不下来了。

转眼工夫，丈夫就仿佛电影中的背景画面似的，一下子被推到很远的地方，模糊，苍茫。他经常出差，有时一走就是几个月。总是她给他打电话，而他在电话中也是那么匆忙。他说，你有事吗，没事，没事那就挂了。声音有一种倒计时般的紧张。当然，他确实也是火烧火燎的，信息，批文，项目，贷款，方案，政府官员，银行头目，承包商，甚至合伙人，每一张脸都像是一个陷阱。真真假假的应酬，虚虚实实的算计，利益的交换，时机的抉择，他全力以赴，斗智斗勇，将时间、精力、命运，连同尊严，一起压到了赌盘上。他没有退路了。

安贝贝似乎不认识自己的丈夫了。那个男人是谁呢？他要么不回家，即使回家的时候，他们也说不上一句话。他回来，大多是凌晨时分了，她已经睡去。而她早上要离家上班的时候，他还带着浓浓的酒气，睡得像泥人一样。

安贝贝再也看不到丈夫在晨光中刮胡子的那一幕场景了。到了晚上，他们也没有什么亲热的游戏了。那种肉体的双人舞，他们好久都不跳了。丈夫总是疲惫不堪的样子，一躺到床上，话都没一句，就自顾自睡去了。在睡梦里，他的眉头还紧锁着，一副忧心忡忡的样子。偶尔，丈夫身体里那蛰伏的小兽醒了，连她的上衣都不脱，就那么急切而仓促地摆弄几下，事毕，转身呼呼大睡，丢下一个冰冷的脊梁给她，从始至终，没有一句话。

安贝贝爱面子，她不想和丈夫吵架，她也不会和任何人吵架。于是她忍啊忍，怨气似乎都在肚子里结成了一块块的癌。那一天，她终于忍无可忍，在上班之前，发了疯似的将丈夫推醒。她失控地喊："你是死人啊，你把这个家当成了什么？你把我当成了什么？你要死就死在外面，不要回来！"

丈夫醒了，怔怔的，并没有动弹。他带着满眼的血丝，疑惑地看着披头散发不顾一切的她，渐渐地，眼睛里的厌恶像毒气那样地弥漫开来。他一张口，就有一股浓重的酒气呛入她的鼻膜："我死了，你就是寡妇，你真的想当寡妇，是吗？"

她浑身打战，口不择言："寡妇有什么不好的？寡妇那也比我强！"

丈夫的眼睛瞪得像铃铛。他鼻翼翕动，拳头捏紧了，好像要跳起来揍她。然而，他还是背过身去，裹紧被子，冷冷地吐出三个字："神——经——病！"他闭上眼睛，继续睡觉。

安贝贝立在床头边，像濒死的鱼一样，张了几次口，却什么也说不出来。那一刻，她突然灰了心。还有什么好说的呢？第二天，她请假，独自去医院拿掉了他们的孩子。那份痛苦和屈辱，她一辈子都无法忘掉。他们结婚前就约定，在能对一切做到游刃有余之前，绝对不要孩子。这次，纯粹是个意外。是丈夫酒后的一次胡乱纠缠。她还没有来得及将消息告诉他。

日子就这样过着，一页页的日历，像一片片随风而逝的落叶。安贝贝觉得自己是个破碎的女人了，一地的碎片，一地的凋零。不知过了多久，有一天，安贝贝糊里糊涂地被丈夫领进了一幢别墅里。装修豪华的大房子，到处闪着温柔的光芒，耀眼，晶莹，厚重，尊贵，就像来到了五星级宾馆。丈夫领着她，在迷宫一样的房间里逡巡着，下巴抬得高高的，满脸自得的笑容。可是，这里似乎只是房子不是家，安贝贝总觉得缺少了什么。住在这里，房子越发大了，人越发小了。安贝贝渐渐变成了哑巴。她彻底不想说话了。她不是让电视机开着，就是让组合音箱开着，房间里总是回荡着别人的声音。空阔的房间因此拥塞热闹了一点了。

到了这时候，丈夫的江山才算稳定下来。他发了福，松了劲，头发梳得光溜溜的，胡子刮得清爽爽的。他待在家里的时间多起来。他说，老婆，现在是要孩子的时候了，你就放开肚皮生吧，哈哈，最好能生一窝小崽子。他让安贝贝辞职，叫她一心一意地做个专职母亲。安贝贝也想有一个孩子，让一切重新开始。她买了成堆的育婴书籍，辞了职，在家专心孵上了"小鸡"。可是，那些"小鸡"在她的肚子里，总是莫名其妙地流失了。

丈夫带她去医院检查身体。结果出来了。简直是晴天霹雳！因为那次手术有感染，她患了习惯性流产，恐怕一辈子都难有孩子了。到了这时候，她才不得不向丈夫坦白了那次意外。丈夫勃然大怒，甩给她一巴掌，眼里闪着泪光，牙缝里挤出一个字："蠢！"

他觉得她真是个蠢女人，蠢极了，蠢透了。她怎么就不理解，自己这么几年的拼命，其实就是为了她能过上安逸富裕的好日子呢？她嫁给他的时候，他身家寒微，让她也跟着过了几年局促辛苦的生活，他看在眼里，疼在心里啊！他下海，说到底还不是为了她吗？还不是为了给他们的孩子一个完美无缺的成长环境吗？可是她却头发长见识短，只贪图一时的小情小调，卿卿我我，对他的心思不明不白，破坏了他的美好规划。她真是太蠢太蠢了啊！一个有福也不会享的女人，任性狭隘的女人。他摇着头，无限的痛心、悲哀，为她，也为自己。

慢慢地，丈夫又从家里游离了出去。安贝贝在丈夫的衣领上见过斑驳的口红印，在丈夫的脖子上看到过发紫的吻痕，在丈夫的手机里发现过暧昧的短信。她知道丈夫在外面有了别的女人。她虽然气得牙根发酸，但到底没有发作。一直没有怀上孩子，这让她对丈夫抱有深深的愧疚。她想，那些女人不过是被男人玩玩的贱货呗，她犯不着和她们争宠，玷污了自己！她想把自己的身体调养好，是的，她还一点儿都不老，怎么就怀不上孩子呢？就算有病，就算医生也无济于事，但她还没有完全死心。她相信，只要有了孩子，丈夫的心就一定会回归的。哪有不喜欢做爸爸的男人呢？她开始吞吃一服服难咽的中药，又报名参加了一个舞蹈健身班……直到有一天，丈夫在醉酒后，歇斯底里地向她坦白了，自己在外面养了一个从大学毕业没多久的女孩，那个女孩现在已经有了他的孩子！他流着泪，向她下跪，求她原谅，希望她能放他们一条生路。他到底吐出了匕首般的两个字：离婚。

那一刻，世界坍塌了。他居然能为别的女人，不顾自尊地跪地求她。他还从来没有向她下过跪呢，即使他向她求婚的时候，他也没有弯下他高傲的膝盖，她也没有让他弯下高傲的膝盖。她认为，男人膝下有黄金，不，男儿的膝盖比黄金可要珍贵多了。可是，现在，为了另一个女人，他却能如此下贱——那么，他一定是爱那个女孩的了，真心爱那个女孩的了。这是伤她最重的地方。安贝贝想，到了这种地步，自己跟丈夫就已经恩断义绝了，一点点情义都没有了。他毁了自己的一生。结婚这么多年来，她一直过得那么压抑、憋屈。她失去了孩子，放弃了工作，还像吞苍蝇一样地吞下了丈夫那些花花草草的事情，即使离婚的话，也应该是她先提出来的啊，怎么能让丈夫在爱上别人之后，像扔垃圾一样地把自己给扔掉呢？她并不是非赖着他不可，只是她实在咽不下这口气。她真的是气啊！冤啊！简直有吐血的感觉，但那血即使吐了，也还是自己的血。于他，还有那个女孩、她肚里的孩子，那都是毫发无伤的。她该怎么办呢？

摊牌之后，丈夫就从家里搬了出去。无论丈夫开出怎样的离婚条件，她都咬紧牙关，拒不答应。每日每夜，她都像女鬼似的耗着。她就不离婚，拖死他！只要她不同意离婚的话，那个女孩肚里的孩子就永远没有出头之日，他们就永远也得不到完整的快乐。哼，要是把她给惹毛了，她还可以上法院告他，定他个重婚罪。大不了，自己不活，大家也都不活算了。

这么想的时候，安贝贝不由得打了个寒战。是的，这是一个让自己都感到陌生的自己。从什么时候起，她已经在不知不觉中，变成了这样的一个女人呢？这样的女人，正是她读书时最不屑的女人。看来，婚姻，真的是一座可怕的炼丹炉啊。能炼成丹的，那是奇迹，而大多数人的事实都是，不仅炼不成丹，反而炼成了毒。

偌大的别墅里只有安贝贝和她的影子。她觉得自己真的像一个孤独的女鬼了。晚上，她早早上床，靠在床头，在一盘瑜珈音乐的回旋中，翻看着每天订阅的报纸。那天，她不经意地读到了这样的文字：

早在古埃及，男士们已经知晓刮胡子的重要性。有据可考，公元前330年，亚历山大大帝统治下的希腊及罗马男人都有刮胡子的习惯，据称这样能够使战士们在与敌人进行面对面的对垒时，避免被对手拉扯胡须而不得不伸长脖子挨揍的尴尬。男人的胡子虽然和牛鼻环一样，容易受制于人，但好在能够及时剃须，不过这种行为在早期的男士们看来也是件痛苦的事情，主要是因为没有一件得心应手的“兵器”——最早他们使用粗糙打造的石头或者贝壳，到了青铜时代使用青铜，铁器出现后，刮胡刀也自然变成了铁制的。此后数百年间，刮胡刀基本就等同于小刀，拥有刀的外形。直至十九世纪末期，刮胡刀才安全起来，由原来的刀形变为新款的“T”形。

有确切证据表明，最起码在汉朝时，男人们开始修剪胡须了。南朝梁的贵族子弟都“削发剃面”。剃面就是指刮胡子。魏晋南北朝这个美男如玉的时代，除了敷粉、熏香、步态轻盈外，剃须也是当时美男的共同特点……

文字轻松、俏皮、闲适，她忍不住莞尔一笑。她已经好久都没有笑过了。原来她还能发出笑声啊。她把那篇介绍剃须掌故的文章又读了一遍。看来，做男人，也有女人没有的麻烦事情呢。笑过之后，她的心软了一下。她想到了新婚时，每天在晨光中，她躺在床上看丈夫刮胡子的那一幕。还有，晚上，在床上，他用他的胡子当“武器”的时候。真的是恍如隔世的美好啊。那时，他是多么年轻、蓬勃、帅气的好男儿啊。哦，他的胡子，早上刮，晚上就能长出的胡子……实际上，他把生命中最好的一段时光都留给了自己啊。他对她，无论如何都是有恩情的！这恩情，无论多长的岁月、多深的伤害，也是抹不去的。

安贝贝让眼泪在脸上平静地流淌着。那泪水，在窒息的心里流出了一道出口。风吹进来了，海一般的冤屈，渐渐地，像烟似的散开来，再散开来。

临睡前，她果断地给丈夫打了一个电话。她让他明天一早，就带上离婚协议和那个女孩，一起到家里来。

第二天，空气似乎比平时透明干净了好多。安贝贝早早起床，将自己好好打扮了一下。扑粉，描眉，刷上腮红，喷上香水。她换好一套玫瑰红的套裙，端端正正地坐在客厅的沙发上，等着他们。

他们来了。坐在另一张沙发上。在安贝贝炯炯的目光中，他们都有些尴尬，躲闪着什么。女孩实际上并不十分漂亮，只谈得上清新可人。她低眉顺眼的，像个做了错事的孩子，眼睛根本都不敢抬起来好好地打量一下安贝贝。安贝贝想，看来，她也算是一个懂事的人了，知道深浅的，再说，也是个小孕妇了，唉，怪可怜见的。

安贝贝注意到，丈夫瘦了好多，头发有些乱，胡子也没刮，一副落魄的神情。他老了，沧桑了。那一刻，她从心里原谅了这个男人，接受了用“前夫”这样的词去定位他。她不能给他带来幸福，那就把自由还给他吧。这也是她能为他做的最后一件事情了。也许，离婚，并不是过不去的一道坎吧？

她平静地对丈夫说：“你想把我们的那一页翻过去，是吧？好，我同意了。人生在世，谁都不容易的，今后你就自己照顾好自己吧。”

丈夫听了她的话，脸上一片死灰和痛楚的表情。他一直吵着要和她离婚，现在她真的同意了，他又难受起来，好像心里突然就空去了一大块，无着无落的。见鬼！他并不是留恋，也不是后悔，只是觉得这人生没意思透了！真的是一点儿意思都没有的！不折腾一下，不甘心，折腾了，也不过如此。唉，这世上，看来还真是那些出家当和尚的人，活得最透彻最聪明的。他想，如果她能跟他闹一闹、骂一骂、哭一哭的，也许他的心里反而会好受一点儿。

那个女孩是安贝贝坚持要丈夫带过来的，但自始至终，安贝贝都没有跟她说一句话。离婚，本来就是她和丈夫两个人之间的事情，跟任何第X者都是没有关系的。要女孩来，一来是安贝贝想看看她的“庐山真面”，二来也是让她知道，在没有离婚之前，一个妻子的尊严和权利。

协议书丈夫已经打印好了。一页纸，几行字，一棵婚姻的婆娑大树，就这样连根拔起了。真是四两拨千斤啊。其实，想开了，这世上的任何一件事情，不都是可以四两拨千斤的吗？安贝贝一条条地看着。丈夫在协议中给了她不少物质上的补偿，让她后半辈子都没有生活之虞了，这至少说明他的心里也是明白事理，懂得好歹的。那么，也就够了。安贝贝叹了口气，签下了自己的名字。

她把协议书递给丈夫，然后，从茶几上拿过一只包装精美的礼品袋，递给他。她看他吃惊的表情，微微一笑，道：“送给你的最后一件礼物，请你收下。”

丈夫意外极了。那个女孩更是屏住呼吸，紧张地看看她，又看看男人。

安贝贝又笑了一下，对丈夫说：“再过几天，就是你的生日了，这是我早就为你准备好的生日礼物了，还是送给你吧，最后一次了，做个纪念也好。”

丈夫要当着她的面，将礼物打开。她拦住，说：“现在别拆，回去再看吧。”她站起身来，把他们送到大门口，平静地说了一句：“你看什么时候方便，我们去民政局把手续办了吧。”

汹涌的泪，那是等他们走后，关好门，扑上床，蒙住头，在被子里号啕出来的。

安贝贝不知道，丈夫带着那个女孩刚一钻进小车，女孩就迫不及待地打开了包装。那是一套进口的高档剃须用品，有精致稳重的手动刮胡刀、质朴厚实的獾毛刷、闪闪发亮的不锈钢镀镍立架和精巧的皂盒。女孩盯着白色手柄上印着的一行英文小字，仔细看了看，虽然不知道那是一个拥有一百多年历史的英国著名品牌，但她依然能透过手里的东西，感觉出那种高贵优雅的品质。她撇撇嘴，有些酸溜溜地说：“哼，都离婚了，还想来这套！难道她想让你每天刮胡子的时候，都想起她吗？做梦！我不许你用哦！”

男人叹了一口气，无可奈何地说：“你把她的人都赢来了，还跟她计较什么呢？”

“哼，反正我就不许你用！”女孩把东西随意地一裹，有些气冲冲地塞进了自己的手袋里。一回到家，她就把那包东西扔进了杂物房那个放杂物的柜子里。柜子里的东西，都是过时不用或根本用不上的，男人从来也不去扫一眼的。女孩觉得自己没有把它们扔到垃圾堆里去，就已经算是给足男人面子了。

而男人呢，自从拿到安贝贝在离婚协议上的签字后，就变得对一切都懒懒的样子。这个世界好也罢，坏也罢，一切都不过如此了。他身体里似乎有一股气，就那么莫名其妙地泄了，再也鼓不起来了。他只是按部就班地过日子，什么也不愿意细想。偶然，安贝贝的样子会在他的脑中一闪，那包礼物也随即在他的脑中一闪。他的心会软一下，但转瞬就被他压制住了。他懒得去问。他只想忘记过去，忘记得越彻底越好。

他现在对付自己胡子的时候，用的是一把菲利浦电动剃须刀。虽然不上手，但快捷、方便，不拖泥带水。他什么时候想起来了，就拿到脸上推一推。有时是靠在沙发上喝茶的时候，有时是在阳台上发呆的时候，有时则是在卫生间大便的时候。而那嗞嗞响着的电动机轻微的噪音，也给他一种新鲜的感觉。

也许他要的，就是这种跟过去完全不同的新感觉吧。

不管怎样，女友的肚子正像吹气球一样，不断地高涨起来。他不久就要做爸爸了。一个新爸爸。这件事情想起来，还是能给人带来一些振奋和欣喜的气象的。

柜子里的衣服、鞋子、杂物、报刊，都被搬了出来。安贝贝绾发卷袖，动手整理房子。她要把丈夫留下的东西全部清理出去，然后，开始新的生活。

东西是不能被人用过的，一用过，那东西就沾上了人气，活过来了。一个人的音容、体温、气味、脾气、习性，都刻录在那些用过的东西上，就像一部老电影，一点一滴的过往，时光的沉淀，折射，酸甜苦辣的片段，滋味，都记录得清清楚楚的。安贝贝一件件地清理着，将丈夫用过的东西，不断地塞进垃圾袋里。起先，她还是情绪高昂的，可是，渐渐地，她的手上就有越来越重的感觉，铅球似的坠着，再也拾掇不起了。她一屁股坐在地毯上，人好像鼻涕虫似的滑下去，泪如泉涌。那时，她的手上，握着一把吉列牌剃须刀。是她多年前给他买的新婚礼物，几十块钱的东西，已经很旧了，可是他只换刀片，那么多年，还一直在用着。

这真是奇迹呢。一把剃须刀，竟然用了这么多年！他们如此频繁地更换着东西，衣服，鞋子，房子，车子，脑子，日子，甚至，他们彼此。可是最后，还有这么一把小小的剃须刀，留了下来。

她握着那把黯淡陈旧的剃须刀，似乎能感觉出丈夫体内跳动的血脉了。一个男人的生命，好像就活生生地握在她的手上了。她是一个女人，也许，她还不能够完全理解，胡子在一个男人的一生中，所代表的那种微妙的意义。在她听过的有关胡子的故事中，她记得《三国》里的关公、《水浒》里的朱仝都曾以“美髯公”之名，扬威江湖。她还记得名伶梅兰芳、领袖周恩来都曾有过“蓄须明志”的佳话。她也记得曾在书本上见过马克思那种蓬勃茂盛的胡须、斯大林那种狂放冷酷的胡须、孙中山那种典雅高贵的胡须、鲁迅那种孤傲醒目的胡须。而她曾经的丈夫呢，他有着茂盛而刚硬的胡须，面积广大，成长迅速，早上刮掉晚上就能长出来扎人——也许，有什么样的男人，就有什么样的胡须。或者，也可以说，有什么样的胡须，就有什么样的男人吧。

安贝贝将那把剃须刀在自己的手掌心里轻轻地来回刮划。她用心地想象着、体会着，在那么长的岁月里，丈夫用这把剃须刀刮胡子时的感觉。泡沫，水，热气，湿漉漉的胡茬儿，不小心的伤口，一天就是一次生命。麻烦，琐碎，但也顽强、孤傲。男人，那是拥有胡须的一群人，他们跟她天生不同。突然之间，安贝贝似乎懂得了男人。

后来，安贝贝又谈了几次不成功的恋爱。邂逅，心动，甜蜜，纠缠，受伤，分手。不同的故事，相同的结局。不同的男人，相同的自私。有一次，她甚至动了结婚的念头。那是一个大胡子的离婚男人，大学教授，看上去既粗犷憨厚又不失细腻。可是他的心却和他的外表不像是一个人。为了一些小事，他们经常争吵。争的时候，他总要吼出最后一句话，否则绝不肯先停下来；而争完了，无论事情过去多久，也不管谁对谁错，他也绝不肯开口找她说第一句话，打破僵局。他好像在和她比试彼此的耐心和毅力，而且每次都要得胜。这样的男人，在爱里也较着劲，争输赢，你不知道他是倔强还是狭隘。安贝贝和他在一起，只能一直惨兮兮地认输，妥协，迁就，当他是孩子脾气。最后一次争吵，她觉得太累，再输下去没意思了，就硬撑着，没有先开口找他说话，而他是绝不肯认输的——两人就这样断了联系。

不过，安贝贝心里并没有仇恨。无论他们如何伤害了她，她也不恨他们了。相反，她同情他们，无端地包容他们，觉得他们天生是可怜、脆弱的动物。她喜欢他们的胡须，知道那些胡须所代表的所有内容——盲目、麻烦、琐碎、疼痛，因此也了解到他们的人生其实也是盲目、麻烦、琐碎和疼痛的。他们的身上有太重的担子，受到了社会更多的挤压，所以，他们比女人更容易变形。他们不断地伤害女人，实际上，他们是在不停地伤害他们自己。他们要装作忽略这种伤害，就必须伤害更多的其他女人。他们要把伤害变成一种游戏，正如他们要在酒精中麻醉自己。他们真像一群迷了路的孩子。他们不爱女人，自私自利，是因为他们再也没有了能力。他们只能自暴自弃，胡作非为，用瞎胡闹、恶作剧、铁石心肠，搞乱一场场优雅浪漫的晚会。因为优雅浪漫是多么尊贵、奢侈、圆满的东西啊，而他们知道自己消费不起。当然，没有人消费得起。除了神仙，破绽和缺陷是每个人都有的标记。其实男人就是男人，有和女人一样脆弱的人性。他们的所有悲剧，都来自于社会要求他们做强者，他们自己也不得不以强者示人。哪有什么强者呢？他们不流泪，并不是他们没有眼泪，而是他们把眼泪都流进了肚里。他们的眼泪甚至比女人更多，与女人相比，他们更添了一种只能把眼泪吞下肚的委屈。

当然，想到女人，安贝贝便会心一笑。对她们，她就更不会有什么仇恨了。她们和她本来就是一体的。她知道她们成长中每一处细微的风吹草动、拐弯抹角。她们比男人矫情，虚浮，伶俐，爱计较，更喜欢感情用事，因此也更让人怜惜。

想想这人世，安贝贝无来由地就会热泪盈眶，真的是“悲欣交集”的感觉。也只能用“悲欣交集”这四个字了。她突然觉得，这世上的每个人，其实都是自己的爸爸妈妈，又都是自己的儿子女儿。他们的善、恶、强、弱，都是她自己的善、恶、强、弱。他们哭，她也哭，他们笑，她也笑。他们的每一根神经都连在她自己的身上。

真奇怪，这世上的人啊，所有的生命，原来都是连在一起的！他们被同一根细线，从他们的心里穿越而过，这根细线，原来就是——脆弱。

春节之前，安贝贝回了趟老家。她已经有好几年没有回家了。

感谢上天！爸爸、妈妈虽然已经退休多年了，但他们的身体还没有什么大毛病，吃也吃得，睡也睡得。有一个朋友介绍来的乡下小姑娘，在家里照顾他们。小姑娘已经来了好几年了，人很勤快，也朴实，不怎么说话，但有什么事情，也敢于不拐弯地大声说出来。他们喜欢她这样直来直去的性格，待她就像自己的女儿，她也便把这里当成了自己的家。老人的生活就是吃饭、睡觉，早上散一个小时的步，晚上看一个小时的电视。经常练练字、看看报，有时还逛逛公园、转转商场。一年中总有几回，他们会报名参加一些夕阳红之类的旅行活动，到各地转一转、玩一玩。是个平安富足的晚年了。

安贝贝注意到，老人最大的变化，就是不再讲究了。连过去有些洁癖的妈妈，也变得得过且过的。看到爸爸的外套上沾了黑迹，鞋上沾了灰尘，吃饭时嘴边不小心挂上了饭粒，喝汤时洒了半桌的汤水，她看到了，却再也不责怪了。她自己除了在梳洗的时候，随意地在镜子前瞟上几眼外，平常也难得仔细打扮了。一件外套，他们可以一连穿它一个星期的。变老的爸爸妈妈，邋遢了，也随和了。

不过，安贝贝还是不习惯和他们谈心。女儿婚姻的不顺，一直是他们的心病，但这样的事情，他们又能帮上什么忙呢？何况，女儿对这种话题向来敏感、厌烦。这次回来，大家都刻意回避着这个话题。说实话，长这么大，安贝贝还从来没有和自己的父母好好地谈过心。小时候，是父母奔忙于自己的工作，长大了，是她招架于自己的生活。对于内心的情感和心思，他们向来是羞于表达和交流的。人生还是不如意的时候多，说出来，只能徒劳地增添彼此的担忧，那么就独自扛着吧。况且，说什么好呢？似乎说什么，在至亲之间，都是有些词不达意的。所以，安贝贝回来的这几天，还是跟从前一样，只吃饭的时间，大家在饭桌上随意地聊几句闲话，平日，家里倒是安静的。

那天，吃过午饭，爸爸照例到阳台上抽烟。他坐在一把藤椅上。那是一把磨得发亮的老藤椅了，似乎将人身上的汗和油，以及岁月的烟尘冷暖，都吸进了藤条的每一丝纤维里。爸爸靠在那里，阳光映在他的白发上。那白发其实也很稀疏了，露出了里面发亮的金黄色的头皮。安贝贝注意到爸爸的脸了。那是他好几天都没刮的脸。他的胡子已经有大半都成了白色的了。他的皮肤像风干的水果皮。脸上还起了很多斑点，黑的，灰的，褐的，大大小小的，那应该就是老年斑了。

她走过去，突然伸出手来，在爸爸的白色胡茬儿上调皮地摸了一把。爸爸没防备地把头往后一缩，说："你这孩子，吓我一跳！"

她笑了，露出了顽皮的神态："嘿嘿，我要摸摸你的胡子还扎不扎人！"

爸爸回过神来，浑浊的眼神里透出了慈爱的光芒，他笑道："这么没大没小的！”

她也笑着，眼睛里却有水漫过。刚才那一下，在她的手心里，留下了针刺一样的感觉。火辣辣的感觉。那是多么久违的似曾相识的感觉啊。

闪电耀眼，划过天空。原来，原来，爸爸的白胡子，还是能够扎人的！

是的，她发现了！爸爸的秘密！胡子的秘密！

……那么，每个男人都会长成爸爸的。那个用胡子扎人的爸爸。每个男人都会老的，只要你有足够的耐心，他们就会变老。他们是那么一群人，除了胡子，他们的身上，再也没有任何扎人的地方了。他们是爸爸。爸爸。

盛可以

20 世纪 70 年代生于湖南益阳，90 年代移居深圳。著有《北妹》《道德颂》《死亡赋格》《野蛮生长》等。作品被译成英、德、法、俄、日、韩等多种文字出版。其作品语言风格猛烈，热衷声音实验，以敏锐观察和冷酷书写而著称。

白草地

一

二月的早晨，发生了一件蹊跷事，我的眼睛突然变得白多黑少，并且显露凶光，打个比方，当你与一条狗狭路相逢，狗便是拿这样的眼神瞄你。我盯着镜子看了片刻，只见两粒小黑豆泡在辽阔浑浊布满血丝的眼白中，毫无神采。我抿紧嘴，垂了头想着什么缘由突然变成这副被逼急咬人的样子。我脾性虽暴但善于克制和忍耐，平时没有积怨，也没有抑郁症，我活了三十年，算不得坎坷，父母离婚时我还小，他们搞出一些乱七八糟的事情，也不至于影响我的成长。我承认我缺少天资，有各种显而易见的怪僻，但还是考上了大学，马马虎虎地念完，到异乡找到了自由，在工作与失业交替的瞬间，与一个不咸不淡的女人结了婚，她就是我的老婆蓝图。我当然知道她也曾甜酸苦辣有滋有味的，只不过到我这儿便进了不咸不淡的境界。这又何妨呢，说实话，甜腻辛辣我也受不了。她有一副难得的安静脾气，我甚至不能分辨她的满足与未满足，她总是微笑着擦拭身体，套上睡衣，呼吸平稳地进入梦乡，不忘与我手指相扣。从结婚那天起，我就感到已经与她生活了一百年。对于我这样的男人来说，她是无可挑剔的，容貌、素养，操持家务有条不紊，对我的照顾不可谓不周全。

说到她我总是忍不住要详细些，她是丰满的，脸庞圆润，是人们说的那种旺夫相，她睡前吃苹果，早起喝盐水，午间小睡，生活十分规律。她学的信息管理，在机关混着。前不久的南方城市报上有则意味深长的小新闻，某某局的厕所下水道堵塞，维修人员费了九牛二虎之力，通出一大堆安全套，可见机关清闲也不好过，大家都需要找点乐子。蓝图的乐子是经营淘宝网上的服装店铺，她很快赢得了五钻级别的好声誉。当然，生活中她也是个有信誉的女人，比如，遵守我的规定，不再与从前的男友联络，不和男人单独吃饭喝咖啡，等等。

至于我，在外企做了三年的 sales，每天要打七八个小时的电话，憋尿，忍渴，寻寻觅觅，为得到一张订单磨破嘴皮，有时两只耳朵都被话筒堵住，下了班脑海里苍蝇嗡嗡乱飞。不过我真是生不逢时，房价一路飙升，每平方米二万五，首期要三成，少说也得三四十万，每月还利息加本金要付七八千，入不敷出。当房奴无望沦为租客，还欠着蓝图的婚戒和婚纱。黄金白银买得起，但蓝图要钻戒，多少克拉不计较，非要有一粒夜里都闪光的石子儿，如果我不想让她等，就得拿把玩具枪去抢银行。我没有时间拍婚照，片刻都没有，我出门时蓝图没醒来，回来时她又睡着了，基本上忘了夫妻间的那点事儿。资本家不管你的死活，更不管你的性生活，新婚没假，奔丧不批，你只是他们的牲口、他们的狗，你得每天转动，每天守着电话，不管是逼良为娼，还是明争暗抢，弄到订单赚到美金你就是骨干你就是人才，你被提拔了，公司会表现仁慈的一面，请你携家眷去国外度假。我也梦想带蓝图去欧洲去美国，盼了几年，老夫老妻了，大门没出，远门没涉，婚纱戒指蓝图也没再提过，我想是无所谓了吧。

望着占了半壁墙面的镜子，饶是我从容镇定，仍有一种从未体验过的绝望扑过来，那是怎么恐怖的眼神啊，随时要癫狂发作的。我慢慢想起昨晚的事，我请福斯公司的采购——我们通常说 buyer——多丽吃饭，她的英文名是 Donna，在这里我想叫她多丽。多丽带了自己珍藏的茅台，酒过三巡，她甩出一句埋藏心底的话，说我的眼睛令人柔肠寸断。她的意思我早就明白，只是佯装不知，这类暧昧的暗示我遭遇不少，尤其是四十岁上下的女人。我知道多丽还是一位诗人，在福斯公司的内部刊物上歌颂过祖国，也为爱情伤感，她对我胸口发热母性大发，是一件平常不过的事情。不过时至今日，我与她之间的交情，已经不需她母性荡漾了。我有一次喝得胃出血，一次酒精中毒，两次住院之后，我们建立了牢稳的伙伴关系，算得上哥们儿。别那么不屑地看我，我也憎恶酗酒的德行，发誓戒了这祸水，但干了 sales 这行，也算半个公关，不沾酒色，难道学魏晋文人雅士扪虱清淡？甭说我狗嘴吐不出象牙了，就福斯公司的小姐先生，明摆着也是酒肉之徒，全是现实主义流派，八九不离礼品红包回扣的主题，连这点都看不明白，就别谈什么销售艺术了。并且还要豁出一条贱命，死乞白赖、嘴上抹蜜、当乌龟扮王八将对方衬托得尊贵体面，尽管得到的只是福斯公司从牙缝里挤出来的小订单，那真他妈的就像是一个性感美女只是远远地向你抛了一个媚眼，对于饥饿的胃部或者真诚的性欲来说都是无济于事，可仍是够人上下激荡一阵子的。尤其是面对全球金融危机，经济大衰退的 2008 年，倒闭、裁员、治安混乱人心惶惶的现状，当你一天看了十八个小时的电脑，寻料、跟单、回邮件、写申请、填表格，满脑子数据型号，白忙一天累得像条死狗，猛然获得一个美女的媚眼——纵然她在千里之外，你就没法不感谢一条牙缝了，它代表着无穷的希望。

平时我酒性上来就想听玛雅的声音，玛雅是个五官精致的小脸娘儿们，带点重庆的香辣味，说来话长，迟些再表。眼下我必得先仔细梳理昨夜的事情。嗯，茅台酒，多丽带来的，味道实在特别，虽一闻便知酒假，不过入口不错，余味香醇，显而易见，做假的人下了诚实的功夫。多丽殷勤劝酒，双目有神，我说的就是她的牙缝，我直觉她是吊着我的，她在一张一百 K 的大单后面放了一根长线。女人的矜持，有时是装屄，有时是千真万确，但具体到多丽，就有点含混不清了。这晚我同样不拂她的意思，反正喝高了就是废人，浑身软塌。不过我醉得蹊跷，没有经过熟悉的步骤变化，我没给玛雅打电话，径直就倒了。睁眼时人在酒店客房里，多丽抓着我半解的皮带，裸着平坦的胸脯，疤痕闪亮，你可以将之看作一张闪亮的百 K 订货单，只消伸手深情地抚摸，手指头便能感觉到美钞上面本杰明·弗兰克林凸起的五官。不幸，我被那比镁光灯还耀眼的伤疤刺痛了眼睛，脑海里一团糨糊，我流着带有谴责意味的冷汗，失魂落魄地逃了。兴许是手脚并用，半截皮带拖在地上，皮带扣与水泥地面擦出刺耳的声音。多丽某次慨叹人生时曾有所暗示，我从未意识到她丢了乳房，天啦，我与她那双宝贝素未谋面，也免不了很有人情味地替某几位与之有瓜葛的男人惋惜，想到生活索要你的青春，也要你的乳房，到最后都是连人带毛打包塞进火葬场里烧窑，真是沮丧。

一半为多丽，一半为美金，我的心软得一塌糊涂，受伤的眼睛一直淌泪，半路上踅回去时，多丽已经走了，该死的，她一定伤心坏了，不，我比她更伤心，从乔治·华盛顿到本杰明·弗兰克林，所有在美元上露脸的都该为我哀哭，月底在望，我的业绩线还是一条被打晕的水蛇。我现在手中空空如也，啊多丽，无论如何，我真该在你订单般平整的胸前逗留片刻，即便是为了感谢你牙缝里源源不断的食物。我无比愧疚地在路边的烧烤摊上灌起了啤酒，赎罪似的往胃里塞了一通乱七八糟的东西，脚下竹签一堆，时间是凌晨一点多。风凉飕飕的，马路上一点儿都不清淡，出门过夜生活的，过完夜生活回去的，走路的，开车的，打的士的，路灯睡眼惺忪，飞虫在周围飞着取暖。

嘿，可怜的小虫儿，情愿为了那一点微光与温暖累死，我回家躺下了还想着它们的伟大。后来胃里火辣辣的，拉稀九次，直拉得东方发白，两腿发虚。躺下两分钟闹钟响了，我起床洗脸刷牙刮胡子坐公交转地铁要准点到达公司，今早亚太地区的总裁从新加坡过来检查工作，还要裁减人员，压缩开支，我们的西装不管料子是毛尼的还是尼龙的，衬衣是黑是白，底裤有没有破洞，全部要西装革履业界精英的样子迎接总裁。

我满嘴牙膏泡沫，通货膨胀，就业超强寒流涌现，要是被裁掉，蓝图又把我蹬了，丧家犬的滋味可不怎么样。我把毛巾在脸上扫来扫去，吐出舌头往鼻子上方舔，你也看到了，我的动作怪异，像狗，我有点怕自己了。我哆嗦了，手指僵硬，打开电动剃须刀，一阵割草机的声音，胡子三天没推，平时乱草蓬勃的，现在满下颌全是细软的绒毛，这又是什么道理？我惊诧地瞪着自己，两眼低级动物的冷光，恐惧变成愤怒，镜子里的怪物突然向我张臂扑咬过来，我撞到冰冷的镜子跳后一步，将电动剃须刀使劲砸过去，镜子咣当碎得干干净净，一只幼小的蟑螂张皇失措。

我的老婆蓝图轻手轻脚地过来了，片刻间将镜片清理干净，轻声轻语地说改天去宜家买个带木框的，便继续煮早餐去了。咳，她也不问我为什么发脾气砸镜子，我真想叫她看看，我是否像条狗，但她没什么好奇心，这很伤脑筋。

二

打开衣柜，樟脑丸子呛得我直打喷嚏，费了一阵才找到玛雅送我的红色 Louis Vuitton 领带。喝粥时我问蓝图，你把领带洗坏了吧。蓝图说，我没洗过。我说，怎么又旧又暗，好像掉色了。蓝图说没有，它跟你从商店买回来一样新，这种 A

货高仿品，质量也不差。我低头瞅了领带一眼，体内有玛雅作怪，不好多说，便夸蓝图身上的白毛衣很衬皮肤。蓝图说她穿的是绿的。我笑着抹干净嘴巴。我们之间的对话原本都是心不在焉，受蓝图的影响，我也不太寻根问底，我换上 Pakerson 皮鞋，玛雅说这是意大利托斯卡纳区的贵族们的至爱，她用无比的热情打扮我，我只得绞尽脑汁向蓝图解释每一件物品的来源，幸好蓝图不是那种猜忌的小女人。不出意外的话，今天午间要和玛雅会面纠缠一阵。我抬上大门心头荡漾，蓝图叫住我，递上一杯盐水，说你忘了喝了。我在门槛外头喝完它一时间羞愧交加，但是没多久，玛雅便冲淡了这些。

很奇怪，地铁上的广告都使用了怀旧色彩，男男女女的衣着非黑即白，以先那种花花绿绿的景象不见了，这个世界似乎在进行一种集体悼念。我嗅着香皂、皮革、小笼包、体味以及狐臭混合的味道，突然间觉得视线像广角镜头一样辽阔。我悬在拉环上，把裁员的担忧撇开，忍不住要说说我的玛雅了。算起来这还是多丽的功劳，本来像我这行业的人，认识文化圈美女的概率实在太低。也是巧合，有回我请多丽 K 歌，她带来一个低胸细腰、屁股被牛仔裤裹得浑圆玲珑的小脸美女，抽烟喝酒语出惊人，我头一回知道世界上除了两腿紧夹的小家碧玉，还有这样的坦荡直白欲望张扬的姑娘存在。她坐下来望我一眼，就说我昧着良心长了一双水灵柔软的黑眼睛，其实一肚子坏水。起先我犹被打了一闷棍，但很快就适应并喜欢上这个叫作玛雅的伶俐姑娘。她是一本女权味道很重的刊物主编，可惜我没空翻杂志，有时候想想居然有时间把蓝图骗到手都会感到惊讶。

玛雅和适量的酒一样令人神志清醒，心情愉快。我压根儿没想过玛雅会对我有意思，后来她把多丽撇下，约我到了 0755 酒吧，而我对蓝图谎称应酬客户，与玛雅对吹完一打德国黑啤，去了玛雅的佳兆公寓，有一瞬间我觉得自己像只免费的鸭子，但在和玛雅的互动中感受到平等与销魂。玛雅说，她也是因为我的眼睛，对我产生了强烈的哺乳冲动，疼上了我。她很诧异，在一个物欲横流的城市里，还会有这么纯净清澈柔和的眼睛，而且漆黑明亮。玛雅的几句话把我夸得心花怒放。可后来她又拍拍我的背说，我看上你，纯粹因为你是圈外人，我厌倦圈里的乌烟瘴气。我明白玛雅的虚实，聪明的猫总是排泄完毕就用沙子掩盖秽物，这种习惯并非出于自尊，我想一定是受过同类严重的伤害。

我无法说清楚我和玛雅的关系，有一段时间，玛雅为了我打算做个两腿紧夹的小家碧玉，她说这是男人想当好男人时顶喜欢的类型，不风骚，举手投足良性十足，没脾气，性子比高贵动物的皮毛顺，比千年的水藻柔，比墙砖上的绿毛软，于是她先正视听，不看露体的电影，不听淫靡的声音，《红楼梦》只读删节版，朝《金瓶梅》唾口水，骂《肉蒲团》是垃圾，坚决不承认这些放荡的文本算得上艺术。她说服饰，谈娱乐，聊失去童贞之前的生活，但就是不谈性，更不提一夜几次，敏感地带，房中术的学问与扯淡……玛雅要做矜持、内秀、明眸皓齿的良家女，口谈正言，身行正事，也就装了那么几回就累垮了，她无法将自己劈成两半。坦白说，我喜欢真实的玛雅，没心没肺地抽烟，三杯酒下肚脸起红晕，嚷着要唱歌，"忘掉那痛苦忘掉那地方，我们一起启程去流浪"，将《张三的歌》唱成了天真童谣。我喜欢的玛雅淫而不荡，天真而不幼稚，表面柔弱，骨子里强硬，开得起玩笑，拉下脸来绝对无情无义。

玛雅是最真实的，她的生活里没有为订单装腔作势的时候。其实玛雅最大的特点在于不俗，她不会闹着你给她名分，她甚至害怕你缠上她。倒是我偶尔觉得离不开她，或许我真的是一肚子坏水，根本不是蓝图塑造出来的好男人。有一次和玛雅事毕，体内气氛有点伤感，我几乎是带着怨恨和玛雅聊到蓝图和她的淘宝店，对蓝图那种不咸不淡的作风深感不满，事后想来，我的表现就像没有吃到糖果的孩子，于是屡次遭到玛雅的嘲笑。

我提前十分钟踏进公司，男同事们和我一样个个人模狗样，其中有个 sales 全身里外都是 Burberry，这个酷爱 A 货的杂种名叫 Alex，顺便提一下，我们这种外资公司统一使用英文名，"武仲冬"一进公司就消失了，我成了同行业无数个 Jason 当中的一个，偶尔恍惚觉得自己是个可爱的金发小伙。我也不知道 Alex 的中文名，这个来自北京的小个儿自称吐血买了正牌，十分骄傲地迎接各种检测的摸捏。我们这拨摸惯了电子产品的手，对服装很不敏感，摸来摸去兴味索然。在弄出究竟之前，我们选择了放弃。裁员的事很快压了上来，我们提前五分钟涌进会议室，但见亚太区总裁早已恭候，白衬衫银灰领带深蓝西服，表情威慑，一望即知不同凡响。我左侧的 Alex 不太自信了，很不规矩地把脚从皮鞋里解放出来，异臭冲散了他身上的香水味。我踢了他一脚，低声说，那条欢迎总裁的横幅应该用红底白字，来点中国式的喜庆。

他瞪着我说，你丫色盲了？找抽吧？

Alex 的话我并不在意，我说这有点像开追悼会，瞧小妞们，大老板一来，个个小家碧玉两腿紧夹。

Alex 骂我南京瘪三。我说操你大爷的。我和 Alex 的交情就是建立于互相辱骂的基础上，平时对客户低声下气的实在压抑，这种放肆与粗痞的行为使我们的精神得到极大的放松与满足，有时在餐馆吃饭我们故意刁难服务员，抓住他们怕被投诉的心理，把他们弄得跑上跑下，面红耳赤。

Alex 和我越骂越难听，稀奇古怪不堪入耳，这里就不再记录，因为会议正式开始了。

分公司经理伪海龟 Eric 主持会议，我们对总裁的到来热烈鼓掌。会议五分钟后便进入主题，关于人事变动的通知，原部门经理将调往上海，新经理将于包括我在内的二十五位职员中诞生，近几年的综合表现与业绩是重要参考指标，会场气氛一片肃穆，我嗅到一种隐秘的亢奋，知道每个人都在心里打算盘，我这个月的业绩还差一截，不被裁员就是喜讯，于是想了想谁有被提拔的可能。

紧接着，意想不到的事情发生了，在我旁边一直大腿抽筋一样抖动的 Alex，突然被点名宣布开除。原来这个聪明的杂种竟然在澳大利亚合伙注册了电子公司，狂炒私单手脚严密，后来听说他东窗事发只因前女友的举报。Alex 被勒令当即收拾东西走人。炒私单是所有 Sales 的梦想，我相信那一刻他是我们全体 Sales 的偶像，并且大家深信他身上的 Burberry 绝对正牌，尽管他不久将会因泄露商业机密成为公司的被告。谁也没听肤白发黑的女秘书宣读的业绩排行榜，总裁来之前我们已经有所了解，每个人都有自知之明，是福不是祸，是祸躲不过，这个行业就是这样，突然被炒，突然离职，铁打的公司流水的员工，只盼着刀子利索一点，裁谁不裁谁快点水落石出。

“那么，关于 Jason——”伪海龟 Eric 牙口齐整地说，我的心弹了一下，他并没有直接宣布什么，而是概述我进公司三年以来的情况，仿佛诵读什么吊唁的千古奇文。我不耐烦了，天啦，像个啰唆的娘儿们，伪海龟到底要说什么，要杀要剐直截了当吧，我满面谦卑，嗓子里却发出呜呜的声音。

三

通常，在玛雅肉红色纱质窗帘的性感氛围中，我的性趣很浓。玛雅的酒柜里不缺好酒，二十年前的茅台，三十年前的五粮液，还有活灵魂的正牌红酒，嗅一下便产生爱情的幻觉，几杯进肚，体内五湖四海，爱情泛滥，想着怎么和玛雅天长地久。我是个浑蛋。玛雅把1988的柏马仕倒进玻璃容器，说这种酒要醒一个小时。她看得出我心花怒放，并断定不是因为她。不过她仍是高兴地骂我是职业病，活着的唯一乐趣就是接订单，心里只有美金。我把玛雅抱起来，红酒的香味很迷人，我隐瞒了自己差点被裁员的真实情况，表现出很受上头赏识的样子，在女人面前，这点面子是要争的。我向玛雅描述了上午那个惊心动魄的会议，事实是，伪海龟Eric正要宣布裁我时，多丽的电话打到公司，一笔60K的订单挽救了我。亚太区总裁和伪海龟Eric低头咬了几句耳朵，一切峰回路转，我当即被安排全面接手福斯公司这个拥有十万员工的大客户。福斯公司业内称为财神，多丽只是其中一个部门的主管，头一回遇到天上掉馅饼的事，除了高兴得屁滚尿流迎难而上之外，我实在无话可说。如果我告诉你接手福斯公司的难度与麻烦，你同样会情愿和那些小客户做生意，这实际是公司踢你出局的一种手段，做得好，皆大欢喜，做不成，那几个栽了的哥们儿就是前车之鉴。

我说，玛雅，我必须请多丽去钱柜寻欢，那里的少爷年轻英俊强壮温柔，很会侍候人，多丽实该享受这样的犒劳。玛雅笑道，依我对多丽的了解，她会选有老婆管着的，圈养的干净，用得放心。玛雅喜欢拿话刺人，我对她总有理亏心虚感，尽管她是自由的，我毕竟占用她待字闺中的美好青春，又没有金钱作弥补，倒是玛雅隔三岔五要给我买这买那，她对我产生的哺乳冲动会延续多久呢？

我把玛雅的身体端到沙发上，转身上洗手间，对着镜子照了照，眼睛仍是白多黑少地透着凶光。我感到胸口疼。我怀着难以言说的痛苦回到玛雅身边，玛雅那合身段的白色睡衣有点缥缈。我重新抱住她。我说玛雅你是天使，这儿是天堂。我淫笑着摸了玛雅两圈，上下嗅她，脸抵着她雪白的脖颈，使劲蹭她，伸出滑腻的舌头舔来舔去。玛雅哼哼唧唧。我大为惊讶的是，我所做的仅止于此，我体内只有可耻的安宁祥和，从前那股热烈的激情已转化为对玛雅相依为命的亲切与信赖，我想我他妈的是不是废了。

玛雅说，你最近不发情，是有原因的，没关系，也不是非做不可——真爱等于爱情减性，哈，这是谁说的，太扯淡了。但不久我发现玛雅的眼里闪着泪花，眼泪光顾玛雅的生活，这可是件新鲜事，我吓了一跳，饶是我对付女人训练有素，这会儿也是束手无策，因为玛雅和别的女人完全不同。是的，最近几回我都不能进入玛雅，这对玛雅或所有漂亮女人而言都是一种耻辱，我渴望见玛雅，却没有宽衣解带的欲望，只是嗅她，蹭她，为她削水果煮咖啡，天知道我怎么了。

我怀着内疚屈膝蹲着，双掌前撑身体前倾，静静地看着玛雅，等着她哭出来或者向我倾诉她内心无尽的孤独。谁说不是，即便是伪海龟 Eric，有一回在公司中秋联欢晚宴上也克制不住与妻子两地分居的孤独，这个爱耸肩的伪海龟勾着我的肩膀喊苦叫累。平均一个月回一趟成都，那种小别胜新婚的舒坦更是把剩余的大把寂寞光阴衬得不像是人过的，所以伪海龟偶尔也会在娱乐场所失身，次日怀着无比的罪恶感给老婆寄去名牌手袋或者内衣。他老婆喜欢成都的安逸，死活不愿随 Eric 到这个城市里来，在我看来他们的情况已经岌岌可危，当然伪海龟的生活不关我事，想到他有些不近人情的做法我还咬牙切齿的恨不得把他的老婆搞上床。我在乎的是玛雅，如果我有点责任心的话，真该好好替她想想。玛雅的父亲死后母亲嫁了人，生了一个男孩，他们能记起她的时间少之又少，我这个浑蛋，只是和她睡来睡去，仿佛爱着她，什么也给不了她，什么也拿不出来。玛雅有十分的条件傍个款爷，但仅仅因为我昧着良心长着一双婴儿般的黑眼睛，她就跟了我，真是个古怪娘儿们。我多希望自己一肚子坏水，上床下床见面分手行云流水无牵无碍的，也能一口吞下多丽那条残缺的肥鱼。

呵，玛雅，这时候我的心软得扎人，你说话吧，我什么都答应你，玛雅。

一定是我的样子太过滑稽，玛雅望着我突然笑起来，说道，武仲冬，你这姿势，像麦克斯，知道我说什么吧，《南极大冒险》里头调皮使坏的雪橇狗麦克斯，顶让人心疼的，咳，来尝尝好酒。她很讲究地倒了两杯，晃着杯里的红酒，接着说道，武仲冬，你要是对我没兴趣了，直说，不必勉强，我十分理解，本来嘛，人之常情，大家都有机会再碰到合意的。玛雅在特高兴或特严肃两种状态下会连名带姓地喊我，显然此时属于后种情况，我得全力以赴。

红酒像墨水，头一次觉得难喝，我一口灌了进去。

我说，玛雅，我爱你。

红酒要慢慢品，酒里含有维他命……

玛雅，给我提要求，为什么不提呢，你提吧，你想我离婚吗？

……葡萄糖和蛋白质，《本草纲目》里说它暖肾养颜——你说什么，武仲冬，离婚？嗤，你可别吓我。

那么你，玛雅，你从来没想过要嫁给我？你总是这么不在乎吗？

武仲冬，Jason，别忘了你是已婚男人。

玛雅的话把我堵得喉咙发胀，我多么希望玛雅要死要活地要和我结婚，眼泪哗哗地淌，施展一身的千娇百媚把我这个已婚男人拉下马来，让我确信她爱我，我于她心目中有不容置疑的分量。是的，玛雅提醒了我，我是个已婚男人，正因为如此，来吧玛雅，像个普通女人那样撒娇耍赖任性地索取你该得到的东西吧，即便武仲冬从来没有鱼死网破的勇气，也没有鱼死网破的爱情，生活他妈的就是一潭死水，你行的，玛雅，你能掀起惊涛骇浪的，来吧，逼迫我，用你的乳沟要挟我，用你的细腰恐吓我……玛雅，你知不知道，你这种无所谓的表现和蓝图的不咸不淡毫无区别。我不得不承认，你看透了我，我的确胆小怕事怕折腾，为一点儿偷鸡摸狗的事差点崩溃。

我一句话也说不出来，喉咙里呜呜的，像要吠出声来。酒一杯杯兴味索然地喝下去，从酒味里捕捉玛雅的气息暗地里嗅着，熟悉的迷人的一辈子难以忘记的气味，啊，玛雅，让我们结束吧，让我离开你，让我结束我对你无耻的占有。

我默默地望着玛雅，是的，就像麦克斯望着直升机飞离地面消失在雪雾之中，我是一条被扔在南极的狗。

我趴在沙发上，额头抵着玛雅的大腿，相当伤感。

玛雅开始没心没肺地抽烟，精致的小脸于烟雾中忽隐忽现。咳，好了，武仲冬，这类无聊的话以后别再说了，你那种只为财死见钱眼开的劲头，应该更彻底一点儿，比如对待多丽这类母财神，一旦母财神动了芳心，你一定要不怕亵渎胆大包天地把她弄成凡间女人，她会像七仙女帮董永不惜一切。哈，我了解多丽，不小心就在一棵树上吊个半死，三十六七岁了，爱情观还是处女。玛雅没心没肺地说着，伸出胳膊与我比了比，说，你瘦了，胳膊像女人的一样，呀，胡子又细又软，喉结都平了，你不会变成女人吧……武仲冬，睡着了吗，欸，该回公司了。

在这种情境下打盹很不应该，但连续的工作与应酬，夜里头又睡得浅，我实在太困了，尤其是当玛雅长篇大论的时候，我感到一切都在往下沉坠，我梦见领了薪水和提成，给蓝图买了一只巨大的钻戒，那钻戒闪闪发光，而玛雅光着双脚望着我，眼里头的泪花闪着钻戒的光芒。后来我总是想送玛雅一双里面铺着羊绒的皮靴，我时常在餐馆附近的商场溜达，寻思着找机会带玛雅逛街试鞋——说来你不信，我压根儿没这胆量，但我从这种行为中获得慰藉，对玛雅的歉疚慢慢地淡了下来。

四

我回公司时玛雅把一盒DIOR内裤塞给我，她说穿平角裤有益于精子活跃，她未免也太操心了。我把内裤放在公司抽屉里藏了一个星期，在一个合适的时机里带回了家。其实这种事情已经不是问题，我只是为了保险起见，你知道我是个谨慎的人。我原想直接将内裤塞进衣柜，但为了显得坦荡，便厚起脸皮向蓝图炫耀，一是眼光，二是捡了便宜货。蓝图的态度不咸不淡，她认为这是不错的A货，不过颜色艳了一点儿，这些货她的淘宝店里也有，有时间叫我和她一起上网挑挑。蓝图最后一句是征求意见的语气，我在她背后点头，蓝图那种毫无争议的信任，使我的心里升起一股不祥。

婚前蓝图是个小气鬼，爱盘根问底，路上的美女多看一眼，她对我又拧又掐嘴里还恶狠狠地警告。才几年光景，她就丧失了一切好奇心，更没有翻背包、查短信的恶习，虽说两个人相濡以沫，口角抵牾日渐稀少，天下太平了，我有时倒是盼着和她吵吵，我希望她追究这盒短裤的来历，像一个怕失去老公的女人那样把事情查得一清二楚。细想起来，对蓝图我曾是很动心的。最近的夜里我总是醒着，看着黑暗中的蓝图，她有点老了，脖子上一圈一圈十分明显，她也不在意，一个不怕老的女人，心态平静得可怕。大约从我与玛雅处上以后，我和蓝图不怎么过夫妻生活，我的晨勃也消失了，后来连与玛雅在一起也无能为力。蓝图也不是欲望强盛的女人，晚上偶尔嗅她、蹭她两下，她只是安静地配合，从没有其他要求。以前我们为这个吵过，蓝图很看重的，她把性列为婚姻的标杆。不过，很多事突然就这样了，你找不到那个明确的拐点。无论晚间是否快活，早晨的蓝图总是很好心情地给我一杯盐水，而她做的早餐，无论丰俭，都合乎我的口味。我时而觉得这种生活很难到头，时而劝自己生活就是这样。即便是和玛雅过上了，也不会精彩到哪里去，兴许更糟。玛雅家务方面是个弱智，清洁卫生包给钟点工，吃饭有馆子，出有车，食有鱼，狐朋狗友一大堆，那不是过日子的。当然，我知道玛雅不会和我过，我随口说说，请别笑我自取其辱。我已经没什么胃口了，只迷恋带肉的骨头，在嘴里嚼来咬去，发出嘎巴嘎巴的声响，因为怕别人听见，我总是坐在角落的位子，头顶上的电视机是嘈杂的，那是很好的掩护。在家里我把骨头藏好，夜里爬起来，偷偷啃上一阵，有时忘记洗手，蓝图闻到异味也只是嘟囔两声，我说过她没什么好奇心，她只是翻个身以便睡得更好。我的身体的确瘦下来，像玛雅说的那样，骨骼似乎也缩小了，这个我倒是不在乎，大块头大胃口是一种累赘，瘦下来我感到很舒服。

我想不出是什么原因使我控制不住自己像狗那样行动。以前也喝过假酒，除了次日头痛头晕之外，并没有异常的表现，现在连小区里一向友善的狗也对我狂吠不止，完全是见到同类所表现的亢奋或者挑衅，它们企图挣断绳子扑向我，在主人温柔的呵斥下讪讪地罢手，三步一回头，目光凶恶。有条来历不明的黑狗每天一路嗅着跟随我上班下班，有一次我停下来瞪着它，它不躲闪，竟然笑着摆起了尾巴，嘴角的垂涎一直拖到地上。

我抬起一条腿对着树干撒尿，一定是肾虚得厉害，不足五百米的距离一路尿了八次。话又说回来，做Sales没有肾不虚的，热的冻的肥的瘦的白酒洋酒红酒啤酒只盯着订单谁也顾不上肾脏，为了生存我们必得牺牲某类器官，吸烟牺牲肺，喝酒牺牲心，患乳腺癌的多丽为了活命不得不切除乳房。啊，尊敬的多丽，你没有乳房，这毫不影响你胸怀宽广的光辉形象，如果不是你，这会儿我一定正疯狂给51Job求职投简历，把自己镀一身金光，在就业寒流的大好形势下，骗取面试的良机，别不信我说我是海龟地道的美式英语几乎无人识破，啊多丽，失业不可怕，但被炒太不光彩，我爱这行业，如果我仍当sales在圈内混，这样的历史污点实在是令形象大打折扣。

今晚，我要把对多丽的感激付诸行动，我打算订下钱柜的大包间，约多丽叫上她所有的狐朋狗友来疯狂，不醉不归。我到免税商场给她挑了一条价值不菲的水晶珠链，到Cocopark打了一个漂亮的包装。手脚麻利的服务小姐夸我出手大方，买这么贵重的礼物定是送给最爱的女朋友。我含糊地笑笑，走到街上心情出奇地好起来，我想，如果多丽有需要，我适当地献出一点儿温情也未尝不可，她其实顶年轻的，皮肤好，有弹性，两腿很直，五官也不错，有点媚，就是性子粗心思不够细腻，不过这也不算缺点……我尽量将多丽想成一个迷人的娘儿们，无论如何，我绝对不会像上次那样很不人道地抛下她，不管多丽计不计较，我都做好了被她蹂躏的准备。

我比约定的时间早到二十分钟，吩咐服务生把洋酒调好，加了冰块，我事先和钱柜经理打过招呼自己要带一瓶洋酒，酒是玛雅赞助的，她很有兴趣看我和多丽的发展进度，不介意推波助澜。

水果盘先上了，樱桃、西瓜、小西红柿全是暗黑的，我不再感到吃惊，我在灰暗的色彩里心绪平和。包间很大，我孤零零地占着一小块地方等待多丽和她疯狂的女友们，不躁动不矛盾不犹豫不彷徨，放下玛雅，便不再是陷了蹄子的驴。我平静得像个白痴，软在豪华的包间沙发里，大屏幕无声的画面与歌曲一首接一首，服务生进来又退出，不知多少首曲子之后，多丽来了，身后并无人大呼小叫，她像片树叶飘进来，落在我旁边，一身很重的药水味。我什么也没问，她什么也没说，只把服务员请出去，先干了三杯。我点了她喜欢唱的歌，把音量调大，她抓起麦克风，吼了一曲《青藏高原》。多丽平时唱这歌十分拿手，这次却有几回破嗓音，最后一句干脆唱跑了。

时间和酒一起慢慢地下去了，多丽的脸红得发光。关于我献水晶珠链以及替多丽戴上脖子的情节就此省略，那里头有虚伪的温情，包括多丽的高兴，也是装的。无论如何，我和她之间都是一种交易。但后来的情况不同，因为多丽态度诚恳地谈起了玛雅，并叫我对玛雅保持警惕：

“她很有问题。”

我以为这属于女人之间的嫉妒与争风，不往心里去，更何况我打算离开玛雅。

多丽说，Jason，你可能不太了解玛雅，当年她的丈夫另有女人，闹得厉害，不久那个女人很蹊跷地死了，玛雅在精神病院住了大半年。其实，她并不是什么主编，她不喜欢工作，前夫给她的钱花不完。据我所知，玛雅恨男人，她的女权就是这么来的……她只想搞破坏，不想得到任何东西，我知道她让几个已婚男人吃尽了苦头，她有很多名字，青萝、冰倩、美心，呵，到你这儿就成了玛雅，你明白我的意思吧？沾上她的男人没有不遍体鳞伤的，呵，你怎么样？

我张开嘴，舌头伸出来长得吓人，连忙缩了回去，说道，她没对我怎么样。多丽说玛雅做事情很有技巧，这时候想退出恐怕迟了。我感到包间里光线阴森，脊背上起了一股寒意，闷头喝了几杯，想象不出玛雅的坏。但我相信多丽，我欠她的，并非一条水晶珠链可以偿还，我真诚地希望能弥补上回的缺口，不过很遗憾多丽没有和我睡觉的意思，她比老修女还正经。我不得不替蓝图感到安慰，内心对多丽无比地崇敬，她是个高尚的女人。但转瞬多丽的高尚便一钱不值，她告诉我她已经从福斯公司离职，我的魂都被惊跑了，眼前一片漆黑。啊，多丽，你高不高尚无关紧要，假如你留在福斯公司，哪怕你是条卑鄙淫贱的母狗，我也能和你保持融洽的友谊。我心里想着多丽拥有的资源，对她离职的事惋惜伤感，简直是痛心疾首。我很违心地说无论如何咱们都是好朋友，一定保持联络，有空就约吃饭唱歌。

多丽模糊地笑了笑，意味深长地说，你虽然做了 Sales，但仍是个好人。

最后多丽争先买了单，这又加重了我心里头的负罪感。我本想送多丽一程，但她有自己的迷你 cooper。看着多丽在黑夜里消失得一干二净，我没想这竟是一次死别。不久后多丽死于癌症扩散，我才知道她离职的原因，听说是她自己放弃治疗，迫不及待到阴间与她的双乳团聚去了。不知怎么，我总觉得多丽的死与自己有关，具体点说，与我那一次弃她而去有直接的联系。

五

我倒了大霉，接手福斯公司这个客户后，业绩始终为零，连请吃饭都约不到 Buyer，这些小娘儿们接二连三地休假，小伙子也矜持得无懈可击，好不容易约到两个又临阵变卦，弄得人焦头烂额。我像个小黑球在占地千亩的福斯公司滚来滚去，名片发出一摞又一摞，才略微和两个小部门的小 Buyer 扯上几句笑谈，你一定会同情我，我只不过是每天和他们扯淡的无数 Sales 当中的一个，过两天再给他们电话，他们便问你是哪一个 Jason，我只得向他们描述我高个白净斯文的样貌特征，同时悲哀地发现，我那种令人过目不忘的时代过去了，多丽的死带给我前所未有的损失。

公司里有些幸灾乐祸的杂种偷着乐，尤其是细嫩的小娘儿们，我这三十岁出头的已婚男人在她们眼里完全是个作废的老家伙，我不得不承认这是她们的天下，这种现货买卖的确只适合小年轻拼打，我越来越跟不上它的节奏了。我身体的变化加速，背也弓了，十个手指头悬空时也像打键盘那样抽筋，虽然脑海里储存了上千种电子产品的型号与价格，但也于事无补。我做好知难而退的准备，打算主动向伪海龟 Eric 提出辞职，保全脸面，所以当伪海龟把我叫到办公室时，我先下手为强，立即递交了辞呈。

伪海龟吃惊地看着我，我很镇定地微笑，表示这是深思熟虑的行为。但伪海龟也让我大吃了一惊，他说公司本来在商量你的发展问题，下半年将在长沙设立分公司，考虑到你经验丰富，原本打算任命你为分公司经理，全面负责长沙的工作。不等我说话，伪海龟深表遗憾地摊开双手耸耸肩，这是他的经典表情，他还很负责任地嘴角下扯配合耸肩动作，这一切完成之后，他大方地给我斟了一杯昂贵的铁观音茶。

我突然一腔怒火，心里骂他妈的，公司真有这样的安排，为什么不早和我通气？我双手撑在伪海龟的办公桌上，身体前倾，嗓子里呜呜地响，我感到被捉弄了。

伪海龟接着很富人情味地说，唉，像你这样的人才走了，是公司的损失，晚上一起吃饭，同事一场，全公司的 Sales 和 Buyer 一起欢送你。

我听着忽然流下了眼泪。

伪海龟说你不用激动，这也是公司的规定，每个对公司做出了贡献的员工离职，公司都要欢送，公司以人为本嘛。我讪讪地，挤出几句感谢的话，只听见自己声音尖细，端茶杯的手翘起了兰花指，惊得喷了伪海龟一身茶水，他居然很绅士地摆摆手，说没关系。

我回到自己的办公桌前，待要拷贝一些资料，电脑已经被密码锁住了，我所有的客户资料也被没收，按规矩我三年内不得去同行业的公司。公司的动作这么干脆利索，不像对待一个即将被重用的人，我不得不怀疑伪海龟言语的真实。最后我请求打开电脑取点个人重要资料，伪海龟经过慎重考虑同意了，在电脑人员的监视下，我心情复杂地拷走了几张无谓的照片。

于是，我前所未有地拥有整个上午的空闲，当然还有下午、明天、后天、大后天……我手里拎着电脑包漫无目的地走在大街上，世界没有色彩，只有暗以及更暗，灰以及更灰，一块小木板上写着“青青绿草，脚下留情”，但草地是白色的，一片白色的草地，几只宠物狗在那儿撒欢。

不知道是疲乏还是松弛，我感到整个人轻了起来，似乎正袅袅腾空，像一粒尘土那样飞向宇宙。后来我在路边的长椅上像个娘儿们似的埋头哭了一阵，发现自己到了玛雅的住处，我按了很久的门铃，但玛雅不应答，我知道她在家里。

我的胸口又疼起来，我摸到了肿块，想到报纸上说男人也要警惕乳腺癌，便两腿生风赶往人民医院。医生查不出原因，竟荒唐透顶地说我的乳房好像正在发育，真是庸医当道。我索性做了全身大检查，内科外科眼科大小三阳全面体检完毕已是下午三点，检查结果需等三天。

这期间我十分怀念多丽。

从医院出来，离欢送晚宴还早，我从没有过这么奢侈的空闲，经过电子投篮机，我掏光了身上的硬币累得大汗淋漓，然后进游乐场坐了很久的碰碰车，人们撞击我发出砰砰的巨响，开心得哈哈大笑，后来在场外看他们碰撞了一阵，想到世界上每天都有这样的闲人和各种行乐的方式，觉得十分荒谬。

我丝毫没想下一步怎么走，被公司规定必须二十四小时开机的手机可以关了，订单不用跟了，客户的欠款不用催了，真真假假的酒不用喝了……我只想关门闭户大睡几天。有一瞬间我想推掉公司的晚宴邀请，出于职业的忍耐惯性，我还是准时到场。那种场面没什么可描写的，一些言不由衷的话和富丽堂皇的虚假情感在活灵魂的酒后总是泛滥成灾。在这种因我的失业成就的狂欢聚会上，我表现得十分节制，最终很体面地告别了活蹦乱跳的公司同人，回到家里不过八点半钟。

我这种早归实属罕见，蓝图的惊讶可想而知。其实这只是我的想法，蓝图并没有表现出特别的惊喜，她似乎把我当时间了，但我分明看到她瞥了一眼墙上的钟。她到电脑前继续忙，她说有些买家的咨询需要回复，还有收发货需要确认，还要给买家评分，个别买家喜欢刁难人，闹出一些损她信誉的小纠纷，要请淘宝店小二出面调解。不过，一向不咸不淡的她有点喜庆的样子，她和我聊了起来，她店里的销售业绩增加了不少，她考虑辞去公职，专门经营网上的店铺。我本能地说恐怕不行，机关工资虽然不高，好歹是个饭碗，女人要图个稳定。蓝图露出罕有的笑容说道，你太保守，等我把生意做大了，说不定可以养着你。我说我是男人，不是宠物狗。蓝图朝我挥挥手，说，你过来看看我的交易记录，看我每笔赚多少，你就不会反对了。

我兴味索然地凑过去，蓝图点开了历史成交页面，鼠标有选择性地停留，并字正腔圆地念道：Louis Vuitton 领带，红色，一口价 380 元；Pakerson 男式皮鞋，42 码，一口价 460 元；Dior 男式平角内裤，XL 码，一口价 165 元……

我屏住呼吸，身上冷得出奇。

仲冬，这个玛雅是我碰到的最好的买家。你看她住佳兆公寓，多好的地段呀，去年开盘均价两万三，就是大剧院那儿，离你公司不到两百米吧……你看，她对男装的品牌挺有研究的，出手也很大方……

……

我身体僵直，装出厌烦这种婆妈事情的样子逃开了。别问我后来怎么了，我不会和你一样很愚蠢地猜测蓝图到底知不知道我和玛雅的奸情，你应该立刻明白，心狠手辣的玛雅，她并不是忠诚的阿拉斯加雪橇狗，她是一头仇恨的母狼，多丽说“沾上她的男人没有不遍体鳞伤的”，只是我现在才看见我表面完好，内里五痨七伤的生活，多么愚蠢的掩耳盗铃啊！

六

三天后，我在街上游荡，人民医院给我电话，要我去取检测报告，我当时已经忘了这回事，我甚至毫不关心体检结果，死活由天。我去到医院，立即被神秘地转了大学附属医院的某个房间，几个表情严峻的实习生模样的年轻人站那儿，见我进来，眼光闪现出如获至宝的贪婪。其中一个很客气地将软椅子搬给我，请我坐下，说主任马上就到，他好像十分珍惜与我的近距离接触，那眼光几乎要将我的肉体切开。

这时我有点恐慌了。

似乎是防止我逃跑，有两位主动守在门口，这时的煎熬不逊于蓝图对我谈论玛雅时的程度。

戴大框眼镜的主任来了，手里捏着我的体检表，示意我坐到他办公桌对面。实习生模样的年轻人在主任左右站得笔直。主任翻开病历问道：

叫什么名字？

武仲冬。

年龄？

31。

婚姻状况。

已婚。

什么职业？

外企 Sales。

有什么嗜好？

谈不上嗜好，工作需要喝些酒而已。

平时可有服用什么药物？

没有。

坦白对健康有好处。

每天喝一杯盐水。

夫妻关系如何？有没有第三者？

你问得离谱了。

那就实话告诉你，你长期在服用雌性激素……

——雌性激素？我大喊一声，腾地站起来，脑袋里嗡嗡直响。

是这样，长期服用雌性激素，会变得女性化，丧失男性功能……最近几个月，你有没有感觉到身体状况的变化？

……啊，不，不可能……

武仲冬，今天我们请你来，希望你能配合我们的研究生对你的身体变化做分析和研究，我们会付你酬劳……

庸医，神经病！我忍无可忍，龇牙咧嘴地扑向戴大框眼镜的主任，但被年轻的实习生轻易地反剪了双手，我的胳膊发出咔嚓的响声，手好像被手铐死死地铐住了。实习生面色冷漠地围住我，我才发现身体成了空架子无力反抗，我吃了一点儿苦头，感觉自己落在一群面目狰狞的刽子手中，他们正打算将我开膛剖肚……我说不清自己是怎么走出那间办公室的，街上的嘈杂扑头盖脸，我慢慢加快脚步，速度越来越快，我把手机扔进下水道，穿过一片白草地时，几只互相追逐的宠物狗也跟着我疯狂地奔跑起来。

南翔

南翔，本名相南翔，中国深圳大学文学院教授，深圳市作协副主席。迄今已在人民文学出版社等出版长篇小说、中短篇小说集和散文集《南方的爱》《大学轶事》《绿皮车》《抄家》等十余部；在《人民文学》《上海文学》《北京文学》等发表中短篇小说等百余篇；其中，短篇小说《绿皮车》《老桂家的鱼》和《特工》分别入选2012年、2013年和2015年中国小说排行榜；作品收入中国多种文学年选；作品在中国北京、上海、广东、江西、安徽等地获奖。

我的一个日本徒儿

山口四十一是我今年暑假前才在学校游泳馆认识的。

他告诉我，不少日本人的名字喜欢用数字，他母亲四十一岁那年分娩了他，所以给他取名四十一。他的汉语颇地道，一吐舌头道：乖乖，搁现在也是一高龄产妇!

回想起来，我调到现在的大学任教已经有17个年头了。这个大学令我流连的，不仅是簇新连栋的教学楼、一流的多媒体教室、名称古雅的学生宿舍以及一茬又一茬充满着青春气息（我内地一个朋友进到校园之后，谑称这里充满了荷尔蒙气息）的学生面孔，还有标示亚热带风光的花草树木以及铺陈到霸气的体育设施。

你想想，中国有几所大学有高尔夫学院以及葱绿的果岭？这儿有。

更令我迷恋的是它的游泳馆，这所学校有两个游泳馆，一个泳道由浅入深的海边游泳馆，妇孺皆宜——因为填海的缘故，其实与大海渐行渐远；另一个是水深1.8米、道宽2.5米的标准游泳馆，简称深水馆。我正是在深水馆遇见山口四十一的，这个学期，他正在国际交流学院念大三。

那天太阳很毒辣，恰值下午四点刚刚开馆不久，每条泳道里只有三四顶泳帽浮沉，他主动跟我招呼了一句，你好，是老师还是学生？

我道，你不是刻意逗我开心吧？我的教龄，应该超过你的年龄了？

他狐疑地看着我，真心不相信的样子。攀着泳池边缘，我俩认真掰着指头算了一下，我的教龄30年，还真的比他大两岁。我俩攀谈的时候，他身边一位皮肤黝黑的同学，露出一口整齐的白牙微笑，或许羞怯，或许中文不大好，不大敢搭讪。

山口自报家门之后，介绍这是他的舍友米吉提，来自中亚的吉尔吉斯斯坦。我告诉他，我有一位北京的作家朋友，也叫米吉提，不过我的作家朋友不是柯尔克孜族，而是哈萨克族。于是我便讲到了吉尔吉斯人，与中国新疆的柯尔克孜同一种族，只是翻译不同，吉尔吉斯人使用的吉尔吉斯语，属于阿尔泰语系的突厥语族，原本用过阿拉伯字母，后来改用斯拉夫字母，中国境内的柯尔克孜族迄今依然沿用阿拉伯字母。说起吉尔吉斯斯坦与中国的渊源，我举了两个例子，一是唐代诗人李白，据说出生在现今吉尔吉斯斯坦首都比什凯克东面的碎叶城，那是唐代西域设防最为边远的一镇，与龟兹、疏勒、于阗并称为“安西四镇”；二是著有《查密莉雅》《一日长于百年》的吉尔吉斯斯坦著名作家艾特玛托夫，他的作品曾给中国 1930 年到 1950 年出生的一批作家以深远的影响；艾特玛托夫曾任卢森堡、比利时大使并兼任欧共体与北约代表的大作家，2008 年因肺炎在德国纽伦堡溘然辞世。

我对吉尔吉斯斯坦的熟稔，令两位留学生大为惊讶。他们有所不知的是，我曾经在 2013 年带着本文学院的学生在帕米尔高原的塔吉克自治县支教半年，在此期间，几乎走遍了喀什与柯尔克孜州的城镇。至于《艾特玛托夫的小说美域》，曾经是我 20 世纪 90 年代在职研究生的硕士论文选题。或许同属儒家文化圈的缘故，相较米吉提，山口四十一对中国语言与文学表示了更浓的观察与兴趣。他告诉我，他拟选的“中国抗战文学征象”一题，因为国际交流学院缺乏相应的导师，做起来备觉吃力，如果我不弃，他愿意拜我为师。我直言相告，这不是一个很难解决的问题，文学院每年都有韩国、中东以及东南亚的留学生来找导师指导相关论文。况且，本人对日本文学也有浓厚的兴趣，正好教学相长。

周末，山口在一家徽菜馆请我吃饭——他知道我祖籍安徽遂有如此安排——正式行了拜师礼，还从旧俗叫我师父而非老师。接下来的这个夏天，我们就不仅相约在游泳池、高尔夫练习场（果岭）、保龄球馆、图书馆以及我的办公室，还相约去了西丽果园场、大鹏核电站、东山码头的海上木屋以及惠州西枝江疍民群居点……一道交流与游玩的不仅有山口四十一，多半也有米吉提，还有我的一名女研究生。最初是我的研究生曹雨浩对山口为何选择中国文学而非日本文学做论文选题好奇，是啊，居然还选择了抗战文学！山口虽然年轻，对日本文学却十分熟稔，中国人熟悉的夏目漱石、小林多喜二、村上春树、芥川龙之介、水上勉、渡边淳一、大江健三郎……他大都读过，但他最喜欢的还是战后文学三大家：太宰治、川端康成与三岛由纪夫。山口看着小曹回答，眼光却是对着我的，聪明如山口，想必师父亦有这样的疑窦，却是借着研究生之口发问罢了。

山口的回答是，如果研究他喜欢的日本文学，可以到中国来，但更应该留在日本。除非是研究“日本文学在中国“——他毫不掩饰对这样的研究方向不感兴趣。他认为到深圳来留学，首先是为了学好中文，其次才是中国文学，他希望自己将来既熟悉日本文学，亦熟悉中国现当代文学；很多外国汉学家都是从中国古代文学起步的，他想逆向而行，先从中国现当代文学起步，为的是同时把中国现当代历史也大致搞明白。至于选择抗战文学，纯粹是想搞清楚，在中国文学里面，日本人到底是个什么模样。

不是每一个教师都喜欢跟自己抬杠的学生，却没有哪位教师不喜欢聪明好学、知书达理的学生。山口有天资，后天亦颖悟，还喜欢跟师父抬杠。拜师礼之后，他常来听我的两门课：周四下午七八节本科生的《基础写作》，周五下午七八节研究生的《文学写作》。他首先表扬师父的课看似自由散漫，从无大纲，兴之所至，信马由缰，却信息量极大，将历史、新闻和文学熔于一炉，很是可喜。接下来是批评：1. 选题及例子不典型，太多随意性；2. 平面铺陈多，纵深开掘少；3. 感性与理性的互渗度不够；4. 学生上台演说看似多一些互动，因为缺乏组织与提炼，讲者讲之，听者无甚兴趣，所获甚少，浪费时间；5. 点评学生作业是苦功夫，师父偷奸躲懒，全然听凭研究生操刀。落款时说：徒儿意见肯定失之片面，师父批评。

他的表扬与批评并不是当面述之于我，而是发到我电邮里，以上是撮其要者。我读罢不免面红耳热，承认他眼光毒过学校督导组，不乏点到痛处，却也有一些以偏概全。本科生课堂我会让研究生上去推荐一本小说或一篇散文，阐发精要，不许搜网，完全需要呈现自己的即便一孔之见。山口和米吉提也上去过一次，米吉提汉语水平尚不过关，板书也很稚嫩，他讲了本国的艾特玛托夫，学生完全没有听明白，我后来做了十分钟左右的补白。山口讲到一些中国现当代作家，都写过抗日题材的小说，他认为这些写抗日的小说包括一些堪称大师级的作家，作品里似乎还缺一些东西——缺一些什么东西呢？原本下课铃响，已闻楼下饭香而骚动的学生，此刻屏住呼吸、引颈张望，他却始终没有说出缺什么东西——这其实也是我想知道的，一个日本留学生的感受，最后却由他归结为，抗日神剧同学们都晓得不好，怎么超越脸谱化、模式化，这是一个美学问题。下课。

同学们一哄而笑。

课后回办公室路上，我问他何以没有结论。他道，师父，有时候，提出问题是不是比解决问题更重要？

我指出他是偷换概念，你开始讲的是抗战题材小说，不做结论，结果又扯到抗日神剧，很容易让人产生联想，以为这二者之间有什么联系。他吐着舌头道，抱歉抱歉！我实在没有这个意思。只是一时想不起缺一点什么，就扯开了。其实在 20 世纪 80 年代，一些中国当代作家就能写土匪抗日，这是一个很大的突破，以前的作品包括样板戏里面的《沙家浜》《智取威虎山》都写到了土匪一类角色，哪里敢写他们抗日啊，即使写到了也是遮遮掩掩。他还读过一些“文革”前的抗战题材小说，读起来大同小异，脸谱化很严重，挖掘不深。米吉提告诉我，山口读大一、大二的寒暑假都没有回日本，乘火车或汽车辗转上海、南京、长沙、常德、武汉、南宁等地，考察一些抗战时期中日会战旧址。我琢磨，山口此前讲的想了解一下中国现当代历史，落脚点很可能就在中日关系史上。

山口不无得意道：我的长相与任何一个中国人无异，我的口音也很能蒙人，旅途中，有人猜我是河北人，有人猜我是东北人，还有人猜我是北京人……五花八门的，就没人想到我是正经八百的日本人，来自北海道的省会札幌。

曹雨洁道：听你一口京片子，要讲你是纯种日本人，人家还真不相信。

山口道：在那些抗日圣地，一个孤独的旅人，我还真不敢讲自己是日本人，讲出来怕被人打死啰！我假装自己要写抗日题材的小说，采访到了一些抗战老兵，在山西还采访到一个慰安妇，她去年得癌症死了。

曹雨洁表示对山口的课题很感兴趣，山口挠挠头道：好啊，带一个女生上路，我的采访劲头一定更大，不过，也很难不心猿意马啊。

曹雨洁瞪他一眼道：我们只是一道采访，节省资源，各做各的题目，各写各的文章，互不交集。

山口叹了一声道：好好，好男不跟女斗。我的采访，凡是跟日本有关的事情，在中国发生的，我都感兴趣，眼见为实，不然，在日本听到一个说法，在中国听到的又是一个说法。

曹雨洁说她可以带山口去浙江金华，那是她的老家，1940 年 9 月，日军对江浙一带投放细菌弹，金华下属的浦江、义乌和东阳等地的老百姓受害严重，义乌的嵩山村至今有“烂脚村”的称谓。山口连说好好好，随时可去。曹雨洁道：你当然要去，70 多年过去了，烂脚老人都快死光了！你要代表你的父辈祖父辈去赔礼道歉！

山口丝毫没有被曹雨洁的义正词严惹恼，他双手合十道：应该，应该，到中国留学以来，我常常有一种负罪感。当然，也不是所有的日本人都是这样，我的一个同学就始终不认为发生过南京大屠杀，跟老师吵了一通就退学回去了，他家在奈良。

是夜，我忽然想起一个可以让山口就近采访的人。第二天跟他一讲，他果然兴致很高，让我赶快联系，说去就去的意思。

一放暑假，我们就踏上了去江西的旅途，随行的还有米吉提、曹雨洁。一路上，我断断续续将受访者的情况讲了个大概。这个受访者是我小学同学的哥哥，名张必梅——一个男人，取的是一个女性化的名字。山口插嘴道，中国习俗里男孩取女名有好养之意。我和张必梅的弟弟张必春都在袁江铁路子弟学校念书，张必梅比我们大十来岁，“文革”之初，我们才小学毕业，他已经在某空军地勤部队当了一名汽车兵。那个年代当上兵是一种至高无上的荣耀——首先证明这个家庭的历史清白得傲人。你想想，在赣西的袁江铁路采石场，几百号职工家属，不是黑五类就是来历有污点之辈，要想挑几个出身干净、履历好看的子弟去当兵，如同现在要在大学里找几个不近视的学生一样艰难。他张家从不和我们住在简陋的平房家属区，自家在料库边上建了一栋石头房子——采石场最不缺的就是石头，冬暖夏凉，后院还有一大块宽阔的菜地，四季收获吃不完的南瓜冬瓜萝卜青菜，还有绿豆、芝麻、荞麦。记得是 1966 年春末还是夏初，张必梅居然将一辆草绿色的军用吉普开到了袁江采石场的操场上！袁江采石场的办公楼是一栋凹字形的平房，前面是一个篮球场——也是当时场内外唯一的水泥地面，张必梅一身军装将吉普车开到篮球场上，从四面八方闻讯而来的子弟们很快将这个散发出好闻汽油味的小车围得水泄不通，新奇中夹着崇拜，兴奋中包含喜庆。张必梅站在车边，解开分列红领章的风纪扣，摘下绿色的军帽挠挠头，那一刻的神情，威严中含有瞬间的羞涩。

那几天在球场打篮球的大人与孩子，一律自觉打半场而非全场，怕的是篮球误伤吉普。神圣感缭绕不散，这从过往的大人或孩子有意无意向吉普一一行注目礼可见。袁江采石场后面就横穿一条柏油公路，过往的卡车或吉普并非鲜见，大家对一辆驶入场内停放的吉普表示了持久而无声的尊重，与其讲是对一辆汽车，不如讲是对开车的人——一位现役军人开回家来的吉普，传递出了远远大于一辆车的傲然信息。一则是采石工泥点斑驳的出身，再一则是山雨欲来风满楼的时局，宛如惊惧屋檐下的燕雀，企图寻找一处更为安全的高枝作为庇护，至少也是对神圣与庄严表示出向往与敬畏。人们很快就在没有最猛烈只有更猛烈的一拨又一拨的运动浪潮之中，感受到成分高低、出身好坏的无比重要。

“停课闹革命”的中心内容几乎就是雨后春笋一般的战斗队，轮番批判黑帮教师，其间被批斗更多的则是各类标签过的阶级敌人。采石场的大院以及子弟学校操场，都被大毛竹劈开并架起的大批判专栏占满，各式漫画、标语、大字报以及自我检查出笼速度之快，以至于不少张贴都要在下面注明“请保留三天”，依然不免被迅速覆盖。我的小学同学张必春给人留下的一个经典镜头：下午夕阳西照，满院子弥漫出馊糨糊味与臭墨汁味，有一个个子不高的少年，擎着一架与他的身架子不相匹配的苏式军用望远镜，由下往上看高处张贴的漫画与大字报，情不自禁之处，他会笑得一手举望远镜，一手拽紧衣领子，脖颈一抽一抽的，却是发不出声来。谁都知晓他的望远镜出自他一个当空军地勤驾驶兵的哥哥，平日里连上山砍柴他都要挎在胸前，我们偶尔朝两个黑洞里看一眼都要排队。其实就看那么一会儿，连望远镜的聚焦都没调过来，眼前才见混沌一片。张必春却很享受这个赏赐的过程，在这一点上，他与他兄长站在吉普车边的神情一样，因众人围观而满足。

在那一场让暴风雨来得更猛烈一些的运动之中，任何出人意表的事情都可能发生。忽然有一天，西边墙头的大字报出现了针对张家的！按现在的说法就是抖出了猛料，说是张必梅是他妈妈跟日本人生的！不是中国种！要她老实交代！底下落款是“四敢”战斗兵团。

人们被这样的消息惊呆了，惊惧之余，也有那么一丝幸灾乐祸，宛如一块巨石砸向水潭，涟纹不断。当晚张刘氏就贴出了一张“我的检查”，承认1944年秋天在京浦铁路的一个小火车站给日本人做饭，被一名日本司务长奸污，次年夏天生了一个儿子，就是张必梅。由此出现的反向围观，在袁江采石场带来的震动、兴奋与热闹不言而喻——立即在俱乐部举行了批斗会。张刘氏出身贫苦，没念过书，亲戚中最高的成分也不过佃中农，自然挨不上地富反坏右、死不改悔的走资派、历史或现行反革命、阶级异己分子、国民党的残渣余孽，跟特务、叛徒等就差得更远。最后还是子弟学校的罗老师绞尽脑汁给取了一个“日本鬼子的臭婆娘”，墨渍淋漓地书写、张贴在铁牌上，挂在她胸前。她原本个子就小，头一低，大牌子一挂，几乎坠地。批斗会大人小孩倾巢而出，俱乐部里挤得水泄不通，超过了以往任何一次聚会的人口规模。台上台下的厉声喝问此起彼伏，逼问的内容有：被日本人强奸了几次？是强奸还是你主动送上去的？是在厨房里还是在地铺上……不管张刘氏怎么回答都是声震屋瓦的一声吼：不老实。譬如她答是强奸，群众就吼道：不老实，你为什么不反抗?！她答只强奸了一次，就吓得再不敢去了。群众就吼道：不老实，强奸一次就怀了崽?！你的肚子就那么讨巧……她答是在厨房里，群众就吼道：不老实，厨房里做饭炒菜，人进人出，日本鬼子能把你扔到砧板上强奸么?！……

后来的问话赤裸裸，现今想来都令人面红耳赤……

相信不止我一个，小学同学中肯定还有参加者，我们共同的性启蒙，起码一部分来自那场声势浩大的“日本鬼子的臭婆娘”的批斗会。接下来发生了一个谁也没想到的戏剧性场面，张刘氏的丈夫，也就是我们同学的父亲张大炮冲上台去，两手端起勒在老婆脖颈上的铁牌子，扔在地上，狠狠跺了两脚，呸了一口，又一把老鹰拎小鸡似的将老婆提立起来，叫她快滚回去，不要在这块儿丢人现眼！张刘氏头也没敢抬起，扶着双膝，低头朝台下快步走去。

会议主持人愣在那里，一时不知该讲什么。七八百大人小孩挤满的会场，片刻鸦雀无声，一根针落地都能听得到，却很快飞起了满场的蜜蜂，嗡嗡嘤嘤。“四敢”战斗兵团的司令颜驼子挺身而出喝道，张大炮你想搞哪样？今天是你老婆的批斗会！你不要搞阶级破坏！

张大炮早先当过炮撬工，后来被飞石击拐了一条腿，改守料库。此刻他把衣服一扒，露出一身并未褪色的腱子肉，啐了颜驼子一口：破坏你娘个麻皮（张大炮是湖南祁东人，祁东话的这个“麻皮”想必是骂人语，具体所指不详，祁东读者有以教我）！你颜驼子呷了饭冒事情做，一天到晚扯卵蛋！我屋里的堂客跟哪个困觉，关你卵事！管不住你屋里的堂客，晓不得做冒做丑事?！……

张大炮的出身如同龙头山的钟声，当当当的，你敢哪样！颜驼子被骂得白脸泛青色，却只敢虚张声势地举手喊几句痛痒无关的口号，台下的呼应也是七零八落。

张大炮将脱下的衣服朝宽厚的背脊一甩，悻悻而去。

一场“日本鬼子的臭婆娘”的批斗会遂草草收场。

我在讲述张家遭遇之时，山口和曹雨洁都听得很认真，一个用手机录音，一个摊开笔记本记录。米吉提也在用手机，却是在玩游戏。欲解读一国之文化，首先要通一国之语言。山口道，湖南自己只去过长沙，没去过祁东，说着讲了一个词：挨近。想了一下，我才明白他要讲的是娭毑——湖南人尊称老年妇女，亦即婆婆。雨洁问，后来呢？山口也道，是啊，有后来吗？

后来张必梅复员回到采石场了，这时候他爸爸也病退了，他就在料库接班，当了一名保管员。清闲固然清闲，也蛮无聊的。

山口猜测张必梅的复员，跟他母亲被日本人睡过有关，我发现雨洁的脸颊瞬间一红；我刚才讲述张刘氏的历史过往，她虽然好奇，却很镇定，她现在却有一些害羞了。张必梅的复员跟乃母触霉头肯定有关，不然怎么就突然退伍了呢，而且是回到了采石场！那时候我还小，很多事情不复记忆；欲知其详，还得听张必梅自己解答。

高铁从深圳北到达赣西已经傍晚，我们马上租了一辆夏利出租车去袁江，袁江距离市里不到20公里，说好一天租金300元，不管跑路还是停驶。张必春跟随他女儿住在南昌，他哥哥张必梅在徒有其名的袁江铁路水泥厂留守——这是一家十多年前就关张的铁路企业，其前身正是我们跟随父母一道生活了十来年的袁江采石场。不晓得是弟弟打过招呼的缘故，还是留守十来年太过寂寞，张必梅的热情与健谈都显得超出预期的夸张，他头发全白了，脚下趿拉着一双人字拖。他在街上桥边的一家饭馆预订了一大盆狗肉等待我们，孰料我们都不吃狗肉，尤其山口与雨洁，脸上的表情是毋庸置疑的排斥。只好撤了，另上菜蔬，好在张必梅片刻的扫兴之后，马上阴转晴朗。

两杯白酒下肚之后，不待我们多问，他就将过往的感受唰啦啦倒了个干净。

张必梅迄今搞不清楚，他的提前退伍的准确原因，直到他离开部队，没有任何人跟他解释。如果与他母亲1944年给日本人做饭的一段经历无关的话，他难以找到更合理的解释。他往父亲之上数过去，一代工人，三代贫农，历史清白。他此前已经当兵五个春秋，并在离开部队前两年升任了班长。他已经遵照汽车连指导员的意思递交了两份入党申请，春节前回家探亲，连长拍着他的肩膀叮嘱，好好干，准时回来，好前程还在后面……此前退伍的老班长曾不无怨言道，凭什么转干就不考虑我们，难道五年兵比我们六年兵还要牛！种种迹象都显示：好运在即，此刻他没有理由脱下军装。况且，按照上两年野战军退伍回来的采石工子弟，个个进的是车站、机务段、电务段、建筑段、通信段、车辆段等技术单位，没有一个去劳碌命都不愿意呆的工务段，更不要说回到苦大仇深的采石场。

可以讲，张必梅回来之初的几个月，情绪十分低落，原本谈好对象的袁江站赵站长的女儿也吹灯拔蜡了——人家可是看好你转干当了副排长、然后直奔革命军官之大好前程的。好人家的女儿选婿，一看出身，二看职业，一个采石场的料库保管员，还是日本人的种，跟站长的千金有一段太过迢遥的心理距离。某天早上，张必梅终于爆发了，不在沉默中爆发就在沉默中死亡啊！他满腹的幽怨一股脑倾向日益憔悴的母亲：你可以跟天南海北的人睡觉就是不该跟日本人睡觉，我可以是美国人、英国人、法国人……就不可以是日本人，你可以不要脸，我却还要做人啊！张刘氏以泪洗面也不能挽回大儿子对她的愤懑，张大炮实在看不下去了，对儿子啐道，你一个后生子不醒脑壳！冒养过崽晓不得肚子痛！你姆妈要是跟美国人、英国人、法国人困过，生下来的就不是你这一条日本野种！失恋的儿子正遭遇有生以来最大的痛苦，反嘴道：没有生我更好，没有这么多丑事恨事！大炮门后抄起一条扁担就要砍下去，还是他姆妈扛一肩膀过去，被砸得跌倒。张必梅夺门而逃，大炮心疼老婆，追了两步，赶紧回来跪下去搀她起来，却将老婆儿子一并痛骂……

张必梅讲着讲着，居然哈哈大笑道：过去了，都过去了，做梦一样啊。

山口啊啊啊地问：后来呢？

张必梅做了一个小丑的表情道，你们猜猜，后来发生了什么？后来的事情很有戏剧性……我娶了颜驼子的二女儿颜燕燕！

所有的人都吃了一惊——我离开袁江才十几岁，后面的变故我也不知道。米吉提也自始至终在认真听，每当他听不明白，就问曹雨洁。我问张必梅，你是要报复当年批斗你姆妈的颜驼子，所以娶了他的女儿？

张必梅摇头，嘴角却滑过一丝窃喜道，其实一开始并没有这个想法，我在料库当保管，她在隔壁的配电房值班，都空闲，都寂寞，没事了就在一起讲闲话，她听我讲部队的事情蛮有味道，还一起到料库后面的河沟里抓鱼、捞螺蛳、捉蛤蟆……所有的收获都归她，等到颜驼子发现他一家吃进去的都是钓饵，为时已晚，他女儿已经被一个日本种俘虏了！

张必梅哈哈大笑，眼里的泪花却成串成串往下掉。

雨洁赶紧起身抽纸递上，张必梅扯起衣袖揩拭。他至今痛苦的是，颜燕燕跟他吃了不少苦，主要不是物质之苦，而是精神之苦，她家人始终不肯原谅她，不仅父母亲，还包括她心爱的兄弟。直到20世纪90年代，她持续消瘦，肚子痛，一检查发现患了胃癌，兄弟才破了戒过来看她，那时候，她爸妈去世已经两三年了，比我爸妈走得还早几年。

山口倒抽一口气道：这么讲，她爸妈在世之时始终没有同你们和解？她……还在吗？

张必梅点头道：是的，燕燕拖到了2002年，都以为没事了，又发现了乳腺癌和淋巴癌，医生怀疑是胃癌复发转移了。不过，要搞清是原发还是转移，已经没有意义了，我带她去了上海肿瘤医院，取样化验一见是晚期就回来了，不到三个月她就走了。

好一阵沉默。

张必梅真是好性情，扬起下巴问：教授返乡，想到哪里去看看，袁河边，大窝里？还有256的大山洞？我都可以带你们去？

我示意山口选择，并告诉他，袁河是我们小时游泳的地方，大窝里是我们小时砍柴的地方，256原先是一个战备物资仓库，山洞大得可以开进去整一列火车。山口的心情显得沉重，他讲想去看看张必梅父母及妻子的墓地，他知晓小地方兴的还是土葬。

袁江镇上只有一家小旅馆，第二天清晨，我们正在旅馆里吃豆浆油条，张必梅就过来了，还带了一把长长的弯刀。他讲，这么一二十年过来，山里的农家早都搬出来了，路没有人走，长满了冬茅刺条，不动刀子根本进不去了。饭后，一行想一起挤进出租车，司机不高兴，讲是多装一个人，抓了罚得重。张必梅就讲，他骑一辆车跟在后面，田间机耕道，一辆破夏利也跑不快。

只有依他。

车子在我童年和少年居住了十来年的故乡田野间行驶，风景似熟非熟，夏利车几乎没有空调，车到山脚下二十多分钟，一车人皆汗爬水流。上山只有行走，山口风很大。山口四十一道，我的老家就在山边，所以我姓山口。进得山口便见凌空筑起一座水库，左边一条道是我们砍柴常走的，里面原本还有两个村子。张必梅讲，村民多时就搬迁出来了，路已经覆盖满了茅草，不能进去了。右边一条路，我们砍柴也走过，走得少，一则山高路陡，二则路边多是农民及铁路职工病老终焉之地，坟冢甚多，日走夜梦，令人心生害怕。

张必梅将加重自行车歪在水库边，手持弯刀一路砍削过去，草木纷纷落地，我们帮着开辟。雨洁在北方长大，从未来过南方茂密的野生丛林，兴奋地踩踏，几次歪倒，都是山口扶住，两人情不自禁牵手跳跃前进。我喜欢在课堂内外都见到性情活泼的学生，指点他俩认识一草一木，诵读子曰：小子，何莫学夫《诗》？《诗》可以兴，可以观，可以群，可以怨；迩之事父，远之事君；多识于鸟兽草木之名。

他们玩得兴高采烈，哪里还有余兴见识草木之名！嘴上却道，师父，最好采一些标本回深圳，让同学们都见识一下师父阳光灿烂的童年。

米吉提道：师父的童年担惊受怕，哪里有阳光灿烂！

山口道：苦难中也未必没有灿烂啊！

米吉提反驳：你问问张大伯有过灿烂吗？

张必梅乐呵呵道：有过有过……

他们仨一起逼问：什么时候？

张必梅道：跟颜燕燕一起捕鱼捉蛤蟆的时候！抬起头来，却是一脸苍茫，一脸怅望。

山口道：看来，最好的日子就是爱情的阳光照到了门口。

米吉提见他与雨洁毫不避忌地亲热，举手做欢呼状道：我看见爱情的阳光已经照到了山口。

我道：好好，看来米吉提这一趟出来，汉语大有长进！居然懂得了一语双关。

谈笑间，凭借一把弯刀披荆斩棘，我们移步到了颜燕燕的坟前。张必梅在一边刈除杂草，我们趋前观看颜燕燕之墓上方的瓷板像，相片上色浓艳而陈旧，逝者生前的清秀面目依然清晰可见。张必梅忽然从屁股后面的口袋里拔出一个塑料袋，原来是几炷香，他点燃一根插上，忽然双膝跪下，嘴里念念有词。

太阳升起来了，照着他满头的白发熠熠生辉。

曹雨洁失声啜泣了两声，忽然捂住嘴。山口过去抚着她的肩头。两人一道，深深三鞠躬。

张必梅站起之后，告诉我们，他父母的墓也在附近。却是费了一番周折，才在一大片人高的蒿草中，找到张大炮与张刘氏的合葬冢，张必梅也是烧香、跪拜，念念有词。接下来又找到颜燕燕父母的坟冢，一并扫墓，凭吊如仪。

出来到水库边，四人都累了，或坐或站。波平如镜，万千浓绿一起在水库四围倾泻。远处两排桉树拱卫的铁道，悠长的汽笛伴随的是风驰电掣的白色动车。一个浓郁而依稀的时代，曾经也在这个毫不起眼的四等小站上演过不止一幕男女悲辛，时过境迁，依稀如梦，如无传载，后人凭何记取？

山口在一旁问张必梅，可曾去过日本，找过他的生父？张答，老婆还在世的时候，跟儿子媳妇同去旅游过，陌生得很，也动过登报寻找生父的念头，只是斗私批修一闪念，马上想到，也不是什么光彩的事情，即使生父还在也未必会站出来的。算了，不花那个冤枉钱，徒然往自己脸上抹黑。山口试探道，如果他乐意，自己可以帮忙，日本战后一直有相应的寻亲机构，而且不止一个。即使找不到生父，或许也可以找到同父异母的兄弟或姐妹啊。

没有那个想法。张必梅将一颗花白的脑袋摇成了拨浪鼓道，千万别，我才不去给中国人丢人现眼呢！即使找到了，人家又哪里肯认我这门子穷亲戚呢！

下山之后告别，山口与张必梅拥抱，山口眼圈红了，张必梅却一直乐呵呵的。当天我们抵达赣西高铁火车站，下午就登上了回深圳的返程车。车上，山口的一只手始终与雨洁的一只手扣在一起，两人许久无话。米吉提又开始了玩手机游戏。

迷蒙中，听山口问：你知道此行我最大的收获是什么吗？

我刚要抬头，他又道：我现在明白一些了，在师父课堂上，我讲到中国抗日题材的小说好像总有一些遗憾，总有一些东西没有触及到。

“现在明白了？”曹雨洁的话语出奇地温柔，“跟师父出来一趟，可不是白出来的。”

原来，他是在跟曹雨洁讲悄悄话。

鲍十

中国作家协会会员。出版中短篇小说集《葵花开放的声音》《生活书：东北平原写生集》《扮演者手记》，日文版小说《初恋之路》《道路母亲·樱桃》等，另有《子洲的故事》《葵花开放的声音》《冼阿芳的事》等被译为日文发表。

西关旧事

1

自从几年前调来广州，我就产生了一个想法：写几篇反映广州生活的短篇小说，写一写广州的市井风情。为此，我还专门到荔湾区的一个街道办事处当了一年副主任（不是实职，叫挂职）。应该说，这一年过得蛮有意思。认识了很多人，见识了很多事，同时基本摸清了街道办事处的工作程序。

荔湾是广州的老城区，广州人称西关，旧时也叫西园。自清末以来，这里一直是商贾云集之地，很多人在这里发了财。在广州人眼里，西关是一个极富传奇色彩的地方，许多事情都值得一说。尤可称道的是“西关小姐”。这些当年富商家里的“千金”，在人们日渐丰富的想象和描绘中，已经有了传说般的感觉。甚至有人专门写书介绍她们的生活情状，连爱吃什么零食都写到了。据说，她们喜穿素色衣裙，梳乌黑乌黑的长辫子，脚穿木屐，腕戴翠玉镯，最爱吃糯米糍……住便住在“西关大屋”。

大屋就是富商们的宅第，一般二至三层，正面开门。屋门多为三件套，包括脚门、趟栊和大门。趟栊很像现在的铁闸门，不过是用圆木做的（圆木杯口粗细），两端再用方木固定，就像放倒的栅栏。大屋内部十分宽敞，地上铺着“大阶砖”。可以想象，当年的西关小姐们，嫩白的脚上穿着光洁的木屐，“咯嗒咯嗒”地走在上面，样子定会十分好看。

史料记载，最盛时期，西关大屋一度多达八百多间。现在没有那么多了，只剩了几十间。这几十间大屋分散在西关的许多地方。只有一处比较集中，就是耀华大街。

挂职期间，我认识了一个人，确切地说，是认识了一个老人，用广东话讲，是一位阿婆。

阿婆就住在耀华大街；此外，她还是一个住西关大屋的人。

她的名字叫黎芝。

2

我第一次见到黎芝是那年六月。那天是星期五，上午下了一场雨，雨很大，也很急，不过下午就停了，还出了太阳。在阳光的蒸腾下，空气中充满了水汽，处处都湿漉漉的。

那天下午，街道办事处的小孙要到下面的社区布置工作，因知道我爱到街上转悠，就专门过来找我，问我去不去。“好啊好啊，我去……”我马上说。小孙是个女青年，中山大学毕业的，皮肤很白皙，是个热心人。我们一个社区一个社区地走过来，最后来到了耀华大街。

虽然被称作“大街”，耀华大街实际并不大，甚至还很小，最长不过二百米，而且窄窄的，只有四五米宽。街面铺着一长块一长块暗红色的麻石。街两边就是那些保留下来的大屋，有的紧邻着街道，有的则辟有小小的院落，院落有围墙，有的种着花树。另外，这条街是一条背街，远离马路，人很少。此前我来过这里几次，每次都很少见人，有时候一个人都没有，不知什么缘故。

一走进街口，我就看见了一位阿婆。当时，她正站在一幢有院落的大屋的院外，身上穿着一套白地儿素花的衫裤，脚穿一双塑料拖鞋，双手垂在身体的两侧，大概是听见了我们的脚步声，便向我们转过脸来，并对我们笑了笑。阿婆很清瘦，身材要比大多数广州女人高，头上留着齐耳朵的短发，远远看去，白头发很多，黑头发很少。阿婆的笑很友善，也很谦和。她的笑非常动人。我们也向她笑了笑，然后便进了社区的办公室。

等我们谈完事情出来时，阿婆已经不在街上了。这让我有点失望。待仔细一看，才发现她已经回到院子里，正在用一把长柄的笤帚扫那些被雨打落的树叶。我示意小孙过去看看。我们过去后，阿婆停下手里的事，又朝我们笑了笑。因为离得近，这时可以看清她的面貌了。还有她那双眼睛。我的第一个感觉是，那双眼睛是那么清澈，没有一点儿老年人的浑浊。不仅如此，那双眼睛还那么沉静、那么质朴，没有一丁点儿“火气”。毋庸讳言，我们肯定都见过那种内心芜杂、愤愤不平，被各种愿望或者欲望折磨得痛苦不堪的眼睛。阿婆的眼睛肯定和他们不同。这么说吧，通过阿婆的眼睛，我看到了一种别样的人生。此外——不妨实说——在看到阿婆的眼睛时，我不由想起了我的母亲，而且是瞬间就想起来的。

“您认识我们吗？阿婆……”片刻，小孙笑着用广东话说。

“认识呀，你是街道的干部，我早见过你的……”阿婆也用广东话说，听上去很爽快，说着把眼睛转向我，“他……我还没见过……”

“这是我们街道的副主任，鲍主任，新来的……”小孙说。

“您好！”我用学来的半通不通的广东话说。

阿婆再次笑了，不过没有笑出声音，而且这次是专门对我笑的，也许是觉得我的广东话讲得有趣。

这时我产生了一个念头，想到她家去看一看，而且愿望特别强烈。我想看看她的居住环境，了解一下她是怎样生活的。我当时想，或许阿婆就是一个当年的西关小姐呢！若真的如此，岂不是很有意思？

我把我的想法悄悄跟小孙说了，小孙又跟阿婆说了，阿婆听了道：“好啊，来吧来吧。”

阿婆就住在“大屋”的一楼，进门就是她的家。

虽说住的是“大屋”，阿婆的家并不大，看去只有十几个平方米（不会超过二十平方米）。在靠近院子的一侧，有一扇窗。透过玻璃，可以看见院子里那株花树，以及不远处的长了绿苔的围墙。屋子里的用具也很简单。靠近墙角有一张单人床，铁管做的；挨着床有一只方桌，桌上放着一些杂物，最显眼的是一台屏幕很小的电视；方桌的左边有一个立式的衣柜，颜色很深；床的这一边有一只长木椅，可以坐三至四个人，木椅的前边放了一个茶几，茶几和木椅的颜色也很深。

不管怎么说，这间屋子都太小了。

屋子小虽小，却让人感觉极整洁，所有的东西都整整齐齐干干净净的，衣柜、电视、木椅，都一尘不染，尤其是茶几，简直光可鉴人。

我和小孙坐在木椅上，和阿婆闲聊了一会儿，了解到了一些阿婆的情况。

那以后，我又和小孙来过几次，没有别的事儿，就是聊天儿。

3

阿婆笑说她可不是西关小姐……

阿婆的老家在广东清远，是在乡下。她至今还记得她家的老房子，尤其记得老屋前边的一片水塘，水面上常常漂浮着一层轻烟似的薄雾，冬春两季以及一早一晚儿尤甚。雾气平铺在水面上，且轻轻颤动着，久久不散。

当年，在清远的乡下，除了一些富裕人家，房子一般都很简陋。阿婆的家就属于这一种。门和窗也是最简单的。由于年久，门已经发黑了，门框仿佛被出来进去的身体蹭得出了油。一到夏天，房里就会进来很多蚊子，数以百千计，嗡嗡叫着，让人头皮发麻。几乎每天晚上，家里都要熏蚊子，在堂屋的地上点燃一堆火，再把新割来的艾草压在火上，一时间浓烟滚滚，浓烟汹汹然从门窗溢出来，犹如发生了火灾。

阿婆的父亲租了大户人家的几亩薄田，种稻谷（兼种一点点青菜）。稻谷一部分要交地租，一部分留下来做一家的口粮。在阿婆的记忆里，父亲母亲当时非常辛苦，仿佛一年四季都在劳作，手脚又粗又硬，尤其是脚，因经常赤脚下田，被泥水浸泡得处处开裂，还常常渗出血丝，看了让人心痒。还总是吃不饱饭。一家人都吃不饱饭。她家那时有七口人，除了父母，还有四个孩子加一个奶奶。每到吃饭的时候，七口人围坐在饭桌前，一人捧一只饭碗，谁都不说话，只听到吧唧吧唧的咀嚼声和慌不迭的吞咽声，直到把饭盆吃得精光，最后还要发出一阵长长短短的叹息。

阿婆是家里的长女，很早就帮家里做事了。开始是帮母亲带孩子。那几个弟弟妹妹，都是她一手带大的。母亲给孩子喂完奶，就往她身边一放，说："哄他睡觉……"或者说："抱她到外边耍去……"说完就忙别的去了。她便学母亲的样儿，轻轻地拍打着他们，嘴里哼着什么小调儿，直到把他们哄睡；或者龇牙咧嘴地把他们抱起来，歪歪斜斜地带到一边去。其实，她比他们也大不了几岁。除此，她还要割草兼放鹅。她家每年都要养几只鹅，还要养得肥肥的，好在过年的时候做一道“酸梅鹅”——这是她老家的风俗，过年可以无鱼无肉，却一定不能无鹅（这个风俗有点怪）。

阿婆再大一点儿，就跟着父母下田了，原来她做的事情，便由妹妹们接过去做了。她有两个妹妹一个弟弟。弟弟排行第三。在所有的孩子中，父亲最疼爱这个弟弟。家里有了好吃的，要先尽着他吃，每年过年，只有他才有新衣裳穿，到了上学的年龄，又把他送进了镇上的学堂。父亲一板一眼地说：“我们黎家，以后就指望他了。你们谁也别眼气，眼气也没用。”姐妹几个看看父亲，看看母亲，看看那个一声不吭的男孩，又互相看了看，最后像几只蹲在树枝上的小鸟一样，整齐地点了点头，表示她们明白了。

13 岁那年，阿婆的人生有了一个变化。当时，她家的一个远房亲戚在广州。有一天，这个亲戚给阿婆的父亲捎来一个口信，说他那里缺少人手，问父亲能不能帮忙找一个人，还大致说了相关的条件和待遇（主要是工钱）。接到这个口信后，父亲不由动了心思，他觉得这个事很适合阿婆做，一来可以赚到一份工钱，同时又带出去一张吃饭的嘴（一年起码能省几百斤稻谷），可是他又有点儿犹豫，主要是不放心，怎么说也是自己的骨肉，放到那么远的广州，一旦有个三长两短，他会悔恨一生。不过，犹豫来犹豫去，父亲还是将心一横，亲自把阿婆送到了广州。

阿婆知道，父亲的意思是不能违逆的。从老家到广州有一百多里路，那时的交通又不像现在这样发达，很多路都要步行。阿婆背着一个简单的行李，看着父亲汗湿的后背，一路上几乎一句话都没说。来到广州以后，父亲看了对方给阿婆安排的住宿的地方，又仔细地问过相关的事情，稍许放了心，便回去了。

阿婆出来送父亲。一直未说话的阿婆，这时不知有多少话要讲。讲她的担忧，讲她的害怕，讲她的无助。她觉得自己的心正在融化，眼看就要化作一摊水了。她就像一只小狗儿，亦步亦趋地跟着父亲。走到巷口时，父亲突然站下了，说：“回去吧，你……”阿婆吓了一跳，眼睛里当即充满了眼泪，用尽所有的心力叫了一声：“爹……”父亲怔了一下，头也不回说：“把工钱都攒下，到时我来拿。”

父亲走了。阿婆的眼泪一下子冲出了眼眶，噼里啪啦地落在衣襟上。

4

阿婆在广州住下来，一切皆从头开始。

长这么大，她还从没见过这么多的陌生人，这么多稀奇古怪的事物，包括人们穿的衣服，尤其是女人的衣服，被人拉着在街上跑来跑去的带顶棚的车，还有那种四只轮子的乌光闪闪的小汽车，等等。最初，这些都让她害怕。还有那些街道和弄堂，蜘蛛网似的，一条紧挨一条，那么多！这也让她害怕（主要是怕迷路）。因此她很少或者从不一个人上街，每天老老实实地待在干活的地方，顶多是闲暇时朝街上张望一会儿。

阿婆干活的地方在西关的杨巷，现在叫杨巷路，就在赫赫有名的下九路旁边。当年，杨巷以经营棉布闻名，被称作布业行市，是一处棉布的集散地，相当于现在的批发市场，当然也兼零售。巷子两边都是卖布的店铺（广州叫档口），一家挨一家。一到开档的时候，整条巷子都摆满了布。有成匹的，便一匹一匹地立在档口旁边，就像捆起来的稻谷。有的打开了，就一沓一沓地摆在柜台上，后一沓还要把前一沓稍稍地压住一点儿。

这些布，绝大部分是从上海那边贩过来的（也有一些是广州的本地货，不多）。而且，凡是上海来的布，还要特别标注出来。那时上海有几家规模很大的织布厂，名气非常大，货也特别好卖。当时最大众化的布是老黑布和老白布，稍好一点儿的是蓝丹士林，还有卡其布。当然，最好看的还是那些花布。花布以蓝地儿带碎白花的最多，还有白地儿带碎蓝花的、黄地儿带碎红花的，也有绿地儿带大红花或红地儿带大绿花的（所谓大红大绿），除此，还有水粉、淡紫、鹅黄、品青等各种花色……总之，人一走进巷口，就走进了一个色彩的世界，一个花花绿绿的世界。

各家档口开档以后，买家陆续来到，不久便会响起撕布的声音，而且会接连不断，一会儿这儿“嗤”的一响，一会儿那儿“嗤”的一响，此起彼伏。对有些人来说，这些声音是那么美妙，就像有人说的：“裂帛之音，美如天籁。”比如那些布行的老板。

阿婆干活的布店，名叫“远发行”。

阿婆在这里做杂活儿。

做杂活儿就是什么活儿都做。打扫卫生，包括档口的卫生和老板家里的卫生；帮厨房煮饭，从买菜开始，买回来还要择，还要洗，饭煮好了，还要提着一只竹篮送到档口给柜上的伙计们吃；给老板沏茶，沏茶自然要烧水，一天不知要烧多少壶水……阿婆常常是放下这样就做那样，有时候这样还没做完，那边就在喊她了："芝子啊……"

所以，阿婆非常忙，简直忙得脚不沾地。当然也累，一天下来，浑身酸痛，尤其是两个小腿肚子，感觉紧邦邦的，还有两个肩膀，感觉直往下坠。累尽管累，她却从不叫苦（她知道，叫也没用），该做什么做什么，不管谁喊她，她都会响脆地答应人家，然后一溜小跑赶过去。本来她就是个聪明孩子，又这么勤快，店里的人都很喜欢她。况且她年纪轻，累虽累点儿，睡一觉就缓过来了。

她面临的最大的问题是想家。

每天总有那么一会儿，她会觉得心里突然一空，随之一阵尖锐的疼痛，这就是她想家的时候了。这种情况有时候早上出现，有时候晚上出现。有时候，是因为一件从家里带来的什么东西，她无意间看到或触摸到了。有时候，是因为听到了从窗外传进来的什么声音，比方一个人招呼另一个人，妈妈高声招呼孩子，都会让她想家。想奶奶，想母亲，想妹妹，想弟弟，想房子，想房前房后的草，想院子里那棵龙眼树，想村前那片飘着雾气的水塘，恨不得马上就跑回去。如果是晚上，她就会哭，躺在被窝里哭，哭得抽抽噎噎，哭得那么伤心。

她在这里撑下去唯一的理由是赚钱，这是她的精神支柱。赚了钱可以帮父亲养家，可以供弟弟念书。想到这一点，她就不那么伤心了。她牢记父亲的话，把每个月的工钱包在一个花布包里，里面用一块白布，外面用一块黑布，包得紧紧的，放在枕头底下，等父亲来拿。

每隔两三个月，或者三四个月，父亲会来一次。为了省钱，父亲都是当天来当天走，每次都匆匆忙忙，基本是拿上钱就离开，最多坐那么几分钟，不会超过十分钟。这期间，父女俩会说几句话，当然都是极简单的话。父亲多半会问她吃得饱不饱，她说饱，父亲再问她累不累，她说不累。此外就没什么可说的了。偶尔，父亲会讲一些家里的情况，讲讲奶奶，讲讲稻谷的收成，讲讲新买回来的小鹅仔，讲讲念书的弟弟，说他可用功了……

阿婆一年只能回一趟家，就是在过年的时候，一般是从腊月二十八到正月初五这几天。每次回家，她都要哭两次。一次是刚到家的时候，她会和家里人抱在一起哭，这是喜悦的哭，因为她又回家了。一次是临走的时候，她会和弟弟妹妹们抱在一起哭，一边哭一边给他们讲要听大人的话，给弟弟讲一定好好念书。每次回家，她都不想再走了，想留在家里，可是，结果还是离开了。

在阿婆来到广州的第四年，家里发生了一个天大的变故：她父亲得了一场急病，突然去世了。不用说，这件事对阿婆一家的影响非常大，简直就是天塌地陷。父亲下葬那天，母亲几度昏死过去。阿婆，还有弟弟妹妹，也都哭得死去活来，他们都明白，从此以后，他们的日子会更加难过。

安葬了父亲后，阿婆又在家住了几天。家里发生这么大的变故，有些事情自然要好好商议一下。甚至连阿婆要不要再去广州也需重新考虑。还有，弟弟要不要继续念书？按弟弟自己的意思，他是不想再念书了，他说我都十四岁了，不能再吃闲饭了，爹死了，我应该做活儿养家了。弟弟说着说着哽咽起来，眼泪在眼眶里直打转，眼看着就要流出来。除了母亲，全家人都哭了。大家都知道，弟弟说的是违心话，知道他是想念书的。

那天母亲出奇地冷静，最后，她说出了自己的决定：第一，弟弟继续念书，因为这是父亲的决定，也是父亲的心愿，不可违背。第二，阿婆接着去广州做事，不然家里就没钱供弟弟念书。第三，家里的田由她和两个妹妹来侍弄，侍弄不过来就退还一部分。

听见这话，弟弟马上跪在母亲面前，用力磕了三个头。随即转过身，面向姐姐，同样磕了三个头。

阿婆愣住了……

5

弟弟念书的地方在离家十里的镇上（当地人叫“街上”），是一间官办的学校，学校的门楼上，专门挂了一块刻有国民党党徽的木牌，还刷了颜色，蓝的。因为学生少，规模并不很大，只有十几间房子，学生多半是周围富裕人家的子弟，有些孩子上学还要乘两个人抬的轿子，来到校门口，前边的轿工把轿杆往地下一放，就会从里面滚出来一个胖墩墩的男孩子，男孩子出了轿门，立刻倒腾着两条短腿奔跑起来，就像一匹小马驹子。

像弟弟这种家境的，不多。

每天早上不等天亮，弟弟就要起来，吃过母亲给他准备的早饭（有时候自己准备），再带上一个午间吃的饭团，马上就离开家门，朝镇上赶去。有时候要一路小跑。这样，无论冬夏，几乎每天都是一身的汗。走进学校后，一边摘下帽子在脸上抹来抹去，一边向遇到的先生行礼致意：“先生早！”有的先生会说：“啊，早。”有的先生则什么也不说，只点点头了事。

那时候，弟弟最怕下雨的天气。一下雨，路会变得泥泞。走起来一跐一滑，会影响走路的速度，有时候还会跌跤。走着走着，一不小心，就会“啪嚓”一声，跌翻在泥水里。跌得好痛好痛。衣服也跌脏了。这是最让人难堪的事。有时候，还会遭到同学的嘲笑。特别是那些有钱人家的“公子”，会围着他嘻嘻哈哈地笑。他又羞又气，却无可奈何，只好躲开他们。他一般不和他们发生冲突。

下雨的时候，他经常打赤脚。因广东的雨季长，他打赤脚的时候便多，所以，他的脚总是比同龄的孩子大。

跟大多数孩子不同，弟弟除了上学，还要帮家里做一些事。寒假和暑假不用说了，就是星期天，他也要跟着下田。特别是父亲去世以后。有时候，母亲会说他：“就这么点儿事，一会儿就做完了……你快念书去吧。”他会朝母亲笑笑，说：“没事，在学校就念完了。”假如这一天不用下田，他也会自己找一点儿事情做，比方清理一下院子里的杂物，清理一下鹅栏里面的鹅粪。他大概觉得，不这样做就对不起家里人，更对不起远在广州的姐姐。

自从父亲去世，到阿婆这里拿钱的事就由弟弟来做了。不同的是，他来广州的间隔要比父亲长，一年就来一次，都是赶在放暑假的时候，学校开学之前，因为平常没有时间，还因为开学的时候要交钱。和父亲一样，他也是来去匆匆的。不过，阿婆会留他在这里吃一餐饭。而且总是去肠粉店吃肠粉，很便宜，白白的滑滑的粉皮里卷着一些肉馅，他非常喜欢吃。

有时候，还会给他叫一份蒸虾饺。

当然，阿婆是不吃的。阿婆会坐在相邻的凳子上默默地看着他吃。偶尔，阿婆会伸出一只手，不经意地碰碰他软软的油黑的头发。他心里一动，然后会抬起脸来傻傻地一笑——不知何故，在姐姐面前，他总觉得自己还是个孩子。

等他吃完饭，阿婆会把准备好的钱拿出来，帮他放好，嘱咐他路上小心。然后他就离开姐姐，消失在人群里了。

他走了几步，回头一看，阿婆还在那里看着他。

那时候，阿婆照例还要回家过年的，同时会把钱带回来。因此，寒假他就无须去广州了。

在那一班的学生中，弟弟是最用功的一个，学习成绩也是最好的，每次考试都在前五名之内，多是第一名。每逢学年结束，学校都会给学生发一张考试成绩单。除了考试成绩，上面还有老师用蝇头小楷撰写的评语。有一次，老师的评语居然写着这样的话："家贫不是罪过，不是耻辱，自古寒门出英才，纨绔子弟豪门出。你要再接再厉，使学业更好，如此才是改变命运的唯一途径……"

这是一位好老师。

每年的成绩单，弟弟都保管得好好的，等阿婆回家过年时再拿出来，一句一句地念给她听。弟弟显得又兴奋又紧张，脸涨得通红。

有一年过年，弟弟还把阿婆领到学校去了。因是放假期间，学校一片冷清，所有的门都锁着。弟弟让姐姐看了学校的门楼（还有那个"青天白日"的标志），给姐姐念了一遍学校的名字，看了先生们办公的地方，接着穿过空寂的院子，来到弟弟的教室跟前，扒着窗户朝里面看了一会儿，弟弟还指着一张桌子说：我就坐那里，就坐那里。阿婆赞许地点着头。这是她第一次来到一间学校，在她的意识里，学校一直是个神圣之地。想到这就是弟弟的学校，她觉得蛮自豪。

从学校回来，弟弟对阿婆说，他心里憋着一股劲儿，就是要好好念书。

阿婆对弟弟说："你好好念，念到什么时候姐姐都供你……"

弟弟很争气，小学毕业后又考上了县立初中，而且是以全校第一的成绩考上的。三年过去，初中毕业。这时弟弟面临一个抉择。在当时，初中已是很高的学历，全县也没有几个人，凭着这个学历，要谋一份职业非常轻松。弟弟非常矛盾，他很想就此打住，谋份差事，这样会减轻家里的负担，甚至可以养家了。可他又心有不甘，觉得这是浪费自己，这就好比一个人有了毒瘾，他有了读书的"瘾"。这其中也有老师的因素，几乎所有的老师都认为他是好学生，都鼓励他继续读书。

虽然几经反复，弟弟最终还是考上了全县唯一的一所高级中学。

阿婆记得很清楚：那一年，是1949年。

就在这一年，阿婆做事的"远发行"歇了业。老板把店里的存布折腾一空（好多都是减价处理的），携家去了香港，临走对阿婆说："时局变了。不知这里还好不好活。我们先去那边躲一下，看看情况再回来。档口你先照看着，反正也没啥东西了。给你留下一些钱，够花一阵子了……”阿婆没说话，点了点头。

老板一去不复返。阿婆等了大半年，老板始终没有音信，留下的钱也花得差不多了，当时正好有一家织布厂招工，她就去报了名，还真被招上了，她把布店的门锁好，便到织布厂上班去了。

一直上到退休。

几十年的光阴，就这样过去了。

（当然，这些年也发生了一些事。其中最大的一件，是弟弟考上了大学，那个大学在北京。大学毕业后，又出国留学。接着回了国，被分配到国家的一所研究院，还当上了副院长。）

（另外一件事，是工厂给阿婆分了一间宿舍，就是她现在住的这间。这房子原是一家富豪的宅第，后来被政府收为公产，政府又分配给织布厂做了宿舍，阿婆有幸分到了其中的一间。）

（还有，这期间，母亲去世了，两个妹妹嫁了人。）

……

6

阿婆一直一个人过日子。

这是阿婆亲口对我和小孙讲的，因此绝不会错。老实说，为了打听这个情况，我还颇费了一番踌躇。此前我一直没往这方面想，只以为阿婆的老伴儿不在了，想问吧，怕引起她的不快，不问吧，心里又总觉得是个事儿。后来我把“矛盾”推给了小孙。记得是在第三次见面的时候，我对小孙说：“怎么不见阿婆的老伴儿？你问一下，他是不是去世了……”

小孙迟疑了一下，大概也觉得不好问，不过最后还是问了（小心翼翼地，满脸堆着微笑）。她是用广东话问的，因此，具体怎样问的我并不清楚。待阿婆回答后，她给我“翻译”道：“阿婆说她没结过婚。”

“什么？”我非常吃惊，“怎么会不结婚！为什么？！”

小孙似乎也很意外，又跟阿婆说了一句什么，然后对我说：“阿婆说，为了养家。还有，为了供弟弟念书……”

我说："怎么会？结了婚不照样可以养家?"

阿婆声音轻轻地说了几句什么。小孙对我说："阿婆说，这可不一样，结了婚就是别人家的人了。挣到钱也不能自己想怎么用就怎么用了……"

我许久没说话。关于这件事，阿婆就说了这么多，再没说别的。她似乎也不想多说。老实说，我深深地受到了震动，同时也觉得不可思议。一个人居然可以这样对待自己的生活！而她却是如此的平静。

的确不可思议！

我想到了阿婆的弟弟，让小孙问阿婆：现在，弟弟的情况怎么样？

小孙问了。阿婆沉吟了一下，说了几句什么。小孙告诉我：弟弟已经去世了，就在去年。

哦！

停了片刻，阿婆突然想起了什么，默默走到衣柜跟前，蹲下身子，从里面取出一本影集，拿到我们面前，翻开让我们看。影集已经很旧了，用一块硬纸板做封面，上边印着一个工厂的剪影。影集里有几十张照片。其中有几张是阿婆自己的，有几张是和工友们的合影，大家都穿着工装，还有几张是跟年老的母亲以及两个妹妹照的（妹妹们都带着孩子）。除此，就全部是弟弟的照片了。

通过照片可以看到一个人的历史。

弟弟的照片大小不等，颜色也不一样，有黑白的，也有彩色的。弟弟最早的照片是一张一吋像，就是那种"标准像"，看上去十分年轻，想必是当年贴在学生证上的。以后的照片逐渐变大，有二寸的，有四寸的，最大的一张是六寸的。照片上的人数似乎也在逐渐增加，最初是一个人，继而两三个人，然后是一大群人（上面还有题字，那是一张毕业照）。照片的背景也在变化，有的在学校门口，有的在风景名胜，有一张是在天安门广场，还有一张是在国外照的，看去像一个机场。

还有几张他和家人的照片，有夫人，有儿女。一家人有说有笑的，自有一种温馨，而且简直就要溢到照片外边来了。

影集的最后，是一张阿婆和弟弟的合影。

这是一张黑白照片。照片上的阿婆还很年轻，只有二十多岁的样子，头上梳着长及脖颈的短发，短发油黑油黑的，额头的右上方还"别"了一枚说不上什么颜色的发卡，身上穿着一件浅色上衣，领口滚着黑边，脚穿一双圆口黑面布鞋。照片上的阿婆坐在一张椅子上，弟弟笔直地站在阿婆的身后。那时的弟弟也是年轻的，身材很单薄，理了一个偏分式发型，浓浓的眉毛下，是一双清秀的略显不安的眼睛，穿着一双黑皮鞋。

照片是在照相馆照的。照片的一角，印着这家照相馆的名字。

这是这本影集里阿婆和弟弟唯一的一张合影。

据我推测，这张照片应该是弟弟考上大学那年照的。可我还说不准，于是就想让小孙问一问阿婆，问问这张照片具体是哪一年照的。这时我才发现，阿婆在哭。

阿婆真的在哭！

阿婆的眼睛里充满了泪水，泪水正顺着她布满皱纹的眼角，一滴接一滴地流下来——看了让人伤心，非常非常伤心……

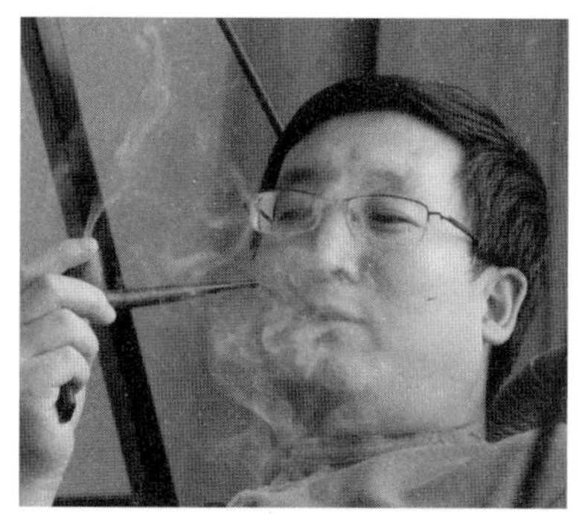

陈继明

1963 年生于甘肃省甘谷县。北京师范大学珠海分校教授。作品曾获《中篇小说选刊》奖、《小说选刊》奖、《十月》文学奖等。主要作品有长篇小说《一人一个天堂》，中篇小说《北京和尚》《陈万水名单》，短篇小说《月光下的几十个白瓶子》《举举妈的葬礼》等。

蝴　蝶

从一楼到二楼，有个大窗户，在一个相对独立的区域里，离楼道接近两米，有栏杆相隔。窗户上方封闭，下方敞开，垂直下去就是一楼的楼门了。

蝴蝶一定是从楼门飞进来，再向上飞，然后困在窗户这个位置的。蝴蝶显然不知道，应该原路返回去。或者向后，背过身向后飞也足以逃生。后面是干净明亮的楼道，从一楼到六楼，虽然曲折，空间却大得多，窗户也多半是开着的。但是，蝴蝶一定没有尝试过这种可能。祸根当然是那四块玻璃，或者干脆说，就是光。蝴蝶死盯住光不放，只相信光，只知道向光飞行才是唯一正确的，就算再三的撞击都证明，这光是坚硬的、虚假的、不可逾越的，也始终坚信不疑。

蝴蝶呀蝴蝶，难道你的生命力全都化为美丽的外表了，没多留一点儿自己的心吗？向下飞行三尺或向后飞行五尺都没问题，你怎么就做不到呢？

她扶住栏杆，默默质问蝴蝶。

一楼楼门的外面就是花园，那里的蝴蝶个个漂亮，正如亚热带的花，美丽到匪夷所思的程度，有些甚至令人联想到邪恶，半是美丽半是邪恶。三天前，她和男人刚从北方飞来，她和他都认为，南方与北方的第一个区别就是花。北方的花常有一种憨头憨脑的样子，就算漂亮，也不失质朴，不逾常规；而南方的花，像一个恃才傲物的画家半认真半开玩笑，甚至半恶作剧画出来的，草草画完，就随手丢在天地间了，于是你实在分不清，其手笔，是才华更多一些，还是轻佻更多一些。再就是蝴蝶了，南方的蝴蝶，无论品种还是模样都比北方奇异得多。她对蝴蝶全无常识，叫不出任何一种蝴蝶的名字，只会简单地以颜色为特征称呼它们：白蝴蝶、黑蝴蝶、粉蝴蝶、彩蝴蝶。

困在二楼窗前的这一只，是白蝴蝶。

她和男人住在这儿的第一天，白蝴蝶已经在了，当时它还能飞，还有力量，在这个正方形的狭小空间里，总是面朝玻璃，飞飞停停，飞飞停停。

“你看这只蝴蝶，呆不呆!”她对男人说。

“呆，和你一样呆!”男人看了一眼，淡淡地说。

回房间冲完澡，她问男人：“我哪儿呆了?”男人没听明白，她说：“你刚才不是说，我和那只蝴蝶一样呆吗?”男人笑着说：“是呀，你以为你不呆?”

“我哪儿呆了?”她坚持让男人回答。

男人成心使坏，只说她呆，不说她哪儿呆。

次日早晨，两人睡足了觉，按计划出门，去某处泡著名的海水温泉。身披浴衣，躺在长长的竹椅上，面朝大海，享受海风吹拂时，她突然想起了那只蝴蝶——早晨下楼时忘了注意它还在不在，太阳这么毒，它如果还在，死盯着光不放，会不会被烤干了?

男人躺在另一把长椅上，似乎睡着了。她没有再和他谈论蝴蝶的事，只是独自想着它。不过，紧接着又忘了，男人小寐之后，再一次拉上她下水了。

一下水就把蝴蝶忘干净了，从温泉里出来，又去吃海鲜，回宾馆时天已经黑透了。从一楼到二楼，即将拐弯时，突然感到左侧有光熠熠。确实是光，一小丛，竖立着，喘息着！这才想起那只呆蝴蝶——它还在，它并不是普通的白蝴蝶，而是一只夜光蝶。

“快来看，它会发光的!”她喊。

男人已经站在二楼的楼道里，不愿下来。

“好漂亮哎。”她再喊。

她没听见他的声音，回头看时，他已经不在了。

于是她扶着栏杆，独自盯着它。

它停在左下方那块玻璃的边缘上，双翅微微张开，发出的光，像玉的光，滋润，安静，柔软，首先照亮了它自己：触须是两根尖向两侧的黑色的线条，静止在玻璃上。翅膀里的纹路恰如叶脉，粗细有致，主次分明，同样是黑色的，像居住在温暖的光里，无忧无虑。被双翅夹在中间的身子，像虫子，黑透了，是一种纯纯的枯槁的黑，直接表达着忍耐和苦楚。

她心里一阵难过，决定帮助它。

她打算揪住翅膀，再把它放归楼外。她趴在栏杆上，伸出胳膊，却够不着；踮起脚，还是够不着，就差那么半尺的距离。于是她噘起嘴对准它吹气，它的翅膀开始优雅地左右摇摆，像海面上的白帆，翅膀里的光也陡然增强，如愈吹愈亮的炭火。而它的身子丝毫未曾移动，就像和玻璃合而为一了，两者不可割离。她连吹三口气都没办法，就泄气了。

她懒懒地回到了房间。

男人躺在沙发上，跷着二郎腿看电视。

“是一只夜光蝶。”她说。

他不理她，就像没听见。

“是一只夜光蝶，听见了没有？”她狠狠地问他。

“再是夜光蝶，也是呆蝶。”他说。

她跑过去，夺下他手中的遥控器，抱住他的脖子，进而压倒他，撕着他的嘴，娇嗔地呼叫着，要他回答：“你说，不说不行，我到底哪儿呆了？”

他哪儿肯说，倒是反过来抱紧她。

结果酿成一番云雨，然后他睡着，她去卫生间。

在水龙头底下，她默默问自己：

我为什么有莫名的忧伤？

随后又对着镜子问：“是呀，为什么？”

她想，我从来没想过和他结婚，满足于和他偶尔见见面，偶尔出来走走，不要他的承诺，只要他的爱惜，一切都是自己愿意的，有什么可忧伤的？

冲完澡出来后，她觉得心情好多了，可又不想早早就陪他睡觉。恍然间她又想起了蝴蝶：“它就那么悬悬地挂在玻璃上，要整整一夜吗？”这么一问时，她心里隐隐作疼，十分不忍。“举手之劳，我为什么不帮它离开呢？”这个决心一时变得明确而执着。

她脱掉睡衣，换上长裙，轻轻拉开门。

看见了，那一丛光，喘息的光。

她不由得站住了，立在二楼的楼道里，不敢向它走近了。

而且，她不自觉地屏住了呼吸。

它卧在黑夜的边上，静静发光的样子，像一句久远的箴言。她以为自己听懂了箴言的意思，所以，突然就禁不住双眼潮湿了。她扶住墙，任自己泪如泉涌，直到楼道里有脚步声响起，才匆匆向下走去。她踮起脚尖，伸出胳膊，还是够不着，只差五厘米!

回房间拿把椅子来，她想。

于是她快步回到房间。

电视还开着，凤凰卫视的搞笑节目，声音很大。她用遥控减弱声音后，回头看看熟睡的男人。他裸露而健壮的样子忽然令她目光一闪，心生一计。

她打开旅行包，从里面翻找着什么。她找到了一个棕色的药瓶，里面有半瓶脱脂棉球。她用小指钩出两颗，再拧开一瓶水蜜桃味道的饮料，将棉球浸湿，带着它再次离开房间。她看着睡姿粗野的男人，脸上含着一丝坏笑，蹑着脚一步一步向后退去。

她把浸湿的脱脂棉球准准地扔在蝴蝶的下方。

蝴蝶受到惊吓，翅膀一闪，重归安静。

她满意又得意地笑了。

她相信，明天白天蝴蝶发现棉球后，一定会吸食里面的水。

这样，蝴蝶就会多活几天!

重回房间后，她也觉得累了，眼皮打架了。她躺在男人身边，先把毛巾被盖在男人肚皮上，再背对着男人，拧灭床头灯。但她不免还在得意，为了刚才那个小小的计谋：她要对男人说，蝴蝶哪天飞出去了，或者在玻璃上被阳光烤干了，咱们就回北方。

男人今天说过，后天就回北方。

但是，她还没玩够!

她有信心让男人接受这个建议。

她脸上的孩子气渐渐消失，很快就睡着了。

一觉醒来，百鸟争鸣。

两个人离开宾馆时，他在前，她在后，他压根没朝窗户那边看一眼，就匆匆下楼了。她当然要看的，她看见蝴蝶此刻不在玻璃上，而是停在一侧的窄窄的墙体上，一副有气无力的样子。她趴在栏杆上看它，它不再发光，恢复成普通的面目。她对它的疼爱也似乎减少了很多。棉球还是湿的，她相信它一定喝过水了。她故意多站了一会儿，直到他在楼外大声喊叫。

在一个名叫情人岛的小岛上，划着小船在海面上玩的时候，她央求他："多玩几天再回，你好不容易才带我出来一趟。"他说不行，家里等他做的事情太多了。他说的时候，态度温和，略含歉意。于是，她说："我有个小小的建议，想不想听?"他点点头。

她就说出了那个小计谋。

他抬头看了看太阳，亚热带的夏天的骄阳。

他信心十足地说："行!"

她好高兴，捧着他脑门亲了一下。

下午，太阳刚刚西斜，情人岛上的游乐项目才玩过一半，他们就打车回了宾馆。他比她怕热，急着要躲进有空调的房间里，而且念念不忘凉爽的北方。

出租车上，她一直嘟着嘴。

他像逗孩子一样逗她，还说："不许反悔呀。"

她问："反悔什么?"

他笑着说："你说的——蝴蝶或者飞了或者死了，咱们就回北方。"

她说："如果今天就死了，明天就回吗?"

他说："当然，你说的!"

她说："哼，我的话就那么管用吗!"

他不再作声，似乎理亏了。

下车，上楼，都是他在前，她在后。

他在窗户旁站住了，说："哈哈，它还活着!"就像是终于找到了取悦她的办法，他兴奋地伸出胳膊搂住她，一同趴在栏杆上，看着奄奄一息的蝴蝶。

它仍旧悬挂在左下方的玻璃上。

白烈烈的阳光，满满的，罩住了玻璃。

它的翅膀微微有些发黑，正是渐渐被烤焦的样子。

和昨天不同的是，翅膀直直地叠合在一起。

她看见，棉球已经完全枯干了。

他对她耳语："生命力挺强的，恭喜你！"

她没有吱声，他发觉她肩膀在发抖。

他扳过她的脸，发现她竟在哭。

"天啦，你怎么了？"他吃惊地问。

她依进他怀里，说："我想不通，它怎么那么呆！"

他大笑，拍着她湿漉漉的脸。

他拉她回房间，费了好大劲才让她安静。

一天中剩余的时间，他们再也没出门。

晚上他还是早早就睡着了，她本想出来看看蝴蝶的，却懒得换衣服，也不想穿着睡衣出门。事实上，她是不想看到蝴蝶被阳光烤干，跌在台阶上的一幕。

这一晚上，她做了一个梦。

她梦见自己就在眼下的这间客房里，外面是深得可怕的黑暗，仿佛要把这间小小的房子吃掉。她看见身旁躺着他，而她完全不明白他是谁？他叫什么名字？自己为什么跟他来？她并没有恐惧，只是有些疑惑，她决定趁他熟睡之际快快离开，她打开门，但是她不小心进入了门的梦。想不到那门此时也在做梦，门的梦是离开门框，飘向海面。门的梦带着她的梦，要向不远处的宽宽的海面飘去。但是，门的梦载着她的梦刚刚移动，经过一楼和二楼之间的窗户时，她一跃进入了蝴蝶的梦，原来那只白蝴蝶也在做梦，白蝴蝶的梦是变成一只紫蝴蝶，抱着一种宁死不舍的劲头。她迅速认同了白蝴蝶的梦，十分自觉地和白蝴蝶的梦合而为一，静卧在玻璃上，等待造化降临的一刻。

从梦中惊醒后，她发现自己一身虚汗，而且隐隐觉得头疼，显然和这个梦有关，仿佛大部分思维仍然滞留在白蝴蝶的固执的梦里，难以自拔。

看表，还早，才半夜三点。

她如同梦游般离开房间，来到楼外。

她走向十步之外的楼梯口。她放慢脚步，似乎不敢靠近楼梯口。她停顿了几秒钟，还是走过去了。她看见了，那一丛光暗淡了许多，但还在！

她轻声下楼，向它走去。

她不再犹豫，高高地踮起脚尖，俯身向前，再稍稍将身子向前挪动，意外的是，先前的半尺距离消失了，她的手刚好可以捉住蝴蝶了，现在，蝴蝶就在她的拇指和食指间，蝴蝶的翅膀紧紧地夹在一起，刚好便于她捏在手中。于是，她小心地合拢拇指和食指，再轻轻一揪，白蝴蝶就从玻璃上脱落了。她稳了稳身子，再谨慎地缩回悬在半空中的身子。站稳后，借着蝴蝶自身的可怜的微光，她发现，它腹部瘦长，似乎完全萎缩了，但可以肯定，它一息尚存，眼睛里有光，看着她，有一种令她不安的奇怪表情，它头顶的两根长长的触须，一根是完整的，一根剩下一半。

她下到一楼，推开楼门。

她把蝴蝶放在大大的芭蕉叶上。

她松开手，她的拇指和食指间留下了许多细腻的粉末。她看见蝴蝶的翅膀残破了。好在它残破的翅膀微微动了一下，仿佛在试验自己是不是活着。

她相信，它的翅膀会重新长好。

那么，它仍然是一只白蝴蝶，一只夜光蝶。

她回到楼上，回到房间。

吴君

居深圳，业余写作。在《人民文学》《十月》等核心期刊发表小说多篇。部分作品入选《新华文摘》《小说选刊》《小说月报》及各类选本、排行榜。小说《亲爱的深圳》《深圳西北角》《皇后大道》分别改编为电影。创作的全部小说和影视作品以深圳为背景。

陈俊生大道

陈俊生一直把这条路当成自己的，那是因为在这个地方没人认识他，他可以大摇大摆；更没人知道他的工厂就在十米之外，那些凌乱的杂草后面。六楼有一张他睡的铁架床。当时就是在那个破旧的窗口，他发现了这条小路和网吧。

虽然显得杂乱，可吃的用的都便宜，多数东西是这条街上生产的，比如洗发水、面包、辣椒酱，在这里打包，然后一箱一箱批发给附近的小店，再由小店卖给工人。有了这条小路，陈俊生认为，即使全世界的人都不理他，也无所谓。他常常为这条小路歌唱，当然是在心里，也包括他为此写了一首抒情诗。

这首诗让他在这个网站里一下子受到了欢迎，还有一个网友称他是才子。那些夸奖的话，让他兴奋得要晕过去，好几天都像醉了一样，如果不是因为口袋钱票太少并且经常加班，他希望天天都上网。

想不到，这次上来，情况就发生了变化，而且是大变化。几个人跟帖，说话的口吻相近，说他和某人有一拼。然后就是一个网址，打开，上面是一个照片和情况介绍。照片上的人家住广西某地区市，相貌丑陋却总是标榜自己为帅哥，终于惹到有人心烦。

拿这种人和陈俊生比，显然因为他之前的招摇。他在网上为这条小路大做广告，还说过今后发达了，要以自己名字为这条路命名——陈俊生大道。显然就是这种说法招致了板砖。在这几个网友看来，像陈俊生这种人，根本不可能有什么见识，更不要说什么发达，最多是一个进城不久的打工仔。

看了与自己有关的谩骂，陈俊生握着鼠标的手开始发抖，他白皙的脸开始变灰，一只手夹在两腿间，期待可以变暖，结果就连全身都变得越来越冷。他把能想到的人都想了一遍，感觉宿舍里面所有的人全部可疑。

而这样一来，两件事就联系在一起了。

本来这次上网与过去不同，另有的原因是——他的老婆要从乡下过来，现在，见了这种跟帖，他的心更烦了。

走出网吧，远处的天完全黑透，只有各种小店门前一些零星的灯光。他回头看了一眼与狭窄网吧不相对应的橱窗，上面是一幅广告，画上有一个性感女孩，除了纱巾遮住的部位，基本算是一丝不挂。每次陈俊生都要多看几眼，而这回因为心情不好，他的下身并没有因此而发生任何变化。他的眼睛望向坑坑洼洼的小路，上面只有零散的几个人，站着或是坐下，还有那些黑乎乎的方桌和塑料椅。

不知不觉，脚把他带到一张桌子前面，和以往不同，这次他选了一个靠墙边的。坐下后，拿起一沓餐巾纸中的一张，折成小方块，把面前的这一块仔细擦净。今晚他没有心思去看小路上的任何人，也包括女人。

小碟的炸花生由一个穿人字拖鞋的女孩放在眼前。陈俊生盯着对方的马尾巴看了几眼，脑子里却还是老婆的样子。其实很久没想她了，差不多忘记了老婆的样子。知道想了也没用，倒不如橱窗上面的女人来得实在。

直到对方问了一句想吃什么，他才觉得肚子饿得有些疼，中午就没吃东西，现在又过了晚饭时间。于是他跟那个女孩子说两碗米饭。在女孩转身的时候，他又补了一句：拿瓶白金威，要冻的！

打开，咕噜一声，下去小半瓶，看见泡沫在瓶子中间部位翻腾，那个事情又随着泡沫浮出来。

老婆要过来，他却高兴不起来，并且还发了愁。一个多星期前他就接到电话了，电话中的老婆显得特别兴奋，像是刚下完鸡蛋的母鸡，无缘无故的傻笑让陈俊生难受，同时也觉得陌生。

陈俊生说，你也不用太着急，我走了这才几天啊。

那边的刘采英就说，什么几天啊，好几个月了，你不想我去啊。

谁不想了。陈俊生回答。

那你干吗这样。是不是你有什么人了？刘采英问。

哎呀，来吧来吧。陈俊生不耐烦地对着电话。放下电话前他还唾了一口。想不到又让刘采英听见了，在电话那边问：你怎么了？

我没怎么。他看着灰暗的天空答道。

我知道你不想见我。刘采英悠悠的说话声和电话那边传来的手扶拖拉机声让陈俊生突然觉得恍惚。

他大声嚷着，哎呀，你这人就是啰嗦，快来吧，我想死你了这样说行不行。

出了小店，他发现老板娘和几个买东西的人还在追着他看，显然是他沉重的表情与最后一句甜言蜜语极不协调。

话筒上面粘着的腥臭味儿，使他再次皱起眉。他停在街心看了一会儿远处的天，终于下了决心，掉转了方向，走出十几步路，快到街口，钻进一个店，很快他就挑中一款二手诺基亚和一张充值卡。

其实早也能买得起，只是心里一直抗拒。他不想和别人一样，包括买手机。他心里想，看别人有自己也必须配一个，也不管需要不需要。看见那些一回宿舍就躺在床上摆弄手机的家伙，陈俊生就觉得俗，根本不是一路人。

躺在草地上发呆、上网是他的秘密。这两个地方，一个在小路左侧，另一个在路的尽头。经常这样神出鬼没，却没有人知道他的行踪。当然是故意如此，他觉得一个人保持神秘非常非常重要，主要是躲开那些令他讨厌的家伙，他们总是找他说话或者借钱，或是借床睡觉。钱，也借过几次出去，没办法，都是难免的，他也向别人借过。床，就没有人得逞过。他在心里面想，这个工厂里，谁能明白不睡别人的床，也是一种文明呢。

床单和蚊帐他选择了淡蓝色，比女工的还要干净、雅致，也能体现个性。他深信在整个工厂找不到第二个。

本来想拿“上网”和“经常不在房里”当成一个资本，除了可以说明与众不同，还能表明他在深圳有亲戚或是背景，目的是让其他人对自己有所畏惧。从网上挑衅的事情上来分析，他们之间的确无法沟通。想到这里，他更加为老婆的到来发愁。

让刘采英上哪儿去住呢？这是他目前最大的苦恼。每分每秒都在脑子里，想挤也挤不出去。

八个人住一间，这已经算是很好的待遇，如果是新工人，就是十六人以上那种。

蚊帐把房间隔成若干个小块，每个人的私人空间就是自己的床。陈俊生住在下铺，除了他，多数人的蚊帐里面放着电饭煲、电炉子，甚至是青菜，还有的就是被子和衣物，当然草席下面也会有一点儿别的，例如一两本地摊上买来的黄色杂志、零钱和被压扁的小盒子，里面放着某个星期天街上免费发放的安全套。

所有的东西都不能放在公共领地，不是不见了，就是被人用，或是无缘无故坏掉。

尽管公司明文规定发现了要开除，很多人还是会带着老婆或是别的女人来，在晚上或是白天。做什么也都在蚊帐里，反正那是自己的领地。通常情况下，第一次，如果是老婆或是正式的女朋友，宿舍里的人会给足当事人面子，同一个时间集体出去，留下这两个人办完事，出去的人再回来。完事儿的女人通常有些不好意思，红着脸，把带来的特产拿出一部分给大家吃，条件如果允许，女人还会用带过来的东西给大家做顿饭。冒着热气的电饭锅横过道中间，里面是又香又辣的饭菜，你夹一筷子，我盛一勺子，个个吃得热火朝天。这个时候，男人通常吃得很少，甚至只喝了几口汤，可他是最开心的。如果没有这些，女人就会主动打扫房间，或是把谁泡在盆子里几天还没洗的衣服给洗了，晾好。再后来，她也就名正言顺地在宿舍里面过夜了。

从来也没人去检举，尽管声音让人难受，受不了，可是个个也都充耳不闻。只有陈俊生不买这个账，不仅从来不接受任何形式的贿赂，哪怕那些饭菜特别香，把他的胃逼迫得异常难受，他也强忍住。不过，他会在特殊的时刻突然从床上跳下地，骂一句要命的脏话，跑到外面，再回来，然后点亮蚊帐里面的台灯，强迫那声音慢慢低下来直到彻底消失。

陈俊生最讨厌的就是这种事儿。和别人不一样，他上过高中，差一点儿还参加了高考，想到即使考上也读不起，还是来到深圳关外打工了。看见这样的女人，他内心里觉得就是贱，即使面对面，他也不说话，迫使她们低下头，不好意思。而她们的男人，他更不会理睬，除了床铺，他还用许多行动证明自己和他们的不同。你就不能忍一下吗，非要这样。大把的酒店、招待所，这样是不是太不把自己当回事啊。他在心里说。

一年下来，陈俊生发现，除了那个总爱迟到并让他打掩护的小老乡，他已经和任何人都没话讲了。

住哪里呢？脑子浮动着一些黑乎乎的蚊帐。他竟然把心里的话说了出来。

有事吗？一个服务员站在他面前的时候，陈俊生脑子似乎清醒了一点儿，这时，他看见桌子上有两只摇晃的空瓶子，而白米饭竟然连一口也没动。

在火车站等了一个多小时，陈俊生还没接到人，正在焦急，就接到了电话。这是手机上接到的第一个电话。刘采英先到了，她是用宿舍里面一个人的手机给陈俊生打的，那个家伙陈俊生从来就没正眼看过。

刘采英没有怪罪陈俊生，反倒是陈俊生生了气，他在电话里气着说：谁的你不好用啊，偏用他们的，又不认识，一上来就没事找事。

陈俊生最生气的是，他的电话号码有人知道了，而且是宿舍里的人，这么长时间保持的一种酷形象全弄没了。

回到宿舍，陈俊生看见刘采英已经和里面的人有说有笑，混得很熟，而他反倒像是一个外人。看了一眼刘采英，他没说话，把身子反过来，对着门，脸则扭向自己蚊帐的顶部。

好，你说吧，他们才是你的老公呢。他在心里面生着气，他甚至想扔下刘采英出去。好在刘采英全看在眼里，手指掐着几粒葵花子儿，笑呵呵地走过来，拉他的衣角。

看你。她笑着说，一点儿也不像陌生人。

身子扭动了一下，他继续靠住铁栏杆，等着刘采英坐下。

想不到刘采英又去和他们说话了，虽然只是两句，是在收拾瓜子壳搬椅子的时候说的，可是，也都让陈俊生很不舒服。

虽然只看了两眼，陈俊生就发现刘采英的身体和过去不一样了，主要是比过去丰满。

“五一”长假，自己回去几天，把婚结了，那时刘采英还比较瘦呢，想不到，这么快，小半年就过去了，天也变冷了，连她的样子也变了。

宿舍又变回沉静，有的拿着电炉子在烧饭，有的躺到床上听 MP3，约好了一样，再没有人跟刘采英说话。倒是刘采英好像什么事也没发生，大大咧咧，一屁股坐在陈俊生床上，说，累死啦，是搭一个中巴过来的，那个司机下来拉人，我看那车头上写着一个牌子，到西乡，还说就到你们厂门口。

陈俊生依旧冷着脸说，我看你什么人的话都听，不分好坏，早晚被人害了。陈俊生说这话的时候，心里还在生着刚才的气。

我这不是好好地到了吗，我可是等了你那么长时间，你总是不想我来，谁知道你会不会来接呀。再说了，车站那么多人，都盯着我，我不走，多害怕呀。她笑着，露出一排白白的牙齿。

刘采英表情上显得讨好，话却句句在理。好在是用家乡土话说的。平时她还是很顺着陈俊生，在两个人的关系上，一直是刘采英主动。一是她家里条件不太好，二是长得相貌普通，并且只读了个初一。

刘采英说话的时候，陈俊生脑子还是想着刘采英住的问题。

他心里明白，没有人会主动提出给他们一个小时。有了那样一个小时，后面的事情才能顺理成章，该怎么样就怎么样。

在门口小店里吃的晚饭。要了一个土茯苓煲骨头汤和两个炒菜，菜里面放了红辣椒，刘采英吃得很香，只是总是不肯喝那个黑乎乎的汤，说又淡又苦，像中草药。结账的时候，听到服务员说一共四十七块钱，刘采英突然条件反射，站起身，拉陈俊生的手说走。在陈俊生掏钱的时候，她又坐下，几口就把锅里碗里的汤喝完了。

像是赌气，她急着拉陈俊生回去，还连说了两句太贵了，难喝死了。

陈俊生的脚步倒是比平时慢了许多，他不太想那么快回宿舍。那个地方让他闷，平时最受不了的时候，至少他还有个网吧。

走了几步路，陈俊生说不急，拉着刘采英的手，看着另一个方向说，再转一圈吧。

好啊。刘采英拉紧陈俊生手臂时，嘴里突然嘟囔一句：听说散步最合适。

看着刘采英大起来的屁股，陈俊生突然就胀得厉害。他知道也有一些小店是给他们这样的人开的，只是听老乡提醒过，那种地方多数都是陷阱，让人提心吊胆不说，弄不好，一下子就要损失上千块，还有可能被拉进黑社会，女的会被逼着去做那种行业。

还是别惹麻烦的好。他在心里面对自己说。

想到这里，陈俊生想着先回宿舍看看再说。楼下转了一小圈，他就拉着刘采英的手回到了宿舍。这一次，他的脸比平时温和许多，手脚也放轻了。两个人分别在一楼洗完澡，又在楼下的花坛上面坐了一会儿，才提着塑料桶回来。好像知道他的心思，刘采英一句也没问。

除了他们两个，全部的人显然都进了蚊帐躺下。他没有开灯，捏了一把刘采英的手，暗示她先进帐子。刘采英上去的时候，显得笨了一些，他似乎还用手托了一下。

想不到，此刻比任何一个夜晚都要安静。在外面磨蹭了一小会儿，陈俊生才轻手轻脚钻进帐子里。地方一下子小了，好像连呼吸都显得困难，头也直不起来，蜷着身子，才把衣服、裤子脱下，分好，放到脚底。真正躺平的时候，他的头上有了细细的一层汗，而身体再也受不了了，很快就爬到刘采英身上。尽管两个人都有准备，刘采英还是差一点儿叫出声，陈俊生一把把刘采英的嘴捂上，想不到，身下白白的液体迅速流出来，陈俊生听见它们静静地在刘采英肚子和大腿上滑行。

不到一分钟陈俊生就闭着眼睛翻身下来。他在心里说，再这样一次，就做不成男人了。

知道刘采英怀了孩子的时候，陈俊生很高兴。高兴完了，鼻根有些发酸，这件事把他拉回到了现实。

没人知道，相对于自己的老家，他更喜欢这个城市，无论哪里他都觉得好，所以他讨厌网上那些歌颂农村或是怀念农村的诗，纯粹是饱汉不知饿汉饥的家伙，他和那些酸人不一样，他喜欢城市，喜欢这条小路。他写的那首诗，题目就是《陈俊生大道》。第一句是：小路两边的草地是多么柔软……

就是比老家好，如果不好，为什么一个个都跑了出来。这些感受，难道跟宿舍那些没文化的人讲吗？哼！他知道自己永远也不会。

看着陈俊生发呆，刘采英问，怎么，你不想要孩子啊，还是深圳早有了。

什么话呀，我有什么有啊，也不早说一声，你都这个样子了，还到处乱跑，就不怕路上给颠下来。陈俊生看着远处的灯火自顾自地说，他想到自己还这么小，就要做父亲了而有些伤感，没玩够呢，在网上，他甚至忘记自己是结过婚的。

没事，咱又不是城里那些娇气的小姐，是咱的孩子，用擀面棍都压不出来，就是想着过几个月不方便，走长途不容易，也不能做那个了，才着急过来看你的。

想不到刘采英竟然脸不变色心不乱跳得地说出这种话，陈俊生的脸腾地红了，这么短的时间，她就变成了一个成熟的妇人。没有看刘采英，只是把对方手中的洗衣盆抢过来，走了几步，放到床底下，再返回身，黑着脸对刘采英说，我上班的时候，你就给我好好待着，不要收拾这收拾那的，那不是你现在干的活。

刘采英说，你让我闲着，我还烦呢，少干点就行了。

你啥也别做，床上有书。陈俊生从枕头下面拿出一本《佛山文艺》，又从席子下面拉出一本沈从文的书。

《佛山文艺》一拿到手上，刘采英笑着说，这本薄的，在咱县城地摊上也见过呢，想不到佛山这地方离深圳还挺近，在火车上就知道了，上一次听说那里的桥塌了。

陈俊生说，你又搞错了，是离那不远的另一个镇，番禺。

在拿起沈从文这一本书的时候，刘采英有一秒钟没说话，然后才低着头对陈俊生说，你不会不要我吧。

怎么会呢。陈俊生说。

你都看这样的书了。她说。

行啊，原来你也知道他写的好看啊。陈俊生非常高兴。

我是说这本书多厚啊，上面的字你都能认完。刘采英说。

听了这话，陈俊生有点失望，不过很快他就觉得刘采英用这种眼光看自己，还是挺舒服，不管真懂假懂，总算有一个人夸奖他了，就像是网上。此刻，他又想起自己的那首《陈俊生大道》，这个宿舍没有人懂得他的价值，他们一天到晚就是说一些工厂里的事，或是说老家几头猪几亩庄稼之类，没有一个人像他这样，爱看书，爱思考，人也比较独立。

一进到这个工厂，他就知道自己不是一个普通人。在网上，他有一个笔名，不过，他用那个名字只写过一篇文章，就是那首诗。陈俊生经常在心里面想，电脑就像他的老婆，或者比老婆还要亲。如果没有那个地方，他怎么表达自己对这个城市的感受呢。他偶尔用这个方式和外面的人交流。只有这样，他的心才能飞起来，人似乎也不只是停在工厂里面了。上网是他的秘密，他没对外人说过。网吧就在那条小路上，那条小路离他的工厂这么近竟然没有人发现，想起来，真是奇迹。

小路左侧有一个公园，所谓公园就是一些草地和堆放沙子和水泥的地方。还有一个小商店，卖的全是洗发水和快餐面，他用的海飞丝，三块钱就一大瓶，能用几个月，右侧是零散的几家店铺，做什么生意的都有，配钥匙的，修补衣服的，也包括那个网吧。

还没进门，刘采英就咳嗽起来，显然是网吧里面冒出来的烟。

让你儿子没出生就吸烟啊，这是什么地方，快走快走。刘采英还没看清楚是哪儿，就把陈俊生硬拉走了。

陈俊生嘴上没说什么，但还是有些失望，这个地方是他的宝地，别人都不知道。在这个城市，他所有的快乐都在这里，他本来想让老婆看看自己写的诗，还有那些夸他的话。当然，除了这条小路和自己的工厂，陈俊生其实不知道更多的地方。尽管如此，他觉得已经比起家乡好过一百倍。

看见陈俊生这个样儿，刘采英突然把陈俊生的手拉到自己衣服里。

那里柔软无比。显然，她想借此安慰丈夫。

陈俊生先是吓了一跳，随后热血沸腾，他把嘴贴着刘采英的耳朵，骂了一句：你羞不羞啊，我看你真的是学坏了。

反正没人认识你。刘采英说。

你怎么知没人认识我呢。

刘采英不接他的话，硬揪着陈俊生的手不放，陈俊生也就顺势向更深的地方纵横了，直到那想象中的黑暗和潮湿。

两个人并排躺在草地上看星星的时候，陈俊生对刘采英说今晚他不想回去了，问她怕不怕。

刘采英说不怕，有他在身边有什么好怕的。

陈俊生用手指拈了一下刘采英的脸蛋，说，就是太暗了，也太冷了。刘采英说，比起老家，这里还是算暖和，来的时候，家里都下雪了。

陈俊生把手放进刘采英的衣服里，他不敢摸刘采英的关键部位，容易受不了。于是他就在手臂和后背之类的地方游荡。只过了一小会儿，手就不听使唤，发着热，发着抖，陈俊生说，明天我就回去跟他们说，让他们借我一个小时，我请他们吃顿好的，喝白金威啤酒！

你能用完那整整一个小时吗。刘采英笑眯眯地看着眼里闪着光亮的陈俊生。

好啊，你越来越不像话了。陈俊生抡起拳头，装出要动手的样子。

刘采英笑了，没说话，脑袋下面垫着一只手臂。

陈俊生发现路灯下的刘采英长得很好看，看得久了，竟然越发不像刘采英了，就连笑容和说话的声音也和在家时不一样。有一瞬间他竟然有些害怕。

刘采英!

嗯。

听到这一句回答，他才能放下心。

他想好了，那种话，让那个爱迟到的小老乡去提，这样也就不会伤害自己的面子。陈俊生为他打过那么多次掩护，却从来没有求过他一次。

自己无法出面，不仅不同意，人家还可能一下子就堵住他的嘴，不仅不给他面子，还会取笑他。他想起了自己当时的态度。

要不，我去跟他们说，我看他们都挺好的，才不像你说的那样。

你不许说，你要是说我可真的就不要你了。陈俊生很严肃地说。

那是女人做的事吗，你要记得，得给我留个面子，我和别的男人不一样。陈俊生突然从刘采英的身边坐了起来，发起脾气。

好好，我不说，这不是问一下吗。刘采英看着陈俊生的脸说，她站起来，显然觉得自己这样不好，拉住陈俊生的衣袖，说，我错了，还不行吗。

连想也别想。陈俊生说。

好，我知道了，看上你，可能也是因为你和别人不一样。

直到看见了刘采英眼里好像有水样的东西，陈俊生才决定不说话了，他拉着刘采英的手，笑着说，你信不，我还知道一个地方，那可是神仙去的。

刘采英笑了，又坐起来，绷着脸对陈俊生说，老实说吧，你是不是经常带女孩子去那里啊。我发现你们楼里有不少女孩子喜欢你呢。

你怎么知道呢。

我又不傻。刘采英故意挺直了脖子。

是啊，也没经常，每天晚上带一个，一年下来也就三百多个，总是觉得还是少了点，你说呢。陈俊生的话还没说完，刘采英的拳头就打到了他的后背上。

陈俊生还想补充两句的时候，几束手电筒的光射过来，刘采英用手挡着眼睛，扭动着身子说，真讨厌，真讨厌。

起来！有人对着他喊。陈俊生爬起来，然后用手摁着刘采英的一只肩说，不用怕，他们就是来检查的，我带了身份证，把你的也拿出来，放心吧，他们不会怎么样，再说，我们什么也没有做。

刘采英一边坐起来扭摆身子，掏裤袋，一边嘴里嘟嘟，是啊，是啊。

去那地方之前，瞒着老婆，他跑遍了前后几条街，他想再试着找一家看起来安全的旅馆，只要不是太离谱，就行。腿差不多快软的时候，他回来了，不是要价离谱，就是门前晃动的那些神情异常的男人，让他的脚底冒出一阵阵凉气。陈俊生打电话把同房的小老乡约到宿舍后面，请他跟宿舍的人讲讲情，他说，老婆再过几天就回去，他愿意过后请客一次，宿舍的卫生他会多负责一周。

小老乡却是先提出借两百块急用。

陈俊生在心里骂着，却还是从牛仔裤的袋子里掏出一百六，重重地摁在对方手掌心。

想不到，不到四点，小老乡就告诉他说，他们不理，还说，这不是某一个人的宿舍，平时他干什么去呢，让他装腔作势吧。小老乡最后苦笑着说，我也没办法啊，哥们儿，还是你当时没做好。

下楼的时候，刘采英说，以后，你还是应该和他们把关系搞好，不要看不起人。

我没有啊。陈俊生嘴上这样说，内心还是服了刘采英的眼力。他曾经在内心里看不起他们，他觉得自己和他们不一样，比如不远处的那片红树林，只有深圳这种地方才会有，在工厂里，很多人不认识，可是陈俊生在高三的时候就知道了。

你怎么没有呢。刘采英笑着。

是他们对你说的吗，让你不要和他们说话，我这个人可不想对谁都低三下四，一个个就是自私，不讲卫生，不懂文明，也根本没人懂我，不过，我也不想让他们懂我，没意思。不知为何，这一次说这种话，他突然感到没有底气。

刘采英听了，没吱声。

陈俊生狠狠地踹了一脚这个人，才带着刘采英出门，出门前，陈俊生心烦意乱地等着刘采英，她撅着屁股从包里翻出一条红蓝相间的纱巾围在脖子上。虽然被压得有些皱巴，但是把人衬得比过去好看。他还记得那晚的月光很美，那是走出大门时发现的。

刘采英好像变了一个人，这让陈俊生连续要了两次。

要不是担心刘采英身体，陈俊生还是不想从刘采英的身上下来。刘采英也不说什么，只是看着他笑，笑得陈俊生有一瞬间甚至心里没底，她还用食指去刮着陈俊生的脸。陈俊生发现自己的身体里仍然有用不完的力气，虽然平躺着，但是他的一只手一只腿必须搭在刘采英身上，直到呼吸平稳，才回归原位。

他们没有说话。

刘采英说，你说，天上的那些星星是不是最好色的呢。

陈俊生说，是吧，他可是把我们的丑样全看见了。满天的繁星把他的眼睛晃得有些花了。

刘采英说，那你还总是要。

陈俊生叹了一口气。他突然不想说话，似乎想法和过去也不一样了，至于怎么样的不同，一时半会儿还想不清楚。

不远处是湛江人开的海鲜楼，做成船的模样，一栋栋在水上漂着，水上星光点点，风大的时候，会把水中的倒影弄散，也会把那里的歌声吹过来，一会儿港台，一会儿是怀旧的老歌，唯独没有陈俊生喜欢的邓丽君。陈俊生总想找个人说说邓丽君，虽然，他才二十二岁，不属于同个时代的人，可是他知道这个女人心底的寂寞。就像他对那条小路的喜欢，没人明白，有时自己也不是很不明白，不然的话，为什么总是说不出它好在哪儿呢。

他看着那片红树林，它们在海鲜楼的另一边，有一半的身体淹在水里，活得很旺盛，黑暗中像是黑压压的人群，站在水里，一动不动。身边的刘采英身体蜷成一团，缩在陈俊生腋下，脸贴住陈俊生一侧的手臂，一动不动，像是困了。隔着衣服，陈俊生也觉得今晚的刘采英特别柔软。

有风了，风带着“唰唰”的声音，在他们的四周打着转。一年里，陈俊生第一次觉出了这个地方的冷。只一两分钟，两个人的衣服就被吹透，草地上不断刮来远处的树叶。一片，又一片，全部都还是青的。有一片飞到了陈俊生手边，停下，他轻轻地拾起，夹在指缝间。

尽管嘴硬，可陈俊生还是想好了，刘采英说得对，要跟他们和好、说话，都是打工的，不容易，谁知道会在一起多久呢，其实他们对自己算是挺好的。

此刻，他的脑袋里面像是放电影，一会儿是蚊帐，一会儿是他们的脸，还有偶尔沸腾的菜锅。记得刚搬进宿舍不久，几个人帮他收东西，有个人还被破裂的床沿割破了手。有一次睡到凌晨，身下的电褥子着了，不是被那个河南的家伙一把拉起，他不知道会发生什么，如果对方不是大喊大叫，而令自己被罚了款，他本来是想说声谢谢的。病的那一次，他不想吃东西，有人偷偷拿电炉子煮了稀饭，放在他床边的木椅上，枕头下面还有一盒扑热息痛，当然，也不知是什么人放的。想到这些，他的心被完全占满，眼睛也有些发涩。

如果还不给面子怎么办呢。翻来覆去，他睡不着。直到想起刘采英带来的几大块腊肉，才放下心，他突然觉得事情一点儿也不难。

被白光刺到的时候，陈俊生知道自己刚才睡着了，坐起来，白光突然消失。

很快他就明白怎么回事，碰见打劫的了，与此同时，他发现身边的刘采英没了。

正想喊，才发现嘴被封住，而手也被人从后面拉住。

不知过了多久，他的眼睛重又光亮起来，他看见了自己的老婆刘采英。

她在不远处，在一个男人的身下。

已经是第二个男人。刘采英先是挣扎，到了后来，一动不动，她只是睁着一双陌生的眼睛安静地看着不远处的陈俊生，血染红了那一片草地——那是他和她的孩子。

第三个男人还没挨到刘采英就不行了，似乎费了很大的力气才被同伴拉起，想不到，他竟然对着吓得全身发抖的陈俊生狠狠地呸了一口，才跑向远处，在途中，那个男人摔倒过两次。

他们没有再说过一句话。接受调查的第二个夜晚，两个人被安排在附近一间最漂亮的酒店里。房间里面有两张床，什么都有，洗手盆的旁边还放着一盒那种东西。

一个睡一张，他们分别穿着衣服，从头到尾，刘采英像一块石头，没有发出过任何声音，也没看过他一眼。

只过了一夜，刘采英重新变成了一个单薄的身子，曾经圆圆的屁股似乎瘪了下去。

是刘采英提的，尽管陈俊生跪在地上发誓说，自己不会嫌弃。

明天一早，他们将一个在前一个在后，坐上回家的长途汽车。刘采英再也不怕颠簸了，他们将直接回到乡里去办手续，好在各种证件还都带在身上。

蔡东

20 世纪 80 年代生于山东，文学硕士，青年作家、评论家，现执教于深圳某高校，课余写小说，写艺术随笔。

往　生

一

老头的躯体，康莲越来越熟悉了，此刻已不再慌乱，也没有了羞耻。她低下头，尿骚味喷了她一头脸，热扑扑的。裤裆晾开了，老头惬意地扭动身体。她虎起脸喊着别动，刺啦一声把纸尿裤扯下来。

用消毒液洗完手，她来到厨房烧饭。天色渐渐昏暗下来，出差的丈夫正往家赶。平时要等天黑透了才开灯，今天却开得早。家里的灯光是暖烘烘的蜜黄色，想到他下了车，朝着家越走越近，就能看见厨房柔和的光晕，还有她映在玻璃上的身影，她的忙碌便有了几分诗情画意。

将她带回现实的是老头，他四天没解大便了。盆里泡着芹菜和萝卜，一把水绿，一滚雪白，散发出蔬菜特有的清冽芳香。对老头来说它们绝非美味，他只喜欢吃炖烂的肥肉。

傍晚七点多，刘向群推门而入，手里拖着黑色拉杆箱。老头凛然一惊，快步走到厨房，攥住康莲的手臂，说："看看去，进来人了。"她挣脱开，说："不怕，出去等着吧。"

饭菜陆续上桌，除了炒菜，还有一碟油炸花生米，一碟凉拌豆腐皮，分量不大，是情调，也是心思。刘向群心领神会，倒上酒刚想啜一口，发现老头正用防范的眼神盯着他。老头脸上满是狐疑，还有努力压制的愤怒：突然闯入的男人不但换上拖鞋，还坐在沙发的正当中，大大咧咧地打开电视。

刘向群觉得很败兴，说：“才几天呢，又不认识我了。”他大声问老头：“你认识我吗？”老头惶惑地摇摇头。

女人指着刘向群，对老头说：“他不是外人，他是你儿子。”

老头脸色大变像突地意识到什么，沉了一会儿，调整一下坐姿，故作轻松地说：“嗐，是你啊，我认得，你是我儿，你是我儿。”

康莲别过头去，心里一阵怅然，这两年，老头除了心虚害怕，还剩下什么？老头甚至偷偷给她塞过钱，一百两百的，好像给点钱他就不遭人厌了。他其实完全不记得刘向群，他在紧张地背诵，逼迫自己记牢，以免这个据称是他儿子的男人气急败坏。刘向群嘴角牵出一丝笑容，不予深究，也不忍深究。他是老头付出过最多关爱的长子，却也是老头最先遗忘的人，忘得如此彻底，抹得那么干净，仿佛从未存在过。

清晨六点钟，刘向群准时起床。几片白菜拿油一滑，加两碗水，再下一捆面条，水滚开时，磕开鸡蛋顺着锅边溜下去，一转眼，漂亮的荷包蛋浮起来。这碗炝锅面连吃带喝，能让胃变得暖暖的，能让他心情愉悦地去工作。他供职的化纤集团发展得正红火，每天早晨，集团全体员工右手举拳，迎着朝阳朗读《羊皮卷》，声音洪亮，气势豪迈。随后，大喇叭传出《命运交响曲》，命运来敲门，一串慷慨刚健的响音，一天的工作，热血沸腾地开始了。然而，对康莲来说，迎来新的一天，亦迎来旧的生活。无非是忙活吃喝拉撒，间中，充满死水般的静寂，似有一股淡淡的霉味弥漫在空气里。

家里有个长期卧病的老人，这样的生活，让人想起来就万念俱灰。

下午，刘向群打电话过来，说今晚要陪客户。女人不表态，电话那边威胁起来，说完不成销售任务，年底可拿不到奖金。他刚要挂断，女人说：“老头不拉，接上便盆也没用，可是好几天了。”刘向群哼哧半天，备受煎熬地长叹一声，说：“好，好，我让别人去接待。”

晚饭时，老头的筷子在盘子里扒拉来扒拉去，没找到肉。他偷眼看对面的女人，女人低着头，腮帮一动一动的。他忽然委屈地喊：“娘，没肉！”

康莲呛住了。刘向群站起来，一顿发作：“还吃肉，你要多吃蔬菜！”他担心生意谈不拢，心里横着气呢。老头只好勉力吞咽，形同嚼蜡。

好不容易，康莲缓过神儿来，轻声道："还能活几年呢，吃肉就吃肉吧，我给他买了开塞露。"

老头的裤子褪下来，暴露在空气中的屁股羞愤地收缩，腿肚子上的肉哆哆嗦嗦的。男人把顶端挤进去，老头拖着长音喊："凉哎，凉哎。"女人摁住他挣扎的身体。

半小时过去了，坐在排便椅上的老头毫无动静，他一脸茫然。瓶中消失的液体已抵达体内，却神秘地失去效果。刘向群撩开老头的上衣，见他小腹鼓起一个个苹果大的疙瘩，两人对视一眼，女人提议："抠吧，不能再拖了。"

刘向群戴上口罩和一次性手套，几番深深浅浅地试探，数次改变手法，一颗一颗地抠出石头般黑硬干燥的粪球，臭气直顶脑袋。康莲适时地注入润滑液，接连刺激下，老头忽地哎哟一声，猫腰就往下蹲。

这晚，刘向群反复洗手，不停叉开五指，对妻子说："你闻闻，怎么洗也没用，胰子搓了好几遍还有味儿。"康莲心事重重地倚在床头，今天，老头叫了一声"娘"，那一刻，她蓦地意识到，我老了，但我又要当妈了。

日子规律得近乎刻板。下午四点钟是例行散步时间，康莲带公公来到小广场。广场上聚集着一撮撮妇女，她们退了休，生活经验又丰富，以桑榆之年而复得儿女的重用，彼此一打眼，即咂摸出近似的悲欢，分外亲切。她们穿着俗丽的花裤子，身形肥大臃肿，谈吐中也沾染了柴米油盐的恶气，数落儿媳的劣迹，奔走相告哪里出了一种旷世神药，哪里又有治疗仪可免费试用。

正是在粗鄙的广场上，康莲遇上了一个神秘而又梦幻的词语，那词语耐人咀嚼，越琢磨越有味道，散发出一股安顿身心的奇异力量，当她情绪低落时，那词语便带着灵性般翩然而至。

康莲对广场的最初记忆并不愉快。那天，她带着公公来到广场，人们饶有兴味地打量着他俩，也有人眼拙嘴快，说："看这老两口儿，日子过得可真自在。"康莲瞪大了眼，咬着牙说："哪能呢，他是我公公。"

公公 85 岁，儿媳 61 岁，他们都是老人的现状模糊了他们其实是两辈人的事实。这样的时刻，尴尬而伤感，她已老成这个样子，竟还当成一个壮劳力使唤，耳顺之年仍在委曲求全。老太太们随即问道："你男人呢？还没退吗？"

广场散发着浓烈的市井气和尘土味，家家的烦心事，正好凑在一起说道说道。

显然，妇女们在很有经验地引导，康莲却含糊其辞，眼睛虚虚地望向远处，不愿再往下谈。有什么好说的，刘向群原本是国营毛纺厂的经营科长，可惜两千人的大厂说倒就倒了，不然，他也在家领退休金呢，何必老着一张脸去私企当临时工。

两人经常在健身器材旁遇见老李。老李七十岁出头，早年在公社里做过老头的小跟班，为人活络机变，后来攀上了高枝儿。常人眼里他无比幸运，中年时占过肥缺，年老了拥有健康。起初，老李热情地打招呼：“老刘，我是李汉庭。”老头冥思苦想一番，讪笑着回应：“记得，是熟人。”老李笑而不语，看老上级的目光里多了几丝怜悯：这老头，活了一辈子，把自己活没了，活丢了。老李保持着退休干部的风度和修养，从来不说老年痴呆，而是讳称为阿尔茨海默氏症。

李汉庭深谙养生之道，在广场上甩手、倒走、撞树，令痴迷延寿的人们纷纷效仿。老头则一边溜达，一边捡起玻璃瓶、塑料袋、烂绳子、脏兮兮的玩偶，揣在怀里，如获奇珍异宝。

临上楼时，康莲勒令他把垃圾丢掉，他不肯，身体紧绷，倔强地摇头。他有一张苍老的脸孔，一颗叛逆的少年心。僵持片刻，康莲让步，说不能全留下。他思索片刻，留下的，总是毛绒猴子、玩具熊、布娃娃之类。

二

过日子需要盼头，对康莲来说，五月就是盼头。五月中旬，小叔子刘向前会把老头接走。自老头失伴，兄弟俩亦从俗，轮流奉养。

下午，她帮老头收拾行装，用包袱皮儿把衣物包好。老头嗅到了些气味，忽地从床下拖出一个纸箱子，箱子里盛满他捡回来的玩偶。康莲跟他商量：“箱子别拿了，十月还回来。”老头问：“还回来?”康莲点点头。

刘向前坐在沙发上拼命抖腿，抖腿的毛病他这辈子是改不掉了。数月未见，康莲脸上只淡淡的。疏离也非一天两天，根子在婆婆那儿。婆婆是老太后般的女人，酷爱指挥、独掌财权而偏爱幺儿，明里暗里小叔子沾了不少光。婆婆离世后，一分家，两边的女人生出龃龉，心中各怀不忿，表面和气罢了。最令康莲窝火的是，办完丧事不久，婆婆那块温润的白玉就挂上了妯娌的脖颈，而婆婆的金耳环则闪耀在妯娌母亲的耳垂上。

老头怯怯地对康莲说："姐，姐姐，我走了。"康莲眼窝一热，又嘱咐小叔子两句："抠的时候用巧劲儿，抠破了容易发炎。"刘向前边下楼边挥手："嫂子年纪大了就是絮叨，放心吧，我给他买果导片。"康莲愣了一下，急忙喊道："果导片不能多吃，肠胃受不了。"脚步声已消失，只剩下她话音的回声。康莲走上阳台，见刘氏父子一前一后地走，老头佝偻着身子跟在儿子身后。老头突地停住，转头往上看，康莲几乎要叫出声来，她捂住嘴赶紧蹲下了。

走了也好。她毕竟六十多岁了，本身就需要照顾，而不是照顾别人。她血压不稳定，忽上忽下。最亲的几个人，都知道她枕头下放着速效救心丸，玲珑可爱的葫芦瓶里装着一颗颗晶莹的药丸，凝着麝香和冰片的精华，苦而凉。几年来，每到侍奉的后期，她就不成人形了，像散了黄的鸡蛋，像一摊化掉的冰水。屎尿气在屋里经久不散，渗入她的每一个毛孔，仿佛怎么洗都洗不干净，每次闻见自己身上的臭气，她都恐惧而焦躁，把手指插进头发，使劲儿往后抓。拖地，刷马桶，洗衣服，她忍不住摔摔打打，弄出点声响，看到老头惊恐的模样又心软自责。她羡慕那些毫无羁绊的妇女，头戴红帽子，足蹬白色旅游鞋，欢呼雀跃地走上大巴车，前往一处处山清水秀的人间胜境。

终于，她用日夜操劳换取了半年的好时光。日子安逸自在，上午翻翻报纸，下午照料花草。阳台上摆着长长一溜儿花盆，垂下的花枝时常引来路人注目，并对女主人生出种种绮丽的想象。

这天，她买菜回来，接到女儿的电话，邀她去深圳住两天。她犹豫片刻，说："两边都麻烦，不去了。"

女儿叫道："妈!"康莲的身体一阵酥麻，温热的感觉从耳朵漫向全身。她喜欢听女儿这样叫她——妈！音调不管不顾地滑下去，又陡然往上一挑，话音任性撒娇，不依不饶，又饱含着对老妈的心疼。

女儿接着说："爷爷绑了你半年，坐监一样，把个好人都缠磨坏了。听我的，出来散散心。"康莲推脱道："不能把你爸撇下，一个人耽误饭。"

当女儿遇到麻烦或需要帮助时，她愿意去充任保姆厨娘。事实上，无论伺候月子，还是带小孩，她都曾立下奇功。但如今小外孙入读小学，年轻人的事业也已捋顺，早过了用人的时候，她何必去当白吃饱儿。她明白常年在外的女儿心里怕什么，便对心虚的孩子说："有空就回来看看，真回不来，我和你爸也理解。"有好几次，她想告诉闺女，已经去敬老院考察过了，有一家私立的服务还可以，万一她中了风就坚决往里搬。怕女儿听了着急，每每话到嘴边又咽了下去。女儿落在了大城市，生活工作都不容易，再说了，谁能同她一起轮？毁掉独生女儿的人生，当妈的怎么忍心？她再也不能像上辈人一样，指望儿女了，到底该指望什么，她也找不到答案。康莲在深圳生活过一段时间，那段日子她总是莫名地惊惧。她清楚地感觉到，从小城留州到大城深圳，女儿的心底也有惶然和惊惧，但女儿已然离不开深圳，女儿这一代的日子跟她们不同了，有些什么东西变了。总归是变了。

公公走了多日，康莲刚睡醒时，恍兮惚兮，觉得他还在。他是她的影子，有光就有他。他是她的镜子，让她百味杂陈地看见时间如何碾过肉身。几年间，他们仿佛被牢牢地捆绑在一起，并建立起一种隐秘的联系，通过眼神、各种语气词、一个细微的动作便能理解对方的意图，那是一种日积月累无法向外人解释清楚的默契。

沙发上留有他的痕迹，他习惯坐在右侧，日子久了，垫子失去弹性，塌陷出一个坑窝。有时，他回到自己的房间，摆弄箱子里的玩偶。他最喜欢两个玩偶，一个衣衫破烂的胖男孩，一个发色金黄的外国少女，他把两个娃娃并排放在一起，一看就是半天。箱子里还有大灰熊、毛茸茸的鸡仔、伸出粉红舌头的小狗，生气蓬勃，像个童话般美好的隐秘乐园。

三

进入到九月，留州的雨天多起来。康莲钟爱初秋的雨，下得不急躁，静默而缠绵地湿润着干热的暑气，洗去尘灰烟火。细雨令天地间起了薄薄的雾，为小城增添了几丝空蒙缥缈的意味。雨声滴滴答答，她伸开手脚躺在床上，感觉蓬勃的能量注入身体，她像渴望成仙的林中精灵，贪婪地吐纳山水的灵气。她呼吸深长，气息在经络里蜿蜒流走畅行无阻，血液潺潺流动，澄澈如深山古柏下的一脉清泉。浊气散尽，胸膛敞开，不淤了，全通了。晦暗的皮肤闪闪发光，肿胀的关节叮咚作响。她是晶莹剔透的珠子，是往下淌蜜的苹果花，是瓷器表面滑腻肥润的釉彩。秋天到了，老头即将回来，她又要当娘了，必须做好储备，当娘的不能半截儿掉链子。

雨是一种遮盖，雨似乎也放缓了世界运转的节奏，在雨天才有的宁静里，她睡得特别沉，昏天暗地，仿佛一觉就不会醒来。

她期待一个多雨的十月，那将是她最后的好时光。

未及等到十月。也在一个雨天，电话铃声打断了无梦的沉睡，她猛地坐起来。铃声格外尖利，仿佛带着引线嗤嗤燃烧，把空气都烧焦了。

刘向群只说了一句话。爸摔着了，在人民医院。

老人最怕摔，摔一下，再硬朗的身板也得报废。意外摔伤往往是老年人晚年生活的转折点，这样想着，康莲慌慌张张地赶到医院，临到病房时，她的脚步慢下来。老头出了事，她若有所失，又似有所待。心如乱麻，未及深想，已经到了。

大胯粉碎性骨折，老头的呻吟声也破碎了，听得康莲的心一抽一抽的，她猛然记起儿时拇指被门挤住的瞬间，拔出来，指甲淤青发黑，疼痛钻心。刘向前面色煞白，不住地解释，说一眼没看见，老爷子就滑倒了。谁还顾得上埋怨，当务之急是联系做手术。

兄弟俩眉头紧锁，在手术室外抽掉几盒烟，从早晨八点到中午一点等足五个小时，老头被推了出来。剔除折掉的碎骨，嵌入人造股骨头，用五个钢钉固定，留下一道一尺长的新鲜刀口。

老迈的病号，医院安排时不分性别。邻床是个痴呆老太，一入院便惊世骇俗，脱掉贴身衣物裸体平躺，嘴里发出奇怪的声响。她身体黑瘦，双腿像烧过的火柴杆，胯部若没有皮肤裹包着，骨头都快呲出来了。老太的儿女用被单掩住她的身体，一回身她就顽劣地蹬开。很快儿女盖烦了，只得听之任之。康莲想起，早先伺候老头解手，松裤带时他会用手挡一下，裤子一掉就下意识地往上提，粘纸尿裤时他更是红了脸，那玩意儿多像妇女的卫生巾呀。但这几天在医院，众目睽睽下动不动就脱光腚，打针，上药，老头呆呆的，像一块木头疙瘩。

徐医生白面无须，是刘向群相交多年的熟人，自老头入院后跑前跑后很是关照。术后，他建议保守治疗，并跟刘家兄弟展望过安乐死的立法问题。他见多识广，总结问题很精辟，说："住院这阵子，你们多花点钱，老人多受点罪，求个心理安慰吧。"听得众人频频点头，他闪烁的眼神掠过两位儿媳妇，善意地点拨道："雇护工是潮流，是大趋势。"

全身麻醉使老头萎缩的脑部再受重创。三天后那道刀口康莲仍然不敢多看，刀口在老头身上，往外淌着水，他竟不喊疼。康莲从保温壶里舀出排骨汤，当她喂老人进食时，心悬得更高了。

她把一块炖得稀烂的肉往前送，老头张开嘴，不嚼不咽，睡着了。她把他叫醒，敦促他吃下去。她再喂一口鸡蛋羹儿，老头张开嘴，不嚼不咽，又睡着了。她眼也不眨地盯着他，他瞬间陷入昏睡，流出涎水。

过了几日，老头的精神总算好了些，然对骨折浑然不觉，跃跃欲试想下来走，把康莲惊出一头冷汗。护士听说后，用宽布带把老头的一只手绑在床栏杆上，说再乱动就错位了。失去了自由的老头依然要忍受酷刑——自己没力气，咳不出痰来，护士一来吸痰他就吓得全身乱抖，还有每次必遭围观的排便过程，儿女和护士把他围在中间，命令他深呼吸、使劲儿，人们咬牙切齿地喊号子，使得每次的排泄都悲壮无比。当秽物艰难地排出时，在众人的欢呼声中，老头的脸变红了，虚脱地喘着气，把自己的头埋进了枕头里。

看着公公的样子，康莲不免意志消沉，是的，人都会有这一天。说起来，公公一辈子没进过医院，最后却把什么罪都受了。

她时时想起那个神秘而又梦幻的词语。

广场上热衷宗教的老太太们，曾敏锐地发现了怨妇康莲并试图拯救她——这女人带样儿了，疲倦，烦躁，那眼神，受困的母兽一般。于是，她们热情地动员：要不，你也信主？康莲矜持地微笑，摇摇头。旋即又有一股势力围拢过来：要不，你也信佛？康莲依然礼貌地拒绝。

可是，神神叨叨的女人聊天时，一个特别的词语破空而来，释放出不属于尘世的耀眼光华，深深打动了她。那个词叫“往生”，死亡的另一种说法，却穿透深重的黑暗，击破内心的绝望，用缤纷美妙替代陌生可怖，是动感的、充满希望的、无比美好的起点，令康莲灵魂出窍，神往不已。

劝别人的话，往往连自己都不相信。但“往生”不一样，它飞离了尘世，像一颗清寂的星，悬于庸俗的话语系统不可及之处。

它高蹈，空灵，又那么慈悲。

照料老头时，她不由自主地念叨这个词。老头自然不懂，倒像是说给自己听的。她的心渐渐平静下来，死，就是往生，有什么好怕的？

调养了半月，老头终于开口说话了。这日吃过早饭，康莲喂老头吃药，老头看看药片，短促地说：“卡死。”康莲一怔，老头接着说：“吃药面儿。”康莲说：“药面儿苦。”老头坚持：“卡死，吃药面儿。”康莲只好把药片碾碎，从胶囊里倒出粉末，她皱起眉头，多苦啊！老头热切地望着药面儿，死命咬住勺子，舌头翻卷，喉结蠕动，顺畅地咽了进去。康莲往外拽勺子，老头还是死死咬住，康莲看着他，忽地感到一种力量，那是对生的热烈渴望。

眼看就快出院，晚辈们在一个淡金色的黄昏，聚在病榻前召开家庭会议，讨论特殊时期的照顾方案。妯娌王乐云从年轻就会玩儿、会享受、会打扮，如今快六十岁的人了，还是细高跟、小坤包，头发烫得蓬蓬松松。她生着一对吊眼，平时笑嘻嘻的，看上去挺喜兴。但多年相处，数度交锋，康莲早领教到，她王乐云是个寸土不让的厉害角色。

若按月份算，轮到老大家伺候了，但以责任论，继续待在老二家也合情理。谁也不切入正题，就听王乐云在尖着嗓子表白。她说：“一直加着小心，怕发烧，怕咳嗽，万没想到会摔着。说到底，年纪一大，骨头就糠了。”接着，她举出很多例子，谁他爹谁他娘都摔过，经她巧嘴一讲，似乎老年人不摔才稀罕呢。

她又把话题引向玄妙，挑着眉毛说：“蹊跷得很，刚给老太太烧过纸，老头第二天就滑倒了。”王乐云心气高，一辈子就爱跟别人比，决计不肯落下话把儿。相比之下，刘向前倒还实在些，压低嗓子说：“哥，你知道，我这边情况复杂。”

见他苦兮兮的样子，不要说亲哥，连康莲也心生恻隐。这两年，刘向前半老不老，人生角色从未如此繁复陆离，他是丈夫，是儿子的父亲，也是父亲的儿子，还是丈母娘的女婿，孙女的爷爷。

四代同堂的家庭里，老父亲享受不到专人伺候的待遇。孩子是中心所在，向下延续的爱才是无条件的，自发的，充满耐心，不厌其烦。人们各怀心事，叹息声此起彼伏。康莲注意到，老头刚才醒了，或许，是积淀一生如今仍残存少许的处世经验，令他感知到异样的气氛，他又闭上了眼睛装睡。这会儿，康莲倒有些羡慕他。类似的场面，她从心底深处发怵，又不得不硬着头皮上。貌似商量，暗里较劲，架势拉开了，每句话都暗藏机锋，显然预先设计和演练过数次，比演员的台词还精准凌厉。

见招拆招吧，看着可怜巴巴的向前，康莲说：“你哥要是不干了，我要是再年轻几岁，接下来最困难的几个月，倒也……”她没往下说，做出适当留白。

时光无法倒转，刘向群也不可能放弃私企的营生，每月领三百块钱的破产企业生活费，混不住啊。屋子里一片死寂，人们听见了彼此的呼吸声。

此路不通，王乐云另辟蹊径。她眨着眼，清清嗓儿，叫道："大哥，大嫂。"叫得拿腔作势，又绵里藏针。她的弦外之音是，甭管那么多，你是老大，你什么都应该，更何况，老头可是带工资的。

王乐云像许多聪明女人一样，兼有几种面目。时而大方大体，时而精明市侩，时而撒娇弄憨，总能恰如其分。她的笑也分好几种，因笑肌牵引走向的不同，传达出种种精微的感觉，或欢快，或嘲讽，或得意，或佯怒，无论如何，她一笑，康莲脊梁骨上就刮阴风。

在她的映衬下，康莲显得生硬、无趣、笨嘴拙舌、善良可欺。献丑不如藏拙，康莲索性不再接茬。

沉默相持，胜负难决。刘向群假模假式地去上厕所，冲妻子使了个眼色。两分钟后，康莲来到走廊另一头，黑着脸问："闹什么幺蛾子？"刘向群一脸严肃，说："向前有难处，真留在他家，老爷子完得就快了。"

康莲心中一软，几乎要妥协了，然而，这妥协的感觉是多么熟悉。她胸中涌起一股悲愤：凭什么？我干吗那么高尚？为何每次吃亏的都是我？这样一想，她的下巴扬起来，硬硬心肠，不就过去了。

刘向群叹口气，激动地说："你发现了没？咱爸到底是怎么摔倒的，他两口子到现在都没弄明白！"

关于摔伤，有好几个说法。刘向前说，老爷子去倒茶水根儿，不小心在下水道边滑倒。王乐云说，老爷子越老越财迷，爱乱捡东西，捡东西时跌倒了。来探病的邻居说，那天家里没人，发现时，都不知老头在院子里躺了多久了。

刘向群紧张地看着妻子，直到她缓缓点头才长吁出一口气。他连连作揖，康莲不理不睬，她走神了。

过往的岁月潮水般绵绵涌至。那老头是懦弱的老好人，甚至有点窝囊，一辈子就怕麻烦别人，羞于开口求人，性格拘谨，不识讨巧。那老头，她称呼他为父亲，已经三十多年了。

回到病房，两人一说决定，向来傲兀的刘向前赶忙说好话，说："让嫂子受累了，都知道你伺候得尽心。"王乐云故作踌躇，忸怩片刻，小声道："我听医生说，再过半月就能走了，跟从前一样。"刘向前责怪地瞪她一眼，康莲冷冷地说："半个月会走，你做梦去吧。”

太阳往下一掉，病房里的阳光倏然消失，夜色降临，毫无迟疑。老头的眼皮悄悄地掀开了。康莲望着窗外，说：“都嫌他是个傻爹，其实他什么都懂。今天这出戏，真该回避回避，换个地方演。”

四

老头瘦得只剩一副骨架，身子又死沉死沉的。刘向群叫了几个小伙子帮忙，喊着节拍把他抬到楼上。这场景触目惊心，又透出一股巨大的悲凉，令人心情沉重。数年前，老头身材高大，有厚实的肩膀和修直的长腿。楼道的窗户开着，秋风往里灌。外头，梧桐树半黄不绿的叶子打着旋掉落下来。

老头落了炕，这是最恶毒的命运，人人避如蛇蝎。以前，老头时常忘记冲马桶，康莲捂着鼻子让他冲，他要面子，辩解说根本没变色，为了省水才不冲。现在，他早晨佩戴尿不湿，下午换尿裤子，夜里戴上接尿器。他失去活性的皮肤极易发红破皮，康莲细心地在接驳处垫上软布。以前，老头喜欢重复发问，令康莲不胜其扰。现在，他总是沉沉昏睡，叫醒了，犯了错般讨好地笑，蜷缩在轮椅里，习惯性地摸袄角，一遍一遍地摸。两人相对无言，像囚在一起的哑巴。

每日里，他享用阳间的饭菜，维持肉身的代谢。装老的衣服已置办好，外套是宝蓝色的软缎，饰有复杂的盘扣、金黄的菊花纹，内衣是纯棉的，袜子、手帕、元宝也一应俱全，妥帖地收在衣橱里。为他体面地离去，万事已俱备。

有好几次，康莲忍不住对丈夫说，如果有一天，我傻了，脑子浑了，瘫在床上了，自己不能为自己做主了，你能不能替我办件好事，别让亲戚医生护士摆布我，拔了管子出院，停掉一切药物，让我死得好看些！丈夫要么无话，要么搪塞一句，咱俩谁先走，还说不定呢。

十一月初，小城迎来了今冬的第一场雪。康莲推老头来到阳台上，他眯着眼睛向外看，丰满的雪花正悠然飘落。

他似乎记起什么，说：“下雪了，把牛牵进来吧，煤球也搬进来。”康莲假意应承：“好，我去牵牛，我去搬煤球。”他又说：“娃娃。”康莲把箱子递给他：“在里面。”他满足地点点头，怀抱着箱子，静静地看雪。他来自于 20 世纪 30 年代，遥远而苍茫的三十年代，也像被厚厚的白雪覆盖着。近年来，老头同龄人的死讯纷至沓来，癌、心梗、脑溢血、糖尿病，在雪片般纸钱的飞舞中，在亲人拍着大腿的号哭声中，世界失去了他们。

天色渐晚，灯光在夜色中柔柔地晕开，雪后的北方小城显得含蓄而沉静。康莲走到窗前，细声细气地说："该吃饭了。"他指着她，忽地冒出一句话："你对我这么好，你肯定是我娘。"他响亮地，自信地，冲着面前的女人叫了一声："娘!"

暖气片上的蝴蝶兰开得正盛，秀挺的茎条上抽出玫红色的朵瓣。窗子一角放着水仙，散发出冷幽的香气。白雪反射出银亮的光芒，照耀着他稀疏的头顶，他歪着头笑，极力表现得乖巧些。

听他喊娘，康莲本来是要笑的，可头皮一麻，鼻子酸酸胀胀的，没笑出来。

第二天，气温骤降，空气干冷。康莲拿出两床棉被，对老头说："今晚加被子。"老头的眼神落在柜中的寿衣上，他问："是什么?"康莲想了想，说："新衣服。"老头眼里闪过一丝光亮，喃喃道："新衣服。"

渐渐地，老头能依靠助行器挪动脚步了，刚开始康莲把手放在他腋下撑着，最近几天，老头扶着墙就可独自活动。这个晴朗的早晨，老头贴住墙根，双脚搓着地往客厅里走。康莲心想，或许，最艰难的日子已过去。

借着明丽的晨曦，她久久端详着镜中的自己，她看到鼻子两侧和嘴角下面，四道不怀好意的皱纹更深了，像铅块一样把脸死死往下拉。这张垮掉的脸，耷拉着的嘴角，令她明朗的心情复又雾气缭绕，什么希望，什么未来，都被洇湿了。这样的日子，啥时算个头?

了断他?解放他?她忽然走上前去，推了他一下。老头惊叫着，五官因疼痛虬曲在一起。她心底升腾起一股快感，冷冷看着老头，老头扶墙而立，卑下而不知所措地笑。

半天，她把他扶到沙发上，说，别怕，别怕。老头缩着脖子，奋力敛起自己的身体，似要变小了，化成尘埃，直至消失。

她和他，两个老人，两败俱伤。

晚饭时，康莲对丈夫很冷淡。刘向群觉出气氛有点怪，不住地觑看妻子，灯下，她垮着一张脸，怨气在脸上凝成一层土锈色，他等着她说点什么。

饭后，刘向群来到厨房洗碗，康莲跟过去，盯住丈夫的后背说："我不想被夺奖，也不怕被雷劈，我恨不得他死，或者我死。”

话是狠话，却说得低沉哀怨，声音像从深渊里传过来，带着回音儿的。康莲接着道：“上个月，我第一次打他，是因为他把刚换上的棉裤尿湿了。旧棉裤拆了、洗了，絮上新棉花重新缝好，又晒暄了，晒暖和了，我花了一星期的工夫，他几秒钟就尿湿了。我打了他，我有罪。”

刘向群心里一阵刺痛，他停住手，转过头来，说：“爸总这样活着，他也有罪。”

他半是抚慰半是表决心：“老太婆，明年我不干了，咱俩一块儿伺候吧。”康莲摇摇头：“厂子效益正好，你又喜欢在外面跑。”刘向群低声道：“我老了，也不愿跑，想趁跑得动给家里攒钱。爸半死不活的，你又有病，我人在外头，手机一响心就慌。我后悔啊，谁让咱觉悟得太晚。”康莲抚着他腮边冒出的须根，酸楚地说：“悔什么？风光不风光，得志不得志，都不重要，你的身体最重要。”

此为他俩的痛处。年轻时不屑于闻屁舔痔、钻营聚敛，到老才知道，家底薄心里就慌。生活的平和下埋伏着隐忧，剧烈的刺激则在一个夏日的傍晚霍然降临。那晚，两人仪容松懈，摇着蒲扇在路边纳凉。忽地停住一辆锃光瓦亮的黑色轿车，走下来一个人，从容地向他们微笑，竟是旧相识。来人面色红润，身着剪裁良好的格纹衫。言谈中，他数次强调，这年月，谁还靠工资啊。不经意间又透露出，他手里有铺头有生意。夫妻俩面面相觑，一时间竟有了末世遗老的感觉。康莲笑容僵硬，唯唯附和。刘向群如遭雷击强作镇定，赔笑着道：“留个手机号吧，以后常走动。”老相识装模作样地记，实际乱按一通，根本没记下。轻慢和鄙薄，都在动作里了。刘向群顿觉腰一软，他死命拽着宽松变形还有几个破洞的棉背心，似乎闻到一股酸臭味。内心的剧变终于到来，他失眠了几个晚上，决定找熟人牵线去私企。他像小伙子一样对妻子说，我要搏几年，时代变了，社会变了，留州越来越像大城市了，不搏不行了，不能只追求小农生活。他的名片上印着销售经理，这样的经理，厂里有几十个。主销土工材料，跟傲慢的工程二包、滑头的中间商打交道，去掉几层皮才是赚头。销售额和回款每月都有硬指标，精神压力大，但只要跑成一单，收入就颇可观。他憋着劲儿挣钱，家里的担子便落在康莲肩头。康莲时常想，忘了从哪天开始，她身处的这座小城市也变了，人们都特别需要钱，特别喜欢买东西。她说，依我看，用不了几年，我们这里也快成深圳了。夫妻俩互相倒苦水，也体谅着对方的坏脾气，只为手里攥住钱的那份踏实。

过日子，就是你哄哄我，我哄哄你。这晚，刘向群低声下气，还用双手拿住她的一只手，去掴自己的脸，问："解恨吗?"他真用劲儿了，康莲来不及缩手，啪的一声响。

她嗔怪地看着他，说了一句软和话："我憋屈得慌，都是气话，别当真。其实你也不容易，动不动就坐一夜的火车。"

大部分时候，她有能力调节自己的情绪。老头是她的一粒赘疣，一处增生，一颗粉瘤，已经长死了，和血脉连成一体。在内心最幽深也最脆弱的地方，当恶念像幽蓝色的火苗往上蹿时，她自卫一般，在乾坤朗日、明月清风之下，浇灭它，踩息它。

刘向群继续安抚，提议道："等天气暖和了，晚上我看护，你出去放放风。"康莲腾地坐起来："我不怕冷，你不说还好，你一说我心里就痒。"她瞥见老头，神色黯淡下来："可惜咱住楼，不然，也能推他出去转转。"刘向群心中一动，试探着道："人活着，不能总不着地。年底奖金发下来，咱买座平房小院行吗?"康莲说："怎么不行，这石灰盒子早住厌了。"刘向群放了心，催促道："走吧，下去转悠转悠，跟老娘儿们多玩会儿!"

康莲下楼了，她听见了自己的心跳声。夜风清凉，广场上灯光通明，有跳舞的、踢毽子的、打太极拳的。她专往人多的地方凑，听人家聊什么都觉得新鲜，所见的脸孔无不可爱。

人们记得她，友善地点头致意，哦，是这个女人，一朵憔悴的苦菜花。她上过班，有文化，爱脸面，端庄人妻，孝顺儿媳，能将牢骚和怨气控制得很好。

"是康莲哟，好些日子没见了，"李汉庭徐徐走过来，掐指一算，"哎呀，三个多月。"老李客套几句便谈起老头的骨折，他一脸诡秘之色，说："行动不便是好事。"接着，他问女人："下大雪那天，还记得吗?"康莲点点头，她想起公公看雪的样子。

老李神色凝重地讲起雪夜的故事。主人公叫老谭，也是阿尔茨海默氏症，提前喝下了孟婆汤，但心肝肾这些大件没问题。老李说："老谭的女儿是好样的，一个大学教授，为了伺候老爹提前内退，一伺候就是七年。老谭可真不省心，下雪那天跑了，家里人出去找了半夜，等找到他时——"老李顿顿，倒吸口气，"啊呀，老谭直挺挺地站在河边，身上全白了。”康莲问：“人完了?”老李答：“冻透了，没救过来。智力不如猫狗，腿脚却利索，说不清会出什么事，淘不完的神哪。”

初冬，夜空明净高远，清冷的月光流了一地。此种幸运，她羞于仔细分析，也不敢尽情体验。

五

几年来，每逢农历新春，康莲都为老头定做新装，一身挺括的中山装。老头是解放前参加工作的老革命，一辈子制服洋褂，板板正正，气气派派。村口树下的妇女们经常议论，说他是个爱美、爱干净的男人。康莲印象最深刻的是，他有一条驼色带穗绦的长围巾，从胸前随意地往肩上一搭。他个子高，膀臂宽，标准的衣服架子，又兼四方大脸，鼻梁高挺双目有神，有一种老派的英俊。他推着大梁自行车，走在秋天高朗的天空下，像从电影和油画里走出来的人物。

岁末，康莲把女裁缝请到家里。康莲架起老头的胳膊，女裁缝甩开皮尺，一捋，一掐，摇摇头，像在自说自话：“身量缩了不少，今年是个槛儿。”送走裁缝，看着呆滞的老头，康莲自言自语道：“明年八十六，多吉利的岁数，闯一闯把年关过了吧。”

日子一天天流向春节，老头的健康状况并未好转，一种不安的气氛开始在空气里潜滋暗长。老头白天昏睡，夜里睡眠浅，醒了见窗外有光就去砸卧室的门。刘向群迷迷糊糊地起身，责备道：“三更半夜，起来干吗?”老头一脸无辜，说：“天亮了。”刘向群强忍困意，急吼吼地说：“才两点，是路灯亮，是过大车呢，车灯一闪一闪的。”他为老头脱去衣服，命令他继续睡。康莲也醒了，她悄悄来到老头门口，发现他躺在床上，双目圆睁，像两口干涸的古井。她心里惴惴的，这样下去，怕是要出什么事啊。

就这样，他再也分不清黑夜和白天。他身上散发出老人特有的腐肉气味，晨昏颠倒，饮食无味，只在吞药面儿时咂咂嘴。生命中重要的收放亦不受控制，失禁和干结戏剧性地轮流造访。他的魂灵似乎找到一个出口，先期去了另外的世界。他干抽抽、轻飘飘的，忘记从哪天开始，刘向群抱得动他了，像抱小孩一样，在轮椅和床之间抱来抱去。

又过了几日，老头开始拉稀，输液输了几天也不见好，便有人隐晦地提醒，这是在清肠。他的呼吸变得很轻，漏气了，屎尿都拢不住。他的肚子塌成一个坑，胯子骨如一把薄刃般立在身体上。康莲不得不承认，老头的日子不长了。丈夫的话入了她的心——人活着，不能总不着地。她盼望老头活过年节，也盼望丈夫年底领回绩效奖，明年开春他们去挑选一户平房，不用太大，有个小院落就好，让老头在院子里呼吸呼吸新鲜空气，晒晒太阳。

转眼步入腊月，年味扑面而来。腊八这天，女裁缝送来新上衣。老头一试，贴身可体。裁缝拔脚便要走，康莲让了让，裁缝说不坐了，一摊子事等着呢。这时，老头嘴里叽里哇啦的，裁缝瞪大眼睛，康莲解释道："他这是留你吃饭。"裁缝略一迟疑，笑着说："心领了，真是个仁义老头。"

叠好新装往衣橱里放时，康莲见到了寿衣，刺了她眼睛一下。她心里一阵不舒服，把新外套压在寿衣上，用力一按。老头的眼睛瞄过来，目光迷惘，他一句话也不说了，只是喘气。对他来说，活着真像一个诅咒。

那些脑子清楚的老人，深知每天早晨如常醒来，都是捡来的。他们对自己的后事不再避讳，用一种积极、虔敬而完美主义的态度迎接备办着。康莲的外婆说过，人一辈子坐两回轿，结婚时坐红喜轿，死了坐棺罩帷的轿，尤其白事上，不能抠抠搜搜、手忙脚乱。外婆是有点仙气的，忽地有一天，她神秘地说，灯快灭了，我要走了。从那天起，她一心一意为自己操心，寿衣是手工缝制的，针凿精细，里三层，外三层，实实在在的六套衣物。布料预先过水、展平、晾晒，成品散发着棉布淡淡的清香和若有若无的阳光味道，像一层层肌肤般温暖、光滑、服帖。最里面的一层，袖口打着优雅而隐秘的褶皱，宛若年轻公主的亵衣。寿鞋上绣着朵朵莲花，那一日，将脚蹬莲花而去，外婆是多么坦然、安心、欢喜、完满。康莲望着老头，他已经老到即刻死去儿孙也不会真心悲痛了，却还在活。

她不愿再往深处想，逃开他，躲进厨房。早晨泡上的米豆已涨鼓鼓的。她用大火烧开一个滚，又调成文火，让坚硬顽固的种子慢慢地熬。

粮食的香气弥散开来，她鼻孔一张一合地深呼吸着。老头什么都闻不到，木然而坐，体臭浓烈。他咳出一口痰，又顺势咽下去。他的颧骨暴烈地往外突，左边比右边略高。他的眼珠昏暗无光，眼袋异常肥大。这是一张陌生的脸，完全走了样。进入暮年之后，在特定时刻，老头的面庞会绽放出短暂的光彩。那是大年初一上午，侄子、外甥从十里八乡赶来，欢聚一堂。老头端坐在上座，接受着晚辈浮泛的尊敬。席间，人们预言他活过一百岁，循例说着“红光满面”之类的吉利话。人情通达的亲戚，也不忘为康莲表功，赞美她“伟大”云云。老头存在着，使拜年有了必要性，团圆二字实至名归，交往和走动师出有名，父慈子孝，家族之树葱郁繁茂枝叶纷披。

烦恼自然难以启齿，苦楚只能心照不宣，捂得严严实实，小心不可捅破。显然，老头已跟不上酒席的拍子，他的眼神惊虚虚的，应景的笑容不时闪过一丝软弱，偶尔简短问答却毫无底气。他多礼了，其实他只需静静端坐，就为节日增添了喜气、和美和幸福。人们渐渐生出美好的错觉，他和蔼、慈祥、睿智，历经沧桑，笑意淡然，高寿更使他具备了神奇的力量，仿佛在暗中庇佑着后代的生计和前程。终于，人们闹哄哄地聚完了。作为虚幻的大家长，他完成任务，疲惫地回到沙发上，犯困，打瞌睡。他热爱垂下的窗帘，昏暗的光线掩护了他，沙发的坑窝妥帖地包裹臀部，令他觉得柔软、安全，像洞穴，像母亲双臂围成的圈，箍牢了他，不撒手。

团聚宴即将到来，老头的脸上还能像往年一样绽放光彩吗？

晚上，刘向群回到家，见茶几上放着一碗八宝粥，冒着热气呢。康莲接过丈夫的羽绒服，说：“冰天雪窖地跑了一天，先喝碗粥。”她转身走向厨房，刘向群注视着妻子的背影，在黄昏黯淡的天光里，她的白发分外触目。几年前，她曾懊恼地说，头心儿那钻出几根白头发，让他帮着拔掉。她有一头乌黑油亮的好头发，内心很引以为傲，也爱惜了半辈子。可如今，头发已全然灰白，一根一根，像秋后的干萝卜缨子，又经了霜打，干巴巴的，带着一股萧索气。她的背也驼了，两根骨头变了形，令人心酸地弯着。

刘向群打定主意，再赚钱明年也不干了，回家安心守着父亲和老伴儿。

寒冬的夜晚，刘向群仿佛卸去重负，睡得格外踏实。同样在这个夜晚，康莲被接神的鞭炮声惊醒。她一阵胸闷心慌，小腹胀胀地，看来又要起夜。

她拧开门锁往卫生间走，黑暗中，她猝然一惊。沙发上坐着一个人，石雕般一动不动。苍白的月光打在他脸上，他眼神放空，面无表情，身上穿着宝蓝色的寿衣，荧荧地泛起绸缎的幽光。

她的腿像煮烂的面条一样稀软，身子委在冰冷的地砖上。衰竭从心口传导过来，疾如闪电，后背和肩膀针刺般地疼。

她的眼皮沉重地往下垂，在若明若暗的缝隙里，她看到了逝去的父母。母亲死前瘫痪床褥多年，零零碎碎地受苦，内心羞惭悲痛而口不能言；父亲的逝去则被人津津乐道，他前晚吃下一大碗肉，翌日清晨，母亲发现他已停止呼吸，面色安详毫无痛苦挣扎的痕迹。他一夜中泅渡漫长黑暗的生死间的苦海，生命虽戛然而止，但人们对好来好去的艳羡掩盖了他暴毙的实质。亲人纷纷赞叹，有福气，老康是前世修来的。想到父亲，她四肢舒展，放松的脸上自然地浮现出一抹笑意。她的身体感受到一种前所未有的轻盈，像是，到家了。

烟花在窗外粲然绽开，又瞬息寂灭。此时她无比想念女儿。这几年，她和女儿见面的次数很少，好的时候一年两次，更多的是一年见一次，来去又匆匆。她看到远方的女儿抱着外孙，外孙的手臂像莲藕一样圆润白嫩。她即将离去，她因而无比欣慰，真心实意地为女儿感到高兴。她是个老人了，能为孩子做的实在不多了，要么健康，要么速死。

她还有最后一丝意识，她想告诉穿寿衣的人，你叫刘长瑞，刘长瑞，刘长瑞。她想带他走，一同往生极乐。她是老头跟这个世界的唯一联系。在他斑驳的记忆和狂野的虚构中，有时，她是初恋情人，在老家的乡间土墙上写情书示爱的热烈女孩；有时，她是姐姐，省下自己的半勺麻汁浇到他面碗里的姐姐；更多的时候，她是他的母亲，即使他神憎鬼厌，依然无条件爱他、永远把他当成一朵花的母亲。

一切都快要结束了。她闭上眼睛，听到丈夫慌乱的脚步声，接着闻到药丸熟悉的气味，苦而凉。她瘫在丈夫怀里，听到他喊，你得活着，你得活着。恍惚间，遥远的天空中仿佛也传来恶作剧般的叫喊声，让她活着，让她活着！她接上了一口气，悲喜交加，原来，还是走不了，还要熬下去。熬下去。

杨争光

1957年生于陕西省乾县，1982年毕业于山东大学中文系，长期从事诗歌、小说、影视剧写作。现任深圳市文联专业作家，深圳市文联副主席，深圳市作家协会副主席、影视家协会副主席，中国作家协会会员，中国电影家协会会员。著有《土声》《老旦是一棵树》《黑风景》《棺材铺》《越活越明白》《从两个蛋开始》《少年张冲六章》《公羊串门》等一系列优秀小说和十卷本《杨争光文集》。担任《双旗镇刀客》《杂嘴子》等多部电影编剧和电视连续剧《水浒传》编剧、《激情燃烧的岁月》总策划。

公羊串门

几只鸡正在村口觅食，灵巧的嘴不时啄几下，不知啄到了没有。大概没有，因为它们只是啄，并不仰起脖子来。一只公鸡突然伸开翅膀，向一只母鸡紧挨过去。母鸡趔了一下，意思很明显，它这会儿不想。但公鸡想，所以，公鸡并没有因为母鸡趔了一下就不挨了，它拉着一只翅膀，一次次挨着，死乞白赖的。

王满胜和他家的那群羊就是这时候走过村口的。羊们悠然自得的蹄脚搅扰了公鸡。它跳开了，收住翅膀，诚惶诚恐地看着那群羊。

领头的是只公羊，犄角上挂着红绫，很耀眼。还有一只铃铛，在脖子底下吊着。它扬着头，一副神高气傲的样子。它的神气完全来自它良好的自我感觉。它很重要。它不但是公羊，而且是种羊。世上的公羊很多，可种羊就难得了。它是种羊。

王满胜跟在羊群的后边，腰里系着一截草绳。不是系不起麻绳或者皮带，也不是舍不得，而是因为习惯。草绳有草绳的好处，断了就扔掉，再编一条。你每天在山上，羊一吃开草你做啥？吼歌？吼歌又不妨碍编草绳。所以，王满胜从来都系草绳。他三十多岁，粗糙的脸褶里扑着尘土。胡茬儿上也扑着，呈颗粒状，如果染成红色，会以为那里挂着的是酸枣或者枸杞豆。他迈的是八字步，背着手，攥着一根拦羊鞭。“回来了？”“噢么。”他边走边和几个村人打着招呼。

很快就到家门口了。再走几步，他的羊群就会从他家半开的门里拥进去。可是，那只公羊站住不动了。王满胜有些奇怪。他看见公羊支棱着耳朵，在听着什么。他也支棱起耳朵。他很快就听见了几声母羊发情的叫唤。是邻居胡安全家的母羊。肯定。再看他家的那只公羊，分明已经心猿意马了。它不愿进门。

王满胜很果断，扬起手中的拦羊鞭，在空中抽出一声脆响，鞭梢从公羊的头顶上掠过去。公羊打了一个激灵，贼一样从门里钻进去。

狗日的想吃野食。王满胜骂了一句。

王满胜端起老碗开始吃饭了。他把嘴放在碗沿上，一转，就发出一串长长的吸声。他感到那一口温热的钱钱饭像小鱼一样，通过喉咙和食道，一头撞进了他的胃里，停在里边的某个部位，温柔地动弹着。“噢，”他说，“日他妈舒坦，噢。”他说。他不再吸了。他把老碗放在了石板桌上，似乎要好好享受那口钱钱饭在胃里轻轻动弹的滋味。然后，他给婆姨说：

“胡安全家的母羊寻羔哩。”

“噢噢。”他婆姨说。

他说：“你没听见?”

他婆姨说：“这会儿好像不叫唤了。”

他斜了他婆姨一眼，说：“它又不是机器，还能不停地叫唤?”他感到他婆姨很无知。他端起老碗又要吸了。他刚把嘴唇挨上碗沿，就发现他家的那只公羊不见了。他往羊圈里看了一眼，没看见那只公羊。他立刻产生了一种不好的感觉。“狗日的。”他骂了一句，放下手里的碗，从圈墙上取下那根拦羊鞭，风一样从门里吹了出去。他很有把握地推开了邻居胡安全家的门。

王满胜家的公羊早已骑在了胡安全家的母羊身上，两条后腿像弓一样绷着，屁股像一台小发动机，突突突抖着。红绫子闪着，铃铛响着。它正在使劲出力。王满胜急了，当然不是因为他家公羊犄角上的红绫和脖子上的铃铛，而是因为公羊运动着的屁股。他看得很分明，他家公羊的屁股再这么运动一会儿，就会产生重要的后果。他不能让它运动了。他晃着拦羊鞭，朝胡安全家的羊圈走过去。

胡安全蹲在羊圈跟前，很有兴致地看两只羊交欢。他看见王满胜走了过来。

他说：“你家公羊串门来了。”

王满胜说：“狗日的吃野食!”

王满胜的拦羊鞭刚举起来，就被胡安全拦住了。“哎哎还没成哩。”胡安全说，

"你让人家把事做完嘛。"又说，"你不能动不动就用鞭子抽啊。"王满胜说我要抽。胡安全说要抽也不能这会儿抽。王满胜就要抽。胡安全说你和你婆姨正做好事谁突然抽你一鞭子你会是个啥感觉？这时候抽说不定会抽出病来的，以后再做不成这号事咋办？王满胜觉得胡安全的话有道理，就收起拦羊鞭，说，不抽就不抽，要配种把你家母羊拉到我家去。胡安全说，人家正在好处哩你非要人家挪个地方这不是成心折腾人家吗？你和你婆姨正做到好处，硬要你挪个地方，你想想。王满胜说这才叫奇怪哩你非要把羊和我拉到一起比。胡安全说那就和我比，我和我婆姨正做到好处就是皇上让我挪地方我也会往他脸上吐的。你看，你看，这不成了。

确实，两只羊好事已成。公羊的屁股一阵迅速的抖动，然后，从母羊身上溜了下来。母羊歪过头，用嘴在公羊身上挨了几下。胡安全一脸笑，走到他家的母羊跟前，说：行了行了别骚情了。又给王满胜说：行了行了你把你家公羊拉回去。他看王满胜没有走的意思，又说：我家母羊寻羔寻了几天了，你家公羊真是个公羊，不打招呼就窜进来，一进来就搞上了嗬嗬嗬嗬。胡安全说话的语气和神态似乎比他家的那只母羊还要舒坦。胡安全还说了许多话。后来，胡安全就看着王满胜，一个劲儿地嗬嗬。他不提配种费。

回到家，王满胜把那只公羊拴进了一个独立的羊栏，他抡起羊鞭，朝公羊狠抽了一阵子。每挨一鞭，公羊就会跳一下，然后，就直眼看着它的主人，一脸的迷茫。它不知道它为什么要挨这一顿鞭子。

但配种费是不能不说的。

几天以后，王满胜和胡安全在他们各自家门外的茅厕里相遇了。那时候是清早，他们都站在茅厕里撒尿。

王满胜咳嗽了一声。

胡安全叫了一声满胜哥，说："我服你家的公羊了，一次就解决了问题。每天早上我都要去羊圈里看一眼，刚才也看了。我家母羊不叫唤了，卧在羊圈里，安静得像个菩萨。"

王满胜说："我家公羊配种从来都一次成。"

胡安全说："是的是的，我心服口服。"

胡安全系着裤带要回去了。王满胜哎了一声，他也系好了裤带。他走到胡安全家的茅厕跟前，说："我家公羊不能白出力气。"

胡安全把眉毛往上挑了一下，说："你这话是啥意思？"

王满胜说："我家公羊配种收费，这你是知道的。"他跟在胡安全的屁股后边，进了胡安全家的院子。

他说："我也不是非要今天让你给钱。你要是手头紧，缓几天给也行。"

胡安全的脸阴了下来，说："我家母羊寻羔是事实，可它没寻到你家去是不是？是你家公羊找上门来的，你让我出钱有些说不过去吧？"

王满胜说："听你的意思，配羔钱你是不想给了是不是？"

胡安全说："不是不想给，是给了不合适，旁人听了会笑话我的。我家母羊让你家公羊弄了，我还得掏钱？"

王满胜说："你给不给？"

胡安全说："问你家公羊要去。"

王满胜知道他要不到钱了。他低头想了一会儿，然后转过身，向胡安全家的羊圈跑过去。等胡安全醒过来的时候，他家的母羊已挨了王满胜重重的一脚。又一脚。又一脚。每一脚都踢在了他想踢的地方。

王满胜朝外走的时候被胡安全挡住了。胡安全和他婆姨把王满胜压倒在他家的院子里，扇肿了王满胜的嘴。

王满胜没有回家，他去了村长李世民的家里。李世民给他倒了一杯水，说："啥事？"王满胜努力想了一阵，说："我先喝口水。"他喝了一口水。李世民说再喝再喝。王满胜说不喝了我就喝这一口。然后，他给李世民说了他家公羊和胡安全家母羊的事。

他说："我家公羊给他家母羊配了羔，我收钱该是天经地义的吧？他胡安全不但不给钱还扇我的嘴你说咋办？"

李世民说："你想咋办？"

王满胜有些惊异了，看着村长。村长说你别这么看我你一来就给我提了一串疑问号我才给你提了一个你就瞪眼。

王满胜说："反正这事你得管。"

李世民说："管么管么，交公粮收款修路出公差给女人戴环你说我啥不管？管啥我都能想到，就是想不到连公羊给母羊配羔的事也得管。”

李世民让王满胜先回去。李世民说你把你的嘴赶紧治理治理，这么肿着太难看，说话吐字也不清，听得我难受，费耳朵。

王满胜等了好几天，又打问了几个人，才知道李世民压根就没去找胡安全。他很生气，又找了一次李世民。

他说：“你把我的事放在后脑勺上了是不是?”

李世民在后脑勺上拍了一下，说：“就是就是不管在哪儿放着总还是放着哩又没丢。乡上来人搞计划生育我领着抓了几个妇女你没看见？还要找你婆姨哩。”

王满胜说：“我婆姨戴环了。”

李世民说那也得看看环还在不在要是掉了和没戴一样要重新戴。王满胜说你别打岔你说我的事。李世民说你婆姨的环也是你的事。王满胜说你不管我的事我就让我婆姨取环我让她生一群娃。李世民说你敢，你再生一个我就把你家的羊全拉走。王满胜说你不管我就去乡上法庭告状打官司。李世民说哎你这主意不错去法庭也许是一条正路。

王满胜真到乡上的法庭走了一趟，然后又进了李世民家。

李世民说：“告了?”

王满胜说：“告个屁子。驴日的法庭嫌事情太小，不管。我说难道要出了人命再管不成？难道让胡安全把我打死了再管不成？法庭的人不说话，光给我笑。驴日的法庭。”

李世民仰着脖子笑了。

王满胜说：“你还笑啊!”

李世民又笑了一阵子。李世民说你回吧我晚上就去胡安全家。

李世民让胡安全拿两块半钱出来。李世民说：“就算满胜家的公羊是串门，可你家母羊怀羔了所以你要拿钱。就因为满胜家的公羊是串门，所以只给你要一半钱。”又说：“你打肿了满胜的嘴我不处理你了。”

胡安全拿出了两块半钱。

王满胜不同意，非要五块钱。李世民说，你好好的啊。又说：“我不出面你连一分钱也要不到说不定嘴还要肿。”王满胜说就因为打肿了我的嘴我咽不下这口气我要受疼钱。李世民说："嘴是肉长的不是泥捏的肿了还会好的不是？疼当然要疼可疼是当时的现在不疼了不是？还疼不？还疼就让婆姨晚上给你舔舔。"李世民把钱撇在王满胜家的炕沿上，背着手走了。王满胜想追出去，被他婆姨拉住了。他看着他婆姨。婆姨给他笑了一下。为了公羊的事，这些天他一直没动过婆姨，虽然他婆姨是那种热爱男人疼男人的女人。

王满胜说好吧好吧就算他李世民说得有道理。他婆姨就收起了炕沿上的钱，往炕上铺被子。他们睡了个好觉。

第二天清早，王满胜出门去茅厕撒尿，又一次和胡安全相遇了。胡安全也在撒尿。他们能听见对方撒尿的声响。他们一个不看一个，说了几句话。

胡安全说："满胜哥，昨晚可睡好了？"

王满胜说："一倒下就睡过去了，踏踏实实的，睁眼就到了天亮。"

胡安全说："都是那两块半钱的作用。"

王满胜说："没错没错。兜兜里少了两块半钱，你睡得可踏实？"

胡安全说："开始的时候不踏实，在炕上翻来倒去的，后来又踏实了。我家母羊怀了羔，我又扇了人的嘴，两块半钱不算多。"

胡安全提着裤子走了。王满胜家的那群羊也从他家门里拥了出来，打头的依然是那公羊。王满胜的婆姨把拦羊鞭和干粮袋递给王满胜。王满胜表演一样，用拦羊鞭甩了一声脆响，跟在羊群的后边，上山了。

那时候，王满胜和胡安全都没想到他们还会发生事情。

胡安全家的母羊落羔了。胡安全蹲在母羊跟前，半晌没吭出声气。母羊卧在羊圈里，腿上粘满了血糊糊的脏物。

两个村民和胡安全蹲在一起，表情和胡安全一样沉重。他们想安慰胡安全几句。

一个说："白出了两块半钱。"

另一个说："那天我在窑背上看得清清楚楚，王满胜在母羊肚子上踢了几脚。当时我就想，这羔配不住了，配住了也得落羔。"

又说："李世民能断个毬官司。公羊要是个人会是个啥情况？要判强奸罪。"

胡安全听不下去了。他蹭一下站起来，很快出了村，上山了。他要找王满胜。

他想把王满胜的嘴再一次扇肿，然后再和他说母羊落羔的事。但他很快又改变了主意。他一翻过沟坎，就看见了王满胜家的那群羊。它们正在吃草，散乱在沟坡上。然后，他就看见了那只公羊，就改变了主意。那时候，王满胜躺在一块石头跟前，好像睡着了。胡安全从他身边走过去，径直走到公羊跟前，抱起了它。

公羊的叫声惊醒了王满胜。胡安全抱着公羊已走远了。王满胜愣了一会儿，然后就失声了。他跌撞着追过去。本来能追上，可他太急了，脚不稳，从沟坡上滑了下去。等他从坡底爬起来的时候，已找不见胡安全的影子。他没再追，因为他还有一群羊在山上。

三天以后，王满胜又一次敲开了村长李世民家的门。

王满胜说："我恨不得咬他驴日的一口。他家母羊落羔了硬说是我踢的，要我赔两只羊羔的钱。我跟他磨了三天嘴皮子，我没办法我只能找你。"

李世民说噢噢你先回去。王满胜不回。王满胜说："胡安全把亲朋好友都发动起来了，满世界找发情寻羔的母羊让我家公羊配哩。"

李世民说："是不是？"

王满胜说："赶紧你赶紧。"

李世民边够鞋边说："狗日的胡安全亏他想得出来。"他觉得事情变得有意思了。

胡安全家的院子变成配种站了。那只公羊骑在一只母羊的脊背上，很卖力地工作着。母羊的主人在口袋里摸着钱，准备给胡安全付账。还有几个人各牵着一只母羊在旁边等候着。

配过种的顾主拉着母羊要走了。胡安全边装钱边说："给你们村的人宣传宣传，母羊寻羔就往我这儿拉，配一个三块，童叟不欺。下一个——"

下一个主顾磨蹭了一会儿，似乎不愿意把母羊给公羊跟前拉。他说："胡安全你怕是过高估计了你的公羊了一天配这么多就算它能撑住可它有没有那么多东西？"胡安全说："不多不多你这是第三个配不上我给你退钱你怕啥？"

在场的人都看着那只公羊。他们都以为它不行了。可是，他们很快就知道他们错了。那只公羊先用鼻子在母羊身上蹭了蹭，也许是闻到了什么气味，也许是好事做红了眼，它突然一用力，跳起来，把两条前腿搭上了母羊的脊背。"噢！"他们都发出来一声惊呼。

胡安全说："牛皮不是吹的，火车不是推的。今天我打算让它配五个。"

他们又发出一声惊呼。

胡安全说："我要试试。我想看看一只公羊到底有多大的能耐。"

但公羊的后腿明显不如前一次有力了。

胡安全说："这是正常情况。好像你们没做过这号事一样。让你们连做三次，看你们的腿打抖不打抖。"

王满胜和村长李世民就是这时候从大门里走进来的。王满胜一眼就看见了他家的那只可怜的公羊。他撕心裂肺地叫了一声，要扑过去，被李世民抱住了。

王满胜说："他会累死它的!"

他痛苦地吼叫着，要从李世民的胳膊里挣脱出来。他要和胡安全拼命。李世民更紧地抱着他，说："你往石墩上看——"

院子里有个石墩。石墩上放着一把杀猪刀。胡安全在石墩跟前蹲着。

李世民说："你扑着扑着挨刀啊?"

王满胜立刻安静了。他想抢救公羊，但更怕挨刀，所以，他站着不动了。

可怜的公羊，它在出着大力。

王满胜给拉着母羊的人说："求你们了，你们走吧。他想把公羊往死里整。"

胡安全说："你把我看扁了。整死公羊我拿啥挣钱？我不过是想多配几个，你听清了没有?"

王满胜转过脸，可怜兮兮地看着李世民。李世民给他摆摆手，让他离开这儿，他要和胡安全说话。王满胜不想走。李世民说你不走我没法说话。王满胜不情愿地走了。

李世民说："安全……"

胡安全说："这事你别管我自个儿处理。你去告诉王满胜，我不想占他的便宜。我挣够我的钱就把公羊还给他。他把我家母羊踢落羔了我得把损失补回来。"

又说："上回那两块半钱我出得窝囊。他家公羊串门搞了我家母羊该是强奸，你看，我还懂点法律。你是村长连法律也不懂还给人说是了非。你要说是了非就拿法律来咱依法办事。"

李世民的脸发烧了。胡安全没有说错，他确实不懂法律。官司断不成了。

但村长李世民决计要断这个官司。

乡上法庭的老刘歪着脖子把李世民看了很长时间。老刘说我都不敢认你了，我在法庭工作了这么多年没见过哪个村长主动上门来要学习法律。老实说法律书的种类很多，植树造林环境保护计划生育都有法律，你要哪一种？李世民说我要管男女关系的那一种。老刘说没有这种专门的法律。李世民说间接的也行。老刘就给了李世民一摞子法律书。

李世民把自己关在他家的一间屋子里，不让任何人打扰他。“我要读书。”他说。他像虫子一样，一页一页蛀着那些小册子。他相信他能从这些小册子里找出办法，不但能把胡安全说倒，也能让王满胜心服口服。

那些天，胡安全用王满胜家的公羊又配了几次羔。王满胜几次找李世民，都被李世民的婆姨挡在了门外。李世民的婆姨把脸笑得像核桃一样，说：“世民在屋里念书哩，不让打搅。”王满胜跳起来了。王满胜说：“李世民你听着，你再这么念下去我家的公羊就被胡安全折腾死了。”李世民的婆姨把王满胜友好地推到了街道上，说：“世民不会出来的。他的脾气你知道他不会出来。”

王满胜没心思上山了。我的心像毬戳哩我没有心思上山，他给他婆姨这么说。就在他难熬的那些日子里，每天都有人拉着母羊去胡安全家配羔。胡安全已经检验出了那只公羊的能耐，它一天最多只能配三次，到第四次就是用鞭子抽也不肯上了。世上也许有一天连配五次六次的公羊，但这一只不行。

每有一位主顾拉着母羊从胡安全家出来，王满胜的婆姨都要向王满胜报告。王满胜到底憋不住了。他咬了一阵牙根，从炕沿上跳下来。他一直蹲在炕沿上抽烟，现在，他从炕沿上跳了下来。

“日他妈我等不得李世民了。”他说。

“日他妈我自个儿处理！”他说。

他很快就叫来了王满堂王满光王学魁王学文一帮王家人，提着镢头铁锨铁锹一类长把儿家伙，来到了胡安全家。

王满胜说：“把公羊交出来！”

胡安全的婆姨惊叫了一声，抱着头钻进了窑里，关上了门。

胡安全没想到王满胜会这么做。王满胜做得太突然了，不给他一点准备的时间。他把杀猪刀攥在手里，直勾勾地看着王满胜一伙。

王满胜威严地说："放下屠刀！"

胡安全说："谁过来我捅谁，捅个血流满地，捅出他的肠子来。我照准一个往死里捅。"

当然，他们没打起来。许多天以后，人们还能想起村长李世民冲进胡安全家院子里的情景。他英勇无比，把一只手举在空中，对着院里的人喊了一声："都给我站住！"正要往上扑的王满堂王满光王学魁王学文们被村长李世民的气势震住了，站住不动了。李世民并不放下他举在空中的五指划开的手。他转头看着胡安全，说："把刀放下！"他看着胡安全放下了杀猪刀，才把他的手从空中收了回来。

他说："你们听着。只要你们一动手，就不是我李世民能管的事了。我念了好几天法律书。你们看我的眼。"

确实，李世民的眼睛像鸡屁股一样，鼻子底也像抹了一道锅黑。

他说："我熬夜了，停电了我就点着煤油灯熬，我到底熬出来了。法律不是唬人的是正经东西，出了人命就得去公安局说事。县法院三天两头毙人哩，难道你们不怕毙？怕毙就给我退出去。"

王满堂王满光们心虚了。他们怕毙，就一个跟着一个退出了胡安全家的院子。

王满胜不愿意走。王满胜说我要我的公羊。李世民给王满胜吐了一口。王满胜也出去了。

现在，李世民走到胡安全跟前了。

李世民说："你说我能不能断这官司？"

胡安全说："能。你断吧你能。"

李世民说："明天一早就在这儿，我来断，用法律断。"

全村的人都拥到了胡安全家的院子里，心情都一样的兴奋和激动，等着观赏村长李世民用法律断公羊串门的官司。

院子中间空出来一个大圆圈，扎了两根木橛，分别拴着王满胜家的那只公羊和胡安全家的那只母羊。它们听不懂围观者们热闹的话语，偶尔抬一下头，支棱着耳朵，它们的主人王满胜和胡安全分别蹲在它们跟前，低着头。

圆圈的一边放着一张木桌，一条木凳。村长李世民和乡上法庭的老刘从人圈外走进来，坐在了木凳上。李世民咳嗽了一声，把夹在胳肢窝里的一摞法律书放在了木桌上。

人们鸦雀无声了。

李世民一脸严肃，说："这位是咱乡上法庭的刘同志，叫他来是做个见证，他不断官司，我断。"

人们哄一声笑了。李世民说你们笑，笑完了我再断。人们立刻收住了笑声。李世民又咳嗽了一声，开始断官司了。

他说："王满胜胡安全两家险些闹出人命，是由这两只惹是生非的羊引起的。我就先说羊。母羊寻羔当然要叫唤，公羊听见叫声就串了门。公羊的主人王满胜要收配种钱，母羊的主人胡安全说公羊犯了强奸罪。这就是矛盾，母羊的主人说是送上门的，配羔钱不该出，公羊的主人说母羊用叫声勾引公羊，钱一定要收。这也是矛盾。矛有矛的说法，盾有盾的道理。法律呢？按照法律，强奸要在二十四小时以内报案才能立案。还有，母羊不情愿，以公羊自身的条件和能力，也不可能强奸成功。所以，强奸不能成立。事实只能是，两只羊互为邻居，长期见面，声息相闻，产生了感情，应为通奸。法律不管通奸，胡安全，不信你看法律书去。"

李世民把桌上的法律书扔在了胡安全的脚跟前，说："你要找出一条来，我把村长让给你当。"

胡安全说："我不看我也不信，法律不管通奸让世上的人都通奸去。"

李世民不理会胡安全，继续断官司："但是，两只羊违反家规，私自幽会，引起两家主人的矛盾，并造成一定的后果，法律就要管了。按照法律，不满十六岁的儿童和智力不全的人，行为后果由监护人负责。以此推理，羊是畜生，不通人事，行为过失应由主人承担责任。根据以上论证，现对公羊串门一案宣判如下——"

老刘拨了一下李世民的胳膊，说："是调解不是宣判。"

李世民说："现对公羊串门纠纷案调解如下：第一，公羊强奸既不成立，母羊家应全额给付配种费。第二，母羊落羔是因公羊的主人脚踢所致，公羊家应给予一定补偿。第三，公羊在母羊家受到非法拘禁并强行被迫劳役，劳役的收入，除去饲料费，全数退还公羊主人，这是一笔细账，要坐下来慢慢算。”

官司就这么断了。满场的人嗷一声叫了起来，给李世民拍了好长一阵巴掌。

王满胜和胡安全又在茅厕相遇了。也许王满胜不该多嘴，可他喉咙有些发痒，就叫了胡安全一声，说：“我一直不知道，你告我家公羊强奸啊，亏你能想得出来。我一想起来就觉得好笑。法律不承认是强奸，是通奸。你虽然想得绝，可就是白想了。”又说，“我还得感谢你。我一直不知道我家公羊能配三次羔，现在知道了。但我一天只让它配两次，我的心没你那么贪。”

胡安全一句话也没说。那些天，胡安全一直很少说话。他满脑子都想着“通奸”这两个字。他的喉咙里像卡了一样东西，咽不下又吐不出来，很难受。就在那天，在许多天以后的那天正午，他去了王满胜家。他知道王满胜和他的羊群在山上。他给王满胜的婆姨说他喉咙里卡了一样东西想让她看看能不能取出来。他说他婆姨回娘家了要不他不会找她。他说得很认真，甚至还咳了几下。王满胜的婆姨信了，她让他张开嘴。他没张嘴。他一把抓住了她的手腕。她说安全你把我的手攥疼了快放开。他说一会儿还有更厉害的进去！他一用力，就把女人的手拧到了背后。女人哼了一声，肚子立刻挺了起来。他把她推进了窑里。女人挣扎了一下，他又加了点力，女人的肚子挺得更高了。女人说安全你让我给你取喉咙里的东西你让我取。他说我不让你取了我要弄你。女人拧过脸看他。他说别这么看我。女人说我看你有没有脸。他说噢噢你看，看一会儿我再弄。他又用了一下力，女人不看了。女人大口地喘着粗气。

他说：“我知道你不愿意，但你不能喊叫，你喊叫我就掐死你。”

女人不想死。胡安全再没什么口舌就睡了她。临走的时候，他看了一眼躺在炕上的女人。女人歪着头，眼睛睁得大大的，看着炕墙。

他说：“这不是强奸，是通奸。”

胡安全揣着杀猪刀睡了一夜。也许王满胜的婆姨会告诉王满胜。也许王满胜永远不会知道。最好是王满胜知道了却不张扬。不管王满胜知道还是不知道，揣着杀猪刀总比不揣好。

王满胜没找他。第二天早上去茅厕尿尿的时候，王满胜也没扑过来。王满胜尿完尿赶着羊上山去了。王满胜甚至看也没看他一眼。他放心了，然后兴奋了，便从茅厕里跳出来，进了王满胜家。

女人正在梳头。女人好像给他笑了一下。

女人说："你不怕满胜回来？"

胡安全亮了亮怀里的杀猪刀说："我有这东西。"

他没来得及用那把刀，王满胜就用镢头把他砸平了。他骑在王满胜婆姨的身子上，听见门响了一声，回头就看见了王满胜。王满胜举起镢头，斜着朝他抡过来。砸在了他的腰上。他哼了一声，再也没爬起来。女人把她的身子从胡安全的身子底下抽出来，说："我把事情给满胜说了。"

王满胜说胡安全你起来。胡安全努力了几次，说："我的腰断了。"他的脸上布满痛苦，又说，"你应该找李世民啊，他有法律。"

王满胜说："我想自个儿解决。"

王满胜又要举镢头了。

胡安全说："我以为你不知道，我还想弄一次。"

王满胜说："说得好我也想再砸一下。"

这一回，他砸在了胡安全的头上。

他婆姨说："你把他砸死了。"

他扔下镢头，蹲在窑门外点了烟吸了一口，说："找李世民去。"

那时候，李世民已经成了名人。先是县上的记者找他，然后是地区的记者，他们让他谈体会。李世民说我没体会我按法律办事我没体会。记者们兴奋了，说这就是最好的体会，接着说。李世民受到鼓舞，就把他点着煤油灯熬夜念法律书的事抖了出来，就进了广播上了报纸，很可能还要上电视。王满胜的婆姨找到他家的时候，他正和婆姨商量上电视该穿什么衣服。王满胜婆姨说快快快满胜把胡安全砸死了，李世民愣了。李世民说你慢点说我没听清。王满胜婆姨又说了一遍。李世民到底听清了。

他说："这得找公安局。"

公安局的人问王满胜为什么砸了一镢头还要砸另一镢头？王满胜说第一镢头砸在了腰上我想砸的是头而不是腰。

"知道不知道会砸死人？"

"知道。"

“知道会砸死人你还砸?”

“你这话问得怪。他活着我难受。难道你们要让我难受地活着?”

公安局的人笑了。

枪毙王满胜的那天，村上的人都去了县城看热闹。王满胜家的那只公羊大摇大摆地走进了胡安全家的羊圈。

广东作家作品选集

（散文诗歌卷）

广东省作家协会 编

主　编　张知干　蒋述卓

副主编　杨　克　范英妍

统　筹　熊育群

编　辑　艾　云　世　宾　王威廉

南方出版传媒
花城出版社
中国·广州

图书在版编目（C I P）数据

广东作家作品选集 ： 全2册 / 广东省作家协会编
. -- 广州 : 花城出版社, 2017.2
ISBN 978-7-5360-8301-1

Ⅰ. ①广… Ⅱ. ①广… Ⅲ. ①中国文学—当代文学—作品综合集—广东 Ⅳ. ①I218.65

中国版本图书馆CIP数据核字(2017)第035971号

出 版 人：詹秀敏
责任编辑：欧阳蘅　李珊珊
技术编辑：凌春梅
封面设计：庄海萌

书　　名	广东作家作品选集 GUANGDONG ZUOJIA ZUOPIN XUANJI
出版发行	花城出版社 （广州市环市东路水荫路 11 号）
经　　销	全国新华书店
印　　刷	广东新华印刷有限公司 （广东省佛山市南海区盐步河东中心路 23 号）
开　　本	787 毫米 × 1092 毫米　16 开
印　　张	43. 25　　2 插页
字　　数	688,000 字
版　　次	2017 年 2 月第 1 版　2017 年 2 月第 1 次印刷
定　　价	78. 00 元（全 2 册）

如发现印装质量问题，请直接与印刷厂联系调换。
购书热线：020 - 37604658　37602954
花城出版社网站：http://www.fcph.com.cn

目录

CONTENTS

散文卷

詹谷丰　血地上的父母　/　004

艾　云　谁的个人悲伤　/　020

塞　壬　奔跑者　/　040

李兰妮　旷野无人——一个抑郁症患者的精神档案　/　054

筱　敏　梦的入口　/　072

张　梅　俄罗斯之前世今生　/　078

陈启文　一条必然的路　/　084

黄国钦　潮州记(两篇)　/　092

李清明　排鼓佬　/　098

耿　立　怎样安放我们的灵魂?　/　108

秦锦屏　女子女子,你转过来　/　122

聂小雨　小姨妈　/　130

盛　慧　屋溪河以北——系列散文　/　138

丁　燕　看得见东江的出租屋　/　150

林渊液　黑白间　/　168

诗歌卷

杨　克　　杨克的诗 ／ 182

黄金明　　与怀疑论者谈信仰（长诗） ／ 190

郑小琼　　郑小琼的诗 ／ 200

卢卫平　　卢卫平诗歌 ／ 212

黄礼孩　　黄礼孩的诗 ／ 222

张慧谋　　张慧谋的诗 ／ 234

世　宾　　那光告诉你的宽阔 ／ 244

唐不遇　　唐不遇的诗 ／ 260

冯　娜　　冯娜的诗 ／ 282

郭金牛　　郭金牛的诗 ／ 290

谢湘南　　埚（组诗） ／ 308

散文卷

SAN WEN JUAN

2

詹谷丰

中国作协会员，文学创作一级。广东省作家协会主席团成员，广东省散文创作委员会副主任。现任东莞作家协会主席。

出版文学著作《苍山无尽》《1823，道光年间的东莞》《天堂的入口》《再造七级浮屠》《莞草，隐者的地图》《喋血淞沪》《书生的骨头》等七部。获过《作品》短篇小说奖、孙犁散文奖、年度最佳散文奖、在场主义散文奖等奖项。

血地上的父母

1

“血地”这个词是所有汉语词典的漏网之鱼，古代汉语没有收录，现代汉语更是没有发现。让两个平庸的汉字自由组合之后绝处逢生，焕发出崭新的活力，展示出深刻精神内涵的是莫言。这个 2012 年诺贝尔文学奖获得者在形容故乡的时候，在汉语历史上第一次创造了这个新词。这个名词石破天惊，它让人看到了骨头里的乡土，看到了母亲生养自己时疼痛的经血。

每天上班，必定经过父母的房间。我向两位老人请安，他们默默无语，只是用微笑目送我走下楼梯，走到充满了喧嚣和物欲的红尘之中。我读懂了父母眼中的所有内容和感情，他们希望我路上平安，工作愉快，他们叮嘱我下了班早点回来，陪伴妻儿，共享天伦。

这个时候，总是一天中温暖的开始。即使室外寒风凛冽，即使阴云密布，也总会有一缕阳光照进我的心里，让我一天都感到暖和与快乐。我的步子迈得很稳，很踏实，两个老人温情的目光成了我人生路上的有力支撑。

两位老人将慈祥和微笑定格在墙上，已经好多年了。我丝毫都没有觉得那是他们的遗像。供台上摆放的大小香炉、冥烛供果，充满阳光，没有一缕阴森的气息。

父亲先母亲十四年离开我们。父亲走的时候，我在遥远的广东，山高水长，地老天荒，我没有赶上看他最后一眼，所以，此后母亲就看出了山水的险恶，看到了道路的漫长，总是告诫我，让我一定为她百年之后送行。母亲交代这些事的时候，总是用一种唠叨的方式表达。我和弟妹们善意的敷衍，母亲一一看在眼里，她将所有的担心放在我身上。她知道弟妹们都在身边，朝夕相见，只有我山重水复，相距遥远。为了让她放心，我只有用点头做担保，用承诺做孝顺。

2

生离死别，对于我来说，只是文学作品中的遥远虚构，我无法理解亲情离散、血缘断流时的彻骨之痛。所以，1993 年夏天时父亲在病床上对我说过的那段话，就像淋在鸭子身上的雨水，不着痕迹。父亲说，父母在，不远游！我用沉默回应了父亲，而父亲也没有强迫我表态，他的随和与宽容让子女在人生选择上没有压力。

让父亲晚年行动不便，有时必须到医院住上一段时间的是一种名为帕金森综合征的病。那是一种进展缓慢的病，它对人体的伤害悄无声息，让粗心的人难以察觉。父亲年轻时壮实健康，绝少看病吃药，是他的自信和掉以轻心让疾病有了可乘之机。疾病一旦像孙悟空一样钻到了肚子里，再坚强的铁扇公主也只好束手投降。

父亲用平淡轻松的口吻完成了对儿子的提醒和告诫，因此“父母在，不远游”这六个汉字在我心里的分量就很轻。它像稻田里吹过的一缕微风，它如同池塘水面上洒落的几滴雨水。那个时候，我青春的额头上没有一丝皱纹，万千青丝里，觅不到一缕白发，父亲呢，在他熟悉的工作里彻底脱身仅仅几年时间，生命的灯中，燃油还满，烛光仍旺。

但是，我忘记了，风是油灯的大敌。一盏没有防风罩的灯，即使灯油再满，即使灯芯再亮，一阵微风，就可以将它熄灭。父亲漫不经心说那句古训的时候，他的生命，正是一盏没有护罩的灯啊！那股吹灭油灯的恶风，正在山那边悄悄地积聚。

父亲走的时候，我已经背井离乡成为一个户籍意义上的广东人。那是我来到广东谋生的第三个年头，在一个举目无亲的地方，语言不通，水土不服，居无定所，在别人的城市里，我每天都走在溜滑的薄冰上，战战兢兢。在一个经济飞速发展、尘嚣四起的制造业城市，生活节奏像狂飙的汽车轮子，一不小心，你就会成为油锅中的鱿鱼。我亲眼目睹了一些人打道回府，将辛酸的泪水洒在连接故乡的漫漫长路上。

我的人生长路，起步阶段是父亲为我一手铺设的。那年，他送我到离家40公里的桃坪公社当知青，三年之后，他通过公开、合法的方式为我争取了一个招工的名额，让我到一个基层供销社当了一个酿酒的徒工。转正之后，他又替我报名，充实基层，到人民公社当了一个统计生产数据，用铁笔刻写钢版，在蜡纸和油墨中打发时光的平庸文书。由于心慈手软，我不忍心牵走那些计划生育运动中超生户的猪牛，更不敢下手揭他们的屋瓦，扒他们的墙脚，在浪费了三年光阴之后，又在父亲的安排下重新回到了供销社。父亲深深知道我是一个性格刚直不善经营人际关系，不可能在衙门里出息的弱者，又厚着脸皮求人，让我进了县城，在县供销社机关做一些文秘方面的事情。这个时候，父亲才真正放开了手中的缰绳，让我到野地里自由地觅食新鲜的嫩草。父亲以他数十年的基层工作经验，认为我人生中的春天到了，沃野里的鲜花开了，紫云英和油菜的鲜活姿势以及蜜蜂的低吟浅唱可以让一只蝴蝶风筝放飞了。父亲那个时候眼睛还未昏花，他看清了我前行的路上没有石头，他可以将慈爱的目光更多地投注到我的弟弟妹妹们身上。

父亲不知道的是，我已经将一个中学生的作文之梦延伸到了社会和单位。20世纪80年代初期，文学狂热，无数年轻人在文学的独木桥上拥挤，以至文学前辈王蒙先生发出了不要在文学的小路上拥挤的忠告。写小说和吸烟一样，一不小心让人上瘾，我未能逃脱文学之毒，将很多个夜晚都托付给了小说。我的领导很宽容，从来没有泼过我的冷水。几年之后，我工作调动，到了外贸局，并且还负了一点小责。我的私心像开了闸门，顿时就泛滥起了春水，上班时间，我也捧一本小说，如痴如醉。我不走正路，父亲却蒙在鼓里。让父亲不悦的事情还在后头，为了满足写小说的欲望，我想到了文联那个清闲得门可罗雀的地方，于是，我请县长助理宋基卫先生当说客。助理是我的业务领导单位九江市外贸局的副局长，他来修水挂职。那个我生命中的贵人，像以前在军队当政委时一样大刀阔斧，他马上就找到县委书记，满足了我的心愿。父亲知道了，叹一口气，说，年纪轻轻，就去文联养老，政治上完了。

对于一个真正热爱文学的人，放弃官职的重负，其实是一件幸福的事情。可惜，几年之后，江西省机构改革试点，修水县文联成了试点的牺牲品，文联这棵小树连根拔倒，几个痴迷文艺的人如鸟兽散，如丧考妣。我就是在这样的背景下来到广东，谋求新生。

我的小说被父亲病重的消息重重击倒了，我赶回家乡的时候，才真正体会到帕金森病的可怕，病魔以一种水滴石穿的坚韧彻底摧毁了一个男人坚强的肉体，父亲骨瘦如柴，四肢颤抖，长期卧床，他的肌肉都萎缩了。

血缘之痛，瞬间就穿透了我的心灵。我忍住悲伤，终于没有让父亲看到我的泪水。我彻夜守在父亲床前，父亲的每一句呻吟，都让我的心痛起来。这个时候，我才发现，亲情，是打断骨头之后连着的筋，时光的利刃，永远无法割裂！我愿意用我所有发表过的文字，换回父亲的健康。父亲，如果能够回到1993年的病床前，我愿意放弃我全部的作品，从此以后，不再写一个与文学有关的汉字！我愿意做一个故乡的孝子，守候在父亲的床前！

一个星期之后，我被跨越千山万水到达的电话催回了广东。我在父亲的病床前告别，我再也无法控制，奔涌的泪水打湿了全部的亲情。生离死别，不知不觉，就这样来到了我的身边。

我前脚跨进广东的门槛，噩耗就跨越千山万水逆向追上了我。弟弟在电话中告诉了我父亲生命之灯熄灭的时辰。我的办公室，立即成了父亲的灵堂，我关上门，面朝北方，双膝跪地，重重地磕了一串响头。

3

父亲走了，家就空了一半。一夜之间，母亲也就老了。

母亲和父亲，在一个屋檐下，生活了一辈子，争吵了一辈子。

说一辈子，其实也不准确，在我生命的幼年期和父亲在世的最后几年，“争吵”这个词尚未入侵他们的生活或者退出了他们的晚年。

父亲很年轻的时候，就离开土地投身于革命。那个生养了他的故乡，从此就离他远了，以至朦胧看不见了那些熟悉的山岭、河流、村庄、耕牛。父亲和母亲，是一块乡土上长出来的两株庄稼，他们相同的口音，证明了一个地名蕴含的乡缘。父亲离开故乡的时候，母亲是他死心塌地的一个影子，在太阳底下，影子就是一个人无法抛弃的灵魂。我的外公外婆，只养了我妈这一个女儿，而祖父祖母呢，也只有我父亲这一个独子。因此，当父亲母亲离开故土去往一个陌生的地方谋生的时候，相依为命，这个成语就是他们未来的描述，是他们人生的走向。

父亲是在中华人民共和国成立之前开始他的政治生涯的。他的命运，被牢牢地捆绑在土地上。父亲在许多个公社之间频繁调动，他的脚印留在那些偏远僻静的山川大地上，母亲变成了一个男人忠实的影子，始终贴着地面行走。

20 世纪 50 年代，是父母亲最幸福的时光。那个时期的农村，肥田沃土中生长着温馨。1959 年的乡村摄影师，为我的猜测留下了有力的证明。

那个从城里来的摄影师，以一种陌生的姿态出现在农民眼中，出现在乡间狂吠的狗群面前。摄影师的神秘是一架扛在肩上的机器。在我的好奇心一点一点增长的时候，那机器长出了三条细瘦的长腿，摄影师躲在厚重的黑色布幔中，捏着一个圆形的橡胶球。我和父母、祖母以及弟弟的身姿容貌就在那个捏球的一瞬间装进了那架无法窥视秘密的机器中。摄影师第二次来的时候，用一张黑白相片解答一个少年的全部好奇。我们一家人的容貌定格在赣西北农村的山野里。春天正在来临，我们背后的山野已经有油菜花悄悄绽放，油桐树的枝头上，像人光秃的头皮，隐隐约约地长出了春天的头发。父亲母亲脸上的笑容，如同田里的紫云英一样幸福灿烂。

北纬 29 度是一个四季分明的地方，农作物的生长和人们的服装变化非常鲜明地表达了大自然的特点。炎热和寒冷漫长，舒适宜人的春秋则像盛开的桃花一闪而过。1959 年的时候，我是一个蜜罐里的孩子，后来我才知道，随着孩子的增加和进城，生活压力骤然增加，父母脸上的幸福表情立即被冬天的严寒冻僵了。父亲经常下乡，几个孩子的教育与吃喝成了母亲每天头痛的事情。争吵经常从生活细节中萌芽出来，它在合适的气候水土中疯长，后来蔓延成了战火。家里常常硝烟弥漫。

争吵其实都是地上的鸡毛，轻得风吹得起。我和弟妹们听得最多的都是断了柴米油盐；乡下的亲戚要来，粮卡上的米早已买完；就要开学了，几个孩子的学费还没着落……

九岁时的那个除夕，朔风怒号，四野低沉，天空飘着零星的雪花，父亲饿着肚子，在母亲的怒骂中出门砍柴。家庭的战争，父亲往往是沉默的一方，退却的一方，他知道一个男人、一个户主肩上应该承担的重量，他知道正月初一，一个家庭断炊意味着什么。那一天我突然懂事了，我看着父亲穿着草鞋，拿着柴刀绳子扁担，孤独地走进风雪之中的背影，我的心蓦然揪紧，那一刹那，我多想变成一只家狗，跟在后面，在一个遥远而寂寞的风雪天里，为父亲做一个伴。

许多次，母亲把我们兄妹几个叫到跟前，幽幽地问，这个家散了之后，你们愿意跟谁?

在我的记忆中，我和弟弟妹妹没有一个人回答过母亲。这样看似简单的选择题，永远是没有正确答案的。儿女和父母之间，打断了骨头，那根筋不还是连着的吗?

母亲总是用眼泪和抽泣面对我们的沉默和回避。我始终不相信，母亲会杀死亲情，撕裂这个日益贫困的家庭，让我们去认识一个叫“继母”和“后妈”的冰冷名词。

我的少年时代，“继母”与“后妈”这个名词代表的是一个让人害怕和担忧的女人与一个破碎之后缝补组合的家庭。有意或无意，我耳闻目睹过许多损害“继母”“后妈”形象的故事。在一个离婚尚未被社会广泛接受而被视为非正常的保守时代，人们对离婚再娶的女性充满了偏见，社会将歧视转化为故事，让那些未经过世面的孩子在无奈迎来继母的时候心存恐惧，故事中的后妈通过毒打、虐待、饿饭等恶行来折射一个家有继母的孩子的悲惨命运。父母离婚将是我心中的一个噩梦，因此，为平息家中的战火，我和弟妹们都愿做一个听话的孩子，我们愿意用自己的乖巧，换来母亲的开心和高兴。

4

我是一个惧怕疼痛的人。我最早的疼痛，来自母亲的棍棒。

成年以后，我对疼痛有了更多更深的了解和认识，疼痛是每一个人的必经之路，不管他是平民百姓还是帝王将相，生命中都无法逃离疼痛的纠缠和折磨。

疼痛，是人类生理、心理和肉体的最大敌人。呻吟、自杀、变节、投降、死亡等就是疼痛这棵树上结出的恶果。但是疼痛却不是病，对于我来说，疼痛是一种亲情，是血缘流经时的方向。

我在无数次的肉体疼痛中觉悟。疼痛，是有性别、年龄之分的。女性临盆时的呻吟，那是人类疼痛的起源。我的母亲，在我来到人世的时候，面临着九死一生的考验。母亲在那一刻感到了深深的后悔，她觉得性别的不公。

母亲终生记住了生产时的疼痛，从此以后，她就把曾经体验过的疼痛强加给我。在我顽皮或者她心情低落的时候，就让棍棒、扫帚、锅铲、火钳乃至菜刀那些可以随手用上的生活工具，突然神兵一般地降落到我身上，那些曾经让她死去活来的疼痛，瞬间转移到了我的肉体上。

疼痛的代际转移，源于血缘亲情，起因于一个缺乏文化教育的母亲，她让我的肉体流血，心灵受伤的时候，我也没有见到她疼痛转移之后的舒适和安详。有时候，在我擦干净脸上的泪水时，母亲却独自躲在角落里垂泪。许多年之后，当我做了父亲，我突然明白，爱，可以转移，痛，却无法寄托。

有些疼痛，已经像一张曝光的胶片，抹得干干净净，有的伤疤，却刻在了石头上，深入到了岁月里。杭口的那条小街，是我疼痛最深的地方，六岁前的记忆，像小街上的青石一样坚硬。那天，我同一群小伙伴卧在石桥上看桥下的流水，看水中的游鱼。桥离水面有数丈距离，河水深幽，最锐利的目光，也无法测出它的深浅。年幼无知，没有把幽深的河水当作敌人，更无法预测到一点一点来临的危险。当苦苦寻找我的母亲悄悄地走到我身后，用满腔的怒火拽住我的耳朵时，我才真切感受到了一场不能逃避的毒打。我的挣扎，让母亲更加暴怒。我的耳朵，成了身上的一个累赘，成了母亲最方便的一个把手。耳朵被母亲死死揪住，为了减轻疼痛，我拼命踮着脚，但母亲手上的愤怒和高低不平的石板街面让我的耳朵无法摆脱疼痛，当一条小街走完时，我的耳朵已经出现了分离的迹象，鲜血像断线的珠子，洒落在我的身上，洒落在青石板上，盛开出凄美的鲜血梅花。号啕大哭中，我依稀听到了旁人对母亲的指责，围观者和劝阻者用了“心狠”“过分”“后妈”等字眼来声援一个无知的弱势孩子。

此前，我由于无知和对月亮的不敬，用手直指天上那个有月兔和桂花树的地方，遭到了惩罚，耳根上已有了被月亮割伤的痕迹。母亲的暴力让我脆嫩的耳朵雪上加霜，摇摇欲坠。

后来母亲带我去医院包扎，我受伤之后裹了纱布的耳朵，成了母亲心狠的标记。那一场毒打，母亲的心也受到了伤害，只不过，我的伤口在体外，一目了然，而母亲的伤口在心上，痛楚只有她自己知道。

那个时候的母亲，脸上已经没有了 1959 年的笑容，虽然那张记录了一个家庭幸福的照片就压在桌上的玻璃下，但母亲再没有了时间和心情凝视走远了的乡村时光。不断增加的孩子与永远也忙不完的家务，山一样地压在她瘦弱的肩上，脾气，让一个承担家务的女人性格中注入了火药。而我和弟弟的顽劣，经常成为引发爆炸的火星。

新中国成立的时候，母亲跟随父亲离开熟悉的乡土，那个时候，母亲心中是有一幅蓝图的。母亲的讲述，大多有黑白照片作为记录和见证。我尚未出世之前，母亲参加过扫盲识字的培训班，后来，她进入乡村医院，成为生命的助产士。如果不是生育孩子，抚育孩子，母亲是可以一直在她憧憬的人生道路上走下去的，和父亲一样，成为一个吃公家饭的人。一辈子，会有一支钢笔插在母亲的上衣口袋里。但是，不断出生的孩子和没有老人的帮助，使她中断了个人的前程和理想。

俄国文豪托尔斯泰说，幸福的家庭都是相似的。其实，不幸福的家庭也是相似的。贫穷，是那个年代所有家庭矛盾的根源。母亲在孩子身上施展的棍棒其实是一种表象，所有愤怒的根源，其实都指向了父亲。母亲认为父亲为了工作，日夜付出，但挣的工资，却不够养家糊口，让一个家庭的生活，缺少了尊严。

弟弟出生之后，妹妹也跟着来到了人世，之后，又有两个弟弟相继来品尝苦难。一家人的衣、食、住、行都清晰地盖着“贫穷”两个字的印戳。争吵，始终是这个从农村走出来的家庭的生活图景。

5

一个家庭的战火，突然熄灭于一场史无前例的政治运动。母亲和父亲的家庭战争，戛然中止在 1966 年。

我的一生中，“文化大革命”是最让我恐惧的漫长岁月，那种惊心，远远超过了小时候母亲恐吓我们兄弟的魔鬼和老妖怪。我读书的学校里，铁门紧闭，大门口堆着沙包，坚固的工事后面露出阴森的枪口。县城的街上，突然就响起枪声，瞬间就可以看到倒毙在街头的男人。两派斗争的仇恨，不共戴天，深入骨髓。杀人的枪支，成了许多组织许多人追逐的目标。

由于在马坳区公安员任上活捉土匪有功，父亲的工作得到变动，他上调县公安局当了股长，并且拥有了一支手枪。然而，这支手枪，成了父亲和母亲的一种担忧，一个梦魇。

有一段时间，我天天见一伙人上门来找父亲。然而，母亲每次都说父亲下乡了。那是一群陌生人，年轻，手臂上套着红色的袖标。那群人语气还算温和，待的时间也不长，然而我却在母亲小心翼翼的神态上看到了背后的紧张和恐慌。十岁的我只是一个小学生，但我也隐隐知道了那群人的目的，他们看中了父亲手中的那支枪，他们要父亲交出那支可以杀人的武器。

那群人每次扑空，其实都是母亲的计谋。母亲早已预测到了危险，已让父亲回到了故乡，就像一条鱼，游回了大海。那些渴望夺枪的人，无论如何都没有想到，乡下的外婆，已经将父亲藏在了故乡的青山之中。那里草木茂盛，乡风淳朴，城里的口音，一进入就会水土不服，乡下的看家狗，以敏锐的嗅觉，老远就会发现危险，准确地预警。

父亲的生命安危，在那个非常时刻，上升为一个家庭的主要矛盾。而家庭的贫穷，缺衣少吃，却被毛泽东发动的斗争掩盖了，退到了背后。战火硝烟，都转移到了街头，父母之间，艰难度日，相依为命。

在我的印象中，“父亲”这个血缘名词是和下乡连在一起的，下乡，似乎就是父亲的全部工作。我和父亲分别最久的时间，足有一年，那是他参加社会主义教育工作队，到远离修水的另一个地区另一个县，开展工作。那个地方，人地两生，父亲在那里口音不通，水土不服，这让母亲担忧牵挂了365个日子。而这一次，也是父亲与我们子女分别最久的时光，几个孩子，见不到父亲，已经习惯了，而母亲呢，则日日担忧，夜夜难眠，一有风吹草动，都让她的心悬起来。

我柔弱的胡须从青春的皮肤深处第一次拔节的时候，母亲向邻居借钱，买回来一只公鸡。那天，我挑着一担柴，满身疲惫地从远山回家的时候，母亲让我在昏黄的煤油灯下独享了这份香味扑鼻的美食。那天，是我的成年礼，我的声音开始雄壮起来，满身的肌肉，也一夜勃发，然而母亲，风霜已爬上了她的额头鬓角，正在瘦成一个影子。

6

生活中的母亲，是一个坚强不屈的人，但在疾病面前，她却是一个软弱的孩子。

在我的血缘里，在所有认识母亲的人的印象中，母亲是“疾病”的符号，她这一生中看过多少次医生，吃过多少又苦又酽的中药，无法统计。没有人相信她的生命能够越过中年的门槛。

母亲把她秋草一般病弱的身体，归根于生养了一群孩子，怪罪于家庭的贫困和父亲疏于关心照料，却独独忘记了自己拒绝荤腥的饮食习惯和节约勤俭的艰苦以及躲避医生药品的毛病。她与生俱来的固执，贯穿了她的一生。

那一天，母亲躺在床上，她已经被病魔折腾得无法起床。父亲下乡未回。我饿着肚子来到学校时，校园里还没有一个人影。我的班主任汤老师诧异一个学生的反常，她关切地问我，把我带到她家。三十多年后，我依然清晰地记得，那顿早餐，我在老师的家里吃了馒头、稀饭，然后进了教室。那顿早餐，饱暖了我一辈子。汤尚珍老师，让一个小学生的心里，烙下了温暖的印记。我对老师的感恩，是在汤老师餐桌上种下的种子。如今，岁月已将我塑造成了一个老人，但我的小学、初中、高中、大学阶段，都有老师延续着教诲，让师生之间的情谊，鲜活在数十年前的餐桌上。数十年后，我离开父母，离开家乡，来到了遥远的广东谋生。在别人的城市里，我多次接到初中、高中、大学时期的老师打来的电话，他们询问我的工作和生活，老师鼓励学生，在任何情况下，都不要放弃理想。让我心痛的是，小学的班主任汤老师，早已离开了人世，她的音容笑貌，常常在我的梦中出现。

回忆总是以一种痛苦的表情展现它的真实面貌。汤尚珍是一个母亲似的老师，而我的母亲，却不是一个老师似的亲人。母亲的疾病，常常让我害怕、恐惧。母亲生病在床的时候，我便不能上学，在家服侍。因为母亲惧怕西医，西药让她望而生畏。而且，有病她拒绝看医生，常常在家拖着，直到病情加重，我们强行将她送进医院。这种恐惧贯穿了我的少年、青年时期，延续到了我的中年。我下放农村以及参加工作之后，接到的每一个口信或者电话，无一不与母亲生病有关。接到口信，我便迅速赶回家中，看到病床上痛苦呻吟的母亲，我的心就沉重起来，从此就染上了无法治愈的恐惧焦虑症。高中毕业之后，我就离开了父母。无论是知青生涯，还是人民公社岁月，我与县城里的父母天各一方。在离开父母的地方，我接到的每一个口信或者电话，几乎都与母亲生病有关。母亲的病和我的焦虑，在平淡的岁月里形成了一个循环。母亲悲观失望，我也看不到光明。

守在母亲寂寞的病床前，我恨自己没有成为一个医生，不能为母亲减轻一丝痛苦。看着固执万分，拒绝上医院看病拒绝服用西药的母亲，我总是在心里默默祈求，让母亲的病，让母亲的痛苦，转移到我身上，我愿加倍地承受肉体和精神的折磨。

7

在疾病面前，父亲却是一条坚强的汉子，他始终站在母亲的反面。

父亲没有母亲那种挑食、厌恶荤腥、饭量小以及不能接受西医的缺点，解放前地主家长工的出身和繁重的体力劳动，塑造了他强壮的身体。频繁地下乡、出差、熬夜加班和挑水、砍柴等重体力活，从来就没有击垮过他。所有的人都认为，长寿，是这个男人生命的结局。我们兄弟姐妹也一直对父亲的健康，抱以美好的希望。

若干年后，我才知道普天之下没有一个人的肉体是钢铁铸成的。一个人身体的垮塌，如同地震来临时的危房，瞬间就成为了废墟，无法预测。

父亲那一年的提前退休，是他的健康出现裂缝的开始。父亲的提前退休，是为了让弟弟顶替参加工作。顶替这项政策，是政府为了缓解青年就业压力采取的一项临时措施。父亲那时是县里一个商业公司的经理，他留恋那个工作岗位，但是，他知道顶替是昙花一现的短命现象，在自己的工作和儿子的就业面前，他痛苦地选择了退休。

一夕之间，父亲回到了家中。他的脸上，往昔的笑容突然冻住了，那无穷的失落，像慢性毒品一样渗进了他的血液。一种叫帕金森的病，悄悄地潜入了他的身体。他的手，有时不由自主地颤抖，意志无法抗拒。我丝毫都没有察觉到父亲身体深处的地震正在积聚能量，更没有理解父亲在医院的病床上对我说的父母在，不远游那句古语的深意。

我离开父母，来到千里之外的南粤谋生，无异于在父亲雪封的身体上加了一层霜。父亲的沉默，其实就是一声惊雷，可惜我的耳朵在亲情面前失聪了。

退休之后的父亲，生命也开始了退却。他先是从街头退回到家里，然后又退却到了椅子上，再后来，他无奈地退到了床上。他那年轻时健步如飞的双腿，彻底告别了大地，从此，他完成了从人世间所有走过的路的倒退。

我与父亲的最后一次相见是在哀乐低回的灵堂上，我通过录像带，回到了那个我缺席了的现场。父亲的遗像有天堂中的安详，但是却缺失了 1959 年的微笑。幸福淡薄了，烦恼也淡薄了。泪水模糊了我的双眼，我突然想起了张爱玲说过的一句话：这世上没有一样感情不是千疮百孔的。短的是生命，长的是磨难。

8

父亲走了之后，我加快了回家的步伐。这个时候，“回家”已经不是萨克斯吹奏的那支缠绵悱恻的名曲了。亲情的急迫，已经让一个年过半百的游子，掂量出了生命的长短。

父亲的长眠之地，依然在儿子的视线之内。生与死的距离，仅仅一河之隔。每次来到他的坟前，只是听到山风的阴冷，父亲的寡言，父亲的沉默，一直延续到了另一个世界。不管我和弟弟妹妹在两个世界的交会处说了多少牵挂，用香烛鞭炮表述了多少亲情，父亲只是不语。当泪水打湿了整座青山的时候，我就想，父亲，难道你要让儿子退回去少年，腰间系一条草绳；难道，你要让儿子打一双赤脚，走过柴山，你才能认出我来？

当亲情被时光夺去了一半之后，我回家的路就更遥远更漫长了。每年的腊月，广州火车站挤满了返乡的人群。一张轻薄的春运火车票，在凛冽的寒风中，突然温暖起来。那时候的我，就是一个去麦加朝圣的穆斯林。再拥挤的人群，再漫长的旅途，都不会让血缘动摇。

我离开父母快二十年了。二十年中，屈指数得清我陪伴两个老人的时间。父亲去了天堂之后，母亲的生活照料，病中护理，都成了弟弟妹妹日常的功课，而我，却被那些苦难烦恼的时光漏掉了。母亲的每一个梦，当穿越无尽的山水到达我身边的时候，我就有了放下工作立即起程的冲动。

一辈子脾气暴躁性格忧郁的母亲，直到她生命的暮年，也难得见到她脸上的阳光。只有我和妻子回家，才能让她病容叠加的脸上短暂地开放一朵昙花。

母亲是个生活俭朴的人，过惯了苦日子，即使老了，即使时代变了，她对衣食住行，也没有高的要求。我坐在床前，听她叙说往事，听她回忆陈年旧事，是她暮年最大的满足。父亲都走远了，她依然没有忘记对父亲年轻时打牌娱乐，不顾家庭的埋怨，还有，对父亲让她离开工作专心家务的声讨。对于曾经在我身上施行的暴力，她也用沉默和叹息婉转表达了内疚与痛悔。这个时候，沉没在岁月深处的慈爱，就会像水草一样浮上来。这个时候，她的许多固执，也在儿女们面前逐渐柔软起来。

9

母亲死后，变成了一只蝴蝶，一只黑色的凤蝶。

母亲的口头遗嘱，是让我们请一班道士，为她做三天的道场。这是母亲对我们的最后考验，也是修水古老的丧葬风俗对后人孝道的检测。

前来吊丧的亲戚朋友同学熟人，冒着炎热酷暑来为母亲送行。鞭炮声，是我们用下跪的礼节迎接所有吊唁者的号令。二十四小时中的每一刻，我们都在灵堂里守着，用悲凄和哀伤等待鞭炮的突然炸响。每隔一段时间，全副武装的道士们就会抖擞精神为亡灵超度，我们兄妹和所有的后人，在锣鼓唢呐的节奏中，在五彩道幡的指挥下，进行那些陌生的行走叩拜。烈日让我汗流浃背，疲惫把我折腾得四肢僵硬，这种沉重漫长的超度仪式，是亲情对我的体力的最残酷考验。在我无力支撑的关键时候，脑子里常常跳出一个朋友的影子。

几年前，一个朋友照顾重病住院的母亲。朋友母亲那病是无法救治的，再高明的医生，再好的药物，也不能让亲属看到生的希望。只是由于亲属无微不至的照护，病人的生命在无望中延长，但照料的人却透支了自己的体力，那个朋友在突然而至的脑血管爆裂中倒下了，再也没有醒来，他悲剧性地走在了他的母亲前面。那个朋友正是年富力强的时候，却突然间毫无征兆地告别了他的母亲，还有他的朋友。那天早上，我通过手机在千里之外的广东接到了这个噩耗，我一时无法相信，这种违反生命规律的逻辑是人世间最痛苦的悲剧。

炎热，嘈杂，混乱，充满了硝烟香烛气息的灵堂是生与死分手的地方，是阴阳两境的分界。门外，阳光炽热，一个火星，可以点燃山野里的草木。这个时候，我就看见了那只黑色的凤蝶。那只蝴蝶飞舞的姿态轻盈，它就在母亲的棺椁上空盘旋。我注视着它，它不惧怕人类，仿佛这个灵堂是一处开满鲜花的旷野，它闻到了花香。那只凤蝶就在我的眼睛里飞翔，没有疲倦，不知危险。那漫长悲伤沉重的三天中，我看见它一次次地出现在灵堂里，在我的头顶起舞。

起灵的那一刻，凤蝶在哀乐声中悄然消失了，无影无踪。我知道这只黑色的凤蝶是母亲的灵魂。它的飞翔是亲情的最后告别。那一刻之后，这个世界上父母赋予我的血缘亲情，就只有期待来世和轮回了！

母亲变化的那只蝴蝶，后来又飞进了我的梦中。我们已经完成了她的遗嘱，她的飞翔便很轻盈。亲情的眼泪，不再打湿她美丽的翅膀。

10

亲情的争吵，贯穿了父母的大半辈子，他们的每一次吵架都在儿女的心上插上了一把尖刀。我许多次地想，如果有来世，但愿父母分开，这个世道，为何要允许不相爱的人结为夫妻？

很年轻的时候，鱼尾就开始在母亲的眼角眉梢出没。在那些没有结果的无休无止的争吵中，鱼也游不动了，死死地贴在母亲的眼角眉梢，从此一辈子就成了她劳累辛苦的证明。

不知道两个人的争吵，为何在母亲的心上留下那么深的伤。即使是儿女的亲情，也不能为她止痛。

父亲生命的最后几年，他早已没有了争吵的力气。实际上在他们两个老人漫长的战争历史上，让步的往往是父亲。父亲让步的方式就是沉默，再沉默。父亲的沉默，退让，并没有平息母亲心中长期积聚的怨恨。父亲生前和死后，母亲曾不止一次地交代我们，她死之后，要回到乡下，她要和父亲分葬两处。

母亲在灵堂里化蝶的一幕，在我心中演变为一出《梁山伯与祝英台》的经典越剧。但是，母亲的蝶变与爱情无关，它只与亲情相连。她的拒绝，在她生命的消失之处，依然没有改变。只是母亲忘了，一个人的遗嘱是无法自己实现的，必须通过子女来完成。

几年前，我们就在家乡物色到了一块绝好的墓地。那里绿树成荫，没有人世的喧嚣和阴间的拥挤。开阔的视野中，是家乡那条被称为修水的大河，河对岸是绵延的青山，一条连通山外的公路成为绿中的唯一异色。我们将建好的合寝生圹装进照相机里，一幅一幅还原成天堂中的模样，呈现在母亲面前。生圹气势，一点不逊于母亲住了一辈子的蜗居，坟前是一个开阔的拜坪，天生一棵分蘖成三枝的杉树，就是三支天然的香烛。我看到满意的笑容在母亲僵硬了多年的脸上浮现出来。

母亲离开我们的时候，父亲已经在与我们一河之隔的青山上睡成了白骨。我们用亲情把父亲请出来，火化成了一抔灰，然后同母亲一齐起程，回去那个生养他们的地方。

二十里的回乡之路，父亲母亲都像自己手心的掌纹一样熟悉。青山绿水，像他们的方言一样亲切。一路上，两个老人自始至终没有一句争吵，他们高度地顺从了儿女们的安排，他们的意志，和儿女们的选择史无前例地吻合。

我不知道几十年前，父母亲离开故土的时候，是个什么样的天气。两个老人回归家乡的时候，却是天低云暗。后人的眼泪，化作了那天的大雨。我不知道两个老人此刻的心情和想法。所有问题的答案，都在身后那堆陌生的黄土里。

父亲母亲，是两支燃尽的蜡烛，但是，在千里之外，每天经过两个老人的门口，我都眺望到了他们生命中曾经的火光。

母亲走了，我的心全部空了。十四年前父亲走的时候，我的心只痛了一下，因为我知道，父亲的离去，并没有带走全部的亲情，那个温暖了我一生的家仍在。如今母亲走了，一个家就散了，我也永远回不去那个叫“家”的地方了。如今，我的生命也正在一步一步走向那支风中的蜡烛，1959 年的那个家，已经成了记忆。无论如何设计，我都无法回到父母的身边了。这个世界上，已经没有了赶尸的人，赶尸的秘诀，早已经失传了，如果我的生命熄灭在异乡，就再也不会有人背我回去了。

生命，唯一剩下的就是等待。这是另一种意义的等待，它与歌手黄绮珊变成一只哭泣的鸽子，在树叶绿了又黄的轮回中的爱情没有交叉。等待的难度，在我们这个时代推向了极致。鲜活的生命，变成了寥寥数语的手机短信，变成了微博中的信息。人们失去了等待的耐心，水果催熟，膨大剂滥用，文章抄袭，官员火箭提拔，动物家禽喂激素催长，爱情更是迫不及待，第一次见面就开房上床……母亲用十个月的耐心孕育了我的生命，我要用一辈子的耐心转世，投胎。

父亲母亲走了，他们不再回来。千里之外的我，也永远回不去那个家了。只有那个依山临河的山坡，成了我亲情的血地。我对乡土的记忆，最后凝成了墓碑上柔软的文字。

现在，我要用生命点燃蜡烛，该为墙上的父亲母亲请安了。

艾云

当代散文家，文学评论家；广东省作家协会散文创作委员会副主任，一级作家；广东省第十届政协委员；曾任《作品》杂志常务副主编，广东省作家协会组联部主任。曾经在河南省文联、广东旅游出版社工作，已出版著作十余种，长期从事思想随笔及散文写作。

曾获奖项：散文集《艾云随笔——女人自述》获第九届广东新人新作奖；《南方与北方》《赴历史之约》获第二届女性文学奖；《用身体思想》获第七届广东省鲁迅文学奖；《黄金版图》获第三届“在场主义散文”新锐奖。2006年在《花城》杂志开有一年思想随笔专栏；2009年、2010年、2011年连续三年在《钟山》杂志以“事物本身”为题开设专栏，广受读者注目及称赞。

其思想力度与语言美感深受读者好评。

谁的个人悲伤

一

风从门板改制的床铺地下钻过来，我躺在床上，盖着棉被，仍感到凉飕飕的。我持续多天的高烧终于退了，人醒了。

我对母亲说："妈，我饿。"

至今仍然记着那喷喷香口味蕾隽永的大麦面面条。母亲见我醒了，高兴得很。她和好面块，在案板上擀出细细的长长的面条。她在铁锅里烧了热油，炝上几粒葱花然后下出面条。我吃了一碗，还想吃，我妈说："先欠着点儿，饿时间长了，不能一下子吃那么多。"

我高烧昏迷躺在床上已经七天，全靠我妈用小勺撬开我的嘴巴灌几口面汤活命。

我得了伤寒。醒过来，想吃饭，算是从鬼门关闯过来，阎王爷没有收走我这条小命。

这是在我 5 岁那年的事情。

我依稀记得这前前后后的一些事情。

才刚刚入秋，我却觉得奇冷，冷得彻骨，冷得没地方钻。母亲仍在街道办的大食堂忙着。她人本分、肯干不惜力，又不多吃多拿不占人小便宜，让人信得过，街道办事处的主任陈秀琴让她去当炊事员。我们那个街道的大食堂办了很长时间。

母亲没怎么管我。她以为我像过去一样，发烧了病了，躺上两天就没事了。后来她看我几天也没缓过劲儿来，就把我带到大食堂。她给我盛了碗红薯面汤，我也没喝。

我只是冷，偎在很大的灶台跟儿，那里的余温让我感到暖和。真舒服啊。渐渐地，我在灶台底下昏睡过去。我在做梦，梦见一大团一大团的火在烧，烧得我快要喘不过气来；然后就是冷，冷得像是掉进冰窖里。

等我醒来的时候，已经躺在一家私人诊所的病床上。

我得了伤寒。持续几天的高烧，我昏睡不醒。

那天我偎在灶台底下昏睡过去。下班时母亲抱我回家，她抱着我，小身子软耷耷的。天到下午了，她有些怕了，回到家她就去喊南屋的孔大娘。

孔大娘见过世面，有主意、有经验，逢着事情棘手，我妈就会找她。孔大娘是安徽人氏，她丈夫孔大爷原来是在国民党军队当司务长。解放初，孔大爷所在的部队全体起义，孔大爷就留在我们开封城，在一家国营的小菜店卖菜当店长。孔大娘人长得漂亮，她肥美身材，皮肤红润细白，一头黑色烫发，牙齿糯米粒般的，唇红齿白。她一向很喜欢我，上街会带着我，人家以为我是她女儿，夸我同她长得像，她从不反驳，喜滋滋地认下来。人和人是有缘分的，哪怕大人对一个小孩儿，都有内在的说不出的亲与疏之区分。

孔大娘来到我家，她用手往我额头上一试，对我母亲说："这孩子发高烧，烧成这样，是得了大病。"

我妈没了主意，说："孔嫂，你说咋办哪!"

孔大娘想了想说："我有个老乡盖大夫，在右司官口开门诊，赶紧找他给孩子治病。你看她水米不搭牙已经三天，又高烧不退，她身上软得一丢一扑沓，病成这样不能再拖了。"

随后，她背起我，穿过我们住的火神庙后街，拐到侯家胡同，穿过双龙巷，然后到右司官口路东临街的一家私人诊所。孔大娘撩开门口遮着的白色帷幔，对正在忙着的一个身穿白大褂的医生说道："盖大夫，这个闺女病得很重，你快治治这个孩子吧。"

盖大夫是孔大娘的安徽同乡，关系一向不错。

盖大夫对一个正准备开药的病人说让他等等，就赶紧从孔大娘背后接过我，把我抱到病床上。他为我量体温，用听诊器在我前胸后胸试探着听。他说：“这孩子得了伤寒。如果今天夜里不来治，挨到明天怕就没救了。”

我妈在一旁已经掉泪。她说：“盖大夫，我现在身上没带钱。”盖大夫说：“钱以后再还，先给闺女治病当紧。”

后来待我长大才知道，盖大夫曾和孔伯伯一道在国民党部队干过。他毕业于东京帝国医科大学。在国民党部队行医，后随部队起义。解放以后他们都在开封落了脚，盖大夫在自家住的这个临街的门面房，辟出两间开了私人诊所。后院是他家人住的地方。

事后我还对当时的情形有个模糊记忆。只记得盖大夫高个，文质彬彬的样子。我躺下来，他给我打针。他说，“这小丫头真是命大，已经烧到41度了，她还能扛到现在，换别的小孩儿早不行了。”

随后的事情，我都一概不知道了。

我大概昏迷了一个星期。醒来时我吃到了最香的一碗大麦面面条，里边还有葱花的香味。那油爆葱花的味道，刻在了脑海，终生都不曾忘却。

孔大娘来看我，看我醒了，也很高兴。我母亲说：“孔嫂，大闺女的命是你救的，以后你就认她个干闺女吧。”

孔大娘这个人最喜欢听别人夸她、奉承她的话。她是这样一种人，你如果尊重她、敬着她，她就跟你好，恨不得把心掏给你；你如果得罪了她，她脾气大得很，不把你气死不拉倒。她操安徽口音，院里几个娘们儿背地里喊她南蛮子。她的本名叫徐惠如，很好听的一个名字。

她听我妈这么说，回答道：“那好，这闺女我认下了。”孔大娘只有一个儿子叫孔林。院子里的人都说她不会生育，孔林是要的。她厉害，没人当面敢说她半句不是。她希望自己有个闺女，倒是真的。

从此，我母亲与孔大娘关系比一般人要好。孔大娘脾气再不好，我母亲都不会同她计较。我母亲念着她，承认是她救了我一条命。

多少年以后我都在想，如果当年不是孔大娘一路小跑背我到盖大夫那儿治病，如果不是盖大夫医术高明很快判断出我得了什么病，并及时吃药打针止住病态恶化，恐怕在那年的秋天我就不存在于这个世界了。

当然，凡事不能假设。尤其躲过厄运的人，假设让人后怕。可如果一个人在生死攸关时闯过了鬼门关，这个人真是有福啊。从今以后，这个人要惜福才是，永远要对这个世界怀抱感恩之情。

接下来的日子，我就在床上躺着。

我晕晕沉沉地睡，有时也会醒来。醒来时已经会去想发病以前的事情了。

我的幼年，正经历着中国三年困难时期。我记忆中就是总感觉饿。

有一天中午，我守在煤炉旁，眼巴巴望着蒸笼四周冒出的白色雾气。母亲用玉米面和红薯面在蒸窝头，我饿得心发慌，一遍遍催着母亲把笼盖打开，我想吃窝头。正在一旁擀面条的母亲被我催促得显然是烦了，她一下子就拿擀面杖朝我打去，正巧打在我左边额头离眼睛很近的地方。我眼发黑，顿时晕过去。我不再吵嚷。也就几秒钟的工夫，我醒过来。

母亲当时还没意识到什么。过了20多分钟，窝头熟了，我母亲赶紧揭开笼盖，拿出窝头。她用小毛巾包了一个给我吃。

我只顾吃东西，想不起刚才左眼眶的疼了。

大概半小时以后，我左边额头起了个大包，左眼眶四周开始乌黑。母亲看到了，知道自己下手太重了。她蹲下来，帮我揉额头。

我乌黑的眼眶和突起的疙瘩让同院的大娘们看到了。仍然是心直口快的孔大娘出来说话了，她责怪我母亲下手怎么那么重，她说你如果把孩子的眼睛打瞎了咋办？

母亲当年才25岁，生活的贫困让她烦躁，让她对孩子没有耐心。我父亲在黄河水利部门工作，长年在外。他随黄河沿岸架电线，也就是终年沿着黄河跑。在河南境内，他跑到三门峡、故县、博爱、修武、兰考、武陟、郑州等地。那时的父亲年轻力壮，血脉充盈。他和电话班的同事干放线的工作，每隔五十米的间距放一个电线杆，然后抽出一盘盘的电线，从这个电线杆甩到另外一个电线杆。无论酷暑还是严寒，他都这样干下去。埋完电线杆，他身穿铁爪鞋爬到电线杆高处，装电磁头、拧螺丝。黄河沿岸，留下了新中国成立以后他这个第一代黄河人的足迹。

可他唯独回开封很少。

大量时间，都是母亲带着我与妹妹、弟弟在开封。父亲每月工资五十六元五角，他要吃穿开销，只能寄回三十元钱给母亲。母亲拉扯着三个孩子过日子，一家四口人，单靠那三十元钱，无法维持。在我随后日渐长大的时候，我清晰地记得母亲干过很多工作，给人家帮车、拉车，到绣花厂绣花，在服装厂给人做衣服，在白铁厂用手工敲打着给人做水桶、做管道等等，粗活儿细活儿都干过。母亲甚至还卖血养活我们。

关于母亲卖血一事，这是我最不想回忆的往事。这是我心头最深处的隐痛，是我少年早熟的根源，我自卑的渊薮，也是我想起来就心头滴血的哀伤。

我母亲原本是大户人家的闺女。解放初期，她的家道自然是败了。她后来嫁给贫民出身的我父亲，并跟着父亲从洑阳老家来到开封。

我母亲身材挺拔，面孔红润、四肢健壮。她曾经干过那么累那么重的活，都挺过来了。

年轻时的母亲在开封市人民医院的血库立了户头。她饱满结实的身体，是医院急等用血时理想的血源。

那时候，没有电话通知。医院里一旦有病人需要输血，就会有专人到我家亲自找我母亲去抽血。我母亲每次抽200cc，医院在抽完血后给24元钱。我曾经专门去找200cc的瓶子去看那上边的刻度，那是一大瓶的鲜血，从我母亲劳累而又吃得没有营养的，却依旧年轻、血脉葱茏的身体里流出来。我从小时候，就牢牢记住了200cc这个刻度，牢牢记住了24元钱。这24元钱是用200cc的鲜血换来的！

每逢我母亲去医院时，她会事先喝一杯淡盐水。她以为喝了水，人的血就会稀释。事实上才不是呢！血是血，水是水，这是互不搭界的两码事。我母亲哪里懂，她只以为喝些淡盐水，自己的血会稀一些。百姓在生存极其艰辛的时候，会有一些他们自以为是的小伎俩，你怨不得他们。从这些经历中，待我长大成人，待我从事写作行当以后，我要求自己不要以道德优越为思考前提，而是理解人有幽暗意识，并对此抱以深深的理解和同情。

有一次，医院里一个中年男子来我家通知我母亲去医院卖血。我愤怒地盯着这个人，轰他走。我扯着母亲的袖口，号啕大哭，不放她去。我浑身发抖，恐惧母亲抽了血，会晕倒，不会再站起来，也回不了家。

医院那人看我这架势，对我母亲说，以后再说吧，然后走了。我母亲没吵我骂我，只是抱起我。

我对母亲说："以后我不买新衣服，我也不上学不交学费。你不要再去医院了。"

我小小年纪，就很少开朗地嬉笑玩耍。一双眼睛里边透着自卑、恐惧和忧伤的内容。贫穷，教会了我早熟，教会了我心事重重。

在贫穷中，我们和母亲相依为命。因此母亲心情不好时，她无论怎么打我、吼我，我都不生她气，也不恨她。记得有一次我带我弟弟玩。我把弟弟顶在肩膀头，我在院里驮着高高在上的弟弟走着，脚下一个趔趄，弟弟摔下来。我吓坏了。那次我遭了一顿棒打。事过就过了。我母亲常说："小孩子家，就是忘打不忘吃。"

父亲沿着黄河架线，很少回家。在我的印象里，父亲形象淡薄。因为很少见他，也就不再习惯喊爸爸。父亲如果回了家，母亲做好了饭，让我喊他吃饭，我走到父亲跟前，说："喂，我妈叫你吃饭。"我只称呼他"喂"，就是叫不出"爸爸"二字。让我喊爸爸，觉得是天大的难事。不好意思、不习惯、拗口，总之是别扭、抵触。直到我上了小学三年级，我已经可以代我妈给我爸写信，才觉得父亲的形象有些具体。有一次他回家，我费了很大的劲儿，才喊了一声爸爸。从此，才算开始叫爸爸了。

我的父亲，长年沿着黄河奔跑，疾风和浪涛，养就了他浓郁的浪漫主义。他穿着高高的皮靴、身着马裤，上身穿着黑色皮夹克向我家走来，他是一个陌生人。他不大喜欢在家，他把儿女留给了我母亲，然后扬长而去。他没有经历过养育孩子的艰难，只是一两个月回来看我们一次。家里后来越发穷了，他的黑皮夹克穿得油腻腻的。他替我开家长会时，我对他那件脏兮兮的皮夹克很是脸红了一番。

当生活的担子都压在母亲一个人头上的时候，她时有烦躁。我母亲一擀面杖向我额头打去，让她心疼了很多天。直到现在，她还在后悔："当年我下手怎么会那么不知轻重，那样狠呢？要是把大闺女的眼睛打伤了，那可咋办哪！"

实际上，我母亲吵我打我不是很经常。更多的时候，她对我是信任、是夸奖。

我母亲常说，她能在大食堂长期当炊事员，和我懂事有关。我从来不在人多的时候去找她，都是在人们散了以后，才挪动着小脚跟偎到她跟前。这时，她会给我舀一碗小米粥或红薯面汤喝。

记得有一次我母亲给我拿回了一个白面和高粱面两掺的花卷，我走出大食堂在财政厅街一路走着吃着。突然，从后边窜过来一个男人将我手中的花卷抢了就跑。我一下子仰面朝天摔在马路上，失声大哭。这是给吓的。

当天夜里，我就开始发高烧，说胡话。这次惊吓，是我得伤寒的由头。其实，病根早就积存在那儿了。家境贫穷，营养不良，挨饿。还有受冻。我只记得冬天化雪了，我的棉鞋里叽叽吱吱透水，寒气已进了脚板心。棉衣单薄，不保暖，小手背上长满冻疮。有一次和几个小伙伴在那里推着木门玩，一不小心，门缝挤住了手，手背上冻疮的血和脓都给挤出来了，疼得不行。

那年月，大人们很少有耐心去仔细观察和照料孩子。小孩子都是粗放式的，自生自长。能活下去就顽强地活下去；早夭的孩子也不在少数。

我属于那种体质不怎么健壮的女孩儿，几次三番下来，必得大病。

我就这么着得了伤寒，一直躺在床上，从秋天躺到冬天，整整躺了三个月。

我躺着，看到外边下雪了。我们住的房子，下半部分是砖墙，上半部分是木制窗棂。冬天的窗框上糊着柔韧滑润的粉令纸，外边的雪映在白莹莹的窗纸上，屋子里光亮透明。

我躺在床上很长时间，幼小的心灵第一次感觉到对死的恐惧。我曾经感觉到一团一团的灼热难熬是死吗？还有眼前到处一片漆黑是死吗？可我不想死，我盼着过新年。新年都是在冬天。过年可以吃饺子、穿新衣；正月十五可以提着小灯笼与小伙伴们到鼓楼大街逛灯会。

从被窝里我伸出小手，掌心已有了浅浅的密密的纹路。我那时候还不知道，手掌有过多纹路的人，多舛的命运会像迷雾一样扩散着；改变它的唯一可能，是朝向心的内部走去，走得很远很远。

我听大人们说：小孩子生一场灾长一道见识。也可能吧。我因为伤寒病躺倒在床上的那些天，非常渴望、非常喜欢春天到来时，春风吹过，柳树、杨树、槐树上长出的小小的嫩芽；然后又一阵春风，万花开始绽放。我稚嫩的心芽开始有了与年龄不相称的敏感细腻。

下了几天大雪。雪后初霁。

我觉得力气渐渐地回到我的身体里。我对母亲说，我想自己下地走走，自己去后院的茅厕。那时，我们住的是长形的三进门的大院，茅厕在院子后头的僻处，大家共用。每天凌晨，淘粪工人身上背着大桶来淘粪。

我妈答应了，把我穿得厚厚的。

我很虚弱，踉踉跄跄地走出门外。

厚厚的大雪覆盖着外边的一切景物，大雪尚未融化，阳光正照耀着，闪着一片白光，白色的辉煌，怎么那么好看！

也许是被雪光照得眩晕，也许是身体太弱，一阵风吹过来，我被刮倒在院子一旁的雪堆上。

二

我的伤寒病终于好了，我又能下地玩耍蹦跳了。

可接下来我则是开始大把大把地掉头发。早上梳头，头发一绺一绺地往下掉，头发又黄又稀。我从小就没有编过辫子，我母亲总是用剪刀随便给我剪个短发。对于一个已经开始知道美的女孩儿来说，见到女伴扎辫子，心里十分羡慕又心酸。关于头发，它日益成为我另一种自卑之源。

在我 10 岁左右，头上就开始长白头发。先是几根，后来逐渐多起来。那时候，谁都不知道这是因为伤寒落下的病根。伤寒在旧社会那可是要命的病。为此，孙思邈曾写下过著名的医学理论大著《伤寒论》，专门讨论伤寒的诊断与疗治，成为中国医学宝库中的一部传世名著。伤寒是寒中之伤，寒为百病之源。寒气已逼进我体内的经络与血液。我自小一年四季都会手脚冰凉，从来没有热乎乎的时候。冬天睡一夜，早上起来双脚还暖不热。我得了伤寒，身体也没有得到营养补充，可以说从很小的时候，就已血气匮亏，肾气匮亏。

可那时候不知道这些，只知道少小年纪长白发，就叫“少白头”。如果有会说话的哄人高兴，就说：“少白头，有人求；先住瓦房后住楼。”那时候住楼的属于上等人。编曲儿哄你说少白头的人是有福之人。

我心里自卑，变得不大爱讲话。从外貌上我早已是少年老成：剪齐耳短发，右边散乱的头发用一个黑色钢丝发卡别着，不爱笑，眼神里边，有自卑、惊挛混同着压力的沉郁。心里早已知道生活的艰辛。

少年时期就长白发这件事，如今我在想，除了血亏肾虚得了那伤寒病，为救命，打了当年很稀缺的抗生素，把小命暂时保了下来，实际体内已有药力的寒湿入侵，也就是中医常说的邪气入侵。另外还有一个原因，却仍是与孔大娘有关。

小学一年级时，我父亲仍在外地工作。我母亲原来每年都会到父亲工作的地方住上一段时间。我上了小学，母亲再去父亲那里时，就把我留在孔大娘家，一个月给些生活费。孔大娘孔大爷都喜欢我，愿意我在他们家住，也不计较生活费是多是少。

孔大娘孔大爷一直保留着大户人家的习惯。晚上吃完饭，他们在沙发上半偎半靠，一边剔牙，一边削苹果吃。我也吃。我在他们家不拘束。

我站在他们前边，手拿一个扫床的掸子，掸子下柄有金色的流苏，我学旦角模样手甩流苏抖来抖去地表演给他们看。

玩了一会儿，孔大娘说："过来，让我给你篦篦头发。"她拿来一把紫红色的紧密梳齿的篦子，准备给我篦头发。用篦子篦头发，可以将头屑等篦出来，人会很舒服。谁知，孔大娘扒开我的头发，惊叫一声："这孩子，头发里边怎么长了那么多虱子?"

我母亲很少能顾着管孩子，我头发可能不常洗，有馊味，虱子都长出来了。小时候记得身上也长虱子，每天晚上脱了衣服以后，会在衣服的边缝处去找这些小动物，每当捉住一个，用拇指指甲盖按死，轻轻的响声，有一种快意。虱子吃得饱，按的时候响声就大。每逢捉到一个又饱又大的虱子，心里会很是快活。

可以想象，我的幼年生活是怎样的。那时穷人和底层生活的具体细节，我都经历着。于是，在日后，我从来都是对物质生活不计较。我珍惜每一张纸、每一滴水、每一度电，我有节约的习惯。在日后，我在精神上从来都没有摆脱经验主义的底蕴和背景。即使有一段时间，我对超经验、形上的种种内容有非常的迷恋，但骨子里我有民间生活的底蕴。

孔大娘没有嫌弃我。她打来一盆热水，先是给我洗头发。洗完头发，擦干，她从屋子的一个角落拿出一包六六六粉，那时都是住平房，家家户户都备有这种药粉用来灭鼠。孔大娘戴上一个薄手套，她将药粉倒在我头发上的不同部位，然后又均匀地搓揉。她又找了块旧毛巾将我的头包住，说："睡一夜，明天早上小虱子就会全部被药死。"

我次日醒来，一大早，孔大娘就解开毛巾，帮我洗头发。已药死的虱子在水的表面漂了一层。她又换水，用香胰子帮我搓洗，一片片的泡沫；然后又用水清洗干净。香胰子的味道清香，很快压住了六六六粉刺鼻的味道。擦干头发，她又用篦子蘸上醋，帮我篦头发上的虮子。这种虮子白白的，很小，是没有变成虱子以前的小东西。我闭着眼睛，很享受。

接着，她又用剪刀把我的头发剪短。霎时，原本一个蓬头垢面的小姑娘变得清爽起来。她再带我出去的时候，别人夸我，她觉得很有面子。不太了解实情的人都认为我是她女儿，她从不否定。

从那时起，我的头发里边再也不长虱子了。

可现在想来，那些六六六粉，不仅伤了我的头发，也渗进毛孔，伤了毛囊；或者，毒素也已经进到了血液里。这种农药可以毒死老鼠，可见其药力之大。对于一个 7 岁的孩子来说，一个夜晚都在这种药物的熏炙中，她恐怕受不了这种药性。我少小年纪就开始长白头发，这次的头皮灭虱应该有一定原因。

但反过来也可以这样理解，孔大娘已经救了我命，她与我素昧平生，她对我福分太满，我必须还她一部分才是。

我的身体因为弱，在体育和舞蹈方面都没有长项。有一年秋天，全市举行各小学的广播体操比赛。每个学校要布一个大方阵参赛。体育老师要用淘汰制的方式决定方阵组成者的名单。同学六个一组站在那里做几节广播体操给老师看。我却被刷下了。我走到落选的队伍里时，眼泪流出来。班里大约有三分之二的人都被选上了，可我被淘汰。在淘汰的队伍里，大都是各个班里学习不好、纪律不好，或成分不好的差生。我与这些人为伍，心里感到受伤害。我毕竟是个学习成绩好、有自尊心的班干部。

那些天，学校喇叭里只要播放广播体操的音乐旋律，我小小的心就揪成一团。

我为什么没有选拔上呢？我是那么用力地去做动作。不解。有一天，我去孔大娘家，她家有一个落地长镜。我站在镜子前，开始比画着做广播操。当我伸开两条胳膊时，自己发现，我的胳膊是软耷耷地下垂着，没有伸平。这个样子，在整个方阵里，会显得很扎眼，破坏了方阵的整齐协调。怪不得老师把我刷下来呢！原因是我的力气不行，小胳膊伸出来没劲，没那样舒展放松的力气。

我是很少能参加到学校的舞蹈队的。从小学、初中到高中，我与学校的文艺宣传队无缘。

一开始，老师选苗子目测时会把我选上，认为这小姑娘长得还可以。一旦让做动作跳舞，我就被退回。我的身体虚，没办法去完成那些转动、腾跳的舞蹈动作。

小学的时候，我们班的女生刘艳艳、李利娜、刘敏等人，她们都会跳舞。她们扎好看的长辫子，夏天穿裙子，然后转几圈停下，裙子像孔雀开屏一样，好看极了。我很羡慕她们。

当然，我也有长项，就是朗诵不错。学校有活动，各班出节目时，我与班里的男生高宗平会去进行男女声朗诵。我吐字清晰，发音准确，表情沉稳，老师认为我这一项还不错。

一天又一天，我开始在心里定下目标。我在许多方面不如人，但我要学习好，成绩上去，这样才会有自己的长项。我从小对学习就有自觉性，可能是为克服自卑在寻找解脱。一个孩子，没有在自卑中放弃，而是找到努力的目的，现在看，这还是和一个人的秉资、悟性有关系。我生存的环境，从来都没有为我铺一条顺途。可反过来说，如果连种种的伤害都化成了动力，那就是上天的护佑了。现在觉得说一些鸡毛蒜皮的小事那怎叫伤害，可幼年时期，一根掉在地下的针发出的声，都会让一个孩子感到惊心动魄的震颤。孩子感知的敏锐和脆弱，是大人无法体会的。然而，适度的自卑、受挫，对人不完全是负面的。但是如果过头了，受伤的心要疗治是件很艰难的事。

这里，又让我想起另一件往事。

1969 年 9 月，洑阳渠村的老家来人了，说我奶奶病危，恐怕没有几天了。我与父母、妹妹、弟弟回老家。

奶奶躺在东屋床上。父亲让我去看奶奶，她头发全白了，却仍然多而密，一缕白发覆在额前。她已经有几天不吃东西，大家都情知不好。她在等她最小的儿子、我父亲赶来见她一面。这天的半夜，我奶奶去世，享年 84 岁。在那时候，这算是长寿岁数。

还要通知亲戚前来奔丧，我奶奶已经平放在堂屋正中的地下，四周有冰块围着。

大家在忙着，我母亲和三大娘在条案上裁剪孝布。

我走过去，看她们干活儿。

三大娘是我父亲的三嫂，我三大爷是个教书先生，害肺病死了。三大娘拉扯娇姐、结实哥、双雁哥过日子。她高高个，人很爽朗，与我母亲关系好。

三大娘也待见我。她对我母亲先是夸了我眉眼周正，又看我伸出的手，夸说，这闺女的手，葱管一样细白，是个有福人。她抚着我遮住半边脸的头发，看到了我的白发，然后对我母亲说：“梁大姐，这么漂亮的闺女，小小年纪咋长这么多白发?”

我们那地方，对进门媳妇的称呼是，娘家姓氏加排行。我母亲姓梁，老大，故称“梁大姐”。

我妈说：“也不知道恁小年纪怎么就长白头了。”

三大娘接着说：“我知道个偏方可治少白头。听说长少白头的人在坟坑底下闭眼坐半个小时，少白头就会好，人能重新长出黑头发。这机会不好遇。可也巧了，咱娘这一次要和咱爹合葬，起咱爹的坟时，可以叫大闺女照这个法儿试一试。反正起完坟，第二天才殡葬咱娘。”

三大娘的话我都听见了。

一个黑黝黝的墓坑里，蹲着一个冷身打战的我，我已经想象了这情形，心里恐惧极了。

我母亲拽过身后的我问道：“你三大娘的话都听见了吧。你想不想治你的白头发啊？如果想治，明天起完坟，你去坟坑里蹲一会儿，把白头发治好，中不中?”

我没有回答母亲的话，自己在心里起着矛盾。

我当然想治好自己的少白头。没有了白头发，我就可以梳两条黑油油的长辫了。长到十一二岁了，我从来没梳过辫子，怕白头发露到辫梢上。我只剪短发，短头发用卡子别着，以掩饰白发。我想治好自己的白头发，还有一个原因就是，上学时，班里有个男生季石头上有白头发，班里调皮的男生小铮朝他喊“杂毛、杂毛”，每次听到男生喊这句，我就听得心惊胆战，恨不得扒个地缝钻进去。

长白发让我自卑、难过、惊恐。

可现在，我有着另外的惊恐。我惊恐明天一大早，母亲和三大娘趁凉快会把我领到堤北沿我家的老坟地，会让我蹲在墓坑里。

那一夜，我惊恐得睡不着觉。奶奶的尸体就停放在堂屋中间地下。有人守灵，夜里仍有说话声、走动声，这倒不让人十分害怕。我是为自己的明天而惊恐。

快到天亮时，我迷迷糊糊睡着了。

后来，我被院子里大声嚷嚷的争执声吵醒了。家里的大人们在那里高腔大嗓地讲着什么。原来是我奶奶该挨着我爷爷并葬，还是在该怎么葬的事情上发生了分歧。在我奶奶之前，我爷爷还有一房媳妇早死了。大奶奶留下了二儿二女。续娶了我奶奶以后，我奶奶为我爷爷又生了五儿七女。我奶奶还把大房前边的四个儿女养大，是我们李家的有功之臣。我奶奶在家族中的地位很高。

照我父亲和他的兄长五大爷、六大爷的意思，我奶奶应该葬在我爷爷的旁侧，大奶奶在爷爷的另一侧。我奶奶应该和大奶奶的地位平等，阴间才不受委屈。

我三大娘发话了，她连声说："不妥，不妥。俗话说，夹板葬，人不旺。咱娘应该排在原先那个大娘后边，不能挨着咱爹。咱得顾及家族后世人丁，人丁不旺，不是先祖的意思，也不是咱爹咱娘的意思。"

剩下的兄弟姐妹们里头，就数三大娘最为年长了。长嫂如母。最后讨论的结果，当然是听三大娘的。

吃过早饭，三大娘的儿子结实哥、双雁哥，六大爷的儿子忠启哥、二船哥扛着铁锨到老坟地了。他们要把已经挖好的坟坑填埋上，挨着大奶奶后边，再为我奶奶挖新的坟坑。

这一天，人声混乱，没有人再顾得上我。我母亲和三大娘也不再提领我蹲坟坑的事。

我希望大人们把这事忘掉。可这一天我仍受着熬煎，害怕几个堂哥把新坟很快挖好，害怕我母亲和三大娘傍晚时再领我去。直到现在我还在想这件事，我母亲当天为什么忘掉这事儿了呢？是她太忙，还是她也知道我的恐惧，不想让我去那个阴森森的坟坑？大人们不知注意到没有，他们说的每一句话，如果是带有恐怖感的，会让一个孩子备受熬煎。三大娘的偏方真的有用吗？不知道。它只是增添了我的发愁和恐惧。这样的情绪，只会让白头发增多。不是有言：愁一愁，白了头？

整个白天，前来吊孝的人很多。父亲兄弟姐妹十六个，孙男弟女一大片。我父亲的拜把子兄弟广泰大爷也携一家六口来了，行的全是亲子之礼，送葬时与我们一样披麻戴孝。

我奶奶生前和六大爷一家过。在六大爷的当院，支起了两口大锅，一边蒸馒头，一边熬粉条白菜猪肉什菜。来吊孝的人在奶奶棺材前哭泣祭拜，然后就盛一碗杂菜，筷子上挑两个白馍吃饭去了。

麦收已过，1969 年的农村，已不再被饥饿笼罩，大家已经可以吃饱饭了。

奶奶属于高寿，人活虚岁 85，丧事不丧，算白喜事。吊孝者走个仪式，表示哀悼，然后是吃饭。过后，男人们在一起凑着抽烟，女人们在一起唠家常。这也是乡村的一次聚会、一次社交。

我躲在人群中，尽量不让我母亲和三大娘发现。我躲开她们的视线，今天过完，明天奶奶出殡，她们就不会再提让我蹲坟坑的事儿了。

我去找隔壁的爱枝玩。她和我年龄差不多大，她浓眉黑眼，瞳仁很亮，她的皮肤不白，像个黑牡丹。她父亲是大队支书恒，我六大爷是大队长，沾着些亲戚。爱枝的母亲大金牙，因为镶着金牙而落这个绰号。大金牙长得细皮嫩肉个子不高，小小巧巧。大金牙会绣花，爱枝会剪纸。我找爱枝去剪纸。进到她家，屋子里很是整齐清洁。粗布床单平平展展，还有皂荚洗过的清香。村子里的人都说大金牙不会生育，爱枝是要的。恒怎么娶大金牙，大金牙的来历，在村子里都没人知道，是个谜。爱枝她家的确不像农村人的家，那里讲究、清爽。我和爱枝一起剪纸，我忘掉了某种发愁和恐惧的事。我在舒服的环境中，可以卸掉一些重负。日后，每当我心绪烦乱时，我都要从物质主义的美好中找解脱，比如逛名牌店或看电影、听音乐会，这让我有对现实的恍惚感和间离感。很多快要让人窒息的麻烦，慢慢就不觉得那么难以克服了。

后来，爱枝送给我一个用彩色丝线缠绕而成的小香囊，我送了爱枝半截铅笔。

一天过去了，平安无事。夜晚我睡得很沉。

次日，就是奶奶出殡。

五大爷作为子辈中健在的年长者，在奶奶棺材前摔了老盆。随后，长长的送葬队伍过黄河大堤，朝堤北我家老坟地走去。

村里大部分人家在堤南住，渠村集集市也在堤南。堤北靠黄河近，住的人少，怕发大水躲不及。堤北也种庄稼，却是保种不保收。可如果碰巧没发大水，黄河水浇过的土地种出的庄稼很不错。

送葬队伍长，这前边的人已走到坟地了，末尾的队伍还没出村口。

我们在最前边。到老坟地，这里种有上百年的古槐、杨树，雾雾气气很是茂盛。我们家老坟地很大，已经去世的亲人，就躺在这一座座坟堆里。乡下人不怕坟地，他们对生死的界限看得不那么重。二大爷家炳辰哥，就在坟地西边盖了两间房子，与他的老婆和要来的一儿一女住在那儿，一点儿也不害怕。

有吹响器的，唢呐声声，说不出是哀还是乐。还是哀伤吧。当我奶奶的棺材用绳子吊着往坑里放时，大家哭声一片，盖过了响器声。

我看见我父亲在地下打着滚儿哭。他是奶奶的老疙瘩儿子，奶奶 45 岁才生了他。他叼着奶奶干瘪的奶头，吃奶吃到7岁。我父亲哭他从此没有了娘。

我母亲搂着我在哭。她的哭，是在念我奶奶的好。我父母成婚时，我母亲年纪小，才16岁，父亲大她7岁。我父亲在黄河水利部门工作，我母亲在结婚初期，仍留在乡下。是我奶奶一再催促我父亲把我母亲接到开封城落户。否则，父亲不知哪年哪月才会去办这件事。他一向自由自在惯了。我母亲如果在老家跟着我奶奶过，他会少操很多心。我母亲后来经常对我们说："多亏你奶奶催着我跟你爸进城。再晚几年，想进城都进不去了，城里户口卡死了。如不然，你们姐弟三人都是农村户口，要在乡下待一辈子了。"我理解母亲的意思，不是农村不好，不是看不起当农民的，但在那个时代，城乡差别非常大，农村户籍与城市户籍相比较真还是低人一等，这是实情。

我母亲还念着我奶奶另外的好。1961年秋天，母亲带着我和妹妹回老家。大家都在挨饿，我们娘几个很瘦。临返回时，我奶奶不知从哪儿弄了一口袋大麦面，连夜给我母亲烙了十张大饼让路上带着吃。我母亲常说，你奶奶那次的十张大饼，救了我们三人的命。

反过来，我母亲常说她娘家表哥我方红舅的不是。她说："恁困难，我们娘仨都差一点儿饿死，方红在饥荒年还来我这儿找吃的。他一个壮汉都养不活自己，我咋养活三个孩子?"

方红舅成分高，一直娶不上媳妇。他本质上也不是很勤俭能干的人。20世纪80年代中旬，台湾与大陆可以通航，我母亲娘家当年去台湾的亲戚回老家祭祖探亲。方红舅的二叔和兄弟回来，给他不少的金戒指和钱。他把不少的金戒指给了村里一个大他十岁的寡妇。他一辈子打光棍，没尝过女人的滋味。那寡妇和他好上了，两个人搬一起住。寡妇的儿女不同意，认为母亲这是伤风败俗，而方红舅是他们仇恨的人。后来，寡妇的儿子们找上门来，把方红舅打了一顿，寡妇被儿子强行接走。不久，瘫在床上的方红舅死了。农村常发生这种事儿，找谁说理？死了就死了。我母亲听说以后掉了泪，说："方红哥，没有媳妇的命，他强求，不行。人一辈子咋过，都是命。"

在奶奶的葬礼上，我看着父亲母亲哭，我也哭。我的哭不是为奶奶。奶奶与我居住遥远，平时不在一起，感情比较模糊，也淡漠。我哭，是看到父母在哭；另一个原因是，我终于要从恐惧中走出来了。

九月的乡村，已有秋的凉意。田野里到处留有刚收割不久的满地麦茬儿，送葬的人脚踏在上边。

我的恐惧在减轻。我奶奶的棺木被大铁钉钉上了，我五大爷、六大爷、我父亲用铁锨铲土填埋到墓穴里，我的心落实下来。我再也不用蹲坟坑里了。

从此刻起，我长大了，决定自己承担自己的命运。我发现不再会有人保护我。我从我的亲人那里听到的意见，怎么都是令我恐惧的呢？我觉得不对，可又不知哪里不对。从此，暗中的否定与批判，不动声色自己消化、辩解、追问，然后等待真相大白的那一天，成为我性格中非常重要的部分。直到后来我走向社会与人交往时，我会这样。对不同的意见和不如意的人与事，不会当面去反驳，不会直接冲突，而是悄悄秉持自己的立场，非常坚定。我会在心底里一一去否定那些东西。妥协与中庸，成为我性格的特征；而内里，我则十分坚定。当然，这坚定中，必须要有充分的理性原则，而不是迂腐地固执己见。

出殡的仪式终于完成了。人都散了，一切又归于平静。六大爷院子里临时搭起的锅台灶火都拆掉了。

奶奶的丧事办完，我们就要走了。父亲当时在兰考的东坝头修防处工作。父母决定我们都先去父亲那儿住几天，然后再回开封。当时不通长途公交车，父母决定骑自行车从我们老家渠村，一直沿黄河大堤往东骑到兰考东坝头。

三

一大早我母亲就喊醒了我，说是趁天气凉快，赶紧骑车上路。

准备了三辆自行车。双雁哥骑车带我妹妹和弟弟。他的车子支架后座两边安放了钢筋编制而成的长方形挂筐，里边放个小板凳，我弟弟妹妹分坐在两边的筐子里。我父亲后座上带着我母亲骑一辆车，我自己单独骑一辆车。

出发了。双雁哥的车在最前边，我居中，我父母殿后。

刚开始骑车上路时，我心情很是舒畅。骑在车上脱离地面，又飞一般向前，真是有种高蹈的优越感。

风吹在面颊上，凉飕飕的。我追着双雁哥，车骑得飞快。此时，我还有兴致欣赏周围的风景。赭黄色的黄河大堤，虽说是土路，但已放了黏土压过的路面，显得瓷实光滑。

那时路上很少汽车，也不见大货车，只有推独轮车的人，还有像我们这样骑自行车的，大堤上十分静谧。大堤路两旁栽种着钻天白杨，笔直的灰白色树干，上边是绿中泛黄的叶子。杨树秀挺玉立，整齐排列，有威严的仪式感。大堤的斜坡上，种着槐树和榕树。榕树上有粉红色的茸花一朵朵点缀在叶丛中，很是好看。

此时的我，个头已长高。父母已当我是一个大人了。我骑车技术不错。我们早就学会骑自行车了，大概 8 岁时，我们院的小伙伴开始学车，谁家大人有辆自行车，推出来，大家轮流着学。那时人还小，腿不够长，就先学套腿儿。这意思说的是，因为人小坐不到车座上，那么就将右腿跨过斜梁，右脚踩在踏板上，蹬半圈，再蹬半圈，车子就可以往前走了。刚开始学车，握把，找平衡是要过的大关。如果没掌好把，就会连车带人一起摔倒。我常常会摔得脸上青一块紫一块，膝盖都磕碰出血来。但大家都不娇气，皮实得很，摔倒了爬起来再接着骑。我们几年下来，到十几岁时，骑自行车的技术都很娴熟了。

从老家骑到我父亲工作的地方，到底多少里路？我不知道，但我想那是整整一天啊。天刚亮就出发，直到天黑了才到，这中间最少有五十里吧。对于一个十几岁的女孩子，这一次的骑车经历，至今想起，我仍心有余悸。

骑了大约两个小时以后，我就开始觉得晕了，后背的衣服已经被汗湿透，风一吹，凉飕飕的。干了，又被汗湿了。这时，我开始数护堤的小房子。在堤上，每隔一段路程，就会出现一座护堤员住的小房子。我数着，一座，两座，三座……十座……二十座。我想，已经数了这么多房子，我们的目的地总该到了吧。

没有，大人们仍然在骑车，没人领会我的疲累。

我开始觉得腿像灌了铅一样地沉。我又开始数路面的桩子，可总也数不到头。

父亲工作的地方在哪儿呢？怎么那么远，还没有到呢？我真是有点儿绝望了。

大人们是粗心的，他们根本不懂得一个未成年的女孩子身体消耗已到极限。我虽然个头已长得不低，表面看不到瘦，反而是胖乎乎的。实际上我的早早发胖，是虚胖。伤寒已伤到我的肾，肾虚的人，不是因为吃得多而发胖，这胖是水肿。父亲母亲都不了解我这种虚胖是体能不好、身体不正常的症状。他们认为我跟他们一样有力气。他们认为我健康，骑几十里地的车子没问题。我逐渐明白了，所有健康的人，无法体会和理解有病人的苦恼和疼痛。设身处地是一件不容易做到的事，其中包括你的父母和最亲近的人。

什么时候能停下？歇会儿也好啊。

骑到快中午的时候，大人们也累了，准备找地方歇歇脚，吃点儿干粮。

大家推车下坡，在大堤的南边不远处找到一个麦场，旁边有树，树下有凉荫。坐下，开始吃带来的烙饼，军用水壶里带有开水。

我一点儿不想吃东西，扒开麦场的一个麦秸垛，倒头便睡了过去。小孩子家还是恢复得快。我眯瞪了一会儿，父亲叫醒我，醒来真是觉得舒服啊！我吃了些东西，又歇了一会儿，大家又开始骑车赶路了。

下午我已经是很机械地在蹬车了。大堤笔直，骑很长时间会拐个弯。仍是绿绿的杨树、粉粉的榕花、青灰色的护堤房，都在一闪而过。我已无心去看。

太阳快落山了，天渐渐暗下来。我们是往东边的方向赶路，晚霞和余晖都在身后。拐过一个弯弯的大堤，下坡，再七拐八拐，终于到了。

我躺在床上，不再起来，身上像散了架，一直昏睡了一夜又大半天。

这次骑车的经历，日后每逢想起，都心里作痛。

穷人的孩子早当家、早磨炼，这不假，可他们却也早早坐下了病根。后来我常常觉得心悸、憋闷，总是喘不过气，气促、气短，应该说，当年那些超出正常承受力的事情，都是日后病症发生的隐患。极度强力的、时间漫长的骑车，实际上已伤了我身体的某些器官。我气喘吁吁时，已经伤了心肺；我双腿发沉时，已经伤了膝关节等等。又加上我原本的伤寒体质，经着一次次的疲累以及内心惊怵，小小年纪，已经是身体很差了。

谁能想到日后呢？谁知道呢？人很少对自己身体有真实的了解。大多数人都是误打误撞向前推着惯性地行走。有的人，如果对身体的经络、穴位、脉象开悟了，这人会在正确方式引导下，自己想办法把身体扳过来，自己救自己。可大多数人，是集体无意识，听信着流行的观念走，走的是一条对身体有害的路。这样，经年累月，不知哪一天，身体的痼疾会来个总爆发，会得很严重的病。人这时，已无回天之力了。我这是很晚以后才悟到的这一层。

塞壬

原名黄红艳，1974 年出生于湖北黄石，现居东莞长安。2004 年开始散文创作，已出版散文集《下落不明的生活》《匿名者》两部，作品多次入选各类年度选及排行榜。

散文作品《转身》《托养所手记》先后两次荣获“茅台杯”《人民文学》奖

散文作品《托养所手记》《悲迓》先后两次荣获最佳华文奖

2009 年散文集《下落不明的生活》荣获第七届华语文学传媒大奖“最具潜力新人”奖

2014 年散文集《匿名者》荣获第六届鲁迅文学奖散文提名奖

2015 年《悲迓》荣获第十六届百花文学奖

奔跑者

一

今年元旦，我参加了马拉松迎春长跑比赛，至今我都无法解释参与的动机。挑战自我？锻炼意志？强身健体？如此正确的理由，在我看来却是荒谬的，我从未在奔跑中注入速度的概念、竞赛的概念。为了获得一套耐克的运动装？我笑了。那天，39 岁高龄的我在女子组中显得特别醒目，我是年纪最大的女选手。年轻的同事们表现出异常的兴奋，齐声一遍一遍地拍手喊着，塞老师加油，这让很多陌生的目光投向了我。我忽然意识到，这是我毕业后第一次公开地跑步，在白天跑步。枪响之后，我淹没在人流中，跟过去的任何一次都不一样，因为没有夜色，原本在起初紧贴我后背的那块黑暗没有如期而至，没有慢慢涣漫到全身，当睁着眼睛只看到黑暗的时候，心眼就开始打开，后来就有光照进来，有大块大块的影像在眼前晃动。在这肉身彻底消失的疾奔中，我是一匹马，黑夜的长毛将我覆盖，我纵蹄如飞，时光回溯，在那里，我看到了村庄、工厂、呼啸而过的火车，一个人的童年，我看到了离别，迁徙，深夜的哭泣和一张一张原本已模糊的脸……可是那一天，我的肉身如此之重，越来越重，阳光太亮了，世界的喧嚣洪水般涌向耳膜，浊重的喘息，我被清醒的规则引导，被速度追赶，我的主体强烈地在场，由规则引申的意志集中在一个点上：超越。这是非常糟糕的一个体验，沉重的肉身从未离开我一秒。一小时三十五分钟之后，我到达了终点，按照规则，跑步由此结束。沮丧中，瞬间做出决定，我再也不会拿跑步去跟人比赛。

由于那次体验的陌生感及不适感，我开始正视伴随我多年的跑步习惯。不，准确地说应该是奔跑，它是那种关于精神、意志、飞翔、梦境、痛苦、迷茫、内省以及完成灵魂自我修复的放逐。它是隐秘的，我从来不是因为锻炼身体、训练毅力这样的理由去奔跑，虽然，从另一方面来讲，奔跑本身能够获得健康的体魄。站在镜子前，我打量着自己的身体，155 厘米，49 公斤，乳房挺拔，小腹平坦，结实有力的臀部和大腿让我有稳健的底盘，球状的小腿肚饱蘸着力量，仿佛每个毛孔都在呼吸，它时刻醒着、敏感，像只小兽，有一种特别狠的倔强气息，仿佛随时准备接招来自命运的暗算。相比十年前的 42 公斤，那薄薄的背影，全身满是扎手的骨头以及扎人的性格，干净的瘦骨，灵魂滚烫。那个时候我是易碎的，烈性的。我认为，十年中身体增加的这 7 公斤，它既不是脂肪，又不是肌肉，它是某种历练慢慢积累的生命之重，它包括灵魂的钙质及铁性，它加重了血液之盐。当我在奔跑中，在黑暗的甬道里，我一遍一遍地把遥远的、几乎遗忘在岁月深处的时光一一擦亮，我要不断地看见自己，打捞自己，重新面对过往、悲伤与幸福，我要确认，我是自始至终都没有变的那个人。

我最初从奔跑中收获的是自我的调息，包括平衡与遏制。最终在疾奔的惯性中，我获得了安宁，安宁永远属于低温，啊，那冷却之后的空旷的心灵广场。我遏制了妄谵、偏执还有疯狂。表面上，我沉静，善于微笑，给人的印象一直是怯懦、没有声息。可是，我实在不是一个安静的人，焦虑，躁动，没有定力，游移，而且粗暴。最要命的，我似乎只对自己施暴。我记得第一次坐立不安、无助、悲痛、恐惧的那一天，那是 1991 年春天的一个下午，我的堂兄轩子遭遇车祸当场去世了。我至今没有为他写一个字，曾尝试着去写，可是瞬间我就会看见他的脸，那张躲不掉的让人心碎的年轻的笑脸。我的哥哥轩子 20 岁就走了。那天我的家人们都赶到现场，现在，这个现场再一次出现在我面前，这么多年过去了，那惨烈的一幕依然触目惊心。紧接着我婶娘一声凄厉的哀号，我立刻把这个画面切换过去，然后闭上双眼，任眼泪长流。我哥哥骑着摩托车被迎面而来的汽车撞飞，身体飞出两丈远。人是无法去细述这个画面的，就像无法写出告别。

每年涨水的季节，长江都会往下漂来一些尸体，这些尸体肿胀，发臭，令人作呕。在江边长大，我们从小见惯了这样的死亡。这些与己无关的死亡总是能为我们这些孩子带来猎奇的愉悦。啊，是个女的，手上还戴了个镯子；是个孩子，双手被捆着呢；这是一男一女，手脚绑在一起呢……我们议论纷纷，猜测关于死亡的种种可能。我从来——我竟然从来都没有为这些生命发出过惋惜和感伤。而我哥哥的死才第一次让我感知什么叫死亡。那么近，那么真实，那么痛彻心扉。仿佛有人从你身上偷走了什么东西，就像春天抽走绿，玫瑰抽走香气。我快要失控了。“当初是谁同意给他买摩托车的?”“那天下午到底是因为什么事情一定要他出去一趟?”“撞人的家伙他必须偿命……”我不知道为什么会变得如此不可理喻。面对这连珠炮般的质问，可怜的婶娘只得呜咽着抱住我。我精神恍惚，并没有过分哭喊，嗓子却哑了，嘴唇干裂，说不了话，我突然没了睡眠，整夜地睁着眼，还长了满脸的痘。我应该是全身着火了，觉得一刻也不能那样待在屋子里。多少年后，我南下广东，火车在夜晚疾驰，车头的灯光闪烁，这多像烧着了自己痛得使劲奔跑啊。当我看到这个意象，我就想起那些个夜晚，寒冷的春夜，月光泛滥，我先沿着田埂跑到铁路边，沿着铁路，耳边是樟树叶飒飒的风声。我拐进村里的民办小学，然后，我开始在空无一人的操场上无休止地转圈，直到筋疲力尽摔倒在地。在机械的奔跑中，殡仪馆那震耳欲聋的哀乐在头顶盘旋——是那种铜管乐器吹奏的，它散发着招魂般的死亡气息，恐怖多于悲伤。我哥哥从太平间抬出来然后又被送进冰库里，我们匆匆瞻仰了遗容，接下来的火化，我看到的是，火葬场上空的两个大烟囱排出长长的黑烟，而周遭绿树葱茏得可疑。我哥哥死了，我毫无准备。然而最让我毫无准备的是，这人世间存在着死亡，孤独，及生离死别，我——也身在其中，且无从逃离。那一年，我 17 岁。我目睹一个人的死亡至入土的全部过程，然后被迫接受，一个人如同障眼法一般，无端地消失。

奔跑，就这样开始伴随着我。这独自面对魂灵的精神之旅。时间消失了，肉身消失了，多年以后，我只在写作中找到类似的体验。当我回望少女时代、青年时代的每一次奔跑，我看到的是，在与孤独的博弈中，我一次次尝试对迷茫人生的突围，自我警醒、激励，以及重申对未来的希望。奔跑，奔跑，在大学的校园，在工厂空旷的料场，在家乡一望无际的水稻田埂。在失恋、失业中，在书里读到了卡夫卡、乔伊斯、马尔克斯、福克纳、米沃什、艾略特、莱蒙托夫和曹雪芹们，在没有信赖的人、没有可以实现灵魂对话的令人窒息的漫长的青春期，我在工厂与村庄之间犹疑，不甘贫乏的心被卑微笼罩，我不断地点燃自己又浇灭自己。我一次又一次地在黑夜里奔跑着，在那里，总会有一道光向我照过来。

二

2004 年以前，我叫红。那个时候，我的世界里没有文学，而且从未想过此生会与文学结缘。十年了，我成了一个作家，我不止一次地想，如果拿掉文学的部分，我的生命还剩下什么，我真的是通过写作来确立自我的存在吗？如果不写，那是不是意味着，我将什么都不是？不，我不同意这个说法。我怎么能去轻易否定自己曾经是一名出色的吊车司机，一名优秀的钢铁光谱验质员，一名坚持新闻理想的正直记者、辣手文案、职业经理人，以及混迹于广州、深圳、佛山、福州、东莞的那些流浪的岁月，我曾热衷于职场的打拼，深陷两情相悦的甜蜜爱情，所有的这一切，在我的生命中，它们毫无意义吗？我结识了萍水相逢但终生难忘的朋友，我历尽他人即地狱的黑暗深渊，美好及短暂的独自旅行，还有那些在陌生的城市醒来的第一个清晨，踌躇满志紧握拳头下定决心人生再一次重来的铮铮誓言。尽管我一路走来，一路丢弃，把它们埋进时光的废墟。这里面没有刻意的择拣成分，是一种自然而然的行为。然而，从 2004 年至今，我居然定格于写作，不离不弃。我得说，即使我不写作，我依然是一个丰富的人，精神世界始终响亮地存在，我的主格在场，我始终在路上，在奔跑，像被火灼烧，痛得使劲奔跑，我奔向那扇只为我敞开的门。

20 岁那年，我进入本地最大的国营钢铁公司上班，分配到一个露天钢铁料场上工作。我先是开龙门吊天车，紧接着拿起激光光谱仪验钢。那个时候的我，多么厌弃身为普通工人的红，蓝色工装，红色安全帽，脖系白毛巾，笨重的绝缘靴，帆布手套，青春被灰色的情绪笼罩，卑微，还有对命运满腹的怨怒。我的几位进入政府事业单位的同学来钢铁厂看我，我正从料场返回，没来得及更衣，满面灰尘，双目呆滞，腋下夹着沾满机油的帆布手套，手里拿着一个旧搪瓷茶缸。因为风的缘故，我迎面给他们带来了料场上生冷的寒意和浓浓的铁腥味。我的同学都笑了，当然，这笑声里并没有嘲讽的意思。可是我在一瞬间意识到，我有了截然不同的气味，那种底层人生的气味。黑暗的一天，紧接着是黑暗的第二天，第三天。我开始了奔跑，在奔跑的旋涡中，我的憋屈、愤怒慢慢滋生出凶狠的狼性：我要想尽办法奔到高处，离开这里。

我是多么不喜欢那个时候的红啊，投机，虚荣，肤浅，偏激，最要命的还自命不凡。那个时候，我从来没有意识到钢铁工业、劳作、技术、机械设备、马达、火车，激光、电焊以及满是机油味的蓝色工服，所有这些，它们对于一个女人的青春来说是多么弥足珍贵的给予啊。多少年之后，它们让一个名叫塞壬的作家引以为豪，并时常矫情地玩味这其中的暴力美学。离开之后，我再也没有去过那个钢铁料场，我的生活从此也远离了铁腥、激光，远离了机械马达以及跟体能、汗液相关的粗粝元素。而现在，我要说起那个钢铁料场，我竟激动得双手在键盘上抖动，有泪涌出。那么多的夜晚，澄澈的星空下，红，像一匹发着光的黑马，在奔跑。掀开的劲蹄如翅膀一般，用倔强擎着薄薄的命运，那孤独，让人心碎。

料场临江，风从江面上呜咽着吹过来，打着旋，然后深入钢铁的腹地。一米多高的厚铁墩围成的料仓延绵两百多米，并列四条线，五个料仓，天车像庄稼一样林立在那里，铁轨静卧，远处的探照灯时常瞬间扫过料场，总会引起猝不及防的响动，光着屁股的男女仓皇失措，天车高处传来怪异的哈哈大笑。红是多么不屑跟这样一帮粗俗的人为伍啊，她总是清高地拿着本书，摆着臭脸，谁也不理。车间班组的那种工作生活偶尔也会让红感到心头一亮，但那仅仅是偶尔。想要奔往高处的心，一刻也没有动摇过。每一个工人的性格都清澈如水，他们几乎没有秘密，拿一样的工资，干一样的活，他们的快乐和愤怒简单而直接。在那样一个世界里，更大的人生奔头已经没有了，在那种被限死的命运里，人们整天围绕着奖金、性，想方设法占国有企业的便宜以及为一点点好处投机，人跟人之间的温情、善意与屌丝人性爆发出的尖锐与顽劣都合情合理地上演。因为不随和，我是落单的。几乎没有朋友。有男人曾在我面前开色情玩笑，被我掴过脸。啊，那个时候的红，真叫我不喜欢——我为了不再当一名低级的天车工，竟借口眼睛近视无法在高空作业，向厂工会一连写了四封申请书，强烈要求换岗，最终，在我频频制造的几次工作失误后，这可耻的伎俩得逞了，我拿起了激光光谱仪。这个工作，听上去，多少有一点科研的成分，要高端得多。但是，我依然是苦闷的。唉，那个时候的红，真叫我不喜欢。

我是长期上夜班的。从晚上十一点到第二天早上七点，两趟活，分别在十二点和凌晨两点。火车运来的钢料被天车工卸进料仓，然后我们拿着光谱仪进仓检测钢料，把它们分类，并做好标记。四点多钟活就干完了，工友们各自回班组睡回笼觉。而我，开始了在空旷的料场上奔跑，我睡不着，我的青春大片大片的精力被荒芜，我的激情无处安放，奔跑，被放逐的青春，我梳理阅读的书籍，念叨着一词一句；无望的爱情，暗恋团委那英俊的宣传干事，因为自尊不屑暗示，因为自卑而强压思念；那些日常的小烦恼会在此时被我无限放大。奔跑，在黑夜无止境的深水里泅渡。泅渡，直到江面上空出现鱼肚白，直到朝霞染红一片天空。

有一次我听到身后有奔跑的脚步声在紧跟着我，一阵惊悸掠过全身：变态狂？我猛地回头站住，故作镇定地与来者对峙。黑影近了，看身形，我认出是班组的小菊姑娘，她呼哧呼哧地大口喘气：红，我是小菊啊。这位小菊姑娘长得很胖，双手只好撒着，夏天大腿内侧因走路而擦伤、溃烂。她双颊肥硕，高过鼻尖，眼睛总是流露出因做错了事情才有的那种深深的抱歉感，仿佛在等待你的责备和训斥。小菊在班组技术最差，没有人愿意跟她搭伙干活。她是弱势的，自卑，少语，没有朋友。红跟其他人一样，是势利的，这又丑又蠢的姑娘，我从来都不屑一顾，更不会去跟她交朋友。我继续奔跑，完全当她是空气，然后进入自己的个人世界里。然而，这又胖又笨的小菊似乎也当我不存在，她居然跟我一起跑到了天亮。在以后的几个夜晚，她都来了，我们照例不说话，各自闷头奔跑。可是，我并非每晚都跑，如果身体累，或者下雨，抑或某种不安的情绪以及无可名状的沮丧与焦躁，都会让我放弃奔跑。我的奔跑被工友解读成锻炼身体，且由来已久，虽然有时被戏谑成“发神经”，但至少，没有人围观注视我，然而，这个小菊加入进来后，我开始有点不自在了。我觉得，在夜幕下，两个年轻女孩一言不发地在钢铁料场上奔跑，这个画面太诡异了，无法解释这其中的荒谬，我觉得自己像一个傻子。于是，有一天夜晚我中途突然抽身离去。回到班组休息室，天下起了大雨，心里好生庆幸自己跑回来，没有淋到，而那个傻子在无处藏身的料场一定被大雨浇了个透心凉。等我从澡堂子出来，雨势已收住，小菊还没有回来。瞬间，好奇心顿起，我扔下毛巾，一口气狂奔至料场，被眼前的一幕惊呆了，被大雨淋透的胖子，打湿的工裤紧贴在她水桶般的大腿上，她昂着头，双脚不知深浅地乱踩，毫不规避地面的水坑，她缓慢而笨拙地奔跑着，像被放慢的电影镜头，她的表情看上去很陶醉，我读出，她在享受飞翔，且旁若无人。这个美妙的状态，我感同身受。更要命的是，我忽然有种物伤其类的悲凉：我们都是那么孤独。

随后的几天里，我没有去料场奔跑。但我忍不住去留意那个胖子。她每晚都准时在料场奔跑，风雨无阻，从凌晨四点到早上六点半。算起来，有十几天了。我忽然很想走进一个人的心，一个一直没让我正眼瞧过的人的内心。因为现在我可以肯定，小菊不会放弃这样的奔跑。我非常清楚能够真正做到这一点是极不容易的，它需要魔鬼般的意志、强大的信念，并在肉身疲累的煎熬中进入纯粹的精神世界，飞翔，让肉身和时间消失。这是一个足以让我仰视的灵魂。而我，竟耻于跟她一起奔跑，竟觉得这一切荒谬。

我来了。我一次一次地超越她，又一次一次地在下一回程中与她迎面相逢，无声，但是默契已经在我们之间形成，我们彼此在心灵上有了某种微妙的感应。以至我经过她身边会轻声地说，小菊加油。我们终于坐定聊开了。如果说，当时 23 岁的我对于自己是一名普通工人而感到人生灰暗无望，那么，在面对长期深陷自己的失败感、焦虑感而无法自拔且无视他人世界的青春，我第一次，为自己感到羞耻。小菊跟我说，钢厂马上要裁员了，如果她被裁掉，不，自己肯定会被裁掉，那么她活在世界上，将会成为家人的累赘。她必须减肥才有可能在社会上找到工作。这是唯一的活路。这让我的人生如此失败如此毫无光彩的工作，而有人竟然以拼命的姿态去争取，过往所谓的清高、不屑，对这份工作的嫌弃，种种细节此时历历在目，我的人生，还从未拉低到考虑活路这一命题上，然而，除了小菊，班组应该不止一个人在考虑活路及下一个人生的去处，危机笼罩着人心，恐惧漫漶。我跟这样的人同处一个时代，跟这样的人鼻息相闻，而我却活得像个局外人，还耻于跟他们一起面对这共同的命运。人们都小心翼翼地隐藏着这份恐惧，假装对裁员毫不在意，人跟人的微妙就在这里。可是小菊，她已经无所谓隐藏了，所有的人都拿她当裁员的垫底。

我第一次主动地做出了一个无关自己利益的决定。不，应该说，是关乎一个人的灵魂质量的决定。因为小菊初中未毕业，物理化学方面的知识几乎等于零，所以她对光谱的技术难以掌握。师傅也没有耐心去教她。因为自尊，也因为怕给别人添麻烦，她也不敢开口请教。我决定手把手地教她学习激光光谱验钢技术，我把料场常见的钢种挑出来，让她练习。我为她打开了铬、钒、镍、钼、钨、锰的世界，在蓝、绿、橙的光谱变幻中，小菊第一次体验到技术带给她的快乐。她激动地把我抱起来转圈。当你凝视着她的笑脸，你会百感交集，你终将体会一个长期备受歧视的人对生活那种热切的渴求。一个很小的进步，一句漫不经心的赞许，对她来说希望的口子在慢慢变大。我从来没有这样活过。在这个过程中，我对讲述一个又胖又笨的姑娘的励志故事毫无兴趣，我更不觉得自己具备某种美德。不到一年，她最终成功瘦身，并且留在了钢铁厂。这种故事丝毫没有所谓正能量的代表性，它只是一个极端的个例，我相信，极少有人能拥有那种可怕的毅力。包括我，在她那种坚不可摧的意志面前也只能甘拜下风。23 岁的我，目睹一个人在生死边缘与命运较量，在激烈的挣扎中，生命的壮美与悲凉让人战栗。而我，真正看清了自己，并开始认知真实的世界。我不再回避，慢慢摩挲我所拥有的一切，此时它们都像宝贝那样发着光，我的蓝色工装，白毛巾，红色安全帽，绝缘靴，帆布手套以及冰冷而优雅的激光光谱枪，还有我的塑胶饭票，搪瓷饭盆，我的厂牌。对着镜子，我还有一张鲜艳的年轻的脸，朗目红唇，散发着清新、健康的气息。我的命，由这一串卑微的名词铸就，它只能属于奔跑的红，属于有体积、有重量，迎面飞奔撞痛青春的红。而奔跑继续。

三

来广东十三年，在很多次的梦境里，隆隆的火车声，我瘦弱奔跑的身影在眼前晃动，浊重的喘息，仓皇的脚印踏遍我熟睡的脸。在陌生的城市醒来，这漂泊不定的命运，落魄的气息，唯有影子相伴。枯坐，独对四壁是可怕的，你会感到它们由四周向你的肉身挤压，缩小周遭有限的空间，然后把人困在窒息的墓穴里。我需要旋转、奔跑，需要不停止地跳动。每到一个陌生的城市，租房，我会选择靠近广场的地方，如果是小区，就选择有篮球场、环形跑道或者有林荫道的。2008 年，我在东莞某镇一家大型商城的市场部工作。这个时候，我已经是作家塞壬了，在写作中，我找到了另一种奔跑，它让我实现穿越个人黑暗地狱而抵达天堂的澄明。然而，即便我找到了写作这种表达方式来消解孤独，但留给我的时间空白依然巨大地笼罩着我。我不善交友，因为这需要讲很多话，还要经常出门；我不看电视，它的噪音和明晃晃的光影那么赤裸地照见一个人的孤单。而阅读，时常会让我激动得不能自已，在深夜大笑，或者大哭，狂拍大腿，捶床，有时从床上一跃而起，继而，身体唤起奔跑的记忆，在此刻，我需要的是，夺门而出。啊，我真是一个奇怪的人啊。

有一段时间，我的作息变得无序，晚上八点我就犯困，一直睡到凌晨一点。醒来后，如同满血复活，打开电脑，管涌般的语言涌向双指，我感受写作带来瀑布般的激荡与飞扬。而有时，我一个字也写不出，于是穿上宽松的睡衣，下楼，直奔篮球场。跟我同住一个套间的同事南茜姑娘曾经跟我提过，她说，其实我可以通过性爱来缓解。她以启蒙般的语气神秘地告诉我，作为作家，性爱带给我的体验将是一种难以言表的肉体与精神的双重狂欢。这是跑步所无法企及的。因为她从未看过我带男人回来过夜，在公司也没有男人来找过我。面对她的建议，我友好地笑了笑。我实在没有必要在一个不相干的女人面前表达我对性爱的见解。在我看来，这个世界上最为孤独的事情莫过于男女之间的性交了。甚至包括两个相爱的人。我认为，性爱可以实现让两个人成为一个人，在接通的瞬间，可以融进对方的生命与血液。撕咬、揉搓，疯狂与温柔，不顾一切地把身体嵌入对方，融成为一个人。这不是单纯的生理行为，是因为我们太渴望彼此相拥的灵魂了。而事后的沉默与伤感，是因为我们全意识到，我们不是一个人，你还是你，我还是我，像左耳和右耳，两个独立的单元体，孤独依旧。可是我，总是希望长久地与一个人连为一体，需要从他那里取暖，需要成为彼此生命的一部分，成为他的魂器，进入他的命运。我一次一次地说，再来，再来一次，我需要再来一次，需要这样死去。这是红，或者塞壬所认知的人世间的性与爱情，悲凉，被孤独浸透，是薄薄的命运里，危险的毒药。此外，我还流连过赌坊，我活着，始终与时间为敌。在肮脏、烟雾缭绕的私密麻将馆，我跟妓女、二奶、饭馆老板娘、有钱的闲女人一起，没日没夜地沉沦，天昏地暗，直打得自己只剩下一副髅骷的身子。卡里的钱，成千上万地消失。在经历割肉般的痛苦的同时，我开始老老实实地找公司上班，写稿，维持着生计。然而过不了一年半载，我就会再发作一次，去输掉一大笔钱，然后再一次地恶性循环。我不知道，为什么我的生活总是失控，我非常清楚，爱情，赌博，写作，这三样，足以让我走向毁灭。一个人，只要对一样东西上瘾，他的人生就会失控。然而，奇怪的是，这么多年，我极少遇到一个让我膜拜的痴人，一头栽进致命的信念里，直奔死亡，而这样的人只存在于凡·高、三毛、康端川成、杰克·伦敦、芥川龙之介、托尔斯泰、海明威、海子等这一长串卓越而天才的名字。我们活得如此理性、平庸，善于悬崖勒马，见风使舵，精于算计得失。我注定是失败者，缘于不可救药地上瘾、失控。然而，我终究是个俗人，我绝不会自杀，我要死皮赖脸地活着，平庸而绝望地活着。顶多，落得个别人在背后指指点点：那个神经病。但是，奔跑，这唯一使我重拾希望，一次一次踌躇满志，发着誓言人生要再一次重来的精神之旅，在愈跑愈勇的黑夜里，我攥着对人生的信念，一次一次从深渊中突围。

凌晨一点半，我醒了。我再次穿上干净的睡衣，波鞋，快步奔向宿舍楼下面的篮球场。然而这次我又发现已经有了一个人在那里奔跑。是企划部的设计师罗生。我喊了他三遍，他才回应我。我是不会将自己的奔跑曝于他人的视线中的，既然这地方又被人占了，我只能去广场。罗生突然慢下来走到我跟前，问我是否可以跟他一起去吃夜宵。这个邀请是很难拒绝的，面对罗生，我相信公司的每一个人都不会拒绝多陪他一会儿。

这是2008年的8月。公司企划部设计师罗铭文是四川汶川人。他的妻子和七岁的女儿死于那场地震。公司曾为他发起募捐，但被他拒绝了。从此，罗生就陷入了无法自拔的巨大悲痛中，办公室很少见到他的人影，他时常喝得烂醉如泥。即便如此，公司领导也没有炒掉他，还带着礼品来宿舍慰问过几次。所有的人对他说话都小心翼翼的，生怕触到了那根悲痛的神经，可是，对罗生来说，他全身每一块地方都是那悲痛的神经。

我们来到一家潮汕牛肉火锅店，他点了肥牛片、牛肉丸、牛百叶和一堆青菜。我注视他的脸，干黄，双颊凹削，一张皮绷在颧骨与两腮上，双目无神，布满血丝，嘴唇起皮。油腻的长发搭在他的额头，由于刚刚结束了跑步，他身上浓烈的汗臭阵阵散发开来，但我没有扭开脸。锅底冒着热气，他用网给我捞起两颗牛肉丸。

“因为不愿意进入睡梦中，我才起来跑步的。”他讪讪地跟我解释，“酒精也不能阻挡那些可怕的梦。只有跑得筋疲力尽，我才能勉强睡上一会儿。”

我不想看他的眼睛，也没有问那些是什么样的梦。但是他却自顾自地说起来。他说，妻子和女儿的尸体没有找到，那应该是埋在地底了。罗生跟我说起他那奇怪的梦。说是，作家大概是可以理解的。梦境是在他一个类似于倒塌的废墟般的旧厂房，像墓地那样荒凉，他趴在地上，盯着一个缝，他的妻子和女儿被埋在倒塌的建筑堆里，她们向外面的缝伸出求救的手，她们只是用恐惧的眼睛盯着自己，不，用恐惧的眼睛盯着死神。他却听不见任何呼喊。罗生说近在咫尺他却无法靠近。不，他纠正道，我已经觉得她们是在另一个世界，眼前的缝很近，却是永远够不着的，她们已经在另一个世界。

我怔怔地看着他，惊讶他的梦如此具体。他突然声音大起来："你知道吗？我经历了一种可怕的死亡……"因为有个缝，总会有丝丝空气灌进去，所以妻子和女儿很久才死去。在这个过程中，另一个世界的他，每一分每一秒都跟她们一起经历着，直到突然无法呼吸，他才大汗淋漓地醒在床上。他垂下眼睑，说，作家，我想请你帮我一个忙。

后天是农历七月十五，按照汶川的习俗，要祭拜死去的亲人。因为要燃鞭炮，烧纸钱，所以祭拜只能选在少人居住的偏僻的地方。罗生要我帮他写一篇祭文，可是我这辈子没有写过祭文，但我还是犹豫着答应了。因为，我马上想起《红楼梦》有过类似的情节，藕官为死去的药官烧纸，在园子里被夏婆子捉住，偏被宝玉撞见，宝玉哪里见得这等痴事、傻事，以他的性情，是一定会帮这藕官的。我深知祭拜亲人备有祭文是相当隆重的，这一仪式后被很多人省略，而罗生此次要备祭文，我怎么能让他有这个遗憾？

那天我也去了。天一黑，我们来到附近一家没有建好的楼盘后面，靠山的那边，有一处堆放废弃木条和钢铁架的地方。他摆了一个香案，两样水果，一鱼一肉，四样。把两小捆香纸摊在地上，我看到"中元大会之期化洋钱一包"的字样，毛笔写的，"故妻罗氏×××收用"，他一一摊好，妻子的，女儿的。他蹲在那里，手法细致，轻柔，非常虔诚。他应该洗了澡，头发很干净，还换上了白色的T恤。我甚至还闻到清新的香皂味。他抽出三支香，并在一起，点燃，把香合在手中，跪在地上拜了几拜，然后插在泥土上，站起身。此时，我们一句话也没有说，罗生拿出一串鞭炮，示意我走开，不要靠得太近，我退了两步，把耳朵捂上。心惊肉跳的爆竹声过，一地浓香，一地碎红。罗生再次蹲下身去，点燃了香纸。我把祭文递给他。当他读到"恨不能追到地下，与你们团圆"这句时，他突然放声大哭，我的眼泪也夺眶而出。火熊熊燃烧起来，罗生哽咽着把祭文念完，然后抛入火中。

我捡来红砖垫在地上，我们坐在火堆跟前，灰屑飞舞，我们的脸上、头发上都是灰白的纸屑，火渐渐熄了，烧过的香纸打着卷，发出噼啵的响。罗生突然对我说，你知道我刚才为什么大哭吗？我疑惑地看着他，难道不是因为悲痛而失声痛哭吗？罗生转过脸来，说，上次我跟你提到那个梦了吧，其实我并没有全部都告诉你。他再次失声痛哭起来：当我把手伸向那个缝，可是，我发现有一股力量把我往下拖，我碰到死神冰冷的手。当时我只有一个意念：我不愿意跟她们一起死！我要逃离，不愿意死去。我立即收回了我的手。可是……我为什么连在梦中都不愿意作个假，为什么梦中也不愿意跟她们一起去？

——这个梦每天折磨我。我可耻地活着，活在假装失去她们的痛苦中。为了试探自己的内心，有几次，我爬上了天台……可是，我依然想活着。

这才是真正痛苦的根源，我读懂了这个在深夜奔跑的男人。生命本原性的矛盾让他痛苦。在灾难面前，在死神面前，人心是不堪试探的。一旦静止，让思绪有机可乘，他就会面对灵魂的责难与自我的羞辱。奔跑，是一种密不透风的麻醉，是短暂的放逐，而筋疲力尽之后睡眠可以让他的灵魂得以安歇。那么，我大可不必担心这位罗生，生命的本能会让他活下去，即便终生背负失亲的阴影，然而，我还是相信，他会有春天，会再次发芽，会灿烂如花。

深夜的篮球场上越来越少见罗生的身影。而我，显然要不可救药得多。我解释不了，为什么我的人生并没有遭遇灾难性的剧痛，我却硬是把它捣腾得满目疮痍。

四

去年秋天，我采访了东莞的一个奇人。他叫薛军，在一家鞋厂打工。2012 年，他从江西瑞金负重起跑，历经 141 天跑完了红军两万五千里长征路，过了草地，翻了五座雪山。一时间被媒体热议。我素来对铺天盖地的新闻报道不太有兴趣，诸如“中国阿甘”“马拉松狂人”这类媒体式标签，我以为遮蔽性太大。我之所以对他有兴趣，是因为奔跑。我隐隐觉得，跟这样的人会有某种隐秘的会合，我们应该有相同的那部分。采访中，他说：“我像一个疯子一样在马路上奔跑，人群纷纷从我身边逃开。我被当作是疯子……”这个矮小的河南男人，一身农民的气质，颇为健谈，他不停地跟我说起诸如荣耀、毅力、励志之类的话题，我都不太听得进去。直到他说，我的身体有火，而且这火天天在长。这是我对他的采访中，唯一感觉跟我相同的那部分：身体里的火。

“如果我不跑，我就是一个农民”，听到这一句我笑了，塞壬啊，如果你不写作，你以什么来确立自身的存在？然而，薛军现在是一个探险的英雄，他觉得除此之外的人生毫无意义。奔跑成就了他，他的奔跑指向世俗的成功。这是他苦心经营的事业。我跟他的不同在于，即便没有成为塞壬，我依然觉得红的人生一样意义非凡，一样是一个强有力的存在。

在一次文学的沙龙活动中，有一个陌生人向我走来，他问我是否在东莞虎门待过。我点了点头，说自己在虎门待了两年。来人自我介绍说，自己是一名业余摄影师，有几张照片想要送给我。他把一叠照片递给我，我一张一张地看，眼泪涌出。这应该是2006年拍的，当时我在虎门。照片中，在广场深夜奔跑的我，咬着唇，绷着小脸，是那么不甘，路灯的红光映入眼中，我如同一头生猛的小兽，那么狰狞，那么凶狠。我穿着紧身的T恤，并没有戴文胸，乳房怒放，它圆滚滚地激突出两点，几乎夺衣而出。这就是奔跑中的塞壬，生腥，狂野，身体里装着马达，在黑夜疾奔，在无边无际的孤独中警醒，紧握拳头，奔向属于自己的那扇门。

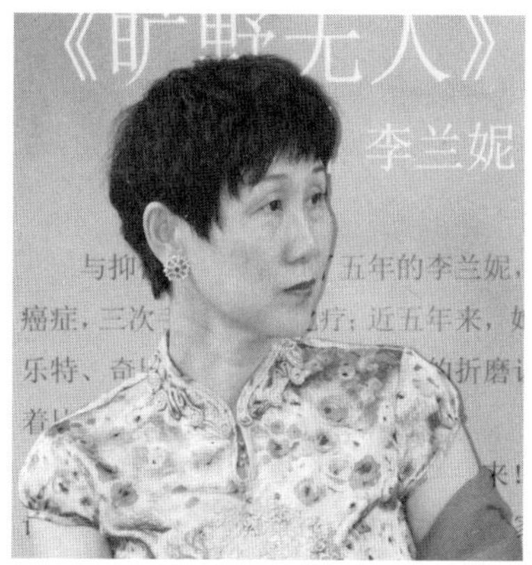

李兰妮

中国作家协会全国委员会委员、广东省作协副主席、深圳市作家协会主席。

作为癌症抑郁症病人，近年创作出版长篇纪实文学《旷野无人——一个抑郁症患者的精神档案》《我因思爱成病——狗医生周乐乐和病人李兰妮》，持续探讨当代中国人的精神疾患和生命困境，同时亦是伴随现代化进程中整个世界共同面临的难题。

旷野无人

——一个抑郁症患者的精神档案

旷野无人。你的身、心、魂、灵散落迷失在死荫的幽谷。旷野无边无涯无日无月，你不在人世，你在旷野。有眼看不见，有耳听不见，有口无言。你摸索着，爬行着。你触摸过死神的脸，那是一张轮廓俊朗的脸，清爽，光滑，结实，年轻，浮起微笑的唇纹。

癌症开过 3 次刀，做过 5 个疗程的化疗。从 2003 年 4 月起至今，你一直要服用抗抑郁药：赛乐特、奇比特和佳乐定。你每天都会想到这句话：活着比死要艰难。

你每天要在脑海里反复抹去这句话。

常有人问：你在写什么?

什么也不写。

那你每天干什么?

心说：我在竭尽全力——活啊!

我怎么可能抑郁?!

走进深圳北大医院这间精神卫生专科诊室很偶然。特诊部分诊台一个小嘴小脸的小护士说，医院最近有规定，开安眠药必须找精神卫生科的医生写处方。

李兰妮站在精神科医生对面，诊台医牌表明这是个博士。

李兰妮：我不是来看病的。我想开点安眠药。我经常要吃安眠药。请你给我多开点好吗？

博士：我这里只能开七天的药。

李兰妮：那……你药量给我开大一些吧。安定我一次要吃两片。舒乐安定有一次我吃过四片，第二天在屋里走路都走不直，直往墙上撞，不会拐弯。

博士：说说失眠症状。

李兰妮心里嘀咕：多耽误时间啊，开几片药还要问半天。

李兰妮：入睡困难。吃药也得一点多两点才睡着，到四点左右就醒，醒了就再也睡不着了。

博士突然坐直了，头往前倾，两眼放光，好像缉毒员嗅到了可疑气味。

博士：持续了多长时间，这种早醒？

李兰妮：有……两个多月吧？这一年多我睡眠很差，总做噩梦。早晨醒来比没睡觉还累。

博士：你不是一般的失眠，最好做个心理测试。

李兰妮：别别……我只想开点药。

博士：早醒之后不能够再入睡，持续十五天以上，就要小心抑郁症。抑郁症你知道吗？

李兰妮：抑郁症？不太明白。

博士：这是一种精神疾病，病人至少有三种临床表现，早醒难入睡就是其中一项指标啊。当然，也有忧郁……

李兰妮：我没啥可忧郁的。上不用养老，又没要孩子不用操心。我可以不上班，没有工作压力，朋友一大堆。挣的钱够我自己花。

博士：可是……衡量抑郁症……

李兰妮（显摆地）：我癌症开刀没掉过一滴眼泪。我知道自己癌症转移要做化疗，我没哭过。认识我的人都说我非常乐观。我怎么会忧郁？有个朋友说我，李兰妮得了癌症一点不忌讳，像中了六合彩一样到处说。

博士：你是不是自控能力很强？

李兰妮：对呀。从小到大，我特别独立，特能自控。找我倾诉的人很多，但我没什么要倾诉的。我天生不爱哭。

博士：越能自控的人，就像一张弓，一直绷得紧紧的，越来越紧，越来越紧……啪！就断了。白天你可以自控，夜晚潜意识就控制不住啦，所以你总是做噩梦。

李兰妮噎住了。癌症手术后，她做过一个梦，她在梦中对一个朋友哭着说：区区，我得癌症了！是的，哭过一次，在梦中。但是，由此界定这就是抑郁成疾，实在牵强可笑。

博士：抑郁症还有两项硬指标，一是对什么都提不起兴致来，你最喜欢做的事，莫名其妙不想做了；还有一点，脑子里有……有自杀的念头在转呀转。

李兰妮：我可没想过自杀！我跟主治医生说过，绝不会让癌症吓死。我要是有抑郁症，恐怕世界上一多半人都有这病。（笑）哪怕是全省人民都抑郁了，也轮不到我这种人。

李兰妮不想告诉博士，她近期无法集中注意力。起卧行走如同弱智梦游，心神涣散。疲倦。失眠失眠失眠，噩梦噩梦噩梦。

博士说：你试试服用抗抑郁症的药物。

李兰妮根本不信什么抑郁症。但是，博士提到的抑郁症三项临床症状，有两项在渐渐加剧。

大脑似乎已经跟躯体脱节。我看到头在一旁飘浮，四肢像被斩首的青蛙发蔫，身子是空的，脑浆——鲜血——额头那一块皮——两个眼珠子……浮在空中飘，各飘各的。过去我看不懂毕加索的画，现在我就是毕加索的一幅画。形神散溅，一摊一摊，一坨一坨。青色的血管、粉红参差带肉的骨头、泥土色瘪皱的手指、翻裂开来黑白两色的头骨皮……收不拢，聚不住，在空气中飘移。

李兰妮几乎问遍了所有她熟悉的非精神卫生专业的医生：有个博士说我有抑郁症，你觉得有这个可能吗？她听到的回答都是干脆否定的。朋友帮李兰妮联系了主任专家门诊。

护士叫李兰妮到一间小屋电脑前填空。九十多道问答题限在三分钟内答完。

李兰妮飞快地填空答题，本能地绕开“陷阱”。她知道“应该”怎么答题才能避开麻烦。一分多钟答完所有问题。护士有点惊讶。

专家疲惫地看李兰妮的填空题。卷面上没有发现值得关注的可疑点。

李兰妮：像我这种情况，不用吃抗抑郁药物吧？

专家：你除了失眠疲倦，还有哪些症状？

李兰妮：没有！认识我的人都说我这人一点不抑郁。好多人提醒我千万别吃抑郁症的药，能不碰尽量别碰，毒性可大啦。

专家：你有没有……比方说想自杀啊，觉得活得很没意思之类的念头？

李兰妮：没有没有。我很乐观，朋友一大堆。失眠可能是职业病，疲倦可能是我做过化疗，药性太毒。心脏受不了，120 急救车……

专家扫扫问卷，看神情正在综合病人陈述进行判断。

李兰妮赶紧补充说：啊有个问题，我很怕去吃饭。别人一说要请我吃饭我就紧张。有时候答应了，就盼着别人说没空取消。

专家微笑，写处方：这个不算什么，不大像抑郁症。

哦——阿普唑仑，我知道。睡前一片，能改善睡眠，又有抗焦虑的作用。李兰妮如获大赦，抓起处方单，“谢”声未落，人已蹿出门外。开手机，向朋友报告：我没有抑郁症！我不用吃抗抑郁药！

当天晚间新闻，香港电视台播放了张国荣跳楼自杀的消息。

张国荣因抑郁症而自杀！记者在说，目击者在说，主持人在说，张国荣的歌声，张国荣主演的电影片段……永远不会老的张国荣在电视上微笑，眼睛微微有点眯，嘴角隐隐藏着一缕笑，有点心事，有点顽皮，有点倦怠，他的眼神在说：今天是愚人节，我们来玩一个死人游戏好不好？我算一个，还有谁？还有谁？一起走。你还在犹豫？集合了。

每年这个时候都有重度抑郁症患者自杀。但是，普通人的死没有新闻效应，他们就像一颗眼泪，刚抛洒在空中就蒸发了，无声无息无影无踪。张国荣的纵身一跳，成为许多人脑海中永恒的一个画面。这个画面所引发的震撼，成为抑郁症这一课题的社会启蒙。

李兰妮开始警觉。

挂号。特诊。三个科。妇科主任说：你没有更年期综合征，不能给你吃激素。中医科主任说：你这是心阴阳两虚，开三剂四君合酸枣仁汤，只能试探着慢慢调。门外导诊台护士喊：李兰妮，精神科。

走出特诊楼，捏着两个小纸袋，七天抗抑郁药。认了吧。说你疯了你还不乐意，你骗医生你不找死吗你。

英国苏珊·阿尔德里奇博士在书中对重度抑郁病人这样描述："一位成功的电视制作人说，'……你早晨醒来，恐惧就如同海水涌进一艘沉船一样涌进你心中。你无法起床，你无法度过这一天。'一位生物学家说：'这比我目睹妻子死于癌症还要可怕。我很惭愧，因为我承认我的抑郁比妻子的死还让我难受，可这是事实。'列夫·托尔斯泰患抑郁症时极想自杀，'……看看我吧，一个幸运的人，每天晚上脱衣睡觉前，都要把一根绳子拿到房间外边，这样我就不至于在房梁上悬梁自尽了。我也不再带枪去打猎，省得经受不住诱惑而结束我的性命。'"

看到这里，我明白了自己的一个习惯动作。每次我用过水果刀之后，不管那刀套搁得多么远，我都要找到它套好。若是晚上太晚找不着刀套，我会用一本厚书压住刀身。我一人独自在屋时，我总会意识到那刀尖的存在。我会一遍又一遍地，忍不住地想象着刀尖慢慢切开皮肤以至血管时的画面。原来，我深受诱惑。

李兰妮服用抗抑郁药物的头七天，比化疗还难挨。头皮脸皮至颈部火辣辣地烧，强烈的恶心，从食管到胃部一阵阵痉挛。手脚冰凉抽筋。强烈的晕眩感，全身控制不住地震颤，忽冷忽热。舌头干得焦痛发麻。喝水不能解渴，反引发呕吐。小便困难，坐在马桶上怎么也尿不出来，冷汗直沁。四肢、头颈的血管里鲜血在沸腾，像锅炉里的热气烤得皮肤筋肉干痛。恍惚觉得头很大很大，大得没有边儿；屋子像一个喝醉酒的怪物乱摇晃，天都让它摇进来了。她趴在沙发上，腹部紧紧顶着两个靠枕止痛。一会儿跪在沙发上，抱着塑料盆干呕；一会儿脚钩沙发背头抵地，头往木板地上磕，她想把大脑磕得没知觉。李兰妮眼巴巴看着墙上的挂钟，一分钟一分钟地数时间……

在忍受熬炼的时间里，死神俊朗的身影出现了。他像王子赶着马车来接灰姑娘。跳吧。阳台不高，双手一撑就上去了。跟我走。飞起来。你是一只蝴蝶。飞啊。这声音很清晰，很温柔，很体贴，很耐心。

阳台防盗网有一扇做紧急出口的小门可打开。李兰妮找到了开小门的钥匙。没必要穿新衣服，穿一套半新半旧的宽松衣服，要穿绑鞋带的运动鞋，免得路人见到白尸布下酱紫色的赤脚恶心。要整洁。要选择四下无人的白天跳。她要在最后的意识里存留晴朗的天。

上帝啊，求你宽恕我。我真的真的撑不住了，我活得太难受了。求你帮助我，允许我提前回趟家好吗？

上帝啊，您说过天下万物都有定时。生有时，死有时。杀戮有时，医治有时。可我等不及了。唯有在你面前，我感到自杀是有罪的。上帝啊，求你救我！

眼前耳旁嘈杂。认识的、不认识的死去的人都来说，不停地说说说说说说！集合啦快走啊……混乱中很多脸很多眼睛嘴巴催她走，催得她心飞意狂。阳台伸出很多手像蜘蛛精的网在吸她拖她走，但她体内有神秘的力在定住稳住她。

意识断电。

意识恢复时李兰妮在狠狠击打自己的头。有个声音冲出喉咙喊：我就不死！我就不死！我就不死死死——！

生物疤痕。精神黑洞。

我们每一个人都有自己精神、命运的分水岭。当我们成为抑郁病人，或将要成为抑郁病人时，必须安静下来，仔细梳理自己的精神脉络：到底哪个段落出了毛病？究竟哪个区域有暗伤？阻塞是什么？裂痕有多深？

你做过这样的精神梳理吗？

写“认知日记”时，我是一个抑郁症病人。写“随笔”时我是一个文学作者。写日记是用于治疗，倒空心里的垃圾。我想完整保留认知日记的真实。它是一本病历，可供心理学家、精神病学家参考。它是一本民间纪实资料，可供社会学家翻阅。它想为那些因精神疾患而自杀的人呐喊。这里记录的，是我们这代人所共有的抑郁。

认知日记触及了儿女对父母的怨恨。这在中国传统文化里是忌讳的。从小到大，我在心里跟父母是疏远的。前些年，我写中篇《十二岁的小院》，里面有童年的伤感。

抑郁症与童年有关，与家族遗传有关，与重病创伤有关，与生活紧张工作压力有关，与大脑神经递质失衡有关……

几个朋友聚会。我说起童年烙印，没等我把话说完，众人纷纷声讨：你以为就你童年缺乏安全感啊？你看过当妈妈的就当着小孩子的面寻死吗？你知道幼年丧母的滋味吗？你懂得莫名其妙被父母憎恨的感觉吗？

我有好几位朋友，在童年时期都与母亲关系紧张。她们的母亲往往都是新中国第一代职业妇女，长得都有几分姿色，有一个小头衔，政治上求进步，业务上拔尖，在家里能当丈夫的家，是家里的第一把手，有点洁癖，公私分明，对外人比对自己儿女关心、和蔼。

荣格认为集体无意识是由各种“原型”组成的。如母亲原型、英雄原型、智慧老人原型以及救星原型等等。所谓原型又称原始意象，是全人类已有的共同经验的集结。

中国人心目中的“母亲原型”是怎样的？从封建社会进入现代社会，中国人心目中的“母亲原型”有改变吗？从曾外婆、外婆开始，包括母亲、我以及再往下的一代人，她们无意识层面中的“母亲原型”和社会层面、意识层面的“母亲原型”存在冲突和混乱，自然而然，她们必遭“精神修理”的空前剧痛。这是一个精神基因异变、修复的关键世代。在千年后的时空里，我们就是集体无意识。

李兰妮最大的优点是坚强乐观，轻伤不下火线，重伤不哭。从十四岁起，什么医院没进过？手术室、运尸车、蒙尸布、太平间、红棺材，还有夜半哭丧的人、手术后严重破相的人、奄奄一息等死的人，还有被白血病吞噬的小女孩、化疗放疗后秃头精光溜光的老阿婆、尿毒症哀号骂声惊心的黑脸大妈、脸肿得像渗水浮尸的内分泌重症室阿姨……真的习以为常。

十四岁开刀割血管瘤，我自己上手术台，自己在公路上拦军车，没拆线就回到了几百里外的家。十七岁我在广州部队医院一住半年，从国庆节到春节后，父母在粤北没有任何音讯。我没哭过，习惯了。九岁我就独立了。

二十二岁那年，我住在广州中山医学院附属医院的内分泌病区，同层有肾科重病区，疑难杂症重病房。白天见病人死掉被运尸车推走是常有的事。我住的小病房靠窗的是一个二十七岁的大姐姐。

头一个半夜，凄厉的哭声骤然响起，是孤儿寡母的哭声，很揪心。第二天更晚的夜里又有人哭。听起来是父母哭儿子，走廊有护士的说话声，说什么人哭得晕过去了。黑暗中，大姐姐不知什么时候起来了，双手交叉紧抱肩膀站着听。透过蚊帐，看不到她脸上的表情。我说：“大姐姐，你怕不怕？”过了好一会儿，大姐姐突然说：“他们都有人哭。我死了谁哭我？”我傻乎乎地说：“你有你爸爸妈妈哭啊。我才没人哭呢。”大姐姐不说话，摸索着缩回蚊帐里。我呆望着窗外清淡的月光，忽然悲从心头涌起。我要是今晚死了，真的没有人哭我。我的爸爸妈妈在哪里？没有电话，没有书信。他们想过我吗？

那个夜晚我很需要哭一哭。但是眼泪只有一点点，仅够湿湿眼眶。我想起小孩子哭，都是叫着“妈妈呀”，越喊越是满脸泪。我无声地做了个口型“妈妈呀——”，感觉怪怪的。我又试着无声呼唤“爸爸呀”，也哭不出来。哭的时候我可以呼唤谁？我能依靠谁？我能想念谁？在这样一个死神在病房走来走去的黑夜，我可以哭求谁庇护？

没有人。没有人。

潜意识。梦的语言。

我梦见死去的外公。他是从停尸房铁床上走下来的。我穿着一身病号服正在住院，护士说你外公要见你。我心想：外公死了好几年了，怎么……？天啊，是不是外公没死，他一直在医院没人理睬？

地上真的是外公。护士没给他病号服，大冷天他光着身子蜷缩在地，瘦骨嶙峋的脊背弯得像张弓。他说：医生叫我走，说我活不过今天了。他们不让我在这里住下去，你想想办法！外公的双手像冰一样凉，我跪在地上，双手抓住他的手不放。我不能哭，我要把我的活力热量传导过去，我要拯救外公的生命！我一直抓住他的手，我不让他死。外公昏过去了。没有人来帮我。我要冻僵了。我要冻死了。我害怕自己会昏迷，会松开外公的手。我手上连接着外公的命！即使累死冻死也不能松手。可是我真的真的没有一丝气力了。着急。害怕。愤怒。我要死了，多想有人来接替我帮帮外公，这样我就可以让自己死掉了。冷冷冷——我醒了。浑身冰凉。

连续三个晚上做类似的梦。我在睡眠中更累。每一个梦里都是我看别人死，别人看我死，我在参加自己的追悼会，我和已经死去的故人在陌生的小镇走，找不到要去的地方。

另一个梦。

我和一群旅行者走在贫瘠的山区。前面灌木里有死人。我不敢看。我们搭上一辆破旧的解放牌大货车。一条类似红旗渠那样的大渠，渠水水流不大，仅一两寸深。汽车爬坡死火，我们下车。看哪，大渠的渠水里有血！好多好多残缺的尸体，都是小学生的尸体！胳膊，胳膊，一截一截腿，书包，鞋子，脚，啊头！怎么有这么多小孩子死在水渠里？为什么没有一具全尸？涵洞里又有尸体冲下来，这回掉出来的是全尸。不停地一具一具滑出来。有两具蜷缩的尸体卡在涵洞口。我狂喊：他们都是小孩子，死了这么多！他们是怎么死的啊！

醒来眼前脑海仍是残缺的小胳膊小腿，一截一截。涵洞里，一个小学生的头，一个小学生翻转的身体。

我想吐。胃很难受。我脑子里有人要发疯，我用意志力狠狠按住她，按住她。我要去晒太阳。关掉记忆的电闸。

弗洛姆说："梦是人类的通用语言。……当我们睡着时，我们不再被迫参与为生存遭遇进行的斗争，我们不必去征服；不必防卫自己，不必遵从他人……在睡梦中，我们能有机会接近我们清醒时不知道的东西。"

梦中，我在银行柜台窗口数钱，好像是取钱。一沓五十元面额的人民币，数到最后一张时，发现钞票在横面的五分之三处断成了参差不齐的两截。我对营业员说：这张不行，换一张吧。那是个较胖的中年妇女，她断然拒绝说：不能换，我给你的时候是完整的，没有烂。我说：不是我撕烂的嘛，烂钞你们应该回收。胖妇说：这种情况不在回收之列。我说：你给我一截透明胶带，我把它粘贴好。她说：没用，粘不好的。我说：我粘给你看。我想把钞票拼整齐，有一小块碎片总被吹跑，钞票越弄越破。有一老头从旁边窗口挤过来，态度横蛮，伸手把这张钞票扒拉成一张破剪纸。我急忙把这张剪纸钞票拿到外面草地上粘贴。钞票变成了浴巾大的一张红色剪纸，碎碎破破，很难拼凑。越难拼凑我越较劲，很累呀。胖妇过来了，她很有兴致地看我拼图，还指指点点，我越发来劲，无法收手。

累。梦里拼图拼得耗尽了精气神。这个梦怎么解释？

也许，这张钞票就是你，就是残缺、破碎的你。就是你的精神世界，就是你的人生价值。你意识到了自己的残破，你想更新自己。你不喜欢残破的自己。你认为残破不是你的错，破钞出自银行系统，错在银行。但是，银行拒绝替你更新。你埋怨银行给了你破钞，没有机制为你申权、更新。你不得不自行拼凑、粘贴，自己对自己的价值负责。你试图把残破的李兰妮拼贴完整。可是，拼来凑去，她还是碎的。李兰妮，不要跟自己较劲。

这张钞票的纸面虽然残破了，但是它的实际价值并没有废止。一个银行职员不帮助你，不等于整个系统、制度不肯接纳你，认可你。

安静。“不要怕，只要信。”我知道你信，但是你的信不足。你的灵在忧伤。

生命的尊严。寻找光。

在深圳，与朋友吃饭。有人说起一个重度抑郁的白领丽人，每天早晨盛装而坐靠在几十层高楼的客厅窗边，想着什么时候往下跳。朋友说：好像这个抑郁症专找女白领，奇了怪了。

其实不然。不论男女，深圳的抑郁病人比率要高于其他城市。男人不愿去看病，硬扛，一旦崩溃，自杀死亡率远比女人高。书上说，70%的癌症、脑猝死、心梗死等患者实际上死于抑郁。我建议朋友们看看精神病学专著。抑郁症涉及自杀，也是暴力事件剧增等社会问题的源头之一。

有个朋友天真地说：深圳这种病人多吗？我怎么没见过？

我说：死的死了，没死的不肯见人，还有的流落异乡生死不明。像我这样抑郁不死，还在这里傻乐的，没几个。如今……这么说吧，有抑郁症是正常的，没有抑郁症是不正常的。

另一位朋友说：国外有不少画家作家死于抑郁。好像富有创造力的人特别容易患抑郁症。

我说：快查查，这里还有谁抑郁？

一桌人乐。即兴对照鉴查，结果每个人都抑郁。当然，那叫轻度抑郁。

在我们身边、周围，肯定会有这样的抑郁症病人，他们跟你说说笑笑，似乎一切正常；但他们心里已无数次周密计划着自杀行动，他们赴死的决心是冷静的，就像狙击手，早早端枪瞄准了目标，一触即发。当他们的尸体渐渐变冷变硬时，活着的人还是那句话：一点儿没看出来呀。人们选择回避，缄默，淡化，遗忘。

什么时候，人们才懂得伸出援手？

安德鲁·所罗门在《忧郁》中写道：“《纽约客》的一位编辑最近对我说，我可能根本没得过忧郁症。‘少来了，你哪来的什么鬼忧郁？’他说：‘我才不会上忧郁症这回事的当。’好像我和书中的人物一同共谋，博取世界更多的同情。这种偏执者我碰过好几个，至今依然令我感到困扰。”

一个患抑郁症的医生这么说：“我宁可患癌症，我至少还可以讲出来这是什么。可是，这抑郁症，人们却看不出来，感觉不到，什么都没有。”

我曾暗暗庆幸，幸亏我的癌症手术刀口像标语一样竖在脖子上，一看即知曾遭重创。人们对“抑郁症”误解很深。一听你有这病，张嘴就会说：想开一点嘛！心胸要开阔。要坚强。甚至有人会劝你：不要多愁善感嘛。不要斤斤计较。抑郁都是吃饱了撑的。有人会上下打量你说：哪有抑郁症？没看出来。笨呐。医生骗你的。

没有一个重度抑郁病人能够准确说出他所受的是怎样的折磨，神经系统本能地拒绝表述。能说出来的，都不是最深层的，也不是最恐怖的，更不是原始无伪的。因为，它们无法表达。

常有人问我：抑郁症有多难受？我找不到词语回答。

问得多了，我只好将就着说：抑郁症比癌症更恐怖。

苏珊·桑塔格说：“疾病是生命的阴面，是一重更麻烦的公民身份……疾病本身唤起的是一种全然古老的恐惧……人们多么难以正视死亡……任何一种病因不明、医治无效的重疾，都充斥着意义。疾病本身变成了隐喻。”在《疾病的隐喻》中，她道出了癌症患者面对这种军事化打击时的精神创痛。更多的时候，我们不是败在癌细胞的吞噬中，致命的创伤来自对人的尊严的蔑视。

当我躺在手术中心第四台手术床上时，神志很清醒，局麻，医生怎么消毒，怎么麻醉，怎么用刀划开第一道口子，器械怎么在伤口里拨弄，医生叫护士拿什么，护士向医生汇报什么，一清二楚。

广州的 2 月，是最冷的时候。手术床很凉，空心病号服太不御寒，觉得手术床的铁真是好铁，精铁，那么贴背，透心凉。四肢冰冷发麻，由于寒冷，人的意识处于敏感活跃状态。虽然有安定镇静药物通过点滴发挥作用，可是，能感觉点滴管里药水凉飕飕的，好像血管在喝冷饮，全身跟着降温。

第一刀开得顺利。

医生护士停下手中的活儿，在一旁聊天。大家在等活检结果。冷！我竖起耳朵，远听其他手术室门口的动静，近听这屋里医生护士拉呱。有一床手术已经结束，护士在大门处叫病人家属。

由远而近，清脆的女声像唱歌般拉长声音：第四床——转移——清扫——。脑子空白。我需要一点时间来辨识。我是第四床。

医生和护士开始干活儿。颈右侧全面清扫。

切断神经，结扎血管，把淋巴周围的肌肉清挖一番。好冷啊。我全身比手术床的钢铁还凉。我没有想怎么对付癌症转移，我只想怎么熬过这台手术。只有祷告，再祷告。

渐渐地，麻药的效力似乎过了，痛，好痛好痛，痛，痛得不觉得冷了。痛啊。伤口里扯着揪着挖着痛。牙咬得酸了，麻了，它们好像晃动了，会不会碎掉呢？嘴唇越咬越像硬橡胶，硌牙，不能止痛。没有别的杂念，我反复哀求：加麻药，加麻药啊，我要加麻药——！加了一支。过一段时间麻药过了，哼求，又加一支。又加一支。一直——加到第五支！医生为什么不给我足量的麻药啊！我是活人啊！

清扫出来的淋巴结四个有三个癌细胞转移。

2 月手术。5 月复查。全身骨显像检查，脑部 CT 增强扫描，肺部 CT 增强扫描，颈部 CT 增强扫描，结果晕在扫描床上，给医生扛到病台上抢救。有朋友说，你连扫个 CT 都晕，别人怎么不晕？你意志薄弱才抑郁。连病人的朋友甚至家人也对病人误解、轻看，怪不得苏珊·桑塔格一再提到：“我感到愤怒”“我一再伤心地观察到”。她说：“使疾病远离这些意义，这些隐喻，似乎尤其能给人带来解放，甚至带来抚慰。不过，要摆脱这些隐喻，光靠回避不行。它们必须被揭示、批评、细究和穷尽。”

颈部 CT 报告单。上面写着左颈右颈都发现淋巴结。我问：到底是癌症又转移了复发了，还是手术清扫不干净不彻底？

专家答：两者都有可能。

化疗出场了，等同于军事行动，重重打击，一个疗程服药 21 天，休息 7 天。杀杀杀杀杀！眼看 5 个疗程还剩 6 天时间啦，李兰妮却因化疗引发昏厥被急救车送进了急救中心。

后来呢？

后来，北京肿瘤医院的头颈科专家说："开完会别走了，住院，开刀吧。"他用手比画着，表示要在我颈部左边长长割一刀，右边也要不规则"S"形划一刀，划到颈后去。

"我一看你这条伤口，就知道你的清扫手术不成功。"头颈科专家找来一个病理科专家，还有两个实习生，围着我的刀口，探讨什么叫作不成功的手术。

头颈科专家用相机拍下我颈部的刀口，说：我们要拍下来做资料，你不介意吧？我答：不介意。但我尽量扭开脸，我不愿意学生在看教学片时，看到丑陋的伤疤连着一张青黄憔悴的脸。

后来呢?

……

我非常讨厌回忆癌症术后的感觉。

精神梳理至此，我要剖开这个心结。心结里有恐惧、绝望和耻辱。它们的能量，白白耗去我的生命意志、精神气力。我一直在避开"绝望"这个字眼。直到我无意中看到斯宾诺莎论绝望，我承认，我心灵的角落里，始终藏匿弥漫着一种叫作绝望的悲戚。

我每天活着就是跟病痛纠缠不清。一个边缘化的落魄病人，活在世上只是一个负数。这样的日子没有尽头。作为人，我已失去尊严。生命的尊严被糟踏羞辱。为什么要活?

据《南方都市报》载：今天是第五个"世界预防自杀日"。

小标题之一：八成自杀者患有抑郁症。

2007 年初，北京心理危机研究与干预中心发布的《我国自杀状况及其对策》数据显示：中国每年有 28 万人死于自杀，自杀是 15 ~ 34 岁人群的首位死因。200 万人自杀未遂。

二次世界大战的创伤，导致了战后半个世纪欧美人精神障碍的高发病率。我们 13 亿人口的国家，拥有多少个合格的精神病学家？在神经症人格、反社会型人格逐年增加的环境里，经济增长数字的背后是火药桶，财富积累数字的背后是火山熔岩。怎样的人格在掌握权力？怎样的人格在操作财富？怎样的人格在造人育人？怎样的人格将沉淀在集体无意识中?

写不下去了。快停下。远离电脑。

李兰妮在启动抑制记忆功能，这种应激机制试图将往事从意识中分离出去。心痛。僵硬。失控感。

放过李兰妮。让她休息。

深圳。晴朗的中午。独自走在红岭路上。

十字路口，正等待红灯熄绿灯亮。突然，我看到了我的电脑，就是趴在广州家里的那台电脑。在关闭的扁平的 IBM 黑色笔记本电脑上，我看见了爱因斯坦的头。全世界都熟悉的那张脸。蓬乱的白发，深深的皱纹，神秘的表情，慧黠的眼神，唇边漾出顽皮的嘲讽，他笑：不敢来吗？车流、人群、红灯绿灯、楼房、树木隐退……我晕。身体后仰，魂魄欲飞。

是的。爱因斯坦的头。他在笑。他在天那边微笑。淡云拂过，白发蓬乱，笑纹顽皮，眼神说：不敢来吗？

这是心理意象，还是精神异常？

讨厌回忆！我心里的血好烫，烫得要爆炸。放血放血快放血啊！

终于买到注射器了。家里只有我和小狗周乐乐。快动手。

找不到勒血管的绳子。先用一根拴狗的绳子勒胳膊，不行，绳子太细不好操作。将就用吧，用右手勒左胳膊，脚趾头也用上了。拆开一次性自毁式十毫升注射器，针头好粗，往胳膊上最粗的血管扎。三分之二的针头进了血管。抽不动。卡住了。周乐乐过来了。我怕它捣乱，急忙拔针头。失败了。

换上五毫升的注射器。针头细许多，好操作。勒住手腕，扎手背上的血管。手背上的血管细，很滑，一针扎下去，骨碌偏到血管外。

打开房间大灯、台灯。开始。血涌进针管，针管太细。满了。满出来了。血继续流，顺手背流。书桌上一摊一摊血，鲜红的血。我赶快往洗手盆跑。开洗手盆上的白炽灯。

雪白的瓷盆，我把鲜血从针管里挤出来。彩绘喷涂的感觉。画圈画圈。一个大圆圈，中间又一个圆圈，螺旋圈。雪白的底，鲜血的圈，好看。洗手盆边沿、浴室瓷砖上、客厅木地板上、书房木地板上、书桌上，一滴一滴血。圆圆的。真像艺术品。颜色红得真好看。抹起一滴血看看，太稀。有一点腥。针头刺穿了血管，手背鼓起一个青色的大包，血淤在里面。

第二天继续。

用长筒丝袜勒胳膊，勒得又紧又舒服。怪不得三毛自缢选择用丝袜，古装戏常有皇帝赐妃子用白绫自行了断，原来白绫勒颈最是紧实温柔。十毫升的针筒。成功。满满一针管鲜血，温温有点暖，血色比昨天深了一丁点儿。粗针头抽出血管时，血竟飙成一道抛物线，差点喷到电脑上。头有一点点晕。这样算不算变相自残?

平日里，我很怕看见血。看见别人出血或是牲畜冒血，我都觉得惨不忍睹。恐惧，恶心，发抖。但是，当我心中钝痛难忍必须放血时，看见自己血管里的鲜血流淌着，流在雪白的瓷盆里，心中隐隐有欢快。有一种过瘾、清爽的感觉。

明天，后天，大后天，继续。

有时候我会怀疑，怀疑我写的是不是垃圾，我常忘记自己要说什么。有一个焦虑的念头，它一闪出心底，我就把它压回去。

这个念头似乎另有生命，它不受我控制。它总是闪出来，跳出来，问，大声问：李兰妮，你能写完这本书吗？李兰妮，我真的怀疑哟。你要是抑郁症再度严重爆发，你会不会完蛋？你会不会突然死掉？如果给你一个机会死你死不死？李兰妮，如果你的癌症转移到脑子里，你就写不完了。你不愿意去肿瘤医院复查，是心虚害怕。你不敢再开刀。不要使劲敲键盘。你想敲死我啊！你让我出来透透气……

读报。《羊城晚报》："深圳自杀死亡人数超过交通死亡人数，近几年平均每年超过2000人，其中中产阶层占了大多数；去年交通事故死亡人数为910人。"这篇报道谈到，深圳人大常委会审议深圳卫生事业的发展规划时，提出全社会要关注市民精神卫生。欣慰。

几年前买了《活着就是爱》这本书，随手塞书架上了，这几天翻开它看完了。特蕾莎修女说："……今天我来接受这项奖金，是代表世界上的穷人、病人和孤独的人。"

是的。我就是穷人、病人、孤独的人。她代表我们去接受诺贝尔和平奖，她理解、尊重、爱护我们这些被厌弃的人。是的。每个生命都是尊贵的。每个都很重要。不论是生病的，还是残缺的、垂死的。

我的使命就是，得癌症，得抑郁症，不死，老老实实把心得写出来。就像我颈部那块长长的伤疤，头颈科专家用相机把它拍下来，作为手术失败的例子，将在课堂上向未来的医生们展示。目的是，让后来的人活得更健康，更平安。

晚饭前，买了一本译林出版社出的精装本《基度山伯爵》。就为最后一页的一句话而买。第一次看这本小说是 1978 年底，当时正在中山医一院住院。这句话大致是这样翻译的："在上帝尚未向人揭示出他的未来计划之前，人类的全部智慧就是四个字：等待、希望！"

我非常喜欢这句话！可是，我曾经忘记过它。

此时，写下心愿，我希望自己永不忘记：等待和希望！

筱敏

作家，1955 年生于广州，祖籍广东东莞，现居广州。主要作品有诗集《米色花》《瓶中船》，长篇小说《幸存者手记》，散文集《喑哑群山》《理想的荒凉》《风中行走》《女神之名》《阳光碎片》《成年礼》《捕蝶者》《涉过忘川》等。

梦的入口

梦的起始是安静的。

我走在没有人声的街上，早晨，或是黄昏。我想，这是一个安静的早晨。

雾霭总是不散，让每一座楼房生出灰暗的影子，这些影子相互缠裹，把街衢填满，有半扇窗子张开，又阖起，扇动一股小风，雾霭也把小风填满。天光偶尔把它生锈的长剑斜劈一下，使雾霭裂开一线缝隙，有幸瞥见的人们，就凭着那缝隙估摸时辰。

这个城的落尘量很大，一件物什搁在户外，隔夜之间便已尘封。

我走在雾霭和灰尘之中，辨不清路面的年代，只觉得寒气积攒深重，脚落下去，便听到趾骨畏缩的吱吱声。

我记得这里是我的出生地，我在这里居住了大半辈子，我曾经以为认得这个城，然而后来却日渐陌生。我时常在相似而又不似的街衢间穿来穿去，以为拐过前面的街角就能看见我熟悉的斜坡，斜坡上的老樟树，看见那个门脸木实的灰房子，门前呆立的那个绿色邮筒是可靠的，许多年里我往那里投寄过不计其数的心事。这些希望每每骗我，拐过街角，斜坡是有的，却比记忆中的长，而且越走越长，越走越令人疑惑，直到呼吸变成了喘气，老樟树和邮筒还是没有出现。我的记忆越来越不可靠，把我弃置在似是而非的路上。城里的楼越来越高，横直错落组成峭壁的森林，天光只在天上过往，并不探到地面，无法凭借它辨别方向。人落在峭崖底下，往前往后都是眩晕。

我记得我是去找有关部门，但我被眩晕攫住了。我茫然站在阒寂无人的街上，这个城好像是个荒城。

一个骑师摇晃着走来，马蹄溅起一些奇怪的物体，仿佛冰雹的光色，发出玻璃的碎裂声。马太高了，致使骑师的眉眼淹没在雾霭里。我向他问路，他在雾霭里嘟囔了一句什么。我仰起头努力辨别他的意思，十分困惑。他让我上马，或者是跟上他的马，说是可以带我一程。我心想这城原来已经这么古老了，竟会让我遇上古道中才有的人。

我手中攥住了一个铜铃，想必我已经来到马上。我试着摇动，然而铜铃空洞无声。

骑师大约没有回头，以致印象里没有他的模样，他的背影和雾霭融成一片，行走起来只见雾霭晃动。

途经一座我熟悉的桥，这座桥肯定不会骗我，我年幼的时候就会依据它的身躯分辨南与北，依据桥底下的水流分辨西与东。桥面上弓起的钢梁接近云端，每次过桥都惊畏于它非人的巨型。而初次过桥的记忆最是恐惧，因为对这传说中的神器没有概念，远远看见的是悬在半空的铁灰巨物，有如恐龙弓起的骨架，以为自己将要在那巨物险恶的弓背上攀援行走。到了近处才看到原来另有桥面，知道头顶交错的钢梁是用于悬吊桥体的，不是用于走人的。

桥的形体一如我的记忆，桥面的车流也一如记忆。我记忆中清楚的还有钢梁上的铆钉，可是竟然不见了，钢梁仿佛病得不轻，一层厚的黄色膏状物糊抹在它们身上，像是桐油，用于将人滑倒，又像是树脂，用于把蜘蛛黏住，大约是禁止它们爬上去结网。更让我困惑的是钢梁周遭穿上的蒺藜外套，究竟什么样的灾变会造成如此变异，记忆中的钢梁不长蒺藜，现在却是疯狂的茂盛，走在底下森森然的，似乎置身仙人掌的密林。

骑师用齿缝发出一个声音，不要以为自己什么都能记得，一个人的记忆不足为凭。

我默想这句话的深意，却感觉桥哆嗦了一下，不明原因，我相信是蒺藜制造的疼痛。钢梁的结构提拉起一个连体，它会把疼痛从一个人传送到更多的人。

我不能确定我是不是看见什么物体在钢梁上面悬吊，因为他不成比例的渺小，高空的气流推着他打转，有如一枚松脱的铆钉。

风在钢梁的端顶磨它的刃，霍，霍，霍，霍……

那个渺小的悬吊物是谁？他以为经由钢梁能通往哪里去？

一个初到者？以为人过桥是得在险恶的钢梁上攀援而行的，如我先前的误解一样。一个迷路者？需要攀到高处看看清楚这个城。一个祈求者？希望自己的祈求能上达天听。一个绝望者？所有的路都对他封死了，他被逼上无路之路，试图以最直接的路径进入这个城。

他身上没有光，一束目光也没有。有的只是雾霭，人与桥之间的雾霭，人与人之间的雾霭，雾霭使现实模糊不清。

我说，那里好像有一个人。

骑师说，没有。

我说，分明是有一个人。

骑师说，梦话，根本不可能。

我知道以骑师的逻辑，一个人的所见也不足为凭。

我没想到路会那么远，而且越走越远，完全超出了我的理解，城市的轮廓变成一个剪影，退后到天幕上，已经在离我而去。但是此刻走的这条土路似乎倒是我记忆中存留过的，包括一侧的茅草，另一侧的碎砖，路面凹凸的车辙和泥泞。我问怎么绕到这里来了？我本来不必经过郊外。骑师说你不知道戒严这回事吗？我仿佛记得，又仿佛不记得，骑师说，不同了，地震以后，就连树的分叉也跟以前大不相同，路的分叉还能照旧？我想他说得不错，只是心里越发悬空。

我记不起我是怎么下的马，那跟从飞毯下来大概差不多。骑师消失了。

我发现我落在一个结构怪异的处所，一些椎体和圆柱体叠在一起，构成一些互相牴牾的死角，却由假山、假石、假树将其连接成片。一个巨大的球体造成空间弯曲，我的腰背只能随之弯曲。没有路，我猜测我所到的是崖顶，或者是个楼顶。我不辨方向，一时忘记了有关部门的名称。

几个穿制服的人围上来，问我为什么来到这里。我说我是这楼里的住户，想看看我们的水源，也想四周随便看看。

他们互相张望几个来回，仿佛听到了费解的笑话，或者是新奇的外语。然后把脸统一绷紧。——不是什么东西都能随便看看，你得先给我们看看证明。

我说我在这里居住多年，从没看过自己饮用的水，从没看过。他们说那是国家机密，你怎么以为你可以看？我说你们的意思是我每天饮用的是国家机密？他们问我住在几层，我答八层。他们说八层也想看看水源？同时露出鄙夷的颜色。他们问我房子的朝向，我答西向。他们问我有居住证吗？幸好我有。他们接过我的纸卡，看了一眼便随手撕碎，——你还有吗？随手抛给头顶的鸦群。我舞动双手拦截鸦群，企图夺回稀碎的纸片，回应我的是鸦群飞散发出的呱呱笑声。

我在这个结构怪异的地方无法移步，自然没有找到水源，但我相信它就藏在这里，怪异的结构必定藏匿怪异的秘密。

楼顶四周是倾斜的，玻璃拼接的斜面，一层雨水似的物体在斜面滑行，我也在那里滑行。我疑心水里混着青苔，或者某种油剂，我极其小心控制自己，然而还是失控滑到外沿。我极度惊骇。我所见的是何等可怖的高楼，制造了何等可怖的深渊。深渊有一种不可抗的引力，吸住我的目光，一直拉向底部。我挣扎抗拒，想把跌落深渊的视线硬拽上来，四周是陡直的冰川断面，还有冰架开裂的回声。这些非人的物体只能出自魔鬼的斧钺，垂直的冰面伪造玻璃幕墙，玻璃幕墙伪造天空和幻想，缭乱的反光，虚无的散射光，不知其深的深渊中悬浮着数量不明的悬念。如果水从这里跌落，会飞散成虹，如果钥匙从这里跌落，它就不可能回来，从此去往失踪。

我见到了一个认识的邻居，他站在深渊的彼岸，仿佛是在拍照，满面幸福时光，一只手向上天扬起来，而一只脚的后跟已经悬空。我想用尖叫告诉他危险，又怕惊吓了他，反倒加剧了危险。他的手放下来，仿佛搭在一条栏杆上，但其实那里并没有栏杆。一个问题钟摆似的轮番在我胸腔里撞：人是知道危险而可能逃脱危险，还是不知道危险更容易逃脱危险？

因为这位邻居，我判断我的家在相邻的另一座楼里，只是我不能凌空而过，因为我不能相信天空。最近的道路是立刻下到地面，穿过马路，啊，更近的不是下到底部，我记起楼与楼在某一层可以连通。我需要找到电梯或者楼梯去到那一层。

夹角里终于有一扇门，其简陋显见是违章建筑，它通往一户人家，不是一个合理的出口，但却是我唯一可能的出口。

门里的男孩似有敌意，并不答话，只把一侧瓦片般薄的肩膀抵在壁上。幸而他背后的甬道里出现另一个人，看起来是他的父亲。这位成年人面如木刻，但敌意不算太重，也许是因为掩藏较深。

我向他解释我无路可走，希望借道这里穿出去，也许能找到一条路，回家。我不知道我的目的地什么时候已经改变，现在我不奢望找什么部门，只想回家。

他说，我指给你，你付我五毛钱吗？我慌忙答应，虽然我口袋里已经空空。

他家的走廊长而湿暗，左侧淹没在暗影之中，大约是居室，右侧是缜密的铁条，铁条斜上方透进幽微的光线，借助光线能看到外面是一堵水泥墙壁，矗立于咫尺之远，其向上的延伸挡住了天空。穿过走廊他打开出去的门，出现在门外的不是楼梯间，而是逼仄的深井。

停靠井口的怪物想必就是进出世界的工具，姑且叫它电梯，样子像铲车的泥斗。他一跳进去，泥斗就往下滑。我见他即刻就要消失，急忙也跟着跳进去，心脏和两胁立时悬空。

途中的黑暗不记得了。

楼道正是我希图到达的地方，双脚重新落到楼板上毕竟可以庆幸，不管是不是我记忆中的那层。

楼道的昏蒙让人迷惘。没有窗子，不能借助外面的物体辨别方向。我从一头急急走向另一头，所见是灰暗的墙壁连着紧闭的门。我在门上寻找标识或者数字，但是没有，有一个像是曾经有过而脱落了，留下的痕迹怎么也辨认不清。走到尽头我只好折返，回答我的是自己空洞的脚步声。我要寻找的通道不在这里，我应该去往另外一层。

楼梯的两头都是通往不可知的黑井，我决定向下，向下可能离地面更近。到了下面发现楼道的走向和上一层不同，这一层更多的是转角和暗道，每一个都通往不同的迷宫。我想叩开一扇门问路，然而所有的门都没有反应。

我必须相信有一条路是通往出口的，我会在那里看到我熟悉的天光和雾霭，我会回到什么也没有发生的早晨。我从一个转角拐入下一个转角，从一个入口进入下一个入口。一个套一个的入口使我越陷越深，僵硬的暗道里死亡的颜色越来越重。

我开始怀疑我的家是不是存在，因为我没有任何凭证。

张梅

广州出生，广州成长。当过工人、出版社编辑、杂志主编、专业作家。1988 年开始文学创作，以描写当代城市人精神状态的中短篇小说为主。出版有《张梅自选集》，中短篇小说集《女人、游戏、下午茶》《酒后的爱情观》，长篇小说《破碎的激情》《游戏太太团》，散文集《暗香浮动》《口水》《夜色依然旧》等二十部著作。获中国第九届庄重文文学奖、中国女性文学奖、广东省鲁迅文艺奖等各种文学奖项。曾任《广州文艺》杂志主编。广州文学艺术创作研究院院长，广东省作家协会副主席。

俄罗斯之前世今生

叶卡捷林堡

第一次听到叶卡捷林堡的名字，完全是陌生的。对于一个热爱俄罗斯但又没去过俄罗斯的人来说，提起俄罗斯，她首先会和俄罗斯的电影、小说、音乐以及油画，特别是19世纪的风景画挂上钩。但莫斯科、圣彼得堡这两个城市的名字肯定是如雷贯耳了。

但叶卡捷林堡？听上去像一个旅游胜地，因为有一个“堡”字。在飞机上，我们讨论起这个城市，因为毕竟我们是去参加这个城市的城庆。我还自作主张地说，它在西伯利亚。在我们的记忆里，西伯利亚也是一个充满了浪漫情怀的地名，因为十二月党人。

因为从没有听说过这个城市，因此对它没有任何期望。也因此到叶卡捷林堡时，我们就为这个城市的似曾相识而吃惊。

首先是风景。我们到达叶市的时候，是下午时分。一到达叶市的地面，我们仿佛就置身于一幅巨大的俄罗斯风景油画中，一望无际的白桦林，特别是天上的云彩，那么浓，那么厚，沉重的灰色令同行的画家欢呼不已。在叶卡的四天，我们一直被它的云彩所吸引。怎么会有如此美丽的云彩？

而当你行走在叶卡的街道上，你又仿佛回到了20世纪五六十年代的中国。整个城市基本没有高楼，街道上行驶着一辆辆的公共汽车，就是我们小时候坐的那种通道车，中间的通道还是打折的，车子拐弯的时候通道就会发出吱吱呀呀的声音。还有街道中间的绿化带，街心公园，还有人们身上穿的衣服，还有居民的住房。我想，如果哪一个导演要拍一部关于中国五六十年代的电影，把摄影机搬到叶卡就好了。市政府安排我们参观的一家重型机械厂，天啊，简直就和我在中学时代去广州造纸厂学工时的情景一模一样，连工厂路边的树丛也如此相像。我甚至想起了我跟随的那个钳工师傅。而这座工厂真是太有历史了，蒋经国曾经在这里学习，还认识了他的蒋方良，还有我们的江泽民主席也在这里学习过。

于是这时你就感觉到了现实的荒诞性。一个跟我们从未谋面从未相识的城市，怎么会跟你从小生活的那个城市如此相同？于是你就会恍然大悟，原来1949年以后的中国就是苏联的翻版，无论是政治制度，还是城市建设，还是一间重型机械厂，我们都是参照苏联来建设这个国家的。我们是生活在一个复制的苏联中，一个黄皮肤的苏联中。以至于我们到了一个陌生的城市会如此亲切，如此亲近，像回到了母亲的怀抱之中。这真是意外的收获。叶卡之行原来是寻根之行。

一个非常典型的场景，我拍下来了。场景是这样的，一个街心公园前有一长排暗红色的长凳，长凳是木头的，已经有了年月，长凳的颜色已经剥落，显得斑斑驳驳。长凳上空无一人。而长凳对着的街道上，停着一辆比长凳还要斑驳的公共汽车。那辆公共汽车实在是太残旧了，连我们这种从小在残旧中成长起来的人都看不过眼。残旧的公共汽车的远处是五彩斑斓的云彩，公共汽车在夕阳中闪闪发光。最巧的是，车头里趴着一个正在睡觉的司机。这样的一个城市精神状态，我真是太熟悉了。看到这幅情景，我才知道为什么我今天的精神状态，从未振奋过，从未抖擞过，从未激昂过。前世是这样，就注定了你今生是这样。而且我甚至产生了一种想法，想留在这里不走了。对比起现代都市的喧闹和繁华，我还是爱这样的沉闷和无聊。因为我知道，只有在沉闷和无聊中，才会产生思想。

城庆的当晚，叶卡捷林堡放了焰火，焰火是在那条译成中文是“有很多鱼”的河流上空放的。叶市的所有居民，当晚都到了河边看焰火。于是当我们看完了焰火要回宾馆时，大街上是人山人海，道路堵塞。几辆电车卡在马路的中央，人们争着上电车。于是我又仿佛回到了小时候，我们去铁路文化宫看电影，看完电影坐1号电车回家的情景。也是马路上人头涌涌，也是几辆电车卡在马路中央，也是挤不上电车，干脆就穿过人流步行回家。

八月的叶市，晚上已经凉了。还有些居民穿上了皮衣。永远记得那辆黄昏中的公共汽车，车窗上一排面无表情的面孔，眼神是麻木的。我仿佛看到了自己就坐在他们中间，眼神也是麻木的。

弗拉基米尔

离开圣彼得堡，我们下一个站的名字叫“弗拉基米尔”。我保准提到这个名字，百分之九十的中国人都会感觉到陌生。为什么会感到陌生呢？因为在了解俄罗斯的中国人中，除了莫斯科和彼得堡，别的城市的名字就很陌生了。就好像你在世界上提到中国，人家就只知道北京上海一样。

但画家们还是知道的。他们说，弗拉基米尔？知道，知道，俄罗斯有一个在世界上都很著名的画派，就叫作“弗拉基米尔画派”。你看，还是和艺术有关。

而当你置身在弗拉基米尔，你就明白这里为什么会产生“弗拉基米尔画派”那样一种强调颜色和结构的画派了。因为身在弗拉基米尔，你就等于处于一种巨大的颜色氛围里。首先是蓝色和白色。在湛蓝的天空下，到处都是白色的石头教堂。这种白色的石头教堂和修道院，组成了弗拉基米尔最著名的特点。白石教堂耸立在弗拉基米尔的任何地方，你只要使用照相机，在任何角度都看得见那些白石教堂，在城市的中心，在城市的边缘，在田野上，甚至在水中。有一座最美丽的白石教堂就在水中央。我是在参观教堂的时候买到一张她的明信片的。当时看到明信片里的她的风姿的我是那样震撼。教堂是两层半，白色的石头因为年久已经斑斑驳驳，但还是那么迷人。在四周的微微泛光的河水中，在夕阳中，教堂顶上的东正教的金色十字架闪闪发光。当时我想，这就是俄罗斯最美丽的地方了。那么独特，那么安静，那么迷人。

但是要见到这个美人还真是不容易。首先你要花上一个多小时穿过一片田野。但说实在话，这一个多小时你绝对没有白辛苦。在俄罗斯的十五天里，我也只有在这个时候才亲身接触到俄罗斯广阔的田野，空旷、安静、肥沃的田野，还有几个俄罗斯妇女在田野旁边的小白桦林里卖俄罗斯方巾。这种俄罗斯方巾的手感有点儿像开丝米，我先生在十年前去俄罗斯的时候曾经给我买过一条是深灰色的，当时因为喜欢还舍不得用，到后来都长虫子了。在穿过这块田野去看那座教堂的时候，你会突然想起你儿时所熟悉的俄罗斯民歌。这些熟悉的曲调就在你踏着俄罗斯的田野的土地上的时候一句一句地在你的心中滋长起来。好久都没有这种美好的感觉了。

在另一座修道院里的白石教堂里我还听到了最美妙的男声无伴奏合唱。当时那座教堂朴实无华，他们的歌声亦朴实无华，但你听着就觉得像天籁之音，那么纯净，像婴儿般纯净。五个穿着黑衣的教士站在教堂的中间，一个领唱，四个伴唱。天啊，我从来就没有听到过这么纯净的歌声，一点污染也没有。当时他们唱的是宗教的歌曲，歌声一缕一缕地升上教堂的尖顶，置身在这样的环境里，我想天堂的感觉一定也是这样。

普希金

到处都是普希金。在皇村的花园里，是托腮沉思的普希金；在圣彼得堡的街心花园里，是摊开双手的普希金；在莫斯科的阿马阿亚街上，是瘦小的普希金和他美丽的妻子。俄罗斯 19 世纪是如此灿烂，出了那么艺术家，但在俄罗斯，却没有一个比得上普希金的地位高。看来，天才、热情、勇敢、浪漫是俄罗斯人热爱的品质，而普希金身上则是集结了所有的这些品质。

小时候是抄着普希金的诗歌长大的。他的《皇村之歌》《生命之歌》，一首一首地抄在软皮的单行本上。还喜欢他的短篇小说《驿站长》。喜欢得不得了。我们这辈人，都是看着俄罗斯文学、听着俄罗斯音乐长大的。而我们这些深厚的俄罗斯情结，现在年轻的俄罗斯人肯定是无法了解的。另一个国度的人，讲着不同语言、完全不是一个人种的亚洲人，却对他们国家的艺术这么了解，对于他们来讲，可能是挺荒诞的一件事情。

在圣彼得堡看了冬宫，在莫斯科看了克里姆林宫，于是想着当年的天才诗人就是生活在这些金碧辉煌的场所，还有芭蕾，还有俄罗斯的美人。想想他的住所就在冬宫的前面，他每天就穿越过辉煌的冬宫广场，那是一种什么样的生活。然后写诗，然后为了爱情和荣誉决斗，然后身后到处是他的塑像。诗人的一生由于他的诗歌而得到永远的延续。看一些史料，说托尔斯泰的《安娜·卡列尼娜》里安娜的原型就是普希金的女儿，大美人的女儿仍然是美人，却因为丈夫的酗酒而脸带忧郁。据说就是她的气质和忧郁打动了托尔斯泰，成为他的小说里的人物原型。

逝者如斯。19 世纪的天才的光芒一直笼罩着我们，笼罩着我们的思想、我们的生活、我们的美感乃至我们的悲欢喜乐。说是光芒那是乐观者所说，如果是悲观的人呢，他就有可能说是阴影了，或者说是负担。天才永远生活在我们面前，使我们俯首帖耳，使我们永远觉得自己的生活有缺陷，我们爱的人也有缺陷。就像在托尔斯泰面前，我们永远觉得自己生活得不够严肃，而在普希金面前，我们就永远觉得自己的生活没有浪漫或缺少惊天动地的爱情。目前的俄罗斯人都比较郁闷，这就使你觉得他们的郁闷是有道理的，因为有那么多的天才盘旋在他们的头顶，在嘲笑他们的没有质量的生活。

天才是上帝的选民。让你发光，让你受苦，也让你毁灭。想想我们国家的天才阿炳，甚至没有人为他树立一尊雕像。他多么有天才啊，他的《二泉映月》也是人间的天籁之音。这样说不知准确不准确。天籁之音好像一般是形容没有烟火气的物质，但阿炳的音乐却饱含痛苦。但我还是认为他是天籁之音。

陈启文

1982年开始文学创作，著有长篇小说《河床》《梦城》《江州义门》、散文随笔集《漂泊与岸》《孤独的行者》等20余部，其代表作《河床》被誉为“让生命赤裸裸地呈现在我们面前，让我们最直接地感受到生命的气息”的“中国第一部生命小说”。现居东莞，广东文学院签约作家，一级作家。

一条必然的路

从眉山三苏祠走向中原的三苏坟，是一条必然的路。苏洵和他两个天才的儿子苏轼、苏辙就是从这条路上走过来的。从一个人诞生的故乡出发，去一个人最终的归焉之地，才觉得把一个生命完整的一生走完了。多少年来，这一直是我的夙愿。

人这一生，一生一死，生命如同两极之间的舞蹈，在生与死之间显现的就是一个人、一个生命的全部意义和价值。而生死之外的价值，或腐朽，或永恒，一切都是他者的言说，逝者早已置之度外。在时隔千年之后，多少念头早已风化为碎片，血肉生命早已化为尘埃，剩下的也就只有那同样把一切置之度外的坟茔了。

要去那片坟地，先必须穿越一座广大的园林。这是一处远离他们故乡眉山的三苏园，也是一座远比他们故乡那座三苏园更大的山水园林。我从不相信转世，但却虔信轮回，在大片的翠竹、松柏与无影无形的风之间，你将邂逅广庆寺、三苏祠、东坡碑林、东坡湖。它们的存在，只有一个永恒的主题，轮回。这其实并非宿命，而是人类对抗遗忘的方式之一，在某种意义上说，这是一代又一代以轮回的方式在大地上续写的史记。尽管我早已预料到它们的出现，兴许还会在别处的天底下反复出现，但我还是感到一次次惊心动魄。这样的感觉来自没有奇山异水的中原，兴许只有中原，才有如此的渊博与厚重，才能以如此的大气魄、大手笔和阔大的襟怀来进行这样的书写。

又一次站在东坡湖畔。我不知天底下有多少个以东坡的名字来命名的湖泊，这个人一生从岷江走向黄河，又从黄河走向淮河、大运河、长江、珠江、南海，他几乎把中国的大江大湖大海都走遍了，这让他的生命、他的骨血、他的文字几乎被各种滋味的水浸透了。而眼前的这个东坡湖，与他诞生之地的那个东坡湖遥相呼应，一个恍若前世，一个如同今生。我知道，眼前这个东坡湖，只是人间的又一次复制，一个没有任何诗意的人工湖。它的存在并非为风景而虚设。我来这里时，小暑刚过，中原已是大热天了。这也是中原最干涸的季节，每一寸土地都处在焦渴无比的状态。一个触目的事实就在焦渴中出现了，这东坡湖水，正在一点一滴地浇灌着被烈日晒得四处开裂冒烟的农田，剩下的便只有这样一个趴在泥淖里、被太阳晒得四处开裂冒烟的东坡湖了。当淤泥上泛起阳光的照射，哪怕干涸也浪影重重。尽管没有看到我想看到的那波光潋滟的风景，但东坡湖四周那长势喜人、一片葱茏的庄稼，多少缓解了一下我内心里不可名状的焦虑。设若苏东坡活着，我想他一定会这样做，这也是他在家乡眉山干过的傻事，哪怕自家的池塘里干得只剩下一口水，他也会先给农人来缓解焦渴……

一条石头铺出来的路笼罩在深沉的阴影之中，穿过缄默的土地，通向一条神道。四株古柏，不知长了多少年了，已长得极古、极拙，昏昏沉沉如同坠入梦中。树荫下，是一声不吭的石马、石羊、石虎、石人，它们侍列在神道两侧，摆出一个严整的仪仗。一切皆有前定的宿命，在静穆中，我深深地感知了一种接近神圣的美。迎面是一座高大的红石牌坊，一抬头就看见四个苍劲的大字镌刻于坊楣正中：青山玉瘗。两边枋柱上，是一副阴刻的楹联，其实是苏轼的两句诗："是处青山可埋骨，他年夜雨独伤神。"这是他卷入乌台诗案被打入牢狱时写给其弟苏辙的《狱中寄子由二首》中的诗句，接下来的两句是"与君世世为兄弟，更结人间未了因"。我突然感到鼻子一阵酸楚，接下去又万籁无声，这两个最终长眠于此的兄弟，还真是"世世为兄弟"了。

穿过粗粝而简陋的石坊、飨堂、祭坛，走进了墓园。感觉已置身于一座原始森林，只有中原大地才能长出这种参天古树，那古老而浓密的树木已长得像中原的泥土一样发黑，浮动着阵阵暗香。这些古树的寿命，有的据说比这片坟地的历史还长，却如灵魂附体，它们不像别处的古柏高耸昂挺地朝着天空生长，而是纷纷倒向另一个方向，看上去，连阳光也是倾斜的。我下意识地辨别着它们生长的方向，——西南，大西南。只要你沿着这个方向，一直不停地走，就可以走到遥远川西盆地的那座眉山。人非草木，而这充满了灵性的大自然却仿佛有一种超自然的力量，为你揭示了一个故乡的存在。这也让我对那片坟地投下了疑惑的一瞥。这不只是我的疑惑，而是一个千年悬念。一直以来，后世围绕这片坟地的争议不断。每一个漂泊的生命，走到了生命的尽头，都会有着强烈的落叶归根的本能。在苏辙的《次韵子瞻寄贺生日》一诗中，也流露了他对最后归宿的想法，“归心天若许，定卜老泉室”，可见他想的还是要落叶归根，葬入故乡老翁井畔埋葬着父母亲的祖坟，而他们又为什么会选择这远离故乡的异乡作为自己最后的归宿？

对此，后世还真有不少的猜想。一说是北宋士人非常推崇嵩山周围的土厚水深之地，希望自己死后能葬于此地。而郏县，正处于伏牛山北部余脉向豫东平原过渡地带，这也正是士大夫们崇尚的土厚水深之地。在苏氏三父子中，最早流露此愿的应该是苏洵。苏洵晚年居京师（汴京）时，早有夙愿要迁居洛阳，并留下了这样的诗句：“经行天下爱嵩岳，遂欲买地居妻孥。”但苏洵最终没有归葬此地，他埋葬于此的只是一座迟到了数百年的衣冠冢。而父亲的遗愿则成了苏轼的遗言。关于他对自己后事的安排，有这样一段文字记载：“公（苏轼）始病，以书属辙曰：‘即死，葬我嵩山下，子为我铭。’”于是，苏辙便按照亡兄苏轼的遗命，最终把他葬于嵩山下这片土地上。他自己死后，也陪伴亡兄长眠于此。——这不是死亡的故事，而是生命的承诺。

这其间还有一个比较可信的原因，苏东坡在经历了漫长的流放后，临死前，全家的生活已相当窘迫，其子在苏轼过世之后，只得去投靠隐居颍州的叔父苏辙。而苏辙也是一生清廉，实在拿不出太多的钱来帮助亡兄一家人，又有如是记载可以佐证：“东坡以病殁于晋陵，（苏轼之子）伯达、叔仲归许昌，生事萧然。公（苏辙）笃爱天伦，曩岁别业在浚都，鬻之九千数百缗，悉以助焉，嘱勿轻用。”透过这寒伧的文字可知，当时苏辙首先想要襄助的是亡兄抛下的一家人怎么生活下去，然后才能考虑亡兄的葬事。而故乡眉山路途遥远，要扶柩归蜀必须付出很大一笔费用，无论是几度官拜尚书的苏东坡，还是一度高居宰辅、位极人臣的苏辙，都拿不出这笔可以让他们魂归故里的资费。而一生的清廉，也是他们选择就近安葬的原因之一。

还有一种说法，宋朝时，凡在朝廷担任过官员的人，去世后一般都安葬于京师（汴京）方圆五百里之内的地方。对朝廷的这种意图，又有几种猜测，或是一种礼遇，或是一种牵挂，或是一种莫名的防范。而人都死了，还要防范他们什么呢？比较可信的，还是所谓礼遇吧，苏氏兄弟，都是历经仁、英、神、哲、徽的五朝元老，他们的归焉之地，也就只能依朝制，在朝廷划出的半径内来选择了。在这个半径之内选择的余地还是很大的，苏辙之所以选择于此，一则这里正是父兄所愿之嵩山下；二则这里也有一座嵩阳峨眉山，也就是如今三苏坟所在地的小峨眉山，葬在异乡，恰似故乡；三则这里虽地处中原，却恍若水网密布的江南，境内有北汝河、干河、二十里铺河、青龙河、蓝河、吕梁河等十多条河流。从风水学上看，“其地背也，雄峙扈阳，其地面也清流汝水。观形胜，适可为宅兆之佳地”，自然也是士大夫归焉之风水宝地。

猜测这兄弟俩的身后事，其实是对那个王朝以及生命真相的一种猜测，又无论哪一种说法，都无法绕开苏氏兄弟和汝州的缘分。北宋年间，郏县（古郏城县）隶属汝州，苏轼一生“历典八州”，在被贬黄州数年后，又接诏书，从黄州转任汝州团练副使。他从黄州赴汝州途中，由于遭遇了丧子之痛等一连串的厄运，在他的反复求告和朝廷的恩准之下，半道上去了常州，汝州也就成了他失之交臂之地。但他失之交臂的地方，却被他老弟苏辙弥补了。苏辙于宋哲宗绍圣元年（1094）出知汝州，其间，恰逢苏轼由定州南迁英州，途经汝州。天各一方、暌违多年的兄弟在汝州重逢。苏辙领着兄长游览汝州名胜，而汝州郏城县自古就有龙凤宝地之美称，尤以黄帝钓天台闻名。兄弟二人登临钓天台，北望莲花山，见莲花山余脉下延，“状若列眉”，酷似家乡峨眉山，就商量百年之后，以此作为归焉之地。而在苏轼病逝于常州后的第二年，其子苏过便遵父亲的遗嘱将苏轼的灵柩运至郏城县安葬。十年后，政和二年（1112），苏辙卒于颍昌，其子亦将他与苏轼葬于一处，时称二苏坟。又过了数百年，元至正十年（1350）冬，郏城县尹杨允远赴眉山苏坟山拜谒，想到一个父亲和两个儿子在生前就聚少离多，死后仍天各一方，心中不忍，又谓：“两公之学实出其父老泉先生教也，虽眉汝之墓相望数千里，而其精灵之往来，必陟降左右。”遂置苏洵衣冠冢于两公冢右。从此，原来的二苏坟就成了三苏坟。——我觉得，这是最接近历史真相的一说。

猜测历史的真相，其实也是猜测生命的真相。一个生命降临在这个世界上，是偶然的，无缘无故的，没有任何选择的可能。而一个生命走到了终极，他的终极关怀，多少是可以选择的，既是选择，就没有无缘无故的选择，这又得看缘分了。所谓缘分，其实也是宿命。苏轼原本已与汝州错失交臂，并把常州作为自己的终老之地，在常州病逝后，却又葬于汝州郏城。岁月中有太多的阴差阳错，到头来，原本与汝州无缘的苏东坡，却从此与汝州结下了千古不渝的缘分。这也让我下意识地觉得，每一座坟茔，与其说是人为的安排，弗如说它们都选好了最适合自己的位置。这其实也是因缘。

一条必然的路，最终把三个经世不灭的灵魂引向了这里。

天长地久，静静地安放着三座坟茔，自东北向西南依次排列，排列如他们在祠堂里的座次。居中那一座“宋老泉苏先生墓”，为苏洵衣冠冢；左首为苏辙墓（宋颍滨子由苏先生墓）；右手为苏轼墓（宋东坡子瞻苏先生墓）。谁都知道他们是一家人，哪怕在泥土里埋了一千年，他们也仍然是一家人，你甚至无法为他们中的哪一个单独去做一篇文章，他们的生命从生到死都是纠结在一起的，他们有一个共同的历史性命名：三苏。对这个特有的命名，你甚至连引号也不必打。在中国历史上，世代簪缨之家比比皆是，父子三人都是皇帝的也不稀罕，但父子三人同为天下文豪者，则极为罕见。在中国古代文学史上，也曾有一些名垂青史的文学世家，如三国时期的三曹（曹操、曹丕、曹植）、明公安派的三袁（袁宗道、袁宏道、袁中道），但像三苏这样父子三人名列唐宋八大家，以其文学成就之高、影响之大，无论三曹还是三袁都是无与伦比的。具体来看，在三苏中，又以大苏（苏轼）的文学成就最高，小苏（苏辙）的官做得最大，而他们的父亲老苏（苏洵）无论文名还是官位都稍逊一筹，但他在中国文学史上，也同样是大师级的人物。像中国这种特有的家庭，真是无与伦比，堪称当之无愧的“中国第一文人家庭”。

从一座墓走向另一座墓，我走得小心翼翼，中原大地，一不小心就会踩着古人的脊梁。多少年来，他们在一个远离故乡的山脚下躺着，躺在一堆中原肥沃的黑土垒成的坟墓里。这没有什么，所有的生命最终都会为土地埋葬，你本是尘土，仍归于尘土。这墓看上去也是苍绿色的，像笼罩着它们的古柏一样的颜色。三座坟墓都不大，非常简陋，连墓碑也非常粗糙。如果不是墓碑上铭刻着苏东坡的名字，你绝对不会相信这是一座三度高居尚书的大夫墓；如果不是这墓碑上铭刻着苏辙的名字，你更不会相信这是一座位极人臣的宰辅墓。

在苏氏兄弟被埋葬后不久，一个令后世文人无比景仰的帝国也被埋葬了。随着北宋的覆灭，中原大地沦陷为金、元等北方少数民族的耀武扬威之地，但苏氏兄弟的坟茔却没有沦陷，无论是谁入主中原，又无论他们怎样耀武扬威，他们对这两座北宋文人的墓冢都十分敬重，在戎马倥偬间，这片坟地还不断得以扩建。先是朝绅们请建广庆寺，并获得了朝廷的恩准。这个广庆寺，人道是寺小名气大，它与苏东坡有不解之缘，只因苏东坡一生与僧佛也有不解之缘。尤其到了晚年，厄运连连的苏东坡更渴望从佛教中得以解脱，在他步履艰难的放逐生涯中，曾给自己起了两个佛号，一曰行脚僧，一曰苦行僧。这广庆寺可以说就是为他而建。而广庆寺之名，据说为宋高宗所赐。那时的宋高宗正在兵荒马乱中仓皇南渡，还能牵挂着这逝去的文人，也算难得了。一片坟地，有了一座寺院，也就有僧人四时守护坟院，每逢春秋大祭和苏氏兄弟的祭日，众僧则要为长眠于这里的苏氏兄弟超度亡灵。到了元代，随着帝国政权的巩固，对这片墓园的规模又有较大的拓展，从封树筑垣、竖碑神道，到为苏洵置衣冠冢，都是元朝时代的故事。正因为有了千百年来的守望，三苏坟才能一直保存到现在，又因为历朝历代的扩建，才造就了一座中原的山水人文园林。这不是对一片坟地的守望，而是对文化的千年守望，这也不是对一片墓园的扩建，而是对中国文学史的另一种书写。

坟墓不只是死亡的符号，更是大地与时间坐标上的古老标志。不是每一座坟墓都能保留下来，时间会在一个漫长的过程中做出选择，然后保留最突出的那一部分，并以突出的方式诉说着生命的价值。而每一座坟茔都有自己的命运，就像这坟墓的主人，各有各的命运。由于岁月悠久，也难免有一些荒芜的岁月，这片荒芜的坟地也曾成了小孩捉迷藏的地方，没有谁能找到那个钻进墓穴里的顽童，除非他自己从里边钻出来；也曾有盗墓贼光顾这寒伧而简陋的坟墓，在苏轼墓上还有盗洞。他们不知道埋在这里的这个人有多穷，又多么富有。他一生最富有的是难以历数的磨难和忧患，还有满腹的才华和一种向死而生的欢乐，那是谁也无法盗走的。

千年之后，我伫立于此。更多的人和我一样，来到这里，只是发呆。莫名地发一阵呆，又怅然若失地走了。在我离去时，忽然起风了，但此处的静穆，并未为风声所打破。蓦然回首，他们依然静静地躺在这里，整个世界似乎都为他们安静下来。

黄国钦

中国作家协会会员，广东省作家协会主席团成员，一级作家。原潮州市文联主席、作家协会主席、《韩江》杂志主编。出版《兰舍笔记》《花草含情》等十一部，获中国当代散文奖，首届秦牧散文奖，首届、第二届广东散文奖等。

潮州记两篇

走近童年

潮之州，大海在其南。

小时候，读着这样的诗句，我走进了潮州。

潮州，是我心中的一个梦，是我对家乡的一份牵挂。

她那种轻声细语的方言，她那种清丽婉转的戏曲，她那种清清淡淡的佳肴，她那种古朴典雅的民居，还有她温顺有礼的民风，还有她诗书传家的风习，构成了一种独特的文化。

我，就是吮吸着这种文化长大的。这，使我想起了母亲，想起了她哺育儿女成长的乳汁。

韩江，是我潮州的母亲河。很多时候，我喜欢到这条宁静舒缓的江边去走走，去思考一些关于潮州的命题，思考为什么这片土地上，会滋养出一种潮州文化，思考人类，为什么会有一种叫作“潮州人”的群体。

潮州，是让人留恋的。那些古时候留下来的祠阁，常常让人有意无意中走进历史。在那里，它静静地告诉你兴废，告诉你盛衰，告诉你对错。

走进这些祠阁，就像走进了自己的童年，走进了自己的内心。

世俗的追逐，使我浑浊。

童年的回忆，却使我纯真。

人，就是这样，一只脚站在世俗，一只脚，却迈进了“精神”。

童年的回忆，是美丽的。它是一个人一生中的一个梦。

潮州人喜欢做梦。也许，跟潮州的历史有关，跟潮州的文化有关。地瘦栽松柏，家贫子读书。读书，就是为了实现梦，实现人生的理想。

岁月匆匆，童年，已经远去了。它还能回来吗？它留在我心中的，是一种欢乐？一种温馨？还是一种淡淡的惆怅？……

现在，我依然会常常去我童年去过的地方，去找回我失落的真诚，去找回我无瑕的童心。我想，一个人，在社会上欠缺真诚，他会站得住脚跟吗？一个国家、一个民族，丧失了求知和上进的童心，它还会长盛不衰吗?!

烟雨潮州

烟雨三月中的潮州，是一年最好的去处。撑一把折骨雨伞，仄起脚后跟儿，走在文星路相思树掩映的翠绿里，听淅淅沥沥的雨声，从路旁的相思叶溅落下来。一边是孔庙学宫檐水滴答的花窗红墙，一边是宋家园勒石作匾的乌漆大门。幽深幽深的柏油小路，慢慢儿走到尽处，水淋淋中，却赫然一座清新儒雅的大宅——卓府。

千六年历史，三十六街，百廿四巷，绵绵烟雨中，潮州，有多少历朝历代的大宅，掩映在你斜斜的雨帘里，有多少把绸伞布伞，踏着你浅浅的雨水和浅浅的绿意，在宽不盈丈的深深小巷，寻找宋许驸马府、明黄尚书府……

烟雨中这样带着一份闲适和恬淡，我漫游潮州的民居。麻石板换成水门汀的窄窄小巷，一个门儿串着一个门儿。潮州的民居，古来就讲究一种小巧的格局和布置，进门是一道木雕的门屏风，转过去是六扇木雕的客厅门，天井是种着莲花的大陶缸，客厅里的木柱上，是挂着乌漆沐金的木楹联；一把半开半合的黑绸伞，一条仄仄窄窄的后花巷，又把你引到一家人家的大门前。

从城南，到城北，一声声檐花的滴答中，一声声功夫茶的“请、请”里，就这样一家家穿过了潮州，认识了潮州。

潮州是雨的天下。春夏秋冬，一年四季，总是二百天有雨。大街小巷，上班下班，叮叮当当、花花绿绿的车铃雨披过后，就是踮起脚尖，撑着雨伞，悠悠儿慢慢儿走路的行人。

缥缥缈缈的烟雨，熏陶了潮州清清淡淡的文化，也涵养了潮州的一方山水。

一曲唱腔悠长悠长的潮剧，用漫漫五百年的历史，唱出了一个全国十大剧中的名儿；那些清清丽丽的歌喉和风摆杨柳的台步，想来必是源于轻声细语的潮州方言和雨伞下脚尖儿款款莲移的行姿。广东著名老作家黄庆云的女儿，一趟潮州，便被这应接不暇的潮州文化迷住，刚抵羊城，便缠住妈妈：潮州那个地方，该不是别一种民族?

水灵地气哺育的潮州文化，最动人处，便是潮州女的绣花抽纱。昔时潮州女俗，百金之家不昼出，千金之家不步行，日勤女红；小小女儿，五七岁年纪，就要倚着花规，开蒙教习。千百年民风滋润，潮州女子，便个个能绣。徜徉在潮州阡陌纵横的大街小巷，常常能看到半开半合的门楼里，总有三两个绣女聚在一起，一张方凳，两个沙包，压着几框圆圆的花规，十指纤纤的绣女，便在厝前廊下，捏一根小小针儿，一边飞针走线，一边轻轻絮语。

这些潮州女子，善绣又善于打扮，一个头上，便做着七八种文章。最愉悦人心的，便是插花。年轻女子插着红花，如月瑰、芙蓉，中年老者，便插一朵、二朵甚至整排芬芳的玉兰、茉莉。于是应运而生的，是四时清晨，街市上那些老妇摆卖鲜花的摊档，和深巷里拎花篮声声叫卖的女孩。因了地理和文化，这些潮州女子，又都人人穿了一双木屐。潮州地处亚热带，天气温润多雨，穿木屐可以避湿气，浴后赤脚着屐，又很舒适方便，木屐夜行有声，深巷幽幽，歹人又难以作奸。潮州女便在这种环境氛围里，在花针下绣规前，培养了一份恬恬淡淡的心性，和一份精精巧巧的绣工。

潮州古城，其实也是水的天下。潮州有东湖、西湖和一十八池，这些清波澄澈的水面，涵育了潮州的一方民气。初春三月，时雨霏霏，那池那水，便漾起一圈圈涟漪，青翠了小城的天气。那时城西城南一带，古城墙下，排列着一眼眼波光粼粼的池塘：南濠池、书院池、邹厝池、陈厝池。我在城南小学读书的时节，下课铃后，便常常要到书院池的假山捉迷藏，到邹厝池的塘畔打水上漂。书斋门口的这两口池塘，无论岁月如何如何沧桑，都会永远荡漾在我的心上。

书院池是探幽寻古的地方。韩愈刺潮，便曾在这池畔的古叩齿庵，与一位僧人，结下过一段善缘。那时这位僧人，在迎迓韩愈莅潮的队伍中，因为牙龅不悦于韩愈，被当作了恶棍。第二天，这位僧人敲下了自己的两颗门牙，送到了韩愈的衙前。这事撼动了左迁潮州的韩愈，也从此使这座城南的小庵，易名叩齿，千载传扬。

文起八代之衰，道济天下之溺的韩愈，在潮州虽然只有八月，却因为兴乡学、重教化、筑韩堤、襄农事，更有一篇《祭鳄鱼文》，赢得了身前身后名。“不有韩夫子，人心尚草莱。”潮州人的聪敏、秀慧、精思、好学，想来，就因了这位韩文公千年教泽的绵延吧？难怪潮州的人民感念韩愈。如今，潮州的古迹胜地，处处有韩愈的影子。市中心有昌黎路，葫芦山有景韩亭，韩山麓有韩公祠，韩堤上有祭鳄台，韩江上又有关于韩愈传说的湘子桥。

其实，那湘子桥只是宋朝建的，廿四座桥墩，十八只梭船，于是，这急水中流，便是一架潮升潮降，可开可合的浮桥。《潮州八景诗》中“湘江春晓水迢迢，十八梭船锁画桥”，写的就是这湘桥的春涨。潮州的民谣还世代传唱：“潮州湘桥好风流，十八梭船廿四洲，廿四楼台廿四样，两只鉎牛一只溜。”湘桥上这两只镇水的鉎牛，其中一只是不是被一江满满的桃花汛水带走了，还是得道升仙去了？这一首小调悠悠的民谣，不知道传唱了多少年，却唱不清其中的这个谜。昔时，潮州的这座湘子桥，是一座亦市亦桥的市桥，廿四墩上，有廿四座楼阁、亭台，500 米的桥面上，商贾在营利，而桥下呢，是盛极一时的花艇“六篷船”，这些六篷船皆置放着盆花盆草，濮小姑、曾春姑、曾九娘……就在这些船上弄歌弄舞。据说，月夕花朝、鬓影留香的这些疍家女子，她们的芳名，在当时“不亚秦淮、珠江”。

如今，廿四墩依旧，桥下，却没有了六篷船竞夕的软语潮音。

潮州还是井的天下。雨、水、井，清洁了潮州的一方天地，也滋润潮州的一方人情。清晨和黄昏，汲水的哥们儿姐们儿，便围着宅后的井台。一眼小小的砖石井，飞扬着四五支脆脆的潮音，和着青苔绒绒的井埕、和着井埕的边三月里新芽嫩绿的婵桂，那一份情调呦。潮州的井水别一样的清冽甘甜，喝这水的潮州男子春山灵秀，喝这水的潮州女子春水柔柔。这灵山秀水，阴阳合一，便生成了潮州男子的鬼斧神工。三家巷的金漆木雕、上东堤的麦秆剪纸、开元街的花灯香包、枫溪镇的通花陶瓷。潮州男子的一双巧手，全不让潮州女的抽纱绣花。单单三家巷的金漆木雕，便刻出潮州男子的千古绝唱，百世风流。这些潮州男子，一把木锤，一撮雕刀，便在潮州通衙热闹大街上的这条恬静小巷里，雕刻了一座古城的历史，一首淡淡的民歌，和一份潮州人钟灵秀气的精神。

潮州的井，是和潮州的石牌坊联在一起的。从文星路的卓府埕转过去，凤凰木的绿荫中，九板桥的石阶下，是一眼双胞的二目井，井边就巍巍耸立着一座四进士坊。从这里，到下市，三华里大街，一路是古井，一路是铺号，一路是牌楼，“天下一绝是潮州”。

这一座座古井，都飘荡着一个个传说。名胜境的莲花井，日正当午，清粼粼的井底，会盛开出一朵白莲。而南门下的义井，在700年前，宋帝昺逃避元兵，饥渴难挨的时候，就忽然井水翻涌，信手可掬。途穷落魄的南宋皇帝，望着汩汩溢出井面的清洌洌井水，不由扶着井沿痛哭：“井亦知君臣之大义，朕将何以报之。”明朝丽人五娘和泉州才子陈三的私奔，是在城西花园乡的那口古井，黄五娘在这里丢下了一只绣鞋，做出了一副投井的样子，便远走闽南他乡。那时，挽着一个绣花包裹的五娘，袅袅娜娜地走过潮州九十六座牌坊的时候，心中，不知道是不是在想着潮州？

“好山好水兼好客，宜烟宜雨复宜晴。”潮州的这一份山光水色，人文风俗，是写在西湖晴雨亭的楹联上，这一副莲青色的楷书里。天下西湖36处，唯潮州西湖的摩崖石刻，独标第一。八华里湖山，散布着225处石刻，唐宋元明清，1300年，那些诗词典赋、铭文告示、警言对语，记述了历代潮州的多少往事，这里历史上出过两位状元，这里先后有十位宰相莅临，这里哺育了182位进士，这里家家户户，读书之声不绝于耳。“地瘦栽松柏，家贫子读书。”肇自唐宋，这里就世世代代，诗书传家。哦，难怪潮州的学子，年年月月，总是读书不辍。学风绵延，以至今日，潮州的高考，常常粤中第一。

哦，潮州，潮州，今天，读着你这本1700年的大书，我竟不能自已，写下这篇名城赋——《烟雨潮州》。

李清明

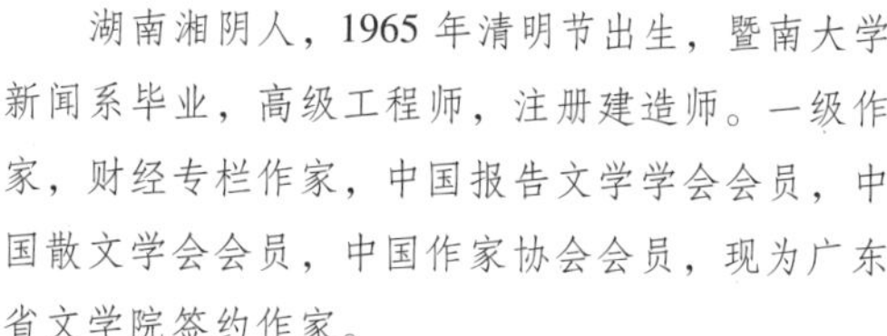

湖南湘阴人，1965年清明节出生，暨南大学新闻系毕业，高级工程师，注册建造师。一级作家，财经专栏作家，中国报告文学学会会员，中国散文学会会员，中国作家协会会员，现为广东省文学院签约作家。

自1983年开始在《花城》《美文》《读者》《作品》《散文》《广州文艺》《散文选刊》等报刊发表各类作品两百余万字。出版的作品集有《滚石上山》《梦起洞庭》《微雨独行》《股海无边》《寥廓江天》《清明复清明》《牛铃叮当》等。曾获冰心散文奖、孙犁散文奖、“长江颂”散文奖、“我心中的澳门”散文奖等奖项，作品连续多年进入《中国散文年选》《中国精短美文精选》《中国散文排行榜》《中国散文100篇》等各种选本，多篇散文被选入大学和中学的语文阅读教材及高考语文试题。

排鼓佬

在湘江与资江交汇流入洞庭湖的西岸，曾矗立着一座名叫临资口的千年古镇。因古镇依江傍湖，水路交通方便，经由这里的船多、木排多、竹筏多，以驾驭其为生的排鼓佬也多。“日有排客千人，夜有明灯千盏”，便是古镇当时的风貌写照。

一代又一代身躯敦实、皮肤黝黑、性野豪放的排鼓佬们，整日肩背缆纤子、手撑爪钩子、驾着木排子、住着吊楼子、吃着吊锅子、提着酒篓子、抱着湘妹子、吼着船号子……在大江大湖中求温饱谋生存，曾经书写和演绎了诠释着勤劳、勇敢、智慧、刚烈、忠义、豪迈，乃至于神秘、悲壮等长达千年的水乡文明。

一

说起“排鼓佬”的称谓，许多地方大多叫“排客”“排工”，也有的叫“排古佬”或“簰鼓佬”。至今仍在临资口古镇洞庭庙守庙的甘道长告诉我们，叫“排鼓佬”的只有资江和沅江，原因很简单，这两个江道放排须擂鼓。排客们闻鼓下篙，听鼓扳棹，以鼓助力。

始建于东晋年间的临资口古镇，自古便是南洞庭湖的水上交通枢纽与南来北往货物交易的重要码头，呈“丫”字形的地理位置十分便利与独特，右上方向西是资江，左上方往东是湘江，朝北是洞庭湖，往下便可以直通长江。从桂北、川东、黔东、湘西、湘南等地，源源不断的桐油、木料、楠竹、煤炭、牛皮、猪鬃毛，以及烟草、水银、药材，甚至鸦片等山货须到此转口，一部分向北经由洞庭湖运往岳阳、武汉，甚至南京、上海；一部分往东转湘江运往长沙、株洲、湘潭、衡阳、永州，进入广东、广西。反之，从各大城市口岸用空船带回或专门运来的食盐、花纱、布匹、煤油、西药、肥皂、面粉、白糖等日用货物，以及机器、设备等工业品则需在此分流。其中，尤以从云、贵、川，湘南、湘西，以及两广等地顺江下漂的木排、竹筏以及毛板船（一种用不过刨子、不涂桐油的毛糙木板简单钉拼而成，达到目的地先销完船装货物后，再直接将船板拆了卖掉的一次性板船）最为多见，每天均在百艘（排）以上。其百舸争流、千排云集之盛况，正如有诗所写："千只木排下湖湘，一路滔滔到资江。"

星横江水阔，月涌排筏流。每日只等船驳、排筏驶进古镇的船坞与排湾，雇用篙手与排工，聘请舵手和法师（会施法术的排鼓佬），以及喊箩脚子、挑夫，租用桅杆、帆具、舵桡的船主便会络绎不绝……生于斯长于斯，既熟知这大片江河湖泊的水文地理，又个个身怀驾船放排绝技与胆魄的古镇水手们，一会儿要将上游下来的小木排、小竹筏在进入洞庭湖之前归拢扎成大排大筏；一会儿还要把经由下游大江大湖航行而来的大船大驳在进入内江内河时由大换小，将机械转换成人工……久而久之，便催生了古镇一个靠水吃水的新兴行业——排鼓佬。水乡习俗，凡吃"水上饭"的人，乡亲们皆以"排鼓佬"统称。

据统计，在近千年的历史长河中，临资口古镇的居住人口常在三千人以上，多时达到五千多人，其中排鼓佬、舵工、桨手，以及专门给船户排筏挑货运货的箩脚子们均在半数以上。其余诸如木匠、铁匠、篾匠、铜匠，以及茶楼、酒肆、乐坊、怡春院、销魂楼、潇湘馆等大部分男女从业人员，也均与水手们的生活息息相关。其时，古镇江边青墙黄瓦的洞庭庙前，除初五、十四、二十三几个不宜行船放排的忌日外，其他大多数的日子则锣声、鼓声、鞭炮声，还有法师们洪亮的祷告声，以及放排号子声不绝于耳……其间，总见众多的排鼓佬们将《资江排工号子》吼得山响："天下山河不平凡，资江流水几多滩。鼓响三声立桅杆，锣响三声扯风帆。谁知排客苦与乐，妹砣等我下江南。暗礁险滩何所惧，千里洞庭一日还……"

水乡自古宫观祠庙众多，宗教信仰浓厚，几乎家家都立神龛，户户都祭祖先。为此，古书也曾有"楚人性刚烈，喜祭祀"的记载。受其影响，排鼓佬们的起排与放排仪式则更为讲究。起排前，为头的排鼓佬，也称法师，要观天象，测定黄道吉日与出发的最佳时辰。然后，在洞庭庙前的江边摆上神龛，众排客还要准备好香烛、神钱，以及一只煮熟的整鸡和一个猪头，还有鲜果、米酒、清茶等供品。供桌的四角和地下，法师还会依次插上五根檀香，点起五根白蜡烛，叫“请五方神”（即茅山祖师李老君、排鼓佬祖师、铁牛仙师，还有河神及土地）。紧接着，法师亲自率领排客们表情严肃地面朝神位，喃喃祷告：今有××庙××地×××人，驾排（船）往××地，请诸神保佑一路平安，乘风相送，滩滩有水，路路有泓。敬完神，船工们则将熟鸡、熟猪头饱饱地吃上一餐，叫“打牙祭”或叫“呷起排饭”。吃鸡时，鸡头（也称凤凰头）献给头篙，鸡头为首，含把握方向、大吉大利之意；两只猪眼睛与两只猪耳朵则会敬给舵师下酒，愿其心明眼亮，能眼观六路、耳听八方，确保排筏往返平安顺利。

放排仪式过程中，为头的排鼓佬师傅见到看热闹的乡民和水手越聚越多，还会表演几个祖传的“排鼓佬施法”节目，以助兴邀彩。一曰：提无底水桶。只见一个十六七岁的小水手，先是提着两只没有底的大水桶缓缓走下河堤，来到众人面前站立。经过排鼓佬师傅用手指向天空摇摆画圈、念咒后，小徒弟再缓缓走上河边停靠的木排，缓缓弯腰在河心装上满满两桶江水。然后又是缓缓回走，经过人群……两只盛满了江水的无底木桶竟然滴水未漏。二曰：定鸡。排师手提一只用来祭祀的大公鸡，先是对着鸡头烧三片神钱，然后扯下鸡头上的三根鸡毛，再念一道《超生咒》。咒语道：“此鸡不是凡鸡，是皇后娘娘所赐的神鸡，可收邪神邪鬼，可定八方阴魂……”不一会儿，这只被施了“定身法”的公鸡便不叫不抖，连眼睛眨都不眨……很是听话；解开缚在其双脚和翅膀上的绳索，放在地上，任人吆喝起赶，也是不动不跑。

起排开始，须敲打铜锣，称“开头锣”，提醒泊于附近的船只注意，以免碰撞；待排筏启动顺资江下行时，常常擂鼓，以鼓传令，以鼓起势扬威，以鼓助力鼓劲。一般鼓声只从洞庭庙码头响至湖边的打鼓港趸船处后，便须息鼓，全程也就四百米左右。原因是再敲则害怕惊动了洞庭龙王，龙王发怒多会狂风暴雨，不利行船。后面的湖上行程，排鼓佬们只能以锣声替代鼓声进行指挥调度。

放排时，众排客纷纷都是几大口谷酒下肚，一声吆喝跳上排筏，十几把长篙同时用力，木排便离岸归流，缓缓前行。水上航行最怕散排沉船，故因排上舟中说话行事颇多忌讳。比如，不能随便说“翻”“沉”“散”“打”“倒”“滚”等字眼或同音字；排上东西不能随便横放，排前排后不能晾晒女人衣物；不准用锅盖舀水，不准无故敲打碗碟等等。就连行排时，船工哼唱花鼓戏《打金枝》，有同伴问及唱何戏时，也不能说“打”，要改说《锤金枝》。待浪小排稳，排客们便会唱起熟悉的资江排工号子，用以排遣寂寞，消除疲劳。开始，一般是站排头的头篙起唱：“嗨哟喂来嗨哟咳，阳春三月哟好放排，头排去哒二排来，二排过后哟有三排。吊楼的妹砣遭人爱哟，好似春风哟扑我怀，好似春风哟扑我怀……”紧接着，尾排的排工便有回应：“嗨哟喂来嗨哟咳，云闪开来哟雾闪开，一条青龙喂下江来，腾云驾雾呐放木排。吊楼的妹砣你好乖哟，别人敲门哟你不理睬，要等我哥哥哟把门开……”

洞庭湖浩浩荡荡，横无际涯，宽阔的湖面常起风暴，险象环生。其中《洞庭风暴歌》里记载，从“正月初九玉皇暴”开始，至“十二月二十扫江暴”结束，一年便有近二十次大的风暴。歌云：“洞庭宽来洞庭长，水中起落无太阳。无风三尺浪，有风浪三丈。稍一不小心，排散船翻喂鱼秧。”初遇风暴险情时，船主（一般的船排均会随行一位业主）多会带头鸣锣磕头，焚香剁鸡头，求神灵保佑。险情过后，多不还愿，故有“小财迷过洞庭——歪许乱愿”之说。此时，真正紧张、辛苦、危险的还是为首的排鼓佬及众多的排客们。一近险滩或暗涌旋涡，只见排鼓佬用棒槌猛击锣面，一声长喝：“撑——篙！”“扳——棹！”篙手们便个个怒目圆睁，分站于在巨浪间起伏摇摆的排筏的前后左右，举篙在肩做投标状，齐声回应：“撑——啊！”“撑——啊！”……不一会儿，锣声骤响，吼声如雷：“头篙——挺住！”“二篙——钩住！”“三篙——控死！”……锵！锵！锵！——嗬！嗬！嗬！……人人表情肃穆，个个全神贯注，均把功名利禄及爱恨情仇等尽抛脑后，摆在他们面前的只有生存与脱险，责任与尊严！

二

在过往的岁月里，临资口古镇的排鼓佬分有严格的等级，其出排一趟的“身价”会定期用红纸在洞庭庙前的墙壁上张榜公布，也算是童叟无欺。他们共分为金、银、铜、铁四等，金牌排鼓佬从临资口驾排经洞庭湖去一趟汉口，或从古镇逆江撑船到一趟湘西，时间两至三天，薪酬为一百块银元，银牌五十元，铜牌则只有三十元。铁牌也称桨手，或褡褙（拉纤人为减少缆绳与肩膀的摩擦，用长条细布做成褡褙布袋垫在肩上，故称褡褙人或纤工），其“出场费”也就六到十块银元不等。为此，便有人羡慕高级排鼓佬的钱多，说是：“吊脚楼里的女子上得画，排鼓佬的银子砌得塔。”

常在水边生活的临资口古镇男人虽从小就熟知放排、驾船、泅渡、游水等谋生本领，但要从一个普通水手“升华”成一位众人敬仰、万人羡慕的金牌排鼓佬，仍要穷尽一生的努力，甚至生死磨难。他们不但要身强体壮，有过人的体力、毅力与耐力；要识水性，懂得放排驾船的全套技术；要上知天文，下知地理；要上观天象星象风向，下识风情雨情水情；甚至还要熟知医道、巫道、蛊道、神道；当然，其义道仁慈，以及强有力的组织、指挥与号召力也是少不了的……基于此，在现今虽是破旧，但仍不失幽森、古朴之风的古镇堤岸上，至今仍保留着为纪念智、勇、忠、义四位金牌排鼓佬的祠堂，即智者——甘公祠，勇者——刘公祠，忠者——易公祠，义者——万公祠。颇有“请君暂上凌烟阁，若个书生万户侯”之意。

勇者刘公，全名刘湖生，从小习武，精于迷踪、梅山、太极拳术，刀、枪、耙、棍等软硬兵器也是样样精通。一次，他与排鼓佬师傅及十六位篙手在资江上游逆水撑排。途经一个名叫“狮子岩”的险滩时，刘公领队“爬”在队伍的最前面，一会儿前弓后箭，手攀脚顶；一会儿全身匍匐，寸步前移；后身负千斤，累得当场吐血，仍寸步未退，硬是坚持了整整两个时辰……因为只要当时领队拉纤的人后退，后面紧接着就会人仰舟翻，甚至排毁人亡。提及狮子岩的危险，有诗为证：“排过狮子口，十人九摇头。狮子咬一口，头破鲜血流。”久传的《资江滩谣》也这样唱道：“四脚落地牛拉纤，褡褙勒肩似针穿。寒暑裸体身体伤，助船上滩身代桩。撑排号子响四方，十曲纤歌九曲酸。”又一次，突遇山洪暴发，巨浪咆哮而至，眼看负责长排扳棹的船工支撑不住，长排立马便有散排的危险……刘公几个箭步从排头跃至排尾，双手奋力扭棹，直至卷棹的缆绳压断了小手指也未松手……还有一次，几个散兵游勇在资江边的趸船闹事。刘公闻讯，从江边左右两手分别提起两个重达两百多斤的拴船石墩，健步如飞，手不抖、气不喘地将两个石墩往两个兵前一摆……当场便吓退了闹事者。

古镇的排鼓佬们大多识字有限，文化程度不高，平日也多是木讷寡言，难以说出更多的大道理，但他们都识大体、顾大局，颇具民族主义与爱国主义情怀。那是 1941 年 9 月，第二次长沙保卫战期间，日本海军陆战队的一个登陆艇中队由岳阳，经洞庭湖，直抵临资口镇，准备沿资江一路南侵。当时的金牌排鼓佬易大光闻讯，亲率五百多名排工与水手将他们自家的一百多艘货船、渔筏、趸船全部凿穿，沉入江口；同时将好几十个加长木排拆散封锁河道；易公甚至还将家住的百年吊脚楼也拆了，将用作楼基的粗长木柱锲入江心，挂放自制水雷及铁矛、竹箭等障碍物……结果是，侵略军的登陆艇中队硬是被阻滞在古镇前面的资江江口达一周之久，还有两艘登陆艇被易公自制的“土水雷”炸沉。为此，易公本人不但受邀参加了后来在县城举行的日本侵略军的受降仪式，还受到了主持受降仪式的国民党师长杨伯涛中将的亲自接见与表彰。不久，乡亲们便自发出钱出物，在古镇的中心地带为易公建起了一座生祠，是为忠也。

自古行船走排七分险，单是从宝庆府的新化至临资口古镇的近百里江道，便有七十二个险滩；县境内也是从樟树港的文泾岗开始，至湘江边的芦林潭，仅十几里的湘江就有九曲三十六湾。且湾湾迂回曲折，水流湍急，旋涡暗涌众多，行船放排能“十毁其七”。歌云：“灵滩菱湾不种田，一年四季靠翻船。”它所道出的是这两个地方附近居民救人捞物，没时间种田，非有幸灾乐祸之意。为此，有人直接形容排鼓佬的职业是：“挖窑的人埋了没有死，驾船的人死了没人埋。”大江大湖水流湍急，一旦遇险，尸骨难寻。还有人也是进一步引申附和道：“人生三样苦，打铁放排磨豆腐。”“会水的水上死，会刀的刀上亡。”……好在排鼓佬们天性乐观，从不被困难和危险所吓倒。有滩歌为证：“船打滩心人不悔，艄公落水不怨天。舍下血肉喂鱼肚，拆落骨头再撑船。”有感于此，被临资口古镇的乡亲们称着“活菩萨”的金牌排鼓佬万有仁，深知吃水上饭的人危机四伏，生存不易，须抱团取暖，方能抵御灾难，齐保平安。早在万公父亲当家时，便卖掉了祖上积攒下来的四百亩湖田，成立了古镇第一个“箩脚子协会”，专济水上挑夫、桨手等弱势群体。万家仁义“衣钵”传至万公手上，他又将自己当金牌排鼓佬的全部积蓄做本，成立了一个受济者更多的“水乡排鼓佬之家”。于是，古镇的洞庭庙边又多了一个“万公祠”，是为义也。

说起智者甘公，水乡百里无人不知无人不晓。他不但是古镇金牌排鼓佬的“头牌”，既会主持放排行船仪式，表演法术；还会画水碗、念咒符，治病驱魔；以及用罗盘看风水、寻地脉，接通阴阳两界……记得小时候，我在水乡生活，一次不小心被鱼刺卡住喉咙，两天粒米未进。后父亲用船载着我找到甘公第三代传人，其时便开始在古镇洞庭庙中守庙的甘道长那里。只见留胡须、着道袍的甘道长面带微笑，似乎随意跟我父亲寒暄了几句，问清病由，转背便端来一碗清水，眯眼念叨几句，对碗烧了几张黄纸，叮嘱我连纸灰带水全部喝下。少顷，便问我饿了否。见我点头称是，一旁正在择菜的蒋姓夫人连忙起身，从厨房里端来只倒了几滴酱油的半碗剩饭给我。见此，我饥饿感突至，几口便把剩饭吃了个精光。

三十年后，仍是临资口古镇，仍是洞庭庙，仍是守庙的甘道长，只是道长已是年近八十的老人了，但也仍是耳聪目明，且手不抖、背不驼，只是胡须更白更长了而已。道及古镇的排鼓佬画水碗，治病驱魔的传说，甘道长如数家珍，娓娓道来。老人说，符水治病实是属于道教的天医科，主要是靠法师诵念咒语，将宇宙间及法师本人的能量传递到纸符上，然后替人消灾治病。老人还引申，现代科学已经证明，水能聆听，水能观看，水能分辨，水能记忆。道家高道大德皆通“上善治水”之道，这就是中国古老而神秘的“符水咒法”。最后，老人归结道，无论画水碗也好，还是念咒画符也罢，须有两个前提，一是要心存善念，二是法师须“脑中有料”“肚里有货”。只有这样，才能把法师的信息反馈至“水”中，与“水”进行更好的交流与存储。

至于排鼓佬为何对此情有独钟，甘道长坦言，说是纯属职业所逼。过去洞庭湖少有淤积，比现时更为神秘和广阔，放排人经过洞庭湖时遇有风暴或中途迷路，常常会在湖中停滞十天半月，甚至更久。几十号排工桨手缺粮少药，有的还会突发疾病……真可谓叫天不应喊地不灵。——这时便是考验领头排鼓佬的时候。如此这般，他们就只能靠画水碗、念符咒来治病救人。好在每一个金牌排鼓佬都有一段充当“装香童”的经历。所谓装香童，其实就是充任排鼓佬师傅的学徒。每年从春天开始，徒儿们就须肩背装有干粮、罗盘、笔记本的布袋，沿湖溯江进行走访。一是在每个码头间询问、记录各处所需交易的木材和货物数量；二是记录沿途江河湖泊的潮汐水文变化及暗礁险滩情况；三是熟知沿途山林草地各种草药防病治病的功能与疗效；四是沿途寻找能人异士，进行拜师学艺。时间短则一年两载，长则三年五年，如此“功课”做细做强，徒弟们就离上排“起水”的机会不远了。为了传承，每个排鼓佬在开排做法事之前均有一道程序，俗称“观师傅元神”。——排鼓佬们在祖师牌位前凝望师傅神态，进行回忆联想及神传悟道，增强心灵信息的交会与交流。

现实中，排鼓佬有本事、懂法术，但真正能得到“真传”的人却少之又少。

究其原因，是因为所有的排鼓佬师傅都把“有钱无义切莫度，无钱有义度真传”奉为圭臬。小时候，老人给我们讲古，说是临资口古镇有位姓钱的排鼓佬师傅不但能画水碗、念符咒，还会飞檐走壁，甚至通晓奇门遁甲之术……钱公年过古稀后，想把本领传给后人。老人先是否定了唯一的儿子，认为儿子虽为人仗义，但却脾气暴躁，易惹祸灾。于是，他把目光投向了九岁的孙子。一日，爷爷想施展一下简单的法术，一来想让孙子见识一下排鼓佬法术的神奇；二是也想借机考验一下孙子的初心与诚意。于是，爷爷在房间内跟孙子说：“孙儿你把房门锁好后出来，看爷爷不用钥匙能不能将房门打开?”孙儿应允将信将疑地把房门锁好后和爷爷一起退至房外。只见爷爷闭眼念动咒语，转眼间房门便真的悄然而开了。孙子大惊，随口即言道：“爷爷本事真大，快教我，快教我，以后我去别人家偷东西就方便了!”爷爷闻言，只是摇头长叹了一声，不久便溘然而逝。——讲古的老人感慨道，如果人心不古，道德沦丧，再好的奇门法术也将难以传承，最终均会灰飞烟灭。

三

临资口古镇的排鼓佬深知放排驾船危险性大，故而十分讲究天时、地利、人和。在这三者当中，他们似乎更加注重“天时”二字。“靠天神助，靠天放排，靠水吃饭”，便成了许多排鼓佬的共识。这也是为什么当时在水乡供奉的排鼓佬祖师爷既多又杂的根本原因。比如，他们供奉的有太上老君、南海观音、杨泗爷（杨么）、丁将军（丁奉）、柳公子（柳毅）、关帝爷、南岳大帝、洞庭龙王、天后娘娘、吕洞宾等等，有佛有道、有人有神、有兵有将，莫衷一是，但似乎又都与水牵上点关系。与水乡别处稍有不同的是，临资口古镇的排鼓佬们却自始至终只是信奉和祭祀洞庭王爷——柳毅。原因有三：他们首先认可柳毅是本地人。唐代《通志》云：“柳毅也，今沅江湘阴间人也，其故乡在湘滨。”十分巧合的是，水乡的湘滨镇曾直辖临资口镇，而湘阴则正是古镇所在的县治也。其次是认为柳毅为人真诚，有义道。唐仪凤年间，柳毅赴京赶考，落第归途遇一牧羊女，自述是洞庭湖龙王女儿，嫁泾河小龙王为妻受虐，托柳公子传书。柳冒生命危险，不负所托……后柳公子与小龙女终成眷属。再就是感觉柳公子有情，接地气。相传柳毅白天戴着青面獠牙的假面具到洞庭水府庙升堂问案，主持公道，接受香火。下班后便卸下面具，恢复俊俏的书生模样，回到洞庭湖中与小龙女温存恩爱。

基于柳公子“榜样”的力量，临资口古镇的排鼓佬们也个个都是敢爱敢恨、重情重义的汉子。他们行排背纤时，稍遇滩干水浅，多会脱光身上的衣服，恣意前行。排鼓佬们个个肌肉发达，周身漆黑，唯有光腚雪白……这时，如遇浣衣洗菜的姑娘媳妇，便会故意撩拨水响，扭动屁股，扯开喉咙狂吼情歌：“妹在河边洗衣裳，棒槌打在手指上。哥哥知你好心肠，待我回来把你抢。”遇上胆小羞涩的村姑与小媳妇，此时定会掉转脊背，低头闭眼，置之不理。如果是碰上大胆豪放的大姐大嫂，则多会仰头扬脖，大声回击：“嫁人莫嫁水上漂，十个排工九个骚。岳阳汉口走一趟，身上钱财打水漂！”如见排鼓佬们仍不收敛，她们便会直接开启骂腔：“难怪今日乌鸦叫，江中漂来排鼓佬。不是老娘夸海口，给我做儿都嫌老！”……当然，也有偶遇男子有情、女子有意的，此时女人的情歌便会慢慢柔情起来：“日头出水一点黄，妹砣出门洗衣裳。手拿擂槌轻轻打，下下打在麻石上，一心想着我情郎。哎哟——哎哟——哎哟哟……”

时光如资江流水不舍昼夜。转眼至20世纪50年代末，由于资江上游柘溪水电站建成，资江流水骤减；加之几年前三峡大坝正式蓄水，由长江进入洞庭湖的江水也日趋减少……缺少了水的滋养，临资口古镇的排鼓佬们便渐失“用武之地”。后又因洞庭湖区“平垸行洪”的需要，临资口古镇的原居民们只好无奈全部迁移。在资江流入洞庭湖边的堤岸上，一行行一排排的千年吊脚楼不见了，曾经一眼也望不到头尾的木排与竹筏也没有了，传唱了千年的《资江滩谣》与《资江排工号子》更是悄无声息……让人无限感叹感动感怀的是，乡亲们把楼拆了，把家搬了，把船卖了……却唯有坚持把洞庭庙，把甘公祠、刘公祠、易公祠、万公祠等远古建筑还留在了原处！

如今，古老的江堤上，每个祠庙里都有一位专职的守护人。问他们，谁指派的？回答是：自己来的。问他们，有报酬否？回答也皆是：没有。问他们是哪里人？回答也同样是惊人的相似：我们都是排鼓佬的后人。

身为洞庭子民，水乡过客，闲暇之时，我还是喜欢常到越发有些破旧的临资口古镇的洞庭庙里走走停停，摸摸看看……不但喜欢柳毅有情有义的优美传说，更喜欢其塑像“皆以手遮额而远视”的神态。——道者释义，柳公子抚额远视，是因为天将漆黑，江河湖泊中还有许多水客没有回来，故神恒望之。

耿立

石耿立，笔名耿立，中国作家协会会员，当代著名散文家、诗人，教授。2014 年第五期《北京文学》封面人物，获《人民日报》与中国作协“美丽中国”奖；作品获第四届在场主义散文奖，第六届老舍散文奖，《中国作家》第二届“中山杯”华侨华人文学奖；散文集入围第五届“鲁迅文学奖，获山东省第二届泰山文艺奖”；作品多次被《新华文摘》和国内多家权威选本选载，有广泛的影响；《缅想的灵地》列《北京文学》评选“2010 年中国当代文学最新作品排行榜”；《悲哉，上将军》2010 年列《北京文学》评选“2009 年中国当代文学最新作品排行榜”；散文多次名列中国散文排行榜前列；曾出版《遮蔽与记忆》《无法湮灭的悲怆》《藏在草间》《青苍》《缅想的灵地》《新艺术散文概论》等十余本散文集。

怎样安放我们的灵魂？

如果说没有灵魂，那么我们的肉体为何时时处在无尽的撕扯中？

题记

一

在大兴安根河的座谈会上，我说出自己心灵的困境和生存的困境。其实我知道，这是说给窗外的无边森林和白云，还有激流河，还有那震撼我竟然有一百一十公里蝴蝶公路走廊的翻飞和斑斓；还有最后的鄂温克狩猎部落，还有一个固执的不下山的老人玛利亚·索。

有一次上班途中，儿子突然问起我老托尔斯泰逃向苍天之事。儿子问这话题时，其实他就已洞穿了我。

走。逃走。逃向何处？虽是春天，我感到了一场暴风雪的升腾。

它是怎么旋转来的，这一场暴风雪？

一百年。超过了一百年的暴风雪，从历史深处一个叫阿斯塔波沃的火车站旋起，一个老人。在临死前，猛然从床上折起身子，用毋庸置疑的坚定喊道："走，应该逃走！"

是啊，在82岁的那年，那是1910年的10月27日，老托尔斯泰给妻子留下一封信，在雪夜中静悄悄地乘着一辆马车，由医生和女儿陪同，秘密悄悄地离家出走，82岁的老人在颠簸的途中病倒了，最终只好弃马车，匿名改乘火车，末了实在无法，就躺倒在那个叫阿斯塔波沃的火车站一座小红房子里。

1910年11月7日，托尔斯泰离家出走后的第11天，在阿斯塔波沃火车站站长的那座红房子的狭小房间里，与世长辞。红的，白的。雪。房子的颜色。都刺向人的眼。

像一棵树訇然倒塌，森林里所有的树，都感到了震动，感到了失去的巨大的空旷是无法弥补的了，那夜，有无尽的雪，在旋转在升腾，在升腾中旋转，在旋转中升腾。

该堕落的堕落，该升腾的升腾。

“走，应该逃走！”是的，我知道是百年前阿斯塔波沃火车站的暴风雪点燃了我，这种异端的在世俗人眼里的不可思议不可原谅的举止，那他一定是疯掉了，像一棵疯狂的石榴树，还是在海上蹀躞的一叶白帆？

是啊，如果是一株树，那就是石榴树，埃利蒂斯的石榴树，没有被平庸整肃掉的一个树种，在顿河，在希腊，在一切有异端的土壤上，这种树，砍了还发，即使你肢解她，监禁她流放她，她的种子也不会变节，也不会匍匐跪地，在深黑的夜里，沉重和残酷，无孔不入的奴役也许使这样的树种濒于灭绝，但她还是遗世而孑立。

泪眼婆娑的石榴树！

雪，暴风雪，这无望冬天的暴风雪曾摧毁过她的枝干，雪飞旋在世界，也飞旋在我的内心，如煮如沸，迷茫而坚毅，荒凉兼苍凉。

告诉我，是那疯了的石榴树与多云的天空在较量？（较量，是无处不在的。世俗的，意识形态的，亲情的，媚俗的。）

告诉我，是那疯狂的石榴树高声叫嚷着正在绽露的新生的希望？（风雨如晦，鸡鸣不已。未经阉割的，本能的，自性的，未经转基因的DNA。）

告诉我，在万物怀里，在我们最深沉的梦乡里，展开翅膀的她，就是那疯狂的石榴树吗？（草鸡，苍鹰，屋檐，稗糠与稻谷。泉水的冷凛与清，蓝天的寂寥，正好是让翅羽散步的地带。）

是啊，我把这疯狂的石榴树的意象送给这离家出走的老人，我一直把托翁当成人间的石榴树，有着铸铁枝干的，皲裂皮肤的，有着炸雷劈开的碳化痕迹的石榴树，对抗着天空的石榴树。

“走，应该逃走！”这些话给历史在场的人留下的是沉重，是神启，是慈爱。他说出了，就属于了历史，也许失传，也许永续，是种子，一经播撒，虽钢筋水泥，也有萌发的机缘。

让人成为人，让人像个人，逃走吗？逃走岂不是回归？逃走岂不是回家？是的，有时逃走恰恰是回家。

二

也许俄罗斯民族有一种忧郁和偏执，恰恰是这种民族的基因，让我咏味不已，天国与苦难，挣扎与漂泊，何处能停泊那躁动的心？

我想到了那叶白帆，在海上如翅膀追逐心灵的向度。海的蝴蝶，海的翅膀。

多么温暖的像我的兄弟！

就像饥饿的人在暗夜看到了星光和面包与盐。而心灵一下子被那叶白帆所感动所包围，真的如兄弟，可托付的兄弟：

在那大海上淡蓝色的云雾里，
有一片孤帆儿在闪耀着白光！……
它寻求着什么，在遥远的异地？
它抛下什么，在可爱的故乡？……
波涛在汹涌——海风在呼啸，
桅杆在弓起腰轧轧地作响……
唉，它不是在寻求什么幸福，
也不是逃避幸福而奔向他方！
下面是比蓝天还清澄的碧波，
上面是金黄色的灿烂的阳光……
而它，不安地，在祈求风暴，
仿佛是在风暴中才有着安详！

在大学里的元旦晚会上，我朗诵过这首莱蒙托夫的《帆》，渴望，无望，热血，不安。我是一个出生在黄壤平原深处的人，到大学还没看到过船，更不用说一叶帆，但我的性情里却有一种对白帆和湛蓝的渴望与亲近，我在苦寒里走来，童年、少年家境拮据，青年时期饥肠辘辘。父母是农民，父亲靠在集市为人用笤帚清扫垃圾和污秽，半乞半讨供我读书，父亲是没文化的人，谈不上文化人的眼界和思维方式，没有文化人的爱好和趣味，只是用一个小锡制的酒壶揣在衣服里，闲暇时饮酒。但父亲喜欢我读书买书，喜欢我到场院的麦秸垛或者草庵里，或是夏日纳凉的夜晚，听我吟诵那些遥不可及的事物，比如莱蒙托夫、罗曼·罗兰。白桦。密西西比河的老黑人。如此的不可思议，就是这些平原外东西来抚慰我狂躁的心。

也是这些东西，吸引着目不识丁的父亲。

记得在初中时的麦秸垛里曾读康-巴乌斯托夫斯基的《碑铭》，那是和白帆一样蛊惑我的碑铭，那些人类的精神骨血，少年的脑海里一直回旋着的是千百年来，拉脱维亚渔夫在“魔鬼的锅子一般翻腾着”的波罗的海。那些层层烟雾笼罩的海边，有一小小渔村，远远地就能看见，一块巨大的被波涛包围的花岗岩石上，刻有一行古老的铭词——

纪念那所有死在海上和将要死在海上的人们。

碑铭。碑铭。不是刻在石上，是刻在我的肉上嘎嘎有声的铭词，这种灼这种震撼一直在，像骨头里混合的玻璃碴子，死和要死的人，这在中国文化里是多么忌讳的字和词，但她说出了一种必然，人都是要死的，有人思考过死了，有人来不及思考也死了，这是每一个生存者无法摆脱的宿命，是最本然的规定。死是规定着生的，所谓的向死而生向死而在，比未知生焉知死，把死悬置，给我的撞击更烈，他们刷新着我的眼睛。

神秘。海是一种神秘的宿命和勾引。到大海上和倒在大海上都是致命的诱惑和冒险，但是，即使人们知道这海里的危凶，总会有一些不安的灵魂终究要到那里去，与幽暗的波涛为伍。大海是蛊惑，她诱惑的就是那些想安顿想安静心灵的灵魂，是啊，也许死才是一种解脱，是一种价值，但将要死的这路途恰恰是灵魂麇集的冒险路途。

白帆，无疑会从血管里起航，然后通向大海。

从血管里起航，归程在哪里？故乡？异乡？

这叶白帆将在哪儿停泊？我想到了一部书《野草》，一个人。过客。短暂的生命，无涯的长途，渺小与虚无。心事浩茫连广宇。

是啊，必须走，走向命定的大海，光阴无乃大海乎？人都会倒毙在光阴里，时间是线性的，愈来愈快了，还有多少能挥霍？该诀别的就诀别，该抛下的就抛下，从血管里起航，删繁就简的岂是委顿，岂是恐惧？遵循血的呼啸。光阴如海，残阳如血。你是一叶白帆。张开的、搏杀的白帆。蝴蝶的翅膀也可扑火。

但是大海呢？现在的大海，现在的大海不再是大海，现在的大海还有那些神秘和蛊惑吗？还有命定的启示和未知吗？大海早被人类涂抹得不成样子，还有森林这些能作为诗意栖居的地带都被人为地堵塞了，人类生存的家园被连根拔起。我想到这次到大兴安岭中心地带，看到的满眼的绿色的次生林，那种绿色使我陶醉，但也为没有看到那些原始森林而悲伤，为最后的鄂温克狩猎部落再也无猎可狩哀伤。

为什么我的眼里满含泪水？

三

这次到大兴安岭深处最令人难忘的是见到了玛利亚·索，这鄂温克族最后的山神。这位94岁的老人，在政府要求大家搬到山下去过舒适而“幸福美满”的生活，并且拿出一张纸说，同意下山就按手印，还发搬迁费时，全乡231名鄂温克人都按了手印。只有玛丽亚·索没有按。在她的世界里，茫茫的原始森林才是鄂温克人的归宿。

选择如何的活法？不同的人有不同的抉择，太多的人选择的是逆来顺受，选择的是放弃抗争，还有的是选择的助纣为虐分一杯羹，而且多数这样的人活得往往春风得意趾高气扬。如果一个走到今天的人，还会想起托尔斯泰，想起高更的塔希提岛，活得还像个人儿不被一些所谓的名缰利锁奴役自觉成为奴才，那他就会从托尔斯泰的那个小火车站的红房子受到启示：自由，心灵的自由，你必须成为你自己，从被命名的遮蔽的重轭下解脱，那样你才能重生。除了自己其他都是靠不住的。

自由和独立，没有比这更重要的。而且对我们这个强调集体强调君君臣臣父父子子各占其位的文化熏陶下的人，独立有时比自由更迫切。

我知道森林的毁坏，对狩猎的鄂温克来说是一种苦难，这种苦难是属于全人类的。一种文化消失于无形，整齐划一的山下的生活，对山林里的鄂温克来说，是斩断和森林的根与血脉链条，玛利亚·索不认可，但命运逼迫着她成为最后一个坚守的标本。

这是一种进步，还是一种悲剧？他们原先的狩猎生活变得不再合法，不得再拥有猎枪了，为了保住自己的猎枪，有个写诗的鄂温克背着自己喜爱的猎枪翻山越岭，跟警察捉迷藏。后来被警察堵到悬崖边，诗人也没有放弃，抱着枪闭眼跳了下去，幸好有一棵大树挂住了他，才没有摔坏。继续逃，最后跑到了一个猎点，看到了在那守候着他的警察，警察立正后向诗人敬了个礼说："兄弟服了！"

一种文化消亡了，有谁为这种灭失痛哭？

这个诗人说："狩猎文化消失了，适合工业文明，工业文明带来一个悲惨的世界，如果有高度文明世界的警察向我开枪，那就开枪吧。"

开枪，向我开枪吧。我向中弹的弟兄敬礼。有谁为诗意收尸呢？

作家乌热尔图曾采访玛丽亚·索，有一段话听来令人震撼：

"过去，打猎、放驯鹿的地方挺大的，方圆上千里，一直到黑龙江省呼玛县境内都去过。不管多远的路，我们都牵着驯鹿走。那时，到处都有猂、鹿、灰鼠子。现在不一样了，到处都有人，到处都有偷猎的人。这才过去几年呀，可现在我们连自己落脚的地方都没有了，放自己驯鹿群的地方也没有了！现在，还把我们的枪收了，就像把我们的饭碗打碎了……现在最紧要的事就是给驯鹿划出个地方来。我要讨回我们的森林，讨回我们自己的猎枪。一想到鄂温克人没有猎枪、没有放驯鹿的地方，我就想哭，做梦都在哭！"

是谁把森林弄丢了？失去森林的鄂温克，失去猎枪的鄂温克，用什么来填充内心？那只有用酒来麻醉失去家园的苦痛，我知道玛丽亚·索从来不喝酒。她五个子女中的两个都是醉酒后意外身亡的。她恨透了这种夺去了她亲人和无数族人生命的东西。所以大家喝酒也就得背着她，偷偷喝，但她无力制止这种偷喝。

使鹿的鄂温克只有200多人，近20年来，很多鄂温克青壮年因为酗酒而身亡。"在林区，敖鲁古雅猎民善喝的事实几乎是人人皆知的，他们当中有人下山买酒，酒还没有带上山，半路就被全数喝完的事情常常发生。至于喝醉了酒在森林里面被冻死的、掉进河水里面被淹死的情况，也不在少数。更早的时候，林区伐木的工人拿着两瓶白酒就可以换得猎民的猎物或者鹿茸，只因为猎民们爱酒如命，只要有酒喝，一切都可以给你。”据说正宗的雅库特鄂温克人已不足50人，由于他们常年在野外居住，好喝酒，有些人的生育功能都丧失了。如果以前喝酒是为了驱寒壮胆和节日，那么现在，喝酒更多的是为了排遣寂寞，他们用喝酒来打发时间、麻醉自己，掩饰着内心的痛苦。酒，是他们的追悼。“活”其实是一种站立的死。文化的死。嬗递的苦只有靠酒的踉跄步履和愤怒来表达。

我想到了历史上一次印第安酋长的演讲，1851年，这也就是美国历史第一次出现飓风灾难记录的那年，当时在美国西部发生了一件计入历史的事件，当时的美国政府用15万美元强行购买200万英亩印第安人的土地，并逼迫这些生于兹长于兹歌哭于兹埋骨于兹的印第安人立即迁出，当时的首领西雅图酋长为此发表了一篇血泪的控诉。以至后来的殖民政府用了一种特殊的方式来表达他们对这个酋长的敬意，将这片新兼并的土地建立起来的城市，用他的名字来进行了命名——这就是西雅图。

这是一个自然之子的诉说，这文字里有这土地的灵魂，有河流和大地的那种恒远的气息，这文字给了我们什么？人类曾有这样一段记忆，曾有一段这样的思索和伦理生活，那是天然的接地气的，所有的喜怒哀乐，所有的想象和创造都不背自然，这种刻骨铭心除了西雅图酋长，如今恐怕是空落无多，美国也是诞生梭罗的国度，那种自然的诱惑，那种让梭罗在瓦尔登湖魂牵梦萦的幽灵是什么？他这幽灵的魅力是如此地执着，这幽灵变成了归宿，今天，重温西雅图酋长的诉说，我想到了所谓文明的无耻。

对，无耻。对，现代化、工业化的车辙通向的是怎样的歧路，她能够折身而返吗？行行重行行，无为在歧路，颠颠簸簸，这条路能通向一个个福祉的地带吗？

酋长一百年前的声音和我们的什么部位涓涓呼应？

我们怎能买卖天空和大地的温暖？这主意真是奇怪。

若空气不再清新，流水失去晶莹，你还能买下些什么？

对我们来说，大地方寸皆为神圣。在我们的记忆和经验中，每一根闪亮的松针，每一片沙滩，每一缕幽林中的薄雾，每一块空地和那嗡鸣的小虫都是神圣的。那枝条上流淌的树液，也渗透着我们红人的记忆。

白人死后魂游星空时，早忘了出生之地。而我们死后，永不会忘记这片美丽的大地，因为大地是红人的母亲，我们和她互为一体。芬芳的百花是我们的姊妹，鹿、马和大鹰是我们的兄弟，山岩峭壁、草地的汁液、幼马的体温，还有人，都属于同一个家庭。

所以当华盛顿的大统领传话来说，要买我们的地，他对我们要求得实在太多了。大统领说，会留一块土地给我们过舒服的生活，这样他就成了父亲，来照顾我们这些孩子。

似乎这意味着，我们会考虑你的购买建议。但这并不容易，因为这是我们的圣洁之地。那河川里闪亮的流水不仅是水，而是我们祖先的血。如果我们卖给你们这地，请务必记得这地是神圣的，也请你们务必教导你们的子孙这地是神圣的，并且告诉他们那清澈湖水里每个幽灵般的倒影都在诉说着我们族人生命中每一件事和每一个记忆，那呜咽的水声是我们祖父的声音。

河流是我们的兄弟，他为我们解渴，载运我们的独木舟，滋养我们的孩子。如果我们卖给你们这地，请务必记得并教导你们的子孙，河流是我们共同的兄弟，并像对待自己兄弟一样善待河流。

我想白人不能体会我们的想法。每一块土地对白人来说都是一样的，作为大地的陌生人，他可以趁夜拿走他想要的任何东西。大地不是他的兄弟而是仇敌，他要逐个征服。他满不在乎地侵占父亲的坟地，掠夺儿女的土地。父亲的安息所和儿女出生后应得的，他都可以不放在心上。在他看来，母亲、大地、兄弟、苍天都可以像羊群或玻璃珠那样被买卖和掠夺。他的贪欲将吞噬大地，留下荒漠。

我真的不明白。我们的路和你们如此不同。你们都市的景象刺痛着我们红人的眼睛，你们白人的城市没有安静之所，没地方去听那春天树叶的舒展和小虫翅膀的沙沙声。城市的噪音只会伤害我们的双耳。听不见夜鹰孤独的哀鸣和夜间池塘边青蛙的辩论，生活还有什么意义？作为一个红人我真搞不懂你们。印第安人更喜欢掠过池塘的温柔风声，更喜欢风本身的气息，午间雨后清新的气息或那充满松香的气息。

万物共享的空气对红人来说是珍贵的，兽、树、人都因之而同呼吸。而白人却从不注意他呼吸的空气，像对恶臭已经麻木的死人一样。如果我们卖给你们这地，请务必记得空气对我们来说是珍贵的，空气与它供养的万物共同分享自己的精神。

风给我们祖先第一口气，也带走他最后一声叹息。如果我们卖给你们这地，请务必记得保持其独立和神圣，让来此地的白人都能感受到那被草地百花熏甜的风。

如此我们才会考虑你的购买建议。如果我们决定接受，我有一个条件：白人要像对待兄弟一样地对待这块土地上的野兽。

作为野蛮人我不明白，为什么成千的野牛会被火车上的白人射杀后腐烂在荒原上。

作为野蛮人我不明白，怎么冒烟的铁马会比我们在维生时才杀的野牛还要重要。

人和野兽有什么不同？如果所有野兽都没了，人将因精神寂寞而死。因为凡是发生在野兽身上的事很快就会发生在人身上。万物都是相连的。

请务必教导你的子孙，他们脚下的土地是我们祖先的灰烬。让他们尊敬大地，请告诉他们大地因我们亲族的生命而得滋润。像我们那样告诉你们的孩子大地是我们的母亲，任何降临在大地上的事也会降临在人类身上。人若唾弃大地，也就是唾弃自己。

我们知道：大地不属于人，人属于大地。我们知道：万物如同血缘联结家庭一样是紧密联系的。万物都是相连的。

即使白人的上帝跟他们像朋友一样一起行走交谈，也还是不能免除其共同的命运。我们毕竟都是兄弟，我们会看到的，我们确信白人终有一天会发现我们的神和他们的神是同一个神。

或许，你们认为拥有他就像你希望拥有我们的土地，其实你们办不到，他是所有人的神，他的怜悯对红人和白人是平等的。对他来说，大地为至宝，伤害大地就是冒犯神。白人终将消失，或许比其他任何种族都要快。污染你自己的床，总有一天你将窒息在你自己的垃圾里。但是在你朽坏时上帝的力量会点燃你闪亮的光芒，也正是这力量把你引导到这片土地，而且赋予你统治这块土地和红人的权力。

这样的命运对我们来说是个谜，因为我们不明白何时野牛被杀光了，野马被驯服了，人迹遍布了森林，电话线破坏了山冈美景。

灌丛在哪里？消失了！

鹰在哪里？消失了！

生活结束了！偷生开始了！

（请原谅我在这里过多的引用吧，面对着自己的内心，面对着茫然的鄂温克人，我想忠实地引用，不做改头换面的手术，不阉割，不阐释，不转述，就如一颗

钉子嵌在文字里，这样我的心会舒服些)

一百多年了，这演讲里的朴素的真理，这里面的现代的罪恶还在拉锯式地争斗，人们还没有理解这印第安酋长的忠告。

看着身边的河流在消失，森林被砍伐，雾霾在肆虐，这么迷乱的人心：人类还需要交多少学费，付出多少沉重的代价才能清醒啊。财富在罪恶里累积，这样的人类注定是无望的，人不只是肉体，肉体的放纵起源于精神的放纵，怎样的精神才对得起自己的热血啊？才对得起走到世上一遭的命运啊？

自然的悲剧就是人性的悲剧，热火朝天的无尽的对自然的掠夺和开发，我们的历史将走向何处？

自然不是人的私产，人和自然不是对立的，人是自然的人，但后来人们把自然当成了生产的资料，当成了奴役的对象，自然是有修复功能的，但由于人类的贪婪，自然修复的功能紊乱了，崩溃了，物种开始灭绝，自然的困境是工业发展的必然。自然不是人的私产，自然是人类的家，我们要学会节制，不是掠夺，不是铺张，毁掉自然的是人类，毁掉人类的不是自然，而是人类自己。

人们对待自然，仅仅是关注空气关注绿色关注水流，这还是物质的问题，而忽视了人们对自然的归属，缺少精神和情感，人是自然的孩子。众多的孩子中的一个。

也许这三十年是国家的 GDP 增长最快的时期，但我们却感到了无边的孤独，我们的精神被挤压，肉体放纵后的疲惫无法平衡心灵。人们的身体的覆盖不再褴褛，但精神却是褴褛破碎，踏上了财富的地带，这一帮龙的传人满面暴发户浅薄的欣幸，但回望来路，那无边逶迤的是沼泽是沙砾是瘴雾。

这是一种暴力式的发展，是一种摧残式的发展。我记得诺贝尔获奖者凯尔泰斯说：一种通过暴力达到不加限制不受妨碍的独裁统治的政治，将会造成可怕的破坏，假如不是对人们的生活和物质财富产生破坏的话，那就会对人们的心灵产生破坏。破坏的工具叫作意识形态。在 20 世纪，一个价值失落的可怕的世纪，一切都变成了意识形态，而这一切在某个时候造就了一种价值观。

当前的最大的意识形态就是唯 GDP，啊，我无语。苍凉，无尽的苍凉。

四

在根河的座谈会上，我说出了自己心灵的困境，为解脱，我离开了生育我的血地。

这种诀别，不是少年，也非青年，而是开始在暮气的中年，现在的血开始倦了沸腾，少了偏执也少了坚定，但该清除的要清除，那些虚誉，那些无聊的拍马，言不由衷的话语腐蚀的心灵，累了，倦了，唯有一种苍凉而已。

于是走，走出猪一样温暖的沼泽，令人舒服到不自觉的沼泽，走出恐惧，在独自面对自己心灵的时候，才可看出自己的孱弱到坚强的运行轨道。

八十二岁的老人，是过客吗？是，也不是，他的逃向苍天的虽只有短短的十几天，但他的矍铄，是壁立的绝顶，他的义无反顾、不要后路的决绝，他的只想用最后的气力证明给你，给内心，给独一的自己。

人最重要的是无时无刻不要丢了我的存在，哪怕只是一天的生命个体，也要有自己的喉头的呼喊，过多的从众，压抑了你，限制了你局限了你塑造了你，你的面具成了你的本质，你的皮肤成了血液，血液成了污浊的水，载不动许多愁。

过去的一段成了不可回首，沧桑过后，懂得了简单的美与张力，也懂了自己的内心的安妥才是正道。

谁能使心安妥，是宗教还是爱？是艺术还是无边的星空？夜空中的萤火虫，曾让我苦痛的童年有了对美的直观和渴求。就像蒲公英的小伞的方向，使我知道自然之精灵的本质：繁殖，远方的繁殖，基因的领地。这给了我对物种的敬意。

是宗教还是爱？是艺术还是无边的星空？她在哪里？追寻了多年，依然是在望不到头的遥远处在招摇。

不曾离家，却要离家，没有父母的故乡，以后在几千里外再谈论这片土地，也许再没有了波澜，把异乡当成了故乡，故乡也就成了异乡。

这就是沧桑，这就是命定。

暴风雪，暴风雪在历史的深处旋转，层层叠叠，无以复加。

雪地上的马车的车辙，那老人的咳嗽，隐隐在放大。这车辙是火焰也是象征，是坐标也是驿站。

（是什么幽灵在呼唤我，也许至今我还未能扯清，但是，总觉得自己已感到应听从自己内心召唤。在内心的深处，有个声音执着地呼唤着自己的子民。）

究竟她是什么？是纯真、激情、渴望、皈依自然，还是倦后的宁静？是“异乡”的美还是别一种的蛊惑？

是人生太过污秽，不愿同流合污？还是面对自然环境的污浊（雾霾?）而寻找新的乐土？（王的天下，何处有一方净土?）不再信任那些价值，不再被骗。也许选择的是傻，就如巴黎的高更冒着“傻气”逃到荒蛮的塔希提，是谁不愿死于心碎，一个人不能麻木到不敢面对自己的内心，那是无法原谅的堕落。

尼采说：不会蜕皮的蛇会死。于是曾经沧海的托尔斯泰出发了。

曾经沧海，曾经沧海！

除却巫山，除却巫山！

于是，我知道了老托尔斯泰以激烈的出走换取内心的安稳，于是，他也就和故土一拍两散，故乡是不缺你一个倒下增加她的腐殖质肥沃的，注定像故乡的有些动物该吃屎的吃屎该吃肉的吃肉，穿短衫的终究要和穿长衫的分手。

一拍两散最好，与其相濡以沫，不如相忘于江湖之上，这是一种失传的绝美和大美，做不可复制的，做不可重复的，你的只属于你，也只能属于你。

从那场暴风雪领悟了，那这场暴风雪就百年没有灭绝，这不是文字的，不是听到的，也不是模仿的，她是你自己的了。

也许你走向的是荒凉，不，是苍凉。

留下的呢？我想到了那安置点里的玛利亚・索老人。问题是，被人砍伐的森林不再是森林，但我还是听到了一种执拗的声音：森林啊，我到死也和你在一块。

我知道，那好心的人为鄂温克建立一个个居民点，不是也就阻断了鄂温克回到森林的路吗？我想应该提出一个森林伦理的概念，这概念的中心就是森林存在的合理性精神性，森林的伦理是上帝赋予大地的一种神性，但我们必须等失去这种神性才想到了恢复？人可以造一架飞机，但人无法创造一粒树的种子，无法造出一只麻雀，要是等大地布满疮痍，河流在大地完全干涸坼裂，那留给人类的时间也会是愈来愈少。

走出森林的鄂温克给人的启示，这是人类必然的命运吗？走出了就再也回不去了。只有无边的荒凉吗？

回不去的还有老托尔斯泰！百年前的暴风雪在旋转中升腾。

我深深感恩这百年前的暴风雪！

秦锦屏

一级作家。政府“杰出人才奖”获得者。

有小说、散文被转载，入选初、高中辅导教材，多次入选高考试题。

著有《落在睫毛上的雪》《这么旺的火，也烧不热个你》《树上的鸟儿怎么办》《女子女子你转过来》等。

女子女子，你转过来

序

女子女子你转过来，你娘骂你为啥来？
为吃馍馍就了菜菜，弟弟没吃我先来！
女子女子你转过来，你娘打你为啥来？
为吃馍馍就了菜菜，弟弟没吃我先来！
——乡间童谣

1

在我的家乡，哪户人家生了个娃，不消一时半刻，村里人就全知晓了。并不是这户人家曾奔走相告，而是在他家大门外，人们看到了一种“迹象”，就动用了最原始，也是最有效的传播工具——“红嘴白牙”，效果竟出奇地好！

那么，究竟是个什么“迹象”呢？说来也有趣。

若是生了男孩，就在大门外烧一把草，再在草灰上压一块石头，石头不论大小，是块石头就行。这，称为“弄石之喜”。

若是生了个女儿呢，就在大门外烧过的草灰上，压一片瓦，是为“弄瓦之喜”。但不知道为何，那瓦，必是精心挑过的，浑浑全全的，一点破绽也不许有。

究竟为何，没人解说。

大门外的草灰上，不论压的是石头，还是瓦片，村里的人，在相互打听着的同时，也相互分享着邻居添丁的快乐。说到某家添了男丁，那神情欢喜得——就像是自家刚刚生了个男娃似的。而且，不管人家生的男孩是几斤重，几乎都是说："某某家，刚刚生了个大胖小子……"

呵呵，那个美气啊，真是从实实在在的庄稼人心里流淌出来的。

当然，村里的人也会为"生女"的人家道喜。只不过，说话的神情，远比不上贺"生男"的那般雀跃了。而且，竟是赔着小心，多少带着点同情和安慰的意思。仿佛这事，怪自个儿，一不小心，犯了个错似的。看来，这"重男轻女"的思想，在这民风淳朴的乡村里还有些残存啊。

不管添丁的人家，是"弄石之喜"也好，"弄瓦之喜"也罢，外人说归说，笑归笑，远没有主人家的贴身之感。

今天就单从"弄瓦之喜"说开去吧，最想说，也最值得一说的不是别人，却是这家的三个女人：婆婆、媳妇、新生的小女婴。

2

伴随着那小女婴一声响亮"叫板"和全方位的"亮相"，这家主人便把早早准备好的石头搬开。用三个指头尖尖，拎起片儿瓦，拿捏着，走去大门口，烧草报喜了。与此同时，小厢房里，好戏，也热热闹闹地开演了……

话说那生产的媳妇，见自己十月怀胎，竟生了个没"带把"的，原本梦想中的完美天空，随着眼前这小人的到来，"扑哧"一下，就撕裂了。一时间，雨注滔滔。她一面哭着，一面拿眼睛睃一眼婆婆。再瞄一眼，那个第一次做父亲、呆在一边，不知道是乐傻了，还是揣着其他想法的丈夫。假如，旁边的婆婆是个贤良大度的，必是掏心窝窝地说上句："瓜娃呀，咱生个啥都好，这都是落在咱炕门前的娃。"

一席话，说得媳妇儿收了泪，埋头打量起眼前这红彤彤的小人儿，看着，看着，就无比喜欢。可不是吗，自己的娃娃，怎么样都透着亲哪。

3

如果是碰上个贤良，但却思想“守旧”的婆婆。她在开言劝慰媳妇时，一开腔，自己先红了眼圈，声音里不由自主地透着些心酸和遗憾。末了，还不自然地加上一句“鹅（我）娃，你命苦啊……现在，人家只允许生一个呀！唉！”

一席话，倒让媳妇更是悲切。如不是接生婆在场，媳妇体力不支，只怕是婆媳俩要抱头痛哭了。

这时，立在一边的丈夫，瓮声瓮气发话了：“哭啥，没出息，鹅（我）看，鹅（我）娃乖着哩。”闻言，婆媳俩立即拭泪收声，低头寻那刚刚落草就被冷落的小女娃。

哎哟嗬！可不是吗，谁说娃娃不乖？看，这小脸儿多俊哪！一下子，婆媳俩和娃他爹，三个人，同时抢着要抱那小女婴。结果，还是当婆婆的有经验，且动作麻利，只消一句：“你是个‘虚人’，甭动弹！崽娃，你粗手笨脚的，一边去。来来来，婆来抱咱的乖蛋蛋……”一句话打发了两个人。

这粉嘟嘟的小女娃，被初当婆婆的人，牢牢地抱在怀里，“咿咿哦哦”地晃荡着。就这，还不过瘾，那婆婆还直着老嗓子“蛮儿啊，肝啊、肉啊、心尖尖、金蛋蛋”地唤叫着。

躺在床上的，和立在地上的，互相对看一眼，笑了。

一直在厨房里待命的妯娌，或者是小姑子，闻听“生了”，欢喜得要炸了。喜信儿一得，立即把风箱扯得“呼呼”响，柴火烧得红旺旺，忙着烧水，煮鸡蛋、下挂面，犒劳那“产宝功臣”！

啊哈，这真是个有趣的“弄瓦之喜”！

倘若婆婆是个“恶”的。素日，不知和媳妇有什么过节，彼此结了怨。或因为媳妇偶然做事不周，让婆婆生了嫌隙的，这时，逢媳妇生产，不来吧，怕落下个话柄，遭人笑话学舌；或是，忧心日后无人来给自己养老送终。

总之，人，是扭捏着来了，却如同突然抓住了个千载难逢的好机会。一见是个女婴，立即就拖着长音“叹”了声气。甭看她没说啥重话，就这“气声”拉长，这么戏剧般地一叹，也把媳妇给“叹”得底气不足了，心儿凉到脚后跟了。起码，得好长一段时间，才能“回暖”过来。

还有的婆婆，是在叹着气的同时，话也就捎带出来了：“哟，这个月不是生男娃的月份吗？看那东边的二狗，西北角的旺娃，人家都抓养的是儿子，咱也没得罪啥人，老先人也没干啥亏心事，咋个就……唉，命啊……”

一席话，把媳妇的“恶气”勾了出来，对着婆婆的声音也就高了：“娃她婆，你快忙你的去，这嗒不要你操心!”说罢，背过身去，把一个僵硬的背丢给婆婆。

一旁站着的儿子，忙出来打圆场，哄着媳妇消气，笑着把老娘推了出去，说是让老娘歇着去，别累坏了云云。但是心里，从此就对母亲有了种隔膜了。

4

其实不管怎样，那婆婆，全然不是冲着这小婴儿来的。

不信？在这女婴成长的过程中，婆婆可没少给小孙女藏好吃、好喝、好玩、好耍的东西。

而这些好东西，大都是自己平日节省的。是用闺女、姑爷来家串亲戚时，偷偷塞给她的零花钱买的……即便这样，小孙女依然对自己的妈最亲，对婆婆总是不冷不热。有吃食时，嘴里就甜甜地叫“奶奶”，一见奶奶空张着手费力叫唤，就远远地躲开了。直气得婆婆咬牙跺脚，又疑心是媳妇教唆的，便躲在炕角里发狠、咒骂：“鬼崽崽，伢也是个喂不熟的狗!”

“个鬼崽崽，拉住叫婆呢，撇开就不认咧。下次有香香，你再甭想吃咧!”

话是这么说，一旦自己得了个好吃的，还是给这孙女留着，巴巴地留着。

这边厢，千呼万唤那小孙女，若还叫不过来，她就像那刚下完蛋的老母鸡，张着两个翅膀，噼哩啪啦，在屁股上拍打半天，一面说着好话儿，一面颠着小脚儿，跟在小家伙背后，追着、赶着……直到追上去，把好吃的填到小孙女嘴里……这才瘪着掉光了牙的嘴，撩起衣襟，擦着眼睛，看着跑远的孙女儿，嘴巴嗫嚅着，叽咕，叽咕，不知道叨咕些啥。

5

以上主要说的是婆婆，媳妇在这个时候是个配角。

其实，还有一种媳妇是唱主角的。她们中有悲观者，也有乐观者，其“表现”可是大不一样的。

悲观的媳妇，不论遇到的是恶婆婆或是善婆婆，此时此刻，她根本不在乎婆婆对她是在劝说，或是存了心在伺机羞恼她。她别过脸去，一言不发，泪水滴滴答答落在枕头上。任凭你怎么劝、怎么说，她充耳不闻，只是一个人哑哑地哭着。像和谁赌气一样，也不回头去看那女婴一眼。那备受冷落的女婴，蹬着小腿儿，皱着小脸儿，猫崽子一样，瞄啊，瞄啊地，向她抗议地哭喊着。

一旁站的接生婆不忍心了，抱起这女娃，直凑到这媳妇脸面前，劝她睁眼看自己培育了十个月的“作品”。

这个鬼机灵的小女婴，此刻，忙抓住时机，挥舞着粉粉的小拳头，自己擂自己的肚皮，揍自己的小脸，像是自责，像是给母亲宽心。一张小脸上，表情配合得相当丰富生动。末了，闭眼、咧嘴，讨着好儿，冲那十月怀胎的母亲，巴巴儿献上个老太太打哈欠——一望无涯（牙）的微笑。

这刚升级当了母亲的媳妇儿，一下子就呆了，酥了，化成一汪水了。张开双臂，一把揽过这个小人儿，按在自己胸前，看着，摸着，摇晃着，咿呀唱着。这满腔的爱意，一施加起来，从此，一发而不可收。

乐观的媳妇，大多是豁达热情而勇敢的妇女。见自己生了个女娃娃，像是受了个意外的惊吓，“抖”了一下，就恢复过来了。所以，她既不哭，也不恼，更不屑婆婆的各种举动，也全不顾自己刚才那般辛苦的体力透支。一听说家人给她泡了补充体力的红糖水，一骨碌从炕上爬起，接过碗来，张嘴就喝。

水有点烫，她也等不及凉，端着碗，“凫儿凫儿”地吹，“吸吸溜溜”地喝。就这档子工夫，她那热情似火的内心，已经蓬蓬勃勃地勾画美好的未来了。

放下糖水碗，稍稍喘匀一口粗气。那乐观的媳妇儿，立马满怀希望，斩钉截铁地宣布：“我要一鼓作气，再接再厉，再生一个，一个不行就两个……直到整他一个带把的来！”

她忘记了伟大祖国的基本国策。

此话一出口，站在两厢伺候的人，全都瞪大了眼、张大了嘴，半天都回不了神……

往往不出几日，这个勇敢、乐观的媳妇儿，当日所说的话，就会传遍小村庄。学说者喜到人稠处“广播”，且大人、小孩、小伙、婆姨、女子等人都不避。天天“重播”，依然听者众。因为，每学说一次，“调料”就更“齐全”。演说者的口才和模仿能力，就提高一个档次，真叫听众们回味无穷！

当时，若是有个有心人记录下来，必是可以畅销的。若问那故事出处，细追究起来，当日的产婆可是功臣。只是她，实在不好意思抽版税。

其实，这倒不丢人，咋着说，也算是“弄瓦之喜”啊。

6

该略提说一下小孙女了。

这些个落草时不被人看好的女娃娃，见风就长，不出几年，也到了学堂去读书习文了。

其中，那些志气不大的，摇头晃脑，认得了“a、o、e”，再往上，却搞不清“几何”为“几何”？索性放下书包，掂起了菜篮子。

一踏出校门，与社会一接轨，再听那熟男熟女们，人前人后的几番调笑，她便早早儿起了情思。刚一到法定年龄，就急忙忙地嫁了出去。

父母亲，在她受聘和出嫁日子里，总会收到男方或多或少的一叠钞票。拿着这叠“彩礼钱”的父母，他们是欢喜还是惆怅，旁人猜不到。

这新嫁娘，本身也是块“好地”。加上小两口儿“勤劳”，不消几年，就接了“种”。十月怀胎，盼到了小两口儿的“秋收”时节。必然的，也会如同自己的父辈那般，在自家的小厢房里，上演一出“弄瓦之喜”抑或是“弄石之喜”来。

往后，此女便围着那三尺锅台，守着那“一丈内的夫君（丈夫）”，侍弄着自产的“宝贝”，将那波澜不兴的平淡日子，进行到底。

当然，这些女娃娃中，不乏志气大的。

也许听了些乡间传唱的重男轻女的童谣，也许是知道自己“出生”时曾发生的故事，这女娃，心里铆足了劲，一到学堂，就发狠读书。

更有个别能干的，读书、家务一肩挑。旁人家的女娃还在忙于挖土挑粪，相亲嫁女，弹锅碗瓢盆交响曲，一不留神的当儿，她已经一步一个台阶，一步一步考了学，“走”了出去。

凡是“走”出村去的，都是佼佼者。其中不乏花木兰或者李清照之类的人才。她的事迹，电视有影，电台有声，扬名四方，整个家乡的人都以她为荣，有记者来采访她的成长故事，村里人纷纷挤上前，争说好话……过不了多久，这家的父母，就被这出息的女儿，接到大城市里享福去了。

这女娃的七大姑八大姨，高兴之余，免不了动了“攀龙附凤”的心思，兴冲冲地赶到城里去探望。过些时日，就会穿戴一新地从城里回来。脚一沾地，便向村里人“卖牌”，此番在城里的所见所闻，好玩好耍，好吃好喝，大赞、盛赞这女娃的祖上积德，父母有福。那说话的神情，无法用语言来描绘的。

家有此女，算是给父母和亲戚们大大地长了脸。

关于此才女的话题，村里人口口相传，越说越好，越说越神，百听不厌。重复说几次，每次都能让村里的人足足地“咂”几日的舌头，“红”几日眼睛，只恨此女不投胎自家，遂让自家娃娃，以此女为榜样……

这算是“弄瓦之喜”的大喜、大境界了，因为喜到尽头还是喜——喜上眉梢啊！

聂小雨

1973 年出生于湖南省华容县，1994 年南下广东，2006 年始定居广州增城。中国作家协会会员。曾出版散文集《鲇鱼须》《九雨楼札记》，获第八届广州文艺奖、第九届广东省鲁迅文艺奖。

小姨妈

小姨妈这个称谓，与小姨妈这个人联系在一起，于我是陌生的。我的小姨妈，我们都叫她舅舅，还连着名字一起叫——她叫彩玉——我们就叫她彩玉舅舅。打小这么叫，后来一直没有改口。小姨妈这个称谓，唯有在向外人介绍的时候，才会提及。

我和小姨妈的直接交往并不多。我很小的时候，小姨妈就离开鲇鱼须，去到市里，极少回来，回来的仅是一包又一包的衣物，小姨妈穿过的，呢子外套，毛衣，夹衣，也有围巾手套之类，多半是她穿过用过，大都还很新，尤其还很时髦。尽管那些衣服穿在我身上空荡荡的，我还是愿意穿着。直到我上高中，它们才渐渐合身，且时不时惹来束束艳羡的目光，我心底因此泛起丝丝得意。后来小姨妈去了海口，再后来又移居北京，小姨妈下海这么些年，统共回来过两次（其时我们已迁至华容县城），都在春节期间，加起来不过半月。我与小姨妈的关联似乎更多地包裹在一件又一件好看的衣服里。

直至现在，每每想到小姨妈，我脑海里仍旧是她年轻时的模样：三十来岁，白皙的面容，卷曲的刘海，蓬松的头发由一条素净的小方巾系起，紧贴后颈窝；双臂交叉胸前，坐在沙发上，右腿架上左腿，望着电视屏幕，或者双臂交叉胸前，随意站一站，走一走。便是在寒冷的冬天，小姨妈也轻装上阵，身上一点累赘也没有，看起来青春又精神。小姨妈回来的那年，天上飘起了零零星星的雪花，我们全都围着火炉缩在棉被里，小姨妈却不。她套一件齐膝的橙色皮草大衣，大衣上一个纽扣都没有，也没有腰带，类似一件连袖的披风，里面一件白色低领羊毛衫，光洁的脖子露在外头，下身一条薄薄的黑色健美裤，脚上更是清凉，一双丝袜加半统单皮靴。母亲拉把椅子，叫小姨妈过来烤火。小姨妈说，烤什么火呢。继续双臂交叉胸前，仰视前方，在几个房间和客厅里走来走去，偶尔停在镜子前照一照，捋捋滑下来的发线，或者在客厅迎亮的位置站着。

现如今，小姨妈该五十多了吧。具体多少，我也不大清楚。小姨妈的年龄，始终飘忽不定。我只知道，小姨妈的名字确实改过。小姨妈去海口后不久，就搭信回来，说是要迁户口，让大舅舅去市里找熟人，帮她把身份证上的郑彩玉改成郑洁。从此，小姨妈就叫郑洁，年龄也顺便小了几岁。

改名字好似一道分水岭，对母亲他们几姊妹，它是彩玉和郑洁小姐的分水岭；对我们，则是彩玉舅舅和郑彩玉的分水岭。自郑彩玉而郑洁，母亲他们给小姨妈打电话，若是外人接的，都不忘统一口径，请问郑洁小姐在吗？母亲他们觉得，“郑洁小姐”体面，小姨妈定然满意。当然，母亲他们聊到小姨妈，还是说小姨妈原来的名字，譬如，最近彩玉来没来电话，不知彩玉到底在外面做些么子，彩玉赚到钱没有，彩玉也该找个人嫁了，等等。我们做晚辈的呢，说到小姨妈，也还是说彩玉舅舅好神啦，彩玉舅舅真大方啊，彩玉舅舅混得不错，等等。然而，大舅舅大姨妈小舅舅不在，只剩我们自家人时，我们兄妹几个就直呼小姨妈的名字，诸如郑彩玉不简单啊，郑彩玉真有两下子之类。这样的习惯一直保留下来。

倒不是我们不尊重小姨妈。本来嘛，小姨妈不过是一个称呼而已，彩玉舅舅或者郑彩玉还不都是指的小姨妈这个人？况且，我私下以为，小姨妈说不定跟那些老外一样，人家直呼她名才高兴呢。只是，我不敢在小姨妈面前贸然一试。

小姨妈回来一次不容易，不管上大舅舅大姨妈还是小舅舅家吃饭，哪家都会早早给小姨妈备上她爱吃的菜，或者将她不经意间提到的某样可口食物，摆在她跟前。失望的是，小姨妈吃东西只点个卯，尝一两筷子。你再给她碗里夹，她就会连连说，不要不要不要。用的是普通话，语速极快，容不得商量的架势。大伙猜想小姨妈可能在保持体型，也就不再夹了。不过下餐饭的时候，这些菜又会清清爽爽，重新固执地摆在她跟前。

小姨妈在市里待了十多年，说的话一直带着浓浓的岳阳口音，小姨妈从海口回来，就改说一口普通话了。普通话大家伙并不陌生，电视里天天说，和小朋友也经常说，可要这帮如此熟络的亲戚一起齐齐用普通话交流，还真是张不开嘴。于是，小姨妈说她的普通话，母亲他们说华容话或者鲇鱼须话。我和姐姐一旁听着，觉得滑稽，想笑又不好明笑，只好抿起嘴，时不时地对视一眼。母亲他们几姊妹聚一起，聊得最多的无外乎小时候，主讲一般是母亲、大姨妈和大舅舅三个，大舅妈大姨父不时更正或补充几句。小姨妈听着，也不发言，只间或简短地问一两句，然而得到的回答却及时而详尽。当一屋人你一句我一句，越聊越起劲，小姨妈不知不觉说起了鲇鱼须话，只是仍然带着岳阳腔。看来，小姨妈的鲇鱼须话还是蛮熟练的，我和姐姐偷笑着递了个眼色。自始至终，母亲他们最关心的，当然是小姨妈的现状，在外面到底做么子事？做的事有多大？靠不靠谱？这些疑问，母亲他们几个一直揣着，不好直截了当问，往往只在一家人聊得投机而忘形之时，见缝插针地试探一下。只可惜，每逢此时，小姨妈立马回归普通话，滔滔描绘起她的伟绩和蓝图，她的纪录片，她的高官朋友，她的明星同行。母亲他们如若流露出一丝质疑，或者来一句“在外面要多留个心眼”之类的提醒，小姨妈的声音就越发高亢，语速也越发快起来。最终，对影视行当本来就是门外汉的母亲他们不再插话，就这样，主讲人过渡给了小姨妈。

小姨妈排行老四，下面还有小舅舅，是家里的幺姑。小姨妈初中毕业后，在镇上的理发店当学徒。在家里小姨妈没主过事，后来迁到市里，干的是普通的计件活。小姨妈结婚没几年就离了，女儿随了丈夫，小姨妈则一个人住进厂里的单间。虽然小姨妈做姑娘时就敢说敢做，可毕竟没见过大世面，再说小姨妈手头的底子也不厚。谁都晓得，小姨妈打小就不攒财，参加工作后，每月工资下来，首当其冲是上街买衣服。买衣服几乎是小姨妈最大的嗜好。有些新衣服才穿回把两回就送人，隔壁左右的女孩子啦单位同事啦朋友亲戚啦，差不多逢人就送。母亲他们每次去小姨妈那里，邻里都格外热情，没有一个不说小姨妈人好的。姐姐在岳阳实习直至工作，光捡小姨妈的衣服都穿不完。小姨妈是典型的月光族。母亲他们背地里都说，小姨妈是个抛皮，有一个用一个。可小姨妈从海口回来，一口一个没问题一口一个小 case，说起某某部长书记省长司令员，尽是她的哥们儿姐们儿。母亲他们就是搞不懂，自己的妹妹，小女子一个，怎么说上天就上天了呢？

母亲他们搞不懂是理所当然，替小姨妈担心也是理所当然。外公外婆走得早，母亲他们几姊妹都在县里，就小姨妈只身在外，又迟迟没有再嫁。

话说回来，蛇有蛇道，鼠有鼠窝，小姨妈自然有小姨妈的路子。谁又晓得哪个人该哪样，哪个人不该哪样，人的命又有谁说得准。这样的例子还少吗？鲇鱼须老家的小琼、平平，还不都没读过什么书，出去照样混得开，回来还开起了厂子，手下光工人就几百号。这样比方着，母亲他们坦然了不少。

小姨妈去海口的头几年，一次都没有回来过。但每到过年过节，我们就会收到小姨妈邮来的礼物，一箱箱的，中华、茅台、五粮液、雀巢咖啡、丹麦曲奇等，还有一些标有中央电视台、海南电视台或某某剧组字样的石英钟、手表、派克笔什么的。得知姐姐要结婚，小姨妈还邮来一个25英寸的松下，母亲没舍得给姐姐，将大彩电扣下，放在我们家的客厅。一时间，松下成了整个小区瞩目的大件，后来竟然还被小偷盯上，可惜小偷从后窗溜进来，正巧碰上半夜起来小解的我，宝贵的松下才得以幸存。名烟名酒大彩电实实在在，并不虚无，况且这些可触可感的物件确凿地亮着相，谁能怀疑它们的真实性呢？

日历一页页翻过，小姨妈依然顺利安康，而且捷报频传，母亲他们的心也就慢慢放了下来。有熟人问起小姨妈，也多了一分理直，少了一分闪烁。在大姨妈家里，我就亲见过一回。有朋友对大姨妈家客厅的石英钟好奇，哟，是中央电视台的啊。大姨妈说，嗯哪，我妹妹送的。是彩玉吧，现在在哪里呀。在海口。海口做么子？搞一个影视公司，当总经理呢。彩玉命好，打小就是享福的命。嗯啰。大姨妈带着明显的骄傲。

小姨妈的名片上清清楚楚地写着，影视公司总经理、制片人，还有确切的地址和电话，我们都看到了，只是总经理和制片人，在我们的思维里是模糊的，不大容易理解。一部电影或电视剧，有导演、演员，还有编剧、摄像、灯光、剧务什么的，至于背后的总经理和制片人，到底充当什么角色，我们谁也弄不明白，不过仅凭这两个头衔字面上的意思，有一点可以略略把握，这个角色很重要，甚至是缺则不可。

一家人似懂非懂，却没有谁问小姨妈。小姨妈将随身带的几本相册，扔在茶几上。沉默的相册似是为每个人做出了极好的解答——相册里全是小姨妈与明星与高官的合影，还有好些高鼻子深眼睛的外国人，背景不是金碧辉煌的酒店、风和日丽的海滩，就是打着某某剧组字样的片场。照片上的小姨妈戴着宽边墨镜，身着各式鲜艳的蝙蝠衫，派头一点不逊明星们。其中有张照片，既没人物，又没背景，只有大大的几行文字，在整本相册里显得黯淡无光，却又异常醒目，相信所有打开相册的目光都在此做过停顿——照片截取的是片头或片尾字幕中的三行，中间一行是：制片——郑洁。四个字大大的，咖色，楷体。那些天，相册一直扔在大舅舅家客厅的茶几上，不仅我们一大家子，来拜年的所有客人，都随意而好奇地翻开来传阅。人们一页页翻看着，小姨妈则始终双臂交叉胸前，坐在沙发上，跷起二郎腿，盯着无头无尾的电视。

意外的是，初五那天吃完早餐，我们正在烤火，小姨妈突然说想回鲇鱼须老屋看看。

啊，去鲇鱼须？母亲以为自己听错了。

我被子底下的手往母亲手上一摁，母亲转过弯来：哦，鲇鱼须冇得么子人啦，搬的搬县里来了，去的去市里了。母亲又补充说，我都几年没去过了。

小英呢，小英总在吧。

小英——应该在吧。沈小英是老屋的邻居，因患小儿麻痹，背伸不直，站起来不过五六岁的小孩那么高，成天坐着，做不得事，也一直没有嫁人。外公的老屋早就卖了，也不知小英一家搬走没有。

母亲说起几年前见到小英的情形，小姨妈也不作声，任母亲独自津津说道。

后来据母亲说，小姨妈虽然与小英年纪一般大，也谈不上多少交情，小英没法出门上学，只能天天坐在围椅里。小姨妈呢，哪里是坐得住的人，整天往外面跑，一天到晚不落屋。母亲还说，也不晓得你彩玉舅舅和鲇鱼须哪些人走得勤，同学啊朋友啊同事啊，关系好像都只一般般。

母亲还是陪小姨妈去了趟鲇鱼须。两个人早上出发晚饭前回来。母亲回来一进门就说，今日跑了好多位置，原先的邻居同事熟人，都跑到了，个个热情得要命，我们要走，都拖住不放，搞得跟打架一样。

待小姨妈进去洗手间，母亲对着洗手间，鼻子一紧，嘴巴一努，压低了说，今日花了不少钱，一见面就发钱，一个人两百，小英三百。我心想，小姨妈给我们的压岁钱才一百呢，三百什么概念，相当于三个月的工资啊！当然，母亲不会给小姨妈这样的暗示，只怕一暗示，反惹小姨妈说她小里小气。

此类的前车之鉴，母亲他们有过不止一回两回。就说小姨妈离婚后的几年，不知什么原因，小姨妈硬是不肯和自己的女儿照面。有几回，事先说得好好的，大姨妈都约好了见面时间地点，临了小姨妈却改了主意。女儿那头尴尬地等着，弄得大姨妈两头费力，不好收场。后来很长一段时间，谁也不敢在小姨妈面前提她女儿，谁提她就火谁。直到小姨妈去了海口好几年，大姨妈才再次提起，这次小姨妈没有表态，不说见也不说不见，大姨妈便将丹丹带去海口，母女总算团了圆。大姨妈说，走的时候，小姨妈给了丹丹好几万。其时，女儿已参加工作，到了谈婚论嫁的年龄。

金钱或物质，对于小姨妈来说，到底算什么，恐怕没有哪个说得清楚。不光是多年不见的丹丹，小舅舅买房、大舅舅遇事、我侄女患病，小姨妈一拿就是几万，平时给母亲他们几姊妹买戒指、项链、手机、相机，算是家常便饭。有关钱的问题上，小姨妈说过的话，应过的事，决不含糊，并且第一时间兑现。母亲他们每年去北京，一路花销不说，回来还大包小包，除了吃的用的，工艺品、名人字画一大堆。听说小姨妈还送过朋友的女儿一辆小轿车呢。

然而，小姨妈自己不买车，也从不戴任何饰物，手表、项链、戒指，一样不戴。穿着打扮上，小姨妈多年来风格不变，曲头发，蝙蝠衫，披肩，健美裤，半统靴，宽边墨镜，一出门就打的。小姨妈无论是岳阳，还是海口、北京的家，都清新，芳香，漂亮，一尘不染，像一个模子里出来的。

小姨妈从海口移居北京，我们是在她北京买了房之后才知道的。小姨妈国内国外，纵横驰骋，大家伙习惯了，也就不再感到惊奇。母亲他们每次从北京回来，总要带回厚厚的几本照片，有的在小姨妈家里拍的，有的在旅游景点拍的。照片一多，我们也就只走马观花地过一遍。然而有一张照片，我印象极深，经母亲一解释，更是难以忘怀。照片的背景是火车站还是飞机场我忘了，我只记得我父母大舅舅大舅妈大姨妈大姨父，一人脖子上挂一个紫红的大花环，站成一排，脸上堆满笑容。母亲说小姨妈接到他们，就一人挂一个，还不许任何人取下。这样的场景，我常常在电视里见到，多半在机场，迎接英雄们凯旋的时候。面对如此的礼遇，衣冠楚楚的英雄们无不笑得灿烂，和前来迎接者握手，拥抱，合影，签名。我想象着母亲他们套上花环的那一刻，合不拢嘴的样子。我本想问母亲那些花环最后怎么处理了，扔垃圾桶了还是扔出租车上了，又怕损言一出口，即刻遭来母亲的嗔骂。

这么多年，小姨妈一路锦绣，顺风顺水，可谓无限风光。唯独一次，着实吓了我们一大跳。那是十多年前，小姨妈传来喜讯，准备十一结婚，叫母亲他们通通火速上北京。电话这头，大舅舅的兴奋劲还没过，小姨妈就透露，与她结婚的人，是元帅的儿子。大舅舅一惊，话筒差点掉下来，心想，元帅什么人哪，把手指掰断，也数不出十一个，元帅的儿子，也是有名有姓的啊，开什么国际玩笑？大舅舅一急，也顾不得平日的委婉，直接问，这事弄清楚没有？哎呀，叫你们过来你们过来就是了。父亲他们几个一商量，一致决定先不要声张，等到了北京，弄清楚之后再说。一家人估摸着，如果真是元帅的儿子，是第几个儿子？该是什么年纪？还上网查了半天，也没琢磨出个子丑寅卯。动身之前，大舅舅再次联系小姨妈，对质似的，到底整明白没有？哎呀，过来就是了，管那么多干什么？元帅的儿子可是白纸黑字，有着历史记载，元帅的儿子跟什么人结婚，搞不好要惊动媒体，甚至写进历史。你郑洁再能耐，怎么能……大舅舅、大姨父和父亲三人肩负重任，前往首都。

这次接机的果然不止小姨妈一个，后面跟着威武的军官和军车，气势恢宏。双方握手致礼，客气有余。然而几天下来，父亲他们感觉疑点重重，回去仔细盘问小姨妈其中的来龙去脉，更是觉得问题多多，再继续下去，恐怕会越发穿帮，难以收拾，到时难堪的就不止小姨妈一个。

短短几天，小姨妈的婚庆之喜黄了。好在小姨妈脸上，看不出什么悲伤。小姨妈仍然双臂交叉胸前，说政协委员请她吃饭，都约了好几趟，再不去就不好了。

十一没到，父亲他们就订好了回程的机票。小姨妈留他们在北京多玩几天，他们都说屋里还有事，小姨妈也就没再勉强。

盛慧

1978年生于江苏宜兴。主要作品有长篇小说《白茫》《闯广东》，中短篇小说集《水缸里的月亮》，散文集《风像一件往事》，诗集《铺九层棉被的小镇》，书法评论集《书者如也》。现为佛山市艺术创作院专业作家。

屋溪河以北

——系列散文

风像一件往事

和大平原上所有的村庄一样，我们的村庄，也是一本没有打开的绿封面的书。木叶上栖息着风、鸟儿和往事。低低的房舍，像一枚枚苦涩的楝树果，布满时间的痕迹。青草围绕的池塘，在村落中间，像一面镜子，发出祥和、恬美的光芒。宽阔的黄泥大道，像一阵风吹进村庄，而后散开，吹向草垛，打谷场，菜园，堂前，埠头，后院，吹向村庄的每一个角落。

从村子前面流过的屋溪河带来了鱼群忧郁的清唱和天空瓦蓝的目光，使村庄洁净并且明亮。但是雨过之后，河水就要变得浑浊起来，一个连着一个的旋涡，带来了上游的事物，比如，凉席、木条和破衣裳。小时候，我并不知道屋溪河从哪里来，要到哪里去。甚至连它的名字，都不知道。对于它的茫然，正是对于时间的茫然，对于世界的茫然。

更多的时候，我喜欢待在屋子里。一想起我们的老宅，我总是想起祖母的红漆木盒和父亲那本黑封面的卷边日记本。我记得我们家那张没有光泽的桌子，它的暗淡让我感到不安。它是我们家年代最久远的事物，它的安静有一种无法言说的威严。堂前总是散发着黄泥的光亮。我熟悉屋子里的每一件事物，我知道稻草芯做的扫帚，总是放在土灰色的门背后。米桶放在祖母的床底下。鸡窝上堆放着农具、秧篮和洗脚盆。

房子小得不能再小，屋檐低得不能再低，光线暗得不能再暗。除了半间堂前，还有一间房。中间用芦苇划开。里面的半间，就是爸妈的新房了。一切都是红漆的，雕花的大床，小橱，大橱，桌子，马桶。放了床单和大衣的藤条箱子，就搁在站橱上面，再上面是一条褐色方巾包好的牛皮日记本之类的东西。外半间是祖母的床，旁边是一张蟹巴椅。坐在上面能发出吱吱嘎嘎的声音，一如祖母咯血的声音。

灶台就在祖母的床前。灶台当然被熏黑了。上方挂着两只吊钩：一只用来挂美孚灯，另一只则是菜篮，偶尔，菜篮也会放一些西红柿、青枣、水蜜桃和菱角。碗橱放在角落里，里面放着青花的碗碟，碗碟中间凿了父亲的名字。我记得，那时候我最喜欢坐在灶堂的草垫子上。

那里面黑咕隆咚的。稻草烧过以后，散发出一种淡淡的清香。明晃的火星，也让我感到一种温暖。下雨之前，风总是很大，炊烟吐不出去，会倒吹进屋子，这时，屋子里到处都是呛人的烟味。雨也开始下了，在青瓦上发出噼里啪啦的声音，躺在祖母的怀里，听一些幽暗的故事，有一种说不出的温馨。

门前是一片打谷场，高大的馄饨树围绕在周围，成了一个绿色的围墙。再往南，就是村子里最主要的道路，铺了煤渣。小时候，我常常坐在门槛上，手里玩着泥巴，注视着形形色色的人群。再往南，就是屋溪河了。青石板铺就的河埠伸进清澈的水里。两棵斜斜的杨树，交织成一把伞。

夏日的午后，等大人们熟睡以后，我就溜到了河埠上。烟囱鱼在水草边闲步，看来它和我一样是溜出来的，风从河对面吹过来，带着一些水汽。偶尔，鸟会发出几声深远的啼啭，让我觉得村庄里的一切，草垛，灰堆，房舍和光亮，一切的一切，都变得陌生起来。苦楝树站在河岸边，和我一样寂寞。偶尔，落下一个果子，要在水里发出“叮咚”的声响。

这是七月的一个下午，乌负在细细的淤泥里沉睡，竹林里躺在竹床上的人，用大蒲扇盖住了光斑。村口，硕大的老槐树下，一张散发着岁月光亮的八仙桌前，老人们在打牌。地上，掐灭了一地的烟蒂。卖茶水和凉粉的人，躺在逍遥椅上。收破铜烂铁的溧阳佬，吹着一支笛子，从上一个村庄来，在村口买了一杯茶水，一边用凉帽扇着风，一边看老人们打牌。寂寞的平原，寂寞的天空，寂寞的房舍，寂寞的童年……

那一年我三岁还是五岁，我记不清了，反正离现在已经很远很远了。想起来，也总是有时清晰，有时茫然。在七月结束的时候，祖母被埋在了麦地中央。

记得

七月的村庄，有着一份静静的美丽。白鸽般的房舍、火焰般的草垛、叶脉般的小路，还有忧伤的井沿和灰堆，都笼罩在树木的阴影里，仿佛沉浸在回忆的幸福里一样。风夹杂着水稻清甜的气息、泥土的芳香，还有蚕豆花淡紫的微笑，从墨绿的地平线上吹来。它掠过广阔的田野和田野里无边的寂静，掠过清澈的天空和天空下无限的空灵，停落在村口喘息。宽阔的黄泥大道上布满水花生、打官司草和马兰，它们的歌唱，一直延续到下一个村庄，延续到破衣裳般的集镇，延续到看不见的远方。在村口，挺拔的白杨分布在路的两侧，它们手挽着手，像是在举行一场集体婚礼。风从它们中间穿过，带着祝福出现在村庄的每一个角落。有的门是虚掩的，更多的门是敞开的。风就这样径直走入空空的堂前。地面湿湿的，显示着雨水的征兆。它正走在回家的路上。墙壁上有几块霉迹，是雨水上一次回家时留下的照片。长台上，紫色的陶罐里盛装着茶水，几只零乱的玻璃杯正在睡眠，它们的身上，印着蓝色的向日葵图案。一只苍蝇在八仙桌上跳舞，它踮起脚尖，旋转，沁出一额的汗，风就坐在木条凳的竹椅上欣赏它的舞蹈。

阳光几乎照不到地面，只是在后院的葡萄架上，它透过稀疏的叶子，照耀着安静的草地。我总是在后院里，用破瓷片、柳树枝和玄武岩，编织内心的图景。我种植花园，挖掘河流，修建城垛的房屋，创造人物，构筑自己的世界。没有人来打扰我，所有的人都在阴湿的房间里享受甜蜜的睡眠，只有阳光照耀着我的脊背，如同照耀着一颗紫色的葡萄。后院贮存了我的大部分快乐。笨头笨脑的蜗牛，慢条斯理的蜘蛛，还有七星瓢虫。苋菜花，凤仙花，还有叫不出名的蓝星星的小花。这一切，在我眼里就是美。我就这样呆呆地望着那蓝如梦境般的天空。直到有一天，我看见两个异乡的女子从后院的矮墙垛边经过，她们包着头帕，穿着宽大的蜡染服饰，袖子上绣了鱼骨的花纹。她们将孩子像一朵桂花一样绣在后背上。她们每走一步，都留下银饰清脆的声响。哦！在那遥远的地方，还有另外的人和村庄！我一遍遍自问，远方在什么地方？远方有多远？那一个下午，远方就像一颗种子一样悄悄落进了我的心里，注定了我漂泊的一生。

几乎每天都要下雨，雨在屋檐上发出或急或缓的脚步声。这个时候，村子里的光线更加幽暗。雨从一片树叶跳上另一片树叶。如果你仔细地听，你会听见小鸟喝水的声音，你会听见知了关门的声音，还会听见毛毛虫在树叶的背面，发出细微的哭泣。此刻，村子里并没有歌唱。路上传来扑哧扑哧的声音，胶鞋上沾满泥浆，所有的人此刻都朝家的方向走去。雨使村庄更加静谧。如果这个时候，你到村子后面的池塘里去提水，你一定会遇见洁白的鹭鸶。它的羽毛泛着光芒，那是雨水的光芒，它的目光是那样清莹，仿佛我初恋里遇见的目光。每一棵青草，此刻都含着幸福的泪水，进入回忆的门。雨在池塘上面击起一串串的水泡，如果你把脚伸进水里，说不定还有一尾鱼轻轻地啄你的脚趾。水夹杂着黄泥，流进池塘，发出一种潺潺的声音，加深着静谧的意境。池塘里的水依然是碧绿的，是树叶的颜色，是夜晚的颜色，是安静的颜色。雨依然敲打着一扇扇的门，此刻门是紧闭的，橘黄的灯光，温馨恬淡，如同一块鸡蛋糕。炊烟也升起来了，缭绕着菜园里青青的长豆架、丝瓜藤和空心菜。哦！这样的时刻真的有一种说不出的温暖，一如父亲的目光。有时候，雨也会在早晨降临。落了一会儿，也就停了。停了以后，阳光又像老朋友一样出现在村庄上方，这个时候，村庄里到处弥漫着灼热、潮湿的音乐。

村庄西面的树林，也是我常常光临的地方。那里住满了我的朋友。跟我关系最好的是苦楝树，因为它和我一样瘦小，因为它会送我一些果实，虽然不能吃，但能用弹弓来弹鸟。榆钱树和我的关系也不错，因为榆钱甜丝丝的，可以吃，而榆钱叶，可以吹出清亮的口哨。还有泡桐树，榛树，香椿树，野杨梅树，野石榴树和野苹果树。它们共同构成了这片树林。树枝与树枝，树叶与树叶交织在一起，构成了我的房间，多么自由的房间啊！一无所有，同时又拥有一切。林子中间有一片空地，我最喜欢坐在那里，阅读黄昏的来信。看玫瑰色的天空，看林梢的宁静，看归巢的鸟，看我们的村庄进入黑暗，看月亮露出洁净的脚趾。这样的时刻，我才不去管时间这个讨厌的家伙，我只是静静地闭上眼睛，享受这一份摇篮曲一样的甜蜜。等到村庄里传来碗碟的声音，母亲就会叫我的乳名。声音在黑暗里飘浮，而我总是装作没有听见。我是多么希望这样挨过整个夜晚啊！这样，我就可以和星星、露水、青草，还有萤火虫聊天。周围充满了落叶腐烂后的气息。这样，黑暗里坐了很久，才很不情愿地带着一缕微风回家。那个时候，我并不理解家的意义，我只知道，那是我的出发点和最终要回去的地方。

村子里还有一些房子是神秘的，这样的房子里大抵住着年事已高的老人。他们总是坐在藤条椅子里，享受着黑暗，不发出一点声音。除了回忆，没有一事对他们来说具有意义。他们只有一小半还活在这个世界上，另外的一半已变成了尘土的一部分。不知从哪一天起，他就和死亡一样面对面地坐着，仿佛是一场对弈，而悲剧是在最后，胜利的总是死亡。这样的房子，地面上长满了青苔，灶堂里长出了一些小树苗，水缸里养着许多年以前的月亮。蜘蛛网，腐烂的谷物，破瓮里的积水，芦苇编织的墙，还有红漆的木盒……哦！阳光又一次照耀房子，这是不是最后一次？我曾经不止一次地想要走进那一扇门，可是我从来都没有。生锈的农具，霉烂的锅盖，发芽的木凳，这些都是我知道的，还有一些东西是我不知道的。就这样，我在门外一次次地徘徊，直到有一天，我再也没有机会……

记得，在一场又一场的雨后，秋天来了。秋天来了，大雁又要飞到南方去了。我知道有一天我也会走的。秋天教会我忧伤。

十二月

和所有的江南小镇一样，我的故乡也是一个时间的迷宫。时间在这里交错了，重叠了，模糊了，仿佛一张房契上不同人的指模。一个早晨和几百年前的早晨，看上去并没有区别。现在开门的吱呀声和几百年前的开门声，好像也没有区别。日头还是原来的日头。门也许还是原来的门。

河道从小镇的南边轻轻擦过，仿佛故意不发出声音似的，倒映着天光和房舍。街道交错，像一片发黑的桑叶。叶脉般的巷弄，曲曲折折地，进入了幽暗的深处。如果从高处往下看，你会看到鳞次栉比的屋脊，如同一件件打满了补丁的破衣裳，晾晒在日头底下。明瓦上发着刺眼的光亮。

小镇最热闹的是南街和北街。南街有中药房，豆腐店和剃头店，北街有铁匠铺，竹器店和花圈店。店铺像一个个火柴盒一样挤在狭窄的街道两边。在南街和北街交会点上的是轮船码头，沿着镇里最大的河埠走下去，有一排光滑的铁环，是用来拴船的。从浅滩上，可以看到那些店铺垒起的墙基上，留下了一道又一道水线。我记得小时候，我曾经在上面刻下了一个女孩子的名字。

早晨，天麻麻亮的时候，就开始热闹起来。空气里充满了烧饼、油条、豆腐花的清香。整个南街，吆喝声此起彼伏，奶油糖般的吴侬软语，与雾气一起弥漫开来。一些积水的地方，夜里结起了薄冰，踩上去，发出吱嘎的碎裂声，声音在巷弄里，悠然自得地回荡起来。到了雾气散得差不多的时候，人也散得差不多了。这个时候的小镇，就像一杯冷开水了。炊烟开始有气无力地升起来了。

眼睛一眨，中午就到了。阳光温煦。这是十二月里难得的一个好日子。阳光灿烂，像渔网一样撒落下来。这时候的小镇，就像一瓶发了霉的甜酒。棉花房里发出弹棉花的声音。起风时，从中药房里飘出了黄连、甘草和桔梗混合的味道。茶水店里烧开的水在咝咝地响。没有人来泡水。细微的风在门口回旋着。老人们将大头棉鞋搁在铜炉上，铜炉里装着刚刚烧过的热草灰，明灭的火星发出眨巴眨巴的声音。

下午三点，天突然阴沉沉的，摆出要下雪的架势。店铺都早早地打烊了，因为，这冬天的雪一下起来，街上根本不会有什么人了。从城里来的破铁桶般的公共汽车已经回来了。只有从打鱼寨来的最后一班轮船还没有到。黄昏的时候，街道灰暗，像被洗劫以后那样空空荡荡，风有些刺骨，刀子般锋利。瓦片和店铺的木板门在风的吹动中，发出低低的声音，接近于呜咽。长褂般的落地窗，罗列在灰暗的光线里，总让人觉得那是死者的背影。不知过了多久，汽笛响了。最后一班轮船靠岸了。祖母抠了一篮子马兰从地里回来。路上到处都是没头没脑的风。天已经彻底黑了，像埋在野麦地里的荸荠。风叩门环。屋子里，开始弥漫起米粒的清香和水盐菜腐朽的气息。风很大，咣当咣当地吹着土灰色的门，每一次吹动，都会带进一缕光亮，也会将长台上豆花般微弱的灯光吹来吹去。你以为它已经熄灭了的时候，屋子里又突然亮了起来。可是当你以为它不会再熄灭的时候，它却冒出了一缕青烟，熄灭了。祖母将美孚灯重新点燃，又从被絮下面，拿出糙纸，开始擦拭玻璃灯罩。天开始下起了雪。

水像一个手势

我的家在江南水乡，是青皮石条杨柳岸的那种。

我记得早晨灰暗的芦荡里清脆的拨橹声，记得五月里一天连着一天的缠绵的雨声，记得瓦楞里麻雀凄切的叫声。每一块青石板，每一扇雕花木窗，每一张夹心桃的椅子，每一挂橙色的钟摆，都浓缩成木楼梯上的吱嘎声，不知从哪一眼漆黑的月牙窗里出来，在巷子里悠悠地回荡。

黄昏，羊群和刈草的女子，穿过那棵开着紫花的楝树，绚丽的光线打在朴素的事物上，宁静而安详。这个时候，我喜欢登上老房子，面对鳞次栉比的屋脊，面对温暖的炊烟，面对隐约的地平线，还有散布在空气里的恬淡的麦香；我就会听到房子里有人走动的声音，我就会感受到幸福，幸福真的是一种难以说出的感受。

黑漆漆的雨夜，打一把纸伞，从湿润润的房间里出来，在巷子里踩出许多潮湿的声音。一扇扇的门罗列在身体的两侧，有的紧闭，有的半开，有的虚掩，映衬着夜色的灯火，让夜色更加深邃。我总是站在水洼里，让夜色和水的凉意渗进胶鞋。水像一个手势在门口摇晃，如果这个时候有一个女子，挽着古典的发髻，神情忧郁地从门里出来，发出几百年以前那种开门的声音，我会幸福得不知所措。雨水淅淅沥沥，又近又远，时疾时缓……

深深的南方庭院，大抵都有红漆的门楣，挂着一些风干的粽叶，黑漆的大门上挂着黄铜的门环，门槛边堆积着几只破瓮，雨打在上面发出沙沙沙的声音，很轻，很轻。院子很暗，走进去，就仿佛走进了历史的皇历，有一种沉重感和沧桑感。葡萄藤、香椿树、车前草、马齿苋镶成一幅木版画。屋子年久失修，明瓦上布满蜘蛛网，墙上贴满了隔年的年画，一只青瓷的碗碟里盛放着甜糯米酒……有时候，我常常在想，故乡的房子真的是很老很老了……

没有一座房子是永远不倒的。一座房子破了，旧了，就应该倒掉。倒掉的房子变成了许多碎片，每一片又都一败涂地演变成一座宫殿。小时候，我们游泳的时候会摸到一些凉冰冰的瓦片，这些都是记忆。那个时候蓝蓝的天一下子变得苍茫起来。我们坐在桥上一坐就是一个下午，我们真的不知道这些瓦片是怎样到河里来的，河又是哪一年开凿的，树的种子又是哪一年不小心从哪一只鸟的嘴里掉下来的，我们就这样在时间里迷了路。所以我总在想，我们是活在一个又一个谜语里的，我们不断地猜，越猜越不明白。直到有一天，我们消失，我们也变成了谜语。

真正读懂故乡的房子是在离开故乡以后，在一个陌生的地方，我不断去寻找喜欢的房子住下来。准确地说，我不知道我应该选择怎么样的房子，我永远都找不到什么样的房子。这一点我是知道的。但是寻找本身就是一切。你可以说这是一个形式的问题，然而形式本身就是内容。见过许许多多的房子，每一间房子都有一种东西让我们感动，有的含蓄，有的粗犷，有的端庄，有的古朴。我知道，找它们并不是因为它们只是房子，而是因为它们通了灵性，通了灵性的房子就算是家了。从另一种意义上说，房子的意义比家更加质朴。许多年以后，原先的家消失了，家的痕迹便在一些斑驳的石头、桐油大梁和陈年的稻草上镌刻下来，即使倒了仍然演绎着一些故事，就算只剩下一点点的感觉，那感觉也萦绕在心灵深处最温柔的角落。我走了，这一生离故乡越来越远，可是不管我走多远，我依然听见故乡的房子在风中歌唱。

灶镬间

从很小的时候，我就知道每一个房间都有自己的气味。堂前的气味，是散白酒、旧雨鞋、铁皮罐混合的气味。储藏间的气味是粮食的气味（稻子的气味是干燥的、尖锐的，麦子的气味则是微凉的、光滑的），还有铁器的气味和农药的气味。卧室的气味，是旧棉絮的气味、樟脑丸的气味和布料的气味、糨糊的气味。灶镬间的气味则主要有米粒的气味、柴灰的气味和水盐菜的气味。

灶镬间的中心肯定是砖砌的灶台（如果时间再往前推移，则是土坯垒成的灶台，那个时候，连房子都是土坯房，更别说是灶台了。我小时候见过土坯的灶台，样子有些滑稽，像是蹲在地上的孕妇）。灶台上一般有两口锅，一口叫里锅，一口叫外锅。里锅主要是炒菜，外锅则是做饭。如果圈里养了猪，那么里锅就煮猪食，炒菜和做饭都用外锅。锅是又大又深的黑铁锅。锅盖是杉木的，两面都涂了桐油，缝隙里卡着石灰。锅盖上放着锅铲，那时候，不锈钢的锅铲还很少，主要是铝锅铲和铜锅铲。

灶台的外沿是弧形的，砖头上面抹的石灰长时间地被油烟熏过以后，呈现出灰黄色。到后来，讲究一些的人家，便在上面粘上白色的瓷砖。灶台下方，有一个方形的洞孔，平时似乎没有什么作用，到了落雪天，则可以把弄湿的絮鞋，放在里面烤，烤一晚上，到了第二天早上，絮鞋就干透了。

里侧，两个锅中间，有一个井罐，是那种深长的铁锅，底部是尖锥形，井罐上面放着大铜勺和小铜勺。大铜勺主要打锅里的水，小铜勺则是打井罐里的水。井罐里的水是靠柴火的余热来加温的。吃过饭之后，我们就从里面打水洗脸，但我不喜欢里面的那股味道，有点像米汤的味道。

我记得小时候，大人们总喜欢跟小孩子开玩笑。大人说，长大了，你养不养我？我说，当然要养的。大人又说，是不是养在井罐里？我说，是的。其实，那个时候，我还不知道井罐是什么东西。井罐的上方，有一块砖挑了出来，形状像一枚月牙，那是挂蒸架的地方。由于时间久远，青竹的蒸架，早已变成黑乎乎的，摸上去，总是黏糊糊的。灶台上方，有一个挖空的地方，那是摆灶神用的，年底的时候，会在上面贴一张木版印的红纸灶神像。

有人说，要看一户人家是不是干净，最简便的办法，是看他家的厨房，要看一户人家的厨房干不干净，最简便的办法，则是看他家的抹布干不干净。如果是干净人家，女人会把抹布拿到河埠头，抹上肥皂，然后用棒槌不停地捶打。洗干净以后，就放在锅盖架上，让饭锅的余温将其晾干，晾干后的抹布像苏打脆饼。如果是脏的人家，抹布黑乎乎的，摸上去湿答答的，像是一只死老鼠。洗碗用抹布，洗锅一般就用丝瓜筋了。

烧饭也并不是简单的事。新稻草和新米烧出来的饭，色泽是洁白的，有一种清香，甜丝丝，还是阳光和露水的味道。陈年稻草和陈米烧出来的饭，首先色泽是黄色的，时间如果放得更长，就是灰扑扑的了。味道也不太好，似乎有雨水和发霉的味道。饭烧到一定程度，蒸汽会把锅盖抬起来，这个时候，灶膛里的火就要停一停，这个时候，锅盖绝对不能打开，打开的话，蒸汽和香味都会跑掉。饭在蒸汽里焖上一会儿，才会熟透。时间大概三到五分钟。饭焖的时间到了以后，下一步是报饭锅，一般在灶膛里塞一个到两个草结，草结烧完之后，可以听到锅里传来哔啵哔啵的声音，仿佛是烧焦的米粒在喊疼。这个时候，就不能再往灶膛里塞草结了。但也不要马上去揭锅盖，要等到空气里弥漫起米粒悠长的香味，才算真正的大功告成。如果家里有老人的话，饭是很难煮的，如果水放多了，就煮软了，吃的时候黏着牙齿，干活的力气都没有。如果水放少了，煮得太硬，老人就会说，煮得像石子一样，吃进去，要噎死人的。所以，很多时候，婆媳之间的矛盾，其实是从米饭开始的。饭煮过以后，锅沿上会留下一层白色的薄皮，这是由夹杂着米浆的水汽形成的，小的时候，大人们不允许我们吃，他们说小孩子吃了以后，脸皮会变厚。我小的时候，特别喜欢吃那玩意儿，现在脸皮也没有厚起来，非但不厚，还非常薄。到冬天的时候，干燥的风把嘴唇吹裂了，嘴角长起了疮，每天晚餐的时候，母亲总是把我抓到灶间，掀开锅盖的那一刹那，将挂在锅盖上的水蒸气刮下来，敷在我的嘴角，不知道为什么，嘴疮竟然渐渐地好起来了。

灶台的前面，一般放着竹碗橱，上面用细竹枝编得密密麻麻，连蚂蚁也爬不进去。下面，则是粗竹子编成的，间隙很大，就像是围成的一个院坝一样。中间放着钋刀，立起的刀砧板，猪油则放在一只绿色的瓦罐里。碗橱下面是水缸。水是从河里挑上来的，有时候还会有一两条小鱼。水里要放明矾。小时候，我们就直接喝水缸里的水。水瓢是切开的葫芦。从很小的时候，我就听大人说，死去的亲人是养在水缸里的月亮。所以，有一次，我晚上起来喝水的时候，看到水缸里的月亮，吓得话都说不出来了。

水缸旁边的几只瓮头里，放着水盐菜或者萝卜干。水盐菜的原料是青菜，满菜园的青菜收割以后，洗干净，放在菜园的篱笆上晾干，然后切成小块，放在竹匾里晒干。过了几天，就把这些菜放到瓮头里，铺一层菜，撒一层盐。然后，将其压紧，上面垫一些薄膜纸，再放上稻草编织的粗绳，这草绳编得有点像清朝人的辫子。将瓮倒置，搁在一个陶瓷的钵里，钵里的水需要经常换。萝卜干的做法跟水盐菜差不多，只是作料多一些，要放一些八角、茴香、辣椒等。而且，装到瓮头之前，要用脚踩，我听说踩萝卜干的时候，最好不要洗脚，自从听到这句话之后，我就再也没吃过萝卜干。不管是水盐菜还是萝卜干，如果放在油里面炸一下，用来下白粥，味道非常地鲜美，用故乡的话说，鲜得连眼眉毛都要掉下来了。

灶台的后面，则是另一种景象。首先光线更加昏暗，坐下来，浑身就沾满了柴灰的气味。在我们家，火钳总是立在右手边的墙壁上，顺手就可以摸到。一坐到里边，手就会不停地打起草结。我对打草结有一种与生俱来的喜好，每年春节前打草结的任务，都是由我来完成的。烧饭用的燃料一般是稻草、麦秆、菜籽萁，只有到年底蒸团子的时候，才会用芦苇和干树枝。灶膛里侧有一个洞，里面放着一盒绿头的火柴。小时候，我最喜欢坐在灶膛口玩。那些火柴也成了我的道具，它们是和尚，我还会给它们穿袈裟，袈裟则是香烟壳里的银箔纸。冬天的时候，我最喜欢烧火，火苗晃在脸上，把脸烤得通红通红的。有时候，还可以在灶膛里面烤山薯和硬蚕豆。即使火熄灭了，眨巴的火星仍然散发出热度。

丁燕

诗人、作家。20 世纪 70 年代生于新疆哈密。毕业于中国人民大学新闻学院。著有诗集《午夜葡萄园》《母亲书》，长篇小说《木兰》，散文集《工厂女孩》《工厂男孩》《双重生活》《沙孜湖》《和生命约会四十周》《王洛宾音乐地图》《饥饿是一块飞翔的石头》《生命中第一个 365 天》，诗论集《我的自由写作》等。曾获第三届“中国当代十大杰出青年诗人”。《工厂女孩》获 2013 年新浪“中国十大好书”、第九届文津图书奖、2013 年中国报告文学优秀作品排行榜第一名；《低天空：珠江三角洲女工的痛与爱》获第六届鲁迅文学奖提名、第五届徐迟报告文学奖、首届东莞文学艺术奖；散文《断裂人》获第十六届百花文学奖散文奖；散文集《沙孜湖》获第三届广东省“九江龙”杯散文奖金奖。现居东莞。

看得见东江的出租屋

一

我被一种沉闷的声音惊醒——凌晨。

睁眼，开灯，撑起上身，倚靠在床头，慢慢思忖声音来由：哦，是船的轰响。那声音被水波阻扰，滞重低沉，层层向前；那声音如此之近，像船从床头驶过。那一定是条大船。我曾在江边，瞥见过那些体态雍容的家伙，不承想，凌晨时分，它们会发出一种舌头被秘密之火灼烧的呻吟。嗡嗡声是突然开始的，炽炽燃烧，让水波变成炉灶。

这是我在东江边度过的第一夜。2013 年 3 月至 8 月，我在江边的出租屋居住。白铁皮房门的顶部，红漆喷出三个数字：610。对这幢七层楼来说，我便是那个 610 的租客。在我的居住史中，610 的日子，怪诞突兀：我既不是和父母在哈密老屋居住，也不是在乌鲁木齐的女生宿舍，更不是在岭南小镇半山的屋子——那些时候，我都不是单独的一个人。现在，我被陡然摘出来，像心脏离开身体，一个人孤悬，独居于江边的出租屋。

他们问我，你在哪住？“江边。”我喜欢这两个字：江、边。我从西北沙漠来，从不敢奢望能拥有一条江；我曾长久地生活在边缘地带，习惯于冷漠，于是，江边的独居生活，虽然裹挟着陌生的生活方式，又暗含着熟稔的精神内里，成为我南方生活中最为敏感的一个阶段。

出租屋的日子被豁然打开，像发动机的嗡嗡声，穿过涟漪，刺破长空，没有商量余地，一下子击中耳膜，让我清醒地意识到，我已水深火热地陷入生存迷宫，必要调动起浑身细胞，才能对付这绵里藏针的新生活。即便那个瞬间，我尚且不知我所处的时间和空间，我的情感的边界，我所能反抗的软弱；在那时，大地尚未被光曝晒，在明与暗、结束与开始间，我要像过境候鸟般，纵身一跃，进入飞行地带，穿过城市迷宫版图，躲闪纵溢横流霓虹灯，抵达各类丛林建筑体，融入陆离光怪之仪式，剥掉数层皮，俯首称臣，最终，获取一个新身份。

二

万江桥是灰色的。简陋栏杆旁，是条人行道；桥面的中心部位让给了汽车，低矮护栏隔出的自行车道，异常逼仄。这座桥总让我想起乌鲁木齐的西大桥，从那里可眺望到红山上的庙宇；而从万江桥，可眺望到江边的金鳌洲塔。

我骑自行车经过万江桥时，一路总是惊心动魄。有女人将婴孩用布袋捆扎在后背，奋力蹬车，双腿双臂，闪着黝光；有男人戴草帽，穿拖鞋，蹬三轮车，车斗上的蔬菜，用塑料布包裹，透着青绿（是要拉去旁边细村市场的），车把上没铃铛，一路吆喝，让让，让让，逼迫自行车停下，闪出道；雨天，人们撑雨伞、披雨衣、穿雨靴；有父亲把雨衣撩起，将后座上的孩子整个罩住，赤着脸踩车。

桥上常能看到年长老妪：稀疏头发可见头皮，面如核桃，脊背佝偻，脚趾干燥，趿酱色塑料拖鞋（古怪之极：几乎每位老妇都穿着一模一样的拖鞋），慢吞吞独行，像座微型老房子，不能有任何刮擦，哪怕用小拇指触碰一下，便会顷刻坍塌。

过了桥就抵达万江区。这里不像莞城，虽没落了，还有王者风范；也不像南城，新鲜整洁，像冰山浮升出水面，云垂海立。这里弥漫着一股潮乎味，裹挟着淤泥、水草和朽木的味道。穿过低矮楼群，会惊诧发现，五六层的土黄色小楼上，赫然挂着肥大雨痕，深褐浅褐。冬日乌鲁木齐的屋檐下，挂着的是冰凌。啊，都是一束束，都是锐利向下。在主街侧旁，有无数条小巷，深入进去，是农民房，大门，独院，形状各异，门前皆两个花盆，种着的绿萝类植物，叶片阔大。

这片出租屋，并非城市边缘的平民区，它是本地农民在宅基地上建起的楼房，有的自住，有的出租，形成定居和流动的杂糅局面。租住屋子的人，面貌混乱，气味暧昧，宛如大海深处，各种激流相撞，令水质幽黯。我想要一套一（一个客厅，一个卧室），但没有，只有一套二（一个客厅，两个卧室）。时间紧迫，来不及犹豫，仓皇中，我挑了阳台朝西的一套二：客厅里有条木沙发，矮柜上是台旧电视；大小两个卧室，各一张双人床；阳台半侧用水泥墙隔开，靠内的是卫生间（挂着淋浴蓬头）；靠外的是厨房（有个煤气罐）。

整整五个月，我只从客厅穿过，从未坐在沙发上看电视；小卧室床板赤裸，堆着箱子；厨房里多了个烧水壶和茶杯。我的主要活动空间，集中在大卧室。搬进来之前，我对女房东提出的唯一要求是需要桌椅。她搬来张斑驳木桌、简易钢管椅。于是，大卧室的格局便这样定型：双人床、书桌在靠门的那侧；对墙是单人衣柜、小梳妆台。我不得不选择在这里进行全部活动：整套房，只有这间屋装了空调。

从傍晚回到屋子至第二天清晨离开，分分秒秒，都是我的黄金，不愿轻易舍弃。我总是待在屋中看书、写作。渺小吾辈，文字族，不过学了点小法术，一套避火诀，随时随地即可遁入文字魔镜，不管外面天光。我剖视自己：一朵阳性的灵魂装在阴性的身躯里。我的精神活动充满了阳性特质，但我的身体，这个携带着子宫的身躯，作为不可逃脱的定数，我的铁血命运，总和精神里的阳刚在博弈。好缜密好狡猾的文字，一点点编织在屏幕中，慢慢地占满一页，又一页。

时间过去太久，脑子便发蒙，想要大吼。寂寞是不能排遣和打发的。我太明白了：遣而遗之，随即，它又来了，而且这回，它要的更多。寂寞唯有一途，就是与之彻底共处。我几乎能听得见它白蚁般在蛀空我的心房、骨髓、脑髓，窃取我的躯壳栖息其中。寂寞不仅是心理上的，它还能侵袭生理。陡然，突突心悸，急湍冲击胸腔，呼吸困难，要用手抚着胸口，用力深呼吸才能消退。不久，还会再来。只能拉开蚊帐，蜷缩进入，干睁眼珠，忍到疲乏之极，才缚抱薄被，沉入睡河。

日复一日，我枯坐小屋。实在坐不住，便凝立阳台，又被对面屋宇健全的家庭空气侵扰，感觉自己像一枚孤鬼，畸零单调，望断天涯路。实在坐不住，便要找借口出门，哪怕是买洗衣粉。从各种不同建筑风格的农民房路过，拐出小巷，上了大街，进入超市，买了洗衣粉后返回才发现，蹊跷暴雨突至。在黄寒灯火中，沙沙而行，浑身竖起鸡皮疙瘩。一团不容争辩不容犹豫的靶雨，劲且强，紧紧匝住我的躯体。伞似玩具，摇摇晃晃，几次欲脱手而飞。我向前，再向前，如吸血鬼德古拉夜行觅血，怎么着，也得尽快找到一枝可栖。我出生在哈密——中国降水量最少的绿洲城市——家里从未买过伞，也没有雨衣、雨靴——我在少年时期，没有积攒下任何和雨斗争的经验。现在，我蹚着积水，黑暗中，费力摸索到我尚且不熟的农民房，进入门厅时，浑身透湿，长舒口气。这里，也算是个家。

我在610从未做过饭。我既不想买炉灶，添置油盐酱醋，也不想耗费时间，为自己做饭。通常，我会到超市门口吃麻辣烫（但不放辣椒）：海带、蘑菇、白菜、萝卜、竹笋。吃完后三五分钟，口腔内依旧麻酥酥，像火焰持续燃烧。我怀疑（我几乎肯定），小贩在汤里放了罂粟。超市前的道路，密匝匝挤着餐厅、旅店、学校、住宅楼，它们不像南城玉兰大剧院旁的那些建筑，经过精心设计，形成某种雍容华贵的气度，在这里，呈现着某种农业社会的散漫、混乱、稠浊。

我在超市，除了买牛奶、苹果、面包外，从不多买任何东西。从住进去的第一天起，我就盘算着何时搬走。任何东西对我，都是搬家时的负累。我在超市买到的最奢侈的东西，算是那顶粉色蚊帐。按照说明书，把纱布上的小洞往长铁丝上穿，可是，我摆弄了一个小时，都没搞掂。

我几乎悲愤：怎么办？找邻居帮忙？

……，……？不行！不行！

那不啻为一种自我暴露的行为。

我在610，几乎是隐遁式居住，缄默如哑口鲑鱼——我怕别人看到我，记住我的脸，摸清我的生活规律，洞悉我在此地只是孤单一人。这是异常危险的事。我与世界断了联系，冰封于自掘的坟墓中，越掘越深。我已感染上常年不愈的游离性、无根性，成为格格不入的孤独罪人，像单细胞自阳界脱佚而出。我不屑像邻居，把鞋架放在门口，像占了大便宜。不，我的空间大得很，各处都空空荡荡；同时，我也不愿让任何人，由鞋子揣测出和我有关的信息（我的职业、收入、审美），那会降低我的安全系数。没有人警告我；是我的畸形直觉让我变成蜗牛，鼓起厚厚的壳。

我学会了反锁。平生第一次——关上门，再把钢销插上，吧嗒，套上铁锁。那锁子相扣时的脆响，在空虚暗黑的房间里显得多么干脆。每一天，那把小锁都会吧嗒震响。这貌似毫无意义的声响，却一次次击中我内心深处的某个地方。只有听到那吧嗒声，我才能神奇地获得一种保护感。之后，我把窗子密闭，帘布深掩，褪衣，冲凉，套睡衣，啃苹果看书，上床，迷迷糊糊睡着。整个傍晚、深夜、黎明，我都不说话——我是一个人。我的生活变得简单、固定、僵硬。每日的同一时间，同一动作：砰！关上门，再反锁。而邻居家则敞开大门，能看到凉席、床单、锅铲、脊背、长发。他们热热闹闹，在这里养孩子、炒菜、招待亲友、看电视剧、争吵、做爱、睡觉；然而，我却无法和这幢楼相濡以沫——哪怕，我已是手持三把钥匙（一楼大门的蓝色圆牌状感应钥匙，610 的暗锁和明锁的钥匙），可自由出入的笃定租客，依然感觉自己像油花浮在水面。

从外表看，这幢楼红瓷砖裹身，没有一丝泥腥味；其内里，无论楼梯、墙体、房内地面、卫生间、厨房，都瓷砖到底。墙上贴着硕大警告语："不许喧哗""不准乱丢垃圾""退房要提前一周申明"；每一层楼梯的左右两侧，都是门对门的房间，门前放着鞋架、垃圾桶。这让它和高层公寓、花园洋房、半山别墅，在外观上没有太大差异；但其内部安全指数，却天上地下。我不能不为自己担忧，总感觉不测就藏在旮旯，虽一时未能显现，但却总闪着锐利寒光。而在公寓楼、家属院、花园小区，每一家每一户，都相对稳定，即便道德水准低下，生活习惯发指，也总能有案可查，有据可凭。出租屋不是农村，也不是真正的城市，是城乡结合处的过渡地带。租住出租屋的人，也许只住一两天，一两周，一两个月，他们的行动乖张、吊诡、惊悚。

我从没见过真正的房主：他的身份是本地农民，实际，已跃身上流：戴名表、开跑车、包二奶、国外游。我见到的二房东，是一对夫妇：妻子纤细瘦弱，扎马尾，说话绵软，底气不足（和电影《功夫》中那个脾气暴躁、生气蓬勃、尖嘴薄舌的肥胖女房东完全不同）；丈夫魁梧、黑脸，赤足踢踏拖鞋，个子高过妻子整一头，极寡言（在我租住期间，没听他说过一句话）。大厅靠墙，堆放着三四十辆自行车，中央放置着木沙发、茶几、老式电视。他们住在大厅侧面的一间屋。我朝那半掩的门里瞄了几眼：黑魆魆一片中，杂物跌宕，蚊帐隆起。

女房东给我发短信：燕姐，这月房租共 780 元（我的一套二，租金 650 元，其余是水电费）。阅读短信，感觉轻飘甜糯声在耳畔轻诉，因过分迎合而几至谄媚。女房东像株含羞草，骨瘦如柴，容光黯淡，怯生生，节制地选择词语，唯恐得罪租客。在整个 610 的时日，女房东都客客气气；甚至，还帮了一个大忙。

我没本事将蚊帐搭起，又不敢找邻居帮忙，无奈，想到楼下女房东，便抄起电话，拨了出去。她一听，即刻说，马上来。很快，响起敲门声。我用钥匙开门后，第一次让一个陌生人进入房间。她满眼惊诧，掠过木桌上的那叠书、打开的笔记本电脑、茶杯。

她说装蚊帐有诀窍：两根杆子穿进纱布后，在中心区有个像十字路口的交会点，只要找准那个点，再把杆子往上一拱，就成了。她拨弄着纱布的网线，往上捋，动作齐整，节奏均匀，像她是偏远小王国中唯一的女主人。不消十分钟，巨大的四方形拱起，我在床头，她在床尾，将纱质毡房抬起，四角卡进床边，固定好。蚊帐如此华美，出现在出租屋，像公主落难。

三

我想换个一套一：我无法同时使用两间卧室。女房东每次都摇头：没有；真的没有。她解释，现在不是春节后，有大量空房。我疑心她想多挣房钱，但又觉自己太卑鄙。

有一天，正在超市门口吃麻辣烫，电话突响，显示是汕头，不禁犹豫（我在那里并无熟人），但铃声丁零零，丁零零，一味鸣响，执拗顽强。不知为什么，这铃声里带着股淡淡的无耻——好像算准了你的忍耐限度，要突破那界河，热辣辣扑过来。铃声变成骚扰，变成逼迫，催逼着我，按下接听键。

一个女人的声音，糙如木柴，劈头就问，你是不是想要一套一。我被这平实的问题弄得惊诧。她何以获得我的电话？何以知晓我如此私密的愿望？没等我回答，那边便自顾自，无遮拦，大言不惭地宣称："我是你邻居，有一套一，想和你换哦。"声音充满田间地头的熟稔，充满好意嗔怪，充满热辣辣的纠缠。啊……我梦想的一套一。

我急匆匆往出租屋赶，一路都在琢磨，发出那样热情活泼、笃定蛮健声音的，定是青春妖娆之女，有着农民女儿的本色，在珠三角打工多年，刚从汕头来到东莞，欲开创人生新局面，才急切切，扯下套在陌生人头上的无形盔甲，赤裸裸直奔过来。而出现在我眼前的，是个孕妇：一米六，四肢纤细，头发漆黑，皮肤苍白，两个眼睛明显地不大对称。她没有一点孕妇的安泰，反而像一座微型核反应堆，焦灼急躁。

她的腹部隆得厉害，至少有七个月。2005年春，我的身上也拱着这样一道弧线，步履蹒跚，走在乌鲁木齐街道，母兽般四处觅食。眼睁睁看到一位男人迎面走来，正欲打招呼，可他却直愣愣拐弯，扬长而去。那一刻，我感觉自己如被弃入战火的孤老太婆。我所有好强、占上风的脾性，都结束在那道弧线中。男人不知女人在子宫不断膨胀的孕期，经历了怎样魂飞魄散的异变，也不知女人从袒露肚腩推上手术台至听到婴孩啼哭，遭遇到怎样的恐惧压榨，只知道，这个女人生完孩子后，彻底变了。

看起来，孕妇和女房东甚为熟悉，正在为我搬家后的房钱开战。我深感不悦。我还没有同意换，她们就当着我的面，为房价是五百五还是五百纠结。孕妇为诱惑我搬入，说房价是五百；女房主用纤细的声音抵抗："少了的五十，你添上。"孕妇又恼又急，五官在脸上挂不稳，气急败坏："我添，我添。"即刻将脸庞转向我："我家里要来老人，没办法才要换房的……"她甜蜜地微笑，浑身裹着梦幻般的光彩，表情切换的速度，类同闪电。我一惊，怀疑她腹中胎儿踢了她一脚，命令她放弃争吵。

我们一起爬上六楼。她虽费力，还算灵巧。她开锁，推门，尽量缩紧身子，让肚腩向后，腾出空间，让我进入。她靠着门板的样子，像被钉在了十字架上。这个动作充满亲昵的信任：像小动物袒露出自己的腹部。我习惯于冰冷、对抗、拒绝，陡然置身于接纳和欢迎的气氛里，浑身不自在。我蹑足跟进，谦虚地倚墙侧看，绝不僭越。OK，只这样站着就好。而她说，随便看随便看。可一旦定睛，我便在心里惊呼，为我所看到的。

空气逼仄幽暗，好像里面塞了很多影子，每个影子都在自言自语。我不想触碰任何东西。每一件东西都僵硬沉重，从平面上凸起。屋内散发着难以排遣的闷热，像野兽内脏，散发着某种原生的、旺盛的生命力，是男女交织杂糅的场，那轮番吸吮的各类津液混拌一气，胶结为一层烂泥沟味道的面膜，驱除不去，蛛网似的裹缠。无论是那些杯杯盘盘，或瓶瓶罐罐，或放凉席的双人床，挨在一起的枕头（没有枕巾，枕面因和脑袋摩擦而泛光），及客厅里的湖蓝色皮沙发，都让我感觉不洁。我孤绝如同性恋，无法坦然接纳。

当她提出要看看我的房时，我无力拒绝。

她尾随着我，成为第二个进入我房间的陌生人。

她四处走动，眼神逡巡，感慨连连。她几乎不能相信，这就是她邻居的居所。啊，敞亮；啊，宽阔；啊，简约。客厅里没有茶几；厨房里没有锅碗；大卧室的双人床上，只有蚊帐、床单、枕头、被子；小卧室的床上是个拉杆箱、双肩包。仅此而已。她转悠着，啊，啊，艰难地发出慨叹。回到客厅，她盯着我，责备："你好浪费哦"；又无比体贴："你要多交很多房租啊"；惋惜："你太划不来了哦。"

我和她离得那么近——我几乎靠在她的肚腩上。我能闻到从那里散发出的一种暖烘烘的灼烧味，那味道让我紧张（那是雌雄同体的味道）。此刻，她腹中的胎儿，正通过她的鼻孔，她的眼睛，她的嘴巴，向我施放某种奇异能量，试图控制我，让我做出有利于它生存的决定。突然，阳台外传来刺耳的啼哭声，狠狠地拍击瓷砖，在窄小空间回旋。我轰然而醒，将已到舌尖的妥协之言，又吞咽回去。

我艰涩地说："我再考虑一下。"

我懂得孕妇的焦灼：即将临产，需老人照顾，而老人也需一个单独房间。但是，我没有爽快答应的原因，几乎和她一样：她的身体在逼迫着她，而我的身体也在逼迫着我。我本能地感觉，搬进一套一，绝不像"挪一下蚊帐"那么简单；也许结果会更难堪。

面对我的这套房间，像面对某种自由——我不知道上任租客是谁，他或她，在这里干了什么，是否有孩子或老人，有情人或仇人，这些，一概被敞亮的空间删除；这里，不存在别人的气息。我搬来自己的衣箱，擦灰，扫地，让这个空间一点点沾染上我的习性，驯服于我的时间表。我打开电脑，开始写作，空气中飘荡的，是从我体内散发出的细微颗粒。我习惯凌晨两三点开始写作，等我傍晚返回，再次掀开笔记本时，能感觉凌晨写作时遗留在这里的气场，一直没有消散。于是，我坐在木桌前，进入到日复一日的循环中。这屋子和我血肉相连，变成我的前心后背。甚至那空荡荡的客厅，根本没睡过一天的小卧室，都以它们的方式，浸润着我的生活。在这段特定时光，它们都属于我。我在这里逐渐建立起自信，让自己以丰沛的精神，抵御肉身的孤单。

我如何能搬到孕妇的房间？在那慌乱的双人床上，一对男女，曾紧密纠缠。我并非要贬损性，认定它多么暧昧、龌龊、不洁；而是，一想到为节约 150 元，将自己的肉身置于别人交媾后，依旧张扬着致密腥热味的床榻，便感觉浑身别扭（房子可以换，可床太大，无法搬动）！在那个逼仄空间，到处都飘荡着生殖气息，到处都是男女身体彼此嵌入后的残骸遗迹。阳光和灰尘让那些气味多倍数膨胀，肉眼都能看得见腥臊味在弥漫。而这，就是我将要生活的新环境。啊，迁徙中的人，丧失掉的不是一间又一间房屋，而是某种对生命的精细、精致、精微之感。只是粗糙地住了进去，又仓皇地搬了出来——一切都因陋就简，恍如丧家犬。

一天傍晚，爬上610，反锁好门，我开始洗衣服。没有洗衣机，而且衣服攒了不少，只能在卫生间里搓洗。哗啦啦，哗啦啦，水声很正常，突然，在这种音律中支棱出另一种调子，砰砰，砰砰，是敲门声。

是那种非常急切的敲门声——几乎，算得上砸门。

那声音真是厉害，一声连着一声，算准了门内有人，算准了那人正在聆听。那声音要把铁皮门板砸出个洞；那声音像服了毒后不管不顾；那声音震得灰尘尸首横躺一片。

我的耳朵轰鸣，胸腔砰砰，呼吸粗大像对着氧气筒。会是谁呢？我要不要喊一嗓子："谁?!"不。我僵硬在小凳上，双手浸泡在肥皂水中，赤脚穿着拖鞋，脊梁弯曲，就这样一动不动，心脏如青蛙，要弹跳出来。

是隔壁男孩在外面触了霉头，仇家找了上来？是楼上酒店女，招惹了不三不四的男人，酒后寻来，找错了楼层？是那两个小夫妻，表面摆摊，暗地里贩毒拉皮条？啊……也许只是做工后回家，敲错了门？走亲访友，记错了房号？我将每日从洞开的门口看到的场景综合起来，细细揣摩，越发不敢开门。

砸门声一阵强于一阵。

难道是我丢的垃圾吃坏了旁边大户人家的狗？那户人家，阔气之极，门头高大，四层小楼，棕黄瓷砖从头裹到脚。阳台敞亮得像个小房间。但是没有人；没有任何一个人，搬来把椅子，坐在上面，使用它。那阳台整日整日地空着，落雨时水灵，晴天时光亮。它就在我的隔壁。我从未高空抛物。我和它唯一的联系，是我们这幢楼的垃圾桶，就在它的墙角下。然而，一切皆有可能。我不敢动，像被一声声砸门声钉进墙壁的油画。

或者，我无意间触犯了隔壁？可我不知道是怎样的一个人，住在我的一墙之隔后。我毛骨悚然，甚至感觉那人踢踢踏踏，已站在我的背后，声音如此清晰，毫发毕现。我心跳如鼓，缓缓地站起身子，回头：空空荡荡。慢慢踱出卫生间，客厅里，也空空荡荡。我愣怔在那里，凝神屏息。砸门声就在门外，持续轰响，好像那墙壁被施了魔法，非但没有阻隔声音，反而放大了很多倍。我如磐石，虽被噪声洪流裹挟，却周身寒凉，一动不动。

这真是惊悚的一刻，其真实性，超过了我看任何鬼片时的感受。这来自生活本身的恐惧，像一堵厚实的墙，庞大得无法推动；而电影里的惊悚，是可以用笔尖戳破的一张纸。是的：我没有打开门的勇气——我无法把握敲门人是不是充满戾气的小贩、无业者、罪犯、富豪。我不知道他能干什么；也许，他能干出任何事。

从新闻中获悉，就在我搬来的三月末，五名外地男子因工作不如意，相约来到东莞，住进东江边的出租屋，将门窗的缝隙用胶布密封，通过烧炭的方式自杀。其中的两人经思想斗争，觉得不想死，便中途离开。房东上来催房租，才发现门被电脑桌顶住，搡开，里面的三个人衣着整齐，躺在地上。他们都二十几岁；无业；从外地来到这里——我身旁的出租屋。我从那幢楼走过时，每一次，都像心尖上扯着一根钢丝，浅呼吸时不感觉疼，每当深呼吸一口，那疼便像鞭子甩出去一般，发出脆响。

我曾学习过“鱼龙混杂”这个词，直至住进出租屋，才感觉深意。那是一缕气味，一个生死场，一种慑入的能量，能让人变成惊弓之鸟；能让你确信，你的邻居会做出世上最令人惊骇的事。我曾设想过他们会武断地戕害别人。然而，看了这则新闻后，我发现我的惊恐非但没有减少，反而更重。当他们抢劫、强奸、偷盗时，他们对生还怀着一种热辣辣的渴望；然而，他们选择了自戕——衣着整齐地躺倒，吸着毒气，慢慢停止心跳。这样惊悚的细节，乌云般逼迫着我——我离事发现场那样近！我几乎看到了另外两个人，挣扎着出门，跌跌撞撞走过我的楼下，蹒跚至东江边，涕泪横流。

几劫几世——不过，十几分钟而已，砸门声消失。

那股阴郁的气氛，随之不见。

我洗净手，拉开蚊帐，在无伴的双人床上躺了半个小时，才慢慢恢复体力，又爬起身，把剩下的衣服洗完。人在恐怖境地是要消耗大量热卡的。我像献完血那般软弱。

第二天下楼，女房主说：“那汕头女人昨天去找你，说你不在。我明明看到你上楼了啊。”我的头发根都竖了起来，看她，像看着一个人形大疑团，眼神直勾勾的。

原来是她：那孕妇！

她怎么能有那么大的力气？那么长的耐力？

窝在心里的那句话噌地蹿出："我不换房了！"突破了心理障碍，干出了这件难为情的事后，我发现，自己获得了一种既疼痛又解脱的感觉。即刻补了句："我真的没时间搬家。"

孕妇很快就找到了属于自己的办法——把客厅的湖蓝沙发搡出来，堆在楼道顶头——她毅然决然，抛弃了它！她在腾出的空间，安置上一张小床后，解决了一切困难。当我和那沙发对视时，感觉它的眼神充满毒怨。我对它今日之下场，负有不可推卸的责任。我伤害了它。在它眼里，我是背叛、谎言、狡黠、冷酷、自私、偏执、古怪的综合词。

我和孕妇再次相逢在楼梯口：我下楼，她上楼。两具肉身对曾经那样亲密地联系过，都感觉羞愧万分。她的肚腩更加庞大。她一步一步向上，腿像抽去了骨头的肉棍子，费劲地跨着。在灰昧阴影里我们碰着了视线，又立即移开，自今尔后，只此一眼。从此，债主变天，烟视媚行；从此，擦肩而过，视若空气；从此，天堂陌影，各自投胎做人。

四

我很讨厌那条狗。毛黄不黄，白不白，脏污邋遢，像被主人遗弃，又气定神闲地四处闲逛。看到我推车进来，狐假虎威地汪汪着，慢跑过来。听到女房东的呵斥，"狗"，便驻足，不甘心地嘶嘶低吼。

我听说有个温文尔雅的女作家被狗咬后，不得不打官司的事，揣测那疼一定超过了极限，才让她忍无可忍撕下文雅面纱。于是我要提前撕去面纱，先愤怒起来："谁的狗，要养就在自己家里；出来遛，是要拴链子的。"

女房主心虚地赔着笑脸："五楼的出差了，先放在我这。过几天就领走了啊！"黑豆子似的眼珠在细长眼皮下灵活游动。她嗔怪地看了那脏狗一眼，又用属于她和狗之间的特殊语调喊了声"狗"，狗即刻听懂，夹着尾巴，溜着墙根，无声地蛰进大厅的黑暗旮旯，把自己隐遁起来。

这一天，我换了花裙子，从外面骑车回来，正进入大厅，那狗原本在旮旯里困觉，突然醒来，迷迷糊糊间，奓开一身脏毛，哼哼着，作势要扑将过来。我不得不学女房主的语气向它喊："狗。"它根本不听，居然，尾随着我，已接近脚踝。我听到它正呼呼喘气，口腔里嘶嘶哑哑，像风刮老树。我紧张狼狈，不得不再次大喊："狗!"

女房东从小屋中急忙忙走出，像看到自己的孩子干了坏事，即刻朝它瞪眼："狗，你瞎了眼啊!"狗一脸识相，浑身的威武全都瘫痪，耷拉下脑袋。我逼问女房东，为什么还不把狗拴起来，万一咬了人怎么办?

她抬起单薄眼皮，怯生生辩白："没有啊，它从来没咬过人的啊!"

我恼羞成怒："再不拴链子，我就打110。"

她正在用晾衣杆挂衣服，听到这话，举起棍子，试图去揍狗，嘴里继续责骂："你怎么不认人啊，你真是狗眼啊，你能不能看清楚点啊……"狗向后退缩着，又遁入黑暗中的旮旯。

这是作秀，演给我看，我有种被愚弄的感觉。

我僵硬地停车，僵硬地上楼，僵硬地甩给她一个后脑勺。

然而，我依旧每天都能看到那条该死的狗。谁是豢养者?为何长时间不在?什么职业?何时归来?每日躺进蚊帐后，多了份猜想。狗的主人……成为我在这幢农民房中，认识的隐形人。我只知道有这么个人，他养了一条狗。这便是一切信息。然而，每当我和那条脏白狗对视时，我就诅咒他一次。我甚至幻想，如果能知道狗的主人住在几楼，哪个屋子，我就搞把万能钥匙，到那屋内搞点破坏。

这幢楼像一幅卷轴画，徐徐展开：每间屋子都是个小洞穴，每个洞穴里都住着个探头探脑的小兽，早晨，为自己穿上衣服，出去找食；夜晚，褪下衣衫，躺倒安眠。在每一个洞穴间，虽然隔着一层薄如纸片的水泥墙，但他们的心灵，却相隔千山万水。这样的洞穴一层层，一排排，凝固成一株水泥树；这样的树，东一棵西一棵，组成变形的队列，不断地重复下去，重复下去，将东江边的空地全都填满。河流的濡湿，临海的潮热，形成了独属于这里的气息，混乱而热情，感伤而粗粝。

在我所居住的五个月期间，我只和两个人有过正面接触：女房主和孕妇。我只对一个人产生过仇恨感：狗的主人；还有一个人，我称她为"三楼的"，只是侧面观察过，但却没想到，我会那样深刻地记住她，并惊诧地发现，在有限的时间链上，她的出现，促成了某个意外的结局。

和别的屋子不同，三楼靠楼梯右边的那间屋子门上，贴着幅招贴画：蓝黑底色中，一辆赤红跑车闪亮登场，四周形成炫目奇光，变形的中英文字母，彰显着型号，让整个画面形成一个雅致华丽的微缩场。这一小片风景，像能触摸到的奇境，陡然间，和整个楼道的其他房间，拉开了距离。我猜想那屋里住着个大学毕业生，理工科的，雄心勃勃来珠三角找工作，西装瘦腿裤，手拎电脑包，短发上喷着发胶，丝丝缕缕支棱，指甲干净。

而我所看到的租客，和想象中大相径庭。

那日我傍晚归来，一步步向上攀爬，看到了她。我们互相对视的那一眼，让双方定格。那真是私密的一瞬，像两个动物具有 X 光视线，一下子就穿透了对方，看到了胴体、衣衫、职业、收入、未来。我们都深深地吸了一口气，感觉心脏被冰冷的的小猫爪子轻轻挠过。我穿着深蓝色西装套裙，黑丝袜，黑色浅口坡跟皮鞋。她高挑，健壮，果绿低腰短裤，不是软软的水蛇腰，而更硬朗粗粝；丰盈的乳，凸显柚子弧线，把酱紫低胸吊带蕾丝背心撑得滚圆；细长眉，高颧骨，唇的红太异色，只属于一种，吸血鬼德古拉刚吮过人颈的嘴，两片红汁，幽幽泛光。

是我的注目让她不安吗？她的五官强烈地抽动起来。即便她光彩照人，柔润饱满，多汁多水，像条移动的蛇，可她的缺陷依旧那么明显：

果绿/酱紫；

粗腰/圆乳；

颧骨/嘴唇。

她缺乏挑选的经验，不知用黯淡来凸显光芒，而让一切凹凸都暴露，变成玻璃盒子般透明、拥挤。她不懂掩盖，像个作案新手，还没离开现场，就遗留下一堆线索。她努力让自己变成姿色鲜明的都市熟女，但内核，还有着乡村女子的胆怯。我惊诧地发现，那辆赤红跑车就在她的脑袋顶上，像朵蝴蝶结，位置刚刚好。于是，她和整个环境：简陋的门板、粗糙的楼道、弥漫在这里的杂芜气息混合成一体，有种奇怪的契合。她不是那种介于少女和成年女之间的洛丽塔，她裹挟着某种来自乡村的混沌、急切、慌乱，身体强壮成熟，流动着一种不可捉摸的活力。

我们对视：深蓝浓黑 VS 果绿酱紫。

她做出了个古怪抉择：转过珠贝色柔韧身躯，返回，砰地关上门。

她不愿和我擦肩而过，让我近距离看她，是因为直觉提醒她，这身装束有缺陷？当她返回小屋，调整衣衫，重整妆容，再次出街后，一个完美的宝贝，便在街道上流光溢彩地走起来。世界，我来了。

第一次看到她是四月末；第二次，是七月末。

在超市门口的麻辣烫摊位前，我坐在塑料凳上，举起筷子时，发现旁边女子的侧影很眼熟，再一看，是她，三楼的。穿着黑色纱质T恤，领口镶细密银钻；雪白短裤，边缘也镶银钻；厚底黑皮凉鞋，脚骨节盈盈可握，脚趾细长，紫红指甲油，大脚趾上缀着三颗银钻。她变了。她那青春发育期刚刚停止的胴体，生气勃勃，在云母般光亮的衬托下，刀锋般锐利，又暗含蛊惑，让男人的感官河流，瞬间注满汁液。她同时兼具勾魂夺魄和阴险狡诈的双重魅力。三个月，只需要三个月；或者，只需一夜，乡村的稚气便在都市霓虹灯的逼视下，消散得荡然无存。

她只点了海带、萝卜、竹笋，小小的一团，连碗底都遮不住。她吃得很快，往嘴里塞食物的筷子，似乎在我身体内部最隐秘的弦上拨动。那真是绝妙的瞬间：美好的皮肤、蠕动的太阳穴、脚踝处的骨头、张开又闭合的嘴唇、暖烘烘的头发……我离她那么近，能感受到她的胳膊和腿发出的热气，听到她呼吸节奏中细微的变化——她也认出了我：之后，细小汗毛顺着她的小腿轻微竖起，膝盖有些挪移。她不愿见到我。恨不得隐形。

她陡然站起，在我视距中，赫然出现了个紧绷绷、窄小、隆起的臀部。我仰望，像看一座拔地而起的微型楼房。她打开坤包，掏出把毛票，数了数，递给小贩。突然，传出阵喑哑浮胀的嚷嚷：

“怎么又涨价了——啊！还让不让人活——啊！”

她像被女巫附体，从喉头奔泻出不属于自己的音符。她整个人都燃烧着，眼神忽闪忽闪，无邪又无知的年轻脸蛋悍然叫喊。天哪，天哪。一股血从脚底冲到脑门，让我无法吞咽食物。某种美好清晰地粉碎了：像碟子往空中一扔，跌下来，清脆响亮。

其实，她从来都没有改变；其实，所有的美好及失落，都是我附加在她身上的联想；其实，此刻的她才是最真实的她——从出租屋走出，手里捏着几张皱巴巴脏兮兮的毛票，眼里浸满市井妇女的凶狠。是的，她从来都不是公主，没有优雅土壤供养过她，她是只自己刨食吃的母鸡，离开鸡笼，靠的就是那两只翅膀。她锱铢必较，分毫不让。然而，即便她如此怪诞而粗俗，依旧散发着某种令人销魂的魅力。

她扭着臀，摇摇摆摆地走到马路边，幻若彗星拖着尾巴旖旎出镜。她招来辆三轮摩托，转瞬消失于萤灰交融的夜色。她要到达的地方辉煌华美，她要迎接的人群干净馨香；离开出租屋，离开麻辣烫，她便离开了寒酸、简陋和阴暗。她一步步走向光明。高跟鞋和大理石台阶每触碰一下，便如弹钢琴键盘，节奏鲜明。我兀自哑笑，感觉有种古怪的解脱感。

她甚至比我更早搬走。

八月初的一个雨天，她走出门厅时，撑着伞的胳膊上挂着坤包，另一手拖着的大红拉杆皮箱，赤裸裸地迎接着雨点。即便她的脸藏在伞下，我依旧能看到妆容一塌糊涂，眼圈发青，耳侧有刮伤痕迹。显然，她被人打了；而且，不轻。她那样美好的胴体，即便羽毛滑过，都是罪恶，现在，居然成为拳击袋。她虽躲闪着我，斜侧过身，加快脚步，但其迫息和绝望，却如舞台干冰般团团腾起。那只红色大箱，软塌塌淌着水暴露于天光下，像狐狸尾巴，越来越远，终于遁入雨雾。

我看到女房主在给狗倒食，便说："三楼的，怎么搬家也不找个晴天。"

我惊诧于那回答我的声音："是我让她搬走的。"

她站起来，身躯瘦小单薄，声音平稳决绝："来了三个男的，不知为什么打她。她这样，早晚要死在屋子里的。我可不想丢饭碗。"

……，没有更弱的人。

某种人界可以接受的最败伦德行的底线，被突破了，我陡然一疼。那条狗，那条脏白狗，比那乡下女子，更强。那女人在某个时刻，是个没有防卫能力的无壳的蜗牛，只能被利器不断戳戮。她在干涸无泪后，拖着红色拉杆箱，暴露于强风大雨中，让两个窟窿般的眼睛汪出水光，把道路照亮。她要集中意志护持住形骸不至于溃散，嘴巴用力抿成一条线。

我上楼，脚像灌铅。路过三楼，汽车招贴画的门洞开，像嘴里豁了个牙。我怀着诡秘好奇，凑过去，将眼神扫射进去。奇怪极了！和她招摇的衣装完全不配套——那屋子内部整洁清爽，没有一点多余杂物。床、沙发、凳子，井井有条。垃圾筐收拾得很干净，地面也清扫过。

这天夜里，我不断回想女房主，感觉此前，我根本不认识她。作为二房东，她绝对称职。她知道三楼女人的全部行踪，知道整幢楼内所有人的行踪，同样——知道我的行踪。我不寒而栗。想到我们盘腿坐在双人床上，一面穿着纱布，一面聊天，我的内心充满了对她的感激；而她，已用老辣的 X 光，将我的房间扫射一遍，计算出我的年龄、职业、嗜好。我想起她看到那堆书时，微微一震，但她并没有多说什么。她对我的全部客气，也许，就来自那堆无言的书籍。那里有种“蓬生麻中，不扶而直”的威力。

第二天凌晨，我做了一个梦：招贴画上那辆火红跑车，不是飞驰在跑道上，而是坠进深蓝大海。当它在下陷的瞬间，车头的灯刺目地闪耀着，让光射进大海深处，让那些长久地被暗黑包裹的地方，陡然间，异常炫目，甚至连微细的皱褶，都看得清楚。之后，慢慢地，慢慢地，车身沉陷了下去。

当我说八月中旬要搬走时，女房主毫不吃惊，只淡淡地应了句：“哦。”

五

日以继夜，纵北纵南，我染患搬家忧郁症，无药祛除。

每晚，站在阳台，在倒计时的悲壮中，向外眺望，看对面豪宅的屋顶，在雨天如浮洲般晃动。暮色渐浓，景物匆匆而逝，如快放录影带，唰唰唰洗着我的眼睛和脑子，直到洗白了，洗干了，才拉开蚊帐，躺卧下，将沉重眼皮合上。

我不断地整理东西，将箱子、袋子装满后，堆了一床。我那样节约地使用器物，不愿多买一样东西，五个月时间，也弄得如此负累。人多么离不开物件：每一天，人都需要床、被单、水、食物、毛巾、衣服；缺了哪样，人都不舒服。若长久定居，用起东西来，自然方便，然而，迁徙途中，生活变成简写版图书，字里行间，都裸着巨大空隙。

搬家前的那一晚，我在阳台上收衣服，突然愣怔，看到黑色吊带睡裙被风吹得发软，像一件我脱掉的青春皮囊，爱情残骸，陡然间，我感觉自己像个婴孩，被囚禁在岭南漆黑而潮热的子宫，无力自拔。这个瞬间——没有婴儿啼哭、狗叫、鸣笛、争吵，四周一片死寂。在赤裸的阳台外，是幅巨型油画，顶天立地，供我一人欣赏。啊，我独自一人，静静体味过多少次这样的雨夜！而这，却仍然不是最后一次。煎熬过这反常的出租屋独居生活后，我越来越清楚地明白——就连最简陋素朴的家庭生活，也比这孤悬的日子好，而这，是我和女房主、孕妇、三楼的女人，可以共享的唯一不朽的事物。

搬到电梯公寓时，楼道冗长，我每向前走一步，头顶的灯便吧嗒亮了起来；再一步，又亮起一盏……就这样，在光明的迎接中，我一步步迈向新生活：干净、整洁、优雅、充满秩序。在十六楼的第一夜，我被楼下电锯声吵醒，久久无法再次入睡。那声音刺啦向左，刺啦向右，让我想起东江边的第一夜。

我一直想从窗口看出去，想知道东江，是怎样的一条江。

林渊液

20世纪70年代出生，广东省汕头人。喝韩江水，说潮汕方言。主要创作小说、散文。出版散文集《有缘来看山》《无遮无拦的美丽》。作品发表于各级报刊，并入选各种文集。曾获全国冰心散文奖、老舍散文奖、林语堂小说奖等奖项。

黑白间

一

行走在琉璃厂西街。

似乎一眼望不到尽头，古灰墙红漆柱的店子就这样大小高低错落下去。街上的人不多。我们一家子一起来的。儿子正在一个很闹的年龄，七岁。我们散漫地闲逛，脚步拖沓，脚印儿左扭右倾。

突然，有一阵电流慢慢触及了我，从千千万万的毛发开始，然后是眼睛鼻子嘴巴咽喉，接着下行到我的心脏，最后全身蔓延酥麻。中什么魔咒了吗，我？

之前并没有任何伏笔。去北京是一定要去琉璃厂的，这已经成为一种习惯。每次都一样，没有当前的目的，也没有久远的期待，只是逛，随意地逛。关于琉璃厂的传奇和轶事多了，谁谁在一堆破烂里发现了一个明成化的官窑；谁谁以大局为重，襄助购得国宝级古字画，遏止了贩卖出境；谁谁把翁同龢几十年前题写的牌匾稍微篡改了一下，重新拿出来张挂，成为茶余饭后闲谈中的一个谜；谁谁在旧书堆里，终于发现了三五张宋版残页，把年代匹配的那本补充完整。就像在一张冰梅的信笺上给友人写信，写的内容是什么，写给什么人，与冰梅的图案都关系不大，这些梅花的形状已经隐退为一张信笺的背景，连同与梅花相关的品质和诗情。琉璃厂正是这样的一张信笺，你在上面写什么，都是有着底纹的。

经过了岁月的删改，其实琉璃厂还是不一样了。就像一幅古画经过 photoshop

图片软件系统的色阶色相、亮度明度、对比度饱和度、橡皮擦、图章仿制等等处理，已经成了现代的版本，老式的格局和意趣还在，古装的人物换了短衫，老书肆变成“中国书店”“古籍书店”，著名老店荣宝斋、槐荫山房、萃文阁、一得阁、李福寿笔庄模样还在……图书、字画、古玩、文房四宝，不识琉璃厂的人问我，琉璃厂是做什么的，我只能拿这几个主题词出来回答，可是，我到底还是没有把琉璃厂说清楚。

第一次带着儿子来琉璃厂。在中国书店里，要先找一本工笔的猛兽画，为他野性而顽劣的兴趣糊了口，我们才能从容地看书、找书。写到这里，忽然觉得可笑，动物园和琉璃厂的交集，就在这些动物画上面了。书画他是很少涉猎的，但因为我一路走来，买了不少的八行宣纸信笺和线装本，木刻水印的、描金洒银的，美轮美奂而又古朴天生，这情绪也便感染了他，有时请他帮忙挑选笺纸水印的印纹，兴致就更高了，问我，能否送他一本手工线装的八行本，用以抄诗。一年级的小学生，用的是铅笔。我沉吟着没有回答他，我不知道捍卫宣纸的质地，和迁就他的热情，哪一个更重要。

信用卡里的钱一笔一笔地划出去，手里的提袋一载一载地重了，除了信笺和线装本，我还买了瓦当对联纸、书、银色和绿色两种少见的印泥。想象着在什么地方，出其不意地加盖一个银色的印章，像小孩子恶作剧一样退避一旁，偷窥对方的反应，心里的美便层层叠叠起来。

很意外地，还在荣宝斋看了一场范曾的书画展。在二楼透过窗户望出去，署名“启功”的书法在地摊上满地滚爬，稚拙的笔致让人有一种不合时宜的静谧的绝望。

我在各式画廊里穿行，并指点江山，评头品足。那个人估计不大像平常的我。她基本上脱离了前人的审美准绳，每一句评说——不管它是只有一个字还是长长的没有休止，不管它是有着听众的还是只有她啧啧独言——都是发自她的内心。

是的，魔咒就是当此时乘虚而入的。我慢慢地被电流击中，全身酥麻。我很决绝地离开书法和书法界已经很久了。我为什么忽然又迷恋上了？我在那些字画里看到了自己的前世今生吗？买那些信笺的时候确实是为了写信用的，买瓦当对联纸是为了送人的，买银色和绿色的印泥，我想起来了，我竟然是为了在自己即将出版的散文集扉页上盖闲章的，总之，一切的一切，都不是我重返这些线条和笔墨的铺垫。可是现在，就像在无边无涯的古森林里突然吹来了一阵海风，就像在芙蓉鸟的粪纸上看出了唐诗的意境，没来由地，有一种情绪掀动了起来，强烈，杂乱，却向着某一个方位归附。发现这个情状时，我先自惊喜起来。这惊喜是如此险峻，以致我几经犹疑。至此，我只能确信了，琉璃厂其实是一个博大的磁场。我身体里的细胞、因子，是一盘散乱的沙，夹杂其间的是一些很细小的黑色矿物质。它们生活在不同的角落里，欢歌或者哭泣，只听命于一些与它们的灵魂相互投合的指令。当琉璃厂这个磁场辐射出来的磁线有着足够强大的力量，那些黑细屑顿时从小巷陌、沟渠、山岭、地层、木屋奔赴过来，排列成规则的、俯首帖耳的图形，在我的心底显影了。它们，与艺术激情有关。

我紧走了几步，追上我先生的身影，他正在前面看老版书。我怀着朦胧的甜蜜，毫不忌讳地告诉他：我对老情人旧情复发了。

二

这个叫作书法的情人，是我四五岁的时候，父亲为我安插的。父亲希望我长大了继承他的衣钵，当一名医生，除了医术了得，还可以一手漂亮的毛笔字处方炫耀。现在回想起来，不能写好毛笔字一定是父亲当医生的极大遗憾。我的祖父毛笔字写得非常棒，在他过世三十多年后，还有书法收藏者在大街上拦住父亲，请求赠予一纸半字。我猜想父亲小时候，祖父用毛笔字开处方的时候，他一定常常望着那一管神奇的毛笔发呆。不知什么原因，父亲只继承了祖父的学业，却把他的毛笔弄丢了。到了他再也无法续上前梦的时候，他把希望移植到我头上，在童蒙时期他就开始对我进行艺术领域的规划了。

四五岁的那个时候，上个世纪70年代，书法是个很稀罕的东西啊。记忆中，我只拥有过一本描红的本子，好珍贵的，中楷那么大，很粗糙的纸质，不吸水。祖父倒是留下了一个简陋的砚，当时尚没有现成的墨汁出售，每天因为磨墨我总是把自己沾染成一只斑点狗。现代教育者喜欢把小孩子的能力分条分块地划拉出来专门训练。按照他们的理论，当年的我，大概就是依靠这个磨墨的功夫，训练了手眼协调，并刺激了肌肉的掌握度。可是，他们或许永远不会知道，很多事情对于孩子各种功能的训练是异曲同工的。

小孩心性，只喜欢倒腾。在墨砚里加一点水，先折一只纸飞机，磨一阵墨又玩一阵，那墨水啊总是磨得浅灰浅灰的，写出来的笔画总是水水的。

后来，父亲的一位朋友来访，那个坐不住的脏女孩忽然抬起了头，毫无畏惧地盯着他看，嘿嘿，这位叔叔乐了，他发现这个小不点手里拿着的居然是毛笔。他是练过书法的，便送了她一些书法字帖和方法。记忆中有一本唐人的灵飞经，几年之后，又送了一本柳公权的楷书字帖。这位叔叔对于字帖的珍爱，从字帖的颜容上就可以看出来。整洁是不消说的了，每一个页面，一点折痕都没有，每一本，都有着他恭正的购书记录和签名。是为启蒙。

对于书法的认识和兴趣，更多地来自传说和故事。今天看来，那些故事大都属于励志性质，故事胚子单薄，线性结构，功利色彩浓烈。王羲之练书法洗笔，怎么就把池子里的水都洗黑了，谓之“墨池”；柳公权碰到了哪一个断双臂的老人用脚作书，受他教诲，回家写完了八大缸水；程邈怎样因事得罪秦始皇获狱，却孜孜不倦制得隶书……无一例外地，他们后来都成了著名的书法家。这些故事正好与中国家长望子成龙的心理投契了，父亲也不能免俗，我学书法的动机，慢慢地被复杂的社会因素分解了，父亲后来对我的期待已经不在小小的处方笺之上。

80 年代初期，有些文艺复兴的味道，我们的小城开始成立各种艺术社团，我也混迹于书法协会。父亲还为我邮订了一份《书法》杂志。这是“文革”后最早的书法杂志。还记得第一期到手的杂志，有着书法家白蕉的行草书，字写得流转闲适，又富英锐之气，心里顿时有了不确定的喜欢。大人们只道我懂了，便不再怀疑这么高深的专业杂志，是否适合一个十二三岁的女孩子。就像现在的很多家长，只管把西装套在孩子的身上，看他面上的稚气和衣服的成熟气不相称地搅和在一起，心里倒有一种暗昧的幸灾乐祸，表面上只是颔首或者嘉许。

读初三那年，我的一幅书法习作入选了一场全国展，用圈子里的话说，小姑娘的字进京了。那时候，艺术界风气纯净，一如处子光洁的胴体。我们居住的这座小城，很温煦地把一种文化恩宠向我抛掷了过来。直到今天我也没有弄明白，入选展览、发表刊登、被什么机构收藏、卖出了什么天价，这些事情和艺术本身的关联度有多高。但无疑地，我被所有的人，包括我的父亲，甚至我自己怂恿着走下去。天道人心。

我想，上面这段不惊不乍的回忆性文字，大致已可看出端倪，书法与我的结缘，外力更多一些。我之所以能够抽身其外，也是因为我仍然把书法看成一种异在。

其实，当书法的大门一扇扇地向我打开时，我也如入圣殿闻到了天木藏香一般。我貌似比以前更喜欢书法了。我花起时间来毫不吝啬，父亲花起徽宣的钱也毫不吝啬。仗着年轻，我经常放着整刀的红旗牌宣纸在桌旁，熬夜练字。一刀的徽宣多少张啊？一百张，四尺长。我从柳公权和颜真卿的楷书入手，后来喜欢黄庭坚和苏轼的行草，隶书写的是乙瑛碑、大篆写的是吴昌硕的石鼓、小篆写的是邓石如……清冷或者热闹，耿介或者平和，严谨入矩或者跌宕散佚，也都涉猎了。冬夜临帖练字，经常写得饥肠辘辘，胡乱搜点甜品打底，又继续沙场驰骋……古人只道三更灯火五更鸡，我是可以练字到五更的呀。写《六国论》《前出师表》的时候，竟然可以持续坐上七八小时。

身体和精神的在场和参与，无疑地延续了我的书法生命。可是，有一种痛一直没有离开过我。它并不是属于我的！我与它肌肤相亲，却始终没有灵魂交融过。我与它之间，一直硌着，把我硌疼的是父亲肃穆的表情和期待。我努力过，然而适得其反。

当我大学毕业回到故里参加工作，也就是当我完全自立的那时候，我向所有的人宣布，我要把书法卸下，我更爱文学。父亲企图挽回，说道：两不耽误。我回答道：我要完全地离开它，不再写！不再参与书法界的活动！

或许，我的内心从未参与。我在进行的是一场旷日持久的表演。纵是偶尔地投入，那也是因为一时忘情，进入到角色里了。

西蒙娜·薇依曾经用一个比喻来说明这个“异在”，大意是水对于游泳者来说，是快感和痛苦混合的感情，游泳带给他快感，疲劳带给他痛苦。如果他想游泳，那么水就更偏向于快感；如果他想停下来，那么水就更偏向于痛苦。

这是痛的理由。

我一直想停下来。

不为谁。

三

停下来?!

列车迎风前行，轨道旁或许会有蓝色的矢车菊微微招手，站台上有叫卖声，一路上风景不断，真的能够停下来吗？谁给了我强大的内心？

搭上那列前行的列车，我在外人眼里一定无比幸运。二十岁那年，我当选为我们县书法协会的理事。理事会由九人组成。除我一个嫩嫩怯怯的女孩子，其他都是中老年的男性书法家。县书法协会是一个民间团体，“三无”，没有办公地点，没有编制，没有经费。县文联是这些协会的父家，开会时便要去那里蹭茶水。文联的办公室是一座潮汕地区典型的下山虎建筑，从文化路拐进去，还得两个折，外围的墙上长满了青苔，门框是那种很牢靠的长石板。走进第一进门，从外埕看内埕，那种朴素的美和浓浓的人情味便散发开来。内埕的中央种着一缸莲花，夏天时候莲叶便擎起冠盖，有时会有一两朵莲葩隐约在莲叶间。莲缸的底色是深棕的，花纹是浅卡其色，一个圆缸均分成了四瓢，各各画着民间图案，鸳鸯什么的。这是一座古老的民宅。小城的文化人去文联闲坐便有些“雅集”的意思。

遗憾。等到我以书协理事的身份走进这个庭院的时候，硝烟已经向我逼近了。

书协的第一场理事会，原来是一场战争。一个民间艺术团体，竟成了某场历史政权纷争的微缩景观。青龙偃月刀、丈八蛇矛、蘸金斧、倚天剑、龙鳞刀……所有的手段都使出来了，喀喀听出了格杀声，每一击都力道遒劲，咄咄逼人。

往事已经暌违十八年了。我想，我之所以拥有了表述这段公案的勇气和力量，那是因为有一个隐藏于幕后的人帮我解救了打结的舌头，他的名字叫作：时间。这段公案涉及了我所尊敬的两位书法界前辈。谦公是县书协的创会主席，已经连任三届。推放到整个潮汕地区，他在书法界的实力也没人小觑。从小用红地砖练字练出来的功底，书学魏碑《张黑女墓志》，自成风格。我见他的时候，已经人书俱老。他是我父亲中学的语文老师，与我闲聊的时候，偶尔会抖出父亲少年时候的糗事。说到有一次语文试卷出了三篇文题，选一，父亲想必没有看清题意，把三篇文章都做了，却也篇篇精彩。谦公笔耕不辍，去他家里经常看到满桌满地的书法作品。有时候一整个夜晚，就听他一幅一幅地讲解，有时候，他兴致方浓，我便在桌边为他提纸。谦公是艺术家，为书法布道却不是他的强项。在他那里，我只受熏陶。而太多生僻、拗口的专业名词，像一堆堆找不到溶剂的硬块，板结着，许多年消散不去。还有另外的一个重要人物。我读初二那年，书协举办一场活动，我看见一个瘦得骨格清奇的人，便知他是谦公介绍过的人，走过去打招呼。这人后来成为我的书法师父。师父读的是俄语专业，新学期上课的时候，发现他成了我的英语老师。那是一段开阔而澄明的日子。我们的学校有着厚重的历史感，校风淳朴向上，校长名甲一方，在这里当学生当老师都是骄傲无比的事情。我和我的师父便从这里开启了师生情缘。师父在学校的科学楼有一个亭子间，笔墨永远在书写桌上伺候着。师父的人缘极好，经常有一些朋友过来坐谈，都是县城里的文化名流。课间，我们这些弟子经常去那里涂鸦，间或也很放肆地跟着他们开玩笑。有时会有低年级的学生像红嘴鸥一样在门口探头探脑，手里是一卷刚刚写好的习作，屋里的一群人便围住了，七嘴八舌地发表意见。师父总是鼓励的意见多些，但关键的时刻也不含糊，什么时候该练什么帖总会指导他去做。这个学生，如果悟性不错，又能坚持住，也便成了我们的师弟。师父教学生，从来没有门户之见，也从不要求学生跟着自己的路子走。十多年前我们举办第一场师生书法展览，引起了很大轰动，行内人对师父很纳闷：八个学生当中怎么书体各异了，有的学生根本看不出师承？这就是我尊重师父的原因了，善教者使人继其志，非在一笔一墨。在师父的学生当中，只有我一个女孩子，人称八仙中的何仙姑。只是，与一帮男孩子厮混惯了，与他们对话时性别意识便很微弱，师父师娘当时还没少为我担心。

当必须把谦公和师父放在一起叙说的时候，我希望自己能够更加地客观和公允。那时候，谦公虽然挂着书协主席的名头，但因为年龄关系，退出政协了。师父是书协第一副主席，而且威望日高，理所当然地顶替了进去。很多年后我才明白，按照潜规则，师父已经是书协接班人了。天下再没有比“太子”更尴尬和危险的位置。觊觎者有之，观望者有之，而皇帝在潜意识里，从来没有喜欢太子的吧。当太子如一面镜子出现在他的面前，年华老去的无奈定然蚕食着他的内心。这是人性的弱点。谦公和师父的关系其实一直挺君子的，但显然地，他对师父设防。在这届理事会的分工会议上，书协意味深长地设置了一个“常务副主席”，当然，这个人并不是我师父。关于权谋，我相信，师父不屑，谦公不懂，但自有懂得的人来幕后操刀，庭前出剑。当然，这一切，也得到了谦公的默许。剑芒是带着寒气的，可以远距离地封人咽喉。那一天，在那个莲花缸院子里，我的心头怦怦作响，血脉贲张，亢奋，失控，可我难以作声。可怜我，二十岁的我。

我把头抬高了，望出庭外。我很想把心思寄放到更远的地方，蓝天或者白云那里。这时候，我的眼光触及了瓦楞上的那一片野生的倒挂金钟。在文联大院，左手边的屋顶上，野生着一排又一排的倒挂金钟，正是开花季节，每一株都亭亭玉立姗姗动人，很多株站在一起，竟然像一个唱诗班。我没有宗教信仰，基督离我遥不可及。可是，我忽然听到了赞美诗的合唱声从屋脊飞奔而下，一起飞奔下来的还有他们庄重而飘逸的袍子和裹着的身躯。当然，我看不见肉身。

“远远在马槽里
无枕也无床
小小的主耶稣
睡觉很安康”

在我放弃书法之后许多年，还有人问我，当年是不是因为师父落败，我作为“太子党”深觉前途无望才离开。我在第一时间否认了。在潜意识里，这种狭隘是不齿的。更何况，当时整个理事会，谦公、师父自不待言，其他人对我也都相当不错，从某种角度讲，我是他们共同的学生和骄傲。可是，现在回过头来想想，这也不能完全排除。况且，在一个小县城的视域里，审美的引导和艺术的仲裁是云端里的事情。把仲裁的执杖交给那些没有翅膀的人，会飞的人也将随之折翅坠落。这种绝望虽然是预见性的，但，也是彻底的。

这场纷争，在我的心里投下了很大阴影。我从此排斥进入主流，排斥从政，这种排斥带着常人难以理解的变态。

野有蔓草。我只能用蔓草来比喻众多的民间艺术者。我就是那茎连根拔起的蔓草啊。

师父与我不同，他与书法之间的感情非常牢靠。他从蔓草长成一棵兰草。

师父在书协渐受排斥，以至游离门外，但他多才多艺，后来，竟被县诗社推举为掌门人。我知道他最爱的还是那些黑白道道。他的因缘错配便让人心里发疼。那种疼并不锐利，是隐性的，发胀的，却也有着根系的。但他一直没有放弃书法艺术，编撰书法教材，出版历代书家杂咏，还编著了一本历代乡人的书法概览。这最后的一本书，为谦公，也为师父自己的人格画上了蕴藉的一个句号。

谦公是在八十三岁过世的。得知消息之后，师娘第一时间赶到了医院。她替师父向谦公的遗体行了三次叩拜大礼，其诚挚令在场的人皆动容。圈子里的人都明了，这是师父的分寸，不卑不亢，其心亦苦其情亦真。那时候，师父手头正编撰的历代乡人书法概览，已经签单付印了。他却开始在心内彷徨，谦公既已作古，那么他的书法是不是应该收编?！撤版——不论是经济因素，还是精力因素，那都是让人却步的——师父没有却步。我相信他走出这一步很艰难，或许还有一些内心的挣扎，但他最终还是走出了。谦公的仙逝既考验了师父也成全了师父。

斯人已逝，书艺长存。在师父的心里，谦公的艺术光芒不为任何东西所遮蔽。

这么多年，我虽放弃书法，却一直对师父执弟子之礼。由是更加敬重。

四

关闭了通往外界的那一扇门，心灵却仿佛打开了一个天窗。从北京回来，从琉璃厂回来，我在书房里，点燃了香炉里的檀香，铺开毡毯和宣纸，然后在砚上研起徽墨，烟篆如早晨的山岚开始在我的眉山间飘忽起来……我，似乎是可以迷失的，也是可以遗忘的，可是，我却从没有像现在这样，明白自我的存在。

四尺对开的七言瓦当，本来是用来书写对联的，现在被我横搁了，或许制作成册页也不错，或许还可以写一封长长的尺牍。所有的形制，都是为我们抒发内心所准备的吧。

书法史上那些浩瀚的文字符号暂时隐退了，且不管那是甲骨金文还是秦篆汉简，且不管那是石阙铭还是史晨碑，且不管那是急就章还是宣示表；那些伟大的名字和他们的书风也变成了背景音乐，且不管那是钟繇二王还是颜筋柳骨，且不管那是张旭怀素还是苏轼米颠，且不管那是唐寅徐渭还是王铎傅山。是的。它们通通都是别人的心绪，别人的情怀和别人的境界。它们根本不知道那个在琉璃厂遭遇旧情人的女子，心里默默燃烧的是什么。

我执笔的手开始了它的征程。墨水在纸上流转，思绪在心里升腾。我的书写热情从没有如此强盛，书写的情绪却从没如此淡定。没有谁在鞭打我或者解救我，我只是整个人在不停地翻滚，快速的，或者迟缓的，流畅的，或者阻滞的。墨水积聚了，很快又婉转起来，行走起来，渐渐如飞，竟至有了飞白。而我身上的绳索，终于一圈圈地松解开来。我听到了大海的潮汐和呻吟，我触到了风抚摸的手臂，我的视线有些迷离，我奔跑的身体有了融融的爱意和坚定的意志，而海边的木麻黄，长长的望不到尽头……等到停下来时，才发现我的身体有着一层薄薄的汗津。

淋漓的墨迹在十几年后，终于以一种新的容颜展现在面前。或者，我应该懊恼才对。必须坦言，这么多年的放弃已经使我功力不逮。可是，我为什么这么坦然？是不是直到今天，我才在这个黑白的世界里找到了自己？我只有退回到赤子身躯的时候才能够心无旁骛地重新投入爱情？

或许，这才是一个人接近艺术应该持有的方式。为情为性，发怒生嗔。

我安静地重新坐下来读史读帖，心中不免有了新的感慨。年轻时候对于被誉为书圣的王羲之只关注其书艺，其生平则了解泛泛。当年，在走进那个莲花缸院子之前，如果阅读过王羲之的生命章节，我选择的应该不是回避，我的个人历史或许因此而改写。阅读的手指，总在不经意间调拨着生命的琴弦，激越悠扬，或者婉转低回，也只在轻重一按之间。

东晋时期党争频仍，王羲之出身阀阅门第，厕身庙堂，要幸免是不可能的了。二十岁那年，从伯父王敦举兵反晋，京城建康（今南京）的王氏子弟二十余人每天阶下请罪，面临连诛九族的厄难。后来虽蒙幸免，王羲之所受的刺激却也不少。这其中涉及了一些王羲之生命中的闪光人物。首先是对王羲之有知遇之恩的周顗被王敦所害。另一个是王羲之的伯父王廙，在当时格局，人事关系盘根错节，王廙先是附逆王敦，数月之后，又一病不起，竟至与世长别。这王廙与王羲之不只有伯侄情谊，更是其书艺所师，王羲之师卫夫人习正书之后，改师王廙，其在体势上的多面性实在仰赖王廙的传授。短短的七个月里，朝廷动荡、家族危难、官场倾轧、道义与亲情开局博弈……也是双十年华哦。

在王羲之面前，莲花缸院子的那一场纷争算得了什么?！与“大巫”相形之下，我更像是碰到了一条小阴沟。但有一点，我觉得自己更加不幸，在我眼里，艺术是与灵魂最为贴近的，它几乎已经是生命的最后底线了。王羲之在政界遇劫，无了廊庙之志，转身于艺术之道，未尝不是退路。而我，退路安在?

在艺术的草原，浩浩荡荡的肥美草叶之上，开满了扭扭兰、陌上菜或者牛膝菊。然而，牛羊趋之，牛粪覆之，艺术之花沉埋在土层深处。

这些年，我也慢慢懂得了一些道理。书法也好，文学也好，其他艺术样式也好，能够从其冠冕殿堂进入者其实非常之少，很多艺术爱好者，都是从民间开始迢迢行程的。大道多歧呀，能够触摸到金水桥的汉白玉者已属不易。进入皇宫之后，又有几人识得太和殿、保和殿、中和殿哪一座才是状元传胪的金銮殿。至于能够端详出太和殿屋脊上到底有几只镇宅辟邪的脊兽，看似与一切要紧事情无关，却是非凡的用心和功力了。

五

有时还读帖，偶尔也还举笔。不敢奢谈艺术了。

儿子每次见我香案当前，总是面露歆羡之色，问道：妈妈，我可以学吗？

我把纸笔准备给他，只告诉他：你随便涂写吧。

守黑知白。是一种多高的境界，那么多年我也没有悟懂。我只能且行且思了。而对于儿子，我实在不敢妄自给他指点，看他缘分和造化吧。

莲花缸院子已经拆迁改建。很多年没有看到瓦楞上姗姗动人的倒挂金钟了。

诗歌卷

SHI GE JUAN

杨克

杨克，中国当代诗人，出版了《杨克的诗》等11部诗集以及3部散文随笔集和1本文集。作品被收入《中国新文学大系》(1976—2000)、《中国新诗百年大典》《中国新诗总系》等300种以上选集，并被翻译成英语、日语、德语、法语、西班牙语、俄语、韩语、印尼语等文字。他主编了从1998年到2014年每个年度的《中国新诗年鉴》以及《〈他们〉10年诗歌选》《朦胧诗选》(中国文库第4辑),《60年中国青春诗歌经典》等多种诗选。参加了在哥伦比亚、德国、日本、澳大利亚、芬兰、挪威等举办的国际诗会、书展和文学交流以及在台湾举办的“两岸文化高峰论坛”。杨克曾荣获中国大陆和台湾的文学奖多种，其中包括广东第8届鲁迅文艺奖、广东第七届五个一工程奖、广西首届政府奖铜鼓奖、首届汉语诗歌双年（2006—2007）十佳奖、中国当代诗歌（2000—2010）贡献奖等。

杨克现任广东省作家协会专职副主席，《作品》文学杂志社社长，系北京大学诗歌研究院研究员、中国作家协会诗歌委员会委员、中国诗歌学会学术委员会委员。

杨克的诗

夏时制

火车提前开走
少女提前成熟
插在生日蛋糕上的蜡烛
提前吹灭
精心策划的谋杀案
白刀子提前进去
红刀子提前出来

只是孵房的小鸡拒绝出壳
只是入夜时分
月光不白

马路上晨跑的写实作家
在本来无车的时刻
被头班车撞死　理解了
黑色幽默和荒诞派

老地点老时间赴约会的小伙
从此遇上另一个女孩
躺在火葬场的死者
享年徒有虚名
莫名其妙被窃走一小时阳光空气
一个个目瞪口呆
时间是公正的么？

（1989）

杨克的当下状态

在啤酒屋吃一份黑椒牛扒
然后“打的”，然后
走过花花绿绿的地摊。
在没有黑夜的南方
目睹金钱和不相识的女孩虚构爱情
他的内心有一半已经陈腐。

偶尔，从一堆叫作诗的冰雪聪明的文字
伸出头来
像一只蹲在垃圾上的苍蝇。

（1994）

在东莞遇见一小块稻田

厂房的脚趾缝
矮脚稻
拼命抱住最后一些土

它的根锚
疲惫地张着

愤怒的手　想从泥水里
抠出鸟声和虫叫

从一片亮汪汪的阳光里
我看见禾叶
耸起的背脊

一株株稻穗在拔节
谷粒灌浆　在夏风中微微笑着
跟我交谈

顿时我从喧嚣浮躁的汪洋大海里
拧干自己
像一件白衬衣

昨天我怎么也没想到
在东莞
我竟然遇见一小块稻田
青黄的稻穗
一直晃在
欣喜和悲痛的瞬间

（2001.5）

人民

那些讨薪的民工。那些从大平煤窑里伸出的

148 双残损的手掌。
卖血染上艾滋的李爱叶。
黄土高坡放羊的光棍。
蘸着口水数钱的长舌妇。
发廊妹，不合法的性工作者。
跟城管打游击战的小贩。
需要桑拿的
小老板。

那些骑自行车的上班族。
无所事事的溜达者。
那些酒吧里的浪荡子。边喝茶
边逗鸟的老翁。
让人一头雾水的学者。
那臭烘烘的酒鬼、赌徒、挑夫
推销员、庄稼汉、教师、士兵
公子哥儿、乞丐、医生、秘书（以及小蜜）
单位里头的丑角或
配角。

从长安街到广州大道
这个冬天我从未遇到过“人民”
只看见无数卑微地说话的身体
每天坐在公共汽车上
互相取暖。
就像肮脏的零钱
使用的人，皱着眉头，把他们递给了，社会。

（2004）

天河城广场

在我的记忆里，“广场”
从来是政治集会的地方
露天的开阔地，万众狂欢
臃肿的集体，满眼标语和旗帜，口号着火
上演喜剧或悲剧，有时变成闹剧
夹在其中的一个人，是盲目的
就像一片叶子，在大风里
跟着整座森林喧哗，激动乃至颤抖

而溽热多雨的广州，经济植被疯长
这个曾经貌似庄严的词
所命名的只不过是一间挺大的商厦
多层建筑。九点六万平米
进入广场的都是些慵散平和的人
没大出息的人，像我一样
生活惬意或者囊中羞涩
但他（她）的到来不是被动的
渴望与欲念朝着具体的指向
他们眼睛盯着的全是实在的东西
哪怕挑选一枚发夹，也注意细节

那些匆忙抓住一件就掏钱的多是外地人
售货小姐生动亲切的笑容
暂时淹没了他们对交通堵塞的抱怨
以及刚出火车站就被小偷光顾的牢骚
赶来参加时装演示的少女

衣着露脐
两条健美的长腿，更像鹭鸟
三三两两到这里散步
不知谁家的丈夫不小心撞上了玻璃

南方很少值得参观的皇家大院
我时不时陪外来的朋友在这走上半天
这儿听不到铿锵有力的演说
都在低声讲小话
结果两腿发沉，身子累得散了架
在二楼的天贸南方商场
一位女友送过我一件有金属扣子的青年装
毛料。挺括。比西装更高贵
假若脖子再加上一条围巾
就成了五四时候的革命青年
这是今天的广场
与过去和遥远北方的唯一联系

（1998. 11. 26）

没有终点的旅程

飞机是今天的大鸟，是一只鞋子
天空飞来的一顶花轿
从 N 城到 G 城，不再有远方
所谓漫长的一生，永远
噢，像裙子滑下那么简短

当你从到达厅电视屏幕深处涌出

看不见暗中偷窥的摄像机

我看见你的脸像雪在群峰中裸现
就像不久前我看着你的背影从安检口消失
仿佛一转身又回到这里
早晨你对着一面镜子梳妆
随后常常也是这个动作
“好像我一直就在这里，仅仅
离开地面再回到地面。”

寄居蟹的新房不点灯
背部紧闭的连衣裙像门的两扇
被轻轻开启，使你
像笋子被剥出
“好像苹果在秋天”
连结昨天与今天，记忆与现实
是窄窄的一条拉链

次日，重新上演
古老寓言的现代翻版，乌龟和白兔赛跑
我们谁先到达目的地
当公共汽车缓慢而吃力地行驶
你像一张白纸从我头上飘过
飞机再次飞越火车站低矮的屋顶

（1998. 10. 13）

黄金明

1974年出生于广东化州。现为广东省作家协会专业作家，广东省作家协会理事，广东省作家协会散文创作委员会副主任。作品发表于《人民文学》《诗刊》等期刊，入选《全球华语小说大系》等200多种选本，逾250万字。著有诗集《陌生人诗篇》等多种。获得第九届广东省鲁迅文艺奖、首届广东省小说奖、首届广东省诗歌奖等奖项。

与怀疑论者谈信仰 （长诗）

“要描述一个怀疑论者的表情很难，我可以照镜子
镜中人是拿破仑还是瓦莱里
这不奇怪。那张脸像星空下的麦穗
在风暴中倒伏，像彗星凌乱而灰白的笔迹
拖过漆黑的纸张，像无边无际的原野
被闭着嘴的野花轻轻托起。也像月全食
像地下室，像动物园的兽笼
猛兽从铁栅栏透出的目光像伤感的晚霞
也像挖掘机翻掘过的公路，像巨浪中坼裂的船板
像石墙上砸碎的鸡蛋——这让我惊诧
也可以自我拍照，以捕捉风从睫毛掠过的痕迹
那么表情混淆了心情。唉，我仍保存着青春的蓝图和蜡笔
那些高楼只是幻象，未及建起已成废墟。”
太阳尚在中途，他已看到了树林间的暗影
在树叶、鸟翅和光线中缓慢地积聚
并在他的眉头凝结成古老的忧郁。他的身体
像装满石头的布袋在下坠。他被看到的黑暗染黑了
他脸上阴晴不定，仿佛昼与夜的更替
他在林间空地摊开手脚，像天黑前支起的帐篷

笼罩着暮色。一个模拟或简化的房间
布料制成的墙壁，几乎被月光中的积雪压垮
当夜晚降临，星星滚动，夏夜的穹顶像一个铁锅
翻炒着栗子。他就是浓缩的、沉睡的黑夜
却不妨碍他看清自己。“我曾经是谁？
现在是谁？又要成为哪一个？我得到的够多了
为什么还要大海捞针、翻箱倒柜
我要寻找的是什么？我跟你有相似的狂野
但我通过爱大自然爱我自己。而你即使愿为某个观念
献出生命，那也只是你的观念
多年以来，我只是一个爱情的模具
不同的女人却浇铸出相同的爱欲
我有打开女人的万能钥匙，而那一扇扇神秘之门
一旦触及，已成灰烬。我常有放弃找寻的狂热
又迷醉于一再清除激情。我看到了什么？
我看到了那个不可言说的神秘
像影子一样飘忽。我信仰怀疑论，深知生命就是未知数
我不怀疑我的存在就是神的奇迹
唉，一个不自信的人患上了自恋癖
我头脑有一群人获得了形体，而跟栖居于
心灵的无形人对抗。我的左翅和右翅存在着分裂
唉，我已耻于谈论似是而非的飞翔
我在睡梦中丢失了翅膀。”他在梦中
摆脱了鹰隼的躯体，但仍覆盖着蓬松的、雾状的灵魂
犹如看不见的羽毛。飞翔只是一种状态
或一个隐喻。最深的梦境如大雪
像一床棉被覆盖着辽阔大地，抹掉了色彩的差异
及地理的边界。他也像雪人
在雪中被抹掉了面目和声音。他像一棵大树

催动着细小叶片的绿色波浪，像天鹅在激流中
打捞白银般优美的脖颈，像表情多变的河流
拥有镜子和铁锤的双重属性
既自我映照，又将水中的倒影无情地砸碎
他又一次登上高山，引发了语言的雪崩
恐惧的巨石沿着斜坡滚落，词语在草根上融化
他归来时两手空空，却声称摘到了神秘之花
但略一犹疑，已像碎雪在手心消失
“我目睹过奇异的事物——无根的枝条
在虚空中生长并晃动。燃尽的巨烛
仍残留着冰川遗迹般的烛泪。那个高大的陌生女人
擦肩而过，我们于刹那间交换了眼神
我认出她就是爱情的化身，既不属于死神
又不属于永生。我刚从地狱上返回
误以为闯入了天堂的下水道。新来的刽子手在驳斥
一切杀生的合法性。一个杀猪的屠夫
在谈论黑洞、外星人和时光倒流。我认识一个研制原子弹的人
他具有科学家的严谨和烟花制造者的轻率
信仰如药丸，无数个病人在争抢并吞咽
我的病根在于相信我身心健康
并怀疑一切完美的事物，只是另一个世界的投影
那些人只是煤油灯、手电筒和日光灯
不断地耗损灯油和电能——他们随身携带着充电器
连月亮也算不上真正的光源，而我细水长流
是精神的永动机。”然而，即使太阳也被一伙黑衣人活埋
从泥土中泄漏矛尖般的红光。他像熟透的坚果
从高处甜蜜地坠落，犹如多刺的陨星
翻越了皑雪交织着理性的山巅，又沉没在女人的底部
并死里逃生，犹如猎物脱离了陷阱

他那狂乱的单纯及隐蔽的复杂性
都有同样的根源。那些美好而狂暴的记忆
纯属偶然，天上秩序井然的群星却有森严的律法
他相信每一个人都参与了地狱的建设
也怀疑自己仍有天真和感伤。他到手的东西
已被抛弃。他走过的道路都是弯路。他摸过的真迹
全成了赝品。他声称每一次跟情人分手
都是为了捍卫爱情。最值得追求的是无望的爱恋
最具挑战性的是追寻不确定的事物
譬如证明神的虚无，这比证明神的存在更加困难
海上的道路和天上的道路有着相似的虚空
没有路基，只有路面，就像拆除了两岸的河流
充满了易被忽略的开放性，这被鱼群和飞鸟一一证实
而他涉足于幽暗的树林。未走之路充满了可能
也遍布着怀疑论的荆棘和杂草。“我手持怀疑论的镰刀
割取大地上的金黄麦穗但从不怀疑神
在无法目睹的角落冷漠地注视……”世界之夜将半
宇宙中有一架磨盘在转动，粉碎着闪光的豆粒
他也在漆黑的房间自我挤压，像甜橙在榨汁机中析出汁液
那样硬挤出肉体的黑暗……而灵魂像磨损的剃须刀
给胡子拉碴的人带来了伤痕。他童年的恐惧之夜
必将被驱除而重获白昼，仍有一小片阴影
像幽暗的种子在萌芽并生长成黑夜。在他睡醒之前
太阳必将升起。“对于悲观者来说，错过日出的人
也必将错过日落。那些闪耀的大星也蕴藏着白昼的消息
只是太过遥远。我的外貌像暗物质那样难以描述
我相信太阳正在塌缩，也不怀疑花朵转眼凋零
是哪一双手暗中将它取走。我相信大自然正在崩溃
也不怀疑断裂的链条无法修复，但庞大的蚁群

仍在地底努力修补和焊接。我知道永恒无法证实
却不怀疑狂风在刹那间吹彻了郊外的树林和我
在那一瞬间，我看到了你。”他在风中竖起的头发
仿佛预示着无数条未知之路，出于对工业社会的唾弃
他携带着草木的种子和动物的魂灵
穿越喧闹的街道和人群，踏上了通向荒山的小路
荒凉啊，丰熟而无人收割的秋天，比颗粒无收更让人揪心
他也熟透了而无人采摘。他和山坡上的苹果园
都接近了辉煌之后的溃败。他像丛林中的珍禽异兽
不屑于谈论孤独。“唉，我像粗心大意的农夫
错过了收成之日。我像患了失忆症的渔夫
陷入了遗忘的旋涡，忘记了撒网。我扔掉了信仰的外套
穿着怀疑论的泳衣，在爱与欲的汪洋中泅渡
陆地越来越远了，只能栖身于无政府主义的小岛
除了草木、波涛和风声，还有大鱼在海底发出的叹息
我隐约听到遥远的海岸有人将我呼唤。”
他太骄傲了，除了自己谁也不恨。他太冷酷了
除了仇敌谁也不爱。他像伟大的古印度王子
通过放弃王国来解放自己，像中魔的戈尔巴乔夫
致力于解体国家而获得公民的权利——他扔掉了房子
一片七十平米的国土。他扔掉了玩偶
——一支锡兵组成的军队。他扔掉了纸笔、手机和电脑
这些功能多样的手提监狱。现在，他再无束缚
现在，他彻底成了监狱，又是唯一的狱卒和囚徒
而难忍恐惧。“唉，如果有谁说他不是囚徒
就永远丧失了自由。当我伸出手去
却被一把看不见的锋刃割伤。一个怀疑主义者的身体
最惊恐的不是灵魂的金矿被盗取
而是感染了信仰的病毒。我的灵魂

成了我的寄生虫而羞于启齿。我拒绝跟无脸之人握手
拒绝跟无舌之人交谈，拒绝跟巧舌如簧的领头羊喊口号
如果真理带来了鲜血，就不值得无头之人
再一次伸出脖颈。”他走在荒无人烟的高原上
一抬头，就看到了鸟笼般的空中花园
依然有武警和狼犬在把守。看吧，太阳是一个无籽实的向日葵
流泻着光芒的金屑如金色的训诫
那些蛀朽了的人，也像巨蚁蛀空了这个月亮下的宇宙
人类共同使用一张巨大的嘴，吞咽着钢铁、煤炭、塑胶和玻璃
像撕掉一张日历那样撕掉湖泊、草场和森林
大地像一个垃圾筐，堆满了废墟、灰烬和碎片
那些惯用暴力的人，暂时赢得了纸扎的王座
但招来了更猛烈的暴力。每一个奴隶都羞辱着自由
每一个家长都是微型王国的暴君
共同削弱了上帝的真实性。最可怕的是家庭的暴君
让反抗者必须承受弑父的罪名。哦，那些挖天堂墙脚的人
也成了地狱的奠基者。他有着核桃般坚硬的信念
盲目地蔑视突然伸出的胡桃夹子。是那些见死不救的人
像沙子汇聚成了沙漠，仙人掌的四肢在萎缩
误入世界的河流像缺氧的人在窒息。是那些狂妄自大的人
像火焰烧穿了造化的坩埚，连造物主的创造力也在枯竭
每一个私通者都嘲弄着爱神。每一支暗箭
都射穿了正义的遮羞布。那些烂醉如泥的人
坐上醉汉驾驶的汽车、火车和飞行器
正在逃离这个过时的、破损的星球。“还能去哪儿？
这是最后一站。你想去的星球早已报废
要谈论信仰吗？你和你的信徒
像大树上掉落的叶片，礁石上撞碎的泡沫
在舞厅疯狂地旋转的你说不清是迷醉

还是战栗。你像一个陀螺
在原地打转，你否认坠入了时光的晕眩
而说抓住了永恒的衣角。你比我更害怕，你担忧没有永生
而像欢快的尘埃在飘散。我抱紧我的碎裂之镜
每一块碎片的剧痛都保持完整。还能依靠谁？连修路工
也迷失在新修的路上。那些在小树林兜够了圈子的人
终于走出了迷宫，又担心通向未来的铁轨
被一个恶作剧的孩子拧反了方向。”那个用双手
撑起天空的巨人手腕脱臼，腿骨折断
每一只飞鸟都因为天空的倾斜
而失去了平衡。他穿着梦想的拖鞋
在云端上游荡，但必将返回地面如断线的风筝
探测火星的宇航员像狂热的昆虫——
扑向寂寞地燃烧的星云。发明望远镜的人
是目光远大的窥视者，用显微镜对准自己的人
一再触摸放大的伤痕。哦，失去了双手的人
在泥塘中徒劳地摸索。只剩下躯壳的人
像孩子嘴上吹出的肥皂泡，迷失于时间的深渊
哦，世上有更多恐怖的美，他看见一队趾高气扬的泥偶
手牵手在渡海。他以别人的名义生活
而遗忘了自己。他赞美异乡的炊烟而忽略了故乡的破碎
最值得回忆的是想象的、从未启程的旅行
他坐的船在时间之外的河流航行。时间的瀑布
像一笔赃款被冻结。精通解剖术的士兵，既是刀具
又是砧板和肉片。照相术将肖像画逐出了市场
造诗机透支了诗人的想象。“唉，我承认我借助计算机
去测量上帝身高、体重和血型的狂想以失败告终
我见过手忙脚乱的牧羊人，在蛛网般的小径上
丢失了浓雾般的羊群。我在一个夜晚做的梦

要完整地记录或复述，得动用所有的时日
我相信梦的现实性也相信眼前事物的非现实性
我见过非凡的工匠，要在波涛上建造一间流动的房子
在纸上建筑一座大于宇宙的宫殿而无需一砖一瓦
就像梦中人握着时间的圆规，在画一个无限大的零
却包含着人世间的情仇与爱恨、喧嚣与寂静。”

2011. 2. 16 于广州天河

郑小琼

1980年6月生，四川南充人，2001年南下广东打工，有作品散见于《人民文学》《诗刊》《独立》《活塞》等。迄今出版诗集《女工记》《黄麻岭》《郑小琼诗选》《纯种植物》《人行天桥》等十部，其中《女工记》被誉为“中国诗歌史上第一部关于女性、劳动与资本的交响诗”，有作品被译成德、英、法、日、韩、西班牙、土耳其语等语种。

曾获人民文学奖（2007），庄重文文学奖（2008），中国年度先锋诗歌奖（2006），屈原诗歌奖（2014），“首届汉语诗歌双年十佳”奖（2008），十大“海内外有影响力的中国妇女时代人物”（2007）。

郑小琼的诗

剧

她从身体抽出一片空旷的荒野
埋葬掉疾病与坏脾气，种下明亮的词
坚定，从容，信仰，在身体安置
一台大功率的机器，它在时光中钻孔
蛀蚀着她的青春与激情，啊，它制造了
她虚假的肥胖的生活，这些来自
沉陷的悲伤或悒郁，让她浸满了
虚构的痛苦，别人在想象着她的生活
衣裳褴褛，像一个从古老时代
走来的悲剧，其实她日子平淡而艰辛
每一粒里面都饱含着一颗沉默的灵魂
她在汉语这台机器上写诗，这陈旧
却虚拟的载体。她把自己安置
在流水线的某个工位，用工号替代
姓名与性别，在一台机床刨磨切削
内心充满了爱与埋怨，有人却想

从这些小脾气里寻找时代的深度
她却躲在瘦小的身体里，用尽一切
来热爱自己，这些山川，河流与时代
这些战争，资本，风物，对于她
还不如一场爱情，她要习惯
每天十二小时的工作，卡钟与疲倦
在运转的机器裁剪出单瘦的生活
用汉语记录她臃肿的内心与愤怒
更多时候，她站在某个五金厂的窗口
背对着辽阔的祖国，昏暗而浑浊的路灯
用一台机器收藏了她内心的孤独

声音

这些我听见的声音，僵硬，垂直，
像巨大的铁锤落在铁砧板，“咚，咚”
这些低声的啜泣，悲伤，臃肿，沉闷
啊，我们走着，奔跑着
缓慢地，不自由主的命运！
我转身听见的声音，像一块块被切割的铁
圆形，方形，条状……我无法说的铁
它们沉默，我们哭泣，生活的铁锤敲着
在炉火的光焰与明亮的白昼间
我看见自己正像这些铸铁一样
一小点，一小点地，被打磨，被裁剪，慢慢地
变成一块无法言语的零件，工具，器械
变成这无声的，沉默的，喑哑的生活！

凉山童工

生活只会茫然　时代逐渐成为
盲人　十四岁小女孩要跟我们
在流水线上领引时代带来的疲惫
有时　她更想让自己返回四川乡下
砍柴　割草　摘野果子与野花
她瘦小的眼神浮出荒凉　我不知道
该用怎样的句子来表达　只知道
童工或者像薄纸样的叹息
她的眼神总能将柔软的心击碎
为什么仅有的点点同情
也被流水线的机器碾碎
她慢半拍的动作常常换来
组长的咒骂　她的泪没有流下
在眼眶里转动“我是大人了
不能流泪”她一本正经地说
多么茫然啊　童年只剩下
追忆　她说起山中事物比如山坡
比如蔚蓝的海子　比如蛇　牛
也许生活就是要从茫然间找出一条路
返回到它的本身　有时她黝黑的脸
会对她的同伴露出鄙视的神色
她指着另一个比她更瘦弱的女孩说
“她比我还小　夜里要陪男人睡觉”

跪着的讨薪者

她们如同幽灵闪过　在车站

在机台　在工业区　在肮脏的出租房
她们薄薄的身体　像刀片　像白纸
像发丝　像空气　她们用手指切过
铁　胶片　塑胶……她们疲倦而麻木
幽灵一样的神色　她们被装进机台
工衣　流水线　她们鲜亮的眼神
青春的年龄　她们闪进由自己构成的
幽暗的潮流中　我无法再分辨她们
就像我站在她们之中无法分辨　剩下皮囊
肢体　动作　面目模糊　一张张
无辜的脸孔　她们被不停地组合　排列
构成电子厂的蚁穴　玩具厂的蜂窝　她们
笑着　站着　跑着　弯曲着　蜷缩着
她们被简化成为一双手指　大腿
她们成为被拧紧的螺丝　被切割的铁片
被压缩的塑料　被弯曲的铝线　被剪裁的布匹
她们失意的　得意的　疲惫的　幸福的
散乱的　无助的　孤独的……表情
她们来自村　屯　坳　组　她们聪明
笨拙　她们胆怯　懦弱……
如今　她们跪着　对面是高大明亮的玻璃门窗
黑色制服的保安　锃亮的车辆　绿色的年橘
金灿灿的厂名招牌在阳光下散发着光亮
她们跪在厂门口　举着一块硬纸牌
上面笨拙地写着“给我血汗钱”
她们四个毫无惧色地跪在工厂门口
她们周围是一群观众　数天前　她们是老乡
工友　朋友　或者上下工位的同事
她们面无表情地看着四个跪下的女工

她们目睹四个工友被保安拖走　她们目睹
一个女工的鞋子掉了　她们目睹另一个女工
挣扎时裤子破了　她们沉默地看着
下跪的四个女工被拖到远方　她们眼神里
没有悲伤　没有喜悦……她们面无表情地走进厂房
她们深深的不幸让我悲伤或者沮丧

胡志敏

这些年我沉浸于庞大的时代
感到虚弱而无力　让鲜活的生命
蒙上灰茫茫的否定与无知
她的死亡带着时代的创伤
连同三个为赔偿金争执的
兄弟与父母　无人在意的尸体
没有人悲伤　也没有人哭泣
剩下赔偿金冰凉的数字陪伴
胡志敏：二十三岁　死于醉酒
我对她还有如此清晰的记忆
曾经的同事　后来沦为酒店的
娼妓　单纯的微笑　高声谈论
阅世的经历　她跟我谈论她见到
太多的所谓人生的真相　站在
现实的门槛上　比如欲望与肉体
她从不羞涩地谈论她的职业
与人生规划　她老家有很多
年轻女性从事这项古老职业
比如新婚夫妻　或者姐妹　姑嫂
结伴而行　去南京　下广东……

在发廊　阴暗的房屋　她生得漂亮
在酒店　高档的地方　她脸上的
高兴……我们很少见面　我们拥有
同一个身份背景　终属于两个
世界的人　这个城市　这个时刻
两个因生活偶然相遇的人相聚又分开
各自朝着自己的方向赶路
命运是否改变　“她死亡了！”
她的男同乡告诉我　然后跟我说
她死亡的场景　说她寄了多少钱回家
说她家的房子修得多好　她兄弟用她
肉体赚回来的钱　在小镇上买房开铺面
说她死了后　哥哥与弟弟连她的骨灰
也没带回家　不能埋在祖坟上
她是卖肉的　脏　会坏了家里的风水

机器

那台饥饿的机器，在每天吃下铁，图纸
星辰，露珠，咸味的汗水，它反复地剔牙
吐出利润，钞票，酒吧……它看见断残的手指
欠薪，阴影的职业病，记忆如此苦涩
黑夜如此辽阔，有多少在铁片生存的人
欠着贫穷的债务，站在这潮湿而清凉的铁上
凄苦地走动着，有多少爱在铁间平衡
尘世的心肠像铁一样坚硬，清冽而微苦的打工生活
她不知道，这些星光，黑暗，这些有着阴影的事物
要多久才能脱落，才能呈现出那颗敏感而柔弱的心
拖在背后的巨大的机台，沉郁而隐秘的轰鸣

像爱，像恨，像疼，像隐秘的月光在钢铁间
长出生命的线索，它嘶嘶着，衰老着
它老化的血管浸泡着岁月的锈
命运像那双弱小而柔软的手　在坚硬机台上
安静地生活　它蓝色的火焰照耀你疲惫的脸庞

生活

你们不知道，我的姓名隐进了一张工卡里
我的双手成为流水线的一部分，身体签给了
合同，头发正由黑变白，剩下喧哗，奔波
加班，薪水……我透过寂静的白炽灯光
看见疲倦的影子投影在机台上，它慢慢地移动
转身，弓下来，沉默如一块铸铁
啊，哑语的铁，挂满了异乡人的失望与忧伤
这些在时间中生锈的铁，在现实中战栗的铁
——我不知道该如何保护一种无声的生活
这丧失姓名与性别的生活，这合同包养的生活
在哪里，该怎样开始，八人宿舍铁架床上的月光
照亮的，是乡愁，机器轰鸣声里，悄悄眉来眼去的爱情
或工资单上停靠着的青春，这尘世间的浮躁如何
安慰一颗孱弱的灵魂，如果月光来自于四川
那么青春被回忆点亮，却熄灭在一周七天的流水线间
剩下的，这些图纸，铁，金属制品，或者白色的
合格单，红色的次品，在白炽灯下，我还忍耐的孤独
与疼痛，在奔波中，它热烈而漫长……

火车

我的体内收藏一个辽阔的原野，一列火车

正从它上面经过，而秋天正在深处
辛凉的暮色里，我跟随火车
辗转迁徙，在空旷的郊野种下一千棵山楂树
它们白头的树冠，火红的果，透出的仁爱
与安宁，我知道命运，像不尽的山陵，河流，平原
或者一条弯曲的河流，它们跟在火车后面低低地蠕动
远近的山头站着衣裳褴褛的树木，散淡的不真实的影子
跟着火车行走，一棵，两棵……它站在灰茫茫的原野
我对那些树木说着，那是我的朋友或者亲人

木棉

1

时光像木棉，一天老一寸
弯曲下来的膝与灵魂，在这有些肮脏的
地方，还需要保留一点点干净，无名池塘的
妓女和我都一样，从远方来这里
有着莫名的忧伤，为了生活的遭遇
我来到这座有些混乱的城中村
它像一条腐败的鱼，腥臭浮满我的内心
我无法分辨路旁的木棉花淡淡的芳香
它们有着的时代腐烂，开着红色
灰白的花，远处的无名山峰摇晃
浑浊的事物沉浸于它们懦弱的命运
它们塞满内心的小怨恨，不敢说出
也不敢表达，在肚中发酵，膨胀

2

命运反复地折磨着我，暴烈，明亮的部分
被木棉的暗影吞噬，爱与恨变得轻盈
空壳的肉体将自己玷污，对于庞大的事物，
我像一颗废弃的螺母，被磨损，不再啮咬住
转动的机台，躲在某个角落打量，沉思
路灯下的木棉浓郁的阴影，它柔软的枝条
压低一群人的命运，像梦魇压着清瘦的少年
路灯下的妓女，他们相互交谈着有些
颓废的人生，在黑暗的五金厂的轰鸣声
少年油腻而嘈杂的生活，他拇指的伤口
无法虚拟机器时代的命运，他被动地融入
机器中，成为某颗紧固的螺钉

3

古老而苦涩的杨柳，把它灼热的梦
伸进无名池塘，塘畔倚栏交谈的人
用扳手，改刀扶起逐渐衰弱的希望
她软弱的哭泣与悲伤有些陈旧，内心
有着一团团黑暗，机台上的微光照亮
怯弱的心，瘦弱的身体饱含着苦涩的力量
从深渊似的眼神里测量着孱弱的命运
韶华将逝，她无法分清自己是幸是不幸
卑弱的生命对万物默默关心，她遥望着
远处的大海，越过梦境，微弱的希望被
点亮，她独自重复自己伤感的命运

五金厂的炉火，照亮她的脆弱
她身体里藏着清晰而自卑的乡村

4

有时，我路过附近市场的繁华
琳琅满目的商品与行人，厂房里高大的
排气烟筒，三十年前的乡村已面目全非
剩下庭院的木棉描述旧日的场景
它像一个从旧时代返回的旅人，在树下
还有着农业时代的锄头与铁锹，敏感
柔软，沉郁的木棉下工业楼群的阴影
失业者的脸上隐藏了对资本的怨恨
他的失望无法恰如其分，他的不幸
有着酸的嫉妒，这么多年，他变了
他用时间在内心造出一座城府，
在府中，他是唯一的主人

卢卫平

1965年9月生于湖北红安。参加第十五届“青春诗会”，获中国第三届华文青年诗歌奖、2008《诗刊》年度优秀诗人奖、2007中国《星星》年度诗人奖、《北京文学》奖、首届苏曼殊诗歌奖，第四届华语文学传媒大奖年度诗人提名奖，第四届、第五届、第六届全国鲁迅文学奖提名奖，第九届广东省鲁迅文学奖等。诗作入选《中国新诗总系》等160多种诗歌选本。出版《异乡的老鼠》《向下生长的枝条》《尘世生活》《各就各位》《浊酒杯》《打开天空的钥匙》等诗集。有诗歌翻译成英语、葡萄牙语、瑞典语等在国外发表。广东省诗歌创作委员会副主任，珠海市作家协会主席，《中西诗歌》主编。

卢卫平诗歌

多年后

多年后，我将年逾古稀
没有衣锦，我也还乡
写完这首诗，我就开始注意饮食和卫生
坚持慢跑，不发怒，为多年后还能种丝瓜
小白菜、朝天椒、刀豆积攒一些力气
这是我一生相依为命的蔬菜
如果还有空闲，我将在我房前屋后
栽下一些竹子，竹子里的风声
会替我回忆我清贫的一生
如果下雪，竹叶上轻轻颤动的雪花
多像我的白发闪着逝去岁月的光芒
我有足够的耐心等到竹子拥挤时
开始编织竹篮，一天编一个
我为每个竹篮取一个乡土的名字
写五十字以内的编织笔记
这些无用的名字和笔记

只是为了给一模一样的竹篮
一个短暂的记忆和区分
一年三百六十五个竹篮，装着竹子生长
耗费的时光和我最后的积蓄
谁一无所有，谁口干舌渴
我愿意把所有的竹篮给他
我唯一的心愿就是他能打到水

石头和水

那年我七岁，在池塘里打水漂
石头为了自己走得更远
不停地划伤水，石头嚯嚯的声响里

有水的疼痛。石头沉没了
水面上只留下一圈圈叹息
我性格中的柔软从这叹息里开始

上学路上，要经过一条小河
枯水季节，河里的石头比水多
我光着脚，走在这些石头上

光滑，圆润，没有划伤的危险
从山上流下来的水在暗中费了多少心血
才把石头教育得这么温顺

我一直怀疑我的世故跟这些石头有关
上地理课后，这条叫倒水河的小河
流到了长江。我也跟着它到了省城

在长江边上，我一次次试着将一块块石头
从北岸投掷到南岸。我扔出的石头在中途落水
我人生的许多失败都是这些石头落水溅起的回声

此刻，我放下渔竿，坐在海边
看见大海开出的花朵在瞬间凋谢
看见即将分离的人说着海枯石烂

我微微一笑，像夕阳消逝前在海面闪烁
再过一会儿，大海就会退潮
我会在海滩上拾捡到大海给我的贝壳

但我起身走了，多少年过去了
我已不再纠缠于水落石出
时间堆积的淤泥下无数失去棱角的石头无疾而终

安慰

午夜，雨丝不再相互缠绕
我听出了乱云在为此前的吵闹声
向我道歉，这让我感到安慰

为缝补多年前那件你在诗中撕破的
黑色衬衫，凌晨三点，我还在用一丝丝痛
穿过记忆渐渐昏花的针眼

过时的岁月熟睡在雨水的空隙处
他们不会知道熄灯后，入睡对于我
是怎样艰难。当眼睛屏蔽了天花板

潜意识活跃起来惊醒流水
雨滴又开始相互追赶。要不是玻璃柔软
我的心就会被敲碎

一只鸟儿，我的新客人
在窗台上不停颤抖
像一个迷途者刚看见人烟

为它我重新打开灯，让太阳
从我九平方米的卧室真正升起一次
我发现，睡眠是多么需要被安慰

一万或万一

海鸥的歌声里，一朵浪花
有一万朵浪花的洁白和欢乐

风帆的叹息中，一万朵浪花
只有一朵浪花的蓝色和忧郁

广场上，喧嚣的人群
一个人有一万个人肤浅的欲望

孤灯下，静寂的背影
一万个人只有一个人深刻的虚无

分离

酒瓶睡了

桌上只剩下我和骨头
我听见被锋牙利齿咬过的骨头
张开伤口说话
它没有恨我，它向我问好
它劝我出门在外要少喝酒
夜深了，别凉着胃
别在路灯下看自己的影子
它怀念起和肉相依为命的日子
那多么幸福，虽然是在乡下
虽然只是在一只瓦罐里相遇
它是什么时候学会普通话的
但我依然从它的卷舌音里听出乡音
是我和几个乡亲的聚会
让它骨肉分离
现在，乡亲们走了
也许永远不再回来
我们谁是骨头，谁是肉
我们在岁月的噬咬下
骨肉分离后，有谁能留下来
听听我的骨头用方言搭几句家常

在水果街碰见一群苹果

它们肯定不是一棵树上的
但它们都是苹果
这足够使它们团结
身子挨着身子　相互取暖　相互芬芳
它们不像榴莲　自己臭不可闻
还长出一身恶刺　防着别人

我老远就看见它们在微笑
等我走近　它们的脸都红了
是乡下少女那种低头的红
不像水蜜桃　红得轻佻
不像草莓　红得有一股子腥气
它们是最干净最健康的水果
它们是善良的水果
它们当中最优秀的总是站在最显眼的地方
接受城市的挑选
它们是苹果中的幸运者骄傲者
有多少苹果一生不曾进城
快过年了　我从它们中挑几个最想家的
带回老家　让它们去看看
大雪纷飞中白发苍苍的爹娘

玻璃清洁工

比一只蜘蛛小
比一只蚊子大
我只能把他们看成是苍蝇
吸附在摩天大楼上
玻璃的光亮
映衬着他们的黑暗
更准确的说法是
他们的黑暗使玻璃明亮
我不会担心他们会掉下来
绑着他们的绳索
不会轻易让他们逃脱
在上下班的路上

我看见他们
只反反复复有一个疑问
最底层的生活
怎么要到那么高的地方
才能挣回

修坟

母亲　儿子给你盖房子来了
儿子要让你在大地上住不漏雨的房子
住北风吹不掉屋顶的房子
你一生有关节炎
儿子不能让你只剩下骨头还患风湿
你一生在为怎样挨过冬天夜不能寐
儿子不能让你一生最后一觉焐不热被子
你坟前的槐树　在不停摇头
母亲　你是不是认不出儿子
儿子有三年没回家看你
你说　起风了　眼睛有些迷糊
即使一百年不见　母亲
都会在陌生的人群中一眼瞅出自己的儿子
母亲　你住上好房子后
会不会像你在城里住的那几天
天一黑就找不到你儿子的家门
你说城里的灯比天上的星星还多
不像乡下　认准一盏灯就能回家
有一间好房子　住在乡下
你就哪儿也不去了
母亲　你一生第二次出远门就到了天堂

你什么时候回来　母亲
儿子给你盖了能住一万年的房子
我看到磷火了
这是不是你提着灯走在回家的路上
母亲

父亲的火车

父亲七十岁了，一个人
住在乡下。每次打电话
我都对父亲说，年岁大了
一个人孤单，到城里住热闹
父亲说，乡下通火车了
每晚都有火车从村头路过
清明节，我回老家给母亲修坟
陪父亲住了一夜
在细雨中听父亲讲村里的
婚丧嫁娶，生老病死
过十二点了，父亲说
火车快要来了，不到五分钟
我就听见火车的汽笛
翻山越岭，抵达泡桐树掩遮的村庄
父亲说，今夜的汽笛
好像比往常拉得长
父亲说这句话时
语调低沉，语速缓慢
脸上的表情是要挽留住什么
十五瓦的灯光把父亲的背影
印在斑驳的墙上。窗外，雨在淅沥

我眼睛湿润，从那长长的汽笛
听见火车在旷野的孤独
和火车远去后
村庄与父亲的孤单

理解一个比喻要多少年

理解一个比喻要多少年
要经历多少风雨，多少事
要遇见南来北往什么人
雪，像盐一样白
这是我小学二年级写下的
雪的比喻句。三十多年过去了
除了白，我没有在雪和盐之间
找到更紧密的联系
直到今年冬天，你离我而去
我陪你走过的沿河大道
被风的刀刃砍成伤口
这雪，才真的像盐一样白
让我在夜晚看见一座城市的
疼，痛

黄礼孩

生于20世纪70年代初。作品入选《大学语文》（教材）等上百种选本。出版诗集《给飞鸟喂食彩虹》（英文版）、《谁跑得比闪电还快》（波兰文版），诗歌评论集《午夜的孩子》等多部。1999年创办《诗歌与人》，被誉为“中国第一民刊”，2005年设立“诗歌与人·国际诗人奖”。曾获2014年凤凰卫视“美动华人·年度艺术家奖”、2013年度黎巴嫩文学奖等。

黄礼孩的诗

被抵押的日子

木栅延伸，旧生活长长的影子
像海浪在民国之前晃荡。微信上
耽溺于幻想的人，他早已遗失了
过去的游戏和四处生长的生活
湿地消失，教堂被毁
这一切置在猛烈的阳光下
鸟鸣反而加深了它的阴影
生活是一条没有归途的路
那些被抵押的日子充满了敌意
它正向我们追赶而来
所有的影像调成静音的电影
放映着灰色鹅幻想茉莉的画面
那从镜头里走下来的兄弟
亲切又陌生，他有被爱的需要
隐身的暮色，却已爬上他人生的山坡

香水师

记忆荟集草木缓慢的光线
它们一遍一遍潜入纹路
时间为灌木所纠缠，那是风的缘故
含香的植物，它有着宁静的凝神
没有人知道它们的呼吸
如何呈现了形状与颜色

怀念让你把褴褛渡成激情
这一切之上，亿万个春天在流浪
日月星辰都进入香料的方程式
这一切之下，亿万座山川在奔腾
你吞着火，也喝着冰，嚼出百合之味

越过自然的遗址，死亡的沉默
是海底汹涌的暗流，那是矿物的梦床
你见到从未见到的事物
你辨认出森林底部苔藓的气息
你的身体里住着一个诗人
你们用巫语在人间彼此相见

冥想之时，光停在你的睫毛上
轻微战栗的泪水，由你来变亮
向每一个生灵致意或询问
香水的答案，不止于水
大地在为生命的戏剧配置角色
你看见了性灵与万物在混合

灯塔

白茅海的灯塔，不再歌唱漂泊的生活了
它是这个海域停止旋转的罗盘
一个赶海的老人，他站在那里
回忆着热带忧郁的风暴，沉默倦于
大海远去的脊背，远逝的从无终了

没有阵浪袭来，也没有纷繁的金边
起伏闪亮。冬日午后，在你到来之前
大海释放出大雾，如另一个缓慢的浪潮涌过来
天空吐出白夜，把昨天与今天混合起来
从清晰到朦胧，一种转调
白雾迷上白雪的大合唱
天空的脸布满水汽，回荡着听不见的命运

原来大海由虚空所创造
原来大海不是谁的复制品
你要找回海浪的天赋
一瞬间，闪电般的出神
你看见白色海水升起了一柱光
词语中的灯塔抱紧残缺的词语，向上升高

黄昏，入光孝寺

——给扎加耶夫斯基先生

这不是观光之地，也非等待之所
安静的不是香客或居士

一只猫蜷缩成一团，白毛泛起光晕
世间的风得到暂时的平息
你怀着怜爱抚摸它，掌纹里弥漫出温柔的光

碰巧遇上晚课，灯光搅动安静的窗户
神秘仪式在梵音中起伏
屋子旁的菩提叶闪动暗绿的轮廓

此地在流转中能否将痛苦转化为美
无人过问。也无人知道你
是否想起波兰教堂的赞美诗
你和妻子玛雅坐在台阶上冥想
波罗的海的声音正一层层落下来
“在从前，我们信仰不可见的事物
相信影子和影子的影子，相信光”
此刻，就要收拢的光线为你说出一切
大海的涟漪归于静谧
而它底下暗潮的影子难以触及

一个害羞的人

——致俄罗斯诗人库什涅尔

将自己的诞生推迟，这样的事
你并不懂得，你是缪斯偷来的孩子
左耳听着俄罗斯原野之声
右耳闻着人间的芜杂之音
你留心当一名鉴赏家
绝妙的玩笑，还有前方的暗
你也要从中辨认出真实与虚假的光线

做一个不幸的人，没有什么好羞耻
你的自嘲，也是生活补充的盐
在他人与自己，自己与万物之间
你用心灵的比例丈量一切
你从不制造盲目的差异

俄罗斯大地，苦难拥挤昏暗的客厅
你打扫思想的垃圾，清理多余的灰尘
你不是恺撒，你是搬运工
你从缝隙里把光搬进去

涅瓦河在你的梦里来回反复
仿佛你的食指和拇指之间的笔
流淌出亲密无间的词之激流
宁静的早晨，天堂鸟降落到桌布的纸上
缪斯在你的身后神奇出现
你获得意外的嘉奖，在接近荣誉时
你搓着手，侧着身，微微低着头
露出了不易觉察的害羞

条纹衬衫

风尝着命运的灰烬。就此别过
一个囚徒被押往徘徊之地

凭什么去解开生活的纽扣
疑问是条形花纹衬衫
穿在身上，像一个从污水之河里
上岸的人，淌着水。这包裹的水纹

渴望阳光猛烈地折射生活
阴晴不定的游戏
为躲开谜底而涂黑这个世界
一只病虎，轻盈如蝴蝶
没有蔷薇之味可嗅，它提着镜子与灯
寻找一件边缘潮湿的条纹布衬衫

世界需要新的编织
却从不脱下那件破烂的条纹衬衫
猫头鹰躲在口袋里，幽灵一般的视像
随时把命运带入不祥的黑色的梦境

岛屿

我们常提到无人居住的岛屿
它是大海灵感燃烧的婚床
歇息不需要在床上
就好像岁月可以不在日历里
我们还说起，湿润的肌肤
闪耀着心神不安的来访者
树林里白色的雾已散去
倒影中的旧灯塔隐约可见
它是大海站在岸边的一柱泪水
不再说话，专注海鸟用小脚
一点点在沙滩画出的地图
我确信岛屿是你召唤时的回声
那些香料和珍珠可以再一次丢弃
凡是有气息的都与你一起欣喜地歌唱
羊角叶肆意的生长已揭开一角

鲸鱼向上的喷泉竖起另一个水的身体
阴翳移动，未完结的生命
如斜向海水的椰子树，悬浮的果实
倒映到水里，细小的波纹像极了贝壳
此时，没人知道，如桨之翼扇出的风
与沙子、鸟翅、风帆，还有植物一起混合，旋转
它们是自然放养在别处的野马
它的鬃毛，在黄昏的夕光里辽阔地疾飞

去年在朝鲜

夜晚，我们摸黑住进宾馆，一个外宾的居住地，住着中国人、俄罗斯人
此地，一个孤立的别墅，一个频道的电视，所播的新闻看不到现场
之后是爱国战争片，统治者的时间需要战争的影子来填满
寂静之夜，我们步出庭院。上弦月照着朝鲜，风吹大片低矮的茅草
一些隐隐约约的声音像告别一般明灭。猫头鹰在夜色里闪烁警惕的眼
在出去前，我们被告知不要走远。这里没有通往教堂的路，也没有去酒吧的路
夜色里飘着不安的气味，这个不为人知道的国度，一味披着神秘的面纱
朝鲜的天空下，星月黯淡，照着孤独的山河。树林犹豫着，在风中展示叶片
它的个性里却有着一丝的恐惧，瞬间变成铁片。这铁的夜晚是漆黑的疑虑
远远地，我们听到大海的涛声，玫瑰的气息，我们兴奋起来。大海，你这迷路的行星
那悲伤的潮水深沉宛如黑色。大海在朝鲜是一头困兽。但此时它是大自然轻盈的羽毛
一个再自闭的地方，大海也要唱出它的歌，时间有足够的耐心等到海水蓝得心醉
封闭在贝壳里的歌声也要唱出人性的嗓音，充满群山和海洋

永别

一间屋子的破败
如屋内的灯已长长熄灭
再也没有光透出

十六年了
我多想再回到那屋子
在黑暗中握紧母亲的手
可世界的尽头充满恐惧与陌生

十六年了
房子后的海棠树绿得婆娑
这关闭了的屋子
就像海棠树睫毛下的眼睛
合上了就再也没有睁开

一棵树

夜笼罩着树的身影
树叶被雨打湿
仿佛黑　一层层积压
看上去有些重

树站在黑暗里
看着周围
小小的心　紧紧裹着
不闪耀它自己的皮肤

它听见黑暗的周围
风吹过来
有低低的喘息
像叶子就要飞起

礼物

我没有见过你
你的眼睛、肌肤
你的光亮、忧伤
像命中的礼物
加起来就是许多爱了

我省去暗处的嘈杂
我省去明处的闪耀
再努力把自己
省得干净一些

好消息就是福音
我的口唇温暖
想你的时候
轻轻地合上了眼睛

谁跑得比闪电还快

河流像我的血液
她知道我的渴
在迁徙的路上

我要活出贫穷
时代的丛林就要绿了
是什么沾湿了我的衣襟

丛林在飞
我的心在疲倦中晃动
人生像一次闪电一样短
我还没有来得及悲伤
生活又催促我去奔跑

张慧谋

广东电白人，供职于茂名市文联，《茂名文苑》杂志主编，中国作家协会会员，广东文学院第三、四届签约作家，诗集《渔火把夜色吹白》获广东省鲁迅文学奖，作品收入《中国年度诗歌》《中国诗歌精选》等多个选本，出版诗集两部，发表文学作品60多万字，主笔撰写的十集纪录片《岭南》分别在中央电视台二、四频道播放。

张慧谋的诗

打开灯盏的内核，我看见火

打开灯盏的内核，我看见火
看见忧郁的童年、村庄和迷失于雾里的海岸

记忆，随着潮汐从一朵渔火深处走来
父亲的身影在夜色中闪烁
那一夜，我失眠了
渔火像春天的玫瑰在父亲手中盛开

父亲走了
他把渔火带到比渔火更深的深处
初春的草叶乍暖还寒
满山红红遍了山冈
哪一朵属于我的父亲？
哪一朵能够承受我的泪水之重？

稻田边上的墓地

那片墓地，在稻田边上
稻子熟透时，金黄的稻穗
从叶丛中弯下腰。这时我发现
墓地上的芳草，它们在暖风中
绿得更深更浓了

故乡在低处。水在低处。养家糊口的父老乡亲
在低处。云啊，高高在上。白白的浮云
海在低处，潮汐在低处。渔网挂在低处
而墓地，却高出田间所有的稻子

谁都无法回避那个地方。想起
那些捧起田水洗脸的人，用泥巴止血的人
那些我称呼过，敬畏过，甚至可怜过的先人
他们换上一身干净的衣服，赶集一样地走向墓地

从此，他们高高在上，墓地高高在上
高过草垛和谷粒，高过香火，高过镰刀犁尖
让那些在田间弯腰劳作的人
一抬头就能看见

渔火把夜色吹白

一朵渔火是一只鸟。白色鸟
它悄悄啄破夜的外壳，透出光
白白的一簇光

渔火用小小的嘴吹开海的睫毛
海看见了什么？
渔夫的网像梦一般地撒开

一朵渔火是不能飞翔的
它太小，只有轻轻吹一口气的力量
但它把夜色吹白了。很白很白，哪怕是一小块
也能让漆黑的夜有了想象的空间

我在想，那么深厚的夜
故乡的草蜷曲在墙根下盹睡
而渔火，一朵小小的渔火
是怎样把夜色吹白的呢？

大海，只说出细小部分

读一页很旧的大海
很旧的风吹满很旧的帆
很旧的钉绣着很旧的船板
很旧的落日泊着很旧的码头
很旧的岁月缀满很旧的补丁
很旧的渔村重复着很旧的日子。

那时我很年轻，却看不到青春
只看见苍老。看见苍老的石磨
碾着苍老的时光。看见苍老的黑夜
咀嚼着几朵苍老的渔火，看见苍老的海水
卷着苍老的浪花。看见苍老的渔夫
驮着苍老的网具。看见过早苍老的母亲

飘散在风中满头苍老的白发。

大海，只说出最小部分
说出一粒沙子的重量
说出苦难比一滴水更小
说出一尾鱼不放弃风浪可以活命
说出潮涨潮落，其实就是人生。

最初的白

比雪地更早的是雪粒。比寒冷更早的是瓦上霜
比春天更早的，是含在茉莉花苞里的香气
比黑夜更早的，是黎明前的那抹鱼肚白
比一只字更早的是纸。比池水醒得更早的
是睡莲。比秋风来得更早的是蒲公英

白鹭的白还给羽毛。渔火的白还给风灯
夜来香的白还给叶子。浪尖的白还给大海
寺灯的白还给僧人。瓷片的白还给柴火
汉白玉的白还给那个朝代。闪电的白还给天空

最初的白。也是最早的白
露水贴着梨花的唇边说，你是最早的
卷帘对着竹影下的月色说，你是最早的
白骨对着青山说，你是最初的
乡愁对着炊烟说，你是最初的

骑楼

风吹过骑楼。我从骑楼底走过

我小。风却无限的辽阔，微微地吹着
把骑楼弄堂窄巷深院全都吹满了。
一城的风，细细的，薄薄的。我行走在小街上
微风中，我细小的影子，被阳光的大手拎着回家。

骑楼不高，拱形的，比我高出许多
比风矮。城中所有的事物，都比风矮。穿过骑楼的
城里人，脸色苍白，尤其女人，她们的脸色
比藕色浅些，比月色通透些，比白兰淡些。

临街的老房子都有骑楼。楼柱子斑斑驳驳
长着青苔。偶尔会有一个小女孩，坐在骑楼底的
过道旁，摆卖带露的白兰花。
更多的时候，她出神地看着街上的行人
看他们的影子，在白亮的日光里，晃来荡去。

骑楼过道多半的时间是空着的。城很小。老旧
日头西斜，这时的骑楼更显空洞了。只剩下风
在微微地吹，把城里的角角落落都吹遍了
它还要吹，没人让它不吹，它就停不下来
从骑楼这边吹向那边，像一个无聊的闲人在
来回踱步，却没有留下脚印。

一城的风，细细的，薄薄的，它们都是骑楼供养的
生灵。没人管它们，它们就满城地乱跑乱窜
像一群疯疯癫癫的野孩子。

白鹭的白在白里

三只白鹭在水边

圣人在水边
无字的纸在水边。

三只白鹭，三张白纸
又飞来三只。依然落在水边
现在是六只，六张无字的纸在水边
圣人不在水边，风却来了。

风吹皱水边的六张白纸
吹乱六只白鹭身上的羽毛
这是我独享的黄昏
南村只给我六只白鹭
六张水边无字的白纸
我不要圣人，只要风
风指给我看，白鹭的白在白里。

走漏的那盏风灯必然照亮另一个世界

七盏风灯。悬着
在七个夜行人的手中

七盏风灯从一个村庄出发
三盏朝南。三盏朝北。一盏向西
朝南的三盏拐进另一个村庄
朝北的三盏绕过高高的沙岸
向西的那盏，走向深远的湿海地

风起了
稻田里的谷子无法承受突如其来的沉重

纷纷坠入深不可测的夜色里

天亮之前，三盏风灯
从另一个村庄折了回来
高高的沙岸出现了亮点　黄黄的三朵
向西的那盏却悄无声息

有人说，向西的那盏永远走漏了
走漏的那盏风灯
必然照亮另一个世界

这双手

小时候，摸我的头发
轻轻滑过。长大后
摸我的饥饿和苦难
反复地，有些颤抖。
中年，摸我的幸福和坎坷
感觉得到，它已经布满了沧桑。
这双亲情的、长满老茧粗糙的手啊！

在风中。在宇宙间。
这双手，再也无法触摸到什么。
它怀念握过的犁柄，牵过的牛绳。
怀念田边地角一些干活的细节。
怀念水声、月光、草垛和谷粒。
怀念家、筷子、碗、睡床，纸糊的窗。
然而，这一切，都与它无关了。
这双粗糙的手，已化为灰烬。

它把一样东西寄存于我心中
那就是一生的疼痛。

岁晚，去外婆家

娘把年货装在一只小竹篮
让我去外婆家。这年我七岁
跨过园边的竹篱，油菜开花
村口向西，夕阳西下
这是我遇上最美的黄昏。

这一年，我第一次在岁晚路上独行
第一次自个儿到同村的外婆家省亲
第一次看见海棠树开满血色花朵
第一次看清外婆的发髻，外公的缺牙
第一次读懂对子的字：
花开富贵，竹报平安。

当我走过外公家高高的堂屋
我第一次见到梁上两只燕子在交头接耳
面对高堂肃穆的神台，我第一次发现心跳
是来自人与神之间的静默对视。
这是一个我藏匿多年的黄昏
在如同隔世的岁末，终于把它说出。

敬灶神

看不清灶神的脸面，它在暗处
灶头摆着糖、橘、年糕供奉敬品

从大年初一到元宵，我看见娘
大早给灶神上香叩头
我偷窥，想看清灶神的手
是否从暗处伸出。

一只老鼠爬上灶台
灯火暗黄。我看见老鼠的前爪
搭在盛年糕的小碟边，一只家猫
从暗处窜出。老鼠逃命
我相信这只猫，就是我家的灶神。

但我不相信灶神有猫的花脸
有猫的四蹄，猫的尾巴。
娘早晚给灶神添灯油、上香
猫却蜷缩着蹲在我娘脚边。
于是我想，灶神没有童年
我有童年。灶神只是一张黑脸
藏在暗处，散发着烟火味。

世宾

原名林世斌，生于1969年10月28日，汉族，广东潮州人，大学（学士）学历，中国作家协会会员，文学创作二级，现供职于广东作家协会，广东省诗歌创作委员会副主任，东荡子诗歌促进会会长。已出版诗集《文明路一带》（中国文联出版社，1997，北京），《大海的沉默》（人民日报出版社，2003，北京），《迟疑》（中国戏剧出版社，2006，北京）；诗合集《如此固执地爱着》（中国文联出版社，1999，北京）；评论集《批评的尺度》（中国文联出版社，2003，北京）；诗论《梦想及其通知的世界》（中国戏剧出版社，2009，北京）；主编《完整性写作》（上下卷）（2011年，青海人民出版社）。“完整性写作”主要倡导者和理论阐述人。

那光告诉你的宽阔

光从上面下来

要相信这大地——疼和爱
像肉体一样盛开，绵绵不绝
要相信光，光从上面下来
从我们体内最柔软的地方
尊严地发放出来

大地盛放着万物——高处和低处
盛放着绵绵不绝的疼和爱
盛放着黑暗散发出来的光
——光从上面下来，一尘不染

那么远，又那么近
一点点，却笼罩着世界
光从上面下来，一尘不染
光把大地化成了光源

（2015. 1. 24）

去吧！那光告诉你的……

去吧！那光告诉你的
是真实的存在，虽然只是一闪
去吧！超越这一道道迷障
坎坷正是上升的阶梯
去吧！那闪亮照耀的宽阔
——才是栖居之地
去吧！那圣洁之地
在沉默中为你安放

所有的世界都那么广大
通向每个世界，都有一个锁眼

（2015. 1. 24）

残缺之歌

小草是完美的，石头是完美的
在草原上掠过的豹纹是完美的
牡鹿眼睛里的张皇是完美的
自然中那存在之物
在牢固的秩序中，是完美的

而歌者的声音，从肺腑中发出
就要抵达那物，却在唇齿间
有了阻隔，虽然那么小，那么轻
在无限接近的中途

停滞、偏差，或者拐弯

啊，不！万物的完美中
请保留这局限，这唯一的尊严
那不能修复的爱情；那不知生的
死；那不能说出的全部秘密
我们可以分享的财富
——只有这残缺

上帝是完美之物，他也不能
在这里现身（他的现身
就意味着肉体的死亡）
在这里现身的只有残缺
只有这短暂之物，这残缺的一角
他们与上帝之间，有隐秘的血脉

（2015. 1. 25 凌晨）

毛竹

只有一点点，在沙土堆里
像乱世中的君子，岿然不动
满坡的草丛、灌木都在喧哗
它却如此暗淡、沉着
时间在万物的身上留下刻痕
唯独它，仿佛置身于遗忘的黑洞

而在那潮湿的地下
它的根吐着无声的火舌

在疯狂地扭曲着、伸展着
越过沙地和岩石，不屈不挠地向四周挺进
在看不见的地下燃起一片火海

那露出地表的笋芽，默默地
聚拢着时光，聚拢着风雨雷电
一年，又一年……整整四年

突然，它不再沉默，它爆发了
根部聚集的能量推动着竹竿
节节上升，它向天空猛烈突进
它已畅通无阻，信心十足
它伸展着枝叶，向高处展示着力

（2015. 1. 6）

诗

那声音从遥远的高处传来
缥缈、依稀，与稠密的人群形成反差
它银白、透亮，像云朵后面的霞光
一匹白马踢踏而过，它的背影
是远古市井智者的回声

诗在高处，有如观音在云端现身
她手中的白瓷瓶、柳枝、甘霖
——它盛装着一个大千世界
而地面上的疼、泪水和哀号
都牵动着高处的神经

但她如此端庄，微笑着
注视着人们的撕咬、挣扎、哀求
——从不为困厄所动

她用微笑告慰着另一种存在
纤纤玉指溅洒着甘霖
使那些哀号得到了抚慰
使那些狂热的脑袋获得了平静

（2015. 1. 7）

借着他的那张嘴……

如果你要捕捉到它，不是用牢笼
也不能依靠人多势众
只能用心——用一颗扑通扑通跳动的心
源于欣喜，也可能源于恐惧

它轻飘飘地出现，又很快消失
如棉如絮，如雾如风
有时，它又像刀剑像箭矢
寒光闪烁，血雨腥风

借着他的那张嘴：它向人心的深处
钉钉子，麻醉与甜蜜
破碎的山河锦绣如花
往东的风忽然改西
被狗吃掉的良心出现在报纸上
一段消逝的爱情起死回生

呵，呵，它只是随人揉捏的娼妓
怎能寄希望于它的坚贞
它的热情、柔软和狂暴
都委身于那个无所不能的君王

对于真实，我更信任这双手
纵横的纹路、体温和起伏的脉动
唯有这身体，更确切地
传达着忍耐和对生活的爱意

（2015. 1. 18）

在我和诗之间

我血肉的心脏与你隔着多远的距离？
扑通扑通，这是心跳的声音

一面对，便要去追赶
那里聚集着安静的众贤

我活在脆弱之地，被俗务纠缠
在尘埃中，黑暗、易朽

我知道你的存在：明亮而宽阔
在我和诗之间，隔着千山万水

我听见你在召唤，隔着千山万水
你如此清澈、深沉，像高处的光

你要我跟随那节奏
在我和诗之间，就隔着一层纸

（2015. 1. 28）

2015 年的自画像

（这一年刚刚到来，宁静降临了我）

我那混迹于人群的五官清晰起来
它们更加柔和，保持着谦逊
曾经沉溺游戏的热情——
欢宴、嬉闹、争夺、爱情
我把它们还给了世间

过去多么畏惧。而现在，我爱上了孤独
我的双手，爱上了劳作
在这张红木书桌上，写下远方的诗篇

像所有人一样，我还要忍耐着：
灰霾的空气；被扼住的喉咙
但在黑暗中，笔下的文字正在开掘
那一道光，比黑暗更加广大

这里安放着我的肉身，我将比过去
更爱这山川，这林木
那并不完美的你。我已学会了宽宥
默认了月亮在夜里的残缺
那激昂的青春和爱情的勋章

我将馈赠给年轻的陌生人

这一年刚刚到来，借着写下的文字
我的脸庞从众多的面孔中
显露出来——那世界的光降临了

（2015. 1. 28）

一句诗周身散发出光芒

一句诗光临了我，我看见
它周身散发出光芒——
一束光，来自那崭新的世界
照亮我，使我从污浊中脱身
时间已抽掉我肌肉中的硬骨
我依然为之一振：我爱！
我可以用我的衰老
——爱你吗？
我可以用我的绵长和耐心
——赞美吗？

我爱！
如果旭日——我爱！
如果鲜嫩的蔬果——我爱！
如果同样的衰老——我爱！

一句诗周身散发出光芒
如果它源自我已厌倦的日常，我爱！

（2015. 1. 29）

内心河流的回响

里尔克、茨维塔耶娃、策兰
他们的歌声从沉痛中背转身去
在高空响起，超越——不为所动
在那苦难的二十世纪

那歌，凝固在纸上，令人惊喜、振奋
那歌，像我内心河流的回响
在乱石间缠绕、回环

他们间我更倾心于茨维塔耶娃
俄罗斯的风雪；杯碗间
令人窒息的羁绊；流放地的营房
并不能把她扼杀
在苦难的地平线，升起一座山
从自己的肩膀，她用歌声升起一座山

在我和他们之间，隔着半个世纪的沧桑
我依然听到他们深沉、清越的声音
我用我的内心在倾听，在倾注
虽然隔着各自民族的沉痛
语言，和无法逾越的日常

（2015. 1. 31—2. 1）

我未醒来，你依然隐匿

你正盛开，一树繁花

蜜蜂和风把你萦绕
它们轻点花瓣，来了又去
它们没有心，怎能希望它们停留

你正盛开，而我还未醒来
我未醒来，你依然隐匿
你的疼痛我未曾知晓
你的美，盛开——而后凋谢

满天的星光：灿烂、神秘
与我们隔着千万亿光年
在无限的黑暗中。当我们觉悟
睁开眼，却一闪而过

（2015. 2. 3）

鸟鸣

风暴过后，山谷中传来鸟儿的鸣唱
在高高的树梢上，那心儿
勇敢又明亮，那歌声
从遥远的天际，把蔚蓝色送来

当雷霆轰响，树木在风中颤抖
天地仿佛臣服于风雨的暴戾
黑暗笼罩中，这树林的心脏
依然在沉默中跳动
这喑哑的火焰，像地底的熔浆
一直在燃烧

风暴吼叫，指挥着千军万马
宣示着对这片山谷的统治
但此时，一声鸟鸣：清脆、婉转
便把整个山谷交还给蓝天

（2015. 2. 3—7）

哭

在众多的音符中，最为灰暗
胆怯；在花枝招展的队伍中
容貌最为丑陋，总居于最后
人人都在将它排挤
仿佛一个不祥之物

但在所有的声音中，它最为真挚
与它相伴的，不是口沫
而是泪水。
这世界已惯于遗忘
它把一切流逝的时光
通过一个伤口，重新汇集

它从泥沙中提炼出金子，提炼出盐

（2015. 2. 7）

安放

我的敌人、朋友，来了又离开的恋人

无论爱我，或者已经厌倦
你们没有离我更远，或者更近

灵魂升得更高，心放得更低
这空间足够宽阔
足够安放我们各自的位置

（2015. 2. 16）

新年好

这是时间的节点
是人们，不是君王
在时间的领域立下的界碑
这一刻起，时间没有后撤的余地

这是跨越的时刻，记忆苏醒的时刻
无论过去多么辉煌或者暗淡
往后就是一个崭新的开始

新年好，新年好
对于年轻人，这只是
一个时间的码头，他们点一点头
就要开始新的航程

（2015. 春节）

它是巨大的沉默

它是巨大的沉默，它的存在

确切无疑。它的形态、声色
还未呈现

我只是在赶往那里的中途
我又怎么能为它命名？

（2015. 2. 28）

它的存在确切无疑

我曾经看见，但只是一瞬
我曾经嗅到，满怀芬芳

它那么巨大，我的胸怀还不足以安放
那里有一束光，照临我
使我的灵魂愉悦、安详
黑暗中，它馈赠给我语言、诗篇

（2015. 2. 28）

春之声

不必到花丛中寻找
也不必从枝丫上拿出芽孢的证据
同样也不必打着伞到雨中询问
沙沙沙，只要隔着窗
便知道：春天来了！

呵，不不不，这过于大众化

要在更早一些，空气还有些凛冽
在楼下散步，仿佛一种启示
一片乌云蒙头盖脸扑来
那是一树嗡嗡声，就在我的头顶
是蜜蜂？是果蝇？成群结队
那么细小！那么盛大！
像一片云，却没有形状
像一场大火，却没有火焰

不必考究这些昆虫
它们的集合就意味着一场盛大的聚会
不盛大，不足以说明问题
从那一刻，我便确信：春天来了！
顺便强调，那棵树就在我的楼下
不知是人面子，还是荫香

（2015.3.3）

在清晨

有些时辰不太牢靠，譬如夜晚
在漆黑的牢笼中
四处都是高高垒起的墙壁
严密，不留下一丝缝隙
稠得化不开的压抑，无法自由的呼吸
在窒息的疯狂里，挣扎、突围
脑子像炙热的发动机
制造着各种奇异的念想

而在不远的清晨
一切远比夜里清晰、单纯
梦魔不再纠缠，一切回归本位
万物都互相得到解脱
都各自安好地伸展
再细小的事物也不需要依附
各自在时空中明明白白

（2015. 3. 4）

自然

大地丰饶，自有它的律法
大海掀起波浪而后平息
无论参天大树，还是小草
鲸鱼、大象、猎豹、蚂蚁
一波又一波，生命的河流不息
在它们上方的星空
更是浩瀚、沉默
从不在纸页上描述那即逝的心情

自我的石块多么尖锐、坚硬
时时逼近，时时要在狭小的心灵
筑一座易朽的废墟
万物的合唱，低沉有序
万物的合唱中，自我如此执着
却是一个走调的音符
像风卷起了尘埃
多少内心的喧嚣都归于平静

（2015. 3. 12）

唐不遇

1980 年生于广东揭西农村。2002 年毕业于中央民族大学。出版有诗集《魔鬼的美德》《世界的右边》。曾获柔刚诗歌奖、“诗建设”诗歌奖、广东省诗歌奖、苏曼殊文学奖、中国赤子诗人奖等多个奖项。

唐不遇的诗

我寻找一切貌似鸟的东西

我寻找着一切貌似鸟的东西：
小小的脑袋，尖而弯的长嘴，
一双带有利爪的细脚，优美的双翅。
一切貌似鸟的东西齐声哀鸣。

我寻找着一切貌似人的东西：
站着走来走去，手中握着什么，
窃窃私语，嘀咕着森林听不懂的语言。
一切貌似人的东西步上高楼。

2005. 8

坟墓工厂

乡村变成了城市。
坟墓变成了工厂。

卑微的变成高傲的。
沉默的变成大喊大叫的。
我不知道在深夜仍然传来的
这些吼声，是机器
还是亡魂发出的——
那广阔墓地无数的死者
已附身于每一个
流水线作业的工人
带着被剥夺的愤怒和苦闷
生产出衣服、鞋子
此刻就穿在你身上。

（2005. 9. 27）

月亮

我们围着火和灰烬，
影子在地上起舞。

那随时破灭的月亮
像一只气泡飘飞。

黑暗中，死亡嗡嗡叫着
叮了我们一口。

我们的皮肤隆起
一块红色的小墓碑。

在人世，每增加一盏灯

都使黑暗更痛苦。

（2005.10）

梦频仍

人们更多在电视荧屏上
而不是天空中欣赏月亮，
她不是我们漂亮的女主角，
不会流泪、说谎和做爱。

不结婚的女人越来越多，
她们既不是处女，也不是
独身者，她们的伴侣
是长着巨大阴茎的城市：

床前明月光实际上只是精液，
将在早晨被擦去。当我们
躺在床上，除了触摸对方的身体
黑夜永远是虚幻的。

天空，再也制造不出
永不过时的沉默的偶像。
一只苍蝇停在城市冰凉的脸上，
他从一个激情的喷嚏中醒来。

每天，如此准时，垃圾车
像一颗心脏突突跳动，
把我们的身体运载到焚烧炉里；

而我们却为焚烧炉装上空调。

（2006.4）

上帝写给我的信

你是上帝写给我的一封密信，
正如我是上帝写给我母亲的一封公开信。
你只喜欢被我捧在手上阅读，
而世界总是想偷窥你。

因为你，上帝将给我写第二封信：
我们的孩子。
在我死的那天，我会回信给他，
感谢他——

那一天，一万双脚在我身上
盖上重重的邮戳，
但只有你盖在我额头上的那个邮戳
才真正有效。

（2006.6.28）

泉

一口泉感到孤独
因为它不知道
它和遥远的大海的联系。
一个疲累的旅人在水面

看见自己的脸，
然后亲吻自己。

一只蜻蜓来到这里产卵
不久和无名野花一起死去。
在寂寞的水草中
一枚鸟蛋轻轻破裂，
白色寂静裹着黄色鸟鸣
一齐涌出。

我的工作是漂洗落叶
直到它们彻底干净，
我的报酬是倒映的白云——
天空那衰老的墓穴，和我一样
无法闭上泪水盈眶的眼睛
停止观看消逝的东西。

（2007.4）

香气

我多么想让上帝
向我们祷告，
而我满足了他。
没有饥饿，也没有献身。

在多雨的日子
我愿成为一束枯枝。
我体内的火正静静腐烂

成为泥土，和童年。

在幽深的炉灶前
我曾用力地把它吹旺。
泪水被烟呛醒。
香气也随之醒来。

（2008. 8）

给女儿

你大部分时间在做梦，
梦使你感到安稳。
你在梦中练习笑，
你的手在梦中练习抓握。

晚上，当你抓住我们的手，
给我们展示你的眼睛
又大了，睫毛又长了，
我不禁想象你何时亭亭玉立。

摇篮自己开始摇动。
你梦见外公抱着你走动，
为你报站，广播里是你的哭声，
你为抵达而安静下来。

那是妈妈像车站一样结实的乳房，
她把左边乳头塞进你嘴里，
而我站着，像右边的那只乳房

感觉无比鼓胀。

最后，我把你抱起
轻拍你的背，让你吐出空气，
正如在产房前，你的哭声把我抱起：
我因为焦急而吸满空气。

夜如此宁静，你以投降的姿势
继续沉睡，妈妈也睡得正香。
不久前，那场艰苦的战役
刚刚结束：胜利者是我。

（2008. 11. 9）

历史——致弱冠之年的你们

只有年轻的死者们深知
自己已不年轻，而这首诗的失败
在于每一行鞭痕都已结痂。

当它被署上名，并被夏天
以闷不透风的声音朗读，听众们都在远处
盯着被烟熏成腊肠的鞭子。

为什么它不变成蛇，顺着屋顶的绳子
溜走？它静静地吊着，只是
那根绳子上用以记事的

古老的结，沉默如悬挂的窗帘。

窗帘内，有人在灯火下表演吃诗，
用愤怒的嘟囔塞满嘴巴。

太神秘了。这首诗如果让坦克来写
也许将成为杰作，具备血和骨头的深度。
现在，只有黑夜从玻璃牙缝

挤出毒液，喷在他们眼里。
而墙上的钟走着，在均匀的鼾声中
它将梦见烤火鸡一只。

（2009. 6. 6）

米沃什百年诞

在地平线那边，有人在焚烧落叶。
火光仅仅使地平线亮了一会儿。

而在这边，落叶堆在地上
高过树，和房子。

点燃它们
太危险了。火太危险了。

人类如黑暗的叶脉掉在床上。
屋顶上一阵鸟鸣，

洒下透明的灰烬。
对你来说，死亡就是

把飘散的火光聚拢，再度焚烧。

（2011. 6. 30）

悠悠

一只鹤俯冲的地方，
一条河流垂直于大地，
那里栖息着原始部落和鸟儿。
峭壁和神一样

有一张刀削的脸：
你找不到通向天空的梯子。
草轻轻抖动着枯黄的羽毛，
几个象形文字

像蜥蜴爬来。悬崖上
只剩下缄默的诗人。
太阳是你种在地里的鱼，
吐出不再破灭的气泡。

（2011）

导师

在这座密宗寺院里，我偶遇一只猫。
它有着莲花生大师的胡子。

趴在墙头，仿佛一尊神秘的法器。

背后是雪山和落日。

以及草原上柔软的布哈河，它弯曲的
斑斓的尾巴。

一个红衣女子正绕塔七圈，
而我在这堵被侵蚀的墙前停下脚步。

光秃秃的枝条间的灰色麻雀
都安静下来，

在我和猫对视的瞬间
我们之间，只有莲花雪从天空落下。

（2012. 4. 18）

马赛克

有人给阿波罗打上马赛克，
害怕他的阴茎射出利箭。
有人给受伤的脸打上马赛克，
害怕血会鼓动复仇。

有人给动物园的狮子打上马赛克，
每只笼子都是废墟。
有人给贫民窟打上马赛克，
那里，门框都在颤动。

有人给太阳打上马赛克，

因为公鸡还在沉睡。
有人给先知的脚打上马赛克，
为这个国家省下一双鞋子。

他们给大地的洞穴打上马赛克。
他们害怕双眼，害怕
赤裸的蛇——
有人给恐惧打上马赛克。

（2012. 7. 10）

致曼德尔施塔姆

窗外多么喧闹，房间多么寂静，
你的喉咙蠕动着被砍掉的开头：
我徘徊在窗户和墙壁之间，
我深深怀疑这个冬天……

因为我无法为赤裸者披上大衣。
因为大地取自一本翻开的字典。
因为每个词语都拒绝解释。
因为窃听者记不住沉默的预言。

（2014. 1. 5）

超绝句（选十）

1. 少女与花

在医院里，一束鲜花被献给
一个病危的少女。

几天后，一个少女被献给
一束病危的花。

2. 阎王的生日

夜深了，
疲累的人们睡着了。
小鬼们抬来了蛋糕，
上面插着十八支燃烧的蜡烛
等着他吹灭。

他每年都只有十八岁，
是个冲动的少年。

3. 给黑夜的情诗

我还活着。我还热爱
生活。此刻
你抱着我，曾被灯光的蝴蝶结
绑住的长发

倾泻着。镜子
突然变成柔软的被子
映照着你的双乳。

4. 墓志铭

他请求抹掉墓碑上的名字，以便
新的名字飞下山去
亲吻一个女孩子的嘴。

5. 致特朗斯特罗姆

在蓝房子，靠海的窗前，
你用左手弹钢琴，
右手的五根手指
搁在胸前，像褪色的琴键。

只有在深夜，世界的右边
才会被悄悄弹奏。

6. 遗作

许多黑色的蚂蚁抬着
一只蜜蜂的尸体，
就像密密麻麻的词语抬着
一个发亮的名字：
如此惊人的遗作
震撼着我的眼睛。

7. 第一祈祷词

世界上有无数的祷词，都不如
我四岁女儿的祷词，
那么无私，善良，
她跪下，对那在烟雾缭绕中
微闭着双眼的观世音说：
菩萨，祝你身体健康。

8. 约会

你觉得孤独，无所事事，
想知道墓碑上刻了些什么。

哦，那只不过是一张便条，
上面写着：我等你。

即使死后也得有耐心
等待一个姗姗来迟的人。

9. 冬至

我赶在日落之前洗澡。
我干干净净地进入
岁末的黑暗和人生的中途。
在这个一年中最漫长的夜晚，
我的睡眠悠长——
余生，仿佛来世。

10. 我的手

我举起我的手，它带来了暮色，
让万物收回了自己的影子。
我的手，就像一块沉默的石头
拒绝成熟，但不拒绝
那株倚靠着它的野麦穗。
我喜欢坐在墓园里剪指甲。
瞬息间，那些墓碑就紧贴大地。

杜甫三章

杜甫的一夜

这一夜，你睡得一点也不安稳，
像是睡在穷人的坟地。
在黑暗中呼吸的不是你的肺，
而是生存漏风的肚脐。

窗外，月亮敲响了三更的梆声，
你的两只耳朵正在打赌：
野草生长的声音，马的
幽灵的嘶鸣，哪个更清晰？

黑夜是一个庸医，一只蟋蟀
向你转达死者的方言——
残留的药渣在你体内干咳：
灵魂煎熬在汉语的药罐子里。

你的诗渗出了盐粒。
皇帝，士兵，渡口，孤独的掌灯人，

在露水的薄被下睡去。
而你的衣服是众多逃亡者穿过的，

你的鞋子比道路更懂得
这个国家为何诞生又抛弃你，
此刻它们在床脚下醒着：
卑微和苦难，哪个更像鞋里的沙子？

醒时歌

院子里，荒草穿过一把藤椅。
井盖下压着时间的家谱，
可以一直追溯到源头。
漫游者的刀剑吟咏起风的警句。
衰老的秩序瞪圆了双眼——
而你只看见那张尖脸。你走过的地方，
甚至冬天的白雾也化作宣纸，
泥土和枝条争相流出墨汁。
在落日上，你叙事的脚
就像踏着一块墓碑。今夜，
江水迅猛地长出粮食，喂饱了大地。
星星嗡鸣着，比人类更珍视你的血：
它们带着鼓胀的腹部
在黑暗的天空，变成萤火虫。

断章

1

走进刀剑和风俗统治的国度，

一枚野果子悄悄滚落，
带着最坚硬的核。

2

月光下，有人为流水把脉，
背着苦涩的药方。
一只鸟带着苦味飞起。

3

国家是一棵松树，
树皮干裂，苦难四季常青：
必须用针尖，才能表达破碎。

4

兵车行。丽人行。岁晏行。
新安吏。潼关吏。石壕吏。
新婚别。垂老别。无家别。

5

骨头，只是大地的一处闲笔。

裂缝三章

黑夜的裂缝

我来了，我跟随
一个裂缝而来。很久以前，
黑夜就预言了这个裂缝。
那里塞满了秘密集会，
蚂蚁的集会，麻雀的集会，
各种声音的集会。
我需要耳朵使用指南，不用你教我
怎么使用眼睛。我需要听见
大地的商店播放的音乐，
而不是黑暗的橱窗。
从这个裂缝诞生的，还有我的心，
一个隐秘的地球仪——
不，我不是一台精密仪器，
尽管我的梦如此精妙
就像天花板挂着的熄灭的水晶灯。

波浪的裂缝

当史蒂文森说惠特曼
“像一只没戴狗链的
粗毛大狗，在世界的沙滩上
嗅来嗅去，然后对着月亮吠个不停”，
我就感觉大海仿佛患了精神病
正耸起全身的耳朵
烦躁地听着。而我也
朝着波浪汹涌的窗外狂叫。
我叫了一百五十年——
古老的月亮是我的主人，
一条明晃晃的狗链拴住我的脖子
沾满了亮晶晶的口水。
我吠个不停，一口气也没喘，
直到谁从沙子般密集的黑暗中
向我扔来一根死亡的骨头。

翅膀的裂缝

暴雨过后，我们重新
来到大地上。树枝上挂着
被雷击中掉落的闪电

仿佛滴着水珠的白丝巾。
我们在阳光下挥动丝巾，
却没能照亮那些湿漉漉的影子。

我们看见一群蚂蚁爬过
拱出地面的石头、树根，
它们的旅途难以想象，不时被流水阻拦。

我们听见自己突然停住的脚步。
在我们身后，泥泞的脚印
被迅速晒成泪水干枯的眼睛。

而影子像突然飞过天空的鸟儿
扇动着翅膀上的裂缝：
风穿过裂缝，就像穿过幸存者的眼睛。

冯娜

1985年出生于云南丽江，白族。毕业并任职于中山大学。中国作家协会会员，广东省文学院签约作家。著有《云上的夜晚》《寻鹤》《彼有野鹿》《一个季节的西藏》等诗文集多部并在多家报刊开设专栏。部分作品被翻译为英语、韩语等。曾获第二届奔腾诗人奖、“中国‘80后’诗歌十年成就奖”十大新锐诗人、华文青年诗人奖等奖项。参加第二十九届青春诗会。首都师范大学第十二届驻校诗人。

冯娜的诗

诗歌献给谁人

凌晨起身为路人扫去积雪的人
病榻前别过身去的母亲
登山者，在蝴蝶的振翅中获得非凡的智慧
倚靠着一棵栾树，流浪汉突然记起家乡的琴声
冬天伐木，需要另一人拉紧绳索
精妙绝伦的手艺
将一些树木制成船只，另一些要盛满饭食、井水、骨灰
多余的金币买通一个冷酷的杀手
他却突然有了恋爱般的迟疑……

一个读诗的人，误会着写作者的心意
他们在各自的黑暗中，摸索着世界的开关

恐惧

把手放进袋子里，我的恐惧是毛茸茸的

把手放在冰水中，我的恐惧是鱼骨上的倒刺
把手放在夜里，我的恐惧就是整个黑夜
我摸不到的，我摸到而感觉不到的
我感觉到，而摸不到的

接站的母亲

一群人中她的身影最安静
除了出生那一回　我的车次从不早到
每一趟车都掠起一阵风
只有她不被吹拂
远行人都毋须怀揣时钟
命运的特赦是往返于彼此平安的目光

我在车上多站了一会儿
她的头向车道左方微仰着
我想起抵达珠穆朗玛峰的那个黄昏
在那承受亿万年隆越的洪荒
每一块化石都刻满温柔、衰弱、忧惧……
我站在天空底下
一只鹰沉默地飞向旗云
它的心事　我都听见

与彝族人喝酒

他们说，放出你胸膛的豹子吧
我暗笑：酒水就要射出弓箭……
我们拿汉话划拳，血淌进斗碗里
中途有人从外省打来电话，血淌到雪山底下

大儿子上前斟酒，没人教会他栗木火的曲子
他端壶的姿态像手持一把柯尔特手枪
血已经淌进我身上的第三眼井
我的舌尖全是银针，彝人搬动着江流和他们的刺青
我想问他们借一座山
来听那些鸟唳、兽声、罗汉松的酒话
想必与此刻彝人的嘟囔无异
血淌到了地下，我们开始各自打话
谁也听不懂谁　而整座山都在猛烈摇撼
血封住了我们的喉咙
豹子终于倾巢而出　应声倒地

远路

"从此地去往 S 城有多远?"
在时间的地图上丈量:
"快车大约两个半小时
慢车要四个小时
骑骡子的话，要一个礼拜
若是步行，得到春天"

中途会穿越落雪的平原、憔悴的马匹
要是有人请你喝酒
千万别从寺庙前经过
对了，风有时也会停下来数一数
一日之中吹过了多少里路

魔术

喜欢的花，就摘下一朵

奇异的梦，就记在下一本书中
有一条橄榄色的河流，我只是听人说起
我亲近你离开你，遵循的不过是美的心意

故事已经足够
我不再打算学习那些从来没有学会过的手艺
唯有一种魔术我不能放弃：
在你理解女人的时候，我是一头母豹
在你困顿的旅途，我是迷人的蜃楼海市
当你被声音俘虏，我是广大的沉默
在你是你的时候，我是我……

生活

她在虚构一个实在的爱人
戒指　鲜花　湿漉漉的亲吻
蜡烛底下的晚餐
他有影子　笑起来微微颤抖

还有鼾声　多情得让人在夜里醒着
她的梦突然发作
拨通一个电话　在让人信以为真的对白里
没有说话
只低低地哭

云南的声响

在云南　人人都会三种以上的语言
一种能将天上的云呼喊成你想要的模样

一种在迷路时引出松林中的菌子
一种能让大象停在芭蕉叶下　让它顺从于井水
井水有孔雀绿的脸
早先在某个土司家放出另一种声音
背对着星宿打跳　赤着脚
那些云杉木　龙胆草越走越远
冰川被它们的七嘴八舌惊醒
淌下失传的土话——金沙江
无人听懂　但沿途都有人尾随着它

隔着时差的城市

——致我的父亲

抵达乌鲁木齐的第一夜　一个维族男人醉倒在地
他摔倒在我经过的街道　像一摊泣不成声的岁月
这样的时辰对于北方　已经算不上心酸
更算不上寂寞　在这与你有着两小时时差的土地
父亲，我是否应该将光阴对折
剪去那些属于南方的迷失
早些年，我差点跟随一个男人去往最冷的海域
而你并不知晓

乌鲁木齐是座建在你年轻面容之上的城市
那时你健硕　喜悦　千杯不醉
它有你虔诚中偶然的冷漠
那时我们互不相识　你在神前替我的前世祈告
我是一座与你隔着近三十年时差的荒城
我有你盛怒之下的灰烬
你何尝想过，成为一个女人的父亲是如此艰辛

在重返乌鲁木齐的路上　等吃手抓羊肉的空隙
一个中年男人与我说起他的悔恨
他目光呆滞　我默不作声
父亲，额尔齐斯河的水一直往下流
一个又一个迁徙者的命运
我和你一样，竟没有把多余的爱憎留在岸上

每一年我都离你更远
我已经可以用捕风者的记忆向你描述一座城市：
这个城市是酒醒后的男人
这个城市是已经孕育过的女人
它仿佛看透了你我身体里的时钟
为了让我更接近你的夏日时
在乌鲁木齐的每一夜　天都黑得很迟

疑惑

所有许诺说要来看我的男人　都半途而废
所有默默向别处迁徙的女人　都不期而至
我动念弃绝你们的言辞　相信你们的足履
迢迢星河　一个人怀抱一个宇宙
装在瓶子里的水摇荡成一个又一个大海
在陆地上往来的人都告诉我，世界上所有水都相通

橙子

我舍不得切开你艳丽的心痛
粒粒都藏着向阳时零星的甜蜜
我提着刀来

自然是不再爱你了

祖国

我怀疑　我的孱弱的身躯
如何承载一场庞大的抒情

我只想　我在世界的尽头喊妈妈
你一定会朗声地应答
我只想　你在暗夜里不眠
我就擎一盏细小的温黄　在角落

如果这一切注定要被人冠之以宏大
那我就安静坐下来陪你
什么也不说

郭金牛

湖北浠水人，现居深圳龙华，诗作曾被翻译成德、英、荷兰、捷克等多种语言。诗作《纸上还乡》曾参加第44届荷兰鹿特丹国际诗歌节，捷克国际书展，德国奥古斯堡市和平节，上海国际书展。2015年参加第46届荷兰鹿特丹国际诗歌节和柏林世界文化宫（HKW）“100 YEARS OF NOW”。获首届北京文艺网国际华文诗歌奖，首届中国金迪诗歌奖，首届广东省“桂城杯”诗歌奖，深圳市2014年十大佳著奖。诗集《纸上还乡》由上海华东师范大学出版社出版。

郭金牛的诗

在外省干活

在外省干活，得把乡音改成
湖北普通话。
多数时，别人说，我沉默，只须使出吃奶的力气

四月七日，我手拎一瓶白酒
模仿失恋的小李探花，
在罗湖区打喷嚏、咳嗽、发烧。
飞沫传染了表哥。他舍不得花钱打针、吃药
学李白，举头，望一望明月。

低头，想起汪家坳。

这是我们的江湖，一间工棚，犹似瘦西篱
住着七个省。
七八种方言：石头，剪刀，布。
七八瓶白酒：38°，43°，54°。

七八斤乡愁：东倒西歪。每张脸，养育蚊子
七八只。

岁末，大寒。表哥
淋着广东省的雨
将伤风扩大到深南东路、解放路与宝安南路。
地王大厦码到了 69 层
383 米高。

工地上，想起一段旧木

我不在工地上，就在工棚里。
下雨。
稍息。
一名木工，男，30 岁。正抚摩一段旧木，不像柳永
落寞时
就抚摸
红楼或青楼的阑干

第三层楼的妞最漂亮。许多年前
我最想娶她。
曾执手。曾泪眼。曾一副欲语未语的样子。
《雨霖铃》中。
我追她到宋代
打电话给柳七

七哥，七哥，
每逢梅雨至，
木工的手，便摸到宋词的某个部位，旧情

很难制止。

青梅。竹马。这样的一段旧木，身怀暗香
无论花多少年
她，从不生枝，散叶，
开花。

打工日记

工地上的气温，比我体温略高3℃
皮肤内的河水，带着盐花，开始
叛逃
燃烧。

焱。
部首：火部外笔画：8 总笔画：12。三只火
堆在一起
我们需要靠一群群汗水
浇灭。

汗是含盐的。
雨是凉薄的。
明天，阳光灿烂，我不愿意。
明天，晴空万里，我不喜欢。
明天，气温高过今日。

一群热锅里的蚂蚁还在搬运。钢筋。水泥。阳光。
其中两只，必须挺住。
挺住意味着：堂兄的父亲，我的伯父

癌细胞就扩散得慢一些。
以我们的快换它的慢

也以我们的快，加速城市的快
突然，脚手架，一个人
自
由
落
体
重力加速度
9.8 米/秒^2。

离乡地理

少年，要拿下一朵高远的云，白色的
棉花，盖着冬小麦。
时间剩下了一把干柴。母亲耗尽了井水。
少年长得高过了米，推开南山上的十亩芝麻地。

前程，在车票上，产生。
白云，在蓝天上，生长。棉花无人摘下。
少年。不安。比走动的火车，快上一步。
少年。沉默。睡着的语言。心中的一块石头。向前滚动。
少年。记住了母亲的格言，井水，和深埋的
隐忧

他迟迟不敢坐上一枚邮票回家
一写信：
662 大巴车，就在宝石公路将他撞伤

大光明电子厂，就欠他的薪水
南镇，就用半边月亮将他
砍伤。

662 大巴车

662 大巴车 662 次乘坐
662 大巴车不是起点也不是终点
它经过罗租工业区，石岩镇，和高尔夫球场
就像我经过小学初中和大学

罗租工业区正在招工。
站台上，一个离乡少年
被 662 大巴车撞倒，塑料桶滚出老远
天，突然黑下来。金子，撒了一地，无人来捡。

662 大巴车没有受伤
662 大巴车没有装载水稻
662 大巴车也没运载高粱
662 大巴车丢下了十几人，开走了

我好像一个受伤的穷人，刚刚苏醒，真叫人心烦

我不确定，月亮
是在肺病上撒下一层霜。
还是在伤口上撒了一把盐。

纸上还乡

一

少年，某个凌晨，从一楼数到十三楼。
数完就到了楼顶。
他。
飞啊飞。

鸟的动作，不可模仿。

少年划出一道直线，那么快
一道闪电
只目击到，前半部分
地球，比龙华镇略大，迎面撞来

速度，领走了少年
米，领走了小小的白。

二

母亲的泪，从瓦的边缘跳下。
这是半年之中的第十三跳。之前，那十二个名字
微尘
刚刚落下。秋风，
连夜吹动母亲的荻花。

白白的骨灰，轻轻的白，坐着火车回家，它不关心米的白
荻花的白
母亲的白
霜降的白
那么大的白，埋住小小的白

就像母亲埋着小儿女。

三

十三楼，防跳网正在封装，这是我的工作
为拿到一天的工钱
用力
沿顺时针方向，将一颗螺丝逐步固紧，它在暗中挣扎和反抗
我越用力，危险越大

米，鱼香的嘴唇，小小的酒窝养着两滴露水。
她还在担心
秋天的衣服
一天少一件。

纸上还乡的好兄弟，除了米，你的未婚妻
很少有人提及
你在这栋楼的 701
占过一个床位
吃过东莞米粉。

十亩小工厂

从一数到十，从十数到百，从百数到千

一千朵桃花，
一千朵牡丹，
一千朵冬梅。
她们长得真的很好看

一千朵花蕾从乡间开到了工厂
一千枝暗香交给了同一个动词

从秒钟数到分钟从分钟数到小时
从一月数到二月从二月数到三月
从立春数到秋分，从秋分数到霜降
预备数到花朵凋谢的
第一天。

今夜。两种光出现在工厂
一种是加班的灯光，另一种是
老板眼里斜过的鬼火
两种不要弄脏姐妹的绿衣啊

工卡上集合着两种香水
一种是众姐妹的芳龄
一种是打工的汗青

发薪水的日子，十亩小工厂，十亩芝麻地开花呀
十亩香气
被谁运走?

重金属

一

我。抽出一把刀，砍断河水
她不说痛。
她没落下伤疤
以至于我产生了恨意

家乡的河水实在太柔软了，以至于每碰到一粒砂子
便绕道走开
河水实在是太干净了
镜子养育的鱼虾，十八年还是那么瘦小

而。叛徒已经长大

二

祖父埋在南坡
父亲埋在南坡
年青的叛徒，一抬腿，就把南坡推到千里之外。

草木，枯荣。母亲走得很快
我跑得太慢，追至南坡，不见她的人影。

埋伏在心脏中的特务，白天消失，晚上出现

这个叛徒，割断脐带，头也不回
这个叛徒，布满枪伤，竟然没有走漏一丝风声。

三

叛徒，大约逃到了南方，村里有人谈论
生死

他，身患多种隐疾，据我所知
他，两次骨折，三更埋锅，五更谋反
他，偶尔，血，不在血管里奔跑
他，一九九八年四月七日，生病，发烧。梦呓中

有个姓张的女孩
用一辆自行车驮着，沿东环二路，冲至横沥医院

多年后，叛徒孤身夜行，潜往他市，至马尾街 102 号
张，带着她的女儿
小小的告密者呀

叛徒的声名，和偷看你的事，不和谁分享。

罗租村往事

一

罗租村，工业逼走了水稻，青蛙，鸟
这些孤儿，又被夺走了

纯蓝。

李小河咳出黑血
周水稻失去双亲
赵白云患有肺病
陈胜，飞快地装配电子板；吴广，焦虑地操作打桩机；
渔阳啊渔阳，真要命。

地上烧着书。坑里埋着人。

工业加工业，会不会生下太多的鬼？会不会突然跑出一只，附在身上？

我开始怀念
鱼
怀念花，怀念鸟，怀念害虫。

二

唐。一支牡丹，过了北宋，过了秦川
她，一身贵气
又过了秦时月，汉时关，至少过了八百里
南宋
以南

经罗租村。
经街道，经卡点，经迷彩服。
经查暂住证。
经捉人

我在杜甫的诗中，逾墙走了

唐，在大雨中疾走，又在大雨中消失
一天中
伊，在治安办
三次放低了洛阳牡丹的身段
哭得不成样子。

一朵花，她能叛变到哪儿？

三

夏。古典的小木匠，他摸过的木头是吉他的美声
明。六扇门的捕快，他摸过的罗租村
有铁器，碎骨的声音
有陌生人，强行打开花朵的声音

他
从东厂巡到西厂，比高衙内还狠，动别人的女人
收保护费。

元，铁木儿。
一个工地上的小工，蒙古人的后代
文身，大汗的梦，从胸部扩大到手腕

且慢啊，好汉。
且与我一起藏匿在一把旧吉他的 D 调中，鬼混
于钢筋
和水泥

元。被

明反复追捕。他，不是前朝的奸细
他，是我无产阶级
兄弟。

四

隋啊隋。红拂女。漂亮的小妖精一样
飞来飞去。
一个姓，三个名字，都被杨府
捉住

薄荷味道的丝绸。满地落花
泪水
在暴雨中跑了三圈。

隋　一路哭着去樟木头收容所，赎回了
晋哥哥
他打铁，弹《广陵散》，弄打工文学社
去年坏掉三根肋骨。
今年没有力气说话。
泪水又在暴雨中跑了三圈。

泪水藏着黄河。黄河藏着吼声。

五

山海关外的小月亮
清。
努尔哈赤的小格格，爱新觉罗的小妹妹

小童工

她，看见月亮，是弯的。刀。
初一，打工。
十五，怀孕。
三十，流产。
刮。刮。刮。
幼小的子宫，被下弦月，越刮越薄了。

她，看见夜，是白的。薄薄的。光。
转弯。
哦，白矮星，时空弯曲，那么多弯曲的小木偶，
都集在弯路上，加班。加点。她们
都想赶往丹麦
认安徒生为爸爸，认童话
为妈妈。

六

一块水泥加一块水泥，还不是大地么？
种子知道。
一条工业排水道加一条河，还不是一大河么？
鱼知道。

中国制造

我碰到了商和宋。
一个是色目人
没有手指，对着月亮撒尿。

一个是汉人
剩下半个肺，朝着大好江山，骂着狗日的罗租村。

这两个坏蛋
被白猫和黑猫赶出工厂，继承了战乱的气息
工业的 GDP 在增长，农业
从胃部开始松动。

一部《诗经》，忧虑一只硕鼠
啃掉一座官仓
两个坏蛋，忧虑一只猫
吃掉二十多个省。

许·宝安区

前进一路，
绿袖招兮，绿袖飘兮
画上走下来的女子
农历上，没有溅起一小点灰尘
立春多么干净。

当街，一支姓许的藕
莲步轻移。比春风稍胖
修长的小腿
被清水养育得多么白净
恰似一段春光，乍泄。

时间：二〇一一年
地点：宝安区

事件：姓郭的人，混在玉兰街
跨前一步
搂住一支耦：一位水中长大的
莲花

藕断了，我吃了一惊
站立不稳
河水乘机倒流了十七年
锦书摇了摇，
山盟摇了摇，
宝安区也摇了摇。

我虚构过的莲花，
荷叶，
藕，
她们，都姓许

谢湘南

1974 年生于湖南乡村。1993 年抵达深圳打工并开始写诗。1997 年参加诗刊社第 14 届“青春诗会”。2000 年个人诗集《零点的搬运工》入选“21 世纪文学之星丛书”出版。2012 年出版长诗选集《过敏史》。2014 年出版《谢湘南诗选》。曾获第七届广东省鲁迅文学奖，诗作入选上百种当代诗歌选本。现居深圳。

埙

（组诗）

念残

莲花从你的微笑里生长
我坐船来看你
你的裙裾漾起一片银波
我摆渡　我摆渡

声音多像米酒
海在怀孕春天
山体的倒影有如你的身体
由无际的平原汇聚

思念由黛青色变得金黄
精卫的岩石在那里堆垒
我已看到你乳峰的玛瑙
我已渡过伶仃洋面

你　我馨宁的呼吸洁白的藕

你　我怀里悠远的苍茫
你　清晨的鸟的啼啭
风声起时——你要焚心你要涅槃

天地在层层锃开
这世上只有你我赤裸的身体
你的音质　你的喊叫
在空宇回荡

归藏

路途洗礼着经血
藏红花为我而开
我一次次进入你的身体
像一个寻宝的海盗

我的船漫山遍野
我的呼吸深陷在
你皮肤的波涛
多么迷醉，灵魂
由你的七窍演奏
——一寸寸光芒
——一缠缠花香

泥土　雪水　山峦
这湿润的再生之地
这滚滚红尘里
你我的涕泪之交
这海水的咆哮

这无边的沉沦

又一次
又一次
我的嘴唇
在你的乳峰上跋涉
像懵懂的婴儿
在乳汁里沉睡

遁逝

时间酿造了航线
你从自己的茧里拔丝
霜的迹痕缄住灰熊的口
你东倒西歪走出一个背影

你哼起酥骨的小曲
像一条晕花的虫子
世间原本是一坛酸菜
你的牙齿在盐水里打咯

你为她镶嵌皂荚的英魂
采撷元宵的月华你醉醉醺醺
你为她学习彻骨的鸡啼
引诱那山脊下出一颗血红的金蛋

你要掏出八瓣心脏
你要融入七星火炉
你要进一步消隐在

这咸腥的世间——人群的淤泥

春山

阳光的鳞片从树梢滑落
我在春梦里做樵夫
抱着你的骨头当柴薪
熬我灵魂的稀粥与春药

世间的猛人断了我回去的路途
我只能在这春山的荒芜上
等待着花再开
雨再来

风吹软了我一身的发须
这比星光还白的闪耀
如今只能搓成绳索
用来悬自个儿的梁

我已伸出期盼的脖颈
我已张开唇裂的弯嘴
你的闪电何时带来
一声春雷鱼贯而入

夜之妃

山洪在电话里暴发
挤破电话线狭窄的端口
三峡在截流

你的经期绕道而行

地之母来做媒人
要嫁你到南海之滨
说那楼高钱多之地
看上你的眼儿媚

双乳在月光下妖娆
你反侧难睡进自己的心魂
那铸造钱币的模板
要将你的身体压成流通的欲望

何不趁这夜色如水
跳入池塘做段莲藕
但水里可否有饥饿的鱼群
戏于莲叶北又戏于莲叶西

虎符

我剪了一道纸
贴在每夜的床头
那从脑海里出走的老虎
在黑夜里将携我返回林森

猫头鹰借我以炯炯双眼
让我睹那晦暗里生物的搏斗
这林间的嬉戏
有着广漠的寂静

老虎只是踱步
它的鸣啸曾被浊流堵塞
那非人的人间
居住的都是凶残的刀戟

回忆只能加深疼痛
老虎在槐树前落泪
让树叶的萧飒将我包裹
让我返回迷乱的秋天